KATE

Paul-Loup Sulitzer

KATE

Roman

FRANCE LOISIRS
123, boulevard de Grenelle, Paris

Édition du Club France Loisirs, Paris,
avec l'autorisation des Édition°1.

ISBN 2-7242-4122-3

Pour Alejandra,
Pour mes filles,
Olivia et Joy.

« Le difficile prend du temps,
l'impossible un peu plus. »
H. WEISMANN

Prologue

La première mort du Chat-Huant

Cette nuit-là, le Chat-Huant mourut pour la première fois. Bien entendu, il ne sut pas qu'il s'agissait d'une répétition générale et prit donc son décès très au sérieux. Il s'adressa les reproches les plus amers et les plus irrités. Non qu'il jugeât révoltant de disparaître pour toujours — il était bien trop convaincu d'être tout à fait inutile à qui que ce fût, et ce depuis sa naissance. Mourir le révolta pour cette seule raison qu'il ne pourrait dès lors pas connaître la fin de l'histoire de H.H. et Kate. Idée insoutenable et qui l'emplit de rage durant ses ultimes secondes de conscience. H.H. et Kate se trouvaient être les deux personnes qu'il aimait le plus au monde. Avec Mimi Rourke évidemment.

La douleur le saisit sur le pont des Arts, vers cinq heures trente du matin ; le Chat-Huant s'en revenait d'une expédition sur la rive gauche. Il avait passé une grande partie de la nuit chez l'insupportable et adipeuse Gertrude Stein, dans son salon de la rue de Fleurus, puis les heures suivantes en compagnie de Pablo Picasso, de Man Ray et surtout du directeur d'une revue littéraire franco-américaine, Eugène Jolas, lequel venait de regagner Paris après un exil volontaire en province (Jolas était parvenu à diriger sa revue depuis sa maison de La Boisserie, dans un petit village de la Haute-Marne appelé Colombey-Les-

Deux-Églises). La douleur irradia dans le bras puis l'épaule gauches du Chat-Huant, qui s'agrippa à la main courante métallique et écarquilla ses yeux de hulotte. Dans les toutes premières lueurs de l'aube, le Pont-Neuf se dessinait, tranchant la pointe boisée du Vert-Galant ; déjà par-dessus les toits surgissaient la flèche de la Sainte-Chapelle et les tours de Notre-Dame. Le Chat-Huant tomba à genoux. Les secondes suivantes furent atroces, mais d'un coup tout cessa, l'intolérable brûlure s'éteignit. *Ce n'était qu'une fausse alerte*, pensa-t-il. Tirant sur la rambarde, il se remit debout, puis en marche. *Ce n'était rien*, se dit-il encore. Il fit dix pas chancelants et encore d'autres, il acheva de traverser le pont.

Ayant atteint le quai du Louvre, il hésita : piquant droit devant lui, il pouvait en quelques minutes aller frapper chez Mimi Rourke, rue Coquillière ; ou bien il pouvait contourner le palais du Louvre et par la rue de Rivoli, gagner le Palais-Royal, où il habitait. Il avança. A chaque petit pas, il pensait un peu plus à H.H. et ne s'en étonnait même plus — en presque trois quarts de siècle, la seule femme dont le Chat-Huant eût été amoureux, sans jamais avoir été son amant, était Mimi Rourke ; si bien que tenir l'unique fils de Mimi pour le sien lui avait toujours paru assez logique, *puisque je n'ai pas eu d'enfant...*

Il se traînait maintenant sous des arcades, au long de boutiques closes ; le jour pointait un peu plus à chaque seconde. Son acuité visuelle s'affaiblissait, il en prenait conscience mais dans le même temps, *comme c'est étrange*, était plus aiguë sa vision de choses du passé ; un moment vint où il crut qu'H.H. Rourke se tenait près de lui, marchait à son côté ; comment se tromper sur la si caractéristique silhouette maigre, enveloppée dans l'éternel trench-coat couleur de sable, coiffée du feutre gris à bande noire ? H.H. allait de son long pas souple, une main enfouie dans la poche du trench-coat, l'autre transportant le sac anglais de cuir à soufflets. De temps à autre il tournait vers le Chat-Huant son regard vert bronze de chasseur en alerte, œil froid de spectateur imperturbable mais attentif.

... Et la douleur revint. Dans le bras d'abord, puis l'épaule. Plus saisissante encore que la fois précédente, sur le pont des Arts; *je vais vraiment mourir, je crois.* « Que fais-tu ici, je te croyais en Chine », dit le Chat-Huant à la silhouette maigre. « Mais je suis en Chine », répondit H.H. de son habituelle voix lente. « J'ai juste fait un saut entre deux hécatombes chinoises; je ne pouvais tout de même pas vous laisser mourir sans vous rendre une dernière visite, j'ai un tout petit peu d'amitié pour vous, en somme. Et qui plus est pour le reporter que je suis et que vous m'avez appris à être, la mort est toujours bonne, comme sujet de reportage. Peut-être pourrai-je tirer un scoop de la vôtre, sait-on jamais. »

Le Chat-Huant tomba de nouveau à genoux. *Le moment est venu, c'est bête.* La douleur cette fois dépassait l'épaule et le bras, elle atteignait enfin le cœur. Le Chat-Huant s'écroula tout à fait, son front heurta la pierre à cet endroit même où H.H. Rourke se trouvait dans sa seule imagination : « Pour être tout à fait franc », dit-il au H.H. irréel, « que je meure m'emplit d'indignation et de fureur; jamais je ne t'ai demandé grand-chose, le moins que tu pourrais faire, avant ma mort définitive, c'est répondre à ces deux questions, je ne voudrais pas abuser de ma situation de moribond mais quand même... D'abord je voudrais savoir comment Kate et toi allez finir par vous retrouver, si vous devez vous retrouver. Et ensuite — j'avoue que le point me préoccupe depuis vingt ans — nom de Dieu je veux savoir aussi ce que diable veulent dire les deux H de ton prénom... »

Il vit H.H. sourire et cela bien que H.H. Rourke ne se fût pas arrêté et continuât d'aller de son grand pas de vagabond, le sac à soufflets balancé très nonchalamment;

il entendit H.H. commencer de parler, et entreprendre d'expliquer la signification véritable dù double H de ses prénoms. Mais il ne saisit rien de cette explication, car il advint qu'il mourût, sur ces entrefaites, de sa première mort.

En vérité, il ne s'appelait pas du tout le Chat-Huant. Le surnom lui avait été donné par James Gordon Bennett (celui-là même qui avait lancé Stanley sur les traces du docteur Livingstone), probablement à cause de sa fort petite taille, de l'extrême légèreté de son poids, de ses prunelles d'oiseau nocturne, et des touffes de cheveux gris argent qui, par-dessus chaque oreille, jaillissaient en touffes symétriques sous son melon gris perle. Toutefois, ils ne devaient pas être dix ou quinze, dans Paris, à connaître ses véritables prénom et patronyme. Certains jours, il avait du mal à s'en souvenir lui-même. En cet automne de 1934 où il connut sa première mort, il allait à petits pas vifs sur ses soixante et onze ans. Il était dans ses habitudes de marcher à travers Paris, la nuit. Il déambulait, trotte-menu tranquille et noctambule, dans les plis et les replis de la ville bimillénaire. Ainsi avait-il toujours fait. Presque toujours.

Il était arrivé à Paris deux ou trois mois après son vingtième anniversaire. En ce temps-là, on (le conseil de famille) prétendait l'expédier sur la Route des Indes afin qu'il allât occuper, dans tous endroits aussi ridiculement exotiques que Bombay, Lahore ou Calcutta, quelque fonction honorifique qu'on lui eût accordée pour cette unique raison qu'il était fils de lord. Dans sa ruée au sud vers les tropiques, il n'avait pas dépassé la Seine. Il avait mis vingt ans pour se décider à s'aventurer sur la rive gauche, avec les précautions qu'il eût prises pour se risquer en Nouvelle-Guinée et lors de ses expéditions les plus méridionales, n'était jamais allé plus loin que la place d'Italie ou les catacombes de Denfert-Rochereau — encore n'était-il pas descendu dans ces mêmes catacombes, de crainte qu'une erreur de parcours dans les galeries souterraines ne le fît réapparaître en Inde. En 1891, pour avoir aidé James Gordon Bennett susnommé à retrouver sa route dans Paris au terme d'une nuit d'orgie, il avait été nommé chroniqueur mondain de l'édition européenne du *New York Herald*. En cinquante et une années, il n'avait plus changé d'emploi et n'avait quitté Paris qu'en deux circonstances, les deux fois pour s'assurer (en Irlande puis en Amérique) que son élève en journalisme H.H. Rourke ne risquait pas trop d'être criblé de balles. Vers 1895 ou 1900, on avait beaucoup insisté pour qu'il regagnât l'Angleterre, le château ancestral et à la Chambre des Lords un siège que la mort de son père avait laissé vacant. Il avait refusé avec la dernière énergie et s'était bien gardé de retraverser le Channel, appréhendant un kidnapping qui eût fait de lui un *baronet* ou quelque absurdité de la même farine.

Dans l'histoire de Catherine « Kate » Killinger et H.H. Rourke étendue sur deux décennies, le Chat-Huant fut le pivot, ou plus précisément le témoin principal voire unique. Bien plus que Mimi Rourke elle-même, qui toujours se refusa à juger son fils, et par conséquent la femme qu'il aimait. Ce que savait le Chat-Huant de H.H. et Kate était somme toute très proche de la vérité vraie. Peut-être connaissait-il même, sur chacun des membres de ce couple si étrange pris séparément, des choses que l'autre ignorait.

Il ne mourut finalement pas de sa première mort, et put donc espérer encore connaître la fin de l'histoire.

— Il faut croire, dit la voix de Mimi, que la légende est vraie, selon laquelle un chat a neuf vies.

— Les chats-huants ne sont pas de vrais chats mais des oiseaux.

— L'histoire naturelle ne m'a jamais intéressée, Miaou-Miaou, répondit la voix de Mimi Rourke.

Le Chat-Huant ne se décidait pas à rouvrir les yeux ; en fait il conservait avec obstination ses paupières closes depuis les trois ou quatre minutes déjà qu'il avait repris connaissance. L'expérience était neuve : c'était la première fois qu'il ressuscitait, il manquait d'habitude. Il huma prudemment l'air environnant et identifia des senteurs familières : *je suis chez moi, dans mon lit, dans ma chambre à deux fenêtres ouvrant sur le jardin du Palais-Royal, Dieu soit loué on ne m'a pas transporté dans un hôpital.* Il hésita sur la question suivante, dès lors qu'il n'était plus tenu de demander bêtement : *où suis-je ?*

— Quelle heure est-il ?

— Six heures trente du matin. Le même jour.

En somme, je ne suis mort que pendant une heure, même pas... Du coup, il ouvrit les yeux. Sa résurrection n'avait finalement rien de si extraordinaire. Il en éprouvait presque du dépit. Il découvrit Mimi Rourke debout au pied de son lit et, derrière elle, un homme en train de refermer sa trousse de médecin.

— Qui m'a déshabillé ? demanda le Chat-Huant.

— Moi, dit Mimi en riant.

Leurs regards se croisèrent et la vieille mélancolie (le mot douleur eût été excessif) revint visiter le Chat-Huant. Selon ses propres calculs, il avait prié vingt-trois fois Mimi de l'épouser. Il ne s'était toujours pas résigné. Quoique. Peut-être le fait d'être aujourd'hui moribond changeait-il quelque peu les choses. Il interrogea le médecin qui se nommait Forissier : était-il moribond ? Le médecin affirma qu'il ne le croyait guère, bien que l'alerte eût été chaude ; madame Rourke ici présente avait signalé un goût intempérant pour le café et d'ailleurs combien en avait-on bus, au cours de la nuit précédente ? Quinze ou vingt ? Eh ! bien, il fallait mettre le holà. On ne devait plus boire de café, plus du tout, et de thé pas davantage. Chocolat et tisanes. Et du repos. On devait garder la chambre, en évitant les contrariétés et à propos cette admirable toile avoisinant le Cézanne n'était-elle pas un Turner ?

C'était bien un Turner. Le docteur Forissier s'en alla, ayant prescrit quelque potion et promis de revenir. Mimi releva sa voilette, ôta son chapeau, s'assit ; elle offrit à la lumière qui venait du jardin un profil en tous points identique au profil gauche de H.H. ; les ressemblances entre mère et fils ne s'arrêtaient d'ailleurs pas là, plus saisissantes encore étaient leur commune façon de sourire lentement, et cette détermination paisible mais implacable dont l'un et l'autre faisaient preuve en toutes circonstances. Pour autant que le Chat-Huant le sût, ou voulût le savoir, Mimi Rourke avait la soixantaine, mais paraissait aisément dix ou quinze ans de moins...

— Comment vous a-t-on prévenue ?

— Le concierge sortait les poubelles et vous a trouvé. Il avait le choix entre alerter le *New York Herald* et moi. A pareille heure, les bureaux de votre journal sont vides. Et je suis arrivée avant l'ambulance, vous auriez eu le temps de mourir dix fois. Je savais que vous ne vouliez pas être hospitalisé.

Mimi était toujours aussi mince et vive, le regard des yeux sombres toujours aussi perçant ; ses deux boutiques de chaussures, l'une à Paris, l'autre à Monte-Carlo, l'occupaient à temps plein. Il y avait bien deux semaines que le Chat-Huant ne l'avait pas vue et au vrai il ne la savait pas à Paris, la croyant encore sur la Côte d'Azur...

— Je suis rentrée hier, dit-elle en souriant.

Elle répondait ainsi à la question qu'il n'avait pourtant pas posée — le fait était fréquent, sinon habituel : il arrivait qu'elle déclinât son offre de mariage avant même qu'il eût le temps de la formuler. *Tout comme H.H., elle lit assez aisément en moi, suis-je donc si transparent ?*

Elle continuait de parler, disant qu'il devait dormir à présent, sans se préoccuper d'elle, qui demeurerait près de lui. Sa main se leva pour prévenir toute protestation :

— Dormez, Miaou-Miaou. C'est un ordre !

De fait, le sommeil lui venait. La chose était normale : il ne s'endormait jamais qu'au lever du jour. Et le jour était bel et bien levé...

— Il m'a écrit deux lettres, dit-il, déjà à demi assoupi. La première de Shanghaï, la suivante de Canton. Il m'annonçait son intention de rejoindre quelqu'un appelé Chou En-lai, dans une province chinoise du nom de Jiangxi.

— Il a rejoint ce Chou En-lai, il est bien au Jiangxi. Il suit l'Armée Rouge qui vient de se mettre en marche.

Le Chat-Huant faillit en rouvrir les yeux : il ne voyait aucun intérêt à suivre une armée en marche. Surtout quand on était un reporter aussi particulier que H.H.

— Dormez, répéta Mimi.

Il obéit.

Il s'éveilla vers quatre heures de l'après-midi, comme à l'ordinaire (sa mort et sa résurrection n'avaient décidément introduit aucun changement notable) et constata qu'il était toujours vivant. Mimi n'était pas en vue. Il la crut partie et exécuta une sortie en direction de la salle de bains. Il en revenait quand elle l'assaillit, lui tendant d'un geste sans réplique possible une tasse de chocolat et des muffins.

— Je n'ai pas faim et j'ai horreur du chocolat.

— On boit, on mange et l'on se tait, Miaou-Miaou.

Il avait mis à profit son aller et retour au petit coin pour se recoiffer de son melon gris perle, sans lequel il se sentait tout nu — être en pyjama le gênait moins ; et il s'était pesé : quarante-neuf kilos quatre cent vingt. Il pouvait donc engraisser de deux cent trente grammes, pour atteindre son poids idéal.

— Du courrier, lui annonça Mimi.

Elle attendit qu'il eût bu son chocolat pour lui tendre les lettres. Le regard qu'elle lui adressa permit au Chat-Huant de comprendre : dans l'empilement des enveloppes, il s'en trouvait particulièrement deux, venant de Floride pour l'une, de Shanghaï et donc de Chine pour l'autre. La première portait les vastes jambages ascendants et couchés à droite de Kate ; la deuxième, la petite et dure écriture de H.H. Une lettre de chacun d'eux le même jour, l'événement frisait l'extraordinaire. Le Chat-Huant dévora un gros quart de muffin, soit à peu près six grammes d'un seul coup. Repu, il s'assit dans son lit, amoncelant les oreillers de bombasin gris ardoise adornés d'oiseaux mythiques tirant sur le bleu paon. Des profondeurs de son appartement montait un vacarme de meubles culbutés et jetés violemment à terre : la très solide Béarnaise recrutée par Mimi et préposée à l'entretien des lieux venait de prendre son service. Un grand sentiment de paix s'empara alors du Chat-Huant : *je ne suis pas mort ou alors à peine, les choses de la vie ordinaire vont leur train coutumier...*

— Vous lisez votre courrier et je lis le mien, proposa Mimi.

Ils entreprirent de décacheter leurs enveloppes respectives, s'aidant du même coupe-papier d'argent qu'ils se passèrent à tour de rôle. Le silence s'insinua et s'établit entre eux, tissé de connivence et de tendresse. Mimi s'était carrément assise sur le lit, son chignon s'était un tout petit peu défait, elle avait dégrafé la première attache de son corsage qui sans doute la serrait trop ; on ne voyait pas sa poitrine, tant s'en fallait, mais on la devinait presque ; tout comme s'apercevait, distinctement, la courbe de sa cuisse et de sa hanche. Et cette intimité tranquille, entre Mimi et lui, fit naître chez le Chat-Huant une émotion singulière, qu'il n'avait pas éprouvée depuis vingt ans au moins, *je ne suis finalement pas mort du tout, au fond.* Il décida qu'il était heureux, ce moment précis, recevant le même jour une lettre de H.H. et une de Kate, et les recevant alors qu'il venait tout juste de ressusciter, en ayant Mimi si proche. L'une des deux fenêtres de sa chambre, donnant sur le jardin du Palais-Royal, était entrebâillée et laissait entrer des senteurs automnales en même temps qu'un silence serein souligné de pépiements d'oiseaux.

« Depuis onze jours déjà », écrivait H.H. Rourke, « l'Armée Rouge chinoise s'est mise en marche. C'est une mer humaine de peut-être cent cinquante mille hommes. On va à pied, on n'a que des charrettes, les canons mêmes sont tirés à bras, on se bat chaque jour, la plupart de ceux qui m'entourent, outre peut-être trente ou quarante kilos d'équipement, emportent des baguettes à manger glissées dans des sortes de bandes molletières et des parapluies de papier multicolores. Cette progression est harassante et apparemment suicidaire. Pour ma part, la majeure partie du temps, je suis aux côtés de Chou En-lai, moins souvent auprès du président de leur gouvernement communiste, un certain Mao Tsé-toung (qui malgré son titre n'a aucun pouvoir réel et joue les mouches du coche), ou bien encore j'accompagne le général borgne Liu Borcheng. J'ignore où nous allons. Pour le moment nous nous dirigeons vers l'ouest, sans doute irons-nous au nord ensuite, s'il y a encore des survivants. Mais d'ores et déjà, c'est une terrible et longue marche... »

— Des parapluies de papier, comme c'est étrange, remarqua le Chat-Huant.

Lui et Mimi se fixèrent. Tant d'exotisme les déconcertait beaucoup.

... Ensuite, ils lurent les deux lettres de Kate, au demeurant fort semblables quant à leur teneur. Kate Killinger mentionnait une petite ville, parfaitement inconnue, appelée Miami Beach, en Floride. Elle s'y trouvait, écrivait-elle, afin d'y acheter des marécages emplis d'alligators. Elle ne donnait aucune explication.

Les regards de Mimi et du Chat-Huant se croisèrent à nouveau, exprimant la même perplexité,

— Que peut-elle bien faire avec des marécages et des

alligators ? Je croyais qu'elle devait lancer son nouveau journal ces jours-ci ?

Mimi secoua la tête : elle non plus ne comprenait pas.

— Finissez votre muffin, dit-elle. Je ne vous demande pas de vous gaver, mais quand même.

Il s'exécuta avec docilité, engloutissant un bon tiers de ce qui restait du gâteau. Par une diversion bienvenue qui lui permit de jeter le muffin derrière la table de nuit, la Béarnaise entra dans la chambre pour faire le lit. Le Chat-Huant se transféra dans un fauteuil près de la fenêtre ouverte, s'étant au préalable drapé dans une robe de chambre de brocart bleu de jade. Mimi s'assit face à lui. Ensemble ils contemplèrent deux petits garçons qui jouaient aux billes dans le jardin en contrebas, sur leur gauche, presque en face de l'appartement occupé par l'écrivain Colette. L'air était d'une douceur surprenante pour cette fin d'octobre. Mimi dit qu'elle ne dormirait pas là, bien entendu, mais qu'elle allait préparer un dîner pour deux et qu'elle le prendrait avec lui, en tête à tête ; et elle serait de retour à son poste dès le lendemain, à une heure volontairement imprécise, en sorte qu'elle pût s'assurer qu'il ne mettrait pas le nez dehors conformément aux prescriptions du médecin.

Ils dînèrent.

Ils avaient en commun quantité de choses, certes. A commencer par une amitié très profonde. Assez amoureuse dans le cas du Chat-Huant. Mais ce qui les unissait surtout, c'était l'amour véritable, qu'ils avaient pour H.H. Rourke et, par voie de conséquence, pour Catherine Killinger. De même partageaient-ils, sinon cette certitude, du moins cet espoir fût-il très mince, qu'un jour viendrait où le couple si peu banal formé par H.H. et Kate se reformerait enfin.

Mimi leva le camp vers une heure du matin, ayant fait jurer neuf fois au Chat-Huant qu'il n'irait pas déambuler dans Paris, pour la première fois en cinquante et une années. Il tint parole. Mais n'alla pas au lit pour autant.

Il demeura assis dans son fauteuil à contempler le jardin sous la lune. A part les siennes, les seules fenêtres encore éclairées à cette heure tardive étaient celles de Colette. La première fois où le Chat-Huant avait vu celle qui allait devenir un écrivain mondialement connu (à la grande surprise du Chat-Huant d'ailleurs), c'était dans le salon privé d'un restaurant parisien : des maîtres d'hôtel avaient apporté un immense plateau d'argent, qu'ils avaient déposé sur la table du souper. On avait soulevé le couvercle rond du plat et dessous était accroupie Colette, nue comme la main, avec, ma foi, le plus joli derrière du monde.

« ... Une terrible et longue marche. » Quelque part dans sa lettre, H.H. Rourke évoquait, sans plus de précision qu'à l'accoutumée, le ou les reportages qu'il allait faire, et qu'il avait déjà entrepris. Il pensait écrire peu sur ce qu'il nommait *La Longue Marche*, le sujet était par trop vaste à son goût, il n'était pas historien. Non, il s'intéressait davantage à quelqu'un en particulier (comme toujours) dans cette horde cheminante. « Je ne tiens pas encore tout à fait mon histoire, mais cela vient, je renifle déjà l'odeur habituelle. » H.H. Rourke disait avoir au moins son titre — *Les Trois Concubines du capitaine Song* —, mais la fin, il l'ignorait, évidemment. Cela ne dépendait pas de lui.

Les fenêtres sur la gauche s'éteignirent, Colette étant allée dormir. Le Chat-Huant ferma à son tour la lumière et demeura dans la pénombre, prunelles élargies. Des images d'une splendeur barbare lui vinrent, pour l'essentiel constituées de yatagans, de mandarins finement barbus et de quelques-unes de ces têtes coupées dont il avait vu des photographies dans *L'Illustration*. Il entendit même des cymbales et le roulement sourd de tambours de guerre (il ignorait absolument si les armées chinoises en campagne allaient au son du tambour mais toute réflexion faite, s'en fichait).

Il savait que « l'odeur habituelle » dont parlait H.H. Rourke était celle de la mort et du sang frais.

Quant à lui, il n'en était guère amateur.

Livre 1

KATE

1

Telle que Nick Di Salvo la connut...

Nick Di Salvo fut le premier à la revoir — la repérer serait plus juste. Quarante et quelques années plus tard, rédigeant ses souvenirs (ce fut lui qui la surnomma *La Femme Pressée*), il en viendrait à mettre en doute l'aspect fortuit de leur rencontre.

En 1934, Di Salvo avait vingt-cinq ans et déjà plus de huit années de journalisme derrière lui. Il travaillait au *New York Herald Tribune*, le vrai, celui de New York et non pas l'édition européenne qui employait le Chat-Huant.

Né dans le quartier de Queens dans une famille d'origine italienne et forte d'un nombre assez faramineux de frères, sœurs, oncles, tantes, cousins et cousines à divers degrés, il avait fait ses débuts à la *Queens Gazette* avant même le rachat du titre par les Killinger père et fille. Il avait été au premier rang de la bataille, durant la campagne fulgurante, conclue par un échec dramatique, conduite par Kate, pour tenter de faire un vrai journal de ce qui n'était guère qu'une petite feuille lue par quinze cents personnes. Des dix ou onze mois durant lesquels il l'avait chaque jour côtoyée, il conservait un souvenir incertain — il ne savait trop que penser de l'aventure, en fait, et certains jours, versait dans l'incrédulité ou presque, se demandant s'il avait véritablement vécu cette folie.

Lorsque Kate arrêta la *Gazette*, il se retrouva sans travail. Faute de mieux, il trouva à s'employer dans une quincaillerie de Queens Boulevard (le magasin appartenait à l'un de ses oncles par alliance, ce qui facilita les choses). La lettre de Karl Killinger lui parvint moins de deux semaines plus tard. Son premier mouvement fut de flanquer au panier la courte note du magnat de la presse, qui ressemblait fort à une convocation. Ensuite de quoi il lui fallut environ dix minutes pour s'expliquer à lui-même qu'il n'avait au fond aucune raison de prendre parti dans la si ardente opposition entre le père et la fille (à part le fait qu'il était amoureux de Kate, bien entendu) ; sa deuxième vague de réflexion lui permit de se convaincre que dès lors qu'il ne voulait être que journaliste, un entretien avec le propriétaire-fondateur-milliardaire du *Morning News*, premier quotidien de New York pour le tirage, ne pouvait pas lui faire de mal...

La troisième vague le trouva dans l'autobus, en route pour Manhattan et la 43e rue où se dressaient l'imprimerie, l'administration et les salles de rédaction du *Morning*. A sa grande surprise on l'introduisit immédiatement dans le bureau de Karl Killinger, qu'il reconnut à la seconde, d'abord parce que de nombreuses photographies de lui avaient été publiées, ensuite parce que le père de Kate était venu une fois, une seule, jusque dans le Queens et dans les locaux de la *Gazette*.

Karl Killinger avait créé son journal vingt et un ans plus tôt. Il s'était fait lui-même. On lui attribuait en général une fortune d'une centaine de millions de dollars, somme énorme pour l'époque, et il était admis volontiers que le *Morning* l'enrichissait chaque année de huit à dix millions supplémentaires. Nick Di Salvo, qui ne lui avait jamais parlé et ne l'avait qu'entrevu, s'attendait à quelque sombre brute despotique ; il eut en face de lui un homme certes massif, aux épaules remarquablement larges, mais à la voix douce et aux mains fines, visiblement d'une intelligence hors du commun, et très attentif. Autre chose frappa Nick : durant l'entrevue (quatre minutes exactement, comme l'avait annoncé le secrétariat), il n'y eut aucune interruption : ni coup de téléphone, ni entrée de secrétaire. Killinger dit à Nick que d'après *quelqu'un* (le nom de Kate ne fut pas prononcé) lui, Di Salvo, possédait probablement l'étoffe d'un bon journaliste et qu'il avait cent vingt secondes pour définir sa vision du journalisme et ses ambitions personnelles en ce domaine. Ensuite il se tut et écouta Nick parler, ne le quittant des yeux à aucun moment. Les deux minutes s'écoulèrent. Killinger hocha la tête et annonça qu'il était disposé à aider le jeune homme à trouver un emploi de reporter dans la presse, « dans mon journal ou un autre. Je vous propose de travailler un an pour moi. Nous prendrons alors une décision ensemble : vous resterez au *Morning* ou vous irez ailleurs. Et je pourrai vous recommander, sachant exactement ce que vous valez. Nous sommes samedi, vous débuterez lundi ».

A vingt dollars la semaine. Ce qui faisait quatre dollars de plus que ce que payait l'oncle quincaillier de Queens, mais c'était surtout la possibilité, pour Nick Di Salvo, d'exercer l'unique profession dont il eût jamais rêvé.

Il venait d'avoir vingt ans. C'était un grand jeune homme mince et brun, fort joli garçon, doté par la nature d'un total irrespect des choses et des gens, et d'un remarquable don pour écrire vite, de façon concise, et sur n'importe quel sujet. Trois mois après son entrée au *Morning*, il fut nommé reporter et reçut cinq dollars d'augmentation. L'année suivante, sur sa demande, Karl Killinger le mit en contact avec Lessing Lanham Engelking, rédacteur en chef de nuit, pour les informations locales, du *New York Herald Tribune*. Nick fut engagé.

Cela s'était donc passé quatre ans plus tôt. Nick Di Salvo n'avait jamais revu Killinger mais ne manquait pas, chaque année, de lui adresser une carte de vœux pour les fêtes. Et bien qu'il eût renoncé à travailler pour lui, il situait dans son panthéon personnel Karl Killinger au même niveau qu'Horace Greeley fondateur du *Tribune* et Joe Pulitzer.

Au vrai, il en était venu à penser que dans toute l'affaire de la *Queens Gazette* dont il avait un long moment cru qu'elle était la manifestation flagrante de l'autoritarisme implacable de Karl Killinger et de son absence totale de sentiments à l'égard de sa fille, les torts étaient pour le moins partagés, entre le père et la fille. Il ne poussa pas plus loin son analyse. D'un côté le retenaient la réelle admiration, le respect, l'amitié même qu'il éprouvait pour Karl Killinger ; de l'autre...

De l'autre, il y avait Kate et c'était tout dire, Kate dont il n'avait pas croisé le regard bleu saphir depuis près de cinq ans.

... Et qu'il ne s'attendait sûrement pas à revoir en de telles circonstances...

Seul le hasard, dans tous les cas, fit qu'il se trouvait dans le Connecticut. Il avait six jours de vacances à prendre et ce n'est qu'à la dernière minute qu'Amanda Lloyd avec qui il s'apprêtait à passer ces vacances avait eu l'idée de ce petit hôtel tenu par sa sœur et son beau-frère : « Pete et Allie me proposent de nous installer chez eux, tandis qu'ils seront eux-mêmes à New York. Ils ont fermé il y a à peine une semaine et nous leur éviterons de payer un gardien. Nous pourrons changer de chambres tous les soirs. Et tu feras la cuisine, Nick... »

Rien d'autre que le hasard, donc. Le train les déposa, Mandy et lui, à New Haven, d'où ils prirent un autocar. L'hôtel comptait une douzaine de chambres et son seul voisinage consistait en quelques résidences de vacances appartenant à des New-Yorkais huppés. La maison la plus proche se trouvait à deux kilomètres, à la différence de la mer — en l'espèce la sortie du détroit de Long Island —

qui s'étalait à un jet de pierre. Les quatre premiers jours furent très calmes. Le téléphone sonna au début de la quatrième nuit.

— Téléphone, cria Mandy.

Nick avait fort bien entendu la sonnerie, qui durait depuis cinq bonnes minutes, mais faisait la sourde oreille. Elle retentissait pourtant avec un bruit infernal dans l'hôtel désert dont toutes les portes intérieures étaient demeurées ouvertes.

— Nick, c'est sûrement pour toi.

Un coup de pied (Mandy était une blonde aux jambes musclées de danseuse) le jeta à bas du lit. Il partit en titubant, descendit l'escalier, décrocha.

— Vous reconnaissez ma voix, Di Salvo ?

C'était Engel. C'est-à-dire Engelking, son rédacteur en chef.

— Franklin Roosevelt. Ça boume, Frankie ? dit Nick.

Engel ne prit même pas la peine de relever ce trait d'humour. Avec son laconisme habituel, et la précision qui faisait sa gloire en même temps qu'elle nourrissait la haine de tous les reporters de nuit du *Trib*, il expliqua à Nick, non pas ce qu'il *devait* faire, mais ce qu'il *allait* faire, et pas dans l'heure, pas davantage dans la minute, mais dans la seconde.

— Je suis en vacances, je n'ai pas de voiture, je n'ai qu'un vélo, dit Nick.

Peine perdue, il parlait dans le vide, sur une ligne déjà coupée. Il remonta dans la chambre et, tout en s'habillant, informa Mandy la danseuse de ce qu'il partait sur-le-champ et ne reviendrait probablement pas avant la fin de leurs vacances communes. Il n'obtint guère plus de succès qu'avec Engel : elle dormait profondément.

Environ dix-sept kilomètres plus loin, il se guida sur les phares des voitures de police. Il arriva sur celles-ci comme la foudre — sa bicyclette n'avait pas de frein et la route descendait fortement. Il s'écrasa contre un policier en leggins de cuir qui, l'ayant remis debout, lui demanda ce qu'il fichait là, à deux heures trente du matin.

— New York Herald Tribune, je viens pour le meurtre, dit Nick.

— Et vous venez de New York en vélo ?

— Je suis parti dès que j'ai pu, dit Nick. Sans une crevaison sur le pont de Brooklyn et un saut de chaîne en traversant Harlem, je serais arrivé pendant que le sang était encore frais. Qui a tué qui et pourquoi et comment et quand ? Noms et adresses des victimes. Est-ce qu'il y a un photographe dans le coin ?

On scruta sa carte de presse puis on le laissa entrer. A tout hasard, ne sachant s'il pourrait ou non dénicher un photographe à temps (Engel lui en avait promis un d'urgence mais dans le meilleur des cas l'homme n'arriverait qu'avec le car du matin), il exécuta quelques croquis des trois cadavres, que personne n'avait encore déplacés : Boyle — c'était un gros broker new-yorkais, ce qui expliquait l'intérêt que portait Engel à l'affaire — Boyle avait été tué sur le seuil de sa bibliothèque ; l'assassin l'avait frappé par-derrière, assenant sans doute à la volée le coup de masse, ou de mandrin, qui avait pulvérisé tout l'arrière du crâne ; le meurtrier s'était acharné sur le corps avec une grande sauvagerie, on distinguait nettement les trous faits par la pointe d'acier de la masse. Nick en compta sept, sur toute la largeur des épaules, dont quatre en suivant le tracé de la colonne vertébrale.

— Et vous, comment vous appelez-vous ?

Le policier révéla qu'il se nommait Carruthers. Il n'arrivait pas à croire qu'un reporter du *Trib* ait pu être sur les lieux si vite, moins de deux heures après que le carnage eut été signalé.

— Nous autres du *Trib* nous déplaçons à la vitesse de l'éclair, expliqua Nick.

La deuxième victime était allongée sur son lit. On l'avait tuée durant son sommeil. C'était une femme, peut-être madame Boyle, et elle n'avait plus de visage : les coups de masse en avaient fait une bouillie sanglante.

— A vomir, dit Carruthers.

— N'est-ce pas ? dit Nick qui se pencha sur l'amas de chairs sanguinolentes pour tenter au moins de noter la couleur des yeux. Mais il ne restait rien d'identifiable.

— Et le troisième mort ?

— Encore une femme. La femme de chambre de madame Boyle. Elle a dû essayer de s'enfuir par la porte de la cuisine, derrière. Elle n'est pas allée loin. Nom d'un chien, ce n'est pas croyable : vous êtes vraiment venu de New York à bicyclette ?

— Il n'y a jamais que cent soixante kilomètres, dit Nick tout en redescendant l'escalier. Qui d'autre était dans la maison, à part les victimes ?

Un couple de domestiques et le chauffeur, qui tous dormaient au-dessus du garage. Et dormaient profondément : seul le chauffeur avait fini par entendre quelque chose, les lumières allumées dans toute la maison l'avaient décidé à se lever, il avait d'abord découvert le corps de la femme de chambre...

— Elle vivait encore. Elle n'a rien dit. Elle est morte dans les minutes suivantes, pendant que le chauffeur était au téléphone pour donner l'alerte, et trouvait du coup le cadavre de monsieur Boyle.

Nick se pencha sur son troisième cadavre de la nuit : une jeune fille de peut-être dix-sept ou dix-huit ans, dont le visage était intact mais pas le reste. Le tueur avait cette fois visé la gorge, la poitrine et surtout le bassin. Nick estima que pas moins de vingt coups de masse avaient été assenés. La chemise de nuit relevée dévoilait tout le bas du corps, justement là où le mandrin s'était abattu à répétition, au point que cela n'avait même plus forme humaine. Dans le faisceau des torches électriques tenues par des policiers, c'était proprement horrible.

Nick alla bavarder avec le chauffeur, puis avec les deux autres domestiques. Il interviewa deux couples en robe de chambre, qui habitaient des villas voisines et connaissaient les Boyle pour les avoir reçus à dîner ou avoir été invités par eux. Il trouva un téléphone dans une de ces villas et appela le *Trib*. Il passa un premier compte rendu de deux mille mots (il n'avait pris aucune note et ne se fia qu'à sa mémoire). Il divisa le texte enregistré par les sténographes de Manhattan en trois parties : la première qui consistait en une description minutieuse des lieux, des cadavres, des circonstances de la découverte du triple meurtre ; la deuxième dans laquelle il donna tous les éléments en sa possession sur les victimes (il savait que l'équipe d'Engel était déjà au travail sur Paul Boyle, sur sa femme Laura, née Flanagan — le couple faisait partie de la haute société new-yorkaise) et sur les domestiques ; la troisième qui lui servit à faire le point de l'enquête que la police venait d'ouvrir — il indiqua les noms et adresses, la profession et les liens avec les victimes des trois personnes qui étaient non pas suspectes mais que, selon la formule habituelle, « la police souhaitait entendre comme témoins » ; il s'agissait de trois hommes, dont un était le jardinier curieusement absent.

Et le photographe qu'il attendait ? On lui jura que l'homme était parti en voiture quelques minutes après que la rédaction avait été alertée par le correspondant de New Haven, soit depuis déjà plus de trois heures, il ne devait plus tarder.

Quand il revint à la villa des Boyle, distante d'une centaine de mètres, on était en train de charger les cadavres dans une ambulance. Nick pénétra à nouveau dans la demeure et trouva celui qu'il cherchait, un photographe local recruté par la police pour prendre des clichés des corps avant leur évacuation. Contre dix dollars versés comptant et quarante autres qui seraient directement payés par le *Trib*, il passa commande de toutes les photographies qui avaient été prises. Engel n'en publierait sans doute aucune — le « sang à la une » lui faisait horreur — mais aurait non moins certainement hurlé de rage si Nick ne lui avait pas fourni ses archives.

— Je voudrais un reçu pour les dix dollars, dit Nick.

Le bonhomme s'exécuta. Il dévisagea Nick avec curiosité :

— Pourquoi m'acheter mes photos que votre photographe vient de prendre ?

— Mon photographe ?

Nick monta à l'étage, croisa dans l'escalier deux brancardiers emportant feue madame Boyle. Il capta l'éclair blanchâtre et l'odeur du magnésium. Un photographe se trouvait effectivement dans la chambre, prenant des clichés du lit ensanglanté. Dès la première seconde, la silhouette parut familière à Nick ; l'homme portait un long imperméable mastic, à col relevé, et un chapeau couleur marron ; il était mince et presque aussi grand que Di Salvo lui-même, qui dépassait le mètre quatre-vingts.

— Tu as pu prendre des photos de la femme de chambre ? Je pense que c'est surtout elle que l'assassin visait.

Nouvel éclair du magnésium, mais pas de réponse.

— Je voudrais aussi, dit encore Nick, deux ou trois clichés de la chambre du jardinier.

— Pas d'ordre à recevoir d'un prétendu reporter ringard qui travaille pour la concurrence, répondit la photographe sans même se retourner.

La voix à elle seule fit frissonner Nick Di Salvo. Cinq années s'effacèrent d'un coup.

— Kate ?

Alors seulement elle pivota et lui sourit.

C'est toujours le même regard bleu saphir, où s'exprimait une intelligence malicieuse, mais le sourire avait changé ; amer et doux à la fois, comme teinté de nostalgie, il s'effaça graduellement alors qu'elle marchait droit sur Nick Di Salvo, si gracieuse en dépit de sa grande taille, dans son trench-coat informe...

— Tu es marié, Nick ?

— Non.

Ils descendirent ensemble l'escalier (Nick affichant le plus grand flegme), traversèrent la maison d'où la marée policière se retirait, sortirent dans le jardin. Il avait plu dans la nuit. Une puissante odeur de terre détrempée parvint à leurs narines. Kate respira profondément et ouvrit son imperméable. Ses seins bougèrent avec souplesse sous son chandail. La gorge serrée, Nick détourna les yeux et repéra au-delà des grilles une Plymouth PB peinte en rouge vif, dont la portière avant arborait la raison sociale : N.Y. MORNING NEWS. Il s'agissait de l'une de ces six voitures que Karl Killinger avait constituées en escadron spécial, en piste jour et nuit de façon à couvrir tous les faits divers.

— Tu es venue de New York avec ?

Elle acquiesça :

— Pas seule. Dale Morton m'accompagne. Il doit être quelque part aux environs, à la recherche d'un téléphone pour passer son article. Tu as passé le tien ?

Il sourit : oui. Elle hocha la tête :

— Je vois que tu es toujours aussi rapide, remarqua-t-elle.

Elle déposa son matériel de photographe dans le coffre droit de la Plymouth et referma. Délestée du poids, elle se redressa et sa poitrine, apparemment libre de toute attache, souleva la laine bleue...

— Nick, Dale me connaît sous le nom de Christine Black.

— Et ton père ?

Elle rit :

— Il ignore que je travaille pour lui. Le grand Karl Killinger ne connaît pas le visage de tous ses employés.

Elle précisa qu'elle était employée au *Morning News*

depuis plus de deux mois maintenant. Deux semaines plus tôt, elle s'était trouvée dans la salle de rédaction en même temps que son père et avait dû filer se réfugier dans les toilettes du personnel féminin pour n'être pas reconnue. Nick Di Salvo l'examinait, dans la lueur des phares mêlés — ceux de la Plymouth et ceux d'une voiture de police. Le visage en cinq années avait peu changé (après tout, elle avait vingt-huit ans au plus), il était toujours aussi fascinant, par l'extraordinaire tension de tous les traits, surtout ; la fièvre nerveuse n'était d'aucune manière tombée, peut-être semblait-elle mieux contenue. Nick découvrit sans surprise qu'il était toujours aussi amoureux d'elle...

Dale Morton revenait, hors d'haleine. Il salua Di Salvo, l'insulta en souriant : une espèce d'abruti s'était servi du seul téléphone à un kilomètre à la ronde et avait ensuite coupé malencontreusement la ligne en arrachant les fils — les propriétaires de la maison étaient furieux — et lui Morton avait dû courir au diable vauvert, afin d'obtenir sa communication avec le *Morning* :

— Tu ne connais pas par hasard l'enfant de salaud qui a fait ça, Nick ?

— Ces téléphones ne marchent jamais deux fois de suite, à la campagne, expliqua suavement Di Salvo.

Kate-Christine annonça à son camarade qu'elle ne regagnerait pas New York tout de suite. Il pouvait prendre la Plymouth, elle se débrouillerait pour rentrer. Et qu'il emporte les photos, bien entendu.

— Ils vont être furieux, au journal. C'est moi le reporter, qui devrais rester ici et pas toi.

— Réflexion faite, dit Kate, je viens de démissionner. Tu leur annonceras la nouvelle, s'il te plaît, Dale.

Elle sourit à Nick :

— Tu as une voiture ?

— Un vélo.

Il lui indiqua l'engin, tandis que le reporter du *Morning* démarrait rageusement.

— Je pédale ou c'est toi ? demanda Kate.

Ils réussirent à parcourir une dizaine de kilomètres, elle assise sur le cadre et lui sur la selle. Nick finit par abandonner, les muscles en feu — cette fichue route n'était même pas plate. Ils échangèrent leurs places, sur l'insistance de Kate. Elle poussa sur les pédales à son tour : « Qu'est-ce que tu crois, Nick ? ce qu'un homme peut faire, je peux le faire aussi. — Je te crois capable de tout », répondit-il, sentant sur son cou le souffle tiède de la jeune femme, et le frôlement de ses longues cuisses contre les siennes.

Ils firent le dernier kilomètre à pied, poussant la bicyclette.

— J'ai oublié de te dire : il y a une fille qui m'attend dans mon lit.

— Amie de rencontre ou fiancée ?

— Parle-moi plutôt de toi.

— J'ai faim et soif. Je n'ai pas dîné.

Ils s'installèrent dans le petit bar de l'hôtel. Il était à ce moment-là dans les quatre heures trente du matin. Kate ôta son imperméable. Dessous, outre son chandail bleu, elle portait un pantalon de la même couleur tabac que son feutre. Elle engloutit les trois sandwichs que Nick lui prépara, assise dans un fauteuil, ses jambes interminables étendues sur une table basse.

— Bière, s'il te plaît. Comment s'appelle la fille qui dort au-dessus de nos têtes ?

— Mandy. Amanda.

— Tu n'as pas répondu à ma question à son sujet.

— Tu veux m'épouser, Kate ?

(Nick n'était lui-même pas assuré que ce fût là une plaisanterie.)

Une seule lampe était allumée dans la pièce dont tout un pan de mur, vitré, donnait sur l'Atlantique encore obscur. Les yeux saphir tournèrent lentement, leur regard songeur se posa sur Nick.

— T'épouser, sûrement pas.

« Tu ne vas quand même pas te mettre à trembler comme un collégien boutonneux », pensa Nick. Il ne fumait pas, sans quoi il eût probablement allumé une cigarette ; il occupa donc ses mains à farfouiller sur les étagères d'un placard et en retira une bouteille de whisky. Il se versa un verre.

— Je ne pense pas que je vais relever le sous-entendu, dit-il. Si sous-entendu il y a. Parle-moi de toi, Kate.

Elle se mit à parler, tantôt le fixant, tantôt contemplant la mer sur laquelle l'aube n'était pas encore levée. Elle dit qu'elle allait lancer un nouveau journal. Pas dans les conditions du premier. Cette fois, elle disposerait de l'argent nécessaire...

— J'ai déjà un million de dollars et quelques, Nick. Bien entendu, cet argent ne doit rien à mon père, je l'ai gagné seule. Il ne sait même pas que je le possède. (Sourire :) Enfin, je l'espère.

Nick s'installa sur un tabouret.

— Je n'aurais pas assez d'un million, Nick. Même si Papa me laissait en paix. Ce qui ne sera pas le cas. Il fera tout pour que j'échoue, je le sais.

Il ouvrit la bouche, se préparant à dire qu'il ne croyait pas du tout que Karl Killinger fût disposé à engager la bataille contre sa propre fille. Elle secoua la tête en souriant :

— Ne dis rien, Nick. Tu pourras ensuite te vanter de m'avoir prévenue, si par miracle Papa ne tentait rien. Mais je ne crois pas que ça arrivera. Nous allons vraiment nous battre, lui et moi...

Parce que cette fois, elle ne se contenterait pas de sortir un torchon comme la défunte *Gazette*, ce qu'elle avait en tête était un vrai concurrent du *Morning News*. Pas seulement du *Morning*, d'ailleurs, elle allait engager le combat contre tous les quotidiens new-yorkais sans exception. Mais bien sûr, l'adversaire principal...

— Pour toutes sortes de raisons, Nick...

... serait le propre journal de Karl Killinger. Et elle connaissait son père. Il allait peut-être hésiter, au début. Et encore. Mais à mesure que son journal à elle prendrait de l'ampleur, nécessairement, le grand patron du *Morning* allait se sentir obligé d'engager le fer.

— Ça va être une sacrée bagarre, Nick. Tu ne me demandes pas pourquoi j'ai travaillé au *Morning* pendant ces deux derniers mois ? La réponse est simple. J'espionnais mon futur adversaire, Nick. Le journal de Papa est sacrément bien fait, soit dit en passant, j'y ai appris en soixante-dix jours plus que durant les cinq dernières années. Ça, c'est la première raison. La deuxième est plus banale : j'ignorais tout de la photo, je veux dire de la photo de presse, de reportage. J'en sais un peu plus maintenant. Je peux avoir une autre bière ? Je meurs de soif.

Il sortit une nouvelle bouteille de la glacière, la décapsula, la lui tendit. Elle but directement au goulot, avec adresse, faisant couler le liquide sans bloquer sa gorge.

— Et il y avait une troisième raison, Nick. Je suis revenue d'Europe depuis déjà plusieurs mois. J'ai trouvé l'emplacement, j'ai des machines, je sais à peu près qui je vais engager.

— Pas moi, dit Nick.

Elle se contenta de sourire.

— Nous en reparlerons. Pour l'instant, je veux seulement t'exposer ce que j'ai en tête. Tu es le premier à qui j'en parle, je veux dire : aussi complètement. Nous nous sommes rencontrés cette nuit, mais je serais venue te voir de toute façon, l'un de ces jours. La troisième raison pour laquelle je suis entrée au *Morning* sous un faux nom tient à l'argent. Je t'ai dit que je n'aurai pas assez d'un million de dollars. Je l'ai investi et j'attends qu'il fructifie.

Dans les mois qui viennent, je pense tripler mon capital. Ou alors je serai ruinée. Ce qui ne sera pas tragique. Mon père est milliardaire, après tout.

— Trafic d'armes, de femmes ou casinos ? demanda Nick.

— Rien de tout ça. Je n'ai pas envie d'en parler maintenant. J'aurai trois millions de dollars, Nick. Une banque m'en prêtera deux autres. Soit cinq en tout. Papa en a vingt fois plus mais je dois quand même m'en tirer.

Nick vida son verre et en emplit un autre. Le tremblement de ses mains ne s'apaisait pas : tu es fou, Nick Di Salvo, tu as à deux mètres au-dessus de toi une blonde douce et tendre qui ne te pose aucun problème, qui n'est même pas amoureuse de toi, Dieu merci, ou alors à peine ; tu as un bon boulot dans l'un des meilleurs journaux du monde et l'on commence à y parler de toi, non seulement pour une augmentation mais encore pour des responsabilités plus importantes ; tout ce dont tu as toujours rêvé en somme... et la voilà qui surgit en pleine nuit du Connecticut, tu l'avais presque oubliée (presque), elle te parle de ce journal qu'elle va lancer, pour lequel tu devras tout lâcher, tout remettre en jeu. Sans compter qu'il te faudra travailler trente heures par jour...

Il vida son deuxième verre. Le jour ne se levait pas encore mais des signes se manifestaient, qui annonçaient une aube toute proche. Une brume légère montait de la mer.

— Quand allons-nous reparler des gens que tu vas engager, c'est-à-dire de moi ?

— Maintenant, Nick. On en parle maintenant.

— Je n'ai pas du tout envie de quitter le *Trib*.

— Et la blonde pulpeuse ?

Il haussa les épaules. Kate se pencha avec une souplesse féline et très délicatement ôta sa chaussure droite, puis l'autre. Ses talons étaient très bas.

— Tu gagnes combien actuellement, Nick ?

— Quatre-vingt-cinq.

— Alors tu as été augmenté depuis trois jours. Lundi dernier, tu en étais à soixante-quinze.

— Ils vont m'augmenter.

— Je t'offre cent cinquante par semaine.

— Je dirai non au double.

— Et je te verse cinquante mille dollars d'avance, sur un compte à ton nom. L'argent sera bloqué pour un an. Si dans douze mois après ton entrée en fonction en tant que mon rédacteur en chef, tu tiens vraiment à me quitter, tu emporteras les 50 000 dollars et tu sais aussi bien que moi que le *Trib* te reprendra. Ou bien le *Times*. Ne me dis pas le contraire.

Pour la première fois depuis qu'il l'avait découverte devant un lit trempé de sang et de débris de chair humaine, Nick soutint le regard bleu saphir de la jeune femme.

— Ce n'est pas un problème d'argent et tu le sais, Kate.

Elle renversa la tête en arrière et secoua ses cheveux cendrés, puis elle s'étira, faisant (très délibérément, aucun doute sur ce point) saillir ses seins dont les pointes se dressèrent à travers la laine. Ils étaient nus sous le chandail, Nick en était certain maintenant. L'aube qui se levait, emplissant le bar d'une clarté précise, ne lui permettait plus d'en douter.

— Tu as été amoureux de moi depuis le début ou presque, Nick. Je l'ai toujours su et tu savais que je le savais. Nous avons travaillé côte à côte pendant dix mois, nuit et jour...

Avec l'irrésistible et lent mouvement d'un navire qui tourne, les yeux de Kate Killinger abandonnèrent leur contemplation de l'océan frangé de rose à l'horizon et vinrent chercher ceux de Nick :

— Nous n'avons pas couché ensemble quand nous étions dans le Queens, Nick. Deux ou trois fois, il s'en est fallu de peu, si tu veux bien t'en souvenir.

Il s'en souvenait. Ô combien !

— J'étais mariée, en ce temps-là, et je suis du genre à respecter les contrats. Mais je suis libre, à présent.

Elle le fixait toujours. Un nom surgit dans la mémoire de Nick : celui de Rourke. H.H. Rourke. Il avait rencontré Rourke. Une fois. Cela s'était passé chez *Bleek*, le bar qui servait d'annexe à la rédaction du *N. Y. Herald Tribune*. Rourke était entré et était venu droit à la table où il était assis, il avait pris place sur la banquette opposée, conservant en dépit de la chaleur qui régnait à New York ce jour-là, ses mains enfoncées dans les poches de son trench-coat à la ceinture bouclée, gardant également vissé sur le crâne un feutre gris à bande noire. Rourke et lui avaient bu quelques verres ensemble, en peut-être trente ou quarante minutes.

L'homme était des plus déconcertants. Il avait suscité chez Nick deux sentiments très contradictoires : de l'exaspération (comment pouvait-on être à ce point sûr de soi et indifférent à l'effet produit ?) mais aussi, comme par bouffées, de l'amitié très chaleureuse, quand le sourire éclairait les prunelles vert bronze. Hatchi Rourke — *Hatchi* étant apparemment la seule façon de prononcer sans s'arracher la gorge le double H de ses prénoms — ou bien encore S.O.B. Rourke, Son-Of-A-Bitch Rourke, Rourke l'Enfant de Salaud, capable disait-on de manipuler jusqu'à leur mort les héros de ses reportages. A tort ou à raison on voyait en lui l'auteur de quelques-uns des scoops les plus retentissants des dernières années. Il ne travaillait pour aucun journal précis. C'était un indépendant, un *free-lance* opérant sous quantité de pseudonymes. Ce goût du secret, où certains voulaient voir du mépris pour la notoriété, suffisait à provoquer l'antipathie de pas mal de reporters si jaloux de leur signature. Nick Di Salvo ne pêchait certainement pas par timidité, son culot était à l'ordinaire infernal, mais l'étrange H.H. Rourke l'avait bel et bien impressionné.

Il ne savait pas grand-chose des liens l'unissant à Kate Killinger. Rourke et Kate avaient vécu ensemble, la chose était avérée, et en Chine qui plus était. Mais avant la Chine et après, rien : le correspondant général pour la Chine du *Trib* avait un jour, de passage à New York, évoqué le couple que formaient à Shanghaï la fille de Karl Killinger et le reporter indépendant ; ils avaient eu un enfant, sans être pour autant mariés ; d'après lui, le couple s'était défait, on en avait beaucoup parlé à l'époque dans les réunions shanghaiennes.

Cela remontait tout de même à plus d'un an.

En sorte que Nick Di Salvo faillit poser la question : où en étaient-ils, maintenant Rourke et elle ?

— Nick ?

Il réalisa que, perdu dans ses réminiscences, il avait laissé s'établir un long silence dans le bar. Il faisait jour, la lampe allumée n'avait plus de raison d'être, Nick l'éteignit, rangea la bouteille de whisky dans le placard, parfaitement conscient de ce qu'il cherchait à gagner du temps, mais incapable de trouver quoi que ce fût à dire. Elle demanda :

— Quand rentres-tu à New York ?

— J'ai encore deux jours de vacances.

Elle se dressa, marcha un peu dans la pièce, allant et venant avec une sorte de calme fureur. Nick la suivait des yeux bouleversé par sa beauté. Elle s'immobilisa devant la large baie vitrée ouvrant sur l'Atlantique. La brume achevait de se dissiper, vaporeuse. On commençait à distinguer Long Island au loin.

— Tu me connais, dit Kate d'une voix sourde, je n'ai jamais su attendre. Et qu'est-ce que je fais en ce moment ? Je compte les jours et les heures. Je meurs d'impatience, Nick, je me ronge, c'est intenable. C'est certainement une maladie, d'être pressée à ce point.

— Je ne crois pas que tu sois folle.

— Mais tu penses l'être, toi. (Bien qu'elle lui tournât

le dos, il devina qu'elle souriait.) Parce que tu vas accepter de travailler avec moi... Non, ne me réponds pas. Je pars lundi pour la Floride. J'aimerais que tu m'accompagnes.

Le silence revint. Immobile, Kate contemplait toujours la mer. Elle bougea enfin, ramassa ses chaussures mais ne les enfila pas. Elle sortit et presque malgré lui, Nick Di Salvo lui emboîta le pas. Il s'arrêta sur le seuil. Une petite route en terre desservait l'hôtel et n'allait d'ailleurs pas plus loin.

— Ton imperméable, dit Nick en tendant le vêtement.

Elle le prit et le roula en boule, y adjoignant les chaussures, faisant du tout un paquet qu'elle plaça sous son bras gauche. Elle était toujours pieds nus.

— Comment vas-tu rentrer ? s'enquit Nick.

Pour toute réponse, elle dressa son bras droit. Aussitôt un moteur de voiture se mit en marche, émettant un sourd et puissant grondement de fauve. Une Cadillac Fleetwood, seize cylindres, couleur bleu nuit, vint s'arrêter devant Kate. Elle était pilotée par un petit chauffeur en livrée et casquette qui ressemblait de façon assez surprenante au nouveau Chancelier qu'ils avaient en Allemagne, Adolf Hitler.

— Tu te souviens d'Emil Kranefuss, Nick ?

— Oui. Bonjour, Emil.

— Bonjour, monsieur Di Salvo, répondit Kranefuss.

Il avait mis pied à terre pour ouvrir la portière arrière à Kate et ôta sa casquette, libérant sa mèche noire, qui du coup lui tomba sur l'œil et, la moustache rectangulaire aidant, accentua encore la ressemblance déjà saisissante. Elle s'installa sur la banquette de cuir :

— Neuf heures quinze, Nick. Le train part lundi à neuf heures quinze.

Il ne répondit rien. La Cadillac s'en alla en dansant sur les bosses du chemin, soulevant une fine poussière jaune qui flotta longtemps, immobile, après la disparition de la voiture. Nick Di Salvo attendit que le dernier grain de sable se fût déposé pour refermer la porte. Puis il monta dans sa chambre où l'attendait... comment s'appelait-elle, déjà ? Ah ! oui... Amanda Lloyd...

Le canot à moteur piqua droit sur une nouvelle île. En vérité c'était à peine un îlot, guère plus grand que les deux premiers, soit six à sept cents mètres de long sur, au mieux, deux cents de large. A bord du canot, outre Nick et Kate, se trouvaient Arthur Simpson et une espèce de marinier qui était très probablement indien et s'occupait du moteur. A Nick, Kate avait présenté Simpson comme son associé. Simpson avait la quarantaine, des cheveux roux, l'œil bleu et un tic qui consistait à se frotter les mains en permanence ; il appelait Kate « miss Kate », mesurant dix bons centimètres de moins qu'elle, et avait l'air, quand il lui parlait, d'un marchand de biens considérant de bas en haut l'Empire State Building et se demandant comment il allait le repeindre. A leur première rencontre, Nick avait pensé que Simpson était peut-être un escroc. Il était revenu sur cette impression première : Simpson était *certainement* un escroc, « je ne lui confierais même pas ma montre ».

Nick jeta un coup d'œil à l'entour : on était dans un paysage rigoureusement plat, où la terre et l'eau se confondaient, pareillement verdâtres et nimbées d'une brume que le soleil pourtant déjà haut ne parvenait pas à dissiper. Dans le sillage de l'embarcation se trouvait la ville de Miami et à en croire Simpson, cette langue de terre sur la droite était une île fréquentée par les seuls milliardaires — Nick eût plutôt penché pour une presqu'île mais il n'était pas têtu. Il desserra sa cravate, l'air était humide et chaud. Kate et lui avaient débarqué du train de New York quatre heures auparavant. Depuis, on avait couru, sans la moindre seconde de répit, de bureaux en bureaux, puis jusqu'à un quai, où l'on avait embarqué sur ce machin (Nick n'avait jamais mis les pieds sur aucun bateau, hors le ferry de Staten Island). Aucune explication. Il n'avait d'ailleurs pas posé de question. Il était encore sous l'effet de ce qui s'était passé, entre Kate et lui, dans la cabine de première classe du train. De ce qui ne s'était pas passé, en fait. Sa défaillance avait été totale — pour un peu il eût sauté du convoi en marche. Oh, elle s'était montrée compréhensive ! (« Ce n'est rien, Nick, n'en faisons pas une histoire, ça peut arriver à n'importe quel homme. Tu es un peu trop amoureux de moi, c'est tout... »)

On débarqua sur le troisième îlot, à tous égards semblable aux précédents. Les travaux y étaient toutefois moins avancés : on continuait de remblayer, grâce à une noria de camions amenant de la terre, qui était déversée sur les blocs de béton. Arthur Simpson se remit à parler, avec son accent traînant du Sud. Selon lui, en gagnant un peu plus sur les eaux de Biscayne Bay, on pourrait atteindre à une superficie de vingt hectares, pour cette seule troisième parcelle. Soit cinquante acres. Que donc l'on vendrait — « j'ai déjà neuf acheteurs », affirma le rouquin aux yeux bleus — entre vingt et vingt-deux mille dollars l'un. Sitôt qu'ils seraient viabilisés, bien entendu. Mais Simpson préférait attendre, pour céder ces terrains, attendre qu'ils fussent construits :

— Nous pourrions réaliser vingt à trente pour cent de bénéfices supplémentaires.

Le mouvement de tête de Kate fut sans équivoque : non. Et en dépit de son abattement du moment, Nick faillit sourire : prêcher la patience à Kate Killinger cela revenait à demander à un volcan de patienter un peu avant d'entrer en éruption. On repartit du troisième îlot, on alla au nord, vers North Bay Village — autres îlots que l'on visita de même —, puis on parvint à un entassement de cabanes dont Simpson lui apprit que cela s'appelait Indian Creek...

— Ça va Nick ?

— J'ai faim, dit Nick.

Et il pensa, de plus en plus amer : « Je me fais l'effet d'un gigolo que sa richissime maîtresse traîne derrière elle. A un détail près : je suis un gigolo qui a soudain perdu toute sa virilité. Bon, arrête, Nick, tu ne vas pas te suicider... »

Kate et Arthur Simpson arpentèrent une heure et demie durant ce qui n'était rien de plus qu'une mangrove, un marécage planté de palétuviers. La chaleur était abominable, quasi tropicale ; un parfum doucereux de décomposition stagnait entre les branches emperruquées de mousse espagnole ; l'idée de tenter une opération immobilière au sein de cette jungle marécageuse avait tout du canular ; pourtant cela ne semblait pas tout à fait utopique, déjà çà et là, quelques plages de sable se dessinaient, un petit hôtel s'élevait même à quelque distance, simple bâtiment en bois à un étage.

« Rien de tout ceci n'a le moindre sens », pensait Nick, « je suis journaliste, il y a trois ou quatre jours — je ne m'en souviens même plus moi-même — j'ai donné ma démission d'un journal pour lequel j'étais parfaitement heureux de travailler. Et j'ai pris un train pour la Floride, voyageant dans le lit de la plus belle femme qu'il m'ait été donné d'approcher... mais à qui je n'ai pas réussi à faire l'amour. Je suis en Floride, j'y crève de chaleur et de faim, au milieu... »

— Il y a des alligators, dans le coin ? demanda-t-il au marin indien.

— Des tas, dit l'Indien impassible.

— Il n'y a pas d'alligators dans la mer, dit Nick.

L'Indien haussa les épaules, avec la plus grande indifférence. La chaleur montait sans cesse. Dans certaines anses presque entièrement cernées par les palétuviers, l'eau saline semblait sur le point de bouillir ; des écharpes de vapeur gluante s'en échappaient et des grappes de grosses bulles fétides, montant du fond vaseux, venaient crever à la surface.

— Bien sûr, il faudra assainir tout ça, déclara Simpson, avec un geste impérial.

Kate et son étrange associé finirent par rembarquer. Le canot automobile repartit, en direction du continent, quinze cents mètres plus loin, il stoppa près d'un petit embarcadère de planches vermoulues qui devait dater des guerres indiennes.

— Tu as toujours aussi faim, Nick ?

— Je mangerai un alligator vivant. Sans moutarde.

Elle sauta lestement sur les planches, il la suivit. Mais pas Arthur Simpson qui s'éloigna aussitôt, avec son bateau et son Indien. Nick regarda autour de lui : l'endroit était des plus déserts, hors la route qui reliait Miami à Fort Lauderdale, il n'y avait pas le moindre restaurant en vue, ni la plus petite construction. Kate Killinger consultait son bracelet-montre, dont les diamants étincelaient dans le soleil :

— Il est en retard, dit-elle. Trois minutes.

Il leur fallut attendre encore un peu, puis la Cadillac parut, couverte de poussière, arrivant tout droit de New York. Kranefuss était désolé, il avait été victime de sept crevaisons, trois éclatements, et d'une panne d'essence : une grève avait empêché le ravitaillement des pompes dans toute la Caroline du Nord.

— Je vais conduire, Emil, dit Kate. Tu traînes vraiment trop. Allonge-toi sur la banquette arrière et dors.

Elle s'installa au volant, fit monter Nick à côté d'elle, opéra un demi-tour et lança la Cadillac vers le Nord.

— Où veux-tu que nous allions ? répondit-elle à la question de Nick. A New York, bien entendu. Sauf que nous nous arrêterons une ou deux fois en route, et ferons un ou deux détours, c'est pour cela que nous rentrons en voiture. En train, les correspondances manquaient, nous aurions perdu du temps.

... Mais oui, mais oui, on allait prendre le temps de manger un morceau, elle aussi avait faim. Elle accélérait constamment, tirant à fond sur les seize cylindres, pilotant avec une dextérité ébouriffante. Derrière, le petit Kranefuss dormait, pelotonné.

— Tu as compris ce que je fais à Miami Beach, Nick ?
— De la spéculation immobilière.
Vrai et faux à la fois, dit-elle. Un quart d'heure plus tôt, enfin, elle avait tout de même consenti à stopper. Nick et elle avaient déjeuné sur le pouce. Ils étaient repartis sitôt la deuxième tasse de café avalée. Elle roulait à nouveau à tombeau ouvert. Elle se mit à parler de Miami. Qui quarante ans plus tôt comptait à peine quinze cents habitants. Puis Miami avait été relié à New York par le chemin de fer et deux ans plus tard la guerre entre les États-Unis et l'Espagne avait éclaté. Miami avait commencé de croître, même si le terrible ouragan de 1926 avait donné un coup d'arrêt à cette expansion...
— C'était il y a huit ans, Nick. L'un de mes grands-pères possédait là-bas une maison, et quelques terrains. Je suis une héritière, au cas où tu l'oublierais. J'avais passé à Miami Beach des vacances de Noël, quand j'avais quinze ans. J'y suis revenue l'an dernier. Je pensais tout liquider. Je n'avais alors qu'une idée en tête : réunir le maximum d'argent pour mon journal...
Elle avait donc failli vendre. A Arthur Simpson justement. C'était au moment même de signer les actes qu'elles s'était ravisée...
— Je me suis dit que ce que pouvait faire un Simpson, je pouvais le faire aussi. Après tout, il n'y a rien de plus bête que d'acheter et revendre des terrains, ça ne demande pas d'études particulières. Devenir promoteur immobilier est encore plus facile que d'être banquier, on a tout juste besoin de savoir lire et écrire. Et encore...
La Cadillac traversa Daytona Beach en trombe. On roulait déjà depuis six heures et hormis un court arrêt

pour faire de l'essence, Kate n'avait pas cessé d'écraser l'accélérateur.

— Je sais que tu n'aimes pas Arthur, Nick, je l'ai vu dans tes yeux...

— C'est un escroc.

Elle rit :

— C'est un promoteur, Nick. Et il me fallait un prête-nom. Tu ne voulais tout de même pas que j'apparaisse officiellement sous mon nom de Killinger ?

... Cent vingt acres, soit trente hectares, c'était la superficie que Simpson et elle avaient rassemblée en onze mois. Mais en réalité, cela faisait plus que cela. Par l'effet des remblaiements, on gagnait sans cesse de la terre sur le marais. Ils allaient vraisemblablement doubler, ou presque, ces chiffres...

— Allez, disons deux cents acres. Que nous vendrons pour sans doute plus de quatre millions de dollars. Arthur a déjà des clients, mais il ne sait pas tout, j'ai une arme secrète...

Une voiture de police les stoppa, sur la route de Jacksonville. Kate protesta en riant : quelle idée extravagante de prétendre qu'elle roulait à soixante-dix miles à l'heure ! Ou alors c'était le compteur de la Cadillac qui ne marchait pas bien. Elle frôlait les cent miles quand les policiers l'avaient arrêtée. Cent et pas soixante-dix.

Elle paya l'amende et repartit. Nick s'était offert pour la relayer au volant mais elle avait refusé. Elle ne pensait pas qu'il fût capable de conduire aussi vite qu'elle. Mais non, elle ne voulait pas le vexer. Bon, d'accord, qu'il veuille bien l'excuser, elle était un peu trop nerveuse, c'était vrai. Mais la cause en était cette visite rendue à ses investissements de Miami Beach. Où tout allait très bien. Qui n'allaient pas tarder à lui rapporter gros. Arthur Simpson n'était intéressé qu'à vingt pour cent, elle, Kate, percevrait donc les quatre cinquièmes des bénéfices...

— Trois millions de dollars au moins, Nick. Que je ne

recevrai pas d'un coup, remarque bien. L'argent me parviendra au fur et à mesure des ventes. En somme je disposerai en temps voulu, de l'argent nécessaire, pour financer le journal. J'ai déjà fait tous les calculs. Plutôt deux fois qu'une. Nous avons de quoi tenir deux ans, Nick. Disons trente mois. Dans trente mois, il faudra que le *Day* vive par lui-même, qu'il dégage suffisamment de rentrées pour s'autofinancer. C'est simple, au fond. Tu n'es pas de mon avis ?

On fit halte à Jacksonville, le temps de dîner d'un steak. Kranefuss s'était éveillé ; il se déclara prêt à reprendre son poste de chauffeur. Il avait conduit sans interruption durant plus de quarante-deux heures, entre New York et Miami ; il y avait chez ce petit homme frêle d'insoupçonnables réserves d'énergie. Ce que savait de lui Nick Di Salvo prêtait quelque peu à sourire : Kranefuss avait émigré vingt ans plus tôt d'Allemagne, juste à temps pour éviter de prendre part à la Grande Guerre. En deux décennies passées aux États-Unis et bien que de nationalité américaine, il n'était pas parvenu à s'exprimer autrement que dans un anglais rudimentaire ; ce qui lui avait valu, notamment au moment du torpillage du *Lusitania* par un sous-marin germanique, d'être pris à partie dans la rue et roué de coups ; et depuis quelque temps, en fait depuis l'accession au pouvoir de son presque sosie Adolf Hitler, cela avait recommencé : on lui tapait dessus au premier regard, il risquait littéralement sa vie dans les quartiers juifs de New York — c'était la vraie raison de son retard au rendez-vous avec Kate sur les bords de Biscayne Bay, il l'avoua durant le repas à Jacksonville : des camionneurs l'avaient pris en chasse aux abords d'une pompe à essence, il avait été contraint de se cacher trois heures durant, dans une cuve à mazout heureusement vide, pour échapper à un lynchage...

— Je pense que Kranefuss devrait raser sa moustache, dit Nick. Avec cette mèche qui lui tombe sur l'œil chaque fois qu'il ôte sa casquette, c'est de la provocation pure.

— Emil a laissé pousser sa moustache avant que ce clown à Berlin soit connu par quelqu'un d'autre que sa mère, répondit Kate. Si quelqu'un doit changer, c'est l'autre.

Kranefuss avait repris le volant et, par une nuit sans lune, conduisait presque aussi vite que Kate elle-même. A n'en pas douter, c'était un pilote hors pair. Nick se sentait mieux. Le souvenir de son fiasco humiliant dans le train New York-Miami s'estompait un peu. A peine voyait-il Kate, assise à sa droite sur la banquette arrière de la Cadillac lancée à pleine vitesse vers Savannah.

— Arthur Simpson a des clients, disait-elle. Mais j'ai les miens, auxquels il n'a pas pensé. Le savais-tu, Nick ? Pour acheter un terrain ou une maison à Miami Beach, mieux vaut être WASP : blanc, protestant et anglo-saxon. Toi-même, qui t'appelles Di Salvo, tu aurais du mal à devenir propriétaire.

— Je n'en ai pas les moyens, de toute façon.

— Peu importe, la question n'est pas là. Je vais vendre aux Juifs de New York, Nick. J'ai en horreur toutes les ségrégations. Peut-être parce que si j'avais été le fils, et non la fille de Karl Killinger, j'aurais sans doute eu dix fois moins de mal à créer mon propre journal.

— Tu leur vendras à quel prix ?

— Bonne question. Le même prix qu'à n'importe qui.

— Que dira Simpson ?

Elle lui glissa un regard ironique.

— Il s'appelle Simpson autant que tu t'appelles George Washington. Son vrai nom est Fleggenheim. Ou Fleggenheimer ou quelque chose de ce genre. Nick ?

— Oui.

Le regard saphir se fit acéré.

— Je vais réussir cette saleté de journal ou j'en crèverai.

— Il ne sera heureusement pas nécessaire d'aller jusque-là, répliqua-t-il aussi légèrement qu'il le put.

Tant de fièvre chez Kate le troublait. Il y avait en elle une force latente, une passion impatiente qui frisait la fureur. L'une des qualités les plus remarquables en Nick Di Salvo était la froideur de son jugement. Dans le livre de souvenirs qu'il ferait paraître plus tard, évoquant cette période de sa propre vie (mais les mémoires furent surtout consacrées à Kate Killinger), il écrirait : « ... Je ne pouvais croire à une réaction vraiment violente de la part de Karl Killinger, à la parution du *Day*. Les appréhensions de Kate, sa certitude de ce que son père la combattrait avec furie, avec même plus de rage qu'il n'en eût mis à lutter contre un concurrent inconnu, tout cela me semblait démesuré, sinon tout à fait faux ; je le mettais au compte de la haine-amour que Kate avait toujours éprouvée à l'égard de son père. Les personnalités de ces deux êtres étaient incroyablement fortes, une opposition était dans l'ordre des choses, dès lors que l'un et l'autre jouaient pareillement leur vie dans la création et le succès d'un journal qui ne fût qu'à eux. Et sur le même territoire, qui plus était (rien n'eût empêché Kate de lancer le *Day* à Los Angeles ou Chicago par exemple, mais elle tenait à New York — précisément parce que son père y régnait en maître). Entre le Killinger que j'avais connu jusque-là, et qui m'avait tant aidé, un homme calme, courtois, serein, qui me parlait de sa fille avec un sourire indulgent et tous les signes d'une immense tendresse, entre lui et une Kate constamment dévorée par une impatience fébrile, j'avais fait mon choix : elle se trompait sur son père... Je sous-estimais l'agressivité presque sauvage dont ils étaient l'un et l'autre capables... »

— J'ai failli ne pas lancer ce journal, Nick, dit soudain Kate. Il s'en est fallu de très peu...

La Cadillac continuait de se ruer dans la nuit. Peu de temps auparavant, on avait franchi la frontière de la

Caroline du Sud, droit vers Raleigh et Nick — mais ce n'était peut-être qu'un effet de son imagination — croyait sentir des effluves de tabac dans l'air s'engouffrant par une vitre ouverte. Une heure plus tôt, Kate s'était plainte d'avoir froid. Kranefuss avait stoppé, il était allé prendre des plaids de voyage dans le coffre, Nick lui-même s'était enveloppé — la touffeur floridienne avait disparu.

— Je voudrais m'excuser, Nick. Ce qui s'est passé dans le train n'était pas de ta faute, mais de la mienne. Il n'est pas si surprenant que tu te sois trouvé... bloqué. Peu d'hommes l'auraient été à ta place. Mais tu n'es pas n'importe qui...

Il fut sur le point de parler. Elle le pressentait et posa une main sur la sienne pour le faire taire. Et laissa cette main.

— Tu sais que j'aime toujours ce salopard de Rourke, n'est-ce pas, Nick ?

— Je pense que c'est évident, dit Nick très triste.

— Ça l'est pour toi. Et pas seulement parce que tu me connais bien. Tu devines ces choses. Je pense que je me suis conduite comme une garce : je te tombe dessus dans le Connecticut et puis nous voilà dans un train ensemble, face à face, et dans le même lit. Je parie que tu as hésité jusqu'à la dernière seconde, avant de te décider à venir avec moi en Floride.

— C'est vrai, dit Nick.

— Tu regrettes d'être venu.

— Ça dépend des moments.

— Ce n'est pas renoncer à ta carrière au *Tribune* qui t'a fait hésiter. Pas plus que tu ne t'es finalement décidé à cause de l'argent que je t'ai offert. Tu as hésité et tu es venu, à la fois, parce que tu es amoureux de moi. Et ça ne s'est pas arrangé, en cinq ans, hein ?

— Pas vraiment.

— Tu veux que je te parle de Rourke ?

— J'aime autant pas.

— J'ai envie d'en parler, de t'en parler. On en parle une fois et puis ce sera fini.

Il fit tourner son poignet et prit dans sa paume la longue main de Kate — presque aussi grande que la sienne. Elle commença l'histoire tout au début, plus de dix ans auparavant.

La première fois qu'elle avait rencontré H.H. Rourke. Quand Karl Killinger avait essayé d'engager celui-ci comme reporter, après que Rourke eut réussi son premier véritable scoop, celui de l'affaire Karpinen. Et comment elle était tombée amoureuse de lui, dans la seconde. Et comment elle avait longtemps cru que ce n'était qu'amourette d'adolescente. Et puis non, les mois, les années avaient passé et elle n'avait rien pu faire, elle n'avait même plus lutté. Bien qu'elle sût, presque depuis le premier jour, que ça n'avait pas de sens, qu'elle et Rourke n'avaient pas la moindre chance de vivre réellement ensemble. Ils étaient comme l'eau et le feu. Oui, la comparaison était juste : elle brûlait sur place et lui courait, il était homme à vagabonder toute sa vie, rien au monde ne pourrait le retenir, ni personne. De l'eau qui court, inlassablement. Une femme n'avait pas de place auprès de lui, chasseur solitaire. Et moins que quiconque Kate Killinger, qui était assez folle pour rêver de laisser sa marque sur la terre, elle, une femme...

... Et tour à tour elle et lui avaient manqué de peu de renoncer à ce qui était leur rêve absolu. Rourke lui avait offert de l'emmener avec lui ; il en était venu à proposer de renoncer lui-même, de se fixer. Folie pure. Combien de temps cela aurait-il duré ? C'était à l'avance voué à l'échec...

... En sorte qu'elle avait cédé, elle. Cela l'avait conduite jusqu'en Chine. En Chine où ils avaient en effet vécu, parcourant tout le pays. Elle ne voulait d'enfant à aucun prix, elle s'était juré de ne pas en avoir, surtout de

Rourke. Mais, elle avait cédé une fois encore et dès lors s'était vue prisonnière, à jamais. Ils s'étaient séparés à Shanghaï. Cet enfant de salaud était reparti de son côté, elle du sien. Pour autant qu'elle le sût, il se trouvait à nouveau en Chine...

— Il est très capable de se faire tuer, Nick, très capable. Ce serait bien de lui. Il est anormal. Il porte en lui la conviction définitive que rien ne peut lui arriver, que tous ces carnages dont il s'arrange pour être le témoin ne peuvent l'atteindre en aucun cas, il dit qu'il est un spectateur, rien d'autre. Papa et lui partagent une maxime : *pour un reporter, la mort est toujours bonne*. La mort des autres, s'entend. Pas la sienne. Oh, mon Dieu, Nick, c'est horrible, certains jours j'en suis presque à attendre la nouvelle de sa mort. Qui me rendrait libre, en quelque sorte...

Elle pleurait. Nick défit l'étreinte de sa main et passa son bras autour de la jeune femme. Elle s'abandonna contre lui, finit par s'allonger sur la banquette.

... Elle avait revu Rourke, depuis leur séparation de Shanghaï. Deux fois. A Paris dans les deux cas. Un temps, elle avait loué un appartement boulevard de La Tour-Maubourg, près des Invalides. Rourke était venu un soir, pour voir son fils. Il était resté quoi ? Peut-être cinq minutes...

... Puis au printemps dernier. Rourke rentrait d'Allemagne, il y avait été le témoin de la folle Nuit des Longs Couteaux, il était passé la voir au *Ritz*. Trois minutes, à peine.

— Je l'ai accompagné à son train. Il repartait, comme d'habitude. Dieu sait pourtant que je m'étais juré, cette fois encore, de ne plus jamais le revoir. Mais ça a été plus fort que moi. Et je me revois pleurant comme une idiote, sur ce quai de gare. Comme dans un film, bonté divine ! Il y a vraiment de quoi rire. Je raconte n'importe quoi, je ne me souviens plus... Non, ce n'est pas vrai, je me souviens très bien, je me souviens de chaque mot. Je lui ai dit que je ne voulais pas recommencer, que cette fois je n'irais pas le rejoindre. Il m'a répondu que la prochaine fois, ce n'est pas moi qui irais le rejoindre, mais que c'est lui qui viendrait...

Elle se tut un moment.

— J'ai envie qu'il me revienne, Nick. Et en même temps, j'ai peur qu'il le fasse. Tu peux comprendre ça ?

— Je n'en suis pas trop sûr, dit Nick. Oui et non.

Deux heures plus tard, Kranefuss stoppa une nouvelle fois, très doucement, la Cadillac. A l'aide de bidons pris dans le coffre, il emplit le réservoir. Puis repartit, avec la même douceur. Par le rétroviseur intérieur et à la faible lumière du tableau de bord, le regard du petit chauffeur croisa celui de Nick.

— Elle dort, dit Nick à voix basse.

Kranefruss acquiesça.

La maison qu'elle habitait à Long Island, petite en comparaison des grosses propriétés qui s'étendaient de part et d'autre, comptait néanmoins huit pièces, dont quatre chambres. C'était une construction en bois à un étage, très fraîche d'aspect, dont les portes-fenêtres à la française donnaient sur un jardin assez vaste où des allées de sable bordées de massifs fleuris convergeaient vers une piscine joliment dessinée qu'entouraient trois grands acacias blancs. Des petits parasols aux couleurs gaies surmontaient des tables métalliques et des chaises pliantes orange vif. Une douzaine de pierres dessinaient une chaussée sur une pelouse de gazon très fin qui descendait en pente douce vers la mer, en l'occurrence la baie de Hampstead. Le minuscule bourg de Glenwood Landing se trouvait à un millier de mètres dans le sud.

Lorsque Kranefuss les déposa, l'après-midi touchait à sa fin. La brise du soir, chargée d'odeurs d'algues pourries, soufflait de la mer que striaient des lignes argentées. Le petit homme silencieux alla ranger la Cadillac dans un hangar entièrement dissimulé par le feuillage touffu d'une glycine puis, sur un simple hochement de tête, s'éloigna au volant de sa voiture personnelle, une Ford T.

Des Chinoises sortirent alors de la maison, trois femmes, dont la plus grande ne dépassait pas un mètre cinquante. Au grand ébahissement de Nick, ce fut en chinois — si c'était bien du chinois — qu'elles s'adressèrent à Kate, qui leur répondit dans la même langue. On entra, Nick hésitant toutefois et demeurant sur le seuil. Le salon qu'il avait sous les yeux croulait sous les piles de journaux et par une double porte ouverte, il découvrit un bureau dont le centre était occupé par une vaste table, presque complètement recouverte de ce qui semblait être des maquettes. Kate avait disparu avec ses Chinoises. Nick s'avança jusqu'au bureau et y pénétra. C'était bien des maquettes, surtout de « unes », de premières pages d'un journal de format tabloïd, *THE Queens & Long Island DAY*. La composition du titre était telle que « Queens & Long Island » n'apparaissaient guère, avec leurs caractères réduits comme ils l'étaient, au contraire de *THE DAY*, ces deux mots se détachant fort nettement et dessinés très droits, tranchant sur le gothique ordinairement utilisé pour les titres. Nick étala quelques-unes des maquettes. Plusieurs formules avaient été étudiées : trois, quatre ou cinq colonnes.

— Qu'en penses-tu ?

Il se retourna. Kate venait d'apparaître, tenant dans ses bras un enfant d'environ un an.

— De ton fils ou des maquettes ?

Elle lui sourit, redevenue elle-même à tous égards, au point qu'il pouvait presque penser qu'il avait rêvé cette interminable remontée en voiture depuis la Floride, Kate pleurant sur son épaule.

— Je parlais du journal.

— Le graphisme est neuf, dit Nick.

— Je pense garder trois colonnes. Tu y vois un inconvénient ?

— Pas en ce moment, en tout cas. Je te rappelle que nous n'avons pas dormi depuis hier matin à l'aube.

Une Chinoise vint les rejoindre et dans un anglais hésitant à l'accent français très prononcé — ce qui ne laissa pas de surprendre Di Salvo — lui demanda s'il voulait boire ou manger quelque chose. Il refusa.

— Nos bagages sont restés à Miami, fit-il remarquer.

— Simpson les a mis dans le train. Ils seront là demain.

Elle serra l'enfant contre elle, le visage transfiguré par une tendresse sauvage.

— Il est beau, n'est-ce pas ? Je parle de mon fils, cette fois.

Nick acquiesça, envahi par de la gêne et, de façon plus surprenante (surprenante pour lui) par une jalousie féroce.

— Je vais rentrer chez moi, Kate.

Elle le fixa :

— Tu peux rester et dormir ici.

Il secoua la tête et marcha vers la double porte. Au passage, il marqua un court temps d'arrêt devant le petit garçon qui lui tendait une main potelée. Le gosse avait les yeux vert sombre de H.H. Rourke, cela ne faisait aucun doute. Nick toucha la menotte de son index.

— Il est très beau, Kate. Vraiment.

Une véranda prolongeait le salon ; par l'une des deux portes-fenêtres voilées de rideaux de tulle blanc, Nick descendit sur la pelouse. Il s'arrêta un instant pour regarder la mer. Kate lui cria :

— Tu viendras demain au rendez-vous ?

Il fit un signe de la main : oui. Un peu plus loin, la camionnette d'un épicier accepta de le prendre et le déposa à Kissena Park dans le Queens. Il passa chez sa mère, qui vivait seule depuis la mort du père de Nick, dix-huit mois plus tôt, sur un chantier où il travaillait comme contremaître. Il ne l'avait pas vue depuis plus de dix jours ; dînant de pâtes, il lui apprit qu'il avait démissionné du *Herald Tribune*. Sa mère lui demanda pourquoi il avait renoncé à un tel emploi, si flatteur, et surtout pourquoi il avait accepté de travailler de nouveau pour la Folle.

— D'après les explications qui m'ont été données, répondit Nick, j'ai fait cette ânerie parce que je suis amoureux d'elle.

— Tu l'es vraiment ?

— Oui, dit Nick.

— Il me reste de la *cima* d'hier. J'en avais fait pour tes sœurs et tes beaux-frères mais il y en a encore pour six personnes au moins. Je te la fais réchauffer ?

Il accepta distraitement. Le manque de sommeil lui donnait faim. La *cima* en l'occurrence était de la poitrine de veau farcie avec des ris de veau et de la saucisse, servie avec des épinards agrémentés de pistaches et saupoudrés de parmesan. C'était l'un des plats préférés de Nick.

— Et elle, elle l'est ? La Folle est amoureuse de toi ?

— En regardant bien, non, dit Nick.

Il regagna Manhattan par le dernier métro. A l'époque, il occupait un petit studio dans la 16e rue ouest. Il rédigea une lettre à l'adresse de son propriétaire, pour lui donner son congé. Il écouta un peu la radio sur son lit, mais rien à faire, le sommeil ne vint pas.

Il se rhabilla, ressortit et alla se cuiter, chez *Bleek's* d'abord, au 213 de la 40e rue ouest, où ni les femmes ni les colorés n'étaient admis. La rédaction du *Herald Tribune* détenait le ruban bleu de la consommation alcoolique par tête. Nick y fut accueilli avec une certaine gêne : sa démission du journal était maintenant connue de tous, on le tenait presque pour un traître, ou pis encore pour un fou abandonnant le journalisme (il n'avait à sa décision de quitter le *Trib* donné d'autres explications que des « raisons personnelles »). Il but plus que de coutume encore mais ne révéla rien de ses projets. Bleek lui-même finit par le conduire à la porte, inquiet de lui avoir vu absorber plus de douze whiskies à la file. Nick traversa la rue et alla boire quelques verres de plus au *London Grill.* On finit par le flanquer dehors, bien qu'il ne fût toujours pas parvenu à s'enivrer réellement, en tout cas pas au point de noyer le cafard énorme qui le rongeait.

2

Les rendez-vous de Buckingham Street

C'est par Hennessey, à l'occasion du deuxième et dernier voyage que le Chat-Huant ferait aux États-Unis, que celui-ci apprendrait plus tard les détails de la réunion du 15 octobre 1934, puis des jours qui suivirent. Hennessey était un peu plus jeune que le Chat-Huant ; il entrait alors dans sa soixante-huitième année. Né dans le Queens, il y avait enseigné quarante-six années durant comme instituteur — il avait eu notamment Nick Di Salvo comme élève — et se montrait incollable sur la faune des rives de Jamaica Bay, les oiseaux en particulier.

Il fut le premier au rendez-vous.

Le bâtiment se composait encore du grand hangar de trente-cinq mètres de long sur seize de large, auquel étaient accolés les bureaux en briques, que Kate avait fait ajouter. En cinq ans la peinture blanche avait jauni, elle avait mieux tenu sur le bois que sur la terre cuite des briques, où elle s'écaillait. Quant au grand panneau à cheval sur les deux constructions, on pouvait toujours y lire *THE QUEENS GAZETTE*, en lettres bleues sur fond blanc, mais il pendait lamentablement, la fixation de droite ayant lâché.

Hennessey entra dans ce qui avait été la salle de rédaction, il s'installa à ce qui avait été sa place de correcteur, onze mois durant. Derrière lui, sur de larges étagères grillagées, s'empilaient les trois cent vingt et une éditions de la *Gazette* sorties par Kate Killinger. Sur la longue table à laquelle il était accoudé se trouvait le dernier exemplaire jamais paru du journal, celui-là même qui clamait les révélations d'un gamin de seize ans sur une sombre affaire de règlements de comptes entre trafiquants d'alcool. La *Gazette*, et plus exactement Kate elle-même, dans sa frénésie de ce temps-là, n'avait pas hésité à publier le nom de l'adolescent.

Qui avait été abattu.

Il y eut un bruit de pas au-dehors, la porte s'ouvrit sur une gigantesque silhouette d'une très remarquable maigreur. Le nouveau venu cachait derrière ses grosses lunettes à monture d'écaille un pitoyable regard de chien battu ; il entra dans la pièce en se faisant tout petit (ce qui était une performance pour lui qui mesurait près de deux mètres), il se voûta un peu plus et ses mains se nouèrent nerveusement. Sa voix fut à peine audible :

— B...b... bonjour, monsieur Hennessey.

— Salut Al, répondit Hennessey en riant.

Hennessey avait eu le temps d'apprendre à connaître ce géant timide et squelettique, qui sans bégayer tout à fait, n'en éprouvait pas moins des difficultés à prononcer un bon tiers des lettres de l'alphabet. Alvin Rochester Taggart avait apparemment inventé une technique particulière du reportage : le balbutiement, le bredouillement et le recours systématique aux larmes, sinon aux premiers signes de la syncope. Avec ce résultat curieux qu'il entrait absolument n'importe où, était reçu par n'importe qui, obtenait les interviews les plus spectaculaires. Ses interlocuteurs en effet, par crainte de le voir mourir de chagrin et de honte sur leur tapis, finissaient par céder à la pitié et se livraient infiniment plus qu'ils ne l'eussent fait avec tout autre journaliste. Or, derrière les grands yeux mélancoliques d'Al Taggart, se dissimulaient une exceptionnelle mémoire et l'esprit le plus retors, le plus sournois, le plus glacé qui se pût imaginer. Et il savait écrire, avec une préférence marquée pour le vitriol en lieu et place de l'encre.

— Ça va, Al ? Tu es toujours dans la presse, je crois ?

Sur le ton dont il eût confessé le viol de six petites filles, Taggart avoua que oui, peut-être, un peu (en fait, il travaillait au *New Yorker*, Hennessey ne l'ignorait pas, tout comme il savait qu'on l'y tenait pour une plume d'avenir, peut-être au même titre qu'un Robert Benchley).

Le troisième à arriver au rendez-vous fut Ernie Pohl qui, cinq ou six ans plus tard, deviendrait l'un des plus remarquables correspondants de guerre de la presse anglo-saxonne. Lui aussi portait des verres correcteurs. Déjà victime d'une calvitie précoce à vingt-quatre ans, il était de taille modeste, et avait des mains minuscules. Parlant peu, il souriait volontiers, sans que ce sourire gagnât ses yeux marron au regard intelligent. Travailleur forcené, Hennessey l'avait vu ne pas quitter sa machine à écrire vingt heures d'affilée. Il apprit à Hennessey qu'il était pour l'heure employé par le *World* et ne révéla rien de ses intentions, quant à savoir s'il allait ou non travailler de nouveau avec Kate Killinger.

Très peu de temps après Pohl, survint une petite jeune fille au visage agréable et banal. Elle dit se nommer Peggy Hutchins et avoir été convoquée par miss Killinger.

— Vous devez être monsieur Hennessey, Kate m'a prévenue que vous seriez sans doute le premier arrivé.

— J'habite à trois cents mètres d'ici, expliqua Hennessey, qui présenta Al et Ernie.

Pour meubler le silence qui menaçait de s'établir, ni Taggart ni Pohl n'étant très bavards, Hennessey demanda à la nouvelle comment elle avait connu Kate. A Paris, expliqua la jeune fille, et en répondant à une petite annonce dans l'édition européenne du *N. Y. Herald* (qui bien que rachetée par le *Tribune* allait continuer jusqu'à l'année suivante, en 1935, à paraître sous son titre d'origine). Une miss Killinger recherchait une jeune fille de langue anglaise, et de préférence de nationalité américaine, pour s'occuper de son jeune fils. Peggy Hutchins s'était présentée à l'hôtel Ritz, déjà assez surprise qu'une demoiselle reconnût sans honte avoir un enfant.

— Nous avons bavardé longuement, Kate et moi. Je lui ai appris que j'avais passé deux ans à Vassar, comme elle-même, et que j'avais écrit quelques articles dans le journal du collège. Elle m'a alors demandé si je voulais devenir journaliste, au lieu de gouvernante. J'ai dit pourquoi pas. Elle m'a fait faire trois essais, dont deux interviews d'un coureur cycliste et d'une concierge dans la rue Mouffetard à Paris. Elle m'a remis trois cents dollars plus un billet de bateau pour New York et m'a dit d'être ici, aujourd'hui.

Peggy Hutchins regarda autour d'elle.

— C'est un journal, ça?

— C'était, dit Hennessey de plus en plus intrigué. (Pour sa part, il avait été convoqué par une lettre qui lui avait été remise en main propre par cet amusant petit chauffeur qu'Adolf Hitler s'efforçait de copier — sans être aussi drôle et de loin.)

Kate fit son entrée trois minutes plus tard, en compagnie de Nick Di Salvo. Tout alla très vite, dès lors. Elle les remercia tous d'être venus et exprima le souhait de leur parler en tête à tête, successivement, à Hennessey lui-même, Al Taggart et Ernie Pohl.

— Je commence par vous, Al.

Hennessey donna le signal d'évacuation et sortit, suivi de Pohl et de la jeune Peggy Hutchins. Nick en revanche ne bougea pas et se retournant sur le seuil du grand bureau-salle de rédaction, Hennessey le vit qui s'asseyait dans un fauteuil en bout de table, de l'air de quelqu'un qui assisterait à la conférence sans y prendre part. Hennessey et ses deux compagnons passèrent dans la salle de la rotative. Peggy posa une ou deux questions sur l'énorme machine mais pas plus Hennessey que Pohl n'étaient des experts en matériel d'imprimerie. Il s'écoula quatre à cinq minutes, puis Taggart sortit du bureau et, tandis qu'Ernie lui succédait, le grand escogriffe alla s'asseoir sur un « camembert », c'est-à-dire une bobine de papier à peine entamée. La conversation, qui n'avait déjà guère été brillante jusque-là, approcha du zéro. Un peu décontenancée Peggy Hutchins se promenait entre les marbres, les casses, les bardeaux pour stocker les caractères Monotype et les autres machines à composer.

— Elle veut vraiment lancer un journal, monsieur Hennessey ?

— J'en ai peur. Vous pouvez m'appeler Hennie, ça me rajeunira.

La jeune fille secouait la tête :

— Je me demande si je ne rêve pas, dit-elle. Je suis partie en Europe au début de l'année en espérant y trouver un travail. Je voulais apprendre le français et l'allemand. Et me voici de retour au pays, au fond du Queens... On est bien dans le Queens, ici, c'est ça ?

— District du Queens, quartier de Jamaïca. Vous y êtes. Vous n'êtes pas de New York.

Non. Son accent la trahissait bien qu'il fût peu perceptible : elle venait de Topeka, au Kansas ; son père y était médecin et c'était grâce à un petit héritage qu'elle avait financé ses deux années d'études au collège de Vassar puis son voyage en Europe...

— Et me voici journaliste. Elle se décide toujours aussi vite ?

— Combien de temps en tout l'avez-vous vue, avant qu'elle ne vous offre du travail ?

— Trois... Non quatre fois. Peut-être une heure en tout. Elle est, comment dire...

— Pressée, dit Hennessey. Elle l'a toujours été.

Il s'apprêtait à corriger l'effet de sa dernière phrase, qui pouvait sembler quelque peu critique et se disposait à dire le bien immense qu'il pensait de Kate quand la porte du bureau se rouvrit. Ernie sortit.

— A vous, Hennie.

Hennessey entra et referma la porte. Kate tenait une bouteille thermos et versait du café dans des gobelets d'argent.

— Vous en voulez, Hennie?

— Je n'en bois plus depuis un peu moins de cinq ans.

Ils se sourirent. Kate emplit une timbale et la tendit à Nick, qui parut marquer une réticence en la prenant. L'intuition se fit aussitôt jour chez Hennessey : une petite ombre existait entre les deux jeunes gens. Pour autant que le vieil homme le sût, Nick était en train de faire carrière, et brillamment au *Herald Tribune*, « pourquoi est-il là, ou plus exactement, comment a-t-elle réussi à le persuader de venir et sans doute à retravailler avec elle ? Ça ne peut pas être une question d'argent. Pas Nick ».

— Hennie, dit Kate, je recommence. En essayant de ne pas commettre les erreurs de la première fois.

— Je suis trop vieux, dit-il très vite.

— Et moi trop jeune, cela rétablira l'équilibre. Vous savez très bien que vous allez finir par me dire oui, alors ne perdons pas de temps.

Elle souriait, ses yeux saphir rayonnant d'une gaieté malicieuse et le minuscule point d'irritation ressenti par Hennessey s'effaça un peu. Il se renseigna :

— Que vont faire Ernie et Al?

— Ils m'ont tous les deux donné la même réponse. A tort ou à raison, ils estiment me devoir quelque chose. Ils croient que c'est grâce à moi qu'ils ont pu débuter dans le journalisme. C'est grâce à mon père qu'ils sont entrés, pour Al au *New Yorker*, et quant à Ernie au *World*.

— Et donc ils vont vous suivre.

— Jusqu'à un certain point : nous sommes convenus

qu'ils travailleraient six mois à temps plein pour le *Day*. Passé ce délai, nous prendrons ensemble une décision : ils resteront ou s'en iront.

Nick buvait son café, nez dans le gobelet, comme étranger à la conversation.

— Et Nick ? s'enquit Hennessey.

— Pas de limitation en ce qui me concerne, dit Nick.

Son ton était des plus neutres.

— Nick sera notre rédacteur en chef, dit Kate. Hennie, ne me laissez pas tomber.

Les souvenirs affluèrent dans la mémoire d'Hennessey. Il avait passé dans cette même pièce des centaines d'heures, avait vécu toute l'aventure de la *Queens Gazette*. Il n'ignorait pas ce qui l'attendait. Il lui était arrivé de dormir dans l'un de ces fauteuils, faute de temps pour rentrer chez lui. « Et elle recommence, tout recommence. Je vais devoir renoncer à ce voyage que je devais faire le mois prochain avec toute cette bande de profs cacochymes. Je n'irai sans doute jamais au Mexique, en fin de compte. Ni nulle part... »

— On commence quand ?

Elle vint près de lui et l'embrassa.

— Les ouvriers arrivent demain matin, dit-elle. Je vous promets un bureau pour vous tout seul, Monsieur le Correcteur en Chef.

La rotative qui avait été utilisée dans les dernières semaines de vie de la *Gazette* était une Hoe. Kate Killinger avait réussi à la vendre à un journal d'Atlanta. Grâce au produit de cette vente et à un prêt bancaire, elle fit installer une Wood roulant à trente mille tours l'heure, capable d'imprimer près de soixante mille journaux en soixante minutes.

— Je ne vous les garantis pas, affirma Abadie. Cinquante mille, oui, peut-être.

Français, Abadie avait émigré aux États-Unis six ans

plus tôt, quittant Bordeaux où il était chef-rotativiste de *La Petite Gironde*. Lui aussi, comme Di Salvo, Pohl, Taggart et Hennessey, était accouru au premier appel de Kate. Il avait pour ce faire quitté son emploi au *Chicago Tribune*.

Il fit cinq ou six fois le tour de la Wood, l'escalada à trois reprises, avant d'émettre un jugement.

— Combien de pages, votre canard?

— Seize, dit Kate.

— *Ça ne va pas être de la tarte*, remarqua Abadie en français.

— Ce qui veut dire?

Si elle savait bien le français, au point de le parler très couramment, Kate restait perplexe devant cette « tarte ». Abadie se grattait la tête. A son avis la Wood était trop puissante. Même le *Times* ne disposait pas d'un tel équipement, qui était pourtant capable de tirer trois, quatre voire cinq cent mille exemplaires dans la nuit. Il n'y avait guère que le *Morning News*...

Son regard rencontra la paire d'yeux saphir.

— D'accord, je n'ai rien dit.

Il voulut savoir de combien de rotativistes il pourrait disposer. Pas question de faire marcher ce monstre à trois ou quatre.

— Ce qui sera nécessaire, dit-elle.

Elle voulait sortir sept journaux par semaine, il fallait donc prévoir une rotation du personnel, et un chef rotativiste en second, pour le remplacer, lui Abadie, quand il prendrait son congé hebdomadaire... Elle ne voulait pas d'héroïsme, pas d'horaires démentiels. Mais de la méthode et de l'efficacité. Le but à atteindre était de pouvoir tirer chaque nuit cent mille exemplaires au moins, dans le calme. Sans que cela fût un exploit impossible à renouveler jour après jour.

— Lucien, vous constituerez vous-même votre équipe. J'ai déjà établi une liste de bons rotativistes qu'il serait possible d'embaucher. Mais c'est vous qui déciderez, même en dehors de cette liste.

Ils discutèrent ensuite des dispositifs annexes. A l'évidence, Kate avait acquis dans le domaine de l'impression des connaissances que pouvait lui jalouser n'importe quel spécialiste. Ainsi savait-elle que quelques mois plus tôt l'atelier du *Times* avait mis en place un système de collage en marche qui permettait de changer les bobines de papier, en les faisant se succéder l'une à l'autre sans pour autant stopper la rotative :

— Les gens du *Times* y arrivent en conservant la vitesse de seize à dix-sept mille tours. Nous devons pouvoir en faire autant.

Ils se mirent également d'accord sur un dispositif de convoyeurs, permettant d'acheminer les journaux directement, de leur sortie de la rotative à la salle des expéditions. On était le 9 novembre. Lors des vingt-quatre jours précédents, le 1144 Buckingham Street avait pris les allures d'un chantier œuvrant vingt-quatre heures sur vingt-quatre : l'atelier-entrepôt d'origine avait été dédoublé latéralement, sa surface était désormais de soixante-dix mètres sur trente ; on avait coulé la dalle de béton destinée à supporter l'énorme masse de la Wood, la salle d'impression avait surgi par-dessus, elle s'étendait perpendiculairement à l'atelier de composition et aux bureaux que prolongeait la salle des expéditions, cette dernière aussi édifiée sur un terrain vague.

Il devint clair que depuis le début de cette année 1934, voire avant, Kate Killinger avait racheté en sous-main, dans la discrétion la plus grande, plusieurs des lots voisins ; elle s'était même rendue propriétaire de deux maisons, et faute de pouvoir s'étendre le long de Buckingham Street, l'avait fait en profondeur.

On avait commencé le montage de la rotative le 5.

L'atelier de composition s'étendait sur trois cents mètres carrés. Il comportait quarante mètres de marbres (on nommait ainsi des tables de fonte polie sur lesquelles les metteurs en pages procédaient à l'imposition des lignes de caractères dans les formes), une cinquantaine de casses (casiers de bois enfermant les caractères mobiles — les lettres capitales se trouvaient dans les casiers supérieurs, les minuscules au-dessous, d'où leurs noms respectifs de « haut » et de « bas de casse »), trois presses à épreuves, quatre coupoirs ou massicots, des bardeaux destinés à stocker les caractères de réapprovisionnement fondus par Monotype. Dans une salle voisine s'alignaient vingt machines à composer, dont deux machines à titres, équipées de cinquante magasins à matrices. Une réserve abritait quatre à cinq tonnes de caractères fondeur, ainsi que des châssis — une trentaine.

Pour une installation de ce type, une imprimerie ordinaire eût employé une trentaine de personnes. Kate en recruta quarante. Dont vingt-deux opérateurs ou linotypistes, sept metteurs en pages, trois protes c'est-à-dire des contremaîtres chargés de répartir les travaux, et huit « fonctionnaires » — on nommait ainsi les ouvriers chargés des fonctions : apport des corrections et tirage des épreuves ou morasses, et surtout composition des titres et des placards publicitaires.

Par ailleurs, une imprimerie de labeur fut adjointe à l'atelier principal. Chargée d'effectuer tous les travaux d'imprimerie qui n'étaient pas la fabrication du journal proprement dite, cette partie de l'entreprise allait assurer sa propre rentabilité, et si possible concourir à l'équilibre financier de l'ensemble, grâce à des travaux à façon : affiches, dépliants et imprimés divers. Elle devait en outre assumer la réalisation de huit pages supplémentaires, en encart destiné à l'édition dominicale du *Day*.

Les fours de la clicherie alimentés à l'électricité avoisinaient la réserve de papier. Ils furent donc installés près de la salle d'impression où trônait la Wood, dans l'angle sud du bâtiment principal. Pour ce dernier, qui au nord s'étalait sur trente mètres au long de Buckingham Street (et était encore prolongé par les bureaux), Kate aménagea des locaux sur la façade. Elle y logea, outre le service de correction d'Hennessey (qui allait se voir affecter trois adjoints), un hall de réception, une pièce qui devait recevoir la collection ouverte au public et une salle plus grande consacrée au service de publicité. Dans un premier temps, ce dernier compta trois personnes, mais il se développa très vite et dès janvier 35, avec le recrutement d'Ed (Edwin) Solomons, son effectif tripla et devint un modèle pour l'ensemble de la presse nord-américaine.

L'atelier-entrepôt, où la *Gazette* avait été fabriquée, avait triplé de superficie. La salle de rédaction ne fit que doubler, passant à cent dix mètres carrés, ce qui était encore modeste. A l'arrière, ses fenêtres donnaient sur la salle des expéditions et durant les nuits à venir, sur le ballet des fourgonnettes et des motos venant charger pour opérer la distribution. A l'intérieur, il n'y avait pas de bureau particulier, pas plus pour Kate que pour Nick, malgré leur titre respectif de directrice-gérante et de rédacteur en chef. Comme les autres, ils allaient devoir travailler à la très longue table en fer à cheval.

— Et si toi ou moi souhaitons parler en privé, entre nous ou avec quelqu'un ? demanda Nick.

— Nous pourrons toujours nous enfermer dans les toilettes.

La première parution du *Day* était prévue pour le 10 décembre : cela leur laissait un mois pour réussir le difficile amalgame entre les journalistes relativement expérimentés comme eux-mêmes, Al Taggart et Ernie Pohl, avec des gens comme Paul Fowler qui arrivait droit du *Butte Review*, dans le Montana et n'avait que cinq mois d'expérience, Fred McGann (vingt et un ans, un été de stage dans un hebdomadaire de Boston), voire des débutants complets : Peggy Hutchins, et quatre autres jeunes gens, trois hommes et une femme, tous originaires du Queens ou du comté de Nassau, et donc de Long Island qui avaient été triés sur le volet par Nick et Kate parmi les trente candidats ayant répondu à la petite annonce publiée dans le *Herald Tribune* et... le *Morning News*.

— Nick, tu n'as pas répondu à ma question.

— Tu vois trop grand.

Il s'expliqua, sur ce ton calme, lointain dont il usait depuis leur retour de Floride, près d'un mois plus tôt. Il ne voulait pas parler de la rédaction. Kate, plus lui-même, plus Al et Ernie, plus Peggy et les quatre débutants, cela ne constituait pas un effectif pléthorique pour un journal appelé à paraître sept jours par semaine...

— Nous allons embaucher encore, je te l'ai dit.

Il secoua la tête : c'était aux autres services du journal qu'il faisait allusion :

— Tu te retrouves avec déjà plus de soixante-dix personnes. Sans compter le service des expéditions qui pour l'instant ne compte qu'un seul homme. Et qu'il te faudra renforcer. Kate, c'est énorme.

En bref, il estimait qu'elle commettait l'erreur inverse de celle faite au moment de la *Gazette* lorsqu'elle avait voulu sortir un quotidien avec un effectif dérisoire.

— Tout ton argent est en Floride, Kate. Nous vivons actuellement sur cet emprunt que tu as fait à une banque.

Elle se contenta de le fixer de ses yeux saphir, dont les cils démesurés, plus sombres que la chevelure, accentuaient l'étrangeté ; et c'est alors, dans une sorte d'intuition, que Nick Di Salvo réalisa à quel point elle avait changé. La Kate d'autrefois aurait réagi à ce qu'il venait de dire avec une fiévreuse impétuosité. Celle qui le dévisageait maintenant « dominait sa monture ». Certes, sa vitalité féroce, cette formidable confiance en soi qui frisait l'arrogance n'avaient pas disparu pour autant — loin s'en fallait — mais Kate les tenait en rênes d'une main très calme.

Somme toute, l'image qu'il avait gardée d'elle — et qui l'avait empêché jusqu'à ce moment de voir ce qu'elle était devenue — était encore celle d'une jeune femme tout fraîchement mariée. « Combien de temps a duré son mariage avec Douglas Caterham ? se demanda Nick. Un an ? » Une rumeur avait couru : on racontait que le jour même de ses noces, Kate avait prévenu le banquier que leur mariage durerait un an, jour pour jour. Elle avait tenu parole, quittant le domicile conjugal et s'embarquant pour l'Europe, non seulement jour pour jour, mais heure pour heure après le délai qu'elle avait imparti. C'était alors une très jeune femme qui ne tenait pas en place ; d'une fébrilité haletante et joyeuse, aux impatiences féroces d'adolescente, capable de passer dans la minute de la fureur au fou rire. Mais d'une séduction si grande, si enjôleuse, qu'il ne fallait pas s'étonner qu'elle eût pu entraîner avec elle, dans la folle aventure de la *Gazette*, Nick, Al, Ernie et tous les autres. Et que même après la catastrophe finale, ils en eussent tous gardé un souvenir ébloui.

La Kate d'aujourd'hui, cinq ans plus tard, était différente. Non pas physiquement, certes ; le cœur serré, Nick dut bien admettre qu'elle était encore plus belle, car une sensualité profonde que trahissait seulement autrefois cette lèvre inférieure rectangle, si charnue, l'avait maintenant envahie tout entière ; aucun des hommes qui l'approchaient ne pouvait ignorer qu'elle avait un corps, et un corps terriblement désirable, terriblement féminin en dépit de sa grande taille... Mais il y avait maintenant en elle de la dureté, une froide autorité : elle ne cédait plus à ces emportements presque enfantins...

Dans le chaos infernal des dernières semaines, elle avait travaillé près de vingt heures par jour.

Au milieu du tourbillon incessant des maçons, des

peintres, des charpentiers, des électriciens chargés de construire ou d'aménager en un temps record tous les services d'un journal, elle n'avait jamais élevé la voix.

Et surtout, confrontée à l'obligation d'organiser au plus vite et au mieux l'équipe rédactionnelle du *Day*, elle n'avait, à aucun moment, manifesté le moindre signe de lassitude ou d'énervement.

Elle témoignait à tous et en toutes circonstances d'une implacable courtoisie. Sans rien perdre de sa formidable volonté de réussir, ni de sa hâte, surtout pas de sa hâte...

La comparaison soudain s'imposa à Nick : Kate ressemblait de plus en plus à son père, quant au caractère et aux façons de l'exprimer. Pour la première fois, il réalisa à quel point un affrontement entre père et fille était inévitable...

...Et serait sans nul doute sauvage.

Il devait être dans les deux heures du matin. De tous les autres, Ernie Pohl était parti le dernier, du moins pour ce qui était du personnel de la rédaction. Le reste des équipes, celles de la composition et de l'impression notamment, était encore au travail ; Abadie et ses rotativistes effectuaient de nouveaux essais de calage et de mise en route de leur monstre ; le nouveau chef de l'atelier de composition et de mise en pages, Jerry Hartmann (il avait travaillé une dizaine d'années dans l'une des imprimeries du groupe Hearst), mettait à l'essai des postulants à l'emploi de linotypiste et préparait la fabrication du numéro double zéro, le second numéro à blanc, du *Day* ; des maçons étaient encore à l'œuvre sur les structures de la salle des expéditions ; des peintres s'affairaient sur la façade des bureaux.

Kate n'avait pas relevé la dernière remarque de Nick. Elle avait soutenu son regard quelques secondes avant de se replonger dans la pile de factures qu'elle triait.

« Autrement dit », pensa-t-il, « mêle-toi de ce qui te regarde, Di Salvo. Tu n'es que rédacteur en chef, tu n'as pas à t'occuper des aspects financiers du journal... » A peu près quinze jours plus tôt, il avait reçu un courrier de sa banque : on lui faisait savoir qu'une somme de cinquante mille dollars avait été versée à son nom, et placée de façon à porter intérêt ; toutefois l'argent se trouvait sur un compte bloqué, il ne pourrait pas retirer le moindre cent avant un an.

Il abandonna les maquettes des pages intérieures sur lesquelles il travaillait jusque-là, il se leva et marcha dans la pièce. Kate ne releva même pas la tête, pas plus que si elle eût été seule dans la pièce. A deux reprises, il s'immobilisa derrière elle — sans qu'elle bougeât davantage. Il contemplait sa nuque, la ligne de ses épaules. De l'irritation lui venait, et pis que cela, une vraie rage. A quoi tout concourait : la façon dont elle avait ressurgi dans sa vie, la certitude qu'elle avait eue qu'il la suivrait, et sa propre acceptation si prompte, sa capitulation...

...Et qu'elle se fût offerte à lui, avec tant de naturel, sachant qu'il en serait émerveillé (parce qu'il était bel et bien émerveillé, c'était peut-être ce qu'il avalait le plus difficilement)...

Sans parler de son échec ridicule, grotesque, dans le train New York-Miami — « Oh, merde ! »

— D'accord, dit-il à voix haute.

Les longs doigts fuselés de Kate interrompirent le feuilletement des papiers.

— Pour une fois, reprit Nick, je vais décider de ce que nous allons faire.

— Du journal ?

Il devina qu'elle souriait — « et elle se paie ma tête, en plus ! ».

— Il est deux heures du matin, Kate. Ça suffit.

— Personne ne t'empêche d'aller te coucher.

— Pas seul.

« Tu as quand même fini par le dire, Nick ! Toi qui passais pour le plus grand cavaleur de Queens... »

Elle s'adossa à son fauteuil, mains inertes sur l'amas de feuillets.

— Je vois, dit-elle.

Il se décida et posa ses mains sur les épaules de Kate. Dix, quinze secondes s'écoulèrent, qui parurent à Di Salvo durer une éternité. Après lesquelles, une main de Kate monta et enveloppa la sienne.

— Tu as mis du temps à te décider.

— Je ne suis pas si sûr de l'être vraiment, dit Nick. Pour l'instant, j'ai plutôt envie de te taper dessus.

Il la prit par les aisselles, la tirant à lui vers le haut pour l'obliger doucement à se relever, puis la fit pivoter. Pour travailler, elle avait retiré le bandeau de tissu bleu qui maintenait ses cheveux ; entre les mèches blondes qui pendaient devant son visage il entrevit ses yeux saphir ; une gaieté narquoise y scintillait. D'un geste impulsif, Nick s'empara à deux mains de ce visage aux pommettes hautes et l'embrassa furieusement. Il la sentit rire contre lui, et la fureur le rendit brutal ; la taille de Kate ploya sous son étreinte et il sentit ses seins s'écraser contre sa poitrine ; elle se plaignit d'une voix surprise, en même temps, sa bouche qui était restée passive s'ouvrit et devint brûlante. Nick frissonna de la tête aux pieds, la statue s'animait... Il se recula un peu pour reprendre son souffle. Il tremblait. La lèvre inférieure de Kate, toute gonflée, luisait de salive et elle avait fermé les yeux. Il l'enlaça, bouleversé par sa beauté, et elle vint au-devant de lui, collant son corps au sien. Maintenant, les pointes de ses seins avaient durci ; elle referma ses longues mains derrière la nuque de Di Salvo et ouvrit grand les yeux ; il faillit chavirer en rencontrant son regard, elle était si grande que son visage se trouvait presque à la hauteur du sien. Ce fut elle cette fois qui approcha ses lèvres, qui les lui tendit ; il se contenta de les effleurer, la surveillant entre les mèches cendrées que leur respiration faisait voleter ; alors, avec une grâce féline, si étrange sur ce grand corps qu'on aurait pu s'attendre à trouver maladroit, elle se lova voluptueusement entre ses bras et l'embrassa, bouche ouverte. Tout en lui rendant ses baisers, Nick un peu méfiant se souvenait de cette expression songeuse qu'elle avait eue dans le train et qui l'avait alors... désarmé. Mais la Kate qu'il enlaçait maintenant avait perdu toute sa froideur ; elle se donnait si sauvagement à son étreinte qu'il fut sur le point de la posséder là, de la renverser sur la table... Il se maîtrisa à temps, hagard, et la repoussa. Ce fut elle qui, d'une voix rauque, lui dit :

— Sortons, Nick.

A nouveau, elle semblait très pressée...

Cette nuit-là, Nick Di Salvo se montra tout à fait à la hauteur ; et il remarqua une chose étrange : elle ne fermait pas les yeux quand elle faisait l'amour. Jamais. A aucun moment. Elle frémissait avec un emportement surprenant, comme si elle se hâtait. C'était une nuit claire ; la lumière de la lune qui entrait par la fenêtre éclairait son visage émouvant, transfiguré par une sensualité sauvage, et ses seins haut placés, un peu lourds, aux larges aréoles de brune si étonnantes sur ce corps de blonde... Ils luisaient de sueur, ainsi que les épaules, les bras et les pommettes de Kate. La tenant toujours par les épaules, la clouant sur le lit, Nick Di Salvo se pencha et cueillit entre ses lèvres un mamelon durci. La jouissance s'empara d'eux à ce moment, en même temps. Il entendit Kate crier, et plus elle criait, plus il avait envie de la faire crier, lui, le tombeur de ces dames, le beau gosse italo-américain, animé par le sentiment d'une sourde revanche... Jamais il n'avait possédé une femme avec une passion aussi furieuse ; le visage défait, ses mèches blondes éparses sur l'oreiller, agitant la tête de droite à gauche comme pour refuser, mais le tirant à elle de toutes ses forces, Kate criait. Il sombra à son tour, si vite et si fort qu'il crut s'évanouir.

Quand il revint à lui, la première chose qu'il entendit, ce fut le chant d'un rossignol dans le jardin. Puis, très loin, il perçut le bruit des vagues qui se brisaient sur la plage. Dans ses bras, le corps en sueur de Kate était absolument immobile. Jamais il ne la sentirait aussi paisible qu'après l'amour. Mais cette trêve ne durait pas longtemps. Tout à coup, elle poussait un léger soupir, et, presque aussitôt se mettait à rire doucement. Puis elle lui caressait la nuque, ou la joue, et lui envoyait un petit compliment ironique...

— C'était bien bon, Monsieur le Rédacteur en Chef. Beaucoup de punch. Je reconnais bien votre style...

Alors, lui, devait se tenir à quatre, chaque fois, pour ne pas lui demander : « Et le style de Rourke, c'est comment, au lit ? » Mais on ne pose pas ce genre de question à une Kate Killinger, sauf à être suicidaire, à vouloir voir s'allumer dans ce regard saphir une impitoyable lueur de mépris.

Cette nuit-là, la première — il y en aurait d'autres — étreignant le corps en sueur de Nick, alors que par la fenêtre entraient pêle-mêle le clair de lune, les parfums du jardin et le cri enroué d'un crapaud, Kate murmura d'une voix pensive :

— Je ne suis pas très contente de la nouvelle rotative, tu sais. Je pense qu'on pourrait mieux l'utiliser. Il faudra que j'en parle à Abadie...

L'imprimerie était la dernière chose dont Nick eût envie de parler à ce moment précis. Il se dégagea d'elle, se coucha sur le dos, boudeur. Ils restèrent un moment silencieux. Puis il tourna la tête vers elle, c'était plus fort que lui, il ne pouvait s'empêcher de la regarder. Baignant dans la lueur de la lune, le corps nu de Kate était couché à plat ventre. Elle avait glissé les mains sous l'oreiller et le regardait en souriant. A nouveau il sentit revenir cette timidité exaspérante, hésitant à toucher cette femme qu'il venait de posséder...

— Je t'aime.

Les mots lui avaient échappé.

Le sourire de Kate s'effaça. Elle tendit le bras, lui caressa doucement la joue.

— Je sais ; ça n'arrange rien. Je préférerais que tu aies simplement envie de coucher avec moi.

— L'un n'empêche pas l'autre, répliqua Nick avec un humour qui le surprit lui-même.

Elle se mit à rire doucement et sa main, après avoir suivi la courbe du menton volontaire de Nick, descendit le long du cou jusqu'à la poitrine...

— Le vrai Nick revient, on dirait...

Elle changea de position, s'accoudant, tournée vers lui, joue gauche dans sa paume :

— Nous avons deux façons de jouer la partie, Nick. Ça dépend de toi. J'ignore ce qui se passera dans l'avenir, entre nous. On peut, comment dire, prendre tout cela au tragique, je veux parler du fait que tu es amoureux de moi alors que je ne suis pas amoureuse de toi. On prend ça au tragique, tu continues à faire la gueule comme tu l'as faite depuis que je t'ai remis la main dessus, tu finiras probablement par me faire une crise de jalousie et nous nous séparerons...

— Je t'aurai peut-être étranglée avant, dit Nick. Ou revolvérisée ou découpée en morceaux avec un couteau de cuisine. Je suis d'origine italienne, après tout. Nous autres Latins sommes censés avoir le sang chaud.

— Première solution, dit Kate calmement. La deuxième a ma préférence. J'ai eu d'autres amants avant toi. J'en aurai probablement d'autres. Je ne te mets pas au même rang qu'eux : j'ai pour toi de la tendresse, de l'affection même. Et de l'amitié.

— Je suis comblé.

— Pas de sarcasme, s'il te plaît, ça n'arrangera rien.

— D'accord. Je retire le sarcasme.

— Et qui plus est, si je devais choisir un homme au monde pour m'aider à réussir mon journal, ce serait toi. C'est toi, d'ailleurs.

Rourke y compris ? Encore une fois la question vint sur les lèvres de Nick, qui eut la sagesse de ne pas la poser.

— Et ne viens surtout pas me demander, poursuivit Kate, si j'aurais couché avec toi dans le cas où je n'aurais pas eu besoin de ton aide pour mon journal. Parce que je te casserai quelque chose sur la tête et je changerai immédiatement de rédacteur en chef.

— D'accord, dit Nick.

Il allongea un bras, cueillit un sein dans sa paume et le flatta doucement. Les longs cils foncés de Kate s'abaissèrent sur ses pommettes et elle observa, avec un détachement joué, les doigts qui se réunissaient sous le globe de chair tiède et venaient flatter la pointe raidie du mamelon. Nick perçut aussitôt, comme une légère secousse électrique, le frisson de plaisir qui la traversait. Il vit s'entrouvrir sa bouche, puis les paupières se relevèrent, et, lui décochant un regard presque furieux, Kate répondit aussitôt à son invite. Elle coula vers lui d'un mouvement reptilien, l'enserrant entre ses longues cuisses, collant son ventre au sien. Malgré le plaisir qui s'emparait d'elle, la faisait haleter, malgré les cris qu'elle poussait déjà, il le savait, Kate ne serait jamais vraiment sienne.

Autour d'eux, la maison de Glenwood Landing était parfaitement silencieuse ; les a-ma, les trois domestiques chinoises ne s'étaient pas montrées à leur arrivée — du moins n'en avait-il vu aucune. Les rumeurs du jardin s'étaient tues. On entendait seulement au loin le bruit monotone des vagues. Nick Di Salvo chassa de son cœur la mélancolie qui l'empoisonnait ; il décida de se satisfaire du bonheur présent et resserra son étreinte sur le corps passionné de Kate Killinger. Après tout, il avait vingt-cinq ans et la conviction, naturelle à cet âge, d'avoir l'éternité devant lui. Pourquoi partir vaincu ? Dans les semaines et les mois qui suivirent, il finit même par se convaincre — on peut toujours rêver — que Kate en viendrait, sinon à oublier tout à fait H.H. Rourke, du moins à l'extraire de sa propre vie.

De la leur, en fait.

Livre 2

LA LONGUE MARCHE

3

Les trois concubines du capitaine Song

H.H. Rourke reçut dans le haut de la cuisse le coup de crosse qui visait son entrejambe. La douleur ne fut pas très forte, elle était soutenable. Il se laissa néanmoins tomber, à tout hasard. Demeurer debout aurait diminué ses chances de rester vivant, à son avis. Les sept ou huit soldats du Kuomintang s'attroupèrent en effet autour de lui, dubitatifs et dans leur charabia à peu près incompréhensible, discutèrent nonchalamment pour déterminer s'ils allaient le tuer ou non. Une nette majorité sembla se dégager en faveur de la mise à mort. La dernière fois (la seule) où il avait tenté de leur expliquer qu'il était reporter, et donc neutre, il s'était servi du mandarin. Il essaya cette fois le cantonais. Ses arguments portèrent peu : on lui administra un nouveau coup, qui atteignit le but jusque-là manqué. Il se recroquevilla, les larmes aux yeux sous l'effet de la douleur, sans plus besoin de feindre désormais.

Les soldats recommencèrent à discuter, l'un ou l'autre d'entre eux venant parfois lui flanquer encore un coup de crosse, en attendant qu'il fût statué sur son sort.

On finit selon toute vraisemblance par voter la mort, car une baïonnette se posa sur sa gorge, exactement sous son oreille droite.

— Nous tuer toi, nous couper tête toi aussi, dit une voix s'exprimant en un shanghaien très laborieux.

— Est-ce que ta mère t'a dit que tu étais né d'une banane ? demanda Rourke, en réponse (il avait posé sa question en shanghaien et se reprochait de n'avoir pas utilisé plus tôt ce dialecte-là).

La pression de la lame s'accentua ; s'interrompit, dans le même temps que claquait un coup de fusil et que se faisait entendre la voix suraiguë du capitaine Song. Un corps s'effondra mollement dans la boue ; des bruits de course indiquèrent que les soldats du Kuomintang fichaient le camp. Très peu de temps après, le capitaine Song, en l'occurrence ses jolies petites bottes impeccablement cirées entrèrent dans le champ de vision de Rourke toujours couché par terre, joue contre le sol.

— Tu vas mourir, Rourke ? demanda le capitaine Song avec, dans sa voix, une anxiété réelle.

— Ne me fais pas rire, dit Rourke, ça me fait mal...

— Alors pourquoi tu restes par terre ?

— Je me relèverai si je veux.

Toutefois, H.H. finit par se redresser. Il alla pisser contre l'angle d'une cabane ce qui soulagea un peu sa douleur. Encore courbé en deux, il revint vers la place centrale — il n'y avait d'ailleurs pas d'autre place — de ce qui avait été un hameau de dix ou douze masures, pour l'instant en train de brûler. Le capitaine Song n'avait pas bougé et contemplait avec inquiétude le cadavre du soldat qui avait voulu trancher la gorge de H.H., et qui maintenant paraissait des plus morts — la balle du fusil l'avait atteint en pleine tête.

— Je ne t'aurais jamais cru si adroit, dit H.H. au capitaine Song. Mais qu'est-ce que tu as fait de ton fusil ?

— Quel fusil ?

— Quelqu'un a bien tiré sur ce type.

— Pas moi !

La protestation fut émise sur le ton de la panique. Que

ce petit jeune homme replet eût été capable d'abattre quelqu'un, même à bout portant, et dans un couloir, d'un coup de fusil (fusil qu'il n'avait pas, en plus) semblait tout à fait farfelu. Le regard de Rourke se porta sur l'alignement des broussailles à vingt mètres de là. Il repéra d'abord le canon de l'arme puis, dans l'axe de celui-ci, Flûte de Jade, Concubine Première, qui, s'étant assurée que les soldats Kuomintang étaient vraiment partis, sortit de sa cachette. Elle s'avança, tenant le fusil à plein bras contre sa poitrine, et les deux autres concubines l'imitèrent. Toutes trois étaient vêtues de façon identique : une longue tunique de soie à boutons de ganse, fermée au ras du cou, un pantalon de soie noire et une grosse veste molletonnée. La seule différence était dans la couleur de la tunique : Flûte de Jade arborait du vert tendre, Concubine Deuxième (alias Matin d'Ivoire) du bleu pervenche, et Concubine Troisième (de son vrai nom Miroir de l'Aube) du jaune bouton d'or. Pour le reste de leur équipement, elles étaient pareillement coiffées de surprenants chapeaux de bambou tressé, comme en portaient les paysannes dans les rizières de la province de Canton, et avaient sur les épaules une même palanche, également de bambou, aux extrémités de laquelle étaient suspendus les nombreux bagages personnels de leur seigneur et maître, le capitaine Song.

La veste de molleton les épaississait beaucoup, mais pour les avoir vues nues, H.H. Rourke savait qu'elles étaient également menues et délicieusement faites.

— D'où diable Flûte de Jade sort-elle ce fusil? demanda-t-il.

Song expliqua que c'était sa mère qui, avant le départ de Shanghaï, avait acheté l'arme et l'avait confiée à Flûte de Jade, faisant même suivre à la concubine un entraînement au cercle de tir de la Concession française. Maman pensait toujours à tout.

— C'est l'impression qui me gagne, dit H.H.

Il identifia le fusil, en réalité un mousqueton de fabrication française, un Gras tirant du 11 millimètres, à garnitures de cuivre, et dont la longueur hors tout n'atteignait même pas un mètre. D'ailleurs, Flûte de Jade était en train de le remettre dans l'un des sacs qu'elle transportait, et qu'elle raccrocha à sa palanche. La jeune femme — elle avait dix-huit ans au plus et c'était l'aînée des trois — baissa modestement les yeux quand elle croisa le regard de H.H.

— Maman pense *presque* toujours à tout, dit alors le capitaine Song fort mélancolique. Après tout, si je suis ici perdu, au milieu de tous ces soldats sauvages, c'est de sa faute. Je voudrais bien être à Shanghaï.

— Tu m'énerves un peu, par moments, dit H.H.

Il examinait les têtes coupées. Il en compta vingt-sept, toutes fichées sur des branches taillées pour l'occasion et plantées en terre. Vingt-sept dont celles de neuf enfants, le plus jeune d'entre eux se trouvant être une petite fille de cinq ou six ans. Il n'était pas facile de détacher les yeux de ce mince visage dont même les prunelles élargies par la peur et figées par la mort avaient été couvertes de peinture rouge — on avait peint toutes les têtes de même. H.H. Rourke ressentit un regain de la fureur qui l'avait envahi une demi-heure plus tôt, quand il était survenu au beau milieu du massacre. Il s'était interposé et avait tenté d'obtenir que les plus jeunes enfants, au moins, fussent épargnés. En pure perte. Et surtout il avait contrevenu à sa règle, qui était de demeurer en toutes circonstances un observateur impartial. Ç'avait été aussi stupide que ce le serait d'essayer de prévenir le héros d'un film que les méchants l'attendent derrière la porte.

H.H. Rourke se considérait comme le spectateur d'un film (et qui avait jamais vu un amateur de cinéma blessé par les flèches des Indiens galopant sur l'écran ?). Il n'avait pas de goût particulier pour l'horreur. Toutefois il pensait qu'on ne réussissait pas un bon reportage, et *a fortiori* un scoop, sans une bonne dose d'émotions fortes. Pour une raison que lui-même ignorait, il s'estimait capable de renifler un reportage intéressant sitôt qu'il en approchait, il lui semblait alors sentir ce qu'il nommait « une odeur de mort et de sang frais ».

Il ne capta pas d'odeur spéciale devant les vingt-sept têtes coupées. C'était là un spectacle des plus ordinaires, dans la Chine de ce temps. Pas de quoi faire dix lignes. Même une photo n'eût sans doute pas trouvé preneur. Il releva la tête et observa la ligne d'horizon au nord-ouest : Ruijin et la montagne du Jinggang, le Jiggangshan, se trouvaient dans cette direction, au-delà d'une assez impressionnante ligne de sommets boisés, certains de ceux-ci enfouis sous une brume bleuâtre. Il allait par là. Cinq à six jours de marche au moins. Et un peu plus, s'il tombait encore sur des postes du Kuomintang, qui pourraient le retarder un peu, tout comme ces sept ou huit égorgeurs mis en fuite par une femme avaient essayé de le faire.

— A propos, merci, dit-il à Flûte de Jade. Tu m'as sauvé la vie, en quelque sorte.

La nuque gracieuse de la Chinoise s'inclina, le visage ivoirin rosit un peu. Il n'y avait pas grand-chose d'autre à dire. H.H. repartit vers les broussailles et y récupéra son sac de cuir fauve à soufflets, qu'il transportait avec lui depuis des années et avait, plus ou moins, reçu en héritage d'un curé mexicain crucifié*. Par une précaution qui lui était habituelle, il avait caché le sac avant d'interpeller les soldats occupés à massacrer le village. Il resserra la ceinture de son trench-coat couleur de sable et rectifia l'angle de son feutre gris à bande noire. Puis, ayant allumé une cigarette, il entreprit de se mettre en route vers les montagnes.

---

* Voir *La Femme pressée.*

— Où vas-tu ?
— En excursion.
— Et tu partirais sans moi ?
Maintenant, c'était de la détresse qui transparaissait dans la voix du capitaine Song. Rourke stoppa et se retourna. Sur le fond des cabanes de torchis en train de brûler avec une épaisse fumée noire et des têtes coupées, bien alignées au bout de leurs bâtons, le petit Shanghaien semblait très misérable. Ses trois concubines transportant leurs palanches se tenaient modestement en retrait, ainsi qu'il seyait à leur condition, et attendaient.
— Écoute-moi, Song, dit Rourke, j'ai autant besoin de toi que de la fièvre jaune. Tu es un officier du Kuomintang, tu es en route pour prendre ton commandement. Que tu n'aies pas envie de prendre ce commandement est une affaire qui ne regarde que toi. Quant à moi...
— Je veux rester avec toi, dit Song.
— Quant à moi, poursuivit H.H., je vais marcher tout droit vers ces montagnes et les franchir. Derrière elles, il y a l'Armée Rouge. Qui te fusillera dès qu'elle verra ton bel uniforme d'opérette. A ta place, je choisirais n'importe quelle autre direction.
Le capitaine Song recommença à expliquer que s'il revenait en arrière, s'il allait au nord ou au sud, on le fusillerait de toute façon. Le colonel avec les gros yeux méchants s'était montré très clair sur ce point.
Le capitaine Song se mit à pleurer à chaudes larmes. Il dit en sanglotant qu'il était vraiment dans une situation très épouvantable ; tout le monde voulait le fusiller ; sauf s'il allait au front pour y commander des soldats ; et s'il allait au front, on le tuerait aussi, c'était certain, les astres étaient formels ; et ces mêmes astres ne s'étaient pas montrés moins catégoriques :
— Ils ont dit que je rencontrerai un Long Nez* que

* Un Blanc.

je devrais suivre et grâce à qui j'aurais la vie sauve. Je t'ai rencontré et tu es un Long Nez. Alors, je ne te quitte plus.

— Et quand les astres t'ont-ils fourni cette information ? s'enquit H.H. sarcastique.

La veille au soir, trois ou quatre heures après que H.H. Rourke et le capitaine Song se furent rencontrés, Flûte de Jade avait aussitôt interrogé les astres, et la réponse de ceux-ci avait été péremptoire.

Pour la troisième fois, H.H. examina Concubine Première. Sans trop de résultat : Flûte de Jade fixait le sol à ses pieds avec obstination.

... Et il se passa soudain ceci que, quelque part dans la tête de H.H. Rourke, une très minuscule clochette tinta. Ce n'était pas véritablement un pressentiment. Tout au plus un très faible signal d'alarme à peine audible. H.H. ne renifla pas l'odeur de mort et de sang frais. Quoique. En tout cas elle n'était pas très forte. Et puis, pourquoi fût-il intervenu encore ? Si ces gens tenaient à toutes forces à le suivre, comment pouvait-il les en empêcher — si tant était qu'il en eût envie ?

Sac à soufflets pendant à son bras gauche, main droite dans la poche de son trench-coat, cigarette au coin de la bouche, il se mit définitivement en route, coupant droit au travers d'un grand champ d'astragale dont les habitants du village s'étaient servis pour nourrir leurs bêtes.

Il n'eut pas à regarder derrière lui : s'il ne percevait pas le pas menu des trois concubines chaussées de feutre noir, et guère plus les bottes très souples du capitaine Song, il entendait, à cinquante mètres en arrière, les tristes reniflements du fils unique de la fleuriste de Shanghaï.

Et il captait surtout l'odeur de mort et de sang frais, par bouffées pour l'heure irrégulières, et pas tout à fait indubitables.

H.H. Rourke avait quitté l'Europe au début de juillet de cette même année 1934. Il avait pris à Marseille un paquebot des Messageries Maritimes, pour ce qui était son deuxième voyage en Chine. Le premier, il l'avait effectué avec Kate elle-même, ç'avait été alors plus qu'une visite. Ils étaient restés plus de deux ans dans l'Empire Céleste ; ils avaient d'abord séjourné à Moukden en Mandchourie, puis à Pékin et Tchoung-King, ils avaient ensuite arpenté la Grande Muraille et même poussé une pointe jusqu'en Mongolie ; mais c'était à Shanghaï surtout qu'ils avaient vécu, maritalement ; Shanghaï où leur fils était né, et d'où Kate était partie, le quittant ainsi qu'il avait toujours été convenu qu'elle le ferait, qu'ils eussent ou non un enfant ensemble, leur séparation étant inéluctable, prévue et annoncée depuis l'origine.

Lors de ce premier séjour en Chine, après sa séparation avec Kate, Rourke avait réussi à pénétrer dans le réduit défensif des armées communistes chinoises, en fait la base principale des Rouges. Alors accompagné du photographe Constantin Uricani, il avait fait la connaissance de l'un des principaux chefs du mouvement, un dénommé Chou En-lai.

Responsable des affaires militaires au comité central du parti communiste chinois, Chou dirigeait l'université de l'Armée Rouge ; c'était un lettré d'une intelligence impressionnante et d'une grande souplesse intellectuelle qui, à l'instar de plusieurs fondateurs du P.C. chinois avait fait ses études en France. Son ouverture d'esprit, son absence de fanatisme, son humour avaient séduit Rourke ; ils avaient égrené ensemble quelques souvenirs du Quartier Latin, et une amitié était née entre eux au fil de quelques entretiens.

D'ordinaire, pour ses reportages, H.H. recherchait plus volontiers les petits personnages de la Grande Histoire. Il s'était néanmoins résolu à faire une exception en faveur de Chou qui l'avait charmé par sa personnalité hors du commun. De féroces rivalités opposaient alors entre eux les chefs communistes et Rourke était curieux de savoir comment Chou allait s'en tirer. En conséquence, sans qu'on puisse vraiment parler de rendez-vous, il avait été entendu que H.H. reviendrait sitôt que la situation, jusque-là figée, évoluerait.

Depuis deux ans, en effet, les forces nationalistes du Kuomintang de Tchang Kaï-chek, qu'on appelait plus brièvement les « Blancs », n'étaient pas arrivées à réduire leurs adversaires ; mais il semblait bien maintenant que quelque chose était sur le point de se passer. Rourke ignorait quoi exactement. Un Fort Alamo à la chinoise n'aurait pas été pour lui déplaire, pourvu qu'il fût sur les lieux au bon moment. Ou tout aussi bien un Camerone avec cent ou deux cent mille légionnaires aux yeux bridés, massacrés jusqu'au dernier. Sujet un peu vaste, mais il s'en accommoderait.

Le réduit rouge se trouvait dans la province du Jiangxi, grosso modo quelque peu à l'ouest d'une ligne tracée entre Shanghaï et Canton et à mi-distance de ces deux villes séparées par à peu près mille kilomètres. On était donc dans la Chine du sud-est, subtropicale. Le Jiangxi lui-même présentait cette particularité d'apparaître comme une grosse poche fermée au sud, à l'est et à l'ouest par des chaînes de montagnes et qui n'était finalement ouverte qu'au nord, vers où coulaient deux gros affluents du Yang-tsê-kiang, le fleuve Bleu.

C'était naturellement au nord que les combats les plus durs se déroulaient. Tchang Kaï-chek au cours de l'été 34 y avait assemblé un million d'hommes.

Ce fut par le nord que Rourke essaya de passer, reprenant son itinéraire de l'année précédente. Il ne réussit pas. On le jeta en prison. On projeta même de le « fusiller sévèrement », selon l'expression en vogue dans la Chine de ce temps. On finit par le réexpédier à Shanghaï sous escorte, avec ordre de quitter illico le pays. Il fut mis sur un cargo qui partait pour Saïgon, et n'alla pas plus loin que Canton, où il débarqua clandestinement à la faveur du déchargement d'une partie de la cargaison.

Il partit vers le nord, vers le sud du Jiangxi, avec l'intention bien arrêtée d'y pénétrer par la porte de derrière. C'est trois semaines plus tard, par le plus grand des hasards, qu'il tomba sur le capitaine Song...

Cela faisait deux jours que Rourke jouait à cache-cache avec une section de l'armée du Kuomintang qui tenait beaucoup à savoir ce qu'il pouvait bien fiche dans leurs propres avant-postes, à la frange du *no mans's land* entre les deux armées. Il venait de fausser compagnie à une poignée de Blancs plus têtus que les autres et était descendu, dans l'espoir de les semer définitivement, dans un chemin creux qui longeait le bras mort d'une rivière. Autour de lui, de hautes herbes le dissimulaient à la vue. Rourke marchait droit vers le nord, pour ainsi dire à l'aveuglette. L'après-midi touchait à sa fin. Il régnait une chaleur accablante. Chacun de ses pas soulevait une fine poussière rougeâtre qui collait à sa peau moite, une espèce de lœss pulvérulent, qui s'infiltrait partout et qui donnait furieusement envie de se baigner. Au bout d'un moment, le chemin s'élargit et des touffes de bambous remplacèrent les herbes hautes ; comme il s'apprêtait à descendre au bord de l'eau, des voix de femmes frappèrent son oreille. Il s'arrêta, et, à l'aide de son sac à soufflets, écarta les roseaux.

Ce fut ainsi qu'il découvrit pour la première fois Flûte de Jade. Entièrement nue. De l'eau jusqu'aux genoux, elle était en train de tordre ses cheveux. Grande, pour une Chinoise, et superbement faite, elle lui faisait face, à une vingtaine de mètres à peine, ce qui fait qu'il eut tout loisir de se convaincre, en s'aidant pour plus de précaution de sa lunette d'approche, que c'était bien une femme, et qui plus est, une femme très séduisante. Alors qu'il étudiait avec une attention scrupuleuse les moindres courbes de son anatomie pour vérifier qu'elle n'avait pas caché une arme sur elle, les chuchotements reprirent, accompagnés d'un bruit d'éclaboussement. Rourke avança un peu plus la tête et constata que deux autres jeunes filles, non moins nues et pourvues de rondeurs alléchantes, étaient agenouillées dans l'eau, en train de savonner quelque chose. C'est alors qu'elles l'avaient aperçu, toutes les trois en même temps, et qu'elles s'étaient aplaties et immergées jusqu'au cou, dans l'eau limoneuse.

Et que la chose qu'elles lavaient s'était dressée, se révélant être un petit jeune homme dodu, à la peau délicate, qui avait pudiquement dissimulé derrière ses mains, au bas de son bedon, un sexe glabre et minuscule de petit garçon. C'était le capitaine Song.

De fil en aiguille, on en était arrivé à sympathiser. Avec une des rations de corned-beef que transportait H.H., plus du riz, du poisson séché et divers ingrédients, les baigneuses rhabillées avaient préparé un repas. Les présentations avaient été faites : Flûte de Jade, Matin d'Ivoire, Miroir de l'Aube, H.H. Rourke. Sur le moment, H.H. avait cru que c'étaient là des femmes légitimes et d'ailleurs, les règles de la politesse chinoise voulaient qu'il les ignorât presque complètement. Lui et le capitaine Song avaient conversé.

Le jeune Chinois arborait un uniforme superbement coupé, composé de culottes de cheval Saumur kaki très bouffantes, d'une vareuse aubergine à col officier ceinte d'un baudrier et d'une casquette plate à l'anglaise inclinée martialement sur le nez ce qui l'obligeait à relever le menton avec arrogance pour y voir devant lui. Des gants de cuir noir, un stick coincé sous l'aisselle gauche et un fume-cigarette tenu entre l'index et le majeur de la main droite complétaient cette surprenante panoplie. Mais ce qui frappa surtout Rourke, ce furent les bottes, des bottes superbes, somptueuses, qui épousaient parfaitement le mollet et montaient jusqu'aux genoux. Jamais encore Rourke n'avait vu en Chine — et même hors de Chine, toutes réflexions faites — des bottes aussi rutilantes : en dépit de la poussière de limon qui aurait dû les ternir, elles flamboyaient littéralement — ce qui, d'un point de vue vulgairement militaire n'était peut-être pas très indiqué — dans la réverbération du soleil couchant qui arrivait de la rivière. Les bottes semblaient d'ailleurs tenir beaucoup à cœur au bouillant capitaine, car, outre celles qu'il portait aux pieds, Rourke en dénombra cinq autres paires qui se balançaient aux palanches des concubines sous des housses en feutrine poil-de-chameau beige fermées par des cordons de soie prune.

Pendant qu'il admirait d'un œil vaguement narquois ces particularités vestimentaires, Song lui apprit, au cas où il ne s'en serait pas rendu compte lui-même, qu'il était un brillant officier du Kuomintang — un véritable héros, précisa-t-il modestement. Il avait déjà livré douze batailles et tué dans les deux cent cinquante *Bandits Rouges*. Il se rendait en inspection aux avant-postes. La soif d'action le dévorait jusqu'aux entrailles. Il pouvait être franchement féroce quand il s'y mettait.

Et naturellement, Rourke se déclara enchanté d'avoir rencontré si opportunément le terrible capitaine Song : cela tombait en effet à merveille, car lui, Rourke, avait justement sur les talons un bataillon entier du Kuomintang qui ne demanderait pas mieux que de se placer sous les ordres d'un chef de guerre aussi expérimenté. La réaction du Chinois fut immédiate : il éclata en sanglots ; rien de tout ce qu'il avait dit, avoua-t-il alors à Rourke, n'était vrai, il ne s'était jamais battu de sa vie, il espérait très fort que ça allait durer, il n'avait de sa vie tué quiconque, il n'avait pas voulu être officier, ni même soldat, il avait supplié qu'on ne l'envoyât pas à la guerre ! C'était vraiment vrai qu'un bataillon du Kuomintang allait arriver ?

— Mais tu es officier ?

— Oui.

— Tu es capitaine ?

— Oui.

C'était à cause de sa mère, expliqua Song, qui regardait de tous côtés dans sa terreur de voir surgir des représentants de sa propre armée. *Maman* était fleuriste, elle tenait un magasin avenue Foch à Shanghaï, à la limite des concessions françaises et internationales ; et quand le gouvernement avait insisté pour que son fils unique et chéri rejoignît l'armée, *Maman* avait pris l'affaire en main. D'abord, elle avait pensé expédier Song à Hong Kong. Mais cela revenait à une séparation. Elle avait trouvé mieux : un général de l'armée du Kuomintang était son amant, il avait accepté de nommer Song officier d'état-major. *Maman* avait fait tailler six très beaux uniformes et confectionner les bottes aux coloris divers que Rourke ne se lassait pas d'admirer. Pendant sept mois, tout s'était merveilleusement passé : le capitaine Song n'était pas tenu d'aller tous les jours à la caserne, en fait il n'y allait jamais et s'occupait exclusivement à faire les plus ravissants bouquets de tout Shanghaï dans la boutique de *Maman*.

— Loulke, tu es sûr...

— Rourke, par Loulke.

— Tu es sûr que les soldats que tu as vus ne vont pas arriver ?

— Pas tout de suite.

D'après l'estimation de H.H., même s'ils étaient réellement persévérants dans leur traque, les hommes lancés à sa recherche, ne risquaient pas de se montrer avant une bonne heure.

— Raconte-moi plutôt comment tu t'es retrouvé ici, Song.

C'était la faute du général. Il s'était trouvé une maîtresse plus jeune et du coup, avait cessé de protéger le fils de la fleuriste. Tout au mieux *Maman* avait-elle obtenu que Song, au lieu du front principal, celui du nord, fût envoyé ici, à l'ouest du Jiangxi, secteur nettement plus calme.

— Et tu as déserté, commenta Rourke.

— Je me suis perdu.

— Tu as déserté.

— D'accord, j'ai déserté, admit avec tristesse le capitaine Song.

— Mais pourquoi as-tu emmené tes femmes avec toi à la guerre ?

Quelles femmes ? Ce n'étaient pas des femmes, mais de simples concubines, ça ne valait même pas la peine d'en parler. Qui s'intéressait à elles ? Pas lui, Song, en tout cas. Il n'aimait pas trop les femmes. Oui, elles étaient assez dévouées, il devait bien le reconnaître. Mais c'était *Maman* qui les lui avait choisies, la chose était donc normale. *Maman* avait l'œil, pour ces choses. Un jour, s'il s'en revenait vivant de cette aventure terrifiante, *Maman* lui trouverait une vraie femme. *Maman* y tenait. Lui, pas trop, mais enfin...

H.H. considéra les trois jeunes femmes. Ou jeunes filles, il y en avait une, un peu ronde, qui ne devait pas avoir quinze ans. Elles s'affairaient, renfilant ses bottes au capitaine Song après les avoir cirées et rassemblant les multiples sacs et paquets. Pas une ne levait les yeux.

— Et où vas-tu à présent, Song ?

— Je ne sais pas. Je peux venir avec toi ?

La question prit H.H. au dépourvu. Il sourit :

— Que veux-tu que je fasse de vous quatre ?

Il ressortit sa lunette d'approche. Sur une crête au loin, dans la direction d'où il était venu, il lui semblait apercevoir un mouvement. Il mit au point et eut confirmation : des soldats. Ces hommes étaient d'une ténacité surprenante. Mais il leur faudrait bien au bas mot encore quarante minutes, avant de descendre dans les herbes hautes, au bord du bras mort de la rivière où Rourke avait rencontré le capitaine Song et ses trois concubines. Il se leva.

— Heureux de t'avoir connu, Song. Bonne désertion.

Il marcha carrément dans la rivière, qui était peu large et peu profonde. Il doutait beaucoup que les soldats du Kuomintang fussent capables de le suivre longtemps encore mais préférait ne pas prendre de risques et donc, ne laisser aucune trace de pas derrière lui. Son intention était d'avancer dans l'eau pendant un, peut-être deux kilomètres, descendant la rivière. Ensuite il irait au milieu de la forêt de hêtres, de conifères et de bambous. D'après sa carte, il se trouvait par là, dans les hauteurs, deux ou trois très petits villages. Outre que cela le rapprocherait du Jiangxi, il pourrait peut-être se ravitailler. Il commençait à en avoir assez, du corned-beef.

Les clapotements l'informèrent : le quatuor avait décidé de le suivre, mettant ses pas dans les siens.

Il n'y vit pas d'inconvénient majeur.

Il était à ce moment-là fort loin de penser que le capitaine Song et ses trois concubines et tout particulièrement Flûte de Jade, la plus belle des trois, la première qu'il eût aperçue, puissent lui fournir un bon sujet de reportage.

... Deux kilomètres plus loin environ, il trouva, sur la berge gauche, des rochers plats qui lui parurent appropriés : ses grosses chaussures de marche n'y laisseraient aucune empreinte. Il entra sous le couvert. Monta entre les arbres pendant trois bonnes heures, sans un seul instant de repos. Il allait à pied depuis Canton ou presque, hors quelques tronçons sur des camions militaires ou des charrettes, et commençait d'être fort bien entraîné. Vint un moment où il estima que si poursuite il y avait, il était désormais hors d'atteinte. Et puis la nuit venait. Il décida de camper.

— Vous allez me suivre longtemps ?

Trois minutes à peine après qu'il se fut arrêté, l'officier déserteur et les trois jeunes femmes avaient surgi.

— Je l'ai dit que je ne savais pas où aller, expliqua Song d'une voix mourante.

A son arrivée, débouchant en haut de la pente, le fils de la fleuriste titubait d'épuisement. Et pourtant, au moins sur les deux cents derniers mètres, c'étaient les concubines qui avaient fourni l'essentiel de l'effort. Outre tous les bagages dont elles étaient chargées, Song ne portant strictement rien, elles avaient soutenu et hissé leur maître.

Qui s'affala.

— Je voudrais être à Shanghaï, Loulke.

Il ne plaisantait même pas, aucune trace d'humour dans sa voix. Déjà, les concubines s'empressaient autour de lui, lui ôtant ses bottes, lui dégrafant sa vareuse, le mettant en chemise et lui enfilant ce qui était bel et bien une robe de chambre en soie. (« Nom d'un chien ! » pensa H.H.). Elles lui préparèrent une natte doublée, sur laquelle il s'allongea. Aussitôt après, elles se préoccupèrent de lui préparer son repas du soir.

... Que H.H. se refusa à partager. Il remangea du corned-beef et un morceau de ce qui lui restait du pain de munition, si sec qu'il lui fallut l'humecter avec un peu de l'eau de sa gourde. La nuit était venue. Les filles avaient allumé une lampe à pétrole et continuaient à s'activer, inlassables.

— Tu es vraiment rusé, Loulke. Tu m'as fait marcher dans la rivière et puis passer sur les rochers et les soldats ne m'ont pas trouvé. Très rusé.

H.H. ramassa son sac et la toile de tente caoutchoutée qu'il avait déjà étalée. Il alla s'installer à une cinquantaine de mètres de là et s'allongea pour la nuit.

— Tu es fâché après moi, Loulke?

— J'ai surtout envie de te botter le cul, répondit H.H. Tu fermes ta gueule, maintenant.

Il finit par s'endormir. Pensant à Kate. Kate qui n'aurait probablement pas résisté, elle, et qui aurait sans nul doute assommé le capitaine Song.

Kate.

La vieille et lancinante douleur revint.

... Le lendemain quand il s'éveilla, les trois concubines étaient déjà au travail. Elles lui offrirent du thé chaud, qu'il accepta.

— Merci.

Miroir de l'Aube aux joues rondes s'inclina pour toute réponse puis repartit sitôt qu'il eut vidé son bol. Il alla faire sa toilette et se raser à un filet d'eau glacée qui coulait d'un rocher et quand il se remit en route, bien entendu, le quatuor lui emboîta le pas. Les trois jeunes filles, surchargées des sacs, suspendus à leurs palanches de bambou (parmi lesquels se balançaient les bottes de rechange) et le capitaine Song impeccable dans un uniforme propre, ne portant que son stick et son fume-cigarette, la casquette martialement inclinée.

Ce fut ce matin-là, le deuxième donc, que H.H. parvint en vue du hameau aux vingt-sept têtes coupées. C'est-à-dire que les têtes n'étaient pas encore toutes coupées. Les soldats en maraude n'avaient encore décapité que les hommes et les femmes trop vieilles. A l'arrivée de Rourke, ils étaient occupés à violer les paysannes à leur goût. En fait, il ne s'en était trouvé que quatre, qu'ils avaient attachées pour plus de commodité aux poignets et aux chevilles à des piquets plantés en terre, et sur lesquelles ils défilaient à tour de rôle, avec des injures et des rires qui couvraient les cris étouffés des filles. Ceux qui s'étaient soulagés partaient ensuite fureter dans les cabanes de torchis, dont certaines commençaient à flamber, à la recherche d'un butin éventuel, ou s'amusaient avec des cris aigus à poursuivre des poules, pour les décapiter, à la course. D'autres encore, avec un sens très chinois de la décoration, badigeonnaient artistiquement de peinture rouge après les avoir fichées en terre sur des branches émincées, les têtes grimaçantes des morts autour desquelles vrombissaient des nuées de guêpes. H.H. Rourke, faute de pouvoir faire autre chose, s'était tapi dans la broussaille pour assister au spectacle. Les champs d'astragale qui s'étendaient au-delà du hameau l'eussent mis par trop à découvert, s'il les avait traversés à ce moment-là. Il avait donc choisi d'attendre.

Le capitaine Song l'avait rejoint. Puis Flûte de Jade et ses deux compagnes. Chacun s'accroupissant, se taisant et attendant comme Rourke. Le carnage s'était poursuivi ; les femmes violées avaient été éventrées, puis décapitées elles aussi, et le tour des enfants était venu. Pour une raison inconnue, ils avaient tous été rassemblés dans une unique cabane, de laquelle ils s'étaient enfuis en criant quand les soldats y avaient mis le feu. Alors les hommes s'étaient lancés à leurs trousses, comme ils l'avaient fait des poulets un instant auparavant, pour les embrocher à la baïonnette ou les décapiter au sabre. Et là, vraiment, Rourke n'y avait plus tenu davantage. Malgré les objurgations véhémentes, quoique chuchotées, de Song. En dépit de ses propres règles de conduite qui lui enjoignaient de ne jamais intervenir dans un reportage — et pour lui, tout était reportage. Peut-être à cause de la sourde irritation que Song avait provoquée en lui durant les précédentes vingt-quatre heures… Et bien sûr, aussi et surtout, parce qu'il s'agissait d'enfants, et que ces enfants qu'on tuait sous ses yeux à croire qu'ils n'étaient pas chinois, ne manifestaient pas la résignation dont avaient témoigné leurs parents… Pour toutes ces raisons, et peut-être tout particulièrement à cause d'une petite fille qui avait couru droit sur les broussailles où il se cachait, comme si elle avait voulu se réfugier auprès de lui... Rourke s'était dressé. Il était sorti à découvert, avait interpellé les égorgeurs.

Plus ou moins confusément, il avait escompté que sa seule apparition, celle d'un Long Nez en trench-coat et chapeau de feutre allant mains dans les poches avec le plus grand naturel, figerait un peu les soldats. Bon, cela n'avait pas marché du tout. On n'avait pas semblé comprendre un mot de ce qu'il disait en mandarin. On l'avait frappé à vue, à coups de crosse, dans l'abdomen et sur la tête, puis au bas-ventre, et sans doute eût-il été assassiné sans le coup de mousqueton si précis de Flûte de Jade.

H.H. Rourke montait vers le Jiangxi. Le hameau aux têtes coupées se trouvait maintenant à sept heures de marche en arrière, en contrebas : Rourke avait gagné en altitude. Selon sa carte, ces crêtes qu'il devait franchir passaient les mille mètres.

Le capitaine Song marchait à son côté. L'agacement profond de H.H. à son encontre était tombé, laissant place à la curiosité — ce qui était normal puisque H.H. considérait désormais l'étonnant fils de la fleuriste comme un éventuel sujet de reportage, et non plus comme un horripilant personnage de rencontre. Mais son instinct lui disait que, plus encore que le petit jeune homme grassouillet, c'étaient les trois concubines qui allaient lui fournir la matière d'un bon article.

— Laquelle préfères-tu, Song ?

— Pour quoi faire ?

— L'amour, dit H.H. en riant.

Song le regarda, étonné : quelle drôle de question que *Loulke* lui posait là, il ne la comprenait pas bien. L'amour ? Quel amour ? Il n'avait d'amour pour aucune des trois filles. Elles le servaient, s'occupaient de lui, lui portaient ses bagages et le faisaient manger. *Maman* leur avait ordonné de le faire et elles le faisaient. C'était tout... Ah oui ! *Loulke* voulait sans doute parler de ce que... enfin de ce qu'un homme et une femme font ensemble. Song était d'une pudibonderie très chinoise. De ces choses, quoi, c'était ça ? Il voyait. Eh bien, il n'avait pas de préférence. A vrai dire il s'en fichait complètement... Comment ça ? Bien sûr qu'il leur avait fait des choses ! Oh, pas souvent. Une fois chacune. A Shanghaï. *Maman* avait tellement insisté... Depuis ? Depuis, rien. Il avait été trop occupé, avec trop de soucis, *Loulke* ne se rendait donc pas compte de la situation épouvantable où il était, comment ne pouvait-il pas comprendre que lui, Song, avait mille autres choses en tête, bien plus pressantes, et capitales ?

— Mais enfin (H.H. était d'un naturel très peu porté à l'ébahissement, mais Song le surprenait), lorsque par exemple elles se mettent nues toutes les trois pour te laver, toi qui est tout nu aussi, comme elles l'ont fait dans la rivière hier matin, tu n'éprouves pas, disons, des sensations ?

— Je suis content d'être propre.

H.H. dévisagea longuement le visage lunaire du fils de la fleuriste. Il en venait à se demander si, par hasard, ce dernier n'était pas en train de se payer sa tête. Mais non.

— Admettons qu'elles te quittent, t'abandonnent.

— Mes concubines ?

— Qui d'autre ?

On progressait alors sur une crête ocre, rase, sans arbre et Rourke pressait le pas : une vingtaine de minutes plus tôt, il avait vu passer dans le ciel un avion qui ne pouvait être que du Kuomintang — les Rouges n'avaient pas d'aviation. L'appareil ne les avait pas vraiment survolés, il était trop loin pour cela, mais il pouvait revenir, lui ou un autre, et peut-être signaler leur présence. Sinon les mitrailler un peu.

Le petit capitaine Song était indigné : comment des

concubines choisies par *Maman* pourraient-elles l'abandonner, en n'importe quelle circonstance ? Il fallait vraiment être un Long Nez pour penser à des incongruités pareilles ! Il fallait ne pas connaître du tout la Chine ! Et surtout, c'était bien mal connaître *Maman*, qui avait recruté les concubines avec tant de soin !

H.H. se retourna en marchant. Les trois filles les suivaient à dix pas. Elles avançaient à la file indienne, à petits pas, parfaitement en phase avec le balancement des palanches, au bout desquelles sautillaient comme des saucissons les bottes de rechange de Song. Flûte de Jade fermant la marche. Peut-être pour s'assurer que ses compagnes ne flânaient pas. Ou pour surveiller les arrières. C'était elle qui commandait le trio, aucun doute. Sans parler. H.H. n'avait pas encore entendu le son de sa voix. Et c'était elle qui intriguait Rourke. Par sa classe, son élégance naturelle et sa sensualité féline. Cette fille n'était pas à sa place dans le sillage d'un Song, ployant comme un vulgaire coolie sous le fardeau de sa palanche. Infiniment mieux qu'au cœur de ces montagnes désertes, on l'imaginait en robe fendue jusqu'à la hanche, maquillée et arrogante au bras de quelque *taï-pan*, quelque chef d'entreprise européenne, dans la salle de jeu d'un palace du Bund shanghaien. Des trois filles nues dans le bras mort de la rivière, c'était sur son corps, et de loin, que la lunette d'approche de Rourke s'était le plus attardée. Ses seins haut placés, son ventre lisse et ivoirin, son pubis à peine ombré, en bec de cygne noir, étaient encore imprimés dans sa mémoire.

— Tu savais qu'elle portait ce fusil, Song ?

Évidemment non. Il n'était pas chargé des bagages, et puis quoi encore ?

— Et avec tous les ennuis que j'ai, tu voudrais que je m'occupe de ces choses, Loulke ?

— N'empêche que tu as été très courageux, au moment où les soldats voulaient me couper la tête avec leurs baïonnettes. Bien sûr, Flûte de Jade en a tué un, mais c'est toi qui a crié, et ordonné aux soldats de partir. C'était du courage, ça. Tu aurais pu être décapité, toi aussi. Au point où ils en étaient, ces hommes étaient prêts à massacrer n'importe qui.

Le capitaine Song ne fut pas loin de s'étrangler : s'il avait jailli hors des broussailles et hurlé aux soldats de s'en aller, c'était uniquement parce que cette idiote de Flûte de Jade l'avait poussé. Elle et Matin d'Ivoire. Ces deux garces. Elles l'avaient mis debout, en l'arrachant au fourré sous lequel il s'était tapi. Elles lui avaient dit quels ordres il devait donner et il avait eu tellement peur qu'il avait failli se blesser les cordes vocales en criant...

On descendait des pentes. On en remontait d'autres. Deux jours s'écoulèrent. Et deux nuits pendant lesquelles, Rourke tenta d'approcher Flûte de Jade — il voulait lui parler, elle le fascinait de plus en plus — mais sans y parvenir. Très clairement, elle l'avait senti et l'évitait.

Le quatrième jour de leur avance à cinq dans les monts Jiûilian, une mince colonne de fumée apparut dans la longue-vue. Il devait y avoir là un village, à tout le moins une maison, enfin une cabane. H.H. hésita : se diriger dessus obligeait à un détour notable, et peut-être ce feu était-il celui d'un campement de soldats (communistes ou nationalistes, comment savoir ?). Mais son stock de corned-beef s'épuisait, il serait bientôt à court de vivres, peut-être pourrait-il se ravitailler...

A quelque trente pas de lui, qui s'était immobilisé, Song discutait à voix basse avec les concubines. Il finit par revenir vers H.H. :

— Matin d'Ivoire va partir devant, annonça-t-il. Elle nous dira si nous pouvons nous approcher sans risque.

L'idée d'utiliser ainsi une éclaireuse n'enchantait pas H.H. mais il n'eut guère le choix : déjà Concubine

Deuxième s'éloignait d'un pas rapide — elle avait laissé palanche et chargement derrière elle.

Une heure plus tard, elle revint, se contenta d'un simple acquiescement pour indiquer que la voie était libre. On repartit.

Plus tard, H.H. Rourke écrirait dans son reportage : « ... *Au soir du quatrième jour de ma marche avec le capitaine Song et ses trois concubines, nous parvenons à quelques cabanes misérables. Une trentaine d'hommes, de femmes et d'enfants vivent là. La guerre civile ne les a pas touchés, ils en ignorent tout. Je ne comprends pas ce qu'ils disent, le dialecte qu'ils emploient m'est étranger. Miroir de l'Aube en revanche parle aisément avec eux. C'est elle qui négocie l'achat de deux poules et d'un canard, de légumes. C'est elle, relayant Flûte de Jade dont j'entends la voix pour la première fois et lui servant d'interprète, qui surtout conduit un étrange marchandage; qui me paraît étrange, sans raison précise, sinon les regards qu'échangent, à l'insu des paysans, les deux concubines les plus âgées; j'ai soudain le sentiment inexplicable que quelque chose d'anormal, d'assez effrayant peut-être, est en train de se passer. J'interroge le capitaine Song mais il feint — assez maladroitement — de s'étonner de mes questions. Il ment, la chose est claire. Et ce qui se produit le lendemain matin ne fait que m'intriguer davantage...* »

Avant le lever du jour, H.H. Rourke sortit de l'espèce de grange où il avait dormi, sur un lit de tiges séchées de sorgho. Il se lava et se rasa, prenant même une douche sous une petite cascade glacée dégringolant de la paroi rocheuse. Revenant aux cabanes, il accepta pour la quatrième fois le petit déjeuner préparé par les concubines : thé bouillant et châtaignes d'eau bouillies qui fondaient sous la dent. Il se prépara dès lors à partir, salua aussi courtoisement que possible les habitants du minuscule village et laissa cinq dollars, somme considérable en Chine, dont il voyait d'ailleurs très mal l'usage que ces gens allaient pouvoir en faire.

Il se mit en marche. Ce ne fut que quelques centaines de mètres plus loin qu'il jeta un machinal regard en arrière. Il découvrit alors qu'à Song et aux trois filles, quelqu'un s'était joint : un homme jeune, de peut-être trente ans, de petite taille, guère plus fort que le fils de la fleuriste de Shanghaï. H.H. le reconnut pour l'un de ceux qui avaient pris part à la mystérieuse transaction de la veille. Pour l'heure, il marchait à côté de Flûte de Jade — celle-ci toujours placée en serre-file — et transportait grâce à une palanche l'essentiel des bagages dont les concubines étaient jusqu'à ce jour chargées.

— Qui est-ce, Song ?

— Mon ordonnance. Un capitaine doit avoir une ordonnance.

— Qu'est-ce que c'est que cette histoire de fou ? Song, je te l'ai dit et répété : nous allons tout droit vers le territoire occupé par les Rouges. Et tu portes un très bel uniforme de capitaine dans l'armée du Kuomintang. A tout moment, nous pouvons tomber sur une patrouille ou un poste communiste. On te fusillera sur l'heure, ça ne fait pas le moindre doute. Et tu viens me raconter que tu as enrôlé une ordonnance ?

Le capitaine Song fondit en larmes. Tant de cruauté de la part de *Loulke* l'emplissait d'amertume et de chagrin. Oh ! non. Ce n'était pas tant l'affaire de l'ordonnance et l'opinion que *Loulke* en avait qui l'attristait ! Ce qui lui faisait le plus de mal était le ton sarcastique de *Loulke*, la légèreté avec laquelle *Loulke* envisageait son exécution...

Les larmes redoublèrent, inondant son visage lunaire, mais peut-être était-ce l'effet de la pluie qui, menaçant depuis déjà trois jours, venait de se décider à tomber avec une mollesse presque vaporeuse sur les montagnes ocres tantôt pelées tantôt recouvertes de hêtres, de pins et de bambous géants entremêlés de rhododendrons sauvages :

— Loulke, moi qui espérais que depuis que nous voyagions ensemble, tu avais fini par avoir un peu d'amitié pour moi !

— Mon envie de te botter le cul me reprend, répondit H.H. en dévalant à grandes enjambées, fouetté jusqu'à la taille par les branches des rhododendrons, une pente caillouteuse et fort raide. Il glissa et se raccrocha de justesse au tronc d'un pin. Song passa en trombe, sur le dos, et descendit quarante mètres d'un trait, achevant sa chute dans un fourré. H.H. le rejoignit et le dépassa.

— Loulke, ne m'abandonne pas !

— Crève.

Sous la pluie insidieuse qui caressait silencieusement le feuillage verni des rhododendrons, H.H. attaqua la pente suivante, qu'il fallait maintenant grimper. Les trente minutes qui suivirent, il ne s'occupa de rien d'autre que de se hisser jusqu'à cette nouvelle crête en s'abritant du mieux qu'il put des gouttes tièdes à l'aide de son sac à soufflets. Arrivé en haut, il découvrit, hors d'haleine, un paysage des plus décourageants, on eût pu croire que ces fichues montagnes n'allaient jamais finir. Même dans sa lunette, il ne distingua rien d'autre que des crêtes en succession infinie, noyées dans la bruine. « Avec un peu de chance, il finirait par arriver dans le centre du Jiangxi dans quelques années ! »

Débouchèrent deux concubines, puis Flûte de Jade dont la pluie collait le pantalon de soie noire sur les cuisses et le montagnard-ordonnance, qui, tous ensemble, portaient plus qu'ils ne soutenaient Song, lequel avait déplié un parapluie de papier et fulminait contre la boue ocre qui salissait ses jolies bottes.

— Je voudrais être à Shanghaï, dit Song. Mais je te

suivrai, Loulke. Les astres l'ont dit : si je reste près de toi, je resterai vivant.

H.H. chercha et croisa enfin le regard de Flûte de Jade. Un beau regard, profond et grave. Intelligent. « Elle a machiné tout cela. Cette femme-là a plus de caractère que soixante-douze capitaines Song. Reste à savoir où elle veut en venir... »

La pluie devint plus forte au fur et à mesure que la journée s'avançait. Pourtant, elle demeurait silencieuse, il fallait vraiment passer sous des arbres pour l'entendre clapoter sur les feuilles. On traversa des forêts. On franchit d'autres crêtes. La nuit venue, on trouva une sorte d'entablement rocheux sous lequel il fut à peu près possible de s'abriter. A Song, les concubines réservèrent évidemment la meilleure place, bien au sec ; elles avaient disposé les nattes doubles, l'avaient dévêtu, enveloppé de sa robe de chambre en soie pourpre brodée de dragons dorés, couvert de deux couvertures. Deux d'entre elles s'allongèrent de part et d'autre de lui. La troisième — Flûte de Jade, justement — se contenta de s'asseoir, ayant près d'elle le sac qui, H.H. le savait à présent, contenait le mousqueton ; à nouveau, elle évitait systématiquement le regard de Rourke. Qui pour sa part se roula dans sa toile de tente caoutchoutée, parvenant au moins à protéger sa tête de la pluie. L'ordonnance s'allongea carrément sous la pluie et s'endormit aussitôt, avec un stoïcisme bovin. A deux reprises dans la nuit, H.H. s'éveilla. Chaque fois, il constata que Flûte de Jade veillait — il ne pouvait la voir dans l'obscurité, mais il était certain qu'elle ne dormait pas.

L'aube se leva sur une bruine froide, un brouillard gris, qui estompait les formes des sommets avoisinants et les rendait quasi fantomatiques. Une heure environ après le départ de la colonne, H.H. qui marchait toujours en tête atteignit le bord d'un profond ravin, aux flancs tranchés net et donc impraticables, mais qui était orienté au nord-

nord-ouest, d'après la boussole. Soit exactement la direction calculée pour atteindre Ruijin. Là devait se trouvait le quartier général du Premier Front de l'Armée Rouge, avec ses forces entre quatre-vingt mille et deux cent mille hommes, selon les sources.

Et sous le commandement de Chou En-lai, aux dernières nouvelles.

— Tu connais vraiment ce Bandit Rouge, Loulke?

— Je l'ai rencontré trois ou quatre fois.

— C'est ton ami? Tu es l'ami d'un Bandit Rouge?

— A peu près autant que tu es le mien. Tu ne peux vraiment pas essayer de prononcer mon nom comme il le faut? Dis : Rourke. Avec deux r.

— Mais je le prononce très bien : Loulke.

Song répéta « *Loulke* » à plusieurs reprises pour démontrer la perfection de sa prononciation. En d'autres circonstances, H.H. aurait sans doute souri. Pas dans ce moment-là. Song l'irritait beaucoup. Il se laissa aller, à sa propre surprise, à parler de cette impression bizarre qu'il éprouvait, s'agissant de Song et de ses trois créatures. En bref, il intervint ni plus ni moins dans son propre reportage.

Song le dévisagea :

— Tu veux dire que tu vas écrire un article sur moi et sur elles?

— Peut-être bien, oui.

— Et mon histoire serait lue par des millions de gens en Europe et en Amérique? L'histoire de Song?

— Si des journaux me l'achètent. Et si ton histoire devient nettement plus intéressante. Pour l'instant, elle n'est pas terrible.

Ils marchaient tous deux côte à côte le long du bord du ravin, et le terrain descendait. Tôt ou tard, à force de descendre ainsi, on parviendrait au niveau du torrent qui coulait en bas. H.H. avait l'intention de suivre cette rivière, puisqu'elle allait au nord. Sa carte était trop imprécise pour lui en fournir le nom, mais ce pouvait être un affluent du Tao.

— Comment ça, mon histoire n'est pas terrible ? Moi, je la trouve extraordinaire.

— Très bien, dit Rourke.

Ils durent se frayer un chemin au travers de broussailles très épaisses, et dégringoler du mieux possible de forts escarpements. En sorte que leur conversation dut s'interrompre pendant près d'une heure. Mais elle reprit :

— Je suis vraiment très honoré que tu veuilles écrire mon histoire, dit Song. Et très heureux aussi. Parce que ça veut dire que tu vas rester avec moi.

— Vous.

— Qui ça, nous ?

— Toi et les concubines, pas toi tout seul.

— Mais elles n'ont aucune importance, elles !

— C'est au contraire ce qui peut faire l'intérêt de mon reportage, dit alors H.H. Si j'écris l'histoire du capitaine Song et de ses trois concubines, c'est justement parce que le capitaine Song trouve que ses concubines n'ont aucune importance.

Song fut très déconcerté :

— Je ne comprends rien à ce que tu dis, Loulke.

— Tu ne m'en vois pas trop surpris. Mais un problème va se poser si je reste avec toi pour pouvoir connaître ton histoire et ensuite la raconter.

— Ce problème serait sûrement plus grave pour moi si tu me quittais, affirma Song avec conviction.

— Oui et non, Song. Parce que j'écris presque toujours des histoires horribles, qui finissent le plus souvent très mal pour ceux ou celles qui en sont les héros. J'aime autant te prévenir tout de suite.

— Tu es un homme bizarre, tu sais.

— C'est très possible, dit H.H. Et puis, il y a autre chose : je n'écris que des choses réelles, à qui, où, quand, comment et, si je peux, pourquoi ces choses sont arrivées. Je n'invente rien. Et j'essaie de ne pas dire aux gens ce qu'ils doivent faire ou ne pas faire, je les observe, c'est tout. S'il leur arrive quelque chose de très horrible, ce n'est pas ma faute.

— Il va m'arriver des choses très horribles, Loulke ?

— Je n'en ai pas la moindre idée.

— Et pourtant, tu vas faire un reportage sur moi. Pourquoi ? Tu crois que mon histoire va finir très mal ? Comment peux-tu le savoir ?

— Un pressentiment, dit H.H., tout à fait conscient d'intervenir dans son propre reportage. Mais il ne pouvait s'en empêcher — le capitaine Song l'agaçait trop.

Long silence. On perdait de plus en plus de hauteur, on descendait toujours davantage vers le torrent.

— J'ai terriblement peur, tout d'un coup, dit le petit capitaine Song. Est-ce que ton pressentiment t'a dit quand et où ces choses très horribles allaient arriver ?

H.H. Rourke répondit que son pressentiment était très taciturne, et ne lui disait rien de particulier. Du coin de l'œil il observait le fils de la fleuriste, et ne fut pas étonné outre mesure de le voir tout à coup s'immobiliser, décrocher de la tête de la colonne, attendre d'être rattrapé par Flûte de Jade, avec laquelle il entretint un long conciliabule.

Le capitaine Song finit par revenir à sa hauteur. Et tout se passa comme si sa conversation avec Concubine Première l'avait rassuré.

— Ton pressentiment doit se tromper, Loulke. Les astres disent exactement le contraire. Flûte de Jade les a encore consultés la nuit dernière, et ils ont répété que tant que je serais avec toi, je ne risquais rien. Comme tu veux écrire mon histoire, forcément tu ne vas pas me quitter. Donc, je suis tranquille.

La pluie cessa deux heures plus tard et, après une courte halte pour se restaurer de l'un des poulets achetés la veille, on atteignit enfin la berge de la rivière. H.H. estima à vingt-cinq kilomètres la distance parcourue depuis leur étape dans le village de montagne. Il était certain d'avoir atteint le Jiangxi et s'attendait à rencontrer bientôt des éléments de l'Armée Rouge... et dès lors le sort du capitaine Song serait réglé. H.H. était pour le moins curieux de savoir ce qui allait se passer.

On suivit la berge aussi longtemps qu'il fit jour. La rivière que l'on longeait était rapide et tourbillonnante, tenter de la franchir eût été risqué. En outre les flancs du ravin étaient si escarpés que toute escalade était impossible.

— Le moment approche, Song. Et tu n'as que deux possibilités : retourner sur tes pas ou poursuivre.

— Tu vas continuer, toi ?

— Évidemment. Je vais à Ruijin, tu le sais bien.

— Je viens avec toi, Loulke.

Il y avait, sur le visage du petit capitaine, une expression qui intriguait H.H. Rourke : comme s'il détenait quelque secret. H.H. fut sur le point de l'interroger. S'en abstint : il n'eut probablement pas obtenu de réponse. Sa curiosité fut avivée.

On venait de faire halte pour la nuit, sur une sorte de plage formée par une coulée de lœss jaune-orange. L'endroit n'avait que quelques pas de large, mais s'étendait sur près de cinquante mètres ; il était piqueté de rochers et par les avancées d'une forêt de bambous. Cette nuit du 13 octobre 1934 était la cinquième que H.H. passait en compagnie du capitaine Song et de ses trois concubines. Or, contrairement aux nuits précédentes, les Chinois s'installèrent assez à l'écart, pour leur campement, plus en amont que H.H. et à trente bons mètres de lui, derrière un amas de rochers qui les dissimulaient à son regard.

Les soldats Rouges se montrèrent le lendemain.

Tout d'abord retentirent des éclats de voix, provenant de l'aval. Puis sept hommes parurent, tout armés de fusils Mosin-Nagant. Deux d'entre eux seulement portaient l'uniforme de coton gris-bleu des troupes communistes, des guêtres et la casquette octogonale marquée de l'étoile rouge. Ils regardèrent H.H. qui les regardait assis sur un rocher, le sac de voyage à ses pieds, et fumant sa première cigarette de la journée. Il leur sourit et s'enquit de la distance qui le séparait encore de Ruijin. Et comme ils lui demandaient pourquoi il tenait à se rendre là-bas, il leur expliqua qu'il était un ami personnel des camarades Chou En-lai, Chu Teh, Lin Piao, Liu Bocheng, Fang Chi-min et autres. Il allait leur rendre visite, répondant à l'invitation qui lui avait été faite l'année précédente.

Ils se concertèrent, nullement menaçants mais à l'évidence interloqués par la présence d'un Long Nez aussi flegmatique au bord d'un torrent de montagne.

— Et d'où viens-tu ?

Il dit la vérité : de Canton. Oui, à pied la plupart du temps, et en particulier ces derniers jours, pour franchir les montagnes.

— Tu es peut-être un espion nationaliste.

Le ton de celui qui venait de porter l'accusation et semblait commander le petit groupe manquait de conviction. Comme ses compagnons, il était maigre, son uniforme portait les traces de rapetassages multiples, et s'il arborait en effet des guêtres, ses pieds étaient nus dans des sandales de paille.

— Mais l'Armée Rouge ne fusille pas les gens sans les avoir d'abord jugés...

— Tu m'en vois ravi.

— Nous allons t'amener avec nous et...

Le regard du soldat venait de s'arrêter sur les traces de pas laissées la veille par les autres.

— Tu n'es pas seul.

— Il y a des gens par là, en effet, dit H.H. qui à la toute dernière seconde choisit de ne pas essayer de mentir.

— Ils sont avec toi.

— Je voyage toujours seul.

Cinq hommes se détachèrent et remontèrent la rivière. Trois à quatre minutes s'écoulèrent. Rourke perçut des bruits de conversation mais ne put en saisir le sens. Il examina les fusils, pour s'occuper : c'étaient bien des Mosin-Nagant Mele modèle 1891, à longue baïonnette. Les deux hommes qui les portaient, et qui le gardaient, étaient misérablement vêtus et sans casquette. H.H. tenta de nouer une conversation mais ils le fixèrent de leurs yeux vides. Peut-être ne le comprenaient-ils pas après tout. On parlait en Chine des centaines, sinon des milliers de dialectes différents. Rourke avait souvent constaté que d'une province à l'autre, voire à l'intérieur d'une même province, il était fréquent de voir deux Chinois incapables d'échanger un dialogue.

Bruits de pas légers. Il se retourna et vit arriver Matin d'Ivoire et Miroir de l'Aube, sous la surveillance d'un soldat. Les deux jeunes femmes étaient nues. De la mousse de savon séchait sur leur poitrine, dans leurs cheveux et sur leurs toisons pubiennes. Elles s'accroupirent, impassibles, baissant les paupières alors que le jeune soldat, un frêle adolescent, s'efforçait à grand-peine de ne pas les dévorer des yeux.

Une ou deux minutes encore puis le chef de groupe revint à son tour. Il s'adressa à Rourke :

— Tu connais un capitaine Song ?

Comment répondre non ?

— Je connais au moins dix mille hommes qui s'appellent Song, répondit H.H. en souriant.

— Tu as voyagé avec lui, tu as traversé les montagnes avec lui.

— J'ai voyagé seul. Mais je ne peux pas empêcher des gens de marcher derrière moi.

Le silence se prolongea.

— Viens, dit le chef de groupe.

Trente mètres en amont de la rivière, H.H. découvrit d'abord Flûte de Jade, qui se tenait debout au milieu des quatre soldats. Elle aussi était entièrement nue et sa peau était mouillée ; à l'arrivée de Rourke elle leva furtivement les yeux puis les baissa aussitôt. Un peu à l'écart, accroupi et tête baissée sous le chapeau conique en fibres de bambou tressées qui dissimulait son visage, se trouvait l'ordonnance de fraîche date. Quant au capitaine Song, revêtu de son si joli uniforme, il était allongé à plat ventre sur le sol. On lui avait écrasé le visage à coups de pierres et un bambou très effilé était enfoncé dans sa poitrine à l'emplacement du cœur — la plaie avait peu saigné mais elle était fraîche.

— Tu connais cette femme ?

H.H. acquiesça.

— Très peu.

— Elle dit qu'elle a tué l'officier du Kuomintang. Elle dit qu'elle, et les deux autres filles, et ce paysan, voulaient rejoindre notre glorieuse Armée Rouge, et qu'ils ont tous fait exprès de conduire l'officier jusqu'ici, en lui faisant croire qu'en te suivant, au contraire, il s'éloignerait de nous. Et l'officier s'est aperçu qu'on le trompait, il a voulu tuer tout le monde avec son pistolet. Ce qui fait qu'elle a été obligée de le tuer.

Pendant que le chef de groupe discourait, Flûte de Jade, impassible, essuyait son corps humide. D'un air gêné un des soldats lui passa son pantalon noir et sa tunique de soie verte. Elle les enfila en prenant tout son temps, puis se mit à natter ses cheveux.

— Je voudrais savoir ce que tu penses de cette histoire, demanda l'officier rouge.

— Pas grand-chose, dit H.H.

— Tu la crois ? Elle dit aussi que cet officier était très

méchant et les traitait, elle et ses sœurs, comme des bêtes. (L'homme toussota, pudibond.)

— J'ai peu connu cet officier, dit H.H., mais c'était un homme déplaisant.

— Donc, tu la crois ?

Rourke croisa le regard de Flûte de Jade et n'y décela pas la moindre trace de peur.

— Je ne suis qu'un étranger, en Chine, dit enfin H.H. Comment pourrais-je être certain d'une chose, dans un pays qui est le plus ancien du monde et dont la culture me dépasse ? Tant de choses m'échappent...

L'un des soldats se mit à fouiller l'uniforme du mort, en retira des papiers et des photos, et un très beau nécessaire de toilette en or. Plus deux très fins mouchoirs. Un autre était occupé à extraire de leurs housses les cinq paires de bottes du défunt capitaine Song. On ensevelit fort proprement ce dernier entouré desdites bottes qui n'avaient jamais autant brillé. Dans l'une d'elles le chef laissa tomber le nécessaire en or et le fume-cigarette en jade.

On enterra le tout sous des pierres.

— Nous autres communistes ne pillons pas les morts.

— Le trait est admirable, dit H.H., je le ferai connaître au monde entier par mon reportage. Est-ce que nous pouvons partir pour Ruijin, maintenant ?

On reflua vers l'aval de la rivière. Deux kilomètres plus loin, le ravin commença à s'élargir. Le premier village communiste apparut, surmonté de son drapeau rouge sur lequel on avait maladroitement tracé une faucille et un marteau. H.H. attendit le bon moment, puis se laissa glisser à côté de l'ordonnance.

— Ne me dis pas que c'est toi qui as eu le courage de tuer ce pauvre diable, Song.

— Je ne suis plus Song, fut la réponse chuchotée. Je m'appelle Siu, maintenant.

— Nom d'un chien, vous avez engagé ce malheureux

uniquement pour pouvoir le tuer et lui faire revêtir ton uniforme !

La main de l'ex-capitaine Song agrippa celle de Rourke :

— Tu ne vas pas me dénoncer, Loulke ?

Flûte de Jade marchait derrière les deux hommes, très droite, de sa démarche élégante et sereine que ne parvenait pas à altérer le port de la palanche. C'était elle — Rourke n'avait aucun doute à ce sujet — qui avait tout réglé. Dans les moindres détails. Elle avait même pensé à nettoyer les mains du cadavre demeuré sur le bord de la rivière, avant l'arrivée des soldats, et à maculer de boue les ongles jusque-là si soignés de son seigneur. Et c'était elle aussi qui — se souvenant peut-être de l'effet que le spectacle de leurs nudités avait produit sur Rourke, lors de leur première rencontre, avait eu l'idée de rejouer la même scène au bénéfice de l'Armée Rouge. Rourke ne doutait pas davantage de ce qu'elle avait dû être l'exécuteur du malheureux paysan.

— Ne me dénonce pas, Loulke, je t'en supplie...

— Pourquoi le ferais-je ? dit H.H. Mon rôle est d'observer. Je suis reporter. Et à ce propos, Song, est-ce que tu ne te sens pas un peu nu, sans tes bottes ?

4

Je voudrais seulement comprendre, dit H.H.

« *Je suis dans un village, à environ quarante-cinq kilomètres à l'ouest de Ruijin* », écrivit ce soir-là H.H. Rourke au Chat-Huant, « *nous y sommes arrivés ce matin, venant du sud du Jiangxi. Nous, c'est-à-dire l'ex-capitaine Song et ses trois concubines. Un message de Chou En-lai m'y attendait, me demandant de demeurer là et m'assurant de son meilleur souvenir. Que le camarade Chou m'ait écrit a fait énormément pour régler ma situation : je ne suis plus sous surveillance, on m'accepte. Du même coup, on a accepté mes compagnons de voyage. Il est vrai que l'Armée Rouge a d'autres chats à fouetter en ce moment que de mener une enquête sur la mort d'un officier du Kuomintang assassiné par l'une de ses concubines. Je suis venu au Jiangxi avec l'espoir qu'il s'y passerait quelque chose d'intéressant. Et bien, des choses s'y passent. Ce qui n'était qu'une rumeur se vérifie de jour en jour : l'Armée Rouge est en train de faire mouvement, elle va abandonner le Jiangxi, c'est une migration qui se prépare. La nuit dernière, j'ai vu passer des régiments entiers, des divisions peut-être. Tout ce monde va à l'Ouest. On s'enfuit, en d'autres mots ; le front Nord est paraît-il en train de craquer sous la pression des forces nationalistes du général Tchang. Ceci est bien entendu un secret militaire. Cette lettre que je vous écris ne vous parviendra probablement jamais. Je la confierai tout bêtement à la poste chinoise mais si les Rouges réussissent leur percée et s'échappent, je doute beaucoup que les services postaux fonctionnent normalement, à l'arrivée des nationalistes. Il y aura les massacres habituels. Depuis six ans que les communistes tiennent cette région, tous ceux qu'ils laisseront derrière eux auront de très gros ennuis...* »

— Que vas-tu faire, Song ?

— Siu ! Pas Song !

— Tu veux vraiment partir avec l'Armée Rouge ?

— Si je reste ici, le Kuomintang me fusillera comme déserteur. Je voudrais être à Shanghaï, Loulke.

— Mais si tu te joins aux troupes communistes, tu seras considéré comme un Rouge. L'Armée Rouge ne part pas en pique-nique, elle va devoir se battre pour rompre l'encerclement, et elle devra se battre encore, au Hunan ou dans quelque endroit qu'elle réussira à atteindre.

— Je sais, dit très tristement Song-Siu. C'est vraiment méchant de ta part de me dire des choses si désagréables. Tu cherches à me faire peur.

Le gros bourg où H.H. Rourke venait d'arriver se nommait Pangushan. A l'origine, cela avait dû être un pitoyable assemblage de maisons en torchis recouvertes de chaume, sans fenêtre, enfermées dans une enceinte que perçait une porte unique. En six ans, on avait construit, notamment sur la route qui menait à Yudu, petite ville où était, disait-on, établi le président de la République soviétique chinoise de Jiangxi, un certain Mao Tse-toung, dont le titre ronflant dissimulait mal le fait qu'il n'exerçait aucune responsabilité réelle. On avait d'ailleurs affirmé à H.H. que Mao, souffrant de malaria, était alité, mourant. A son entrée dans Pangushan, on avait affecté à H.H. une maison d'une seule pièce qu'il partageait avec une famille de neuf personnes. Le fourneau y était de boue séchée, les meubles, une table, des bancs et deux bat-flanc recouverts de paille de riz et larges de moins d'un mètre.

On avait expliqué à H.H. qu'il pourrait dormir sur l'un de ces paniers, le couple qui l'hébergeait occuperait le deuxième, les enfants dormiraient à même le sol, devant l'âtre où brûlait une parcimonieuse brassée d'herbes sèches. Le repas du soir avait consisté en une poignée de seigle humectée d'eau et additionnée de quelques feuilles de chou ; le riz était trop cher. La saleté le disputait à la misère. H.H. était immédiatement ressorti, après avoir fait don de sa dernière boîte de corned-beef. Il était bien décidé à coucher à la belle étoile.

Et Song-Siu était venu le rejoindre, méconnaissable sous la couche de boue dont Flûte de Jade l'avait enduit, sous son chapeau et dans son pantalon et sa veste de toile rapiécés, pieds sales dans des sandales.

— Où sont-elles ? Tes concubines, où sont-elles ?

— Par là.

L'ex-capitaine fit un geste vague. Pangushan était une extraordinaire fourmilière. En temps ordinaire, le bourg devait compter quinze cents habitants. Ils s'y entassaient à près de vingt mille cette nuit-là, presque uniquement des hommes armés, à peu près tous coiffés de la fameuse casquette à huit côtés, mais pour le reste, d'un dénuement extrême. La plupart marchaient pieds nus et n'étaient vêtus que d'un short et d'une veste en haillons. Certains étaient si épuisés qu'ils n'attendaient pas de trouver un cantonnement problématique. Ils se laissaient tomber sur le sol et s'endormaient là, la tête sur leurs ballots. Et sans cesse il en arrivait d'autres ; le sol résonnait des bruits de pas d'une immense troupe en marche.

— Elles vont venir avec toi ?

De l'ahurissement indigné parut sur le visage lunaire :

— Bien sûr que oui !

Song secouait la tête : vraiment, *Loulke* posait d'étranges questions ! Le devoir de concubines n'était-il de suivre partout leur maître, aussi longtemps que celui-ci l'exigerait ? Or, il avait besoin d'elles, plus que jamais. Pour manger, pour dormir, pour l'aider, pour le protéger.

H.H. ouvrit son sac de cuir à soufflets. Il lui restait à peu près trois cents cigarettes, le sac d'ailleurs ne contenait presque plus rien d'autre, hors une chemise et deux caleçons de rechange, son couteau à raser, un jeu de cartes géographiques de la Chine, un dictionnaire anglo-chinois et sino-anglais, *Le Rêve du pavillon rouge* de Cao Zhan et un recueil de contes de Luxun, ces deux derniers livres dans leur texte d'origine, en chinois.

Il alluma une cigarette. Song continuait à jacasser. Il se plaignait de son sort, de sa voix aiguë qui portait loin. Dans la situation où il était, son inconscience avait quelque chose de miraculeux. Son phénoménal égoïsme, après l'avoir considérablement agacé, finissait par fasciner H.H. Perdu au milieu du Jiangxi communiste où venait d'être décrétée l'émancipation des femmes, Song n'avait visiblement pas mesuré l'ampleur des événements en cours ; à peine prenait-il quelques précautions pour cacher son ancienne identité ; comment Flûte de Jade et ses compagnes avaient réussi à amener ce petit homme piaillant jusqu'à Pangushan, au prix de trois jours de marche depuis le sud, allait rester un mystère pour H.H...

... Et comment elles pouvaient simplement envisager de le glisser discrètement (et se glisser avec lui) dans les rangs d'une armée tentant de fuir un blocus féroce, était d'ores et déjà un mystère encore plus grand.

Un convoi de mulets passa, dans les trois ou quatre cents bêtes menées à la main, et sur les bâts, H.H. reconnut, non sans étonnement du matériel d'imprimerie, des rames de papier, et plus surprenantes encore, des machines à coudre à pédales. Que diable pouvait faire d'une telle quantité de machines à coudre une armée sur le point de se lancer à l'attaque pour essayer une percée ?

— Tu viens avec nous, Loulke, hein ?

« ... *Je ne suis pas un correspondant de guerre, vous le savez, toutes ces batailles qui s'annoncent me laissent indifférent. Il semble pourtant que je sois le seul journaliste dans le camp révolutionnaire, sans doute même le seul Occidental, à l'exception de cet Allemand, Otto Braun, représentant de l'Internationale, et qui d'ailleurs porte ici le nom chinois de Li De — aux dernières nouvelles, il est toujours à Ruijin, aux côtés de Chou et des autres chefs de l'Armée Rouge. Je devrais donc sauter sur l'occasion...*

— Loulke, réponds-moi...

« ... *et entreprendre de décrire par le menu ce qui se passe autour de moi. Ça ne m'intéresse pas le moins du monde, j'en suis le premier surpris. Le capitaine Song est à côté de moi, pendant que je vous écris cette lettre. Il me presse de venir avec lui. Je vais le faire, pour cette seule raison que j'ai envie de savoir comment son histoire va se conclure... Correction : je voudrais surtout savoir comment Flûte de Jade et les deux autres jeunes femmes vont s'en tirer. C'est assez incroyable : dans Pangushan où l'on pourrait croire chaque mètre carré occupé par plusieurs personnes, les trois concubines ont réussi à trouver une chambre, une vraie chambre avec un lit pour cet insupportable petit monstre qui ne cesse de se plaindre. Ce n'est certainement pas l'argent qui motive ces jeunes femmes, ce n'est pas davantage l'amour qu'elles pourraient avoir pour Song. C'est autre chose. Je suis allé jusqu'à imaginer que la fleuriste de Shanghaï exerçait sur elles un chantage quelconque. Mais non : les raisons de leur si extraordinaire dévouement sont à la fois plus compliquées et plus simples. Il semble qu'il y ait une sorte d'instinct maternel — et plus Song devient geignard et exigeant, plus cet instinct se développerait (d'accord, Chat-Huant, souriez tant que vous voudrez !). Ou alors ce serait le poids de toute une tradition plus que bimillénaire, obligeant ces concubines à se conduire de la sorte. A moins qu'il n'y ait quelque part, dans le cœur et la tête de Flûte de Jade — c'est elle le chef, à n'en pas douter — je ne sais trop quel esprit de sacrifice...*

Bref, je ne trouve aucune explication. Et c'est bien ce qui m'exaspère ! Je voudrais comprendre... »

— Loulke, réponds-moi.

— Je viens, je viens, dit H.H. agacé.

On lui toucha l'épaule, il ouvrit les yeux et reconnut le colonel qui, la veille, lui avait communiqué le message de Chou En-lai. L'homme se nommait Hua Bing. C'était un officier de carrière, issu de la célèbre académie de Huangpu. Il s'y trouvait au temps où l'établissement était dirigé par Tchang Kaï-chek, avec Chou En-lai comme commissaire politique.

— Le camarade Chou est arrivé.

Le 17 octobre, à quatre heures quarante du matin, on aurait pu croire que tout le Jiangxi s'était mis en marche. Remontant laborieusement le monstrueux fleuve humain qui déferlait avec un piétinement sourd dans la nuit encore noire, H.H. Rourke, recroquevillé dans le side-car qui l'emportait, observait avec un détachement amusé le *petit diable** qui sautillait devant la moto, en nasillant, pour leur ouvrir le chemin, une incantation où revenait rituellement le nom de Chou En-lai. La muraille humaine s'ouvrait et se refermait immédiatement derrière eux, les engloutissant sans la moindre protestation dans une fade puanteur de sueur croupie. Ce qui frappait le plus Rourke, c'était le silence presque religieux dans lequel se déplaçaient ces milliers de marcheurs harassés. Il ne faisait aucun doute qu'il s'agissait là d'une consigne, car à plusieurs reprises, ils dépassèrent des blessés qu'on

* Petits diables : orphelins qui suivaient l'Armée Rouge dans ses déplacements.

emportait sur des civières, et qui avaient fourré des mouchoirs dans leurs bouches pour étouffer les plaintes que leur arrachaient les cahots. Sans doute, par ces énormes mouvements nocturnes, les chefs communistes essayaient-ils de cacher jusqu'au dernier moment l'ampleur de leur manœuvre.

L'aube commençait à peine à poindre quand la moto, suivant toujours l'orphelin dépenaillé, tourna abruptement pour emprunter un étroit chemin boueux d'où montait une âcre puanteur d'urine. Ils traversèrent un champ d'astragale et parvinrent à une ferme isolée autour de laquelle s'affairait sans bruit une foule considérable d'officiers et d'hommes en armes. Sans cesse des estafettes arrivaient ou partaient en courant. Le colonel Hua fit entrer H.H. dans un enclos où grognaient trois porcs minuscules, aussi peu farouches que des chiens. H.H. y passa près d'une heure en leur compagnie, à les dissuader de dévorer son sac à soufflets et, comme le jour se levait enfin, une porte s'ouvrit et une silhouette élégante se dessina sur la lueur pâlissante d'une bougie. H.H. reconnut les sourcils en broussaille de Chou En-lai. De son côté, celui-ci se souvenait très bien de leur rencontre précédente. Il demanda courtoisement des nouvelles d'Uricani, le photographe, et s'enquit de la façon dont H.H. était parvenu à s'infiltrer au Jiangxi. Il hocha la tête en souriant.

— Vous m'aviez pourtant affirmé... que vous ne vous intéressiez pas à la Grande Histoire. Votre façon de concevoir le reportage m'avait d'ailleurs paru originale.

H.H. répondit qu'il n'avait pas changé d'opinion. Il entreprit d'expliquer qu'il comptait suivre le destin de quelques-uns des hommes de l'Armée Rouge, pris à titre individuel et que...

On l'interrompit. Un groupe de généraux venait de sortir de la ferme, et parmi ces hommes, H.H. reconnut Otto Braun l'Allemand, avec ses petites lunettes rondes et ses dents noircies par le tartre. Quelques mois plus tôt, Rourke avait essayé de nouer une conversation avec le révolutionnaire germanique, faisant même l'effort de s'adresser à lui en allemand ; l'agent de Moscou n'avait pas daigné lui répondre.

On se mit à discuter autour de Chou. H.H. s'écarta et très vite le brassement fiévreux de la fourmilière le repoussa encore davantage. « Qu'est-ce que je fais ici ? » Dans l'aube qui venait, il aperçut au loin des pièces d'artillerie, certaines tirées par des mulets mais la plupart par des hommes. Et toujours ce déversement de soldats en uniforme gris-bleu et à casquette octogonale. Il y avait aussi des charrettes et sur le plateau de celles-ci, par-dessus des chargements de caisses de munitions, il vit, juchés, de bizarres tailleurs activant les pédales de leurs machines à coudre, confectionnant ce qui semblait bien être des uniformes.

H.H. sortit sa lunette d'approche : avec la lumière en train de monter, les petites montagnes du Jiangxi sortaient de l'ombre, elles étaient ocres, et de quelque côté qu'il se tournât, recouvertes d'innombrables colonnes d'hommes, toutes cheminant vers l'ouest.

— Monsieur Rourke ?

Le colonel Hua lui tendait un papier :

— Le camarade Chou a demandé que l'on vous établisse un laissez-passer.

— Merci.

H.H. hésita. Il pouvait dès cet instant s'attacher à l'état-major qu'il voyait s'éloigner, ce qui lui offrirait sans doute les meilleures possibilités de suivre le déroulement des événements à venir ; ou bien au contraire aller retrouver Song et ses trois femmes. Il offrit une cigarette à Hua :

— Je peux retourner à Pangushan ?

— Rien ne vous en empêche, j'y repars moi-même. Mais je n'ai plus ma moto. Nous sommes une armée qui va à pied.

Ils bavardèrent tout en marchant. Hua était d'une étonnante liberté dans ses propos. Il raconta qu'à l'académie militaire dont il était sorti quelques années plus tôt, il avait hésité entre deux hommes : Tchang et Chou. Il avait finalement choisi le deuxième, né comme lui dans une famille de lettrés de la province du Tchö-kiang, et s'était battu à ses côtés lors des insurrections communistes de Nanchang et Canton. Il était dans le Jiangxi depuis cinq ans, s'y était marié...

— Mais je vais partir, moi aussi. Je viens de recevoir mon affectation, mon unité marchera en arrière-garde.

... Oui, il allait partir seul. Il laisserait derrière lui sa femme et ses quatre enfants, ainsi que le faisait et le ferait la quasi-totalité des combattants appelés pour tenter la percée et la fuite à l'ouest. Toutefois, le Jiangxi ne serait pas entièrement évacué de toutes les troupes communistes : trente mille hommes devaient rester, faire diversion tandis que le gros de l'armée s'échapperait. On avait fait venir tout spécialement de l'Est le vice-président du gouvernement soviétique chinois, Hsiang-Ying, et le général Chen-Yi, qui assureraient les commandements politiques et militaires du réduit. Ils étaient sacrifiés, Hua n'en doutait pas. Pas plus qu'il ne doutait de ce que de gigantesques massacres allaient suivre l'inéluctable envahissement de la province par les Blancs.

Hua eut ce sourire si particulier par lequel les Chinois essaient de masquer leur gêne, ou leur chagrin :

— Je n'ai pas beaucoup d'espoir pour ma famille.

Pangushan s'était vidé presque entièrement lorsque H.H. Rourke y revint, presque toutes les troupes qui s'y trouvaient la veille et durant la nuit étaient parties. Au point que deux avions nationalistes, qui survolèrent l'agglomération à deux reprises, ne jugèrent pas nécessaire d'y lâcher leurs bombes; ils s'éloignèrent vers l'ouest, à la recherche d'objectifs plus conséquents.

H.H. s'était séparé de Hua. Il se rendit à la maison

à un étage, sur la route de Yudu, où les concubines avaient trouvé un lit. Il ne vit personne, sinon une très vieille femme qui lui demanda s'il était russe.

— Pas que je sache, répondit H.H.

— Vous l'êtes sûrement, dit la vieille femme. Qu'est-ce qu'un Long Nez ferait ici s'il n'était pas envoyé par Moscou ? Mais les Blancs vont venir et vous tueront, et ce sera bien fait.

— Très bien, dit H.H. fort placide.

Il demanda où étaient allés le petit homme et les trois belles jeunes filles qui l'accompagnaient, mais n'obtint qu'une précision quant à son propre sort : on le décapiterait.

— Et je viendrai cracher sur votre tête, quand elle sera coupée. Sale Russe.

Il ressortit et se mit à errer au hasard. Il régnait dans Pangushan une atmosphère singulière, à laquelle les années suivantes allaient l'accoutumer : celle d'un territoire en transition, pas tout à fait abandonné par les uns, pas encore conquis par les autres. H.H. était sans grandes illusions : retrouver le petit Song, ou Siu, relevait de l'impossible ; en revanche, si les concubines avaient réellement suivi l'Armée Rouge, quelqu'un avait bien dû les remarquer, trois jolies filles ensemble dans une marée d'hommes ne pouvaient guère passer inaperçues. Trois bonnes heures lui permirent de constater le bien-fondé de son raisonnement.

— Des infirmières, lui dit le responsable local de la Fédération chinoise du Travail, d'obédience évidemment communiste. Je me souviens surtout de la plus grande, elle a parlé pour les deux autres. Elle m'a dit qu'elle avait des blessés à transporter et voulait que je lui donne la charrette qui nous restait.

— Vous la lui avez donnée ?

— Oui. Autant que cette charrette serve à quelqu'un, surtout à des héros de l'Armée Rouge si gravement blessés.

— Vous avez vu les blessés ? demanda H.H.

— Non. Pourquoi ?

— Pour rien. Nous autres reporters *impérialistes* avons le don des question stupides. Vous allez rester dans ce bureau en attendant l'arrivée des Blancs ?

L'homme expliqua qu'il avait cinquante-neuf ans et qu'il avait la tuberculose. En outre, il était du Hunan — la province voisine du Jiangxi, à l'ouest.

H.H. ne vit pas le rapport entre le fait que son interlocuteur fût du Hunan et l'imminente arrivée d'un million de soldats de Tchang.

— La plupart de ceux qui ont été désignés pour rester sont du Hunan, dit le syndicaliste. Du Hunan comme Mao Tsé-toung, le camarade président avec qui tous les autres sont fâchés. (Quinte d'une toux sèche.) Quant à vos infirmières, je crois savoir qu'elles sont parties pour Yudu. Je les ai entendues qui s'informaient de la route.

H.H. Rourke ne trouva aucune trace de l'ex-capitaine Song et de ses trois concubines dans la ville de Yudu. Il n'avait atteint celle-ci que le 18 octobre en début d'après-midi : il avait dû couvrir à pied les presque quarante kilomètres depuis Pangushan, après avoir cherché en vain n'importe quel moyen de transport et attendu patiemment, sous une pluie battante, de pouvoir franchir une rivière dont un pont avait été détruit par l'aviation nationaliste.

Yudu se trouvait au confluent du Gang, cours d'eau principal du Jiangxi et d'une autre rivière. H.H. y entra par la porte sud. On l'y arrêta, son laissez-passer portant le nom de Chou En-lai fut examiné avec méfiance (Chou ne semblait pas en odeur de sainteté communiste, dans le coin) et on le fit attendre plus de deux heures avant de lui permettre le passage.

... Non, les gardes n'avaient vu passer aucune charrette transportant des infirmières et un blessé, ils n'avaient rien vu. Très probablement, Rourke leur eût-il demandé s'ils avaient vu des Chinois, ils auraient répondu non de même. Il leur expliqua en français qu'ils étaient tous nés d'une banane — il avait de plus en plus l'impression que son sujet de reportage s'éloignait de lui, et s'en agaçait.

Il consacra le reste de l'après-midi et de la nuit à fouiller la ville. L'idée que Flûte de Jade eût réellement décidé de marcher avec l'Armée Rouge lui semblait encore absurde. Concubine Première avait peut-être trouvé une échappatoire plus subtile ; elle était capable de tout. Au hasard de ses recherches, se trouvant à un moment près de la porte Nord, vers cinq heures trente, il vit passer une colonne de peut-être trois ou quatre cents soldats, et donc modeste en comparaison des contingents formidables qui avaient défilé sous ses yeux à Pangushan, puis sur les montagnes au sud. Le détachement entourait un homme allongé sur une civière, celle-ci installée sur le plateau d'une charrette tirée par deux ânes. Le gisant était blême et paraissait grelotter, visiblement en proie à une crise de malaria. Une femme âgée renseigna H.H. : c'était le camarade président Mao Tsé-toung. L'information toucha remarquablement peu H.H. Rourke : il ne connaissait Mao que de nom et tout indiquait que cet homme n'allait pas jouer un grand rôle dans les mois à venir. La remarque du syndicaliste de Pangushan sur le grand nombre de Hunanais sacrifiés (Mao était bien entendu hunanais, né à Shaoshan, une petite ville) par les grands chefs communistes était révélatrice à cet égard.

H.H. n'avait rien mangé depuis la veille. Il finit par trouver une auberge qui lui servit du riz et du poisson pour le prix de deux chevaux, et avec ce qu'il paya pour un vrai lit, il eût sans doute pu devenir propriétaire d'une charrette. L'évacuation du Jiangxi par les communistes redonnait vie au légendaire sens des affaires chinois.

Il alla à pied les trois jours suivants, pas du tout assuré que Song et les trois jeunes femmes se trouvaient quelque part devant lui. Il n'avait pas à chercher sa route, ayant décidé de suivre lui aussi l'Armée Rouge. Un miracle fit qu'il trouva un mulet à acheter, et à un prix raisonnable de surcroît. Dès lors, il commença à remonter les colonnes de soldats, d'autant plus aisément que celles-ci se déplaçaient surtout la nuit, pour éviter d'être repérées par les aviateurs de Tchang. Les bombardements aériens, s'ils persistaient, n'augmentaient pas particulièrement. Tout se passait comme si le Kuomintang n'avait pas encore remarqué le mouvement de troupes pourtant si vaste.

C'était le cas, la suite allait le montrer.

L'Armée Rouge allait vers le sud-ouest, région où les trois frontières du Jiangxi, du Hunan et du Guangdong se rejoignaient. Un matin, H.H. Rourke rattrapa et dépassa la colonne Mao Tsé-toung, qui s'était renforcée et qu'il estima à trois ou quatre mille hommes.

Le camarade président allait à dos d'âne, maintenant. Sa santé devait être meilleure. Comme il le dépassait, H.H. croisa un regard extraordinairement lourd et profond, glacial. Mieux valait éviter d'avoir cet homme pour ennemi, pensa-t-il.

A peu près deux heures plus tard, H.H. releva enfin la trace des « infirmières ». Il chevauchait alors dans un paysage d'une beauté à couper le souffle. Ce qu'il avait autour de lui n'était pas réellement des montagnes mais des sortes de cônes moussus, tantôt noirs et tantôt vert émeraude, selon les irisations de la lumière, filtrée par des écharpes de brume. Il s'en dressait des centaines, à perte de vue, et leur nombre était doublé par leurs reflets dans l'eau très calme de petits lacs qui luisaient comme des plateaux d'argent. Aucune piste n'était tracée, on pouvait se perdre dans ce dédale et une fois encore, ainsi que cela lui était arrivé si souvent au cœur de ce silence et de cette solitude, H.H. Rourke eut le sentiment d'avoir atteint le bout du monde. Mais, dans les minutes qui suivirent, il capta dans sa lunette un, puis plusieurs mouvements. De par l'effet de la distance, la comparaison s'imposa : des fourmis, progressant lentement en files distinctes mais convergentes. Bien entendu, c'étaient des hommes, aux dos surmontés d'énormes fardeaux, et Rourke comprit qu'il venait de rejoindre le gros de l'Armée Rouge en marche. Ce fut l'un des officiers de cette troupe qui lui apprit qu'en effet un petit peloton de femmes était passé, douze heures plus tôt. La mission de l'officier était précisément d'orienter la progression générale, en quelque sorte il servait de balise. Il avait vérifié le laissez-passer de Rourke et révéla qu'il parlait anglais.

— En quoi ces infirmières vous intéressent-elles ?

H.H. expliqua qu'il souhaitait leur consacrer un reportage. Il était bouleversé par le dévouement de ces femmes, leur abnégation. Bien sûr, il comptait également écrire sur les soldats héroïques, mais à son avis le public occidental, à qui il allait révéler toute la grandeur de l'épopée communiste chinoise, serait terriblement ému par l'histoire des infirmières transportant les blessés pour ne pas les laisser entre les mains des Blancs infâmes.

— Vous avez mille fois raison, convint l'officier-balise. Maintenant que j'y pense, elles sont vraiment dignes d'admiration. Je n'en ai vu que trois, elles transportaient un blessé grave sur une civière. Le malheureux semblait mourant, avec tous ses bandages, mais elles m'ont dit que jamais elles ne l'abandonneraient. Quel beau sujet de reportage vous avez là !

— Je ne vous le fais pas dire.

L'officier-balise l'ayant aimablement muni de provisions de route pour deux jours, il put avancer plus vite. Sa carte le lui disait : on approchait des frontières des provinces du Hunan et du Guangdong. Ce n'était assurément pas l'un des points faibles du dispositif mis en place par le généralissime Tchang dans sa volonté d'encercler puis d'étouffer dans le sang la république soviétique du Jiangxi. Rourke n'ignorait pas (il l'avait appris avant son départ de Canton, au moment où il déterminait le meilleur itinéraire possible pour gagner Ruijin) que les nationalistes avaient massé dans cette région des troupes importantes et avaient aussi dressé des fortifications puissantes, défendues — sur le conseil du stratège allemand Falkenhausen — par d'épaisses rangées de barbelés et de l'artillerie. Le choix de tenter la percée à cet endroit était même surprenant. H.H. Rourke n'était nullement versé dans l'art militaire mais il s'attendait à une furieuse bataille, pour emporter cette ligne Maginot chinoise.

... Le lendemain lui administra la preuve de ce qu'il était décidément en Chine, où depuis trois ou quatre mille ans on pratiquait la guerre civile avec virtuosité. Il avait sommeillé quelques heures, sans jamais lâcher les rênes de son mulet de peur qu'on ne lui empruntât sa monture, avec en fond sonore incessant le martèlement sourd des troupes en route. Il s'était éveillé avant l'aube, et remonté en selle, avait achevé de gravir un petit col comme le soleil franchissait la ligne des crêtes. Il déboucha sur une très vaste vallée et la respiration lui manqua durant quelques secondes : il avait sous les yeux, en contrebas, la plus grande masse humaine, qu'il lui avait jamais été donné de contempler, si habitué qu'il fût aux multitudes chinoises. Ce n'était pas le plus surprenant : à quelques kilomètres droit devant s'élevaient les formidables fortifications supposées empêcher l'évacuation communiste du Jiangxi. Or, sans le moindre combat, sans un seul coup de feu, dans la tranquillité la plus sereine, l'Armée Rouge passait. Sans doute faudrait-il des dizaines d'heures avant que le franchissement fût accompli mais en tout cas il se déroulait fort paisiblement. Ce n'était pas le forcement d'un blocus mais plutôt une sorte de départ en excursion d'environ cent vingt mille hommes.

Il n'y avait pas un avion dans le ciel, d'ailleurs couvert et au plafond bas. Les bombardiers de Tchang auraient pourtant pu opérer une hécatombe. H.H. s'assit sur un rocher, le mulet près de lui, à l'écart des colonnes en train de défiler. Il n'était pas trop surpris : quelque arrangement judicieux, bénéfique aux deux parties, avait dû être passé entre les chefs communistes et les généraux du Kuomintang chargés de leur barrer la route du Hunan. La suite allait confirmer les conjectures de Rourke : il faudrait tout un mois pour que Tchang finisse par savoir quand, comment et par où ses adversaires lui avaient filé sous le nez.

Des heures passèrent, la nuit vint, l'écoulement ne cessait pas. Ce qui sortait à présent du Jiangxi pour entrer dans le Hunan n'était plus une armée véritable mais un fabuleux convoi de coolies plus ou moins volontaires qu'encadraient des soldats postés en flancs-gardes, qui veillaient aux désertions. Ces porteurs croulaient sous d'énormes fardeaux. H.H. vit encore passer des imprimeries entières, en pièces détachées... et d'autres machines à coudre.

... Dans la journée du lendemain, le flot commença à se tarir. Il prit les allures d'un goutte-à-goutte, sous la forme de détachements isolés, et constitués de véritables soldats. C'était l'arrière-garde. H.H. Rourke balançait : il ne croyait plus guère en ses chances de retrouver Song, Flûte de Jade et les deux autres filles ; il n'était même plus très sûr de le vouloir vraiment ; moins encore était-il tenté d'accompagner l'Armée Rouge dans sa fuite et d'en être le chroniqueur. Bien plus tard, il le reconnaîtrait en toute honnêteté : à aucun moment au cours des derniers mois de 1934, il ne prit conscience de l'importance historique de ce qui allait devenir la Longue Marche, qui resterait comme le plus beau ratage de sa carrière — manquer un scoop à ce point-là relevait du grandiose. Il eut des excuses : il n'était revenu en Chine, outre son amour réel pour ce pays, que sur un coup de tête, bien qu'il refusât de se l'avouer, à seule fin d'essayer d'oublier Kate Killinger. Le Chat-Huant en demeura toujours convaincu; regagner le Jiangxi et retrouver Chou En-lai n'avait été qu'un prétexte; de plus, des reportages sur les communistes chinois n'auraient vraisemblablement pas intéressé les rédacteurs en chef occidentaux. En 1934, les marxistes chinois étaient tenus pour une bande de marginaux sans le moindre intérêt. La presse occidentale n'ouvrait ses colonnes, et avec parcimonie, qu'aux nouvelles venues des concessions internationales de Shanghai. Qui se souciait alors, hors de Chine, des problèmes de politique intérieure d'un Tchang Kaï-chek ?

— Monsieur Rourke ?

H.H. ouvrit les yeux et reconnut le colonel Hua, celui-là même qui lui avait obtenu un laissez-passer, une semaine plus tôt.

— Je ferme la marche, dit Hua. Derrière moi, il n'y a plus personne. Vous venez ?

La vallée en contrebas s'était vidée ou peu s'en fallait. Quatre-vingt-dix mille hommes peut-être s'étaient trouvés là, au cours des dernières heures. Ils avaient disparu, engloutis à l'ouest par les montagnes du Hunan.

— Je ne sais pas encore, dit H.H. Où allez-vous ?

Hua sourit :

— Aucune idée, on ne m'a rien dit. (Nouveau sourire.) A parler franchement, monsieur Rourke, j'ai très envie de revenir sur mes pas.

L'arrière du petit détachement — cinq cents soldats au plus — qui venait de franchir le col s'éloignait. Il était déjà à deux cents mètres.

— Mais je vais continuer, bien entendu, dit Hua.

De sous sa tunique un peu grande et sur laquelle il n'y

avait aucun insigne de son grade, il sortit un objet surprenant : un étui à cigarettes en argent, décoré d'un petit dragon en émail rouge. Il offrit une cigarette à Rourke.

Ils fumèrent un instant en silence. Hua contemplait le Jiangxi.

— Je pense que je vais vous accompagner un bout de chemin, dit H.H.

Qui retrouva les concubines très peu de temps après.

5

L'étui à cigarettes du colonel Hua

— Je suis vraiment blessé, dit Song. Vraiment. Là.

Il désigna sa cheville droite.

— Quel genre de blessure? Un éclat d'obus ou une balle?

Ni l'un ni l'autre, reconnut à regret Song-Siu. Cela lui était arrivé à Pangushan, il avait fait un faux pas dans une ornière et depuis sa cheville lui faisait un mal affreux, à peine soutenable, il serrait les dents pour ne pas crier, jamais il ne se serait cru capable d'autant de courage.

Flûte de Jade derrière et Matin d'Ivoire devant transportaient le brancard. Miroir de l'Aube, le visage crispé, suivait en titubant sous le poids de deux énormes ballots suspendus en équilibre aux extrémités de sa palanche. La pente était rude et le chemin étroit. On progressait à flanc de montagne. A perte de vue vers le haut et le bas, H.H. Rourke découvrait une file de soldats de l'Armée Rouge ahanant sous des fardeaux de quarante à cinquante kilos chacun. Il faisait nuit noire mais un homme sur dix tenait dressée une torche de pin et le spectacle en devenait fantasmagorique : cette incroyable coulée de feux montant et descendant s'allongeait presque à l'infini. On en distinguait le tracé sur quinze ou vingt kilomètres, sinon davantage. On pouvait presque imaginer que ce fantastique serpent lumineux faisait le tour de la planète. Par compagnies entières, on chantait ; il arrivait qu'au couplet entonné dans une vallée répondit le refrain lancé depuis une hauteur.

... Et encore tout ceci n'était-il que l'arrière-garde. Le détachement commandé par le colonel Hua avait rejoint le régiment marchant en serre-file. Auparavant, le même Hua et Rourke avaient franchi le passage ouvert au milieu des fortifications du Kuomintang. Les soldats de Tchang ne les avaient pas regardés passer. Ils avaient très ostensiblement détourné la tête, ainsi qu'ils avaient dû le faire lors du défilé de leurs cent mille prédécesseurs. Quelqu'un avait hélé le colonel Hua et lui avait demandé s'il restait encore d'autres troupes. Sur la réponse négative, curieusement, les vaillants défenseurs blancs avaient pris grand soin de refermer les haies de barbelés, puis ils s'étaient de nouveau apostés sur leurs fortins, ne quittant plus le Jiangxi des yeux pour y guetter l'arrivée des Rouges, qu'ils jureraient n'avoir pas vus.

H.H. avait interrogé Hua : connaissait-il la raison de cette bienveillance ennemie ? Hua l'ignorait, ç'avait été une affaire entre chefs, dont on ne l'avait pas tenu informé...

— Mais l'homme qui a voulu savoir si nous étions les derniers à sortir du Jiangxi se trouvait avec moi à l'académie militaire de Huang Pu.

Ainsi H.H. s'était-il retrouvé au Hunan, sans intention vraie de s'y rendre. Il avait beaucoup marché, durant les précédentes semaines, mais bien qu'il fût beaucoup plus robuste que tous les hommes qui l'entouraient, il avait eu du mal à les suivre : ils couraient presque. Hua lui avait expliqué que l'Armée Rouge avançait désormais en territoire ennemi, en ramassant tous les traînards au passage. Il allait falloir éviter routes et villages, et se déplacer uniquement de nuit, sitôt que l'on serait en nombre afin de progresser sans être vus. Deux heures plus tard, on avait rejoint le régiment serre-file, dont Hua assumait le commandement ; on s'était engagé en montagne où, en effet, les premiers traînards n'avaient pas tardé à apparaître. Certains étaient des coolies enrôlés de force, ce qui pouvait se comprendre, mais d'autres étaient bel et bien des soldats, natifs du Jiangxi et soudain saisis par le mal du pays, inquiets d'y avoir abandonné leur famille.

Hua en avait abattu trois d'une balle de Mauser dans la tête. A la faveur de la nuit, les désertions s'étaient à ce point multipliées que même le colonel avait renoncé à s'y opposer. C'était alors que les torches s'étaient allumées. Le sentier de montagne s'était rétréci. On devait le plus souvent marcher en file indienne en longeant des précipices vertigineux. H.H. s'était vu contraint de mettre pied à terre et de mener son mulet par la bride depuis déjà deux heures.

Vers minuit peut-être, on était parvenu à la première des innombrables rivières figurant sur le parcours. Il s'agissait d'un torrent de montagne, au courant impétueux. Les colonnes de tête y avaient posé plusieurs ponts de bois, qui tous avaient cédé depuis, et aussi des passerelles de cordes, qui tenaient encore.

— Il vous faut abandonner votre mulet, il ne passera pas.

Le coup de pistolet avait suivi de peu l'acquiescement de H.H. et le bruit de la détonation roulait encore de montagne en montagne que déjà des soldats avaient commencé à dépecer la bête, la découpant en des dizaines de morceaux qu'ils s'étaient partagés.

— Vous aurez votre part, bien entendu, avait dit Hua à Rourke.

Le franchissement des passerelles avait provoqué un énorme embouteillage. Dans l'obscurité, des milliers de soldats et de coolies attendaient leur tour dans le calme, même les torches brandies ne parvenaient pas à rendre un compte exact de leur nombre. Et le miracle avait eu lieu, H.H. se tenait à la périphérie de la foule massée, se demandant encore et toujours ce qu'il pouvait bien faire là. Son regard courait distraitement sur ces silhouettes en ombres précisément chinoises. A quinze mètres de lui, une torche avait achevé de se consumer, un soldat en avait aussitôt allumé une autre. Le bois très résineux avait grésillé, une grande flamme jaune orangé était montée, dans un flamboiement très bref... Mais suffisant pour illuminer — et l'imprimer sur la rétine de Rourke — le profil mystérieux de la belle Flûte de Jade... Toujours aussi lointaine, elle contemplait la foule qui l'entourait avec la même courtoisie impassible que si elle se fût trouvée dans un salon de thé du Bund. Derrière elle, Rourke eut le temps d'entrevoir, le temps d'un éclair, un brancard posé sur le sol.

— Je veux vous parler, dit doucement H.H.

Elle ne réagit d'aucune manière. Elle était assise et à demi adossée à un rocher, yeux clos. H.H. était certain qu'elle l'avait vu s'approcher. Il faisait grand jour. Des heures plus tôt, Hua avait ordonné le bivouac, mettant à profit la présence d'une forêt en léger contrebas, sous le couvert de laquelle il pouvait dissimuler le plus gros de sa troupe à un avion éventuel. L'aviation nationaliste disposait de quatre cents appareils, mais elle ne gaspillait pas ses bombes ou ses chargeurs de mitrailleuse sur des détachements isolés.

Flûte de Jade était désormais vêtue en homme, veston et pantalon, couverture en bandoulière. Elle avait coupé ses longs cheveux. Mais le visage demeurait ravissant, même pas marqué par les efforts qu'elle avait fournis. Pourtant, elle avait porté un brancard, avec l'innommable Song vautré dessus, pendant une bonne partie des derniers cent cinquante kilomètres — depuis que les concubines avaient dû laisser en route la charrette de Pangushan. Seul signe de son épuisement : elle n'avait pas eu la force de se débarrasser du gros sac oblong, en toile grise, attaché à ses épaules par deux cordelettes. Sac qui devait contenir le mousqueton.

— Vous allez encore porter cette ordure de Song combien de temps ?

Pas de réponse.

— Je veux seulement comprendre, dit H.H.

— Allez-vous-en.

Il s'allongea près d'elle. Pas trop près cependant. Il ne voulait pas courir le risque que tous ces soldats étalés autour d'eux, sous les arbres, se méprennent sur ses intentions. Après tout, les deux autres concubines et elle étaient les seules femmes au milieu de cinq mille hommes. Dans n'importe quelle autre armée, la situation eût provoqué quelques remous. Mais on était en Chine.

— Comprendre, je n'en demande pas plus. Matin d'Ivoire et Miroir de l'Aube viennent de la campagne. Pas vous. Il suffit de voir vos mains.

De très jolies mains en vérité, et qui bougèrent, en réaction à la dernière remarque de H.H. Comme si elles cherchaient à se cacher.

— Ce crétin de Song m'a raconté que sa mère vous avait choisie et qu'il ignorait pourquoi elle l'avait fait. Il jure qu'il ne sait rien de vous, je veux dire rien de votre passé avant que vous ne soyez devenue sa concubine. Et je le crois. Tout comme je crois que vous n'êtes pas amoureuse de Song. Pas plus d'ailleurs que vos deux compagnes. Mais elles vous obéissent, vous leur feriez faire n'importe quoi, vous décidez de tout. Je suis sûr que si vous ordonniez à Matin d'Ivoire et Miroir de l'Aube de lâcher Song dans un ravin, elles le feraient. Elles sont épuisées et ne tiendront plus très longtemps.

H.H. se tut, dans l'attente d'une réponse, ou d'un commentaire qui ne vint pas. Song était à quelques mètres de là. Au moment de la halte, les jeunes filles avaient fait de leur mieux pour l'installer, rassemblant des aiguilles de pin pour rendre plus confortable l'endroit où elles avaient finalement déposé la civière. Song dormait, très paisiblement. Et dormaient de même, contre lui, les deux autres jeunes femmes écrasées de fatigue.

Peu avant que Hua ne donnât l'ordre de bivouaquer, H.H. avait noté le harassement extrême de Concubine Deuxième : des trois, elle était la plus petite, la plus fine, au plus elle pesait quarante kilos.

— Je voudrais que vous me parliez de vous, dit encore H.H. Je ne suis qu'un étranger qui passe, me parler ne vous engagerait à rien.

Il la fixait et sentait sans grande surprise qu'il avait envie d'elle. Le souvenir qu'il avait de son corps nu était d'une précision vraiment troublante, et même fagotée de la sorte dans ses vêtements d'homme, avec ses cheveux coupés à la diable et entachés de boue, elle conservait non seulement de la féminité mais aussi de la prestance. Et de la sensualité : ses seins étaient certainement nus sous la grosse chemise de coton, on en devinait presque les pointes ; la courbe gracieuse des hanches et des cuisses s'esquissait malgré le pantalon informe ; et puis il y avait ce dessin de la bouche, ce délicat retroussis des ailes du nez, et les longs cils noirs posés sur les pommettes un peu mongoles.

— Quel âge avez-vous ?

H.H. essayait maintenant de la surprendre par des questions volontairement banales. Il lui avait d'abord, avant l'entrée dans le Jiangxi, attribué dix-huit ou dix-neuf ans. A présent, il constatait qu'elle devait avoir deux, sinon trois ans de plus. Le mystère en devenait d'autant plus exaspérant : comment une telle femme, pour qui la moitié des hommes de Shanghai, occidentaux ou chinois, auraient sans doute dépensé des fortunes, se retrouvait-elle ici, s'acharnant à faire survivre, avec des soins extravagants, un enfant gâté, geignard et absolument insensible à tous les efforts déployés pour lui ?

Il devait être dans les quatre heures de l'après-midi

(H.H. n'avait plus l'usage de sa montre, qui n'avait pas résisté à un bref séjour dans l'eau d'une des six rivières traversées jusque-là). Le jour baissait. Le colonel Hua déjà debout distribuait des ordres, en contre-haut de Rourke et à deux cents pas de distance. De nombreux soldats commençaient d'aller et venir et certains jetaient à H.H. des regards obliques ; sa présence dans la colonne devait en irriter quelques-uns, et plus encore qu'il se trouvât près d'une femme. Il s'apprêta à se lever.

— Vous allez dire au colonel Hua qui est Song ? Et lui apprendre qu'il n'est pas blessé ?

Flûte de Jade venait de parler pour la deuxième fois. Auparavant, elle avait seulement dit : « Allez-vous-en. » Elle s'était servi du mandarin, et non du dialecte shanghaien que Song utilisait plus volontiers ; et elle avait construit sa phrase comme quelqu'un possédant parfaitement la langue, presque comme un lettré et (pour autant que H.H. pût en juger) sans accent particulier.

Et elle avait ouvert les yeux, son regard dans celui de Rourke.

Il secoua la tête et sourit :

— Je crois que vous savez très bien que je ne vais rien faire, dit-il.

Elle acquiesça presque imperceptiblement. Ce qui pouvait signifier aussi bien qu'elle le savait, en effet, ou bien qu'elle enregistrait sa réponse, sans plus.

Il s'éloigna. Se retourna après quelques pas. Flûte de Jade venait de se lever, elle éveillait ses compagnes et les mettait au travail, en vue de préparer le repas de Sa Majesté Song qui dormait toujours comme un bienheureux.

On marcha sans désemparer les trois semaines suivantes. Chaque nuit, de nouvelles désertions se produisaient ; plusieurs centaines d'hommes qui disparaissaient parfois d'un coup. Dans la majorité des cas, il s'agissait de traînards des colonnes principales, abandonnés par celles-ci ou incapables de suivre plus longtemps, ou bien encore renonçant à poursuivre et préférant regagner le Jiangxi ; ils étaient recueillis par l'arrière-garde sous les ordres de Hua. Il avait renoncé à ses exécutions sommaires du début ; d'abord parce qu'il aurait dû abattre pour le moins trois cents hommes par nuit, et aussi sous l'effet d'un désenchantement personnel, sinon d'une tristesse qui ne l'empêchait d'ailleurs pas de mener sa formation avec détermination.

L'arrière-garde elle-même voyait ses effectifs se réduire. Du fait des désertions, certes ; mais surtout en raison d'accidents multiples : on ne pouvait plus suivre l'itinéraire emprunté par le gros de l'Armée Rouge ; l'effet de surprise entraîné par l'apparition de celle-ci, et sa puissance de feu lui avaient permis de traverser le Hunan sans trop d'encombre. Il n'en était pas de même pour la colonne commandée par Hua. Elle était contrainte, progressant à trois ou quatre jours en arrière, de se faufiler par les pires chemins de montagne, dont certains étaient de véritables sentiers de chèvres, et de lourdes pluies aidant, il se produisait chaque nuit des chutes mortelles, sur ces escarpements. En outre, les milices hunanaises ou de petites unités du Kuomintang commençaient à multiplier les embuscades, de plus en plus sanglantes. Plusieurs hommes furent tués aux côtés de H.H., à l'aube de ce qu'il estima être le 14 novembre, tandis qu'il faisait sa toilette et se rasait au bord d'un petit lac d'eau glacée. H.H. lui-même fut effleuré par une balle durant les secondes qui précédèrent son plongeon et son immersion totale — il ne réapparut à la surface que quarante mètres plus loin, à l'abri d'une avancée de rochers.

L'ex-capitaine Song, quant à lui, se portait comme un charme. Pour donner quelque vraisemblance à ses prétendues blessures, il avait consenti à descendre parfois de sa civière, quand le terrain n'était ni trop pentu ni trop boueux ; il avait claudiqué d'un air lamentable, jouant avec un talent insoupçonné la comédie du héros blessé qui lutte contre ses propres souffrances et qui veut marcher, lui aussi, autant que ses faibles forces le lui permettent.

H.H. en était venu à le haïr.

Song ne disposait plus que de deux concubines, pour lui rendre la vie agréable...

Matin d'Ivoire avait rejoint ses ancêtres.

Elle mourut aux alentours du 17 ou du 18 novembre, vers six heures du matin, sous une pluie battante qui n'avait pas cessé depuis deux jours. On progressait sur une sente presque invisible, en corniche, qui par temps sec et en plein jour eût déjà été dangereuse ; qui s'était révélée mortelle avec toute cette boue battue par des milliers de pieds, et les éboulements. H.H. avait vu partir dans le vide une bonne douzaine d'hommes. Avec une apathique indifférence : même lui qui ne portait que son seul sac était arrivé au bord de l'épuisement. Au cours des trente dernières heures, il n'avait avalé qu'une soupe d'herbes additionnée de quelques graines d'il ne savait trop quoi. Et pas moins d'une centaine de tireurs embusqués avaient pris sous leur feu la colonne, peu après le signal de la halte donné par le colonel Hua. Il avait fallu renoncer à la traversée de collines doucement vallonnées pour se jeter à nouveau en pleine montagne. Renoncer aussi à se ravitailler dans des villages que l'on n'avait qu'entrevus à distance.

H.H. se trouvait à une quinzaine de mètres derrière le brancard. Longtemps il n'avait trouvé son chemin qu'en fixant le chiffon blanc accroché au paquetage du soldat qui le précédait (lui-même portait un autre morceau de chiffon à la ceinture de son trench-coat, grâce à quoi l'homme qui le suivait pouvait également le suivre dans la nuit). On y voyait un peu mieux maintenant, dans cette aube grisâtre...

Il y eu un brusque arrêt de la colonne qui les précédait. Dans l'instant, Rourke ne chercha même pas à en comprendre les raisons et s'appuya de l'épaule à la paroi rocheuse sur sa gauche. Il faillit même fermer les yeux. Puis la voix de Flûte de Jade se fit entendre, elle exhortait quelqu'un à se relever, et à repartir. La marche reprit. H.H. se remit en mouvement. Au travers du rideau de la pluie qui lui cinglait le visage, il aperçut le serpent humain qui escaladait la piste à flanc de montagne — les hommes de tête se perdaient dans les nuages deux kilomètres plus haut. Puis il découvrit la civière posée à terre exactement devant lui. Les soldats la contournaient en se glissant le long de la paroi, sans un regard ni un mot, mornes. Flûte de Jade, debout, soutenait le brancard à l'arrière. A l'avant, Matin d'Ivoire était tombée à genoux et ne bougeait pas, tête courbée.

— Lève-toi et repars, ordonna Flûte de Jade.

Quoique haletante et brisée par la fatigue, la voix de Concubine Première exprimait une rageuse férocité. Les soldats continuaient à passer, eux-mêmes titubants et hors d'état de s'intéresser à autre chose qu'à leur propre sort. H.H. se rangea sur le côté pour leur laisser le passage et du coup se retrouva à quelques centimètres du rebord. Il lui suffit de baisser les yeux pour mesurer la profondeur du précipice : trois à quatre cents mètres d'à-pic. Miroir de l'Aube se délesta de sa palanche :

— Je vais prendre sa place, dit-elle.

Flûte de Jade tourna à peine la tête :

— Toi, tu ne bouges pas et tu avances. C'est son tour, pas le tien.

Quelques secondes s'écoulèrent.

— *Lève-toi !*

Matin d'Ivoire redressa la tête, elle parut fixer la file des soldats qui se perdait dans les hauteurs, sans même l'espoir d'une crête où souffler. Très péniblement, une jambe après l'autre, elle réussit à se mettre debout. H.H. eut soudain l'intuition de ce qu'elle allait faire, mais n'eut aucune possibilité d'intervenir ; la corniche était trop étroite, les soldats se pressaient sur sa gauche et devant lui, tant Flûte de Jade que le brancard lesté de Song, allongé sous une couverture, lui barraient le passage.

Matin d'Ivoire n'eut que deux pas à faire. Elle tomba droit dans le vide, sans un cri.

... Quelqu'un bouscula H.H. presque au même instant, son pied droit glissa dans la boue, il se vit lui aussi précipité au fond du ravin. Il chancela, s'accroupit, le cœur entre les dents. Une main lui saisit le bras.

— Un peu plus et vous tombiez aussi, dit Hua.

Le colonel l'aida à se remettre debout.

— Que s'est-il passé ?

— L'une des filles, dit H.H.

Hua hocha la tête. Il était visiblement très las. Sa tunique d'uniforme serrée à la taille par un gros ceinturon soutenant son pistolet était tachée de sang, à l'endroit où une balle lui avait éraflé le côté gauche. Sa blessure ne semblait cependant pas le gêner, il tenait à deux mains un fusil Mauser qu'il avait passé derrière sa nuque, sur ses épaules. Lors de la dernière des embuscades, il avait été le dernier à abandonner le terrain, manifestant une triste indifférence à l'égard des tireurs cherchant à l'abattre. H.H. Rourke avait déjà noté ce genre d'attitude et d'expression, qui étaient le fait d'hommes convaincus que leur mort était proche. Hua demanda :

— Est-ce que ce que vous voyez vous fournira un bon reportage, monsieur Rourke ?

Le ton n'était même pas amer et moins encore sarcastique. H.H. ne vit pas de raison de répondre. A côté de lui, Flûte de Jade venait de lancer un ordre bref. Miroir de l'Aube y avait obéi. Elle avait abandonné sa palanche ; elle accrocha sur son dos l'un des sacs qu'elle transportait, tendit l'autre à Concubine Première qui enfila les sangles en les plaçant sur son front. Les deux femmes relevèrent le brancard et repartirent.

On monta ensuite près d'une heure en silence. On atteignit la crête où le colonel Hua ordonna une halte.

H.H. était en rage contre lui-même. D'avoir éprouvé la presque irrésistible impulsion de flanquer Song et sa civière dans le vide.

Et de ne pas l'avoir fait.

Dix jours plus tard, l'arrière-garde opéra sa jonction avec l'une des colonnes principales. Celle-ci avait fait route par le sud, avait été retardée par le passage de plusieurs rivières grossies par les pluies mais avait sinon voyagé sans grand encombre. Elle avait encore avec elle trois à quatre mille coolies, en principe payés, et disposait de réserves de nourriture relativement importantes, qu'elle put partager.

« *... J'ignore quel jour nous sommes, j'ignore où nous sommes* », écrivit H.H. Rourke, « *je n'ai jamais été aussi fatigué de ma vie. Les six derniers jours ont été terribles. Il ne s'est pas écoulé une journée, pas même une fraction de journée, sans un combat ; le dernier affrontement a duré douze heures et s'est achevé par une débandade du détachement d'arrière-garde commandé par le commissaire-colonel Hua Bing. Les adversaires n'étaient plus des tireurs isolés ou des milices mais pour le moins une division du Kuomintang puissamment armée ; elle nous a traqués durant une semaine sans nous laisser une heure de répit. En fait, Hua et ses hommes ne sont parvenus à s'échapper que parce qu'ils ont détalé trois jours durant, sans manger ni dormir.*

« *La poursuite s'est interrompue très brusquement, hier dans l'après-midi, à peu près au moment où les éclaireurs de Hua arrivaient au contact de ce qui est paraît-il le Deuxième Corps de l'Armée Rouge, ou partie de celui-*

ci. Cette soudaine apathie des troupes du Kuomintang ne semble étonner personne autour de moi.

« *... Flûte de Jade et Miroir de l'Aube ont survécu, et l'ex-capitaine Song de même. Au moment même où j'écris, le brancard est à une vingtaine de mètres de moi. Concubine Troisième dort, recroquevillée contre son maître à qui elle tente de communiquer sa propre chaleur. Flûte de Jade pose des compresses sur le front de Song. Car il s'est produit ceci que cet homme que l'on transporte maintenant depuis une quarantaine de jours, sur qui on a tant veillé, et qui a reçu l'essentiel de la nourriture, est tombé malade. On pouvait croire à une nouvelle comédie, pour justifier qu'on continuât de le garder sur une civière. J'y ai cru. Mais non. Il brûle de fièvre et délire. Apparemment il a contracté une pneumonie suite à un bain forcé au passage d'une rivière...*

« *Voici une heure, Flûte de Jade qui s'était éloignée est revenue avec six hommes. Non des soldats mais des coolies. Tout indique qu'elle les a embauchés pour porter désormais le brancard. Elle s'est également procuré, je ne sais ni où ni comment, des médicaments qu'elle a fait prendre à Song.*

« *Je n'essaie même plus de lui parler. Physiquement, elle résiste, mieux que la plupart des hommes qui ces dernières semaines ont marché avec elle.*

« *Je n'ai toujours pas la moindre idée des motifs qu'elle peut avoir.* »

Des régiments entiers du Deuxième Corps s'étaient engloutis dans la nuit. Avant la fin du jour, H.H. Rourke les avait vus s'engager dans des défilés orientés au sud-ouest. Selon sa carte, c'était la direction d'une ville appelée Dao Xian, située sur les bords de l'un des plus importants affluents du Fleuve Bleu.

— C'est là que nous allons passer, lui dit Hua.

Il pointa l'itinéraire sur la carte de Rourke :

— Nous sommes ici. La montagne sur notre gauche est le Yangming, c'est en l'escaladant par deux fois que nous avons réussi à nous en sortir, ces derniers jours.

Quant au fleuve qu'il faudrait franchir, que déjà l'avant-garde de l'Armée Rouge était peut-être en train de traverser, c'était le Hsiang.

— On m'a assuré qu'il était possible de le passer à gué et que nos ennemis ignorent totalement où nous nous trouvons.

Hua s'affala lourdement. Cette marche supplémentaire qu'il venait d'effectuer pour se rendre auprès de ses chefs directs et prendre leurs ordres l'avait conduit à l'extrême limite de ses forces.

— Vous devriez dormir un peu, lui dit H.H.

Acquiescement. Le colonel avait fermé les yeux. H.H. crut qu'il avait sombré dans le sommeil. Mais non :

— Monsieur Rourke, vous avez remarqué comme ils ont soudain cessé de nous poursuivre ?

— Oui.

— Pourquoi, à votre avis ?

— Je ne suis pas un expert, dit H.H. Surtout pour ce qui concerne les guerres chinoises. Peut-être l'état-major du Kuomintang a-t-il changé de stratégie et estimé que votre extermination ne présentait pas d'intérêt. Ou bien...

Il hésita, le sommeil le gagnait. Il avait déjà dormi trois ou quatre heures, sitôt la halte ordonnée, mais était encore très loin du compte.

— Continuez, dit Hua.

— Ou bien vos ennemis ont choisi de vous attendre ailleurs. Ils auront des informations que je n'ai pas. Par exemple, je pensais que l'Armée Rouge n'avait quitté le Jiangxi que pour s'installer au Hunan. Et vous voici maintenant sur le point de sortir de Hunan pour pénétrer dans le Guangxi, à moins que vous n'alliez dans le Guizhou ou le Sichuan.

Cette accumulation de noms de provinces n'était, pour

H.H. Rourke, que façon d'interroger le colonel Hua sur la destination finale de cette marche infernale. Et Hua le comprit. Il estimait que l'Armée Rouge était en train de se jeter dans un piège. Les hommes qui la conduisaient n'étaient que des stratèges pitoyables ; ç'avait été stupide de traverser le Hunan tout droit, par des pistes innommables alors que le Kuomintang pouvait se servir des routes — sans parler de son aviation. Ç'avait été stupide de toujours laisser l'initiative à l'adversaire, d'attendre ses attaques au lieu de les prévenir...

— Un mois s'est écoulé depuis que nous sommes sortis du Jiangxi par la porte de derrière. Mais maintenant, Tchang sait où nous sommes, où nous allons, il a eu tout le temps de masser ses troupes. Et nous, nous avançons avec des milliers d'hommes qui ne sont pas des combattants, qui transportent des imprimeries et des quantités de machines de toutes sortes, et qui nous retardent. Nous allons être massacrés.

Le colonel Hua s'était allongé, sa casquette sur les yeux. Il se tut un long moment et à nouveau H.H. Rourke crut qu'il avait été pris par le sommeil. Mais la question vint :

— Pourquoi êtes-vous avec nous, monsieur Rourke ?

— Je suis journaliste.

— Vous ne vous intéressez pas au sort de l'Armée Rouge. Même pas à moi et à ce qui reste de mon régiment. Vous suivez ces femmes, et l'homme qu'elles transportent.

— C'est vrai.

— Qui sont-ils ? Plusieurs de mes soldats sont venus me dire que l'homme sur la civière faisait semblant d'être blessé. Pourquoi ces femmes se sacrifient-elles pour lui ? L'une d'entre elles est déjà morte.

— Il est vraiment malade, à présent.

— Il ne l'était pas durant les trois premières semaines. Et je répète ma question, monsieur Rourke : pourquoi un dévouement si extraordinaire de la part de ces femmes ? La plus grande surtout, celle qui est si jolie ? Qu'est-ce qui fait qu'elles sont prêtes à mourir pour lui ?

— Je n'en sais fichtre rien, dit H.H.

— Vous vous posez aussi la question ?

— Oui.

— Et c'est pour avoir la réponse que vous les suivez ?

— Oui.

— J'ai vu que vous aviez essayé de parler à la plus grande...

— Elle s'appelle Flûte de Jade.

— Vous avez essayé de lui parler mais sans succès, elle a refusé de vous répondre. Je pourrais essayer de la convaincre. Avec le canon d'un pistolet sur la tempe, bien des gens se montrent soudain bavards. Ou bien je pourrais menacer de tuer l'homme sur le brancard. J'ai eu très envie de le faire lorsque la troisième femme s'est suicidée, dans la montagne, parce qu'elle n'avait plus la force de poursuivre.

— Vous ne l'avez pas fait, remarqua H.H., se souvenant très bien que, quant à lui, il avait envisagé de pousser Song dans le vide.

— Je ne l'ai pas fait, reconnut le colonel Hua. Ces gens ne sont pas des soldats, ils ne dépendent pas de mon commandement et n'ont à aucun moment retardé l'avance de mon unité ni réclamé mon aide...

— Et surtout, vous êtes aussi intrigué que moi, dit H.H. Vous voudriez vous aussi connaître la réponse.

— J'ai donné ordre à mes soldats de ne pas se mêler de cette histoire. Cette Flûte de Jade, puisqu'elle se nomme ainsi, est en train de devenir légendaire. Nous autres Chinois avons un grand goût pour les légendes. Est-ce que vous me communiquerez la réponse si vous la trouvez ?

— Promis.

H.H. s'endormait, enroulé dans sa toile de tente qu'une balle avait malheureusement trouée en son milieu. Il commençait à perdre conscience lorsque le colonel Hua se mit à raconter l'histoire du Dragon au Brassin de Porcelaine. D'abord, H.H. crut rêver, et entendre une voix dans son rêve. Puis il se laissa prendre au récit, fait sur un ton monocorde et las, exactement comme si l'officier-commissaire de l'Armée Rouge se disait l'histoire à lui-même.

Il s'agissait d'un dragon qui vivait en Chine des millénaires plus tôt, un dragon superbe, arborant toutes les couleurs de l'arc-en-ciel, le plus beau des dragons ayant jamais vécu sous le soleil. Les habitants de la région en avaient eu très peur, quand ils l'avaient vu pour la première fois. Mais très vite, la vanité de leurs craintes leur était apparue : le nouveau venu, loin de se joindre aux malfaisants autres dragons infestant jusque-là la contrée, les avait au contraire exterminés un à un, grâce au jet de flammes craché par sa gueule, et qui portait à douze lis (soit environ sept mille mètres). Et jamais il n'avait lui-même carbonisé le moindre humain. Non content d'être d'une beauté à serrer le cœur, il s'était révélé être le plus doux des dragons possible. En sorte que les habitants reconnaissants l'avaient couvert de cadeaux. Ils lui avaient offert des pierres précieuses, fort appréciées des dragons, des fourrures, de la vaisselle et, pour manger, les plats les plus délectables inspirés par les Cinq Saveurs, les Six Goûts et les Quatre Consistances. A tout hasard, ils l'avaient fourni en cinq mille quatre cent trois concubines mais le beau dragon n'en avait fait que peu d'usage. Environ deux cents ans s'étaient ainsi écoulés dans une félicité totale.

Et puis un jour, le Beau Dragon leur avait demandé, très poliment, s'ils pouvaient lui construire un brassin de porcelaine, autrement dit une cuve, mais avec un couvercle, et dans lequel il pût entrer. C'était un dragon de taille moyenne, d'à peine un seizième de li — trente-cinq mètres. Trop heureux de lui être agréables, les habitants humains s'étaient activés à la construction. Celle-ci terminée, le Beau Dragon considéra le brassin et remercia avec toute la courtoisie du monde : c'était exactement ce qu'il souhaitait, dit-il en crachant de minuscules et inoffensives flammèches en signe de sa satisfaction profonde. Il entra alors dans le brassin, dont il rabattit sur lui le couvercle. Les habitants attroupés l'entendirent qui chantonnait gaiement. Sur quoi, il se fit un grand silence et soudain, dans ce silence, on entendit l'énorme, le gigantesque chuintement que produisait d'ordinaire le dragon quand il crachait son feu le plus loin possible. La chaleur à l'entour devint très forte et quinze jours durant, on ne put rouvrir le brassin tant il était brûlant et presque fondu bien qu'il fût en porcelaine.

Quand enfin, après avoir longuement toqué contre le couvercle, on se décida à le soulever, on constata que le Beau Dragon s'était entièrement carbonisé lui-même, il n'en restait plus que des cendres. Et les habitants furent très malheureux. Le pire étant peut-être qu'ils ne parvenaient pas à comprendre pourquoi le Beau Dragon — par essence presque immortel, sauf précisément s'il était carbonisé par un autre dragon — s'était ainsi donné la mort.

Le colonel Hua se tut. H.H. Rourke avait les yeux grands ouverts. Il attendit quelques secondes de plus, puis, bien qu'il sût très bien ce que le colonel Hua allait lui répondre, il demanda néanmoins.

— Et ils ont trouvé la réponse, depuis des millénaires ?

— Ils en ont trouvé des millions, dit le colonel Hua. Mais aucune n'est vraiment satisfaisante.

On marcha le lendemain et le jour suivant dans le fond de ces mêmes défilés par lesquels H.H. avait vu la veille repartir le Deuxième Corps d'Armée. Les pentes escarpées en étaient très boisées et un épais brouillard grisâtre s'y accrochait à mi-hauteur. A peine se fut-on engagé dans la gorge que des tireurs isolés postés sur les hauteurs et bien dissimulés sous le couvert des arbres, à l'orée des nappes de brume, ouvrirent le feu. Ils étaient peu nombreux, pas plus d'une cinquantaine, mais d'une adresse redoutable : chaque balle portait ou presque. Le colonel Hua dut décider de n'en pas tenir compte. Riposter aurait été inutile ; détacher des patrouilles pour leur donner la chasse pouvait conduire à un piège ; il n'était pas davantage question de s'abriter : placés sur les deux flancs du défilé, les tireurs tenaient la colonne sous leur feu croisé. Il fallait avancer ou rebrousser chemin. On poursuivit tandis qu'avec une régularité affolante les hommes s'effondraient. On n'emportait que les blessés légers.

H.H. s'était rapproché de Flûte de Jade, qui marchait à droite du brancard où gisait un Song inconscient à force de fièvre ; Concubine Première s'était placée sur le flanc le plus exposé, sa compagne se tenant côté gauche ; à deux reprises, l'un des coolies transportant la civière avait été atteint, et immédiatement remplacé par un suppléant, sur un signe impérieux de la jeune femme, qui allait très droite et impassible.

Selon la chronologie que H.H. Rourke tenta d'établir par la suite, ce fut dans la soirée du 29 novembre que se produisit la première des embuscades précédant immédiatement l'arrivée sur les bords du fleuve Hsiang. La colonne sous les ordres de Hua avait compté encore deux mille hommes quarante-huit heures plus tôt ; il n'en restait peut-être que quinze cents en état de combattre quand on se heurta à un très puissant barrage de mitrailleuses. Pendant trois ou quatre heures, les hommes du colonel Hua essayèrent de s'ouvrir un passage, au prix de lourdes pertes. Finalement on décrocha en abandonnant la route de Dao Xiang, alors que la ville désignée pour le ralliement n'était plus qu'à un jour et demi de marche. A nouveau, ce fut la montagne et H.H. Rourke, pourtant peu enclin aux récits de batailles, dirait plus tard au Chat-Huant que les premiers jours de décembre 1934 avaient été ce qu'il avait connu de pire. Du moins en Chine.

Le millier d'hommes qui survivaient toujours fut pris en effet dans deux autres embuscades. Il dut décrocher à chaque fois constamment traqué. Ce ne fut plus désormais qu'une troupe désorganisée, à court de munitions, mourant de faim, dont presque tout l'effectif allait pieds nus.

... Mais le fait était là : Flûte de Jade accompagnait encore le détachement. Et avec elle, Miroir de l'Aube et les deux derniers coolies transportant la civière de Song.

Des avions nationalistes occupaient le ciel en permanence, ne prenant même pas la peine de s'intéresser à ce qui devait leur apparaître comme une bande de déserteurs. L'un d'eux toutefois, au lieu de bombes, lâcha une floraison de tracts multicolores. H.H. en ramassa un : c'était un communiqué du quartier général du Kuomintang, avertissant les « Bandits Rouges » que des troupes énormes les attendaient au bord du Hsiang, et les pressant de se jeter dans le piège qui leur était tendu. « Hâtez-vous ! Nous vous en supplions ! Nous avons préparé pour vous un piège charmant ! » Tels étaient les derniers mots.

Dans la nuit du 5 au 6, Hua lança les huit cents hommes qui lui restaient dans une violente contre-attaque qui surprit les détachements le serrant de près. Il réussit sa percée. L'aube trouva ce qui avait été l'une des arrière-gardes de l'Armée Rouge en vue du Hsiang. On était cependant encore à trois kilomètres du fleuve et les roulements sourds, ininterrompus, que H.H. entendait depuis des heures prirent leur signification : le Hsiang n'avait guère qu'une centaine de mètres de large, il était peu profond et il était en effet possible de le franchir à gué. Mais les menaces imprimées sur les tracts se révélèrent vraies : les armées du Kuomintang se trouvaient là, massées et cherchant à interdire le passage. Dans les années qui suivraient, H.H. Rourke assisterait à d'autres batailles d'importance, à d'autres pilonnages infernaux par l'artillerie et l'aviation de bombardement. Les terribles combats sur le Hsiang, à proximité de la ville de Dao Xiang, resteraient néanmoins dans sa mémoire comme les plus sanglants.

L'Histoire allait retenir le chiffre de cinquante mille morts dans les rangs de l'Armée Rouge, soit la moitié de ses effectifs de départ. Les trois derniers kilomètres couverts par la colonne Hua pour atteindre la rive du fleuve étaient jonchés de cadavres. Amoncelés les uns sur les autres, les corps se trouvaient mêlés à tout ce que les troupes avaient dû abandonner : bêtes de somme et surtout matériel de tous ordres, depuis des imprimeries complètes jusqu'à des machines-outils utilisées pour la fabrication des armes et des munitions. Des livres aussi, des milliers de livres qu'on s'était échiné à charrier à travers toutes les montagnes du Hunan, trente et quarante jours durant.

Il se trouva que les débris du régiment du colonel Hua ne débouchèrent sur le fleuve qu'au sixième et dernier jour de la bataille. En réalité, les avant-gardes de l'Armée Rouge étaient comme toujours passées sans être attaquées, c'était au moment où le gros des troupes se trouvait exposé que le massacre avait commencé.

Deux soldats s'écroulèrent juste devant H.H. et la rafale de mitrailleuse qui les avait couchés atteignit l'angle du sac à soufflets, qui vola en l'air. H.H. stoppa aussitôt sa progression et alla ramasser son bagage. Au moment où il se penchait pour se saisir de la poignée, un obus arriva et creusa un trou à une trentaine de mètres de lui. Une averse de petits cailloux le renversa. Il tomba sur le côté, puis s'assit, sonné. On courait de part et d'autre. Il aperçut Flûte de Jade : déjà au milieu du fleuve, elle avançait sans hâte apparente, arc-boutée et tirant derrière elle le brancard encore occupé par Song. Miroir de l'Aube n'était nulle parte en vue. Des obus en chapelet tombèrent de nouveau soulevant d'immenses gerbes d'eau.

— Courez !

Quelqu'un hurlait aux oreilles de H.H. Il prit le temps d'allumer une cigarette et releva la tête : le colonel Hua se penchait sur lui et s'efforçait de le relever.

— Je crois que je vais m'arrêter ici, dit H.H. qui, portant la main à sa nuque, découvrit qu'il saignait.

Son sentiment d'irréalité en fut encore accru. Comment pouvait-il avoir été atteint lui, reporter et observateur de la mort des autres ?

— Levez-vous et courez !

Le colonel Hua ne s'attarda pas davantage, il s'éloigna, piqua vers le fleuve et sur ses pas des explosions naissaient, à croire que les artilleurs et autres aviateurs-bombardiers du Kuomintang le visaient personnellement. H.H., assis, discutait avec lui-même : il y avait un H.H. Rourke pour soutenir l'opinion que le mieux à faire était de mettre un terme à toute cette histoire, et au diable l'ex-capitaine Song et ses concubines, au diable l'Armée Rouge et au diable la Chine, *rentre plutôt en Amérique, tu vas à New York ou en quelque endroit qu'elle puisse être et tu prends Kate dans tes bras pour ne plus la lâcher jamais.*

Et puis il y avait l'autre H.H. Rourke, qui commençait à reprendre du poil de la bête, à mesure que les effets du coup reçu sur le crâne se dissipaient et que la pleine conscience revenait ; qui prévenait qu'il valait mieux s'extraire de ce champ de tir, en d'autres termes foutre le camp, et vite.

Ce fut le deuxième H.H. qui l'emporta sur le premier. Il se mit debout, encore chancelant et sonné, ramassa le sac de cuir et avança vers la rivière qui s'appelait comment déjà ? Ah oui, le Hsiang. Des cadavres recouvraient la grève et il s'en trouvait encore davantage dans l'eau; en fait ils y étaient si nombreux que le courant ne réussissait pas à les entraîner et les entassait le long des berges. H.H. traversa le Hsiang, avec son chapeau sur la tête et une cigarette au coin des lèvres, tenant haut le sac. A un moment, il fut immergé jusqu'au milieu de la poitrine. Il traversa bel et bien, secouant par instants la tête pour dissiper ce voile d'inconscience qui subsistait. La rive opposée se présenta comme une plage de terre, qui précédait un talus. Ayant passé l'une et escaladé l'autre, il se retrouva sous le couvert de grands arbres aux troncs déchiquetés par la mitraille. Les morts étaient peut-être un peu moins nombreux ici. En revanche il y avait une quantité considérable d'hommes blessés, agonisant ou trop grièvement touchés pour être à même de poursuivre leur route, qui avaient toutefois réussi à se traîner de l'autre côté du Hsiang.

Un peu de lucidité revenait à H.H. Des obus continuaient d'arriver, fracassant des branches ou des fûts et s'enfonçant dans la terre avec un bruit mou, mais le bombardement se ralentissait. Dans ces intervalles de silence de plus en plus longs, un bourdonnement monta, celui de milliards de grosses mouches bleues s'affairant sur les cadavres dont certains devaient être là depuis une semaine. La puanteur enfin gagna les narines et la gorge de Rourke et acheva de lui rendre sa pleine conscience. Il tâta l'endroit ensanglanté de sa nuque et constata que le sang avait cessé de couler. Sa blessure était surtout une bosse, qu'un éclat de pierre ou un caillou projeté par une explosion avait probablement provoquée. Il élargit son champ de vision et se découvrit seul, ou seul debout. Nulle part il ne vit de troupe de soldats. Il semblait bien que l'Armée Rouge fût partie sans lui.

Vers l'ouest, et donc dans la direction opposée à celle du Hsiang, la forêt lui apparut, épaisse; déjà se dessinaient les pentes d'une colline ou d'une montagne. De multiples traces indiquaient que c'était par là que les rescapés de cette boucherie avaient poursuivi leur route.

Flûte de Jade. Le dernier souvenir qu'il avait d'elle remontait au moment où elle franchissait le fleuve, tirant le brancard derrière elle. Rien ne prouvait qu'elle fût parvenue à traverser, elle gisait peut-être quelque part, morte. Ce qui mettrait un terme brutal à son reportage.

Il s'avança parmi les cadavres et les moribonds, revint un peu vers la berge pour tenter de retrouver l'endroit où la jeune femme était passée. La rive opposée du Hsiang redevint visible, avec ses allures de charnier, où plus rien ne bougeait. Les tirs d'artillerie avaient cessé. Toutefois, cela tonnait encore à quelques kilomètres au sud, vers Dao Xiang, par où il allait plus tard se révéler que les corps d'armée communistes principaux avaient forcé le passage.

— Monsieur Rourke ?

H.H. se retourna : à quelques mètres de là, jambes allongées, le colonel Hua était adossé à une souche déchiquetée. Sa main gauche disparaissait dans son abdomen qui n'était plus qu'une bouillie sanglante.

— Je vous ai vu traverser le Hsiang, monsieur Rourke. Votre flegme était réellement impressionnant.

— Je n'avais pas tous mes esprits, répondit H.H. C'est la seule explication.

H.H. s'approcha et s'assit face à l'officier-commissaire :

— Puis-je faire quelque chose pour vous ?

— Rien, merci. A moins que nous ne respections ce qui me paraît être un usage chez les Occidentaux : vous m'offrez une cigarette, vous en prenez une et nous fumons ensemble. Et à un moment, je meurs.

— Voulez-vous une cigarette ? demanda H.H.

— Prenez l'étui dans ma poche, s'il vous plaît.

H.H. s'exécuta. Il alluma les deux cigarettes.

— Gardez l'étui, je vous prie. J'insiste.

Un gargouillement se produisit dans l'abdomen déchiré et un flot de sang et de matières fécales se répandit sur les cuisses du colonel. H.H. et Hua aspirèrent longuement la fumée.

— La femme est vivante, dit Hua. Je l'ai vue. Je l'ai même vue deux fois. La première quand elle a amené l'homme sur le brancard, puis lorsqu'elle est allée chercher sa compagne. Elle est partie vers ce groupe de rochers, là dans le fond. Comment avez-vous dit qu'elle s'appelait ?

— Flûte de Jade.

Les yeux de Hua se fermèrent.

— Vous devriez vous en aller maintenant, monsieur Rourke. Je vous assure que je suis tout à fait tranquille. Vous vous souvenez de mon histoire de dragon, ou bien dormiez-vous déjà, quand je vous l'ai racontée ?

— Je m'en souviens fort bien.

— Pas moi. Il est vrai que je l'ai inventée au fur et à mesure.

Nouveau gargouillement et nouvelle coulée nauséabonde. H.H. termina sa cigarette à petites bouffées, mit dans la poche intérieure de son trench-coat l'étui en argent orné du petit dragon en émail rouge et s'en alla.

Le groupe de rochers indiqué par le colonel Hua se trouvait à quatre cents mètres de distance, et déjà à quarante ou cinquante pieds en contre-haut. Un bosquet de bambous le couronnait, à l'écart des pistes tracées par les soldats. Tout d'abord, H.H. ne trouva rien d'intéressant. Puis une tache sombre attira son regard sur l'autre versant de l'amas rocheux : de la terre fraîchement remuée, d'où émergeait un petit morceau de tissu. On avait comblé une longue anfractuosité de la roche.

Song ? Elle aurait enterré là le capitaine Song ?

H.H. ôta la terre par poignées précautionneuses. Un pied minuscule et gracieux apparut à ses yeux. Un pied de femme. H.H. le contempla un long moment, les mâchoires serrées. Puis il se remit à fouir, à l'autre extrémité de la sépulture... et dégagea le buste et le visage de Miroir de l'Aube, Concubine Troisième. Sa poitrine nue était percée de trois balles. Donc, Flûte de Jade était toujours vivante. Comme les mouches se précipitaient sur la chair ensanglantée, H.H. se hâta de remettre la terre en place.

A quelques pas de là, il remarqua qu'on venait de trancher deux bambous ; à en juger par la taille de leurs voisins, ils devaient mesurer près de trois mètres. « Elle a jeté le brancard, peut-être parce qu'il était cassé, et en a fabriqué un de fortune. Song est toujours vivant, et elle continue de le transporter. »

Un peu plus loin, deux sillons parallèles s'enfonçaient dans la terre détrempée. La piste, très nette, montait droit vers les hauteurs. H.H. alluma une des cigarettes du colonel Hua, jeta son sac à soufflets sur son épaule et se mit en marche d'un pas décidé. Le reportage continuait.

6

La piste de Flûte de Jade

Il lui fallut neuf jours pour les retrouver. Après avoir franchi le Hsiang, les bataillons de l'Armée Rouge s'étaient dispersés, pour échapper aux avions qui les traquaient. En fait, après des pertes aussi énormes — la moitié de ses effectifs à peu près — l'Armée Rouge se trouvait en pleine débâcle.

Il advint tout simplement que H.H. Rourke se trompa, lorsqu'il prit la piste de Flûte de Jade. Un temps, il dut suivre la même route qu'elle. Mais ensuite, se trouvant devant des traces entremêlées, partant en éventail, il avait choisi les plus importantes. Que le sillon double laissé par les bambous eût disparu ne pouvait surprendre : H.H. lui-même ne cessait de dépasser des blessés ou des mourants abandonnés par les forces communistes. Sous la pluie revenue et tombant avec férocité, ces piétinements successifs effaçaient tout.

Et puis il y avait les déserteurs, les troupes du Kuomintang lancées à la poursuite des rescapés, il y avait encore une armée plus ou moins privée (qui en tout cas ne reconnaissait pas l'autorité du gouvernement de Tchang à Nankin et ne tenait pas davantage à voir l'Armée Rouge s'installer sur son territoire), il y avait des bandits purs et simples...

Il y eut les Zhuang, les Yi, les Mulao, les Dong, les

Yao, les Miao, les Maonan, les Jing, les Hui de religion musulmane, les Gelao, les Shui. Autant d'ethnies disparates aux dialectes bizarres, certaines réduites à quelques milliers d'individus, mais qui, dans leur ensemble, n'éprouvaient que méfiance, sinon antipathie, pour les « Han », les Chinois authentiques, qu'ils fussent rouges ou blancs, et n'avaient aucune envie de prendre parti pour les uns et les autres, qui s'en venaient faire la guerre chez eux.

Lors de son grand voyage avec Kate, H.H. Rourke n'avait suivi que les grandes routes, ou ce qui en tenait lieu ; sa connaissance encore rudimentaire de la langue avait réduit ses échanges avec les populations ; il avait mis au compte de ses propres insuffisances le fait de ne pas toujours comprendre ses interlocuteurs successifs.

Dans sa poursuite de Flûte de Jade, il traversa tout le nord du Guangxi, d'est en ouest, se trouvant, selon sa propre estimation, huit à dix jours en arrière des colonnes principales de l'Armée Rouge.

Les paysages par lesquels il passa étaient d'une beauté surnaturelle. Il retrouva, mais encore plus surprenantes ici, les curieuses formations karstiques dont il avait déjà vu des exemples dans le sud-ouest du Jiangxi. Des pains de sucre aux dimensions colossales, absolument lisses, d'une blancheur éblouissante, montaient à l'assaut des nuages ; d'autres plateaux calcaires, moins élancés, ressemblaient à de gigantesques tables taillées dans la craie ; érodés à la base, ils surmontaient par moments la piste d'une sorte de porche qui formait cage de résonance, et le moindre bruit, le moindre caillou poussé du pied, résonnait comme dans une cathédrale, déclenchant d'interminables échos. Les traînards que Rourke dépassait sous ces entablements se déplaçaient d'une façon presque furtive, en rasant la paroi verticale, pressés de ressortir au grand jour. H.H. lui-même se sentait oppressé par l'immensité du décor. Plus loin, la piste s'élargissait, et les étranges colonnades s'enchâssaient dans une forêt de commencement du monde dont la végétation proliférante où abondaient d'immenses fougères arborescentes, et des banians aux racines aériennes tentaculaires, produisait un stupéfiant camaïeu de tous les verts possibles.

C'est dans cette région pourtant quasi déserte que Rourke put acheter un autre mulet à une bande de Zhuang faméliques. Sans doute l'animal s'était-il échappé d'un convoi communiste, car son bât supportait une machine à écrire et des affichettes de propagande. Ces mêmes Zhuang, dont le village se trouvait dans les parages, lui apprirent que le gros de l'Armée Rouge était passé un peu plus au nord, une semaine auparavant, mais que de petits détachements de retardataires avaient défilé non loin de là, au long d'un étang à la surface moirée d'opale. Aucun des montagnards zhuang ne parlait un traître mot de mandarin, ni de cantonais. On s'expliqua essentiellement par gestes et dessins sur le sol. Ce fut assez : oui, ils avaient vu quelqu'un tirant un brancard fait de deux longs bambous...

... Oui, il y avait un homme allongé sur le brancard...

... Oui, le quelqu'un qui tirait, qui tirait difficilement, avec peine, qui marchait loin derrière les derniers soldats eux-mêmes très en retard sur l'armée, oui ce quelqu'un était une femme.

Quand était-ce ? Le geste fut clair : depuis trois levers de soleil (mimique très symbolique en vérité, il pleuvait sans interruption).

H.H. Rourke entra sur son mulet dans la province du Guizhou et ne s'en aperçut qu'après être passé au nord d'une petite ville dont un groupe de soldats communistes, avec qui il fit un bout de route, lui apprit le nom : Shuikou. Il le retrouva sur sa carte et découvrit qu'il avait quitté le Guangxi. S'il continuait dans la direction suivie durant les derniers jours, il finirait sa course en plein Himalaya, à moins qu'il n'oblique sur sa gauche et gagne le Tonkin français. L'idée le tenta, en somme il n'avait guère que quatre ou cinq cents kilomètres à parcourir...

Le paysage changea spectaculairement. Se dressaient maintenant à l'horizon des plateaux qui même à la lunette d'approche semblaient d'une extraordinaire aridité, bien que le Guizhou fût réputé comme la province la plus pluvieuse de toute la Chine. Mais dans sa longue-vue, H.H. aperçut quelque chose qui attira mieux son attention : une troupe de peut-être sept ou huit cents hommes progressait lentement, à environ une heure devant lui.

Il les rattrapa, non sans avoir, à distance, scruté leurs rangs : Flûte de Jade ne se trouvait pas parmi eux. C'étaient pourtant bien des soldats gris-bleu à casquette octogonale marquée de l'étoile rouge. Certains d'entre eux avaient appartenu à l'arrière-garde commandée par le colonel Hua. Ils étaient perdus, dirent-ils. Eux avaient poursuivi plein ouest, après le franchissement du Hsiang, faute d'ordres précis ; l'Armée Rouge devait être plus au nord, peut-être n'avait-elle pas encore dépassé les monts Yuecheng ou le fleuve Wu ; ils ne savaient que faire. Aller vers le Sichuan ou bien...

... Il y en eut finalement un pour se détacher des rangs.

— J'ai vu la femme que vous cherchez.

L'avant-veille encore Flûte de Jade se trouvait avec ces hommes. En arrière d'eux :

— Elle nous suivait à plus de deux lis de distance. Moi et un autre, nous sommes allés lui demander si elle voulait que nous l'aidions. Elle a refusé.

— L'homme malade était toujours avec elle ?

Oui. Elle le portait sur son dos, maintenant.

H.H. se fit préciser l'endroit où la jeune femme avait été vue pour la dernière fois. Environ huit à neuf kilomètres plus au sud. Il rebroussa chemin.

La pluie continuait à tomber, ainsi qu'elle le faisait depuis maintenant sept jours pleins.

... Des heures plus tard, il engagea son mulet dans un

défilé aux parois presque parfaitement verticales, au centre duquel coulait un ruisseau de six pas de large. Séparées d'abord par une trentaine de mètres, les parois se rapprochèrent ; vint un moment où le passage fut à ce point exigu qu'une charrette n'eût pas pu avancer davantage. Il en fut ainsi pendant près d'un kilomètre et sans les traces de pas dans la terre calcaire détrempée, H.H. ne fût pas allé plus loin.

Il y avait deux sortes de traces de pas : les unes, très nettes, étaient celles d'un pied chaussé de sandales de paille ; les autres avaient été faites par, semblait-il, des enfants qui allaient pieds nus.

Le défilé s'étrangla encore davantage. Les grosses chaussures de H.H., assis sur le mulet, effleuraient les parois. L'élargissement fut brutal, ce fut comme la sortie soudaine d'un tunnel. H.H. Rourke déboucha sur une vallée large de trois cents mètres et, pour ce qu'il en voyait, s'allongeant sur plusieurs kilomètres. Tous les bords en étaient très escarpés, inaccessibles, ils tombaient de soixante mètres à la verticale. Le plus surprenant tenait au fait que cette vallée était emplie de végétation, une forêt s'y dressait en un étonnant contraste avec l'aridité de la région traversée jusque-là. H.H. pensa aux *barrancas*, ces grandes failles, ces ravins profonds qu'il avait vus dans le nord du Mexique, parfois humides dans un univers désespérément sec ; il en avait même vu une où des siècles plus tôt, des Jésuites avaient construit une église, une ferme et des étables, entourées de jardins...

H.H. fit repartir son mulet. Il ne pensait pas trouver ici une église. Il avança lentement au long d'un sentier que des générations avaient foulé, et sur le sol duquel les traces qu'il suivait depuis près de six kilomètres étaient nettement lisibles. Au travers de la herse des troncs d'arbres, des cabanes apparurent, couvertes d'un chaume noirci par la pluie, fermées par des portes de bambou calfeutré avec des tiges de maïs. H.H. s'en approcha, il suffisait de suivre le chemin. La pluie qui, jusque-là, tombait à gouttes grasses diminua; un peu plus loin elle s'arrêta tout à fait. Cela faisait à présent cinq bonnes minutes que H.H. était entré dans cet endroit étrange, sans qu'il eût aperçu quelqu'un. Pourtant, l'air était empli de cette senteur particulière des feux de bois sur fond de grande humidité.

Il arriva à proximité des cabanes et crut voir des enfants. Mais c'étaient des hommes et des femmes, de tous âges, et entièrement nus, qui le regardaient venir avec des visages impassibles. Ils ne réagirent pas davantage quand il arrêta son mulet et se laissa glisser sur le sol. En tout, ils devaient être une centaine, la plupart des hommes étaient armés, d'arcs et de flèches, de sagaies courtes, de grands coutelas. H.H. Rourke ne douta pas une seconde de ce qu'ils pouvaient être dangereux, malgré la différence de taille. Gulliver chez Lilliput. Et même il eut le net sentiment qu'ils étaient très près de le massacrer. Il alluma une cigarette.

— Je cherche un homme et une femme, dit-il. La femme est plus grande que l'homme, elle portait l'homme sur son dos.

Avant même d'avoir achevé sa phrase en mandarin, il devina qu'il parlait dans le désert : on ne le comprenait pas. Tant bien que mal, il traduisit en cantonais. Puis en shangaien.

Sans plus de résultat.

Il essaya de s'exprimer par signes, mimant un H.H. Rourke arrivant de par-delà les mers sur un bateau, et donc étranger à la Chine, dessinant à même le sol pour compléter ses explications. A défaut d'être compris (il n'entretenait aucune illusion sur ses chances), du moins tentait-il de gagner du temps, de faire passer les premières minutes toujours délicates en pareil cas. Ses mimiques et dessins s'élevèrent jusqu'à la poésie pure — il décrivait la bataille sur le Hsiang — mais le village nu se pressait désormais autour de lui, le contemplant avec stupeur.

Alors seulement, fendant avec douceur leurs rangs, il commença de jeter un coup d'œil dans chaque cabane. Et dans la cinquième, bien que l'intérieur en fût très sombre, il trouva l'ex-capitaine Song, qui dormait comme un ange.

— Loulke, quel ami tu fais ! Tu m'as suivi jusqu'ici pour m'aider...

— Où est-elle ?

— J'ai souffert horriblement, tu sais. D'accord, je n'étais pas vraiment blessé, au début. Mais après, j'ai été très malade. J'ai failli mourir. Et pas seulement de maladie : on m'a tiré dessus, avec des fusils, des canons et des avions, tout le monde cherchait à me tuer...

— Où est-elle ? Où est Flûte de Jade ?

Song le dévisagea avec un ahurissement indigné. Le fond de sa pensée était clair : comment pouvait-on s'intéresser à quelqu'un d'autre que lui-même ? Il avait maigri, à peine, mais à part cela semblait dans la meilleure condition possible.

Il admit que Flûte de Jade devait être quelque part par là, dans une autre cabane, il ne savait trop où. Elle l'avait bien déçu. On ne pouvait décidément pas compter sur les femmes de nos jours. Les concubines n'étaient plus ce qu'elles étaient autrefois. Et pourtant c'était *Maman* elle-même qui les avait choisies. Eh bien, malgré cette garantie, les concubines l'avaient abandonné, l'une après l'autre elles avaient fui leur devoir, sans se soucier de ce qu'il pouvait devenir, lui que *Maman* leur avait confié...

— Song, tu fermes ta gueule ou je te l'écrase, dit H.H.

Il se pencha sur la jeune femme, ne sachant même pas si elle était encore vivante. Lui et Song avaient fouillé d'autres cabanes, finalement ils étaient entrés dans celle-ci, sous l'œil imperturbable du village nu, qui les avait laissé faire. La silhouette gisait sur une natte, immobile.

H.H. alla ouvrir en grand la porte de bambou pour y voir mieux. Revenant sur ses pas, il rencontra le regard de Flûte de Jade, qui le fixait intensément.

— J'ai tout de même fini par vous rattraper.

Elle ferma les yeux. Ce que H.H. avait pris pour une grosse tache de boue, sur la pommette gauche de la jeune femme, était une vilaine ecchymose. Et d'autres traces de coups, et de plaies, se révélèrent, sous le menton, autour du cou, sur les épaules. Et le pire était à venir. H.H. souleva la couverture puante. Le corps dénudé de Flûte de Jade lui apparut. Il était d'un blanc cireux, avec des reflets bleutés. Un des seins avait été fendu en deux par une lame. Outre cette blessure H.H. découvrit deux impacts de balles. La première était entrée sur la droite de l'abdomen et avait sans doute fracassé le col du fémur; elle se trouvait toujours dans le corps; la deuxième avait traversé la cuisse gauche, très près de l'aine.

— Qui vous a fait ça?

Elle avait jusque-là son visage tourné dans la direction de Rourke, elle tourna la tête, ses yeux clos face à la paroi de torchis.

— Je l'avais prévenue qu'il fallait rester avec les soldats communistes. Je le lui ai dit cent fois. Mais elle perdait du terrain tout le temps, elle traînait. Et résultat, les soldats nous ont laissés derrière eux, ils m'ont abandonné, tout seul...

H.H. allongea le bras, saisit le petit jeune homme par le col de sa veste et le jeta dehors.

Il s'accroupit près de la jeune femme, retira de son sac la toile de tente et en couvrit Flûte de Jade, regrettant de n'avoir aucune couverture. Ni le moindre pansement et, pis encore, le moindre médicament. La rage et le chagrin commençaient à monter en lui.

— Si vous restez ainsi, vous allez mourir, dit-il avec une grande douceur. Et je ne veux pas que vous mourriez, moi.

Elle se détournait toujours de lui mais le halètement irrégulier de sa poitrine, les brusques crispations des doigts, le pincement des narines trahissaient la souffrance. Cette femme avait un courage hors du commun.

— Je vais revenir, dit H.H., et je m'occuperai de vous.

Dehors, Song était accroupi, mélancolique.

— Tu m'as presque frappé, Loulke. Pourquoi es-tu si méchant avec moi ?

Les gens du village, dont le plus grand ne dépassait pas un mètre cinquante, se tenaient à quelques mètres, impassibles.

— Est-ce qu'il y en a qui comprennent ce que je peux dire ?

— Ils ne comprennent rien, ce sont des Miao sauvages. Je voudrais être à Shanghai.

H.H. avisa un récipient en terre, l'emplit d'eau, qu'il fit bouillir sur des braises. Il revint avec l'eau près de la blessée qu'il dénuda ; il entreprit de nettoyer les plaies, sur lesquelles la terre et le sang mêlés formaient d'inquiétants emplâtres.

— Je sais que je vous fais mal mais il faut le faire.

Elle avait rouvert les yeux et regardait H.H., en secouant un peu la tête, soit pour signifier que ces soins étaient inutiles, soit parce qu'elle s'étonnait de le voir à ce point préoccupé d'elle. Il lava du mieux qu'il le put l'une de ses deux chemises de rechange puis la déchira en lanières, dont il pansa les blessures. Tandis qu'il était ainsi penché sur elle, il sentit une présence près de lui et aperçut l'une des femmes miao, qui lui tendait un bol empli de nourriture. « Pour vous deux, elle et vous », indiqua la vieille femme.

... Il fallut à H.H. une vingtaine de minutes pour faire absorber à Flûte de Jade l'équivalent de deux cuillerées à soupe d'un mélange de grains de maïs et de petits morceaux de porc — elle refusait de se nourrir.

— Raconte-moi ce qui s'est passé, Song. A partir du moment où vous êtes restés à la traîne des soldats communistes. Song, tu me dis l'essentiel, rien d'autre. Pas de jérémiades. Je veux savoir ce qui lui est arrivé à elle. Pas à toi. Toi, tu pourrais crever que ce ne serait une perte pour personne.

H.H. était ressorti de la cabane où la jeune femme était couchée. Et un fait l'avait frappé : le village miao avait repris sa vie ordinaire, on allait et venait, toute curiosité éteinte, comme si la présence d'un *Diable Étranger*, pour autant que les Miao connussent l'expression chinoise, était finalement naturelle.

Song se mit à parler. Dépouillée des ordinaires lamentations sur son propre destin misérable, l'histoire était la suivante : un moment était venu où le couple que formait le fils de la fleuriste de Shanghai et sa concubine s'était trouvé séparé du dernier détachement de Rouges. Concubine Première n'avait plus voulu avancer davantage et pourtant, lui Song avait fait un effort, non seulement il avait marché sur ses propres jambes mais encore il avait pris sur son dos l'un des sacs de Concubine Première, au mépris de toutes les traditions. *Maman* avait raison, qui lui reprochait toujours d'avoir trop bon cœur. Et malgré cela, rien à faire, le groupe des soldats communistes avait disparu à l'horizon, Song s'était retrouvé sans protection, à la merci des troupes du Kuomintang qui l'auraient fusillé comme un chien, parce qu'il avait déserté et parce qu'il avait suivi les Rouges durant des semaines. Ou de n'importe quels bandits. Et des bandits étaient survenus, en effet, dès le lendemain matin. Ç'avait été horrible. Lui Song aurait pu être tué. Heureusement ces bandits s'étaient surtout intéressés à Concubine Première, ils l'avaient poursuivie pendant que lui se cachait dans des rochers. Enfin, ce n'étaient pas de vrais bandits, seulement quelques soldats de l'armée du Guizhou, cette province où on était, de vrais fous qui chassaient les Bandits Rouges. Bon, un jour et une nuit étaient passés et...

— Tu mens, Song, dit H.H.

— Moi ? Je ne mens pas, Loulke. Je suis très triste de t'entendre me dire des choses comme ça...

— Tu mens. Tu ne t'es pas seulement caché dans les rochers et ces soldats n'ont pas simplement poursuivi Flûte de Jade. Je crois que tu t'es servi d'elle pour entraîner les soldats loin de toi.

H.H. croyait à peu près à l'histoire de l'ex-capitaine. Il était exact que des éléments de l'armée du Guizhou parcouraient la région, s'attaquant aux traînards des forces communistes ; lui-même en avait aperçu à deux ou trois reprises et s'en était tenu à distance. Même des bandits authentiques ne l'eussent pas tant étonné. On en trouvait énormément en Chine, c'était une tradition, surtout dans les provinces de l'ouest, peu peuplées, et sur lesquelles l'autorité des Han de l'est n'était pas trop nettement établie. Sans parler des dimensions. La seule province du Sichuang à elle seule avait la taille de l'Europe occidentale, en somme la situation générale dans l'Empire Céleste ressemblait assez à celle des États-Unis d'Amérique à l'époque de la guerre de Sécession : deux puissantes factions se battaient à l'est, l'ouest immense étant abandonné un peu à lui-même. Le récit de Song était donc vraisemblable, il était sans doute vrai. Jusqu'à un certain point : la façon dont il avait sacrifié sa compagne pour se sauver lui-même.

— C'est ça, que tu appelles mentir ? dit Song avec une surprise qui n'était même pas feinte.

« Bien sûr que je me suis servi de Flûte de Jade. J'ai oublié de t'en parler, c'est tout. Parce que ce n'est pas important. On était cachés dans les rochers, moi et elle. Mais j'ai bien vu que les soldats devinaient notre présence, et qu'ils nous cherchaient. Alors j'ai dit à Flûte de Jade de courir, de s'en aller en courant. Elle ne voulait pas, elle disait qu'elle était trop fatiguée. Mais *Maman* m'a toujours prévenu que les concubines et tous les domestiques font toujours semblant d'être malades pour ne pas remplir leurs devoirs. C'était clair que Flûte de Jade refusait de remplir ses devoirs envers moi. Je l'ai frappée. Un peu. Tu peux lui demander : je l'ai toujours bien traitée. D'ailleurs, c'était la première fois que je la frappais, demande-lui. Bon, elle s'est enfin levée et s'est éloignée de moi. Mais elle ne courait pas vite, cette idiote, ce qui fait que les soldats l'ont tout de suite rattrapée. Elle aurait pu se donner un peu de mal, quand même ! Les soldats l'ont prise à même pas un li de moi, j'étais vraiment en danger. Bon, je ne lui en veux pas trop, je lui pardonnerai peut-être. Je suis trop gentil, dit *Maman*. »

— Tu as regardé, pendant que les soldats tombaient sur Flûte de Jade ? demanda H.H.

La vieille femme miao était revenue, avec deux autres bols de nourriture et ce qui se révéla être de l'alcool de sorgho. Le dernier vrai repas de H.H. Rourke remontait à une trentaine d'heures.

La pluie recommençait.

... Mais oui, bien sûr, Song avait regardé. Il l'avait bien fallu. Des fois que les soldats-bandits ne se seraient pas contentés d'elle et auraient continué à le rechercher, lui. Heureusement, les choses s'étaient bien passées. D'abord, Flûte de Jade en avait tué deux avec son fusil, elle en avait blessé un autre. Ensuite, comme elle n'avait plus de balles dans son fusil, ils s'étaient approchés en riant, et puis ils avaient découvert qu'elle était une femme. Alors, ils l'avaient violée tant et plus, et cette folle se débattait, au lieu de se laisser faire. Elle leur griffait le visage, essayait de leur crever les yeux, les mordait ; une vraie tigresse ! Si bien qu'ils avaient dû se mettre à quatre pour la tenir. Et même ainsi, elle leur crachait au visage ! Est-ce une façon d'agir réfléchie ? Ne se rendait-elle pas compte qu'elle mécontentait les soldats ? Qu'elle les mettait en rage, au risque de les pousser à fouiller de nouveau les rochers où lui Song était caché...

— Elle a été égoïste, Loulke. Voilà ce que je pense. Tu n'es pas de mon avis ?

— Continue ton histoire, dit H.H. qui mangeait.

— Tu es certainement de mon avis. C'est comme Concubine Deuxième qui s'est jetée du haut de la falaise. Elle non plus n'a pas rempli ses devoirs envers moi. Elle n'a pas eu le moindre respect pour la tradition et ne s'est occupée que d'elle-même. Pour Miroir de l'Aube, je lui en veux moins. Un peu moins. Peut-être qu'elle a fait exprès de recevoir ces balles, quand j'ai traversé le fleuve Hsiang. Je lui avais dit de courir, à elle aussi, mais paraît-il que l'eau était trop profonde. Bon, enfin. Ce n'était pas une bonne concubine, de toute façon. *Maman...*

— La suite de l'histoire, Song.

Le projet prenait forme dans la tête de H.H. Rourke. Au soleil, il devait être dans les onze heures du matin — sauf qu'il n'y avait pas de soleil, ce qui impliquait une marge d'erreur importante. Quoi qu'il en fût, il avait probablement au moins six heures de jour devant lui. Et faire comprendre aux Miaos ce dont il avait besoin ne semblait pas insurmontable.

Song revint à son récit : les soldats avaient battu Flûte de Jade, après l'avoir violée. Et c'était à ce moment-là que Concubine avait le plus gravement manqué à ses devoirs. Au lieu de rester tranquille et donc de demeurer disponible pour l'aider, dans la situation vraiment épouvantable où il se trouvait, elle avait essayé de tuer les cinq soldats, dont un blessé, encore debout. Elle avait réussi à leur prendre un de leurs fusils, elle en avait tué deux autres et forcément les soldats avaient été furieux contre elle, on pouvait les comprendre. Si bien qu'ils lui avaient tiré dessus, ils l'avaient battue avec leurs pieds, leurs poings, les crosses de leurs fusils et sûrement qu'ils l'auraient mise en pièces si, dans le lointain, un d'entre eux n'avait pas aperçu d'autres soldats (de l'armée du Guizhou ou des Bandits Rouges ou même des troupes du Kuomintang ou des bandits, Song n'avait pas pu les identifier) et bon, enfin, ils étaient partis sans plus s'occuper de Flûte de Jade, sauf un qui lui avait tiré dessus pour la tuer complètement, mais il avait tiré de loin, il n'avait pas vérifié si elle était morte pour de bon...

— Moi, je l'ai cru morte et j'étais bien en colère contre elle. Mets-toi à ma place, Loulke : elle m'avait laissé tout seul dans ce pays sauvage. Tout est de sa faute. Si elle avait couru plus vite et plus loin, elle aurait entraîné les soldats à des kilomètres et puis elle n'aurait plus eu qu'à revenir pour prendre soin de moi, comme c'était son devoir de concubine. Mais non, elle s'était fait tuer. Il y avait vraiment de quoi être très mécontent d'elle...

L'ex-capitaine Song alla s'étaler trois bons mètres plus loin, il roula sur lui-même et se retrouva le nez dans la boue jaune. H.H. reprit le bol qu'il avait déposé à côté de lui, se rassit et se remit à manger.

— La suite de l'histoire, Song, s'il te plaît. Et excuse-moi de t'avoir frappé. Je n'aurais pas dû le faire. Je ne dois jamais intervenir dans mes propres reportages. J'ai agi sur une impulsion.

— Tu m'as cassé la tête. Je vais mourir. *Maman* te tuera.

— Très bien, dit H.H. Tu te relèves à présent, et vite. Sinon, je pourrais avoir une autre impulsion.

— Tu n'es pas mon ami, Loulke. Je te déteste. Personne ne m'a jamais frappé, personne. Je dirai à *Maman* de te faire tuer et elle le fera.

H.H. releva son regard et fixa le fils de la fleuriste — en réalité, malgré son souci de ne jamais intervenir dans un reportage il éprouvait bel et bien une autre impulsion et beaucoup plus violente que la première. Song dut le comprendre. Sur un ton encore plus larmoyant qu'à l'ordinaire il raconta qu'il avait attendu des heures et des heures, toute une nuit, dans sa cachette de rochers. Et puis, pensant qu'il était vraiment seul, il s'était tout de même décidé à aller voir si Flûte de Jade était réellement morte. Et découvrant qu'elle ne l'était pas, il l'avait exhortée à se relever, à marcher. Qu'est-ce qu'elle faisait allongée par terre sans bouger ? Il avait même fait l'effort de l'aider à se redresser, en lui criant après pour sa paresse et son égoïsme et soudain — ç'avait été très effrayant pour lui Song — les petits sauvages miao étaient apparus, s'échapper n'eût servi à rien, ils étaient tout autour...

— Ils se sont à peine occupés de moi, comme si je ne comptais pas, ce qui prouve bien que ce sont des sauvages. Ils ont mis Flûte de Jade sur des bambous et ils l'ont emmenée ici et personne ne s'est soucié de moi, personne. On prenait soin de ma concubine mais pas de moi...

Song secouait la tête, encore incrédule. H.H. avait terminé son repas. Il alluma une cigarette et se leva. Une heure lui fut nécessaire pour faire comprendre aux Miaos ce qu'il attendait d'eux. Avec une adresse sidérante, ils fabriquèrent un brancard de bambou — deux longs fûts terminés au bout qui serait en contact avec le sol, par des patins flexibles ; et reliant ces fûts, une litière de feuilles de bambou tressées sur laquelle ils disposèrent un matelas de feuilles pour en augmenter le confort. H.H. attacha les extrémités restées libres au harnais du mulet.

— Qu'est-ce que tu fais, Loulke ?

H.H. revint à la hutte où gisait Flûte de Jade. Des Miaos l'aidèrent à la transporter.

— Je veux rester ici, chuchota-t-elle.

Il ne prêta pas plus d'attention à sa demande qu'il n'en avait accordé aux questions incessantes de Song.

On déposa très doucement la jeune femme sur la civière.

— Loulke ! Et moi ?

H.H. s'accroupit et se pencha doucement sur Flûte de Jade :

— Je vais vous emmener. Je ne sais pas où je trouverai un médecin, mais je vais essayer, en tout cas. Je vous l'ai dit : si vous restez ici, vous allez mourir et j'ai très envie de vous voir vivre.

Il l'attacha lui-même aux montants de la civière. A la fois pour qu'elle ne pût glisser vers le bas... et aussi parce qu'il jugeait très possible qu'elle tentât quelque chose de stupide, comme de se suicider...

— Et moi ? hurlait à présent l'ex-capitaine Song.

H.H. sourit à la vieille femme nue qui venait de lui apporter, enveloppées dans des feuilles de palmier, des provisions pour la route. La vieille lui rendit son sourire, et d'autres sourirent aussi, hochant du chef.

— Et moi, Loulke ? Tu ne vas pas m'abandonner ?

H.H. lui répondit enfin :

— Tu vas rester ici, Song. Je n'ai pas besoin des difficultés supplémentaires que m'amènerait la présence à mes côtés d'un déserteur double, du Kuomintang et de l'Armée Rouge.

— Je te suivrai ! cria Song.

— Ça m'étonnerait beaucoup, dit H.H.

Il frappa d'un coup très sec en visant la pointe du menton et mit K.O. le fils de la fleuriste. Les Miaos, enchantés, s'esclaffèrent et frappèrent dans leurs mains. H.H. passa dans leurs rangs, rendant les saluts qu'ils lui adressaient, paumes jointes et mains dressées à hauteur du front. Il embrassa la vieille femme sur les deux joues, puis monta sur le mulet.

Le surlendemain, il tomba sur un détachement fort dépenaillé de l'armée du Guizhou. Aux questions qui lui furent faites, il répondit que cette femme était la sienne, qu'elle avait été blessée par les Bandits Rouges, qu'il la transportait chez un médecin, qu'il n'aimerait pas trop qu'on la touchât, ni qu'on fouillât son sac, qu'il était journaliste et se foutait complètement de savoir qui commandait quoi.

Et qu'il valait mieux s'écarter sur son passage.

Il sourit sur ses derniers mots mais ce n'était pas un sourire très cordial. H.H. Rourke était de taille moyenne, il était mince, et même carrément maigre à ce moment de sa randonnée chinoise. Il ne portait pas d'arme. Les soldats face à lui en avaient et ils étaient vingt ou trente. Et néanmoins ils s'écartèrent pour lui laisser le passage, interloqués.

Il avait choisi d'aller au sud sud-est, à Guilin où il existait une petite chance qu'il y eût un hôpital convenable. Au nord, la première ville de quelque importance était Guyang, capitale du Guizhou. Pour autant qu'il le sût, elle pouvait aussi bien être le théâtre de combats entre l'Armée Rouge et ses adversaires. Et d'ailleurs, la distance à Guilin était à peu de chose près la même.

Il allait à pied, pour ménager le mulet qui donnait des signes de fatigue. Et pour soulever les bras arrière du brancard, dans les passages difficiles. Il ne s'arrêtait qu'à la nuit lorsque l'obscurité était totale, pour repartir aux toutes premières lueurs de l'aube.

... Elle n'ouvrait pas la bouche. Parfois, elle sommeillait, tête tombant alors sur le côté ; et il arrivait qu'elle gémît, mais cela seulement quand elle perdait conscience. Le reste du temps, elle demeurait murée dans son mutisme habituel. Ses yeux toutefois étaient très souvent fixés sur ceux de H.H. qui lui faisait face tandis qu'ils avançaient...

... Et qui écrirait : « *Elle ne me parlera pas. Si elle doit mourir, ainsi qu'il est probable, elle mourra sans m'avoir rien expliqué. Je me suis fait à cette idée, ça n'a pas été facile. J'ai imaginé quantité d'explications, quant aux raisons qui l'ont conduite à sacrifier sa vie. Il me semble certain que c'est dans son passé qu'il conviendrait de les rechercher. Par instants, tout en marchant, je me vois le faire, regagner Shanghai et y commencer mon enquête par la mère de l'ex-capitaine Song. Curieusement, je doute de parvenir à quelque chose. Les silences de Flûte de Jade sont bien trop impénétrables. A tort ou à raison l'image que je me suis faite de cette femme est telle que je ne peux croire qu'il me sera si facile de percer son secret. Même en me rendant à Shanghai. Je suis sûr qu'elle a pensé que j'étais prêt à le faire, et pourtant elle se tait. Je parierais beaucoup qu'à Shanghai ou Nankin ou Canton ou Pékin, je ne trouverai rien sur elle. C'est une certitude inexplicable que j'ai...* »

Chaque fois qu'il en avait la possibilité, et l'eau ne manquait pas, H.H. lavait Flûte de Jade. La profonde entaille du sein droit n'avait pas trop mauvaise allure, il n'en était pas de même des terribles plaies de la hanche et de l'abdomen. L'infection s'y était mise, aucun doute...

— Gangrène, dit-elle.

Il releva vivement la tête. Ce n'était pas seulement le fait qu'elle venait de parler pour la première fois depuis leur départ du village des Miaos.

Elle avait parlé anglais. Il remarqua, sur le ton le plus neutre possible :

— Je ne savais pas que vous aviez des connaissances médicales.

Elle secoua la tête :

— Je n'en ai pas. Mais c'est mon corps. Et il est en train de pourrir.

A nouveau, il nettoyait ses blessures, au bord d'un ruisseau d'eau glacée dégringolant au long d'un à-pic. Par exception, cette eau était claire, limpide, et non limoneuse. Il posa une compresse improvisée, sa dernière chemise de rechange déchiquetée comme la première, sur le front et les pommettes, qui brûlaient de fièvre. H.H. lui-même titubait de fatigue ; juste avant la tombée de la nuit précédente, il s'était endormi tout en marchant et sans les rênes prolongées du mulet qu'il avait fixées à ses poignets, et qui l'avaient traîné sur deux ou trois mètres avant que la bête ne stoppât, il fût probablement demeuré là, allongé sur la piste de montagne, abruti par le manque de sommeil et l'épuisement, tandis que la monture et le brancard se fussent éloignés. Sinon perdus.

— D'après ma carte, dit-il, nous devrions arriver demain à un gros bourg nommé Huajiang. Nous y trouverons un médecin.

— Peut-être. Voudriez-vous détacher ma main, je vous prie ?

La première et unique fois où il lui avait défait les nœuds de ses poignets, elle avait ramassé une pierre sur le sol et tenté de lui fracasser le crâne. Il détacha la tresse végétale, s'écarta. Elle toucha son sein, puis de la pointe de son index, suivit le pourtour des plaies.

— Mon corps pourrit. Je me décompose.

Le calme de sa voix, la formulation de ses phrases, le choix des mots et encore son regard, cette aisance dont elle faisait montre bien que nue, sa si tranquille acceptation de sa mort imminente...

« *Elle est exceptionnelle, je ne me suis pas trompé sur ce point. Qu'elle ait pu se vouer au service d'un homme aussi ridiculement dénué d'intérêt que Song en devient du coup d'un mystère très irritant. Le village nu ne s'y est pas trompé, qui l'a recueillie alors qu'il a témoigné d'une indifférence totale à l'encontre de Song — et même a ri, enchanté, quand j'ai frappé celui-ci...*

« *... Il n'y a pas de médecin à Huajiang, où nous parvenons le lendemain. Pas de médecin occidental, de formation occidentale du moins. On m'y indique un vieil homme qui pratique la médecine chinoise. Il examine Flûte de Jade et je vois à la seule expression de son visage qu'il ne croit pas à une guérison. Néanmoins, il applique des baumes, des onguents, il administre à Flûte de*

Jade ce qui doit être de l'opium à en juger par l'odeur. Elle s'endort. Le vieil homme me dit qu'elle mourra bientôt et que rien de ce que je pourrais faire ne changera le destin.

« J'achète une charrette et deux mulets, j'engage un homme qui nous conduira jusqu'à Guilin, qui est à une centaine de kilomètres. Nous rencontrons la colonne du Kuomintang trois heures après notre départ de Huajiang. Le général qui la commande accepte de détacher l'un des véhicules de son convoi et de lui faire rebrousser chemin... »

Le camion militaire traversa à très vive allure la ville de Wutong. On n'était plus qu'à dix ou douze kilomètres de Guilin. H.H. Rourke était assis sur le plateau à l'arrière, adossé à la ridelle. Il tenait dans ses bras, contre lui, la tête et le buste de Flûte de Jade dont le reste du corps était allongé sur un matelas de paille. Trois soldats, dont un conducteur, se trouvaient dans la cabine, trois autres se tenaient accroupis près de H.H. — à en juger par leur taille, c'étaient des Han du nord ; l'un d'entre eux était même plus grand que Rourke, ses sourcils étaient extrêmement fournis, à la façon de ceux d'un Chou En-lai ; celui-là était le plus méfiant, voire le plus dangereux, son regard ne cessait d'aller de H.H. à Flûte de Jade, à la différence des deux autres qui contemplaient le paysage montant dans la brume de l'aube. Il prêtait une grande attention aux mots sans suite, aux lambeaux de phrases que laissait échapper Flûte de Jade dans son délire.

— Je suis sûr qu'elle parle russe, dit le Chinois.

— C'est de l'anglais, répondit H.H. pour la quatrième fois.

— C'est du russe, c'est une espionne communiste et toi aussi tu es un espion.

— Tu es né d'une banane, lui dit H.H. à bout d'arguments.

La baïonnette s'approcha et sa pointe toucha la gorge de H.H. à hauteur de la pomme d'Adam. Il ne réagit pas, sinon en appuyant sa nuque à la ridelle et en fermant les yeux, indifférent à la menace. Dans son délire, Flûte de Jade parlait effectivement anglais, les mots « le jardin noyé de pluie » étaient par deux fois revenus, ainsi que quelques autres, mais isolés, et donnaient encore moins d'indications sur ce passé qui remontait en elle sous l'influence de l'opium. Elle parlait anglais, mais aussi français, ainsi « le kiosque à musique », ou encore « l'enfant », « le train du soir », « adieu » ou « adieux »...

... Mais elle prononçait aussi des phrases entières dans ce qui était soit du russe, soit du polonais, langues que H.H. ignorait au point de ne pouvoir les distinguer l'une de l'autre.

Le camion suivait une route longeant une rivière. Il entra dans une plaine encerclée par d'autres de ces pains de sucre karstiques moussus de vert jusqu'à leur cime et dont des éléments avancés, tels ceux d'une armée assiégeante, avaient déjà pénétré jusque dans la ville de Guilin.

L'hôpital se dressait au bord d'un lac prolongé de chenaux, entre d'immenses banians dont les racines adventices faisaient comme une clôture. Il s'y trouvait trois médecins, dont un Français. Les soldats ne permirent pas à H.H. d'entrer, tandis qu'on transportait Flûte de Jade à l'intérieur, mais l'autorisèrent à attendre dehors. Le Français finit par sortir. Petit, rond et chauve, il se nommait Cabanis et venait de Toulouse ; il vivait en Chine depuis trente-six ans, à Guilin depuis dix-huit années ; son français était hésitant.

— Votre femme ?

— Non.

— Les soldats m'ont dit que vous nous l'avez amenée depuis le Guizhou, au prix d'une marche forcenée. D'après eux, vous auriez couvert plus de deux cents lis, quatre-vingts ou quatre-vingt-dix kilomètres par jour. En la tirant derrière vous, sur une espèce de traîneau.

— J'avais un mulet, au début, dit H.H. luttant pour conserver les yeux ouverts. Mais il a crevé en route. Elle va mourir ?

— Qu'elle soit encore vivante est un miracle, son ventre est une infection, c'est une gangrène sèche. J'ai ouvert pour extraire la balle, que j'ai d'ailleurs retirée, j'aurais pu m'en abstenir. On peut amputer un membre atteint de gangrène, pas la moitié du corps jusqu'à la taille. J'ai peur de n'avoir aucune chance de l'en tirer.

H.H. hocha la tête, accepta la bouteille de cognac que lui tendait le Français et but une longue rasade.

— Qu'est-elle pour vous ? demanda Cabanis.

— Je ne sais pas, répondit H.H.

— J'aime la Chine, dit le médecin après un silence. J'aime les Chinois, leur culture, leur langue, leur intelligence, leur humour, le mépris amusé qu'ils ont pour les Longs Nez que nous sommes. Je suis arrivé à Hanoi en 1895, venant directement de Toulouse. Je pensais y faire fortune en cinq ans puis m'en revenir au pays, ouvrir un cabinet place du Capitole et n'avoir plus comme patientes que les plus belles Toulousaines dont j'aurais enlevé les culottes sous prétexte de les examiner. Et puis je suis passé au Yunnan et n'ai plus jamais franchi la frontière. D'où m'avez-vous dit que votre mère était ?

— Soumoulou, près de Pau.

— J'ai vu quelques millions de Chinois et Chinoises dans ma vie. Mais cette femme est hors du lot. Même dans l'état épouvantable où elle est, elle reste d'une beauté étourdissante. Elle comprend le français, j'en suis sûr ; à un moment, je lui ai...

— Elle parle le français, l'anglais et sans doute le russe, dit H.H. Au moins.

Le sergent aux gros sourcils fit un signe impérieux à

destination de Rourke : il devait quitter le jardin de l'hôpital.

— Que vous reproche le Kuomintang ? s'enquit Cabanis.

— Rien. Je suis reporter.

— Je connais bien le général qui commande ici, je verrai ce que je peux faire. Et si votre amie... je vous préviendrai au moindre changement de son état.

Les soldats emmenèrent H.H. et le mirent en prison. Son total épuisement, les effets de l'alcool (auquel il n'avait pas touché depuis dix ou douze semaines) et surtout la certitude de ce qu'il n'y avait rien qu'il pût faire désormais, tout cela le fit s'endormir comme une masse, à la seconde où on le jeta dans une cellule. Sur quoi on l'éveilla presque aussitôt, on le traîna littéralement — il dormait debout et ne faisait aucun effort pour sortir de son sommeil — dans une pièce où trois officiers gantés, mignonnement apprêtés comme des soldats d'opérette, l'interrogèrent longuement sans être troublés le moins du monde par son inertie et lui annoncèrent qu'il avait été condamné à mort pour espionnage.

— Vous les connaissez, lui dit Cabanis. Le général commandant la garnison de Guilin ne pouvait pas vous remettre immédiatement en liberté alors que vous veniez d'être condamné à mort. Il a donc commué votre peine, l'a transformée en deux jours de prison. Vous avez dormi dix-huit heures et j'ai fait valoir que votre trajet en camion depuis Huajiang pouvait être considéré comme un temps de prison préventive. Vous êtes libre. Oui, elle est encore vivante, si c'était bien la question que vous étiez sur le point de me poser.

On décapitait trois ou quatre hommes, dans la cour de la prison, au milieu d'une indifférence totale.

— Qu'elle ait résisté jusqu'ici ne veut-il pas dire qu'elle peut guérir ?

H.H. et le médecin sortirent dans la rue, montèrent dans un cabriolet tiré par un cheval. Deux automobiles passèrent, emplies d'officiers supérieurs du Kuomintang.

— Je crois tout simplement qu'elle vous attend, pour mourir, dit enfin Cabanis. J'ignore ce que vous représentez pour elle.

— Je l'ignore aussi.

— Vous saviez qu'elle a eu un enfant ?

— Non.

— Elle a été enceinte en tout cas, les vergetures qu'elle porte en témoignent. J'ai dû accoucher cinq ou six mille femmes, dans ma vie. Je dirais que pour elle, cela s'est passé il y a cinq ou six ans.

— Je ne connais même pas son âge.

— Vingt et un ou vingt-deux ans.

Le cabriolet stoppa devant l'hôpital, une vaste construction de style colonial, à un étage, avec des pilastres et des balustres, qui surmontait une pelouse jaunâtre et élimée. Sur des fils tendus entre les arbustes on avait mis des draps à sécher. Une infirmière chinoise conduisit Rourke à l'étage, dans une chambre minuscule où l'on venait de faire brûler un bâton d'encens. Flûte de Jade semblait dormir — semblait seulement, du moins en fut-il immédiatement convaincu. H.H. fut surpris de voir qu'elle était soigneusement maquillée. Il demeura debout dans l'étroite ruelle entre mur et lit, ses mains derrière son dos, refrénant son envie de fumer, écœuré par l'odeur sucrée de l'encens.

— Je voulais seulement vous remercier, dit-elle d'une voix douce et étonnamment nette.

Et en anglais.

— Mon autre langue maternelle est le français, dit H.H. en français.

Elle acquiesça d'un mouvement de paupières.

— Votre vrai nom n'est pas Flûte de Jade, n'est-ce pas ?

— Non.

— Est-ce que votre enfant vit toujours ?

Les paupières se soulevèrent, le regard se posa sur H.H. Pas de réponse sinon ce regard impénétrable.

— Je pourrais m'occuper de cet enfant, dit H.H. jouant sa dernière carte, dans l'espoir d'obtenir n'importe quelle information. Je pense lui venir en aide, où qu'il se trouve et quelle que soit sa situation.

Il laissa s'écouler quelques secondes avant d'ajouter :

— S'il est vivant.

Elle continuait à le fixer et pendant trois ou quatre secondes, H.H. eut le sentiment qu'elle allait enfin parler, de cet enfant que peut-être elle avait eu, qui peut-être vivait quelque part, pour qui peut-être elle s'était, en fin de compte, suicidée d'une si étrange manière.

— Je veux seulement vous remercier, répéta Flûte de Jade.

Il hocha la tête, tout à la fois déçu, enragé même, mais aussi bizarrement fasciné par ce mystère qui demeurait entier, et dont il était certain qu'il persisterait, quoi qu'il pût tenter. L'infirmière revint dans la chambre, jeta un bref coup d'œil, repartit, aussi silencieusement qu'elle était venue. H.H. se pencha et effleura de ses lèvres celles de la mourante. Dont la main bougea lentement et vint au contact de la sienne. Les doigts fins brûlaient de fièvre — les lèvres aussi.

— Je suis désolée...

Elle haleta mais trouva la force de poursuivre :

— Je suis désolée de vous faire manquer votre reportage, dit-elle.

— C'est vraiment sans importance, répondit H.H.

Dès lors, elle se tut. Quelques minutes plus tard, elle était morte. L'infirmière réapparut une nouvelle fois, alla chercher le docteur Cabanis, à qui revint le soin de recouvrir le visage par le drap déployé.

Le médecin l'invita à dîner ; ce fut un mémorable festin. Au fin fond de la Chine, H.H. Rourke mangea du cassoulet arrosé de vin de Cahors puis de champagne. En réponse aux questions de Cabanis, il annonça qu'il partirait dès le lendemain. Pour Canton d'abord, puis pour Shanghai, où il tenait à voir quelqu'un, précisa-t-il.

Ils burent quatre bouteilles de champagne.

— Je suis en train de vous vider toutes vos réserves, remarqua H.H. En quel honneur, ce dîner de gala ? Est-ce à cause de la mort de cette jeune fille ?

— Nous sommes le 25 décembre et c'est Noël, répondit Cabanis.

Rourke arriva à Shanghai trois semaines plus tard. On y avait apparemment oublié la proscription dont le gouvernement de Nankin l'avait frappé, quatre mois plus tôt, après qu'il avait tenté de s'infiltrer au Jiangxi par le nord. Dans tous les cas, il n'eut aucune difficulté à débarquer. On ne lui prêta aucune attention. Il se rendit tout droit à la boutique de la fleuriste, rue du Cardinal-Mercier.

Il avait dû passer cent fois devant la vitrine, avec ou sans Kate, mais n'y était jamais entré. Il y pénétra et comprit dans la seconde : la façade était trompeuse, la boutique proprement dite conduisait en effet dans une sorte de jardin intérieur surmonté d'un dôme de vitraux bariolés ; accrochées aux poutrelles par des chaînes, d'immenses corbeilles d'osier dégorgeaient d'une végétation envahissante aux parfums entêtants ; une fois qu'on avait franchi ces rideaux de verdure, on arrivait dans un petit patio fleuri où une douzaine de très jolies, très jeunes, et très élégantes Eurasiennes prenaient le thé autour d'une vasque où chantait un jet d'eau. Pépiant comme des perruches dans une volière, elles se turent toutes ensemble en dévisageant Rourke. Il était clair, au premier regard, que l'occupation principale de ces gracieuses créatures n'était évidemment pas de confectionner des bouquets et encore moins de les vendre. D'ailleurs, à peine Rourke s'était-il arrêté sur le seuil de ce voluptueux jardin qu'une femme vint vers lui. De très petite taille, n'ayant dépassé la quarantaine que de peu, elle était loin d'être sans charme ; sa robe européenne soulignait la finesse remarquable de sa taille. Les yeux, en revanche, étaient implacables, sous un vernis de sourire.

H.H. admit d'emblée qu'il n'était pas trop intéressé par les fleurs. Il s'exprima uniquement en français, que madame Song maîtrisait fort correctement. Elle lui sourit et lui demanda laquelle de ces jeunes filles il souhaitait. Elle souligna qu'il ne s'agissait pas de prostituées comme on pouvait en trouver dans n'importe quel bar ou bordel de Shanghai. Elle proposait des compagnes pour la soirée et bien sûr la nuit, moyennant un supplément, et garantissait leur bonne éducation, leur tenue parfaite dans n'importe quelle soirée, leur *sainteté*...

— Leur quoi ?

Maman Song voulait dire qu'elles étaient très saines.

— Je cherche une jeune fille en particulier, expliqua H.H.

Il décrivit très exactement Flûte de Jade. Le sourire commercial de la soi-disant fleuriste s'estompait graduellement, il disparut tout à fait quand Rourke mentionna le grain de beauté sur le sein droit.

— Suivez-moi, monsieur.

Il entra derrière elle dans un bureau.

— Où l'avez-vous vue ?

Il dit la vérité, sa rencontre avec le capitaine déserteur et ses trois concubines, leur entrée au Jiangxi, leur départ sur les pas de l'Armée Rouge.

— Où est mon fils ?

L'émotion de la mère maquerelle était sincère, H.H. n'en douta pas.

— Il est vivant.

H.H. leva la main : il ne fournirait aucune information supplémentaire, avant d'avoir reçu des réponses quant à Flûte de Jade. Les terribles yeux fendus de *Maman* Song le scrutèrent.

— Journaliste ?

— Oui.

— Quel journal ?

— Aucun. Je suis indépendant.

Elle hocha la tête :

— Je me souviens de vous, maintenant. Vous habitiez tout près d'ici, avec une grande Américaine aux yeux très bleus. Vous ne m'avez jamais acheté de fleurs.

— Peut-être aurais-je dû le faire, dit H.H.

Maman Song donnait le sentiment d'une considérable force de caractère. Sans doute était-elle capable, comme son fils en avait menacé H.H., de faire tuer quelqu'un. Elle se mit à parler, avec une indifférence qui, là non plus, n'était pas feinte. Elle n'avait jamais connu Flûte de Jade que sous ce seul nom :

— Elle s'est présentée un jour pour me demander du travail. Elle était très jolie. Plus que jolie : belle. Je l'ai prise...

Non sans une réticence, dit-elle : elle n'aimait pas les employées trop intelligentes, et celle-là l'était diablement. Et puis il y avait en Flûte de Jade quelque chose de bizarre, elle avait l'air de quelqu'un poursuivi par son passé (*Maman* Song usa de l'expression chinoise littéralement traduite en français). Flûte de Jade avait donc été engagée. Quand ? En mai dernier. Si elle avait dit d'où elle venait ? Oui. De Hong Kong.

— Elle m'a dit qu'elle avait travaillé comme secrétaire d'un *taï-pan* anglais.

Taï-pan, grand chef, était le terme générique utilisé pour désigner les grands directeurs des sociétés occidentales en Chine. *Maman* dévisagea H.H. avec surprise : du russe ? Flûte de Jade ne parlait pas le russe à sa connaissance, seulement le français et l'anglais. Non, elle n'avait pas vérifié les dires de Flûte de Jade, pourquoi l'aurait-elle fait ? Au départ, elle n'avait engagé cette fille que comme hôtesse. Mais Flûte de Jade n'avait pas travaillé comme hôtesse, malgré les multiples demandes des clients ; elle n'avait pas voulu ; *Maman* Song l'avait finalement gardée mais pour s'occuper des fleurs, ce que la jeune femme faisait très bien, en très peu de temps elle avait pris le rang de directrice adjointe...

Et alors était survenue cette affaire. On avait voulu expédier Chui-paï (Song Chui-paï était le nom complet de son fils) sur le front. *Maman* Song avait dû improviser en trois jours, elle n'avait trouvé d'autre solution que d'envoyer de l'aide à son fils déjà en route. Sous la forme d'un ordonnance-garde du corps mais l'armée, ou plus exactement un général avec qui elle était en mauvais termes, avait rejeté le principe d'une ordonnance. *Maman* Song s'était rabattue sur des concubines, en avait trouvé deux — Matin d'Ivoire et Miroir de l'Aube — qu'elle avait recrutées dans son propre personnel...

Non, elle n'avait pas pensé à enrôler Flûte de Jade, c'était Flûte de Jade elle-même qui s'était offerte. Si Flûte de Jade et Song Chui-paï se connaissaient jusque-là ? Oui, mais très peu, imaginer quelque intrigue entre eux ne tenait pas debout. Non, *Maman* Song n'avait aucune idée des raisons qui avaient poussé Flûte de Jade à se proposer comme Concubine Première. S'en était-elle enquise ? Bien sûr que oui, dès lors que cette offre était si surprenante. Flûte de Jade avait expliqué qu'elle voulait quitter Shanghai.

... Non. *Maman* Song n'avait jamais eu l'impression, durant les trois mois que la jeune femme avait travaillé dans la boutique, qu'elle avait peur de quelqu'un ou de quelque chose. Dans le cas contraire, elle n'eût pas confié son fils unique à Flûte de Jade.

Un enfant ?

— Elle n'avait pas d'enfant. Pas à Shanghai, en tout

cas. J'ai fait vérifier l'endroit où elle habitait, elle y vivait seule, sans amis, elle ne voyait personne. Tout le temps qu'elle a travaillé pour moi, elle arrivait tôt et partait tard. Où est mon fils, monsieur Rourke?

Toutes les hypothèses que H.H. avait pu former s'écroulaient les unes après les autres. Et notamment celle d'un chantage exercé par *Maman* Song sur Flûte de Jade.

— J'ai répondu à toutes vos questions, monsieur Rourke. Où est mon fils?

H.H. retira de son sac à soufflets la carte dont il s'était constamment servi durant les quatre derniers mois. De Canton à Guilin il avait couvert plus de quatre mille cinq cents kilomètres, dont une grande partie à pied. Il la déposa sur le bureau de *Maman* Song. L'emplacement de la doline, de la dépression quasi secrète au cœur des plateaux de la province du Guizhou, où se cachait le village miao et où était certainement encore l'ex-capitaine, cet emplacement était soigneusement indiqué.

H.H. sortit. Il se rendit à l'ancienne adresse de Flûte de Jade, découvrit une chambre unique, au dernier des quatre étages d'un immeuble dans le quartier de Nan-tao, hors de la Cité dite chinoise et de la concession française. Pour pénétrer à l'intérieur, H.H. dut longuement parlementer avec un vieil homme qui se révéla être le propriétaire et parut sincèrement affecté par la nouvelle de la mort de sa locataire. Chez laquelle nul était entré depuis qu'elle en était partie, fin août dernier.

— Entrez avec moi, lui dit Rourke, bien qu'il fût déjà convaincu qu'il avait tiré de son interlocuteur toutes les informations qu'il détenait — et qui étaient minces : Flûte de Jade avait emménagé en mai, elle avait payé six mois de loyer d'avance, n'avait jamais fait la moindre confidence sur sa vie antérieure, ne recevait jamais personne, n'avait jamais été vue en compagnie de quiconque — non, aucun enfant —, elle était très douce et toujours souriante; peut-être un peu triste, oui...

La chambre avait été louée meublée d'un bat-flanc et d'un coffre servant d'armoire, d'une jarre qui contenait l'eau destinée à la toilette et à la cuisine. Les seuls objets personnels, outre quelques vêtements, étaient quatre livres, dont un dictionnaire anglais-français, un autre chinois-anglais, et, en chinois, les « Contes Choisis » de Maupassant et les « Poèmes Choisis » d'un certain Eugène Pottier* — ce dernier parfaitement inconnu à H.H. Rourke. H.H. feuilleta les livres sans y relever la moindre annotation manuscrite.

H.H. poursuivit son enquête neuf jours durant, interrogeant les autres habitants de l'immeuble, puis les commerçants avoisinants, puis quantité de gens dans tous les endroits où *elle* avait pu passer, séjourner, acheter ou vendre quelque chose. Sa ligne ramena quelque chose et dans l'instant, il éprouva une fois encore ce sentiment si curieusement double, satisfaction sauvage du chasseur dont la traque soudain se réactive, déception aussi devant un mystère fascinant qui s'effrite. Un bijoutier ayant pignon sur rue près de l'hôtel *Astor* et du consulat d'Allemagne, dans la concession internationale sur l'autre berge de la rivière Soutcheou, se souvint de Flûte de Jade. Oui, il l'avait vue. A deux reprises. Une fois quand elle lui avait demandé une estimation, la deuxième quand elle avait accepté de vendre. Vendre quoi ? Ceci, et le bijoutier de désigner une porcelaine, dont il dit que c'était un bélier en céladon de Yüe, période T'ang ou tout début des Cinq Dynasties, vers l'an 900 et quelque. Non, la jeune dame n'avait pas dit d'où elle tenait ce trésor, elle avait très peu parlé en fait. Elle transportait la porcelaine, qui mesurait quinze centimètres au plus, dans un petit sac de toile, que d'ailleurs elle avait abandonné et qui ne comportait nulle inscription.

La date de la transaction était celle du jour où elle avait réglé d'avance six mois de loyer à Nan-tao.

---

* Auteur, notamment, des paroles françaises de « L'Internationale ».

— Combien lui avez-vous donné ?

Cent dollars shanghaiens.

— J'aurais pensé qu'une porcelaine aussi ancienne aurait valu davantage, remarqua H.H.

Elle valait bien plus que cela, expliqua le bijoutier. Mais la modicité de la somme s'expliquait par le fait que le petit bélier de mille ans d'âge avait été seulement déposé pour être vendu. Les cent dollars ne représentaient qu'un acompte, en attendant qu'un acheteur se présentât.

— Et vous n'avez toujours pas trouvé d'acquéreur ?

Pas au prix exigé par la jeune dame.

— Supposons, dit H.H., que quelqu'un achète aujourd'hui à ce prix, comment en avertiriez-vous votre cliente ?

En écrivant au nom et à l'adresse laissés par celle-ci. Le bijoutier fouilla ses registres et accepta de faire lire les deux lignes à Rourke : l'adresse était celle de la chambre louée à Nan-tao.

Le nom : *Madame Eugène Pottier.*

H.H. Rourke était descendu à l'hôtel *Palace*, sur le Bund (le quai-promenade au long du fleuve Huang-Pou). Du courrier lui était parvenu tandis qu'il vagabondait entre Canton et Guilin. Six lettres de Mimi, trois du Chat-Huant, sept télégrammes inquiets expédiés de New York et Paris par ses deux agents, l'un américain, l'autre français, chargés de placer ses reportages dans la presse mondiale sous des pseudonymes divers — les deux hommes se plaignaient de n'avoir rien reçu à négocier depuis des mois, depuis en fait le reportage que H.H. avait réalisé sur la Nuit des Longs Couteaux, à Munich, fin juin-début juillet 34, quelques jours avant son embarquement à Marseille pour la Chine.

Il y avait encore une autre lettre et elle était de Karl Killinger ; on l'avait délivrée le jour même de son retour à Shanghai, elle était datée du 12 décembre, six semaines et demie plus tôt. Karl Killinger écrivait : « *Je ne sais si j'ai raison ou tort de vous écrire, et de vous faire parvenir ceci. Le fait est là : elle est repartie en guerre, et contre moi. Et j'ai bien l'intention de livrer bataille, je voulais vous le dire. Vous souvenez-vous de la dernière fois où nous nous sommes vus, vous et moi ? Je me rappelle vous avoir dit que je devais probablement être le seul à ne pas comprendre ma fille ; et aussi que si elle revenait à la presse, surtout en créant son propre journal, elle me trouverait sur son chemin ; je vous ai assuré que je ne lui ferai pas de cadeau. Je ne vais pas lui en faire. Comme vous le voyez, j'ai joint à ma lettre les trois premières parutions de son journal,* The Day. *C'est un très bon journal, surtout si l'on tient compte de ce qu'il vient à peine de naître.*

« *Rourke, il n'y a aucun doute dans mon esprit : je vais tout faire pour la vaincre. Et j'y parviendrai. Vous êtes sans conteste le meilleur reporter que je connaîtrai jamais. Peut-être vous intéressera-t-il de venir à New York pour assister à ce bien étrange combat entre un père et sa fille. Une idée me vient : je me demande dans quel camp vous vous rangeriez, si vous aviez à choisir.*

« *En guise de post-scriptum, voici des nouvelles de mon petit-fils, qui est votre fils : il va à merveille. Je vais lui rendre visite une fois par mois. Elle et moi avons conclu un arrangement. J'ai droit à tout le mercredi matin et éventuellement une partie de l'après-midi. C'est le jour où elle réunit ses courtiers en publicité, ce qui nous permet de ne jamais nous rencontrer. J'adore mon petit-fils, Rourke. Essayez de ne pas l'abandonner tout à fait à Kate, je vous prie...* »

H.H. consacra encore toute une semaine à tenter de remonter la filière du bélier de céladon. Il alla jusqu'à Nankin parce qu'on lui avait dit que s'y trouvait le meilleur expert en porcelaines anciennes. Il espérait découvrir le nom des propriétaires successifs de l'objet d'art. Ses espoirs furent déçus. L'expert lui révéla qu'il devait exister encore en Chine des milliers de pièces datant de cette époque lointaine. On pouvait à la rigueur faire l'historique de quelques-unes, parmi les plus célèbres mais... Non, l'expert ne connaissait aucune famille possédant de telles pièces et dont Flûte de Jade — ou une jeune fille répondant à son signalement — pût sortir.

H.H. abandonna. Pour la première et la seule fois de sa vie, il décida de ne pas pousser son reportage à terme.

De retour à Shanghai, il alla s'informer des horaires des paquebots pour les États-Unis. Il y en avait un qui appareillait trois jours plus tard, pour Yokohama, d'où la liaison avec San Francisco était assurée, désirait-il réserver une place ?

— Je ne suis pas encore décidé, merci.

Il traîna dans Shanghai, écumant le Bund comme un marin en bordée, et but énormément, en compagnie d'une « comtesse russe » qui occupait une suite au *Palace* et buvait encore plus que lui.

... Il se retrouva sur le paquebot sans se rappeler comment il y avait embarqué. C'est en demandant à un steward où se trouvait le bar des premières qu'il apprit par la même occasion que la prochaine escale du navire était Victoria dans l'île de Hong Kong et non le Japon. Au moins lui était-il resté quelque bon sens, quoique saoul. Il rentrait donc en Europe et c'était tant mieux, gagner l'Amérique et New York, retrouver Kate était, à ses yeux, la plus énorme ânerie qu'il aurait pu commettre.

Durant le séjour d'une semaine qu'il fit à Hong Kong, il écrivit d'un seul trait toute l'histoire de Flûte de Jade, plus douze autres reportages sur l'évacuation du Jiangxi par l'Armée Rouge.

Il ignorait qu'il en avait été le seul témoin occidental, à l'exception du communiste Otto Braun qui n'allait laisser aucun témoignage.

Il ne prit même pas la peine de se relire, ce qu'au reste il faisait rarement, étant trop perfectionniste pour cela.

Il avait bouclé son enquête concernant Flûte de Jade sur un constat d'échec total : toutes les recherches qu'il avait pu conduire dans la Colonie étaient restées infructueuses. Il avait enregistré le fait avec une jubilation morbide, ainsi le mystère demeurait-il entier.

Il rembarqua pour Singapour et Bombay et Aden et Alexandrie et Gibraltar et Londres. Ce fut à bord, durant la remontée du détroit de Malacca, qu'il tomba par hasard sur un numéro de *L'Illustration* en date de décembre 34. On y relatait un grave incident entre des troupes italiennes de Somalie et de vaillants guerriers du Roi des Rois d'Abyssinie, à un endroit nommé Oual Oual.

Le nom le fit sourire ; il imagina des joueurs de mandoline et des buveurs de chianti assommant à coup de pastrami des guerriers lancés au triple galop sur des dromadaires.

Sa décision fut prise : il n'irait pas plus loin qu'Aden et la Porte des Fleurs, autrement dit le Bad El-Mandeb.

Livre 3

KILLINGER CONTRE KILLINGER K. V.O. K.

7

Pourquoi crois-tu que je sois si fatiguée ?

Le 30 novembre 1934, elle avait sorti un numéro zéro. C'est-à-dire qu'on avait entièrement rédigé, composé, mis en pages, imprimé, et tiré un véritable journal de seize pages. La seule différence avec la première parution officielle prévue pour le 10 décembre ayant été que la rotative stoppa dès que sortirent des exemplaires satisfaisants, tous les réglages effectués. Treize cent vingt-trois exemplaires seulement furent tirés, ce qui était assez remarquable ; la *passe*, soit le tirage initial nécessaire à la mise en train et à tous les ajustements, avait été réduite au strict minimum par l'équipe des rotativistes aux ordres de Lucien Abadie. On avait travaillé en temps réel, avec bouclage de la rédaction à minuit. Soixante-six minutes plus tard, le surpuissant grondement de la Wood s'était tu, travail terminé. Elle avait même exigé que fussent présents les hommes des équipes de distribution, avec leurs six fourgonnettes et leurs douze motos side-cars. Et de même avait-elle imposé la présence de tous ceux qui avaient pris part à quelque titre que ce fût à l'élaboration de ce numéro d'essai. On s'était retrouvé à quatre-vingt-huit personnes, constituant l'effectif complet, à cette date, du *Queens & Long Island DAY*. S'y étaient joints des parents, amis et curieux — dont un clochard et quatre policiers en patrouille. En sorte que le buffet qu'elle avait prévu s'était révélé tout juste suffisant pour les trois cent cinquante hommes et femmes présents.

Elle avait répété son essai le 5 décembre, à quatre-vingt-seize heures exactement de la parution réelle. Ainsi qu'il arrive le plus souvent, les choses s'étaient passées un peu moins bien. On avait eu des ennuis de clicherie, des ennuis de calage, des problèmes de papier. Qui plus était, au moment même où, vers une heure quarante du matin, Abadie et son équipe étaient enfin parvenus à rouler normalement, elle avait ordonné un arrêt immédiat. Elle avait rédigé elle-même un fait divers imaginaire, épicé d'humour noir : l'explosion, tuant neuf cents personnes et faisant deux mille blessés, d'une imprimerie dans le Queens. Nick Di Salvo, le rédacteur en chef, s'était empressé de bouleverser la Une du journal. Al Taggart et Ernie Pohl, Peggy Hutchins et Paul Fowler, reporters du *Day* présents par hasard sur les lieux, s'étaient hâtés de recueillir assez de témoignages pour emplir trois pages. Que l'on avait donc entièrement réécrites, recomposées, remises en pages, dont on avait repris les empreintes, que l'on avait reclichées, recalées. La rotative Wood était repartie. Abadie souriant jaune sous sa moustache gasconne lui avait demandé si elle allait lui refaire souvent ce genre de plaisanterie stupide. L'Américano-bordelais respectait à la lettre la tradition voulant qu'un chef rotativiste fût aussi éruptif qu'un volcan. Et elle avait répondu qu'elle recommencerait chaque fois que l'actualité le rendrait nécessaire, et qu'il pourrait toujours trouver du travail dans la fabrication d'un bulletin paroissial si tirer un quotidien lui paraissait au-dessus de ses forces. Passe d'armes qui s'était conclue dans les minutes suivantes par un traité de paix provisoire, signé devant quelques bouteilles de vin et un jambon de Bayonne spécialement importés de France, tandis qu'elle avait dressé le bilan des deux essais et conclu que, désormais, le *Day* était prêt à paraître pour de bon.

Durant les nuits du 6 au 7, puis du 7 au 8 décembre, elle avait tenu à accompagner tour à tour chacune des équipes chargées de la distribution. Elle en avait prévu tous les détails, et tracé des itinéraires rigoureux à l'intention des dix-huit véhicules, dont elle avait de surcroît chronométré la progression idéale. La zone de diffusion prévue par elle couvrait le Queens jusqu'aux frontières de Brooklyn à l'ouest, East River et l'Atlantique la délimitaient sur les flancs et à l'est elle s'étendait sur tout Long Island — cent quatre-vingt-treize kilomètres — à commencer par le comté de Nassau qui faisait suite au Queens. C'était un territoire hétéroclite, habité par une population des plus variées ; la différence était par exemple abyssale entre nombre de familles d'immigration récente et parlant toutes les langues, établies dans la zone portuaire et industrielle de Long Island City, et les aristocratiques demeures d'Oyster Bay regroupées autour de l'ancienne résidence d'été de Theodore Roosevelt. Somme toute, ce public qu'elle voulait conquérir n'avait, hors une identique situation géographique, qu'un seul vrai point commun : le sentiment de n'être là que pour y dormir ou passer ses week-ends. La vrai vie était à New York, à Manhattan. Ici, ce n'était qu'une immense zone résidentielle, un gigantesque dortoir.

... Elle avait surtout, sans répit, jour après jour, durant les semaines précédant la parution, consacré dix heures par jour au service de publicité ; ces dix heures s'ajoutant non seulement à son travail touchant à l'organisation générale du *Day*, au règlement des problèmes de financement, aux discussions véhémentes avec les techniciens de l'imprimerie, à sa concertation avec Nick Di Salvo pour définir la teneur rédactionnelle ou la répartition des rubriques entre les neuf journalistes engagés, mais aussi, en attendant de choisir quelqu'un à qui confier cette mission, à ses démarchages pour trouver du travail à l'atelier de labeur. En effet le rôle de l'atelier de labeur n'était pas de fabriquer uniquement le *Day*, et les huit pages du supplément du dimanche, mais d'exécuter des travaux à façon comme n'importe quelle imprimerie non intégrée à une publication.

Dans les débuts, elle avait confié la direction du service de publicité à un quadragénaire du nom de Peabody, qui avait travaillé quinze ans dans la presse Hearst ; c'était un professionnel de bonne qualité. Elle avait passé trois semaines à le haïr. Parce qu'il prétendait ne travailler que six jours par semaine et seulement neuf heures par jour, et encore s'arrêtait-il une heure pour déjeuner à midi trente, nonobstant les plus grandes urgences. Parce qu'il avait des idées très arrêtées sur le type de publicité qu'un journal digne de ce nom devait ou non accepter. Parce qu'il gardait secrète la liste de ses clients et le nom de qui, dans une entreprise, détenait *réellement* le pouvoir de décision. Parce qu'enfin il était d'une courtoisie sans faille et immuable, parce qu'il marchait toujours de la même allure noble et paisible, si bien qu'elle passait son temps à attendre qu'il l'eût rejointe, quand ils démarchaient ensemble. Et comme si tout cela n'avait pas suffi, elle le soupçonnait, non sans raison, de penser que la place d'une femme n'était pas à la tête d'un journal. De sorte qu'elle avait cherché quelqu'un d'autre et le 9 décembre, la veille de la première parution, autant dire de la naissance officielle du *Day*, elle avait trouvé ce quelqu'un et n'avait plus eu le moindre doute : Ed Solomons était l'homme qu'il lui fallait.

La toute première édition du *Queens & Long Island DAY* était tombée à une heure cinquante-quatre du matin, le 10 décembre. Avec six minutes d'avance sur l'horaire prévu.

Elle avait signé un bon à tirer fixant le tirage à quarante-huit mille six cent quarante exemplaires.

Elle avait prélevé deux de ces exemplaires, les avait elle-même disposés — après avoir au préalable noué autour de chacun d'eux une faveur bleu saphir — dans une boîte en carton, avait de sa propre main calligraphié l'adresse du destinataire : *A Monsieur le Président-Directeur Général du NEW YORK MORNING NEWS...*

Et avant de sceller le carton d'une grande longueur de bolduc bleu, elle y avait glissé l'une de ses cartes de visite **The Queens & Long Island DAY — Direction Générale** sur laquelle elle avait écrit : « *Je t'attends, Papa. On commence la guerre quand tu veux.* »

Et elle avait signé Kate Killinger.

Paul Fowler, qui gardait encore un peu de l'accent de son Montana natal, rentra à onze heures trente ; il avait effectué la tournée des commissariats et ne ramenait pas grand-chose : une bagarre à coups de bouteilles de bière, qui avait envoyé un homme à l'hôpital avec une fracture du crâne. Le blessé, un étranger de passage, venait de Brooklyn.

— Et celui qui l'a frappé ?

— Il est du Bronx.

— Cinq lignes, dit Nick. Dont une phrase soulignant que *Chez Zake* est un bar des plus tranquilles, tenu par un bon et honnête habitant du Queens, et qui serait encore plus tranquille s'il n'était pas, heureusement en de très rares occasions, fréquenté par des étrangers.

— Tout ça en cinq lignes ?

— Débrouille-toi, dit Nick en riant. Et ils se sont battus pourquoi, ces types ?

— Je suppose que... commença à dire Fowler ; il s'interrompit aussitôt ayant croisé le regard de Nick. Il écarta les mains.

— D'accord, je me renseigne tout de suite.

Il décrocha un téléphone. Assise à sa droite, Peggy Hutchins tirait une langue d'écolière sur un article traitant d'une canalisation qui avait crevé dans le quartier de Laurelton. Elle rédigeait sa quatrième version du même texte, auquel elle travaillait depuis le matin, et commençait à être vraiment incollable sur les problèmes du tout-à-l'égout. Ernie Pohl et le jeune Walter Woodward — l'un des nouveaux recrutés dans le Queens — mettaient la dernière main aux commentaires de la journée sportive ; Al Taggart était absent, c'était son jour de repos ; Danny Clifton, de même.

Louis Herzberg avait terminé ses deux reportages du jour et rédigeait des légendes pour les photos accompagnant sa prose. Il n'était pas vraiment né dans le Queens, mais dans le Bronx, toutefois sa famille — son père était tailleur — était venue s'installer à Rego Park quand il avait dix mois, et Kate et Nick étaient tombés d'accord pour considérer que l'on pouvait bel et bien le tenir pour un indigène de la zone de diffusion.

Irena Van Gaver s'ingéniait à classer les premières archives de la rédaction du *Day*. Nick lui avait dit trois quarts d'heure plus tôt qu'elle ferait mieux de rentrer chez elle mais elle avait souri et expliqué qu'elle se trouvait très bien ici. Puisqu'elle avait achevé sa chronique des livres et son compte rendu des activités des bibliothèques municipales, elle allait s'occuper un peu du classement. Cette très jolie fille de vingt-deux ans parlait le néerlandais, l'allemand et le français. Son père, médecin, exerçait à Flushing. Kate l'avait engagée malgré les réserves émises par Nick, et elle n'avait pas eu tort : Irena ferait une journaliste très acceptable, sitôt qu'elle cesserait de se prendre pour Henry James et Walt Whitman réunis.

— C'est à cause du chien, annonça Paul Fowler qui venait de raccrocher son téléphone.

— Quel chien ?

— Celui de Brooklyn voulait mettre le chien dans le poêle à charbon et celui du Bronx lui a tapé sur la tête pour l'en empêcher.

Nick reposa le stylo avec lequel il était en train de réduire d'un tiers un trop long article d'Herzberg, déjà composé et dont on lui avait tiré une épreuve. Il fixa Paul Fowler puis appela successivement au téléphone le bar où la bagarre avait eu lieu et le commissariat de police. L'histoire lui fut confirmée les deux fois : suite à un pari sur la résistance de la race canine, un homme du nom de Rogers avait réellement voulu introduire un petit chien vivant dans le poêle à charbon de l'établissement ; et un sensible Martinazzo lui avait bel et bien cassé une bouteille sur le crâne pour l'arrêter.

Nick reposa le récepteur. Pendant toute la durée de ses deux communications, au cours desquelles il avait pris toutes les notes nécessaires à un bon article de trois colonnes en page trois avec accroche à la Une, il avait fixé Fowler. Se demandant s'il allait ou non le foutre à la porte. Et optant finalement pour la négative : Paul Fowler n'avait qu'une vingtaine d'années et seulement quelques mois d'expérience dans une revue mensuelle consacrée pour l'essentiel aux difficultés des éleveurs de bétail ; et puis la réaction du jeune homme le toucha — il était au bord des larmes.

— Je suis désolé, Nick. On m'avait dit de ne m'intéresser qu'aux habitants du Queens et de Long Island.

Nick lui sourit :

— Le chien était du Queens, lui.

Il rédigea lui-même. Dans l'intervalle Ernie avait terminé ; il présenta sa copie à Nick qui la cota rapidement (il n'était pas utile de relire Ernie) en réclamant du corps 8 romain Bodoni, puis alla la remettre au prote de service de nuit, Ollie Carmichael ; ensuite de quoi, il annonça qu'il allait boire un café et repasserait dans une vingtaine de minutes. Il sortit en compagnie de Louis Hertzberg. Irena quant à elle s'en alla tout à fait, de même que Walt Woodward, à qui Nick rappela qu'il était de repos le lendemain :

— Si j'aperçois ton nez, je te vire à coups de pied au cul.

L'une des règles auxquelles Kate tenait le plus était l'observation stricte des jours de repos ; avec une rédaction aussi jeune et enthousiaste, on aurait couru le risque de les voir tous présents chaque soir. Pas question de répéter les horaires démentiels du temps de la *Gazette*. Ne restèrent plus dans la salle de rédaction que Nick, Paul Fowler, l'air misérable, et Peggy Hutchins toujours aux prises avec ses canalisations. Nick, qui venait d'expédier à la composition le titre et le texte de l'*Affaire du Chien du Queens* qu'un sadique étranger de Brooklyn avait tenté de brûler vif, s'empara carrément de l'article de la jeune fille. Il le relut pour la cinquième fois, supprima quelques articles et adverbes :

— Peggy, je doute qu'un trottoir puisse « se retrouver inondé », je doute même beaucoup qu'un trottoir puisse avoir une opinion ou une quelconque vision des choses. L'eau a inondé le trottoir, point.

Il rit devant la mine déconfite de Peggy :

— Cela dit, j'ai appris sur les systèmes d'égouts du Queens des choses que j'ignorais complètement. C'est un bon papier. Fichez-moi le camp maintenant, allez manger un morceau et dormir. Toi aussi, Paul.

Peggy fila comme l'éclair.

— Paul ? Nous avons tous fait ce genre d'erreur. A demain.

Il resta seul. A trois minutes près, il était minuit. Kate aurait dû être là depuis plus d'une heure. Elle avait ce soir-là un dîner avec l'un des plus gros annonceurs potentiels du journal, invitation qu'un Peabody n'eût certainement pas décrochée, et qui devait beaucoup au fait que Kate avait des yeux saphir et une silhouette renversante. Ollie Carmichael vint rôdailler, avec l'espoir de s'entendre dire que c'était l'heure de la clôture, qu'il pouvait donc renvoyer dans leurs foyers cinq des huit linotypistes encore à pied d'œuvre devant leurs machines. On était le 21 décembre, soit à la onzième parution consécutive du *DAY*, et on pouvait être surpris de la rapidité avec laquelle tous et toutes s'étaient installés dans, sinon encore la routine, du moins certaines habitudes.

Pour mieux feindre de ne pas voir Ollie, Nick relut une nouvelle fois l'éditorial rédigé par Kate dans l'après-midi. Le ton en était comme toujours incisif, rapide, teinté d'humour. Ce n'était pas un bulletin de victoire mais il s'en fallait de peu. Non sans raison : les dix premiers jours de vente du *DAY* avaient révélé un accueil plus que chaleureux du public. La nuit précédente, Kate avait donné un bon à tirer de soixante et onze mille exemplaires et les chiffres, encore incomplets mais suffisants pour se faire une idée exacte de la vente, montraient un bouillon (total des invendus) qui atteignait à peine deux pour cent. C'était plus que remarquable.

Presque trop beau pour être vrai.

Nick changea une virgule de place — l'un des rares défauts de Kate en tant que journaliste était une certaine négligence de la ponctuation, qui était au contraire un souci permanent chez Nick. Après avoir hésité, il transforma un point en point virgule, mieux approprié.

Minuit douze.

— Je sais que tu es là dans mon dos à me surveiller comme un vautour, Ollie, dit Nick.

Il acheva de relire le texte : rien n'avait échappé à Hennessey et ses correctrices, pas la moindre coquille.

Minuit quinze. Abadie vint à son tour aux nouvelles, comme d'ordinaire s'essuyant interminablement les mains dans un chiffon, et d'une humeur de dogue souffrant d'un abcès dentaire.

— Je ne sais pas où elle est, dit Nick.

— Il lui est peut-être arrivé quelque chose...

C'était maintenant Hennessey qui survenait, ayant déserté son bureau de correcteur où, de toute façon, il n'avait plus rien à faire.

Nick ouvrit la glacière et distribua des bières. Ernie

Pohl et Louis Hertzberg réapparurent, aussi peu bavards l'un que l'autre, ils étaient flanqués de Ben Fein, l'un des trois photographes du journal, et rapportaient des beignets, que les hommes se partagèrent. A minuit trente, Nick se décida :

— On y va. On roule.

Sept à huit minutes après que le grondement de la Wood eut commencé de faire vibrer sourdement tout le bâtiment, des phares éclairèrent les fenêtres qui donnaient sur Buckingham Street. Kate entra dans les secondes suivantes, de son grand pas souple.

— J'ai fait tourner, comme tu le vois.

Elle acquiesça :

— Tu as bien fait.

Ses prunelles saphir s'écarquillaient un peu, elle fixait Nick sans paraître le voir. Il la connaissait trop bien pour en douter : les dix jours de calme relatif à dix-huit heures de travail par jour seulement, venait de prendre fin.

Elle marcha, Nick à sa droite, le long du convoyeur à la sortie de rotative jusqu'à la salle des expéditions. Abadie avait eu ce soir-là des difficultés d'encrage, les premières centaines d'exemplaires du *Day* étaient marbrées de taches noires. Kate avait pris un journal au hasard juste après le passage dans la plieuse, elle demanda :

— Qui a ramené cette histoire de chien dans le poêle ?

— Paul.

— Bon travail. Tu n'as pas réécrit son papier, par hasard ?

— Je l'ai un peu retouché, dit Nick.

L'équipe des expéditions commençait son chargement. Responsable de la distribution, Jack Donovan se tenait sur le seuil de la large porte devant laquelle les fourgonnettes se mettaient en place, prêtes à commencer la ronde de leurs livraisons. Donovan était un colosse un peu chauve au visage rougeaud, qui n'avait jamais caché avoir eu quelques démêlés avec la justice, une quinzaine d'années plus tôt ; cependant, un oncle de Nick qui avait des accointances au bureau de l'Attorney Général de New York City, avait confirmé que Donovan, depuis qu'il avait purgé ses sept mois de prison pour voie de fait et participation à une extorsion de fonds, menait désormais une existence sans reproche.

Nick nota le signe d'intelligence qu'échangeaient Kate et Donovan. Nota aussi la présence dans l'ombre de la cour de l'entrepôt d'une quinzaine d'hommes aux carrures impressionnantes. Et sur Buckingham Street, une demi-douzaine de voitures attendaient tous feux éteints.

— Pas maintenant, Nick, dit Kate, prévenant une question que, de toute manière, il eût attendu pour poser.

Ce 21 décembre, l'article de tête du *Day* était un reportage conjoint de Nick lui-même et d'Ernie Pohl sur la salle des agités de l'asile d'aliénés de Central Islip, Long Island, établissement géré par l'État de New York. Ernie s'y était fait engager comme garde de nuit, et y avait effectué trois gardes consécutives. Nick de son côté avait mené de jour une enquête moins discrète. Il avait retrouvé six des prédécesseurs d'Ernie, enregistré leurs déclarations, les avait vérifiées auprès du directeur, des deux médecins, de cinq des infirmières, de deux anciens patients. Le résultat de leur travail commun allait probablement glacer le sang de pas mal de lecteurs et lectrices : lors de la deuxième de ses nuits de garde, Ernie et son coéquipier — quarante-trois ans à eux deux — n'avaient eu d'autre recours que de s'enfermer dans la chaufferie jusqu'au matin pour éviter d'être mis en pièces par une douzaine de malades mentaux laissés sans aucune surveillance. Il n'avait fallu que trente secondes à Ernie pour se faire engager. Le soir même, on l'avait chargé de veiller sur près de quatre-vingts déments effectivement très agités ; les deux jeunes « gardes » avaient été enfermés, douze heures d'affilée, dans une aile aux fenêtres munies de barreaux, dont les portes étaient fermées à clé de l'extérieur, et où ne se trouvait pas même un téléphone.

Kate lisait, ou plus justement relisait. Elle avait déjà pris connaissance du reportage dans l'après-midi. Il était une heure cinquante du matin. Abadie avait apparemment déjà effectué le tiers de son tirage. Kate et Nick étaient revenus dans la salle de rédaction. Plusieurs fourgonnettes s'en étaient allées, délivrant la première fournée, qui était destinée à la partie Est de Long Island, le comté du Suffolk par-delà celui de Nassau, dans cette zone de diffusion où précisément se trouvait Central Islip.

Mais l'espèce de commando de choc avec ses voitures et ses cogneurs n'avait pas bougé pour autant. Kate acheva sa lecture.

— J'aime.

— Merci, dit Nick.

Elle allongea une main par-dessus la table et leurs doigts se touchèrent.

— Pour la question que tu as sur les lèvres, dit-elle, je pourrais bien sûr te répondre tout de suite. Mais je préférerais que tu voies ce que j'ai vu.

Elle sourit, des lèvres seules, et son regard eut un éclair de férocité.

— Ça vaut le coup d'œil, Nick. Tu viens?

Kranefuss n'était pas dans la Cadillac, ce fut elle qui prit le volant.

Elle coupa le moteur juste devant l'entrée de sa propriété à la sortie nord de Glenwood Landing, à près de deux cents mètres de la maison de bois à un étage où dormaient vraisemblablement les a-ma chinoises et son fils. Ils mirent pied à terre. A peine eurent-ils fait quelques pas dans l'allée obscure qui conduisait à la maison que Nick Di Salvo tomba en arrêt devant une énorme masse blanchâtre qui de toute évidence ne s'était jamais trouvée là auparavant.

— Je t'avais prévenu que ça vaudrait le coup d'œil.

Elle alluma une torche électrique et la nature de l'obstacle fut aussitôt révélée : une véritable montagne de journaux. Deux montagnes ou plus exactement, deux falaises qui barraient tout accès à la villa, à l'exception d'un boyau à peine suffisant pour le passage d'une personne.

— A première vue, dit Kate, il y a là dans les cinq cent mille exemplaires. Au bas mot.

Elle s'engagea dans le boyau et Nick la suivit. Le faisceau de la torche éclaira une enveloppe de très beau papier vélin fort joliment nouée par une faveur rose bonbon, et que l'on avait accrochée à la muraille de journaux, à hauteur de visage, à côté d'un paquet tout en longueur — un demi-mètre environ sur guère plus de quatre centimètres de large; ce paquet arborait un ruban de soie bleu saphir.

— Tu peux ouvrir, Nick, dit Kate avec le plus grand calme. Moi, je pense savoir ce qu'il y a dedans.

Nick détacha l'enveloppe, l'ouvrit, en retira une carte de visite, qu'il lut à voix haute dans le silence de la nuit long-islandaise :

— **New York Morning News, Direction Générale**. A miss Catherine Killinger, directrice générale du Queens and Long Island and Machin-Chouette Day, deux points : *AVEC TOUS MES COMPLIMENTS*, signé *PAPA*.

Kate hocha la tête.

— C'est exactement ce que je pensais.

— Je peux défaire le paquet ?

— S'il te plaît, oui. Mais tu as dû en deviner le contenu tout aussi bien que moi.

Nick défit le ruban, déchira le papier d'emballage : il s'agissait d'un typomètre, instrument de mesure utilisé dans les imprimeries et d'ordinaire réalisé dans un alliage métallique des moins coûteux. Celui-là présentait toutefois quelques particularités : d'abord, il était gradué sur les deux faces ; sur l'une en corps ou cicéros (unité de mesure typographique dans un système duodécimal — un corps valant douze points) et en centimètres ; sur l'autre, ces mêmes corps correspondaient à des mesures britanniques, soit à des *mil* (un millième de pouce, c'est-à-dire 0,0025 millimètres) qu'un microscope eût certainement permis de distinguer, en *lines* de 2,117 millimètres, et enfin en pouces.

... Outre cela, le typomètre était en or massif et portait la signature de l'orfèvre Tiffany.

— Nom d'un chien ! s'exclama Nick, sans trop savoir lui-même ce qui l'ébahissait le plus, de ce typomètre d'anthologie ou des cinq cent mille exemplaires du *Day* entassés dans le jardin de Kate.

A quelques dizaines de milliers d'exemplaires près, l'essentiel du tirage du *Day* au cours de ses dix premières parutions se trouvait là. Il n'y manquait que les livraisons effectuées dans la moitié orientale de Long Island — comté de Nassau en partie et totalité du comté du Suffolk.

— On peut raisonnablement penser que ces journaux-là au moins ont touché de vrais lecteurs, remarqua Kate Killinger, avec son calme assez déconcertant.

... Elle était nettement moins optimiste s'agissant de tous les journaux mis en place depuis le 10 décembre au matin dans l'ensemble du Queens, et la moitié occidentale du comté de Nassau. Selon elle, guère plus de dix pour cent avaient dû en parvenir entre les mains de vrais lecteurs.

— Et encore.

A l'instar de Nick, elle s'assit sur un des paquets que les auteurs inconnus de ces entassements avaient négligé de hisser au sommet des piles. La nuit n'était pas trop froide, cinq ou six degrés au-dessus de zéro, et sans le moindre vent ; sans doute pleuvrait-il à l'aube, ou dans la matinée.

— Et comment ton père s'est-il débrouillé ? demanda Nick.

De la façon la plus simple du monde. D'après les informations que Donovan et elle avaient recueilli auprès d'une soixantaine de points de vente (elle ne s'était pas rendue à son dîner et avait consacré la fin de son après-midi puis toute la soirée à son enquête), Karl Killinger avait chaque matin aux aurores jeté dans la bataille plus de quatre cents hommes et femmes. Au fur et à mesure que les fourgonnettes et les motos du *Day* effectuaient leur distribution, cette armée, répartie en une dizaine de détachements, avait raflé tous les exemplaires offerts à la vente.

— Ils étaient transportés en autocars aux abords immédiats des points de vente. Des camions suivaient, pour charger le produit de ces achats.

— Et personne n'a rien remarqué ?

— Les dépositaires et vendeurs ont vu des acheteurs se pressant dès la mise en place, pourquoi se seraient-ils méfiés ? Et je te rappelle que plus de la moitié de nos points de vente sont automatiques : on glisse une pièce dans le distributeur, qui s'ouvre, et l'on prend son journal.

Nick se releva, longea la muraille de papier, prenant des exemplaires au hasard et vérifiant leurs dates de parution à la lumière de la lampe : les éditions des dix premiers jours de vie du *Day* étaient représentées.

— Merde, j'ai quand même reçu des lettres de lecteurs ? Le lendemain de notre premier numéro, il en est arrivé trois ou quatre douzaines, ce qui est considérable.

Petit rire ironique de Kate derrière lui. Il demanda :

— Ton père les aurait écrites lui-même ?

— Il a des journalistes, pour écrire à sa place. Je parie qu'ils doivent tous crever de rire, à Manhattan, dans les bureaux du *Morning News*.

Et sans doute l'histoire allait-elle faire le tour de tout New York, voire de toute la presse du continent nord-américain. Kate, et l'équipe du *Day*, allaient devenir l'objet de la risée générale. Ce n'était pas le pire. C'était très loin d'être le pire. Certes, Karl Killinger avait acheté à lui seul plus de cinq cent mille exemplaires (le chiffre exact était de 523 769, Killinger se fit un plaisir d'en répandre la rumeur) et les avait payés comptant, l'argent allait bel et bien rentrer dans les caisses du *Day*. En fait, le patron du *Morning News* avait dépensé bien plus que cela. Il lui avait fallu rémunérer ces centaines de faux acheteurs, régler les frais de location des véhicules — qui ne pouvaient pas être ceux du *Morning*, d'abord parce que toute l'affaire avait été conduite dans la discrétion, ensuite parce que les voitures du même *Morning*, les mêmes jours aux mêmes heures, assuraient la distribution de leur propre titre.

— Et puis il lui a fallu stocker secrètement nos journaux...

— Et les faire encore livrer chez moi, dit Kate. D'après les a-ma, les camions sont arrivés vers cinq heures de l'après-midi, ils ne portaient aucune marque sur leurs portières. Les hommes étaient une vingtaine et ont travaillé très vite, mais sans un mot. Nick, je me fiche complètement de ce qu'il a dépensé, il pouvait se le permettre, il le peut encore, il peut dépenser vingt fois plus et le fera...

A nouveau, le sentiment qu'elle dramatisait à l'excès le rapport de forces qu'elle entretenait depuis toujours avec son père revint habiter Nick. Il n'avait jamais vraiment cru à un affrontement véritable entre père et fille, à rien de dramatique en tout cas. Même cette manœuvre de Karl Killinger ne lui paraissait pas si tragique. Bon d'accord, on allait se payer leur tête, et après ?

Elle secoua la tête, témoignant toujours du même calme :

— Nick, tu es certainement le meilleur rédacteur en chef possible pour le *Day*, mais tu sembles oublier que le journal a besoin des recettes fournies par les publicités que nous y publions. J'ai travaillé des centaines d'heures, pendant des semaines, pour nous constituer un portefeuille d'annonceurs. A part coucher avec ces hommes, j'ai tout fait pour qu'ils accordent à mon journal un peu de leur précieux argent. Or, la meilleure période de l'année, pour les annonceurs, est justement celle que nous vivons. Avant les fêtes. Avant Noël plus exactement. J'ai réussi à convaincre des dizaines de chefs d'entreprise que le *Day* était le meilleur support pour le Queens et Long Island. Ils m'ont crue surtout quand je leur ai indiqué les chiffres de nos ventes. Ce que je croyais être les chiffres de nos ventes. Et dès demain, je vais devoir aller leur parler, les voir les uns après les autres, pour leur révéler qu'en réalité je n'ai vendu que cinq ou six pour cent du nombre d'exemplaires dont je m'enorgueillissais — j'espère seulement qu'ils me croiront. Nick, ces hommes m'ont donné leur argent parce que je leur ai plu. Personnellement. Ils ont eu confiance en moi, dans le même temps qu'ils espéraient, souvent, que me signer un chèque les rapprocherait de mon lit. Je vais devoir leur expliquer que j'ai été une idiote. Les trois-quarts ne demanderont qu'à le croire. Puisque je suis une femme qui a voulu se mêler d'affaires. Et consommable, en plus.

— Plus que consommable, dit Nick dans une très vaine tentative pour l'apaiser.

Elle écarta la réplique d'un geste de la main :

— Il me faudra des mois pour regagner leur confiance. Si j'y parviens. Et je vais devoir les rembourser, bien entendu. A proportion des ventes réelles.

— Combien ?

— Heureuse de voir que l'argent t'intéresse un tout

petit peu. Ça va me coûter plus de deux cent mille dollars, Nick. A payer dans les quarante-huit heures, sous peine d'être traînée devant un tribunal.

— Tu exagères.

Elle sourit sans se départir de son calme inquiétant :

— A peine.

— Nous pourrions essayer de retourner la situation, Kate. En révélant la vérité sur les agissements de ton père.

— Il nous faudrait prouver que toute l'affaire a bien été montée par lui. Cette carte de visite peut avoir été imprimée par n'importe qui. Le texte en est dactylographié. Nick, j'affronte mon père depuis plus de vingt ans, je le connais. Tu crois que toute cette affaire n'est qu'une farce, n'est-ce pas ?

— L'idée m'en est venue en effet, dit Nick, en lui souriant ; ses yeux s'attardèrent amoureusement sur la silhouette de Kate. Elle portait cette nuit-là manteau et toque de chinchilla, sa main droite était gantée de suède gris-bleu, la gauche, dénudée, arborait à l'annulaire cet admirable saphir qu'elle ne quittait jamais, même nue.

— Je l'ai cru aussi, Nick. Pendant quelques minutes. Seulement je connais Papa, moi. A six ans, je jouais déjà aux échecs contre lui. Je sais comment il procède. Il pourrait m'écraser, il en a les moyens.

— On ne tue pas un journal ainsi.

— Ne me fais pas rire, Nick, je n'en ai pas envie. Il pourrait engager vingt, trente, quarante millions et me pulvériser. Aucune loi n'empêche quelqu'un d'acheter cent exemplaires d'un même journal, ou même cinq mille chaque jour, si c'est sa fantaisie. Et si deux cents personnes achètent cinq mille exemplaires du *Day* pendant six mois, nous aurons beau vendre cent mille exemplaires chaque matin, personne ne nous lira. Et les annonceurs le sauront, leurs publicités ne présenteront plus le moindre intérêt, ils les arrêteront. Et puis un jour, ces deux cents personnes cesseront soudain d'acheter, le même jour à la même heure, et nous n'aurons toujours pas gagné un lecteur. Et Papa peut encore faire des tas de choses : il peut par exemple offrir pendant six mois dans ses journaux toutes les insertions gratuites aux annonceurs, à condition qu'ils ne nous confient plus aucune publicité. Et entre le *Morning News* qui vend plus d'un million d'exemplaires quotidiennement et le *Day* qui est lu par 3 154 personnes — ta famille comprise — le choix sera vite fait.

— Autrement dit, nous n'avons aucune chance. Qu'est-ce qu'on fait ? On se suicide ?

Kate ne répondit pas. L'humidité qui venait de la mer se fit soudain sentir. Elle serra frileusement autour d'elle les pans du manteau de chinchilla.

— J'ai couru toute la journée. J'ai dormi deux heures la nuit dernière, que j'ai passée pour l'essentiel à surveiller le vendeur de journaux à l'angle de Queens Boulevard et de la 44e Avenue. Ensuite, j'ai suivi le camion de ramassage de mes journaux jusqu'à un entrepôt de Kent Avenue, au bord d'East River. Et j'ai découvert ça...

D'un geste du pouce elle indiqua les cinq cent mille exemplaires du *Day*.

— J'ai bien failli y flanquer le feu. Nick, je te jure que j'ai été à deux doigts de le faire.

— Et pourquoi pas ? Ça n'aurait pas été si bête. Pas d'une honnêteté scrupuleuse, mais pas bête.

— Sauf que Papa chéri a dû faire prendre des photos et le bruit aurait soudain couru, aujourd'hui ou dans les jours qui viennent, que j'ai moi-même acheté cinq cent mille exemplaires de mon propre journal pour faire croire à une diffusion bien plus grande qu'elle ne l'est en réalité.

Il secoua la tête pour toute réponse continuant à croire que la méfiance de Kate à l'encontre de son père confinait à la paranoïa. Ils restèrent un moment silencieux dans le jardin qu'envahissait le brouillard.

— Je suis fatiguée et j'ai froid, dit brusquement Kate. Et j'ai aussi envie d'autre chose.

Elle le fixait de ses yeux saphir, un demi-sourire sur les lèvres.

— Et que va faire Donovan avec son équipe de casseurs de têtes ? demanda Nick.

Kate lui caressa la joue du bout des ongles, faisant crisser sa barbe.

— Casser des têtes au cas où Papa enverrait d'autres équipes demain matin, mais je ne crois pas qu'il le fera. Il a dû apprendre que j'étais au courant de ce que tu appelles une farce. C'est sans doute pour cela qu'il m'a fait livrer ici ses... achats. Nick, rentrons.

A leur entrée, une Chinoise fantomatique était un instant apparue dans le hall, mais elle s'était effacée aussitôt. La chambre de Kate était au premier étage ; deux de ses trois fenêtres, dont le bow-window d'angle, donnaient sur la mer et Hampstead Harbor.

Elle s'allongea sur le lit, encore vêtue de sa fourrure et coiffée de sa toque et croisa ses bras derrière sa nuque.

— Il ne se passera rien cette nuit. Donovan n'aura pas à livrer bataille.

Nick s'assit sur le lit et lui ôta sa toque, puis le manteau. Elle se laissait faire, les yeux mi-clos.

— Et Papa ne cherchera pas à m'écraser. D'abord parce qu'il veut me laisser une chance, même inconsciemment. Ensuite et surtout parce que s'il faisait donner toute sa puissance, ça finirait par se savoir. Et tout le monde plaindrait cette pauvre petite Kate...

— *Petite ?* dit Nick en commençant à la déshabiller.

— Cette pauvre petite Kate martyrisée par son père. Réflexion faite, il obtiendrait le résultat inverse : il m'aiderait à réussir.

... Elle se cambra pour qu'il pût lui ôter sa jupe.

— Non, ce n'était qu'une manœuvre de diversion, Nick, rien d'autre. Monsieur Karl Killinger n'attaque pas ses adversaires en leur faisant des farces. Monsieur Karl Killinger est, en affaires, d'une extraordinaire férocité, quoi qu'en pense monsieur Nicolas Di Salvo ici présent. Et dès lors...

Elle portait sous son chemisier noir de crêpe georgette, et sous sa jupe maintenant ôtée, une combinaison noire ornée de dentelles ; qui protégeait un soutien-gorge souple de fine guipure bleu nuit dont les ajourés ne cachaient pas l'aréole des seins, et une culotte en soie bleu nuit à petits volants de mousse où s'enfouissaient les porte-jarretelles.

— Dès lors, Nick Di Salvo, j'ai cherché d'où pouvait survenir la véritable attaque. Et j'ai trouvé. Pourquoi crois-tu que je sois si fatiguée ?

Pour toute réponse, Nick se pencha sur elle pour lui retirer son soutien-gorge, et lui embrassa les seins. Puis il s'agenouilla sur la descente de lit et fit glisser jusqu'aux chevilles la culotte de soie bleue. Comme à chaque fois, il s'émerveilla de la longueur de ses jambes. Ainsi couchée, Kate paraissait encore plus grande. Il posa les lèvres sur son nombril puis descendit, la frôlant à peine. Quantité de choses passaient par la tête de Nick. Qu'elle vînt l'instant d'avant, de lui ordonner en quelque sorte de lui faire l'amour eût normalement dû fouetter son orgueil viril. Or, s'il s'exécutait, c'était presque avec des timidités d'adolescent. Il était amoureux d'elle, c'était un fait comme d'être brun et d'avoir des yeux sombres. Il était amoureux d'elle depuis cinq ans et plus ; ne doutait pas qu'il le resterait toujours ; mais il était sans illusions : un jour il devrait renoncer à elle. Pour elle il le savait, il ne serait jamais qu'un substitut provisoire... Un peu plus tard, il la rejoignit dans le lit et l'attira à lui. Son grand corps flexible s'abandonna docilement pour le recevoir ;

encore engourdie par le plaisir, Kate était toute dolente. Il pouvait deviner dans la pénombre ses yeux saphir, grands ouverts, qui le contemplaient sans le voir. En entrant en elle, il la supplia :

— Ne dis plus rien, Kate, s'il te plaît.

Même se sachant battu par avance, au moins pouvait-il décrocher un semblant de victoire. Il lui fit l'amour avec plus de douceur encore qu'il n'en avait témoigné les fois précédentes.

Chasser de son esprit le *Day*, et les problèmes graves que Kate annonçait pour les jours à venir, lui fut chose aisée : par un paradoxe bien curieux, il était à la fois convaincu de ce que le *Day* ne vivrait pas très longtemps, et de ce que le danger dont Karl Killinger le menaçait n'existait que dans l'imagination, les obsessions de cette femme qui gémissait d'une voix sourde dans ses bras.

Ce en quoi il se trompait doublement.

8

Ce fut presque de la sorcellerie...

L'attaque, la véritable première attaque sérieuse portée par Karl Killinger, concernait le papier. Les bobines de papier sans lesquelles un journal ne pourrait être imprimé. Les témoignages d'Hennessey et de Lucien Abadie, le chef rotativiste, concordent : Kate pressentit la manœuvre de son père avant même qu'en apparurent les premiers signes.

Il était dans les habitudes du chef rotativiste de se lever vers midi. Marié, le Bordelais avait obtenu la nationalité américaine deux ans plus tôt ; sa femme était d'ailleurs elle-même née aux États-Unis, à Burlington, Iowa. Ils s'étaient connus au *Chicago Tribune* où elle travaillait comme secrétaire-sténotypiste ; un fils leur était né vingt mois plus tôt et Harriett Abadie née Brewster se trouvait à nouveau enceinte de quinze semaines à peu près.

Abadie était en train de se raser quand on sonna à la porte de leur maison de Corona, en bordure de Flushing Meadows, Corona Park. Harriett alla ouvrir et se trouva face à une jeune femme aux yeux bleus encore plus impressionnants que pouvaient l'être sa taille, sa beauté et son élégance.

— Mon nom est Catherine Killinger. Vous devez être madame Abadie. Puis-je parler à Lucien ?

Les deux jeunes femmes demeurèrent huit à dix minutes à bavarder tandis qu'Abadie terminait sa toilette. Il hurlait à travers la porte de la salle de bains qu'il était chez lui, en dehors des heures de service, qu'il avait décidé de prendre son bain et qu'il le prendrait, même menacé de mort. Il n'avait pas l'intention de se laisser réduire en esclavage par la directrice d'un journal de quartier. Harriett fut ahurie : elle n'avait jamais connu son mari que comme un homme des plus calmes, affable, n'élevant jamais la voix (celle-ci teintée d'un accent français qu'elle trouvait formidablement séduisant) et d'une grande gaieté naturelle. Imperturbable, Kate Killinger ne prêtait pas la moindre attention à ces vociférations. Elle s'agenouilla pour s'adresser à Abadie junior, s'enquit de l'origine d'Harriett et de la façon dont celle-ci s'accommodait de son installation dans le Queens, avec beaucoup de gentillesse et une amicale simplicité qui émerveilla l'ancienne sténotypiste.

— Pour qui me prenez-vous ? demanda Abadie. J'ai encore suffisamment de papier pour six jours. Et on doit me livrer demain.

— On ne viendra pas, affirma Kate avec le plus grand calme.

— Je voudrais bien voir ça.

— Dans ce cas, vous ne serez pas déçu.

La Cadillac traversait le Queens, en route pour Brooklyn où se trouvaient les entrepôts de la *Mercer & Cane Company*. Le petit Kranefuss en casquette et livrée tenait le volant. Selon les termes du contrat que Kate avait tenu à faire signer à Abadie, ce dernier avait le droit d'exiger son départ, avec indemnité automatique de dix mille dollars, à tout moment dès lors qu'il était mis dans l'impossibilité d'assurer « de façon régulière et constante » son travail de chef rotativiste.

— Vous pouvez faire jouer cette clause quand vous voudrez, dit-elle.

— Ne m'énervez pas, Kate. Déjà que j'ai horreur que l'on vienne me déranger chez moi. Est-ce que vous avez remarqué combien votre chauffeur ressemble à Adolf Hitler ?

Elle expliqua que ce n'était pas Kranefuss qui ressemblait à Adolf Hitler, mais Adolf Hitler qui ressemblait à Kranefuss. Ils arrivèrent peu après à la *Mercer & Cane*, dans une petite rue donnant sur Bedford Avenue, à Flatbush. Ce n'était qu'un très vaste entrepôt de huit ou dix mille mètres carrés, dans lequel les bobines de papier étaient entassées à perte de vue. L'homme qui les reçut se nommait Anderson, il arrivait à peu près à l'épaule de Kate mais devait peser cinquante livres de plus qu'elle. Affectant de ne pas la voir, il s'adressa à Abadie :

— J'allais justement vous téléphoner : nous avons de petits problèmes, nous serons un peu en retard pour la livraison de la semaine prochaine.

— La livraison était pour demain, dit Abadie.

Anderson fit mine de consulter ses livres, puis secoua la tête :

— Nous avons dû mal comprendre. Moi je lis : soixante-douze bobines à livrer à l'imprimerie du *Day* le 28 décembre.

— Ne lui cassez pas la figure, Lucien, dit Kate en français. Ni tout de suite ni plus tard.

— Et vous pensez nous livrer quand ? demanda Abadie.

Peut-être le 5 janvier. Peut-être, ce n'était pas tout à fait certain. Les yeux bleus d'Anderson étaient impénétrables.

— Il est possible que nous soyons nous-mêmes livrés

en retard, avec ces fêtes. Les gens ne travaillent plus comme avant.

Toutes ces bobines dans l'entrepôt ? Elles avaient déjà été achetées et payées, elles n'étaient là que parce que l'acheteur n'avait pas suffisamment de place pour les entreposer chez lui.

— Qui est cet acheteur ?

La question venait de Kate et Anderson parut ne pas l'entendre. Il s'était remis à, prétendument, aligner des colonnes de chiffres.

— Qui est l'acheteur ? demanda Abadie.

Un cabinet d'avocats de Dallas, Texas. Kate entraîna au-dehors son chef rotativiste, qui bouillait et jurait en gascon, en basque, en français et en anglais.

Ils remontèrent tous deux dans la Cadillac. Kate avait dans son sac la liste de tous les fournisseurs de papier d'imprimerie de l'agglomération new-yorkaise. Ils ne les essayèrent pas tous. Seulement trois, volontairement choisis en raison de leur dispersion dans la région. En deux cas, la réponse fut la même que chez *Mercer & Cane* — tout le stock avait été acheté et payé d'avance, même si l'on n'avait pas encore réclamé la livraison ; la troisième entreprise avait certes du papier à vendre mais la laize, la largeur, ne convenait pas, il s'agissait de bobines prédécoupées pour le tirage d'affichettes. On était au fin fond du Bronx ; il était cinq heures trente de l'après-midi. Kate amorçait déjà sa sortie de l'entrepôt lorsqu'une idée lui vint. Elle demanda à l'homme qui les avait reçus si quelqu'un était passé avant eux, pour s'enquérir de même des réserves de papier.

Oui. Quatre jours plus tôt. Deux hommes. Un qui avait l'air d'un avocat, un autre qui s'y connaissait vraiment bien en imprimerie, et en papier.

— Ça veut dire quoi ? Que votre père a envoyé des types chez tous les marchands de papier dans tout l'État de New York ?

Abadie ne décolérait pas. La Cadillac venait de repartir, reprenant la route du Queens.

— Pas seulement l'État de New York, dit Kate. Je parierais que tous les fournisseurs de papier journal du continent ont reçu une visite identique.

— Il aurait acheté tout le papier des États-Unis ? Vous voulez vraiment que j'avale une pareille énormité ? C'est impossible.

Elle n'y croyait pas davantage. Même un Karl Killinger ne pouvait se permettre une telle manœuvre. Et entrer du même coup dans une guerre perdue d'avance contre tout le reste de la presse nord-américaine, voire le gouvernement fédéral.

— Lucien, vous avez travaillé au *Chicago Tribune*. Quel était le stock de bobines là-bas ?

— On était pratiquement livrés tous les jours. On devait avoir une réserve de, je ne sais pas, dans les six jours. En sécurité.

Elle réfléchissait. S'il était donc hors de question de faire main basse sur tout le papier en stock chez les fournisseurs, on pouvait cependant procéder à une évaluation des plus fines — après tout, il n'y avait guère qu'une quinzaine de fournisseurs spécialisés sur tout le territoire nord-américain — des besoins de tous les journaux et acheter ou prendre une option pour tout ce qui était en excédent.

— C'est fou mais pas impossible, Lucien. Il peut l'avoir fait. Je suis sûre qu'il a essayé de le faire.

Elle prit sa décision : Abadie retournerait au *Day*. Pour ce qui la concernait, toute réflexion faite, elle rentrerait chez elle.

— Je veux pouvoir téléphoner et réfléchir tranquille. Lucien, pas un mot à quiconque. Même pas à Nick. Vous ne m'avez pas vue aujourd'hui. Tirez à trente mille. Et économisez le papier.

Dans l'après-midi du même jour, peu avant cinq heures, Nick Di Salvo reçut un cadeau du ciel, tel qu'il en espérait depuis près de deux semaines : un fait divers bien sanglant, suffisamment mystérieux, impliquant des personnalités connues de bon nombre de ses lecteurs, et qui, c'était bien là le miracle, venait de se dérouler dans le Queens.

Al Taggart donna l'alerte à quatre heures quarante : un nommé Tony Gardella avait été abattu une vingtaine de minutes plus tôt sur le seuil du garage de sa maison de Jackson Heights.

— Ce n'est pas tout, Nick. Gardella est chef d'embauche sur les quais de Long Island City.

— Tu m'en diras tant. Il est mort ?

— Pas encore. On lui a cassé les jambes à coups de batte de base-ball et on lui a tiré deux balles dans la poitrine, mais il vit toujours pour l'instant. Et il y a mieux : il a donné le nom de son meurtrier...

Même Al le bafouilleur avait le sens des effets dramatiques. Il laissa en effet courir quelques secondes avant de lâcher l'identité de l'assassin présumé : Harry Gunn. Le nom était plus que familier à Nick ; il connaissait Gunn personnellement, pour l'avoir rencontré maintes fois, sept ou huit ans plus tôt, à l'époque où Joseph Di Salvo son père travaillait sur les quais comme docker. Le père de Nick avait été tué à l'automne de 1929 par la chute d'un chargement mal arrimé ; l'enquête policière d'alors, rapidement bouclée, avait conclu à un accident. En ce temps-là, Harry Gunn était déjà chef d'embauche des môles 7 et 8 — l'accident mortel qui avait coûté la vie de Joseph Di Salvo s'était produit au 8 — et l'on disait déjà alors de lui que rien de tout ce qui se faisait sur le *waterfront* d'East River ne pouvait être fait sans son accord. Harry Gunn était venu présenter ses condoléances à la famille

Di Salvo. Les cinq frères aînés de Nick, dont deux, comme leur père, étaient employés sur le port, lui avaient refusé l'entrée et sans la présence de trois gardes du corps de Gunn, tous visiblement armés, l'affaire eût mal tourné.

Depuis, l'ascension d'Harry Gunn s'était poursuivie. Quatre ans plus tôt, il avait créé un syndicat, le *Local 1372-2*, regroupant les Pointeurs et Ouvriers des Quais pour le Queens. Puis il était devenu organisateur international salarié de l'*International Longshoremen's Association**, d'audience régionale malgré son nom ronflant ; il s'était fortement lié à l'AFL**, sections des Transports Routiers, des Manutentionnaires et des compagnies de navigation ; grâce à quoi, il avait obtenu des contrats avec un certain nombre de sociétés de transport. A plusieurs reprises, le nom et la photo d'Harry Gunn avaient paru dans la presse — jamais dans le *Day* — et l'on avait présenté l'homme comme un éminent et actif représentant du monde ouvrier, syndicaliste dévoué, membre donateur de plusieurs sociétés de bienfaisance.

Et chaque fois qu'il avait lu un de ces articles, Nick avait senti son sang boullir.

— Al, dit-il au téléphone, arrange-toi comme tu peux : je veux le maximum. Essaie d'obtenir une interview de Gunn. Qui a trouvé Gardella ?

— Sa femme.

Al Taggart dit qu'il s'apprêtait justement à rendre visite à l'épouse de la victime. Oui, le couple Gardella avait des enfants, tous à l'école.

— Ne t'en occupe pas, dit Nick. J'envoie Ernie et Peggy directement à Jackson Heights. Et Louis couvrira les quais.

En trois coups de téléphone, Nick Di Salvo vérifia les informations de Taggart. Il appela successivement le lieu-

---

* Association Internationale des Dockers.

** Fédération américaine du travail.

tenant de police Richard Donovan, un simple homonyme du responsable de la distribution du *Day*, qu'il connaissait depuis son enfance, puis l'un de ses oncles qui travaillait dans les bureaux du district attorney, puis l'un de ses propres frères, comptable chez un transitaire du port de New York. Il eut dès lors confirmation des faits : Tony Gardella venait de rentrer de sa journée de travail, il avait eu le temps de se doucher et de se changer, il était ressorti pour se rendre dans son garage afin d'y réparer le vélo de son fils aîné. Sa femme Lucy, institutrice dans une école maternelle voisine, se trouvait en congé de maternité — ayant accouché dix jours plus tôt de son cinquième enfant. Demeurée à l'intérieur de la maison, elle n'avait vu personne. Elle avait entendu deux détonations, n'avait tout d'abord pas imaginé qu'il pût s'agir de coups de feu ; ce n'était qu'un bon quart d'heure plus tard que, vaguement intriguée par le silence qui régnait dans le garage, elle était sortie à son tour. Elle avait découvert Tony Gardella rampant difficilement sur le sol. Il avait gémi : « Harry Gunn, c'est Harry Gunn qui m'a fait ça. » Et il avait répété son accusation en présence de deux des hommes du lieutenant Donovan accourus sur les lieux, au moment où l'ambulance allait l'emporter — les brancardiers l'avaient également entendu.

Le quatrième appel de Nick fut pour l'hôpital où l'on avait transporté le blessé. L'état de celui-ci était critique, il avait reçu une balle dans le poumon droit, une autre dans l'estomac ; et les os de ses jambes étaient brisés en quatorze endroits. Il avait pour l'instant perdu connaissance, on le considérait comme perdu.

Nick s'interrogea : renforcer encore son équipe de reportage ou non ? Mais il avait déjà détaché quatorze reporters et un photographe, Ben Fein ; dégarnir davantage la rédaction n'eût pas été raisonnable.

Alors seulement, il constata l'absence de Kate. Il ne l'avait pas vue depuis son propre départ de la maison de

Glenwood Landing, qu'il avait quittée vers huit heures trente du matin.

Six fois de suite, la standardiste de la Compagnie des téléphones lui répondit que le numéro qu'il demandait était occupé. Au septième appel seulement, à six heures quinze, il eut en ligne l'une des a-ma chinoises qui, dans son anglais difficile, l'informa que *miss* Kate était sortie depuis des heures et non, elle n'avait pas dit où elle allait ni quand elle rentrerait.

— Vous avez une idée d'où elle peut être passée, Hennie ?

Hennessey secoua la tête : pas la moindre.

— Ce qui m'étonne, dit Nick, c'est que son numéro soit si souvent occupé. Si elle n'est pas chez elle, qui diable téléphone ?

— Peut-être les Chinoises qui bavardent avec leur famille de Shanghai ou Pékin, suggéra le chef correcteur en riant.

En réalité, toutes les capacités d'attention de Nick Di Salvo étaient monopolisées par l'affaire Gardella — qui à ses yeux était d'ailleurs davantage l'affaire Gunn. Entre ses tentatives pour joindre Kate, les autres lignes n'avaient pas cessé de sonner. Une bonne quinzaine de personnes avaient demandé à parler à miss Kate Killinger, très certainement des annonceurs désireux de régler quelques comptes. Il y avait eu la routine des appels ordinaires émanant d'associations, de groupes, d'œuvres, de comités divers, tous réclamant une couverture de leurs manifestations, réunions, conférences et assemblées générales, il y avait eu les lecteurs furieux ou ravis, les fous, les familiers du personnel du journal...

Et il y avait eu les communications établies par Al Taggart : on avait appréhendé Harry Gunn. Le lieutenant Donovan en personne avait procédé au premier interrogatoire. Gunn avait admis qu'il connaissait Tony Gardella mais nié avec un grand sourire chaleureux avoir eu la plus infime part dans « ce malheureux incident ». La police attendait que Gardella eût repris connaissance pour procéder à une confrontation des deux hommes.

— La situation est claire, Nick, dit Taggart. Ou bien Gardella se rétablit et se présente devant un tribunal pour répéter officiellement ses accusations, ou bien il succombe, comme c'est plus que probable, à ses blessures et, dans ce cas, il faudra que sa déposition soit enregistrée après qu'il eut lui-même reconnu être parfaitement au courant de son état et n'avoir plus aucun espoir d'en réchapper.

— Je sais tout cela, Al. Tu peux passer ton papier maintenant ?

Taggart préférait attendre, il avait déjà de quoi faire douze cents mots, il se trouvait à l'hôpital avec le lieutenant Donovan. Gardella semblait reprendre connaissance.

Dans l'heure suivante, au milieu du va-et-vient du reste de la rédaction travaillant sur d'autres affaires, Nick réussit cette performance d'écrire l'éditorial en lieu et place de Kate, pour le cas où elle n'apparaîtrait pas en temps voulu. Et, dans le même temps, d'appeler dans toutes les directions pour recueillir un maximum d'informations sur Harry Gunn.

Mis en état d'arrestation, Gunn avait été expédié à la prison des Tombs — le juge avait fixé une caution exceptionnellement élevée : trente-cinq mille dollars.

Louis Herzberg établit le contact vers sept heures trente. Il avait travaillé presque un an sur les quais alors qu'il finissait ses études ; c'était pour cette raison que Nick lui avait confié l'enquête dans le milieu portuaire si difficile à pénétrer.

— J'ai des choses intéressantes. Il y a deux jours, une violente dispute a opposé Gardella à Gunn. Le môle 9 sur lequel Tony dirige l'embauche est en réalité le seul qui ne soit pas contrôlé par Gunn et son prétendu syndicat.

— Ils se sont battus ?

— Gardella pèse dans les cent trente kilos, Gunn la moitié. Gardella l'aurait massacré. Gunn s'est tenu à distance mais il était hors de lui, c'est un homme qui...

— Je le connais, dit Nick. Inutile de me le décrire. Tu as autre chose ?

— Le soir même, Gardella a dit en riant à deux hommes de son équipe de dockers que Gunn essaierait d'avoir sa peau, et finirait peut-être par l'avoir, mais qu'il devrait y mettre le prix.

— Tu pourras citer ces témoins ?

— Évidemment non.

A en croire les chiffres obtenus par Nick au téléphone auprès de plusieurs de ses informateurs, on estimait en général à trente-sept le nombre des morts officiellement classées comme accidents, sur les quais d'East River, au cours des huit dernières années. Et dans ces statistiques n'entraient pas les hommes roués de coups, en général avec des battes de base-ball ; le nombre de ceux-ci devait pourtant avoisiner la centaine.

— Louis, je vais te passer Suzan, tu lui dicteras ce que tu peux. Mais ne rentre pas, ensuite. Qui sait que tu es journaliste au *Day* ?

Uniquement Sol Horowicz, qui tenait un restaurant et de chez qui Louis Herzberg téléphonait. Mais Louis comprit immédiatement ce que Nick souhaitait

— Tu veux que je reste dans le coin, Nick, c'est ça ?

— Et tu rapportes un maximum sur les trafics et surtout les raisons qui ont poussé Gunn à tuer, ou essayer de tuer, Tony Gardella. L'enjeu exact. Combien d'argent et comment, par quels rackets.

— J'ai combien de temps ?

— Tu ne viens plus au journal à partir de maintenant, tu ne m'appelles que si tu es sûr qu'on ne t'écoute pas. Tu connais le bar *Mark's* sur Dutch Kills. Tu y demandes Marco, il te remettra cinquante dollars pour tes premiers frais et si tu as besoin de me parler, dis-le-lui, il me transmettra le message, et je serai chez lui deux heures après. Louis ? Pas d'imprudence, fais très attention.

Nick se remit à la rédaction de l'éditorial. Pas longtemps. Al Taggart était de nouveau en ligne :

— Tony Gardella s'est rétracté, Nick, il jure maintenant que ce n'était pas Harry Gunn mais un inconnu qui lui a tiré deux balles dans la poitrine. Il est formel et affirme que ses premières déclarations accusant Gunn devaient tout à l'état de choc.

Nick ferma les yeux, raidi par la rage.

— Nick ?

A l'autre extrémité de la ligne, Al s'étonnait de ce silence prolongé.

— Nick, je peux dicter mon papier, à présent.

— Ne quitte pas.

L'unique sténodactylo du *Day*, Suzan Potter, était en train d'enregistrer les premières notes de Louis. Nick confia Taggart à Irena Van Gaver puis réussit à avoir le lieutenant Donovan en ligne : Gardella était en effet revenu du tout au tout sur ses accusations, il en était à raconter que sa femme, les deux policiers et les ambulanciers avaient mal compris et qu'il n'avait jamais prononcé le nom de Gunn. Nick demanda si Gunn allait être remis en liberté.

— Pour l'instant, nous le gardons au frais en tant que témoin essentiel.

— Mais vous allez le relâcher ?

— Le District Attorney le maintiendra aux *Tombs* aussi longtemps que possible. Sauf s'il y a paiement de la caution.

— Gardella va s'en tirer, Richard ?

— D'après les médecins, non. Il a perdu beaucoup de sang et l'une des balles a touché le foie.

Installé sur la gauche de Nick à la grande table en fer à cheval de la salle de rédaction, Hennessey continuait à tenter de joindre Kate. En raccrochant, Nick l'interrogea du regard :

— La ligne est toujours occupée, dit Hennessey. Les Chinoises ont peut-être mal raccroché ?

— Peut-être.

Durant quelques secondes, Nick joua avec l'idée de sauter dans une voiture et de se rendre à Glenwood Landing. Ou d'y envoyer quelqu'un. Hennessey par exemple. « ... Ou bien je pourrais organiser un cortège constitué de tout l'effectif du *Day* et nous nous rendrions tous dans le comté de Nassau, drapeau en tête. C'est ridicule. » Pour la première fois depuis des heures, il se souvint des problèmes de distribution, de l'affaire des cinq cent mille exemplaires entassés dans un jardin...

— Encore et toujours occupée, annonça Hennessey. Nick, une de mes correctrices est de repos aujourd'hui et je ferais mieux de regagner mon poste de combat.

— Allez-y. Elle doit être occupée quelque part.

« ... Et pour la première fois de ma vie, j'ai un journal sur les bras. Avec un fait divers du feu de Dieu. Elle serait la première à me reprocher de me préoccuper de quoi que ce soit d'autre. Sans doute est-elle en train d'arracher les yeux de son père... »

Il acheva rapidement l'éditorial qu'il signa simplement des initiales de Kate, selon une convention maintenant vieille de près de six ans : quand chacun d'eux écrivait pour l'autre, ils n'utilisaient que les initiales, au lieu du nom complet. Huit heures quarante. Il commença sa mise en pages de la Une et relut dans la foulée les papiers d'Al Taggart et de Louis Herzberg. Peu de temps après, Peggy Hutchins rentra. Elle et Ernie Pohl avaient obtenu une interview de Lucy Gardella, d'une bonne demi-douzaine de voisins et voisines, de plusieurs dockers qui avaient travaillé de six heures du matin à trois heures de l'après-midi avec Tony.

— Où est Ernie ?

— Il ne devrait pas tarder.

Nick prépara deux titres pour sa Une. L'un qui évoquait l'état critique de Tony Gardella, l'autre qui révélait sa mort. Il arbitra ensuite un petit différend entre le service de publicité et Tom Lundquist qui assurait le secrétariat de rédaction. Il avala le premier des sandwichs qu'Irena était allée chercher et tout en mangeant le deuxième, se rendit dans la salle de la rotative. Abadie avait horreur qu'on pénétrât sur son territoire et le considéra avec sa hargne ordinaire :

— Qu'est-ce que je peux faire pour vous ?

— Kate n'est pas encore arrivée. Je me demandais si vous aviez une idée du tirage. Au cas bien entendu où elle n'arriverait pas à temps pour signer le bon à tirer.

— Trente mille, annonça le chef rotativiste qui croquait une pomme pleine d'encre.

— D'où tenez-vous ce chiffre ?

Les rotativistes étaient en train d'arriver, les uns après les autres, presque méconnaissables dans leurs vêtements civils.

— Son chauffeur, le type qui ressemble à Hitler, est passé à la maison pour me le donner, de la part de la patronne, expliqua Abadie.

— Quand ?

— Vers les midi-une heure.

— Il n'a rien dit d'autre ?

Juché à trois bons mètres du sol sur sa machine, béret enfoncé jusqu'aux oreilles, Abadie avait l'air d'un patron-pêcheur sur le bateau de qui de simples touristes eussent prétendu monter.

— Rien d'autre.

« Pourquoi me mentirait-il ? » pensa Nick, qui pourtant était pris par une impression bizarre. Comme tous les rotativistes du monde, les hommes d'Abadie faisaient exprès de le bousculer en passant. Il capitula quand il en vit un arriver avec un grand seau plein de graisse noirâtre. Si tôt dans la soirée, la salle des expéditions était encore à peu près vide, s'y trouvaient seulement deux des équipiers de Donovan (Jack de son prénom) occupés à préparer des étiquettes.

— Ça s'est bien passé, la nuit dernière ?

Ils lui adressèrent le même regard étonné : cela s'était passé comme d'habitude. Etonné et un peu goguenard. En somme l'expression que prenaient tous les techniciens d'imprimerie quand un « officier de pont », en l'espèce un représentant de la rédaction ou du service de publicité, sans parler de l'administration, prétendait se mêler de leurs problèmes.

— Pas de bagarre ? insista Nick.

La voix de Walt Woodward venu le chercher lui épargna une réplique très vraisemblablement sarcastique : Kate Killinger était en ligne et voulait lui parler.

— Où es-tu ?

— Sur le point de monter dans un avion.

Il en resta bouche bée. Elle enchaîna en lui demandant s'il était au courant de ce meurtre, enfin de cette tentative de meurtre.

— Évidemment. Al, Ernie, Peggy et Louis sont sur le coup depuis le début.

Il commença à raconter l'histoire de Tony Gardella, mais elle le coupa aux premiers mots :

— Je n'ai pas le temps, Nick. Je suis désolée mais il va falloir que tu te débrouilles seul. Je suis sûre que tout ira bien.

Ce ton de grande sœur aînée agaça Nick Di Salvo. Et aussi ce mystère qu'elle entretenait. Et le fait qu'elle ne se fût pas manifestée de toute la journée, ne le faisant qu'à la dernière seconde, alors qu'elle était sur le point de partir. Et d'ailleurs, de partir pour où ?

— Kate...

Elle l'interrompit encore :

— Tu as pensé à l'éditorial ?

— A ton avis ?

— Je serai absente trois ou quatre jours, dit-elle, sans relever la pique. Pour les tirages prochains, trente mille, Abadie est au courant. Quant à la distribution, j'ai vu Jack Donovan, il sait ce qu'il a à faire, laisse-le s'en occuper. A bientôt, Nick.

Elle raccrocha, sans lui laisser le temps de placer un mot. Il se trouvait dans le réduit grand comme un placard qu'Abadie considérait comme son bureau. Il s'y offrit le luxe de quelques secondes de colère. Ce mouvement d'humeur ne dura guère. A peine le temps qu'il fallut à Nick pour comprendre que sa fureur devait beaucoup au trac : il était livré à lui-même, pour la conduite du journal (et précisément une nuit où un fait divers d'importance nécessitait un traitement spécial), situation qui ne s'était jamais produite ; Kate avait toujours été là, aussi bien aux temps de la *Gazette* que durant ces dernières semaines.

Il ressortit du bureau-placard, sous l'œil courroucé d'Abadie, et repartit vers la salle de rédaction, traversant l'atelier de composition où régnait Ollie Carmichael. C'était un petit homme rondelet, presque entièrement chauve, ayant déjà passé la cinquantaine, portant binocles, d'un flegme surhumain — tout le contraire d'Abadie — qui venait de Californie. La constatation frappa soudain Nick : il n'était pas un seul cadre du *Day* qui ne fût de tout premier niveau ; Abadie, Jack Donovan, Ollie... « et moi. Si tant est que je puisse moi-même m'inscrire sur la liste. Dieu sait comment elle s'y est pris, mais elle a réussi à recruter une équipe qui doit avoir peu d'équivalents. Et ceci pour un journal qu'il fallait faire naître, et dont l'avenir n'était pas des plus assurés. Quelle femme ! ».

Du coup, il se sentit rasséréné. Et une partie de cette bizarre amertume qui le tenait depuis qu'elle avait reparu dans sa vie et l'avait, presque sur un claquement de doigts, convaincu de la suivre et de retravailler avec elle, disparut. Il avait mis sa propre soumission au compte de l'amour qu'il avait pour elle. Mais l'explication valait peu s'agissant de Jack Donovan, d'un Abadie qui avait renoncé à son avenir au prestigieux *Chicago Tribune*, d'un Ollie Carmichael qui n'avait pas hésité à quitter sa Californie natale et à traverser tout un continent. Sans parler d'Al Taggart et d'Ernie Pohl. Et des autres. « *De tous*, écrirait plus tard Nick Di Salvo dans son livre de souvenirs, *elle obtint en un temps incroyablement court une dévotion totale. Ce fut presque de la sorcellerie. Que les salaires qu'elle nous offrit ne pouvaient certainement pas expliquer, ils n'étaient en aucune manière exorbitants. La plupart des membres de la toute première équipe du* Day *étaient très jeunes. J'étais le plus âgé de la rédaction avec mes vingt-cinq ans. Mais pas tous. Donovan et Carmichael étaient des hommes faits, et Abadie de même, avec ses trente-trois ans. Tout en réalité tenait à la personnalité de Kate Killinger elle-même...* »

— Nick ?

... Il était revenu dans la salle de rédaction et Irena Van Gaver lui tendait un récepteur. Al Taggart avait du nouveau. La police venait d'arrêter un deuxième homme, dans l'affaire Gardella.

— Danny Kobler. A déjà tiré deux ans à Sing Sing pour tentative d'extorsion de fonds, avait été arrêté une première fois pour port d'arme. A bénéficié depuis de trois non-lieux. Officiellement secrétaire adjoint de l'un des syndicats dirigés par Harry Gunn. Nick, on a retrouvé dans sa voiture la batte de base-ball qui a peut-être servi à fracasser les jambes de Tony Gardella...

... Et le lieutenant Richard Donovan recherchait encore un troisième homme, sinon un quatrième ; partant de cette idée que le malingre Harry Gunn ne serait jamais allé affronter seul un Gardella pesant deux fois son poids.

— Comment la police a-t-elle retrouvé Kobler ? demanda Nick.

— Sur un coup de téléphone anonyme. Une femme. Elle a cité Danny Kobler, le numéro d'immatriculation de sa voiture, l'endroit où le véhicule était garé et indiqué que la batte se trouvait sous le siège arrière. Tu veux que je rentre, Nick ?

— Sauf si tu y tiens.

La voix d'Al Taggart dans l'appareil était plus que jamais empreinte d'une immense mélancolie. Mais Nick le connaissait et n'ignorait pas que les bafouillements, l'apparente timidité du reporter étaient directement proportionnels à l'intérêt qu'il portait à une affaire. Al dit qu'il allait rester en contact avec la brigade du lieutenant Donovan. Toute la nuit peut-être. Et une chose le surprenait : aucun représentant de la grande presse quotidienne de Manhattan ne s'était dérangé.

— Al, tu veux dire que tu es seul à couvrir cette histoire ?

— Un des types de l'*American* est passé il y a trois heures, mais il n'avait pas l'air très intéressé.

— Je vais retarder le tirage jusqu'à une heure trente. Appelle-moi dès que tu as quelque chose.

Nick raccrocha et bouleversa une fois de plus sa Une, titrant sur toute la largeur de la page. Dans un premier temps, il mentionna l'informatrice anonyme qui avait indiqué à la police le nom de Kobler. Une demi-heure plus tard, il changea d'avis et ne conserva que la nouvelle de l'arrestation du même Kobler, sans préciser les circonstances. Si Al ne se trompait pas, le *Day* serait le lendemain le seul journal à consacrer plus de deux ou trois lignes à l'affaire Gardella.

Il rappela Taggart toujours au commissariat :

— Al, peux-tu demander à Dick Donovan de ne mettre personne d'autre au courant de ce coup de fil anonyme ?

L'accord fut passé. D'autant plus aisément qu'aucun autre journaliste n'était sur place. Dick Donovan vint lui-même en ligne : d'accord, il réservait l'information au seul *Day*, n'en ferait pas publiquement état. Il préférait la discrétion, de toute manière : rien ne prouvait pour l'instant que la batte retrouvée était celle qui avait servi lors de l'attentat, la participation de Kobler n'était donc pas établie, et même si elle l'était...

— Nick, c'est donnant, donnant : mes hommes et moi, et Kelsey...

— Qui est Kelsey ?

— L'assistant du District Attorney qui s'occupe de l'affaire. Lui, mes hommes et moi gardons secrète la façon dont nous avons mis la main sur cette batte de base-ball, et toi tu t'engages à ne rien publier sur cette inconnue qui nous a téléphoné. D'accord ?

— D'accord. Tu as une idée de son identité ?

— Aucune. Mais si c'est la vraie batte, cette femme va courir un danger. L'équipe Gunn-Kobler est capable de tout.

Ernie Pohl regagna le journal à plus de onze heures. Visiblement fatigué. Il avait commencé sa journée exceptionnellement tôt, à six heures trente, pour assurer le compte rendu du départ en vacances d'une centaine de gosses quittant pour une semaine leur orphelinat à destination des monts Adirondack, dans le nord de l'État de New York ; il avait enchaîné par plusieurs autres petits papiers pour la rubrique locale et venait juste de finir son travail du jour quand Nick l'avait expédié avec Peggy Hutchins à Jackson Heights. A vingt-quatre ans, il commençait déjà à être chauve, il était de petite taille, arborait une fine moustache blonde et était exceptionnellement peu bavard. D'un simple signe de tête, il indiqua qu'il ne rapportait rien de spécial, bien qu'il eût fait une à une toutes les maisons du quartier de Corona. Nick le chargea de relire l'ensemble des papiers concernant l'affaire Gardella pour éviter les redites.

A minuit, Nick modifia une fois de plus son titre à la Une. La simple annonce de l'attentat contre Tony Gardella ne lui suffisait pas. Pas assez agressive, de quelque façon qu'il présentât la chose. Titrer carrément sur les accusations lancées par Gardella lui plaisait davantage. Sauf que la victime en train de mourir s'était rétractée.

Il tenait pourtant à ce que le nom de Harry Gunn apparût, et de la façon la plus éclatante. Non pas tant parce qu'il avait un compte personnel à régler avec cet homme. Mais parce que le nom de Gunn était sans doute connu d'une bonne moitié des habitants du Queens.

Pour en finir, il opta pour une formulation ambiguë :

«CE N'EST PAS HARRY GUNN
QUI M'A TIRÉ DESSUS»

Pas une seconde, ni sur le moment ni dans les heures qui suivirent, Nick Di Salvo ne fut effleuré par l'idée que ce titre allait passer à la postérité.

9

Dans les toilettes des dames ?

L'avion Douglas DC 2 se posa sur l'aérodrome de Martin Field, à Santa Anna, Californie. La douzaine de passagers descendit. A peine Kate fut-elle au bas de la passerelle que deux hommes, dont un chauffeur en livrée, casquette à la main, se présentèrent à elle. Elle fut invitée à prendre place à l'arrière d'une Cadillac Fleetwood exactement semblable à la sienne. Souhaitait-elle déjeuner, se reposer, voulait-elle du café ou quoi que ce fût ?

— Rien, merci. Plus tôt je serai arrivée et mieux cela vaudra.

Le secrétaire et le chauffeur comprirent qu'elle ne désirait que le silence. Ils la laissèrent seule et tirèrent la vitre de séparation, afin qu'elle fût tranquille. La voiture traversa les faubourgs sud de Los Angeles, puis Santa Monica. Elle poursuivit au nord, à bonne allure, en suivant la côte. La nuit tombait lorsqu'elle dépassa Santa Barbara et cessa de longer le bord du Pacifique pour escalader une route en lacets. Un panneau routier indiqua San Francisco à quelque deux cent soixante-dix miles. Éblouie par les phares des voitures qu'ils croisaient sans cesse, Kate avait fermé les yeux et s'était renversée sur le dossier. Elle commençait à ressentir la fatigue du voyage, luttait contre le sommeil. Le secrétaire en costume croisé sombre tira la vitre de séparation :

— Nous n'allons plus tarder à arriver, miss Killinger.

Elle se contenta d'acquiescer, n'ayant pas prononcé dix mots depuis son départ de New York la veille au soir.

Un nouveau panneau de signalisation lui apprit qu'on entrait dans le comté de San Luis Obispo. La Cadillac abandonna la route de San Francisco et bifurqua sur la gauche.

Quelques instants plus tard, la nuit s'éclaira brutalement de projecteurs et de rampes de lumières. Devant eux, surgissant comme une apparition, se dressa un fantastique édifice, salmigondis de tourelles et de remparts crénelés que couronnaient deux tours jumelles blanches coiffées de coupoles. Une brume bleuâtre s'étendait en contrebas et donnait l'impression que cette chose extravagante sortie d'un conte de fées était suspendue en l'air. Une première grille s'ouvrit électriquement et, quelques mètres plus loin, deux gardes d'opérette, en leggins et casquettes plates, leur firent franchir un second portail. De part et d'autre de l'imposante allée, des pelouses s'étendaient à perte de vue sur un terrain vallonné, où s'élevaient çà et là des bosquets feuillus. Au fur et à mesure que la limousine avançait, toutes sortes d'animaux à cornes s'enfuyaient en bondissant entre les arbres. Les antilopes africaines et les daims se mêlaient à d'autres cervidés venant de toutes les régions du monde. Plus loin encore, à proximité de ce château surréaliste, des lions, des panthères et des léopards en cage, voisinaient avec des zèbres, des buffles, des éléphants et des girafes, qui semblaient débarquer d'une incroyable arche de Noé.

Le secrétaire pivota à nouveau sur la banquette avant :

— Il est bien entendu que vous ne souhaitez rencontrer aucun autre invité.

— Exactement, dit Kate.

La Cadillac passa sous une voûte qui n'eût pas déparé une forteresse écossaise (peut-être les pierres qui la constituaient venaient-elles d'Ecosse, d'ailleurs) avant de passer en revue des garages conçus, semblait-il, pour deux cents voitures...

— C'est que nous avons ce soir et ce week-end beaucoup de monde, dit le secrétaire.

Et de citer quelques-uns des quatre cent cinquante invités, dont les acteurs Clark Gable et Dick Powell. La voiture s'immobilisa enfin devant un escalier de marbre au pied duquel attendait une femme de chambre. Kate n'avait pour tout bagage qu'un petit nécessaire de toilette. Elle suivit la domestique jusqu'à l'appartement d'angle somptueusement meublé. L'une des penderies contenait des vêtements de rechange, de jour et de nuit. Après lui avoir assuré qu'ils étaient à sa taille, la femme de chambre lui demanda si elle souhaitait dîner.

— Merci, non. Plus tard peut-être.

Il n'y avait pas moins de cinq appareils téléphoniques dans l'appartement : deux dans la chambre sur chaque table de chevet, un dans le salon, un autre dans la salle de bains, le dernier sur le balcon. Elle demanda si elle pouvait s'en servir, pour un appel longue distance. La cameriste répondit que des ordres particuliers avaient été justement donnés pour que miss Killinger pût joindre qui elle voulait.

Kate appela Nick Di Salvo et l'obtint en quelques minutes. Elle coupa court aux explications qu'il lui demandait.

— Nous verrons ça à mon retour. Parle-moi du journal.

Il lui fit un compte rendu détaillé du contenu de l'édition de la veille, dont l'essentiel concernait l'affaire Gardella. Il lui en donna un résumé, avant d'expliquer comment il l'avait traitée : le dispositif rédactionnel qu'il avait mis en place, avec Al Taggart détaché auprès de la police et des services du District Attorney, Peggy Hutchins plus spécialement chargée de suivre madame Gardella et ses enfants, Louis Herzberg infiltré dans le milieu portuaire tel un espion, Ernie assurant la coordination générale et poursuivant la recherche, en même temps que la police, d'un témoin capable d'identifier les agresseurs de Tony Gardella.

— Il y a du nouveau aujourd'hui, Kate : les analyses du laboratoire de la police ont révélé que la batte de base-ball retrouvée dans la voiture de Danny Kobler est bien celle qui a réduit en bouillie les jambes de Gardella. Premier point. Et le deuxième : la caution de 35 000 dollars a été versée, si bien que Harry Gunn a été remis en liberté. Un sénateur, deux députés, une demi-douzaine d'hommes politiques locaux et environ quarante organisations syndicales sont intervenus pour réclamer la libération de cet honnête homme.

— Gardella vit toujours ?

— Pour l'instant. Il s'affaiblit mais résiste encore. Il y a eu confrontation entre lui d'une part, Gunn et Kobler de l'autre. Ils ont tous admis se connaître mais Gardella a répété que ni Gunn ni Kobler ni personne qui lui soit connu n'avaient pris part à l'attentat.

— Tu titres comment, ce soir ?

— Sur la batte de base-ball. Nous en avons la photo.

Elle réfléchit rapidement. De quelque immense salon à l'autre extrémité de la Casa Grande lui parvenaient les rythmes exotiques d'un orchestre cubain et des bruits assourdis de conversation et de rires.

— Nick, j'aime bien ton titre d'hier. Reprends-le. Je veux dire : garde la première ligne,

CE N'EST PAS HARRY GUNN

et change simplement la deuxième.

— Tu veux que nous reprenions le même titre d'un jour sur l'autre ?

— Exactement. Et nous le reprendrons demain encore. Et chacun des jours suivants. Nous le reprendrons jour après jour tant que nous n'aurons pas eu la peau de monsieur Gunn. Même si ça doit nous prendre un an.

Silence de plusieurs secondes sur la ligne.

— C'est une idée complètement dingue mais elle me plaît, dit enfin Nick Di Salvo. Je pourrai mettre, ce soir :

CE N'EST PAS HARRY GUNN
QUI A UTILISÉ CETTE BATTE

Avec la photo de la batte tachée de sang.

— Voilà.

— Il va nous falloir trouver quelque chose sur Gunn chaque jour. *Chaque jour*, Kate.

— Tu as déjà mis quatre reporters sur l'affaire. Ajoute Dan Clifton. Ajoute qui tu veux, qui te semblera nécessaire. Fais fouiller le passé de ce type, ressors toutes les histoires qu'il a eues. Jusques et y compris les crayons de couleur qu'il a volés quand il était à la maternelle. Nick, ne m'as-tu pas raconté une fois que ce même Gunn avait été pour quelque chose dans la mort de ton père ?

La surprise de Nick fut perceptible à des milliers de kilomètres de distance :

— Je ne pensais pas que tu t'en souviendrais, dit-il.

— Tu avais tort. De même que je me souviens parfaitement d'avoir entendu dire qu'Harry Gunn a pour amis des gens comme Lucky Luciano, Abner Zwillman, Meyer Lasky, Buggsy Siegel, Frank Costello, Lepke Buchalter, Jack Shapiro, Bo Weinberg et Dutch Schultz. Sans parler de quelques autres.

— Ça va être une enquête énorme.

— Je sais. Mais il n'est pas question de transformer pour autant le *Day* en un bulletin spécial quotidien uniquement réservé à Harry Gunn. Nous continuons à publier un vrai journal, dans le même temps. Il va nous falloir renforcer la rédaction, nous en parlerons dès mon retour.

... Elle répondit à la question de Nick avant que celui-ci ait eu le temps de la poser :

— En principe, demain soir je serai au journal. Nick, ce que tu as demandé à Louis Herzberg est dangereux, qu'il fasse attention.

— Je ne suis pas idiot.

— D'accord, excuse-moi. Abadie est arrivé ? Je voudrais lui parler. A demain, Nick.

Elle attendit, captant en surimpression sur la musique d'orchestre et les bruits de la soirée californienne en cours, les sons plus familiers des voix de la rédaction du *Day* au travail sur la côte Est, à quatre mille kilomètres de là.

Abadie vint enfin en ligne :

— Ouais.

Le ton était comme d'ordinaire agressif et acariâtre.

— Parlons français, Lucien, dit Kate, uniquement français. Ce soir, tirez à cinquante-cinq mille et dites...

— A cinquante-cinq mille, je serai à court de papier dans quatre jours. Comme vous me l'aviez demandé, j'ai téléphoné à mes vieux copains de Chicago mais ils ne peuvent pas me prêter des bobines. Ou alors seulement cinq ou six. Une misère.

— Cinquante-cinq mille, Lucien.

— C'est vous le boss.

— Je ne vous le fais pas dire. Autre chose, Lucien : dites à Donovan d'appliquer la mise en place correspondant à un tel tirage. Il comprendra.

— Il n'est pas encore arrivé.

— Je suggère que vous le lui disiez *quand* il sera arrivé, dit Kate avec patience. Ne m'emmerdez pas, Lucien s'il vous plaît, je ne suis pas dans un bon jour.

Elle l'entendit éclater de rire, et elle-même sourit.

Elle raccrocha, alla prendre une douche, ne toucha pas aux effets suspendus dans la penderie, changea seulement de sous-vêtements, s'assit dans un des fauteuils de rotin sur le balcon, presque dans l'ombre à l'exception d'une simple lampe de veille qui éclairait le petit calepin qu'elle feuilletait ; et sur lequel elle avait inscrit une dizaine de noms, ceux de jeunes journalistes ou postulants à une carrière dans la presse qui pouvaient venir renforcer l'effectif de Nick. Elle en retint trois. Quand elle avait procédé à sa première sélection, quatre mois plus tôt, ils venaient immédiatement après Irena Van Gaver, dans l'ordre de préférence. A une exception près, Jack Dobey, un fort pétulant jeune homme dont elle avait fait suivre le nom d'un petit cercle avec un point au milieu. Dobey avait vingt et un ans et travaillait comme messager à la Western Union ; l'essai qu'elle lui avait fait faire s'était révélé assez catastrophique : il écrivait comme un briseur de grève ; mais en une vingtaine de minutes, il avait laissé entrevoir un talent certain pour recueillir des informations. Depuis cinq ans qu'il parcourait le Queens et Brooklyn pour y délivrer ses messages et ses paquets, il avait réuni sur un nombre incroyable d'entreprises des renseignements à rendre jaloux un service fédéral d'investigation ; au point que Kate l'avait convoqué une deuxième fois, l'avait à nouveau fait parler, avait soigneusement lu et relu ce qu'il prétendait être un reportage, avait encore été frappée par la qualité véritablement misérable de son écriture et le fourmillement des faits précis ; elle avait en fin de compte repoussé sa candidature ; en lui laissant néanmoins un espoir, sans s'expliquer : de telles qualités de chien de chasse pouvaient être fort utiles.

Elle décida d'engager Dobey, en plus de Shirley Storch et de William H. Keating. Deux hommes et une femme. La rédaction du *Day* allait ainsi comprendre douze personnes. Plus Nick évidemment. Plus elle-même. Soit quatre femmes en tout. Moins qu'elle n'avait envisagé d'en recruter mais les candidates de qualité n'avaient pas été nombreuses.

Décrochant le téléphone près d'elle, elle demanda une deuxième communication longue distance à destination du Queens. Elle obtint Emil Kranefuss et lui ordonna, dès le lendemain matin, de se mettre en quête de Dobey, Storch et Keating ; tous les trois devaient se présenter dans les bureaux du *Day* le surlendemain à dix heures du matin.

— Emil, si l'un des trois n'est plus disposé à travailler pour moi, tu te rabats sur Winfield.

Comme toujours avec son chauffeur-factotum, elle s'était exprimée en allemand et Kranefuss répondit simplement *jawohl* avec son laconisme habituel.

On frappa quelques minutes après à la porte palière. La femme de chambre entra et demanda si miss Killinger était disposée à recevoir le maître de maison.

William Randoph Hearst entra.

Hearst avait alors soixante et onze ans. Il était né en avril de 1863 à San Francisco ; le domaine de San Simeon où Kate le rencontra avait été acheté par son père en 1863, pour la modique somme de soixante cents l'acre (un acre valant quarante ares et ledit domaine en comportant quarante-huit mille — soit près de vingt mille hectares).

— Il m'est arrivé de rencontrer votre père, miss Killinger.

— Je suis sûre que le plaisir que vous avez ressenti a été plus que largement partagé. Mon père ne vous porte pas dans son cœur.

Il lui rendit son sourire. C'était un homme de bonne taille, aux cheveux argentés avec raie à droite et longue mèche retombant sur son front très haut ; le nez était long, comme d'ailleurs tout le visage ; dans les cernes bleuâtres sous les yeux, dans l'expression générale apparaissait une certaine ressemblance avec Franklin Delano Roosevelt, dont Hearst n'avait d'ailleurs pas peu contribué à assurer l'élection à la Maison-Blanche, deux ans plus tôt. On avait tout dit ou presque de W. R. Hearst, portant contre lui les accusations les plus variées, certains le tenant pour un fou, d'autres pour un pur génie ; on soulignait son avarice et sa folle prodigalité, son total égocentrisme et son extraordinaire fidélité en amitié, sa parfaite incompétence et ses idées révolutionnaires en matière de presse, son puritanisme et le scandale de sa vie privée, son monstrueux despotisme et les prévenances inouïes dont il lui arrivait d'entourer le plus subalterne de ses milliers de collaborateurs.

On le tenait pour l'homme le plus puissant des États-Unis, et à coup sûr le plus machiavélique ; mais d'autres insistaient sur sa stupidité et n'expliquaient que par la chance le fait qu'il fût parvenu à établir le plus grand empire de presse jamais connu.

Une chose à tout le moins était certaine : il dépensait quinze millions de dollars par an*. Apparemment pour le seul plaisir de dépenser. Depuis une vingtaine d'années, on prévoyait chaque mois sa ruine imminente.

— Puis-je m'asseoir ?

Il prit place face à elle dans un autre des fauteuils sur le balcon.

— Je vous remercie d'avoir accepté de me recevoir, dit Kate.

— Je regrette surtout que vous vous refusiez à prendre part à notre petite fête. Il me sera malheureusement impossible de rester très longtemps avec vous.

Elle inclina la tête, lui demanda ce qu'il savait d'elle. Hormis bien entendu qu'elle était la fille de Karl Killinger, propriétaire du *New York Morning News* et à ce titre principal concurrent de, entre autres, deux des journaux du groupe Hearst, dont le *Mirror*, de format également tabloïd, visant la même cible, et lancé une dizaine d'années plus tôt, non sans de terribles affrontements avec le *Morning*.

— Je me souviens de cette tentative que vous avez faite il y a cinq ans dans le Queens, dit Hearst.

— La *Gazette*. J'ai échoué assez lamentablement.

— Je pense que vous étiez au contraire sur le point de

* Entre 150 et 200 millions de dollars actuels.

réussir quand vous avez cessé la publication. (Sourire :) Un peu trop d'états d'âme, peut-être.

— J'ai recommencé, dit Kate.

— Je suis au courant. Tout comme on m'a parlé de difficultés que vous auriez avec votre père. C'est à propos de ces difficultés que vous me rendez si agréablement visite ?

— J'ai besoin de papier, monsieur Hearst.

Il la fixait. Son profil gauche était superbe.

— Du papier ?

— Du papier pour imprimer mon journal. Mon père a trouvé amusant de me couper de mes approvisionnements ordinaires.

— Ce pays ne manque pas de fournisseurs de papier.

— Ils sont dix-sept à pouvoir me fournir. Il est intervenu auprès de chacun d'eux.

— Comment ?

— En achetant tous les stocks disponibles.

— Faites-lui un procès. Vous le gagnerez.

— Il faudrait des mois. Et pendant ce temps je ne pourrai pas sortir le journal. Et puis j'aurai quelque mal à prouver qu'il s'agit d'une manœuvre de sa part : il s'est servi de dix-sept cabinets d'avocats différents.

Un éclair de malice brilla dans les yeux de Hearst.

— Je savais qu'entre votre père et vous c'était la guerre, mais je n'imaginais pas que c'était à ce point.

— C'est à ce point, dit Kate.

Il s'adossa plus confortablement à son fauteuil :

— Voudriez-vous me parler de votre journal, miss Killinger ?

Elle le fit. Calmement, sans aucune exaltation. Elle expliqua comment elle avait trouvé, seule et hors de toute aide de son père, les capitaux nécessaires au financement ; comment elle avait choisi sa formule, son format, sa zone de diffusion, chacun des hommes et femmes constituant son équipe, tant pour les services techniques que pour la rédaction ; comment elle comptait se développer.

Il l'écouta sans l'interrompre.

— Pourquoi vous adresser à moi ?

— Vous connaissez la réponse, monsieur Hearst.

— Parce que je suis Hearst, le principal concurrent de votre père, et donc peu suspect de partialité en sa faveur. Et parce que j'ai obtenu des fabricants de papier des conditions qui ont bénéficié à l'ensemble de la presse américaine.

Elle ne se préoccupa pas de répondre. Il consulta sa montre.

— Concurrençant votre père, vous concurrencez aussi, nécessairement, mes journaux de New York.

Elle continua à se taire.

— Voudriez-vous travailler pour moi, miss Killinger ? Je vous offre trois cent mille dollars par an. Arthur Brisbane en reçoit deux cent soixante mille. Vous n'ignorez pas que j'ai la réputation de très bien rémunérer mes collaborateurs.

Pour toute réponse, Kate se contenta de lui sourire. Hearst l'imita.

— Une autre solution consisterait à nous associer.

— La réponse est évidemment non.

— Et si je refuse de m'intéresser à cette histoire de papier ?

— J'en ferai venir d'Europe, j'en volerai, j'irai abattre moi-même des arbres au Canada pour en faire de la pâte à papier ou pire encore, j'irai voir mon père et je lui demanderai ce papier qu'il me donnera certainement à la seconde.

— Accepteriez-vous...

Il s'interrompit de lui-même.

— J'irai jusqu'à coucher avec un homme si cela devait m'aider à trouver ce papier, dit Kate sans cesser de sourire.

Hearst s'empourpra légèrement et détourna les yeux.
— Je ne parlais pas pour moi.
— Je sais. Vous vous posiez la question et j'y ai répondu.
Un silence gêné s'installa.
— Il me reste de quoi tenir quatre jours, dit Kate. Ensuite, je serai obligée d'arrêter ma publication.
— Ou d'aller voir votre père.
— Ou d'aller voir mon père.
— Vous êtes sûre de ne pas vouloir me faire l'honneur et la grâce de dîner à ma table ?
— Il y a un avion de la Trans Word Airlines qui décolle demain matin à sept heures pour New York. Je tiens à le prendre. Je suis vraiment désolée.
Il acquiesça, se leva :
— Puis-je me permettre une question personnelle ? Vous avez été mariée à Doug Caterham. On m'a raconté que le jour où vous avez accepté sa demande en mariage, vous l'aviez prévenu que vous le quitteriez un an heure pour heure après la cérémonie. On m'a affirmé que vous l'aviez fait.
— C'est exact.
— Y a-t-il un homme au monde qui, comment dire ? dont vous pourriez tomber amoureuse ?
— C'est vraiment là une question très personnelle, remarqua Kate. Allez-vous me procurer ce papier ?
— Brisbane le fera. Je vais le faire prévenir. Appelez-le dans une heure, mon standard sait où le joindre, et dites-lui simplement où il doit faire livrer les bobines, et combien. Bonne nuit, miss Killinger, et bon retour à New York. Une voiture vous ramènera à Los Angeles dès que vous en exprimerez le désir.
Il lui baisa la main.
Cette conversation s'était tenue sur le balcon. Après avoir baisé la main de Kate, Hearst regagna le salon et se dirigea vers la porte.

— Il y a un homme, dit Kate. Plus justement, il y en a eu un.

Hearst marqua un temps d'arrêt, sans toutefois se retourner.

— Ce devait être quelqu'un de véritablement exceptionnel, dit-il.

— Il n'est pas mort. Pour autant que je le sache. Et à mes yeux, oui : il est exceptionnel.

— Ma question était vraiment très personnelle, je vous prie d'accepter mes excuses.

— Bonne nuit, monsieur Hearst, dit Kate.

... A qui il restait une heure, avant de pouvoir appeler Arthur Brisbane. Une heure : son impatience ordinaire revint l'habiter. Elle se mit à marcher dans le salon, sonna la femme de chambre, à qui elle annonça qu'elle repartirait sitôt après avoir obtenu la communication qu'elle attendait. Pour Los Angeles, oui.

Elle s'assit, se releva, se rassit. A un bonheur-du-jour de marqueterie sur lequel on avait disposé quelques livres et une écritoire complète, plus du papier à en-tête de la *Casa Grande*, San Simeon, Californie.

Cela lui vint comme d'autres eussent allumé une cigarette : elle se retrouva à écrire : « ... *Je n'ai pas eu de nouvelles de lui depuis que je l'ai accompagné sur ce quai de gare, à Paris. Est-il toujours en Chine ? Vous a-t-il écrit ? Je suis dans un de ces moments où ma solitude est étouffante, où tout me semble noir, désespéré et inutile, même réussir à donner vie à ce journal m'apparaît dérisoire. Quelqu'un vient de m'interroger sur Rourke, sans bien sûr savoir qu'il s'agissait de Rourke. Je voudrais Rourke près de moi, en ce moment, à cette minute...* »

Elle se redressa et entreprit de déchirer très soigneusement la lettre adressée à Mimi, ne se contenta pas de cette première destruction et brûla les morceaux de papier dans un gros cendrier de verre. Parmi les livres sur la table, se trouvait un recueil de chroniques publiées dans les journaux de William Randolph Hearst, et signées d'Ambrose Bierce, Mark Twain, Rudyard Kipling ou George Bernard Shaw ; à cette anthologie, le seul apport de Hearst était l'exergue : « *Le journalisme est un terrain de jeux enchanté où l'on tue dragons et géants pour le seul plaisir...* »

Kate lut Bierce à l'humour corrosif et amer, elle le lisait encore quand le téléphone sonna. Arthur Brisbane était en ligne, depuis New York où il était onze heures trente du soir. Elle lui indiqua le grammage et la laize du papier, l'endroit où les bobines devaient être livrées, et à quelle heure. Oui, à monsieur Lucien Abadie — elle épela le nom. Ceci pour le chargement principal. Pour les douze autres...

Elle coupa court aux remarques étonnées et quelque peu réticentes de Brisbane :

— Vous m'avez bien comprise, monsieur : je veux ces douze bobines sur un trottoir, très exactement devant l'hôtel particulier de monsieur Karl Killinger dans la Cinquante-Cinquième rue Est de Manhattan. Je souhaite que ces bobines soient placées de façon à former une pyramide, le plus près possible de l'entrée de la demeure, et mieux encore de façon à ce qu'elles bloquent cette entrée. Et je voudrais aussi un très grand ruban bleu saphir, à la façon d'un paquet-cadeau, pour envelopper cette pyramide... C'est cela même, monsieur Brisbane, vous avez bien entendu : bleu saphir. Oh ! j'oubliais, l'idéal serait que ces bobines soient en place dans les heures qui viennent, avant deux heures trente du matin dans tous les cas. Monsieur Karl Killinger ne rentre jamais avant de son journal. Vous pouvez toujours rappeler monsieur Hearst, il vous confirmera que ma demande est faite avec son plein accord. Bonne nuit, monsieur. Je vous remercie.

Elle raccrocha alors que Brisbane parlait encore.

Elle dormit un peu plus de deux heures dans la voiture la ramenant à Los Angeles, puis dans l'avion entre deux escales.

Kranefuss l'attendait à son atterrissage à New York. Elle gagna directement Buckingham Street, à temps pour rédiger l'éditorial dans lequel elle annonçait la détermination du *Day* à poursuivre jusqu'à sa conclusion l'affaire Tony Gardella.

— Tout à l'heure, Nick.

Dès son arrivée, elle s'était littéralement jetée sur les éditions du journal que son voyage en Californie l'avait empêchée de lire et depuis n'avait pas relevé la tête, hochant seulement celle-ci chaque fois que quelqu'un entrait dans la salle de rédaction et la saluait. Page après page, colonne après colonne, elle n'avait rien omis, pas même la rubrique des petites annonces encore embryonnaire à cette époque, et pas davantage les rares placards publicitaires.

Elle en avait terminé, à présent, venait de se lever.

— Tout à l'heure, s'il te plaît, dit-elle encore à Nick qui déjà lui tendait les maquettes, les épreuves, les articles non encore composés de l'édition du lendemain.

Il était neuf heures trente du soir. Kate ressortit. Nick la vit se rendre dans la salle des expéditions où Donovan se trouvait, bien en avance sur son horaire habituel.

Elle y resta une demi-heure. Pendant laquelle Kate et le responsable de la mise en place du *Day* discutèrent ferme, penchés sur les plans du Queens et de Long Island, consultant des fiches et des registres sur lesquels Donovan avait dressé la liste de tous les points de vente.

Ensuite, elle prit à part Lucien Abadie.

De toute la guerre du papier entre Kate Killinger et son père, Nick Di Salvo ne sut jamais que ce qu'elle lui en avait dit une nuit où elle l'avait fait venir à Glenwood

Landing, chez elle, pour lui montrer les cinq cent mille exemplaires du *Day* entassés sur une pelouse. Il ne mesura en réalité jamais le danger encouru par le journal. Il avait assisté à la livraison des bobines de papier, sans y attacher d'importance, et quant au déchargement de douze de ces bobines devant la porte de certain hôtel particulier à Manhattan, il n'apprit l'histoire que trois jours plus tard, après qu'elle eut fait le tour de toute la presse new-yorkaise, y suscitant un fou rire général.

... Après Abadie, elle eut un entretien particulier avec Peabody, dans le bureau du service de publicité. Une vingtaine de minutes s'écoulèrent, puis la porte se rouvrit assez sèchement et Peabody quitta le bâtiment d'un pas rapide emportant dans ses bras un gros carton bourré de dossiers.

Kate ne parut qu'un peu plus tard. De sa place en position centrale de la table en fer à cheval, Nick la vit revenir vers lui. Elle portait haut la tête, son pas était ample et souple, il y avait dans ses prunelles bleu saphir étincelantes un net éclat de joie fiévreuse. Un instant, elle demeura à parler avec Ollie Carmichael puis, enfin, pénétra dans la salle de rédaction, s'assit sur la première chaise venue. Elle n'avait pas de place fixe, contrairement à lui. Faisant basculer son siège en arrière, elle réussit à poser ses talons sur la table, et allongea ses jambes interminables...

Elle lui sourit, radieuse.

— J'ai flanqué Peabody à la porte.

— J'ai vu.

— Nous prenons un nouveau départ. Combien de parutions déjà ?

— Tu le sais très bien : quatorze.

— C'est bien ce que je disais : nous commençons à nous encroûter. Tu te souviens de ce garçon dont je t'avais parlé, Jack Dobey ? Le messager de la Western Union ? Je vais l'engager. S'il est encore libre et si tu es d'accord, bien entendu.

— Merci de me demander mon avis. Que je t'ai déjà donné, d'ailleurs : si nous le prenons, nous pourrons nous vanter d'être le seul journal au monde à payer un reporter absolument incapable d'écrire une seule ligne.

— Tu ne lui demanderas pas d'écrire. Quelqu'un d'autre le fera à sa place. Nous l'utiliserons comme enquêteur. J'ai convoqué également Shirley Storch et Bill Keating, ils seront ici tous les trois demain matin à dix heures.

— J'aimerais bien dormir un peu, de temps en temps.

— Ne viens pas demain. Tu n'as pas pris un seul jour de repos depuis deux semaines. Demain, tu te reposes.

Il haussa les épaules devant l'absurdité d'une telle proposition et se replongea dans sa lecture de l'article d'Al Taggart sur les derniers développements de l'affaire Gardella. Danny Kobler, dans la voiture de qui on avait retrouvé la batte de base-ball, avait à son tour été remis en liberté provisoire, contre versement d'une caution de vingt mille dollars. La confrontation entre Gardella (qui n'était toujours pas mort, à la profonde stupéfaction des médecins) et le tandem Gunn-Kobler n'avait rien apporté, sinon la réaffirmation, par le blessé, de ce qu'aucun de ces deux hommes ne s'était trouvé sur les lieux de l'attentat. Faute de mieux, Nick avait titré sur les 20 000 dollars de caution qu'on avait versés si aisément, en faveur d'un Kobler qui gagnait au mieux, officiellement, trente-deux dollars par semaine.

Kate avait attiré à elle les maquettes et les épreuves, voire les morasses de certaines pages déjà bouclées. Walt Woodward qui était ce soir-là de corvée de sandwiches, venait de partir au ravitaillement quand la sonnerie du téléphone retentit.

— La rédaction du *Day*, annonça Irena Van Gaver.

Elle écouta quelques secondes puis couvrit le microphone de sa paume :

— Kate, c'est une femme. Elle a déjà appelé hier et voulait te parler personnellement.

— Qui ?
— Elle ne s'est pas nommée. Sa voix est bizarre.
— Kate Killinger, annonça Kate dans l'appareil pris des mains d'Irena.
— Je ne veux parler qu'à Miss Killinger et à personne d'autre.
— C'est moi.
— Je vous ai vue, je sais à quoi vous ressemblez et je vous reconnaîtrai. Si quelqu'un d'autre que Miss Killinger vient au rendez-vous, je ne me montrerai pas.
La voix était bizarre en effet — la femme au bout du fil, si c'était bien une femme, parlait probablement à travers un mouchoir.
— Quel rendez-vous et pourquoi ?
Un court silence, puis :
— C'est moi qui ai appelé la police pour leur dire où était la batte de base-ball.
— Je vois. Vous avez une autre information ?
— Il y avait un troisième homme, Frank Maggio. Lui aussi avait une batte mais il l'a jetée après avoir essayé de la brûler.
— Où ?
Hésitation :
— Dans un petit puits qui se trouve derrière le garage Evans, Ketcham Street, à Elmhurst.
Le silence s'était fait dans la salle de rédaction sur un geste impératif de Kate.
— Deux g, à Maggio ?
— Oui. Oui, je crois.
— Où peut-on le trouver ?
— Il joue au billard en ce moment même. Chez Arnold, sur Queens Boulevard. Je vais raccrocher.
— Vous avez parlé d'un rendez-vous.
Kate fixait Nick, elle lui sourit tout en hochant la tête.
— J'y serai, dit-elle enfin. Je...
On avait coupé. Elle raccrocha. Se leva.

— Nick, voudrais-tu passer dans mon bureau, s'il te plaît ?

Ils allèrent s'asseoir dans la Cadillac rangée devant les bâtiments du *Day*. Kate rapporta mot pour mot ce que venait de lui dire son interlocutrice anonyme. Il secoua la tête :

— Je me méfie de Harry Gunn comme de la peste, Kate. Notre campagne doit commencer à l'irriter sérieusement. C'est peut-être un piège.

Elle posa une de ses longues mains sur celle de Nick, se pencha, et l'embrassa sur les lèvres :

— Pendant que j'y pense, bonsoir. Il est d'usage d'embrasser son amant quand on rentre de voyage. Par ailleurs, qui était au courant de cette information anonyme à propos de Kobler et sa batte de base-ball ?

— Pas grand monde.

— Harry Gunn ?

— Personne au journal n'a évidemment parlé. Il y a peut-être eu une fuite à la police, ou dans les services du District Attorney. Je vais venir avec toi à ce rendez-vous.

Elle éclata de rire :

— Dans les toilettes des dames de *Macy's* ?

10

Fin de l'affaire Harry Gunn

Une bourrasque venait de se lever, charriant des tourbillons de poussière et de vieux journaux, sur la Ve avenue, où s'agitait une foule dense et pressée. Kranefuss dut employer toute son énergie pour ouvrir la portière que le vent rabattait et Kate, maintenant d'une main les pans de son imperméable et de l'autre son feutre, gagna à longues enjambées précises la première entrée de *Macy's* dans la Trente-Cinquième Rue. Dans le hall de ce temple dont la publicité proclamait à juste titre qu'il était le plus grand magasin du monde, Ed Solomons l'attendait comme convenu, son pardessus et son chapeau à la main.

— Je me dois de vous avertir, dit-il. Je ne suis venu à ce rendez-vous que parce que vous avez insisté. Je n'ai pas la moindre intention de quitter mon travail à Manhattan qui me rapporte deux cent cinquante dollars par semaine pour aller m'enterrer dans la grande banlieue.

— Espèce de menteur ! Vous n'avez jamais, de toute votre vie, gagné deux cent cinquante dollars par semaine. Le plus que vous ayez jamais reçu c'est cent quarante-neuf dollars cinquante et quatre-vingts cents, dans la semaine du 12 au 19 mai de l'année dernière. Et encore était-ce parce que vous aviez reçu une prime exceptionnelle de cinquante dollars...

Ils arrivèrent devant les ascenseurs. Face à une glace gigantesque qui reflétait l'animation des rayons du rez-de-chaussée, elle enleva son trench d'un geste majestueux et le confia, ainsi que son chapeau, à Ed Solomons. Elle réajusta d'un geste sec les basques de sa veste cavalière feuille morte et saphir, fit bouffer son jabot de crêpe georgette écru et vérifia d'un bref coup d'œil que sa jupe tombait bien et que la couture de ses bas était d'aplomb. Ignorant Solomons qui la dévorait des yeux, béat d'admiration, elle adressa au liftier son plus éblouissant sourire.

— Étage direction générale, je vous prie.

Elle entra, superbe, dans la cage d'ascenseur, Solomons l'y suivit.

— Cette prime de cinquante dollars vous ayant été accordée par votre patron, Aron Fleggenheimer...

— Qui est d'une avarice phénoménale, remarqua Solomons en riant.

— ... Vous a été accordée par lui en dépit de son avarice parce que vous aviez escroqué l'un de vos clients en lui vendant pour neuve une voiture incapable d'effectuer le tour du bloc d'immeubles.

— Elle ne pouvait pas rouler, c'est vrai. Mais c'était une très jolie voiture.

— Vous êtes un escroc, Ed Solomons.

— Exact, dit Solomons ravi.

Le jeune liftier considérait d'un œil passablement ahuri l'homme qui se laissait traiter de la sorte et cette femme si grande et si belle, dont les yeux exprimaient un entrain féroce.

— J'ai précisément besoin d'un escroc, dit Kate. De quelqu'un qui ait envie de gagner quatre, cinq, six cents dollars par semaine. D'après Aron et Arthur Fleggenheimer, vous êtes exactement l'escroc dont j'ai besoin.

Au sortir de l'ascenseur, Kate informa une secrétaire au chemisier amidonné et au chignon impeccable qu'elle était miss Killinger en personne et que monsieur Simon

S. Wise, directeur général adjoint chargé de la publicité, l'attendait avec une impatience certaine.

— Ed Solomons, vous avez, voici trois mois, essayé de monter votre propre affaire de vente de voitures d'occasion. Ça n'a pas marché...

— Pas encore.

— Ça ne marchera jamais. Vous êtes un formidable vendeur mais comme gestionnaire vous êtes nul. En vous engageant comme chef de publicité du *Day*, je vous rends service : sans moi, vous auriez fini en prison.

La secrétaire revint et annonça que monsieur Wise allait recevoir miss Killinger mais que l'heure du rendez-vous avait été fixée à dix heures quinze, soit dans quatre minutes.

— J'attendrai quatre minutes, répondit Kate.

Elle s'assit et croisa des jambes gainées de bas havane qui hypnotisèrent Ed Solomons.

— Vous pouvez m'appeler Kate, à partir de maintenant. Ed, vous avez vingt-trois ans, vous êtes marié, vous avez un fils de dix-neuf mois, vous devez encore les trois quarts de l'appartement que vous avez acheté en avril 1932 et qui n'a que trois pièces. Je vous ai trouvé une maison avec quatre chambres, de sorte que vous pourrez avoir tous les enfants que vous voudrez, et il y a un jardin où ils pourront gambader...

— Comment connaissez-vous les Fleggenheimer ?

— Je connais surtout Arthur, qui se fait appeler Simpson et vend des terrains et des maisons en Floride, il est en quelque sorte mon associé. N'en parlons plus, Ed, nous allons travailler ensemble. Vous prétendiez tout à l'heure gagner deux cent cinquante dollars par semaine. Je vous propose un marché : je vous engage à deux cent soixante-quinze, que je vous paierai pendant six mois, c'est-à-dire vingt-six semaines. Je vous garantis ces vingt-six semaines de salaire, vous les recevrez quoi qu'il advienne, même si je me suis trompée sur vous...

— Sept mille dollars environ, calcula rapidement Solomons.

— Sept mille cent cinquante. Je les ai déjà déposés sur un compte bloqué à votre nom, à ma banque, l'argent vous sera effectivement versé à raison de deux cent soixante-quinze dollars par semaine. Mais il y a une condition.

— Je me disais aussi.

— Vous devrez renoncer pendant ces 26 semaines au moindre cent que vous gagneriez en plus grâce à votre commission de cinq pour cent sur le montant global des recettes publicitaires de mon journal.

— Quinze pour cent.

— Sept et demi et c'est mon dernier mot, Ed.

Elle était la plus jolie femme qu'il eût jamais rencontrée. A l'évidence elle le savait et s'en servait sans vergogne — tout comme il utilisait lui-même ses jolis cheveux bouclés, et le grand air d'innocence candide qui était le meilleur atout de sa panoplie de vendeur. Il ne trouvait rien à redire à cela, c'était de bonne guerre.

— Physiquement, dit-il, je vous préfère à Aron Fleggenheimer. D'assez loin.

Elle lui sourit, se leva, révéla à la secrétaire qu'elle attendait depuis exactement deux cent quarante secondes et donc qu'elle allait entrer dans le bureau de monsieur Simon S. Wise. Et elle dit tout cela dans le mouvement, achevant sa phrase dans le bureau même du susdit. Les trois quarts d'heure suivants allaient demeurer dans la mémoire d'Ed Solomons, et achever de le convaincre qu'il n'était pas seulement tombé amoureux de Kate Killinger (il était trop intelligent pour s'accorder la moindre chance auprès d'elle) mais que travailler sous ses ordres serait une aventure fascinante, et rémunératrice.

Ed Solomons avait commencé à travailler à douze ans. Il avait tout fait ou presque, même si ses seuls contrats avec la presse jusqu'à ce jour avaient consisté à livrer des journaux. La centaine de dollars hebdomadaire que lui rapportait son activité de vendeur de voitures d'occasion lui apparaissait, à l'époque où il rencontra Kate Killinger, comme le sommet de son Himalaya personnel. Il eût été le premier surpris de l'apprendre mais il possédait bel et bien, la suite allait le montrer, l'étoffe d'un directeur commercial de haut niveau. Peut-être eût-il fini par en avoir par lui-même la révélation, mais il allait toute sa vie tenir pour acquis que Kate Killinger avait su discerner des qualités qu'il ignorait avoir, et lui donner l'occasion de les exercer. Dans la presse des années trente, à New York comme ailleurs, les ressources publicitaires venaient loin derrière les recettes dues à la vente. On les tenait presque pour honteuses ; les textes des « réclames » étaient d'une médiocrité qui s'expliquait par le fait que leur rédaction était confiée soit au client lui-même, soit aux démarcheurs. Beaucoup de ceux-ci étaient du type Peabody, leur qualité essentielle étant de présenter bien, la bonne coupe de leur costume et le choix de leur cravate compensant l'aspect dégradant d'un tel commerce.

Les magasins RH Macy avaient été repris en 1887 par les frères Isidor et Nathan Strauss, qui avaient formidablement développé l'affaire. Monsieur Isidor Strauss et son épouse avaient péri lors du naufrage du *Titanic* après avoir avec héroïsme cédé leurs places dans un canot de sauvetage à des passagers plus jeunes. Quarante mille New-Yorkais et New-Yorkaises avaient suivi le service religieux à leur mémoire, dont évidemment tous les membres du personnel de *Macy's*. *Macy's* qui était le plus grand magasin jamais édifié sur la planète Terre, où l'on pouvait tout trouver, absolument tout.

— Et à propos, miss Killinger, j'ai bouclé mon budget de publicité pour l'année 1935, croyez que j'en suis navré, il ne me sera malheureusement pas possible d'insérer le moindre placard publicitaire dans votre journal.

Simon S. Wise reprit son souffle, il avait parlé sans

interruption aucune durant environ six minutes et trente-sept secondes — d'après Ed Solomons, qui se demandait maintenant comment Kate Killinger allait s'en tirer.

Il vit.

Elle commença par adresser à Wise le plus étincelant de ses sourires puis, sans aucune note et d'un ton très tranquille, elle récita la liste de toutes les insertions publicitaires payées par *Macy's* au cours de l'année 1934 en train de s'achever. Quotidien par quotidien, hebdomadaire par hebdomadaire, mensuel par mensuel, indiquant à chaque fois les sommes déboursées par le service de Simon S. Wise et les tirages exacts des publications ayant bénéficié de cette manne, soulignant certaines bizarreries qui consistaient en une évidente disproportion entre le tirage et le prix des insertions payées par *Macy's*, en sorte que dans bien des cas, c'était de l'argent versé à fonds perdus, on ne pouvait s'exprimer autrement. Mais bien entendu, monsieur Wise, qui n'occupait son poste que depuis quatre mois, n'avait pas eu le temps de dépoussiérer. Elle était sûre que monsieur Wise allait s'empresser de remettre de l'ordre. Elle expliqua ensuite comment elle concevait la publicité, comment elle devait être rédigée, présentée, ventilée. Elle établit la différence entre la publicité de notoriété, dont *Macy's* n'avait plus guère besoin, et les campagnes de promotion ponctuelles. Elle offrit de présenter des projets, neufs, originaux, révolutionnaires même, n'ayons pas peur des mots, que son atelier de création préparait déjà, que son imprimerie de labeur pouvait réaliser en un temps record et à des prix défiant toute concurrence.

Elle entreprit alors de présenter le *Queens & Long Island DAY*, accompagna sa présentation de photographies de toutes les installations du 1144 de Buckingham Street, en insistant sur la haute technicité du matériel et des hommes. Elle définit le rôle que le *Day* était appelé à jouer dans une communauté d'un million d'habitants, en croissance démographique constante, à qui le *Day* allait donner une identité commune, sur qui le *Day* exerçait et allait exercer une influence de plus en plus déterminante. Influence exercée entre autres — soit dit en passant — sur monsieur Simon Wise lui-même, dont la famille possédait aux alentours d'Oyster Bay, une maison de trente-cinq pièces où vivaient neuf personnes. Monsieur Simon Wise consentirait-il à faire un pari avec elle sur le nombre de personnes lisant déjà le *Day* dans cette maison, l'enjeu du pari étant un budget de publicité. Disons l'équivalent de cent dollars de publicité hebdomadaire par personne lisant le *Day* — une misère en vérité dans l'océan des millions de dollars affectés chaque année par *Macy's* à sa publicité — monsieur Wise pouvait-il, par exemple, décrocher son téléphone et appeler à son domicile pour poser la question ?

... Et après que l'appel eut été donné, et les résultats connus, elle continua de parler, toujours aussi tranquille et souriante, elle évoqua le développement que le *Day* allait connaître et pouvait-on passer un accord, considérant que la diffusion réelle était de l'ordre de vingt-huit mille soit cent vingt mille lecteurs. Pouvait-on envisager une progression de ce premier budget publicitaire, proportionnelle au chiffre de la diffusion du *Day* ? Est-ce que quinze pour cent de plus chaque fois que le *Day* augmenterait sa diffusion de cinq mille... D'accord sur dix pour cent. Cela avait été vraiment un plaisir de discuter avec vous monsieur Wise...

— ... Non, mon père et moi sommes un peu en froid en ce moment...

— ... Oui volontiers, disons mercredi à midi quinze pour le déjeuner au restaurant du *Plaza*.

Ed Solomons et Kate sortirent, saluèrent les secrétaires, reprirent l'ascenseur. Solomons la fixait, abasourdi.

Ils sortirent de l'ascenseur.

— Ce n'est pas tout, Ed, dit-elle, passons aux choses

sérieuses. Je veux vous voir à cinq heures au journal à Buckingham Street, vous remplacez Peabody. Son équipe se composait de deux personnes, Mary Hills et Charles Beer. Autant que possible, on les garde. A vous de compléter les effectifs, je me fiche de combien de personnes vous allez vous entourer. De toute façon votre service recevra vingt pour cent des recettes publicitaires qu'il ramènera. Vous en garderez sept et demi pour vous et paierez vos assistants avec le reste. Sauf si vous préférez ne pas être rétribué au pourcentage et choisissez de recevoir vos deux cent soixante-quinze dollars par semaine. Vous avez pris une décision à ce sujet ?

Il fut pris de fou rire et dut s'accoter au rebord vitré d'un rayon de lingerie pour dames.

Elle se mit à rire elle aussi.

— Je m'amuse comme une folle, Ed, vous savez ? Et en plus, je vais réussir cette saleté de journal ! Alors, oui ou non ?

— Je marche au pourcentage, réussit enfin à articuler Solomons

Le fou rire le reprit et elle se joignit à lui.

Elle se calma la première, après avoir consulté la petite montre de platine incrustée de diamants qu'elle portait en sautoir.

— D'accord, Ed, j'espère que nous rirons encore souvent ensemble, c'est d'ailleurs bien parti. Maintenant, je vous préviens : je veux que dans un mois vous gagniez trois cent cinquante dollars par semaine. Pour commencer.

Il effectua un calcul plus rapide que le précédent, ouvrit de grands yeux :

— Ça fait quatre mille dollars par semaine ! Vous voudriez que je vous ramène quatre mille dollars de publicité par semaine ?

— La cinquième semaine seulement, je vous en laisse tout de même quatre pour vous mettre dans le bain. Mais attention, à partir de la sixième semaine, je m'attends à ce que vous gagniez dix pour cent de plus.

— Pas tout à fait quatre mille cinq cents dollars ! J'ai le droit d'attaquer les banques ?

— Je serai généreuse, sinon carrément prodigue : je vais compter comme ramenés par vous ces mille dollars par semaine que je viens d'extorquer à Simon Wise.

— Et mon pourcentage ?

— D'accord.

Ils marchaient côte à côte. Elle consulta une nouvelle fois sa montre : onze heures moins trois.

— Ed, dit-elle, vous avez quantité de qualités et deux défauts. Le premier de ces défauts est de ne jamais vous préoccuper de paperasserie. Je n'accepterai aucun contrat de publicité qui ne soit enregistré par Mary Hills. Elle a une formation de comptable et elle est très minutieuse.

— Et mon deuxième défaut ?

— Vous avez une mentalité d'escroc. Je l'ai dit en plaisantant tout à l'heure, mais je le pensais. Vous allez travailler essentiellement dans le Queens et Long Island...

— Pas à Manhattan ?

— Vous prendrez *vos* clients où ils sont, pourvu qu'ils fournissent *mes* clients qui sont dans le Queens et Long Island.

— Vu, dit Solomons.

— Trichez avec un seul d'entre eux, même pour dix cents, et non seulement je vous mets à la porte mais en plus je consacrerai tout le temps nécessaire à avoir votre peau. Et je l'aurai.

Il s'immobilisa, interdit. La fixa :

— Mais vous ne plaisantez pas !

Elle hocha la tête :

— Arrangez-vous pour ne jamais m'avoir comme ennemie, Ed. Je suis d'un caractère extrêmement vindicatif. Que je sois une femme ne change rien, ne l'oubliez jamais.

Solomons sourit mais il était mal à son aise.

— D'accord, dit-il.

Elle lui rendit son sourire et l'impressionnante lueur glacée dans les yeux bleu saphir s'estompa et disparut.

— Je suis sûre que nous allons faire du très bon travail ensemble. Voudriez-vous me laisser, à présent ? J'ai des courses à faire. A cet après-midi, cinq heures.

A onze heures, exactement, à la seconde près, Kate entra dans les toilettes des dames. Une demi-douzaine de femmes, de tous âges, étaient déjà assises sur de petits sièges capitonnés, roses et bleus, et se repoudraient devant les tables de maquillage. Les miroirs oblongs qui couronnaient les coiffeuses reflétaient l'éclat tapageur des gigantesques lavabos que surmontaient de massifs robinets chromés. Après s'être lavé les mains, Kate s'assit et fit mine de redonner un pli à ses mèches qui n'en avaient nul besoin.

— Il y avait un homme avec vous. Vous deviez venir seule.

— Il est parti, dit Kate. Et il travaille pour moi, de toute façon.

— Vous deviez venir seule, c'était convenu.

Kate ne tourna pas tout de suite la tête : le reflet dans le miroir suffisait. Elle vit une jeune femme d'une trentaine d'années, assez jolie en dépit de ses lèvres un peu minces. Coiffée d'un béret violet qui dissimulait ses cheveux coupés à la garçonne. Elle portait un manteau de renard roux, trop court, qui perdait ses poils, sur une robe en imprimé à fleurs mauves, beaucoup trop légère pour la saison. Kate fut frappée par sa pâleur que faisait encore ressortir un maquillage excessif. La jeune femme semblait sur les nerfs, et sous des sourcils violemment redessinés au crayon, ses yeux noisette ne cessaient d'aller et venir.

— Pourquoi m'avez-vous appelée ?

— Vous êtes la directrice du *Day* ou y a-t-il un homme qui commande ?

— C'est moi qui commande. Seule.

— Je vous ai appelée parce que vous êtes une femme. Et parce que votre journal est le seul à parler d'Harry Gunn.

— Et de Tony Gardello.

— C'est ça.

« Elle en a après Harry Gunn, Gardella ne l'intéresse pas. Harry Gunn ou l'un de ses hommes de main », pensa Kate qui avait volontairement estropié le nom de Gardella.

— Vous allez continuer à attaquer Harry Gunn ?

— Aussi longtemps qu'il le faudra.

— Il est capable de vous faire tuer, vous le savez ?

— J'espère qu'il n'en fera rien, dit Kate en souriant.

Le groupe de femmes en train de papoter s'en allait. Le petit salon des toilettes se vida. Elles se retrouvèrent en tête à tête. La nervosité de la femme au béret ne diminua pas pour autant.

— Comment vous appelez-vous ?

Mouvement latéral de la tête : elle ne voulait pas de ce genre de question. Kate en essaya d'autres :

— Vous avez une raison d'en vouloir à Harry Gunn ?

Pas de réponse.

— Ou alors à Danny Kobler ?

Pas de réponse.

— A Frank Maggio ?

Pas de réponse.

— Combien étaient-ils, pour frapper Tony Gardella ?

— Trois.

— Qui a tiré ? Je veux dire : qui tenait le revolver ?

— Harry Gunn.

— Vous l'avez vu tirer ?

— Non.

— Vous voulez qu'Harry Gunn, Kobler et Maggio soient condamnés pour ce qu'ils ont fait à Tony Gardella ?

La jeune femme marqua une brève hésitation.

— Vous connaissez personnellement Tony Gardella ? demanda Kate.

— Non.

— C'est à cause de quelque chose que ces trois hommes ont fait à quelqu'un d'autre, que vous leur en voulez.

Ce n'était pas une question. Kate était maintenant à peu près certaine de voir juste.

— Est-ce que Gunn, Kobler et Maggio ont déjà tué, dans le passé ?

Sur le visage que Kate voyait dans le miroir, un sourire très amer se dessina — amer et sarcastique, devant une question aussi naïve.

— Combien ?

Nouveau mouvement de la tête, accompagné d'un haussement d'épaules.

— Cinq ? Dix ? Plus de dix ?

— Plus de dix.

— Vous pouvez me citer des noms ?

— Je ne les connais pas tous.

— Ceux que vous connaissez.

Kate ne se fia pas à sa mémoire. Elle inscrivit les six noms et prénoms, les lieux et dans deux cas, les dates. La femme au béret faisait soudain montre d'une prolixité surprenante et l'hypothèse de Kate Killinger s'en trouva confirmée : c'était bien dans le passé, et non dans l'affaire Gardella, qu'il fallait rechercher les raisons qui la poussaient à tant de révélations...

— Gurrah ?

Le nom venait de surgir dans la litanie ahurissante débitée par l'inconnue. Et il était connu de Kate, c'était le surnom de Jake Shapiro, truand notoire qu'on associait en général à Lepke Buchalter. Les yeux noisette exprimèrent tout à coup de l'affolement :

— Oubliez que j'ai parlé de lui.

— J'oublierai même que vous m'avez parlé.

— Vous m'avez juré que personne ne saurait jamais que nous nous sommes vues.

— Je tiendrai ma parole.

D'autres clientes de *Macy's* entraient et sortaient en un va-et-vient continu. Kate était en train de refaire pour la sixième fois le dessin de ses lèvres. En général elle se maquillait à peine. Un long moment, elle dut garder le silence, quelqu'un venait de s'asseoir très près d'elle et prenait son temps. L'importune partit enfin.

— Dans toutes les informations que vous m'avez données, dit Kate, il y a rien qui puisse permettre d'accuser formellement Harry Gunn.

— J'en ai déjà trop dit.

L'inquiétude de la femme était presque palpable. En la voyant enfoncer son béret au ras des sourcils d'un geste nerveux, Kate comprit qu'elle allait s'en aller.

— La première page des petites annonces, dernière colonne à droite, en bas de cette colonne. Je publierai deux ou trois lignes sur un chien perdu, à rapporter contre récompense. Il sera question d'un teckel avec un collier bleu. Cela vous sera destiné et voudra dire que je vous demande de m'appeler. Vous avez le numéro de téléphone de mon journal, voulez-vous celui de mon domicile ?

— Je n'appellerai plus jamais.

— Nous voulons autant que vous qu'Harry Gunn soit puni pour tout ce qu'il a fait. Si vous nous aidez...

— Je n'appellerai plus.

De nouveau, le petit salon des toilettes des dames était vide, en dehors de Kate et de l'inconnue. Elle se leva, remonta le col élimé de son manteau de renard.

— Je vais sortir la première. Attendez cinq minutes et seulement après vous sortez.

Kate acquiesça. Dans les secondes qui suivirent, elle résista à une impulsion qui la poussait à partir sur les talons de la femme au béret. Finalement, elle demeura assise, à relire ses notes.

La campagne du *Day* contre Harry Gunn allait durer soixante et onze jours. C'est-à-dire que soixante et onze jours durant, le journal parut avec la même première ligne de titre barrant la Une : « HARRY GUNN N'EST PAS... », suivie au fil des parutions d'éléments supplémentaires, alourdissant le dossier. Dès le 27 décembre 1934, le *Day* élargit son offensive à d'autres affaires dans lesquelles Gunn était gravement impliqué : six meurtres commis de 1931 à décembre 34, et une trentaine d'incidents à la suite desquels des hommes travaillant sur les docks avaient été grièvement blessés. Dans cinq cas, on leur avait brisé les os des jambes ou des bras avec des battes de base-ball.

Mais les attaques portées contre Harry Gunn touchèrent bientôt à d'autres secteurs de son activité. Ce fut tout d'abord une série de reportages, étayés par des chiffres, révélant l'importance des vols commis au détriment des affréteurs, sur chacun des quais contrôlés par le syndicat dont Harry Gunn était le secrétaire général. La moyenne par môle s'établissait à cent cinquante mille dollars de marchandises détournées, l'an. Avec une pointe à deux cent soixante-douze mille pour le môle 4. Aucune plainte n'avait jamais été déposée en cinq ans. En revanche la rapine avait été remarquablement faible au môle 3, celui sur lequel Tony Gardella était chef d'embauche...

Le *Day* établit également que six appartements d'un immeuble de la Quarante-Troisième rue à Manhattan, ainsi qu'une villa payée cent dix mille dollars en Floride étaient la propriété personnelle de Harry Gunn. Il prouva que l'Honnête Homme du Queens, si souvent photographié avec sa femme et ses trois enfants dans le petit jardin de sa maison de Corona, entretenait sur un grand pied une danseuse des Ziegfeld Follies. Des doubles de factures, toutes acquittées par Harry Gunn, pour un montant total de trente-huit mille six cents dollars furent publiées, ainsi que des photos montrant le syndicaliste en joyeuse compagnie.

Vingt-quatre personnalités politiques, dont un sénateur, deux membres de la Chambre des représentants, et trois juges furent impliquées par le *Day*.

Tony Gardella était mort le 27 décembre sans être jamais revenu sur ses déclarations officielles innocentant Harry Gunn, Danny Kobler et Frank Maggio. La collecte organisée par le *Day* rapporta sept mille neuf cents dollars, somme qui fut arrondie à dix mille par le journal lui-même.

Au début l'obsédante répétition de ces titres quasi identiques avait suscité les rires. Le *Morning News* avait même reproduit des fac-similés de plusieurs « unes », assortis d'un commentaire sarcastique. Kate expédia immédiatement un câble au « directeur général » du *Morning* — elle publia le câble — en le remerciant pour la publicité qui lui était ainsi faite. Mais le mouvement, d'abord à peine perceptible, se manifesta plus vite encore que Kate ne l'avait espéré : le « feuilleton » Harry Gunn commençait à passionner le Queens.

— Je vais pouvoir réduire un peu les services gratuits, annonça-t-elle à Nick et Ed Solomons.

Aucun des deux n'avait la moindre idée de la proportion des ventes réelles dans le tirage de soixante-quinze mille exemplaires sortant chaque nuit de la rotative d'Abadie. En fait, le *Day* avait vendu entre quatre et six mille exemplaires — en décomptant les achats massifs opérés par Karl Killinger — durant les dix premiers jours de mise en place, puis neuf mille cinq cents à peu près la semaine suivante. L'effet de la campagne contre Harry

Gunn avait alors joué : pendant les deux premières semaines de janvier, ces ventes réelles atteignirent et dépassèrent vingt-quatre mille. Dès lors elles n'allaient pas cesser de monter et le 10 mars 1935, la barre des trente-cinq mille allait être franchie. Mais Kate gardait pour elle — seul Donovan était dans le secret — ces chiffres qui traduisaient pourtant un véritable succès. Elle ne se référait jamais qu'à la « diffusion ». Elle annonçait soixante-dix mille, et même un peu plus. Non sans raison puisque, reprenant la stratégie qu'elle avait déjà employée avec la *Gazette*, elle distribuait gratuitement plus de trente mille exemplaires, dans tous les lieux publics. En n'ayant garde d'oublier quiconque figurait sur la liste de ses annonceurs publicitaires potentiels. Ainsi avait-elle pris soin de faire livrer chaque jour cinq exemplaires à la famille Wise dans sa maison d'Oyster Bay, en sorte que lorsqu'elle avait parié avec Simon S. Wise de chez *Macy's*, elle n'avait guère couru de risques.

L'essentiel aux yeux de Kate Killinger étant justement cette diffusion, qui permettait à Ed Solomons et à son équipe (sept personnes à partir de la mi-janvier 1935) de prétendre que près d'un habitant sur deux de Queens et de Long Island lisait le *Day*. Et à un annonceur qui découvrait le *Day* partout où il allait, dans sa famille, chez son coiffeur, son médecin, son dentiste, son épicier, ou son restaurant habituel, il n'était pas facile de réfuter l'argumentation par ailleurs remarquablement efficace d'un Solomons. Les achats, y compris celui d'un journal ou des produits cités dans ses colonnes, étaient décidés par les femmes et les enfants. Et elle avait défini tout le contenu rédactionnel du *Day*, en fonction de cette constatation. Le fait que sa rédaction fût jeune et comptât un nombre inaccoutumé de femmes journalistes, n'était nullement dû au hasard, mais bien le résultat d'un calcul.

... Ce fut d'ailleurs la première pomme de discorde entre Nick Di Salvo et elle. En février 1935, Kate décida en effet de porter de vingt-quatre à trente-deux pages l'édition du dimanche. Pour ces huit pages supplémentaires, elle engagea deux journalistes de plus, deux jeunes femmes, qu'elle plaça sous l'autorité d'Irena Van Gaver.

— Tu es en train de transformer ma rédaction en club féminin, remarqua Nick avec une aigreur certaine.

— Je suis une femme, moi aussi.

Il hocha la tête, partagé entre le sourire et son acrimonie.

— Je vais bientôt avoir plus de femmes que d'hommes.

Il exagérait un peu : en tant que rédacteur en chef, il avait sous ses ordres cinq femmes sur quatorze journalistes (Peggy Hutchins, Irena Van Gaver, Shirley Storch et les deux nouvelles venues : Elizabeth Hoag et Helen Wilkins). De ce quintette, Peggy et Shirley se détachaient dans la mesure où elles assumaient un travail de reporter à tous égards identique à celui d'un Pohl ou d'un MacGann. Ce n'était pas tout à fait le cas de l'élégante Irena Van Gaver, au point que Nick en avait fait une secrétaire de rédaction, lui confiant en outre les rubriques proprement féminines, tâche dont elle s'acquittait à merveille. A ceci près qu'elle considérait que soixante heures de travail hebdomadaire, six jours par semaine, constituaient un plafond à ne pas dépasser.

— Et ça veut dire quoi, que les deux nouvelles seront sous ses ordres ? Que je n'aurai aucun contrôle ?

Kate avait à peu près réussi à calmer Nick. Elle expliqua que les deux pages quotidiennes et les douze pages de l'édition dominicale consacrées aux femmes rapportaient à elles seules plus de la moitié des recettes publicitaires. L'argument ne porta guère : comme tous les rédacteurs en chef du monde, Nick trouvait que la publicité prenait trop de place. Un journal sans rien d'autre que du rédactionnel l'eût enchanté. Toute journaliste qu'elle fût, Kate se trouvait d'un avis notablement différent. Sa théorie de départ en créant le *Day* reposait sur un développement des ressources publicitaires au point de faire de celles-ci la source principale de financement. Elle n'avait jamais jugé utile d'informer Nick de cette politique. En vérité, elle était allée jusqu'à imaginer un quotidien qui n'eût présenté que de la publicité, dont un maximum de petites annonces regroupées dans une gigantesque bourse d'échanges, distribué gratuitement, non seulement dans le Queens et Long Island, mais dans toute l'agglomération new-yorkaise.

Elle ne sous-estima pas l'élan que l'affaire Harry Gunn donna au *Day* et en attribua tout le mérite à son rédacteur en chef, qui avait eu le réflexe de tirer la quintessence d'un banal fait divers.

Nick la corrigea : ce n'était pas lui, mais elle qui avait eu l'idée-gag de la répétition du titre.

— Et sans les informations que tu as obtenues de ta femme au béret, nous aurions eu bien du mal à poursuivre notre campagne.

Ladite femme au béret ne s'était plus manifestée. A deux reprises, Kate avait publié la petite annonce convenue, invitant l'inconnue à rétablir le contact. Sans succès. Mais attribuer à cette femme et à ses indications tout le mérite des soixante et onze jours de la campagne finalement victorieuse contre Harry Gunn eût été faire trop peu de cas du travail effectué par les journalistes du *Day*. Durant toute cette période, Ernie Pohl, Peggy Hutchins, Louis Herzberg, régulièrement renforcés par Al Taggart puis, surtout, à partir de la fin décembre 34, par Jack Dobey l'ancien coursier de la Western Union, se consacrèrent à temps plein au dossier Gunn. Les renseignements qu'ils obtinrent dans les milieux financiers permirent notamment à Nick d'alimenter sa campagne pendant six jours, sous le titre six fois répété de « HARRY GUNN N'EST PAS UN HOMME RICHE ».

La possibilité d'une réaction violente avait été envisagée par Nick Di Salvo dès les premières parutions. Il était né dans le quartier italien de Queens, parlait l'italien et comprenait à peu près le sicilien. Trois ou quatre de ses anciens amis de classe avaient eu maille à partir avec la police, deux d'entre eux avaient même effectué un séjour à Sing Sing. Il ne connaissait pas personnellement Frank Maggio, désigné comme l'un des agresseurs de Tony Gardella, mais avait joué au basket-ball avec l'un de ses frères cadets, qui avait américanisé son prénom de Giovanni en Johnny.

— Ton journal va continuer ce jeu longtemps, Nick ?

A l'occasion d'une visite à sa mère, Nick avait appris que Johnny Maggio désirait lui parler. Mais discrètement. Rendez-vous avait été donné dans un cinéma de Queens Boulevard, à deux heures de l'après-midi et trois jours de suite, pour le cas où Nick n'eût pu s'y rendre immédiatement. Il y était allé, s'était assis au dernier fauteuil de la dernière rangée côté droit, comme convenu, et deux minutes plus tard, tandis qu'il regardait le début de *New York-Miami* de Capra et souriait à la première suspension de couverture entre Clark Gable et Claudette Colbert, Johnny Maggio était venu s'asseoir près de lui.

— Tu te souviens de mon père, Johnny ? demanda Nick.

— Qu'est-ce que ton père vient faire là-dedans ?

— Je ne crois pas que Harry ait tué mon père, en tout cas pas directement. Mais je crois qu'il faisait partie de la bande, déjà. Mon journal continuera jusqu'à ce que Harry soit condamné. A mort, si possible. Et si je faisais partie du jury...

— Je n'étais pas au courant, Nick. Je veux dire pour ton père et Harry. Si c'est une affaire personnelle entre vous, ça change tout.

Nick expliqua alors que ce n'était pas une affaire entre

Harry Gunn et lui. Bien sûr, le fait qu'il tînt Harry Gunn pour l'un des responsables de la mort de son père avait joué un rôle. Mais durant les premières minutes seulement. Il demanda à Johnny Maggio qui l'avait envoyé.

Pas Harry Gunn. D'autres. Il ne voulut pas prononcer le moindre nom mais, pour Nick, ceux dont Johnny était l'ambassadeur ne pouvaient être que Buchalter, ou Jack Shapiro...

— Ou Alberto Anastasia. C'est lui, Johnny?

Même dans la pénombre de la salle de cinéma, l'affolement qui gagna l'ancien camarade de classe de Nick fut perceptible.

— Tu es fou de prononcer des noms comme ça!

— Je suis vraiment très heureux que tu sois venu me parler, dit Nick. Tu vas pouvoir faire une commission pour moi. Tu diras à ceux qui t'envoient que pour l'instant, le *Day* se contentera d'avoir la peau de Harry Gunn. Lui seul. Sauf si quelque chose arrivait à notre journal, à son matériel, à l'une quelconque des personnes qui y travaillent. Tu leur répéteras ça, Johnny? O.K.?

— Tu veux dire que l'un de tes amis d'enfance est le frère du Frank Maggio que nous essayons de faire envoyer en prison?

Nick se mit à rire :

— Et un autre de mes copains vient d'être envoyé à Sing Sing pour meurtre. Je ne suis pas responsable de l'évolution de mes camarades de classe.

Il s'amusait. Et prenait conscience, d'un coup, d'un aspect de la personnalité de Kate Killinger auquel il n'avait guère attaché d'importance, jusqu'à ce jour : elle avait toujours vécu dans les beaux quartiers de New York, n'avait jamais manqué d'argent, eût sans le moindre effort pu continuer de vivre dans le luxe, le confort et la parfaite quiétude. Outre qu'elle était la fille de l'un des hommes les plus puissants des États-Unis, et l'un des plus riches aussi, elle avait été mariée ; à un homme — Douglas Caterham — que Nick avait connu, dont la quasi-totalité des femmes se fût éminemment satisfaite. Or, elle avait tourné le dos à tout cela, elle était venue s'enterrer dans une banlieue, y travailler dix-huit heures par jour, sept jours sur sept, pour créer un journal qui jamais ne deviendrait l'égal d'un *Times* ou d'un *Herald Tribune*, qui était destiné à des banlieusards et dont ce serait pur miracle, selon Nick, s'il parvenait un jour à vendre cent mille exemplaires.

— Qui est cet Anastasio ?

— Anastasia. Albert Anastasia. Un tueur. Ou plus justement le chef d'une organisation de tueurs.

— Tu ne m'en as jamais parlé. S'agirait-il encore de l'un de tes innombrables parents ?

— Un cousin, dit Nick.

Il exagérait un peu mais au point où en étaient les choses, il ne voyait pas la nécessité d'en informer Kate. En réalité, il pensait sans en être tout à fait sûr qu'une de ses cousines au troisième degré avait épousé un homme de la famille Anastasia. Pour autant qu'il le sût le couple avait quitté New York cinq ans plus tôt et s'était installé dans l'Ouest.

— Et tu le connais ? Personnellement ?

— Je ne connais que lui, répondit Nick. Nous avons très souvent tué des gens ensemble. Une fois, nous avons exterminé à nous deux toute une école. Qu'est-ce qu'on a rigolé !

Nick n'avait vu Albert Anastasia qu'en une seule occasion : à un mariage — sans doute celui du couple parti dans l'Ouest. Il n'avait gardé de lui qu'un vague souvenir, celui d'un homme rond, sans autres signes particuliers. Il le connaissait surtout par ouï-dire. Des bruits couraient selon lesquels le cousin Alberto avait tué ou fait tuer une bonne centaine d'hommes, qu'il était à la tête d'une véritable armée de « torpedos » mercenaires.

— Nick, je sais bien que je ne suis pas d'origine italienne mais j'aimerais quand même comprendre : pourquoi cet Anastasia t'aurait-il envoyé un émissaire ?

— Pour savoir jusqu'où nous allons aller dans notre enquête sur Harry Gunn.

— Et tu lui as répondu que nous irions jusqu'au bout. Et alors ?

— Je ne lui ai pas dit exactement ça. Je lui ai dit que *pour l'instant* nous nous contenterions du scalp de Harry Gunn, pour l'accrocher à notre rotative.

Il fallut à Kate une seconde pour comprendre :

— Arrête-moi si je me trompe, Nick : tu as engagé le journal, tu m'as engagée à n'attaquer personne d'autre que Gunn ?

— Voilà, répondit assez sèchement Nick Di Salvo, agacé par la façon dont elle ramenait tout à elle et s'identifiait au *Day*.

— C'est-à-dire que si demain, ou dans trois semaines, nos enquêtes en cours nous permettent de mettre en cause les gens qui sont au-dessus de Harry Gunn, nous devrions nous abstenir ?

— C'est l'idée générale.

— Parce qu'ils sont d'origine italienne comme toi, Nick ?

Ils étaient tous deux dans la voiture de Nick. Ils revenaient d'un rendez-vous à Long Island City, avec un promoteur immobilier qu'Ed Solomons était parvenu à convaincre de lancer une campagne dans le *Day*. L'homme avait de gros projets dans les quartiers de Rockville Centre, East Rockaway et Oceanside, dans le sud du comté de Nassau et Solomons avait réussi à persuader la directrice et le rédacteur en chef du *Day* de rendre une visite de courtoisie à son futur client. Nick conduisait, il ralentit puis se rangea le long du trottoir.

— Voilà une réflexion remarquablement intelligente, Kate.

Ses mains tremblaient sous l'effet de la colère.

Kate le fixait. Il prit le temps de bourrer, puis d'allumer sa pipe. Elle remarqua, acide :

— Tu pourrais t'abstenir de fumer, tu sais que j'ai horreur de ça.

— Rien ne t'empêche de descendre et de rentrer au journal à pied, dit Nick avec un calme dont il ne fut pas loin de s'enorgueillir.

Il vit la main de Kate se poser sur la poignée de la portière, mais elle n'acheva pas son geste.

— J'ai un sale caractère, d'accord, dit Kate.

— Je n'avais pas remarqué.

— Je retire ma réflexion. Tu n'as pas promis de laisser cet Anastasia et tous ses comparses parce qu'ils sont de ta famille. Tu ne l'as pas fait pour ça. D'accord. Alors pourquoi ?

— Parce que j'ai très peur d'Anastasia, dit Nick. Voilà pourquoi. De lui et de Gurrah.

— Tu es sérieux ?

— Très sérieux !

— Qu'est-ce que ce type pourrait nous faire ?

— A part mettre le feu à notre imprimerie en provoquant un accident parfaitement accidentel, rien. A part repérer Louis qui est en train de jouer les espions sur les docks et le foutre au fond d'East River avec des chaussures en ciment, pas grand-chose. A part...

Il s'interrompit. Il venait de penser à la maison de Glenwood Landing, avec ses domestiques chinoises et l'enfant de Kate. Que rien ni personne ne protégeait.

— Et quoi d'autre, Nick ?

— Rien à quoi je puisse penser. Il pourrait aussi m'arriver un accident. Je pourrais être renversé par un camion. Mon père a été écrasé par un container qui contenait un tracteur.

— On ne touche pas à des journalistes !

— Probablement pas à un type du *Times* ou du *Tribune* ou encore du *Morning*...

— Mais nous ne sommes pas un grand journal, c'est ça ?

Il remit la voiture en route. Nick Di Salvo n'était probablement pas le meilleur reporter de New York. Sans l'intervention de Karl Killinger peut-être ne fût-il jamais revenu à la presse ; et il n'avait jamais demandé à Kate de le nommer rédacteur en chef du *Day*. Il était bien trop lucide pour ignorer qu'il eût accepté n'importe quel poste de journaliste qu'elle lui eût offert, et pour ne pas savoir qu'il eût suivi Kate Killinger de toute manière, pour cette seule raison qu'il était amoureux d'elle. Mais il possédait des qualités dont, à la manière d'Ed Solomons, il ne se savait pas détenteur : il avait un don inné pour déceler dans un article ce qui était bon, ce qui était original, et ce qui n'était ni l'un ni l'autre. Il savait dire pourquoi et le cas échéant, titrer. Il savait choisir le journaliste qu'il fallait, expliquer à celui-ci ce qu'il attendait, l'encourager, le corriger sans le décourager, le virer si cela était nécessaire. Son sens de l'information était remarquable, son goût de la concision des plus sûrs. Il allait toujours laisser à d'autres les exaltations quant à la noble mission des hommes de presse, et jamais ne se prit lui-même au sérieux. C'est ainsi que dans l'affaire Harry Gunn, il refusa de s'abandonner à la véritable haine qu'il portait depuis des années au prétendu syndicaliste.

— Tu es fâché, Nick ?

Il sourit. Il avait repris le contrôle de lui-même.

— Non. Kate, en tout état de cause, nous n'avons pas de quoi faire condamner Harry Gunn, et moins encore ceux qui, comme tu dis, sont au-dessus de lui. Tout ce que nous pouvons faire, c'est de le mettre dans une situation intenable, et à la rigueur, de lui faire avoir de gros ennuis avec l'administration fiscale.

— Ce n'est déjà pas si mal.

— Il est hors de combat, en tout cas. Mais nous n'avons pas réussi à trouver quoi que ce soit qui permette de l'expédier en prison pour meurtre.

— Tu crois réellement que Louis Herzberg pourrait être menacé physiquement ?

— Oui.

— Rappelle-le.

— Il n'acceptera pas. A sa place, je n'accepterais pas.

— C'est un bon journaliste.

— Ils sont tous bons, dit Nick. Tous et toutes. Moi excepté, tu as réuni la meilleure équipe possible.

— Oh, Nick !

Il entendit Kate rire mais ne tourna pas la tête. Même quand elle posa sa main sur la sienne. Cela lui était venu d'un coup. Il avait soudain pensé à H.H. Rourke. Le trait principal du caractère de Nick Di Salvo était la modération, dans ses jugements aussi bien que dans ses sentiments.

Sauf s'agissant de l'amour qu'il éprouvait pour Kate Killinger.

Et de l'obsédante présence de H.H. Rourke entre elle et lui. Rourke fût-il à l'autre bout du monde.

Vers la fin janvier, Kate Killinger fut victime d'une attaque de grippe. Après avoir feint d'ignorer la chose, elle dut se résoudre à garder le lit et, pour être sortie trop tôt, elle y retourna pour quatre bons jours. Elle fut donc hors d'état de travailler durant une semaine. C'était sa deuxième absence en comptant son voyage en Californie. Nick Di Salvo se retrouva seul aux commandes du *Day*.

Prendre le relais de Kate pour tout le travail qu'elle abattait au sein de la rédaction ne lui posa pas trop de problèmes. Kate rédigeait quotidiennement un éditorial et une rubrique portant délibérément un titre interminable : *Tout ce que vous n'avez absolument pas besoin de savoir pour vivre tranquillement dans le Queens et Long Island.* La rubrique existait déjà dans la *Gazette* cinq ans plus tôt. Tous les indicateurs ordinaires — lettres de lecteurs, commentaires du personnel du journal, développements philosophiques chez le coiffeur ou dans les épiceries — démontraient qu'elle était très lue et faisait sourire. Il s'agissait d'une sarcastique revue de presse de tous les journaux new-yorkais et des dépêches d'agences. Son but était, sous une forme amusante, d'informer les habitants du Queens et de Long Island de ce qui se passait dans le vaste monde. L'humour féroce de Kate s'y donnait libre cours à chaque ligne, c'était fort drôle. C'était aussi la démonstration de son très remarquable esprit de synthèse.

Nick demanda à Al Taggart et Shirley Storch, choisis pour leurs plumes acérées, de l'aider à rédiger la rubrique. Il se chargea seul, en revanche, de l'éditorial, à peine moins caustique. Si Kate et lui avaient un point commun (ils en avaient d'autres), c'était bien dans la façon d'écrire. Ils étaient capables de se remplacer l'un l'autre sans que quiconque pût y voir la différence. La seule petite divergence tenait à leurs opinions politiques — Kate était démocrate et Nick républicain. Ils étaient déjà convenus, pour les prochaines élections de 1936, de publier *deux* éditoriaux côte à côte. Le premier pour soutenir la candidature de Franklin Roosevelt s'il se représentait comme c'était probable, le deuxième en faveur du candidat républicain.

Mais se substituer à Kate ne se résumait pas à la remplacer en tant que journaliste. S'il en avait jamais douté, Nick découvrit que l'activité de Kate était démentielle. Il n'était pas un seul service du *Day* dont elle ne tint fermement en main les commandes : de la distribution à la comptabilité, de l'organisation des ateliers (il n'existait alors pas de directeur technique) à celle de l'imprimerie de labeur, dont elle assurait la direction et pour le compte de qui elle démarchait des travaux à façon. Bien que Nick en fût officiellement le rédacteur en chef, c'était elle surtout qui définissait le contenu des douze pages supplémentaires de l'édition dominicale, dont elle écrivait à elle seule un bon tiers.

Et bien entendu, elle œuvrait en collaboration étroite avec Ed Solomons pour tout ce qui concernait la publicité. En quatre semaines, le service dirigé par l'ancien vendeur de voitures d'occasion avait triplé ses effectifs. Nick n'y mettait habituellement jamais les pieds, il ne s'y était hasardé qu'une fois, était tombé au beau milieu d'un conseil de guerre dirigé par un Solomons frénétique en train de haranguer ses troupes avec un incroyable fanatisme. Un silence glacial s'était abattu à son entrée, il avait ressenti ce qu'eût pu éprouver un pasteur anglican pénétrant par erreur dans un congrès de danseuses nues.

Ed Solomons vint voir Nick dès le deuxième jour de l'absence de Kate :

— J'ai un problème que vous pourrez peut-être régler, quoique j'en doute. Mais passons. Il me faudrait deux ou trois de vos rédacteurs pour un travail important.

Nick avait horreur qu'on traitât ses journalistes de « rédacteurs ». Il avait néanmoins passé sur l'insulte et demandé en quoi consistait le problème.

— C'est notre service de conception qui est en panne.

— De conception de quoi ?

Solomons le considéra avec un mélange d'apitoiement et de résignation.

— Conception publicitaire, mon bon. On travaille, nous. Mes dessinateurs ont fait ce qu'ils avaient à faire, mais il nous faut quelqu'un pour écrire les textes. Je suis un vendeur, moi. Pas un écrivain.

Nick ignorait jusqu'à l'existence d'un service de conception publicitaire. On l'aurait à peine moins surpris en lui révélant que les bureaux du *Day* abritaient dans l'aile est un élevage de crotales. Il finit par comprendre que la rédaction publicitaire, d'ordinaire effectuée par Kate, nécessitait une intervention immédiate :

— Pour les textes vraiment importants, j'attendrai qu'elle revienne, dit Ed Solomons. Mais certains trucs sont urgents. Et il faudra bien deux ou trois types de chez vous pour la remplacer, mon bon. Et des bons, mon bon. Si vous en avez.

Durant quelques secondes, le sang latin de Nick Di Salvo circula à une vitesse supérieure à la norme. Il se calma, et avala les « mon bon » comme il avait digéré les « rédacteurs ». Il désigna deux volontaires : Dan Clifton, dont le style était au-dessus de la moyenne, et lui-même. Les deux heures suivantes furent mortifiantes et lui rappelèrent ses débuts au *Tribune*, quand on s'était très méticuleusement employé à lui démontrer qu'en dépit de ses passages à la *Queens Gazette* puis au *Morning News* de Karl Killinger, il ne savait pas du tout écrire. A son habitude, il rédigea très vite deux ou trois textes vantant les mérites exceptionnels d'annonceurs dont il ne savait rien — notamment un marchand de meubles. Il pondit ses trois pensums en vingt minutes, tandis qu'à son côté Dan Clifton travaillait sur une pommade souveraine contre les cors aux pieds. Ils rendirent leurs copies.

— Ouais, dit Ed Solomons achevant sa lecture. Moi personnellement en ce qui me concerne, mon bon, je ne pourrais pas vous dire. Mais je sais ce qu'Elle dirait, Elle : Nul... vraiment nul.

L'idée que le chef de publicité pût se payer sa tête effleura Nick. Il envisagea même de taper un peu sur celle de Solomons. Il préféra se lever, aller puiser dans la collection et relire quelques-uns des textes de publicité rédactionnelle auxquels il n'avait jusque-là prêté aucune attention. Il était trop professionnel pour ne pas noter la différence.

— D'après Elle, disait dans le même temps Solomons,

écrire pour la publicité est un métier. Il faut surprendre celui qui lit, l'intéresser, l'amuser parfois et, en même temps, il faut que ça plaise au client. Comme Elle dit, c'est très simple : il suffit de faire tout le contraire de ce que les autres ont fait jusqu'ici. Vous le saviez qu'Elle est un génie ?

Solomons était béatement sincère et Nick jugea qu'il lui était décidément impossible de se battre avec un homme qui avait d'*Elle* une opinion aussi favorable. Il s'y reprit à deux fois mais au troisième essai tint pour acquis qu'il était parvenu au ton convenable.

Ed Solomons partagea cet avis. Il sourit :

— Elle me l'avait dit, que vous vous y entendiez, mon bon.

— Je peux vous demander un service, Ed ?

— Tant que vous voudrez.

— Arrêtez de m'appeler « mon bon ». Il y a combien de personnes dans votre service ?

— Neuf démarcheurs en me comptant. Plus deux dessinateurs, un photographe et une secrétaire qui fait la comptabilité et le courrier. Treize.

Soit un personnel presque aussi important qu'à la rédaction. La surprise de Nick fut réelle.

— Si un jour vous avez besoin de n'importe quoi, dit Solomons. D'une nouvelle paire de chaussures, d'un costume, d'une valise, d'une voiture ou même d'un appartement, dites-le-moi, je vous ferai avoir des prix. On pourra peut-être même faire un échange marchandises.

Il s'expliqua : un échange marchandises était une transaction par laquelle un annonceur offrait un de ses produits en échange d'un espace dans le journal.

— Et qui décide ? demanda Nick.

Ed Solomons éclata de rire : pas lui. Elle seule avait le droit d'accepter les échanges marchandises.

— Elle n'a pas trop confiance en moi.

Nick faillit répondre qu'il n'en était pas surpris mais

choisit de se taire. Entre Solomons et lui, il n'y aurait jamais d'amitié réelle, même si, avec le temps, il finirait par s'habituer au personnage, à son cynisme et à sa rare insolence ; mais son efficacité ne ferait jamais aucun doute à ses yeux.

Une autre des tâches ordinaires de Kate pour laquelle Nick Di Salvo dut la remplacer concernait les relations publiques : contacts de tous ordres avec les autorités, et surtout avec les annonceurs de Solomons — chaque fois qu'était jugée nécessaire, pour des raisons de stratégie commerciale, l'intervention de la direction du *Day*.

Le 2 février, Nick flanqué de Solomons dut ainsi se rendre à Manhattan afin d'y rencontrer les représentants d'une importante compagnie d'assurances. La réunion ne dura qu'une heure et il eut peu à faire et à dire. Il n'était là en somme que pour donner de l'importance par sa présence à la négociation conduite par le chef de publicité. Il put toutefois voir celui-ci à l'œuvre et comprit un peu mieux pourquoi Kate l'avait choisi en lui confiant tant de responsabilités. Même le timbre de voix de Solomons se modifiait, sans parler de ses manières qui d'un seul coup devenaient courtoises. Et la façon dont il présenta le *Day* ne laissa pas d'étonner Nick. Ed Solomons semblait avoir compris toute l'originalité et les possibilités d'avenir de la formule, créée par Kate, mieux que lui-même, Nick, le rédacteur en chef.

Autre chose surprit Nick Di Salvo. La rencontre avec les assureurs terminée, Solomons et lui se retrouvèrent sur le trottoir de la 39e rue Ouest.

— Si nous fêtions ça, Nick ?

— Fêter quoi ?

— Ces types vont nous donner une part de leur budget de publicité, ils vont nous filer plus de fric qu'ils n'en ont jamais accordé à aucun journal. Ça se fête, ça, mon bon !

— Qu'est-ce que vous me racontez ? Ils ont dit non !

Solomons rit :

— Uniquement par amour-propre. Ils diront oui le prochain coup. C'est MacAllistair qui prend les décisions. Les autres ne comptent pas. Je n'ai parlé que pour lui et lui, je l'ai déjà convaincu. Vous voulez parier ? Ne pariez pas, vous perdriez. Nous allons leur rafler entre cinquante et soixante mille dollars par an, disons cinquante ou soixante la première année, et puis ça montera. Merde, avec eux et *Macy's* comme clients, on commence à avoir de sacrées références ! Allez, ça s'arrose ! je vous paie un verre...

Ils se rendirent chez *Bleek's*, le bar-restaurant-cantine du *Herald Tribune* et Nick se rendit compte que cela faisait cinq mois qu'il n'y avait plus mis les pieds. Cinq mois aussi qu'il n'était pas venu à Manhattan. Comme s'il émergeait d'une plongée profonde, revenait d'un très lointain voyage. Il découvrit de même que cela faisait une éternité qu'il n'avait pas bu une goutte d'alcool. Il n'en avait pas eu le temps ! Le Nick Di Salvo de l'été précédent, le jeune reporter plein d'avenir et de nonchalance, grand trousseur de jupons devant l'Éternel et buveur capable de damer le pion à un flic irlandais, ce Di Salvo-là s'était mué en forcené à ce point obsédé par son travail qu'il en rêvait lors des courtes nuits qu'il daignait consacrer au sommeil. La métamorphose avait de quoi surprendre. D'autant plus qu'il n'était pas le seul à être atteint par cette fièvre. Quiconque travaillait pour le *Day*, jusqu'au moins qualifié des techniciens, en subissait les effets. A croire que Kate Killinger les avait tous ensorcelés.

On le reconnut, chez *Bleek's*, où il avait toujours été populaire. Les plaisanteries fusèrent sur son exil dans les territoires sauvages du Queens par-delà East River. Mais après les premiers moments, il eut bel et bien la surprise d'apprendre que les presque trois premiers mois d'existence du *Day* n'étaient nullement passés inaperçus. Il l'apprit surtout par Stanley Walker, *City Editor* du *Trib* qui condescendit à venir lui parler. Texan de petite taille, Walker ne souriait jamais. Outre qu'il avait des dents abominables, son tempérament austère ne l'inclinait pas à la rigolade. Il complimenta Nick sur la remarquable qualité de tout ce qui était publié dans le *Day*, fit allusion à ces fameux titres constamment consacrés à Harry Gunn, reconnut qu'il en était venu à se passionner lui-même pour cette affaire, au point qu'après l'avoir ignorée dans les débuts, la tenant pour un banal fait divers, il avait fini par détacher l'une de ses équipes de reporters pour la suivre.

— Mais vous avez trop d'avance sur nous. D'où diable sortez-vous toutes ces informations ? Et où avez-vous déniché cette équipe de reporters ?

Le 2 février 1935, le *Day* en était à son quarante et unième titre consécutif sur Harry Gunn. Toujours à la Une. Bien que partageant celle-ci, tout de même, avec d'autres événements de l'actualité. La formulation initiale n'avait pas changé :

HARRY GUNN N'EST PAS...

— Vous êtes en train d'établir un record mondial, dit Walker, dont les yeux souriaient à défaut des lèvres.

Stanley Walker était né dans un très obscur patelin du Texas, du nom de Lampasas, et quand quelqu'un lui demandait où cela pouvait bien se trouver, il répondait sur le ton fort acerbe qui lui était naturel, que Lampasas se trouvait exactement au centre géographique du comté de Lampasas. Nick avait pour Walker de l'admiration et infiniment d'estime. Les compliments d'un tel homme lui furent comme du miel. Il s'attarda du coup chez *Bleek's* un peu plus qu'il n'en avait eu l'intention. On finit par l'interroger sur Kate Killinger, qui excitait les curiosités.

Il se montra laconique mais lut dans certains regards que sa liaison avec la propriétaire du *Day* était connue, et peut-être aussi interprétée comme la raison principale qui lui avait fait abandonner sa carrière au *Herald Tribune*. Personne ne se hasarda toutefois à la moindre réflexion sur ce sujet.

Il l'eût très certainement mal prise.

... Mais entra également chez *Bleek's* un journaliste qui, un mois plus tôt, avait quitté le *Morning News* de Karl Killinger pour rejoindre la rédaction du *Trib*. L'homme se nommait Lester Adams. Quatre ans plus tôt, Nick avait débuté avec lui, lors de son propre retour à la presse, après l'intermède qui avait suivi la fin de la *Gazette*.

Ce fut par Adams que Nick Di Salvo apprit la dernière et surprenante nouvelle, ce 2 février.

— Tu étais au courant, Kate ?

— De quoi ?

— De la maladie de ton père. Il a failli mourir.

— Il n'a eu qu'une attaque cardiaque. Dont il se remet.

Elle sourit :

— Un Karl Killinger ne meurt pas aussi facilement, Nick.

Elle venait de reprendre son travail. Elle était amaigrie, avait les yeux cernés, les joues plus creuses. Elle n'en était pas moins belle pour autant.

— Il est tout de même curieux que ton père et toi ayez été malades en même temps.

Elle haussa les épaules. Elle était en train d'écrire sa rubrique *Tout ce que vous n'avez pas besoin de savoir...* et tout autour d'elle les journaux et périodiques s'amoncelaient.

— Coïncidence. Au moins m'aura-t-il fichu la paix, pendant ce temps.

« Ça la reprend » pensa Nick avec agacement. Et toujours persuadé quant à lui que la menace d'un Karl Killinger s'acharnant à détruire l'œuvre de sa fille était parfaitement imaginaire.

— Depuis combien de temps ne l'as-tu pas vu ?

— Qui ?

— Tu sais très bien de qui je veux parler. De ton père.

— A peu près quatre ans. Nick ? Mêle-toi de tes affaires, s'il te plaît.

Cette fois, Nick éprouva plus que de l'agacement. Au point de faillir se lever et sortir de la salle de rédaction où, par extraordinaire, ils étaient seuls tous les deux. Suzan Potter et Mary Wilcox, les deux standardistes-sténotypistes, étaient depuis peu installées dans le hall de réception, dont on avait rogné une partie pour aménager un petit bureau vitré. Il se contenta de se renverser sur sa chaise et de fixer Kate. Qui ne releva pas la tête pour autant. Il ne l'avait pas touchée depuis près de trois semaines. Comment faire l'amour à une femme qui ne dormait que quatre heures par nuit et qui, dans le peu de temps où elle était chez elle (jamais Kate n'était venue chez Nick), s'occupait — si brièvement — de son fils ?

... Et même sans cela. Au début, Nick avait pensé qu'il était lui aussi la victime de sa propre imagination, quand il la sentait si loin de lui, fût-elle nue et dans ses bras. Plus maintenant. Et l'explication par l'omniprésence du fantôme de Rourke ne suffisait pas davantage. Il y avait autre chose. Kate devenait de plus en plus lointaine. Un changement très perceptible s'était produit et curieusement avait coïncidé avec les premiers signes de la réussite du *Day*. Après l'affaire du papier, que Kate avait réglée en obtenant l'aide de Hearst. Au lieu de se détendre, après cette victoire, Kate s'était murée davantage, sa hâte fiévreuse s'était accrue.

— Téléphone !

Il continuait à la fixer — elle était assise à sa droite et poursuivait la rédaction de sa rubrique, consciente sans aucun doute du regard qui pesait sur elle.

— Nick, téléphone !

Il finit par décrocher et d'un coup, le cours de ses réflexions fut brutalement interrompu : Louis Herzberg était en ligne. Il y avait du nouveau. C'était important. Nick pouvait-il se rendre à ce rendez-vous dont ils étaient convenus, chez *Mark's* sur Dutch Kills ?

— J'arrive.

Il s'offrit cette assez médiocre satisfaction d'amour-propre de s'en aller sans un mot d'explication à Kate.

Dutch Kills était une sorte de bras mort en forme de canal, qui dépendait d'un ancien affluent d'East River, Newtown Creek, servant de frontière entre le Queens et Brooklyn. Le bar qui se trouvait à l'entrée de la petite Austell Street donnait sur les quais. Un échange de regards avec Marco Livi, le patron, suffit à Nick : Marco avait longtemps travaillé comme barman à Rego Park et avait servi ses premières bières à Nick. Ils se connaissaient depuis quinze ans. Il entra dans l'arrière-salle puis traversa un réduit où l'on rangeait les tonneaux, et, par un étroit escalier de bois, gagna une pièce du premier étage où l'attendait Louis Herzberg. Le reporter, qui portait des vêtements et une casquette de docker, s'était laissé pousser une énorme paire de moustaches à la sicilienne qui le rendait méconnaissable. Il avait maigri de plusieurs kilos et semblait au bord de l'épuisement nerveux.

— J'ai trouvé quelqu'un qui accepte de témoigner contre Harry Gunn, Nick.

Non. Pas dans l'affaire Tony Gardella. Mais pour un meurtre remontant à quatre ans.

— Commis par Gunn ?

— Oui. Mon témoin l'a vu tuer un homme appelé Sam Dobbs.

— Pourquoi ton bonhomme n'a-t-il rien dit jusqu'ici ? Non, attends : je me doute qu'il avait peur de parler. Alors, pourquoi se décide-t-il à le faire maintenant ?

Herzberg éclata d'un rire cruel.

— Parce que Harry Gunn est foutu, Nick ! Foutu ! Nous avons eu sa peau ! De l'avis général, il ne trouverait pas un seul homme dans tout New York pour aller lui acheter des cigarettes.

Grand et athlétique, Louis Herzberg avait un fin visage d'aigle qui semblait toujours se présenter de profil, de quelque côté qu'il regardât. Il sourit à Nick, en tirant sur ses moustaches.

— On a eu sa peau rien qu'avec nos articles, Nick. On l'a eu.

Il avait l'air ravi d'un enfant qui vient de faire une sale blague.

Il hocha la tête : — Sauf qu'il y a un petit problème. Mon témoin est d'accord pour déposer officiellement mais il veut être autorisé à ne pas dire toute la vérité.

— Comprends pas, dit Nick, sincère.

— Le jour où Sam Dobbs a été assassiné, ils étaient deux pour lui casser la tête et tous les os à coups de barre à mine. Mon témoin veut bien parler de Gunn, mais pas de l'autre tueur.

Herzberg détourna les yeux d'un air gêné.

— C'est à prendre ou à laisser, bougonna-t-il.

Nick scruta en silence les traits fins du reporter :

— Tu connais le nom de l'autre tueur, n'est-ce pas ? Tu le connais, Louis ?

— Je le connais. Mais il faut que ça reste entre nous, Nick. Je veux dire : toi et moi.

— D'accord.

— Personne d'autre, insista Herzberg.

— Kate ?

— Si tu ne me donnes pas ta parole de ne pas lui en parler, je ne dis rien, Nick. Moi aussi j'ai donné ma parole.

Nick hésita, marcha jusqu'à la fenêtre où malgré l'incroyable saleté des carreaux, on pouvait distinguer l'eau verdâtre des Dutch Kills. Il n'avait aucun doute sur la décision qu'il allait prendre. Il avait encore en tête le souvenir très vivace du drame qui avait coûté la vie d'un adolescent et mis un terme à l'existence de la *Gazette*, pour cette seule raison que Kate Killinger s'était laissée emporter par sa rage de trouver le titre le plus sensationnel possible.

Il finit par se retourner :

— Tu as ma parole, Louis. Je ne lui dirai rien. Ton témoin n'a vu que Harry Gunn, c'est ça ?

— Il a vu deux hommes, mais n'a pas distingué le visage du deuxième assassin de Sam Dobbs. C'est sa version et il n'en démordra pas.

— Où Dobbs a-t-il été tué ?

— Dans un entrepôt, en bordure de l'East River, le 17 juillet 1931.

— Mais ça s'est passé dans le Queens ?

— Aucun doute.

— Dick Donovan était déjà lieutenant, à cette époque. Je vais prendre contact avec lui. Je lui demanderai deux choses : la première, d'assurer la protection de notre témoin, la deuxième de ne pas trop insister. Il s'appelle comment, ton témoin ?

— Peter Szold.

— Juif ?

— Oui. Comme moi. Ça a aidé.

— Il est prêt à venir dans les bureaux du *Day* ?

— Oui.

— Tu as fait du bon boulot, Louis.

— Merci.

Nick regarda une dernière fois par la fenêtre puis demanda à Herzberg le nom du deuxième tueur, celui qui accompagnait Harry Gunn quatre ans plus tôt et avait également pris part à l'assassinat de Sam Dobbs.

— Albert Anastasia, répondit Louis Herzberg.

Le 9 février 1935, un peu avant sept heures du soir, Harry Gunn se présenta dans les bureaux du *Day*. Il arriva seul, au volant d'une Ford AB 1932. Nick ne l'avait pas vu depuis des années mais le reconnut à la seconde, bien que Gunn se fût empâté — mais peut-être était-ce l'effet de la tension nerveuse qu'il avait subie au cours des semaines précédentes.

— Di Salvo, je me souviens de toi.

— Et de mon père, sans doute, répliqua Nick.

Gunn haussa les épaules. Il n'avait rien perdu de sa morgue, de l'acuité de son regard, de cette assurance faussement débonnaire que Nick haïssait presque autant que le personnage lui-même.

— Je suis venu, dit Gunn, parce que mon avocat m'a appris que ton putain de journal était prêt à arrêter sa campagne contre moi.

— Votre avocat a eu tout à fait raison, dit Nick. Nous n'allons pas tarder à mettre un terme à notre campagne.

Toute la rédaction était présente, au grand complet. Nick fit un signe à Ernie Pohl et celui-ci ouvrit la porte sur le lieutenant Donovan et trois de ses inspecteurs et sur un petit homme au regard inquiet derrière des lunettes, qui se révéla être Peter Szold. Ben Fein et Dominic Patrese, les deux photographes du *Day*, fixèrent pour la postérité l'arrestation de Harry Gunn.

Qui n'assista pas à son procès. Et pour cause : on le retrouva neuf jours plus tard égorgé sous une table du réfectoire de la prison des *Tombs*.

Livre 4

LES RETOURS DE H.H. ROURKE

11

Ras Kaïtan est mort

— Tu ne vas pas me raconter, dit H.H. Rourke, que tu t'appelles vraiment Maccabeo Spataguzzi.

Le canon du fusil Springfield Mele 1903, de calibre 30-06, à système de chargement à lame Mauser, se redressa et vint se placer entre les deux yeux de H.H., si près qu'il dut loucher afin de voir distinctement le petit trou rond par où la balle pouvait éventuellement sortir, pour entrer dans son crâne.

— Est-ce que tu entends par là que je suis un menteur ? s'enquit Maccabeo.

— Je n'entends absolument rien, répondit H.H. C'est carrément le silence, dans ma tête.

— Nous autres Calabrais, nous sommes très susceptibles.

— J'ai entendu parler de la susceptibilité des Spataguzzi. C'est même à cause d'elle que je suis venu dans cet endroit. Je suis venu écrire un reportage sur les Spataguzzi d'Érythrée et quand je l'aurai écrit et publié, le monde entier saura combien les Spataguzzi sont et étaient susceptibles ; leur susceptibilité deviendra comme qui dirait légendaire.

— Est-ce qu'on en entendra parler jusqu'en Calabre ?

— Il n'y a pas le moindre doute sur ce point. Mes reportages sont attendus et lus avec une passion dévorante, en Calabre. Depuis que tous les Calabrais et Calabraises ont appris que j'allais parler des Spataguzzi d'Érythrée, la fièvre est montée dans tout le pays.

Le canon du Springfield Mele ne bougea pas. Maccabeo était en train de parler avec ses deux frères, dans une langue tout à fait inconnue de Rourke ; cela pouvait être du tigrinha, de l'amharique ou du dialecte calabrais. C'était plus probablement un mélange des trois.

— Mes frères disent que tu es un menteur, traduisit finalement Maccabeo. Personne ne sait lire, en Calabre. Notre père ne savait pas lire et pourtant il venait de Calabre et c'était un homme très intelligent.

— Votre père est venu de Calabre en Érythrée en 1876. Cela fait maintenant cinquante-neuf ans. En cinquante-neuf ans, les choses changent. Elles ont changé. Les gens savent lire, à présent. Surtout en Calabre qui est la région la plus belle, la plus riche, la plus intelligente d'Italie et même d'Europe. Ils s'appellent comment, tes frères ?

Posant sa question, H.H. détourna la tête comme si le canon du fusil ne le gênait pas le moins du monde. Il alluma une cigarette et regarda posément autour de lui. Il y avait là soixante à soixante-dix hommes et femmes, dans cet étrange village perché à plus de deux mille mètres d'altitude. Mais c'était surtout sur les femmes que se posait le regard de Rourke : à peu près toutes étaient d'une beauté à couper le souffle, grandes, minces, racées, avec des profils très droits, et une ravissante combinaison de nez rectilignes et de bouches aux lèvres très délicatement ourlées, s'ajoutant à des peaux couleur de châtaigne, quasi mordorées pour certaines, et d'un grain d'une finesse extrême.

Ces femmes étaient à coup sûr les plus belles que H.H. Rourke eût jamais vues, quoiqu'il eût déjà parcouru à cette époque une bonne partie de la planète. Les plus jeunes d'entre elles, notamment, des adolescentes à peine pubères au teint cuivré, étaient de vraies merveilles. Entièrement nues, à l'exception d'une peau de patte de panthère encore armée de ses griffes, nouée autour de la taille et pendant entre les cuisses, qui se balançait à chacun de leurs pas comme une queue, elles allaient et venaient avec une démarche féline autour du groupe formé par les frères Spataguzzi et l'Étranger. Elles étaient visiblement au moins aussi curieuses de Rourke que celui-ci l'était de leur stupéfiante beauté. Ce qui fascinait le plus H.H., c'était ce mélange d'arrogance et de sensualité, le contraste troublant formé par le port de tête altier avec le balancement nonchalant, pour ne pas dire voluptueux, du bassin, et la cambrure du torse gracile supportant les superbes seins en poire couleur d'or, comme des fruits offerts à la convoitise...

En admirant ces somptueuses créatures, Rourke parvint à oublier totalement le canon du fusil, toujours collé à son front, qui suivait les moindres mouvements de sa tête. Il comprenait nettement mieux, à présent, l'enthousiasme — qu'il avait alors jugé excessif, y voyant un effet second d'une absorption massive de whisky — manifesté à Aden par Gordon Tibbets. Et d'autant plus limpides encore lui apparaissaient les raisons du choix effectué jadis par le premier des Spataguzzi d'Érythrée.

Dont l'histoire, ainsi que celle de ses descendants, valait d'être contée.

H.H. Rourke avait débarqué à Aden du paquebot qui le ramenait de Chine. Son idée était alors de gagner Berbera en Somalie britannique. De là il aurait eu le choix : passer dans la Somalie italienne, ou s'infiltrer dans l'Ogaden abyssin et aller jeter un coup d'œil sur cette oasis d'Oual Oual qui avait été le théâtre d'un affrontement sanglant entre les Italiens et les Éthiopiens, le 5 décembre 1934 — chacun des deux camps clamant sa parfaite innocence. Depuis, d'autres incidents avaient eu lieu dans la même région, mettant aux prises les mêmes adversaires. On en était à envisager une vraie guerre et Benito Mussolini donnait l'impression d'y tenir énormément. En 1896, les guerriers emplumés de l'empereur d'Abyssinie avaient mis une monumentale pâtée aux colonialistes d'Italie ambitionnant d'imiter leurs confrères de Grande-Bretagne et de France. C'était un affront qu'il fallait, de l'avis général, laver dans le sang.

Là-dessus, se trouvant déjà presque à l'horizon de Berbera, H.H. fit la connaissance de Gordon Tibbets. Outre qu'il buvait comme un trou dans le sable, Tibbets présentait la particularité d'avoir passé plus de quarante-neuf des cinquante années de sa vie dans cette région du monde. Son prénom de Gordon était un hommage au général du même nom, gouverneur du Soudan mort lors de la prise de Khartoum par le Mahdi Fou, en 1885. Les sept mois pendant lesquels Tibbets ne s'était pas trouvé soit en Afrique soit en Arabie, consistaient en un séjour en Angleterre, qui lui avait laissé un souvenir dégoûté :

— Un pays où il pleut tant qu'on risque de boire de l'eau chaque fois qu'on ouvre la bouche. L'horreur.

Ce fut Tibbets qui parla de Spataguzzi à H.H. Rourke. Le patronyme italien à l'amusante consonance surgit par hasard, alors que le quinquagénaire évoquait sa propre naissance à Aden. Et il sonna en compagnie d'un autre nom, plus familier à Rourke :

— Tu connais un type qui s'appelait Rimbaud ? Il était français.

— Je connais un Arthur Rimbaud, répondit H.H.

— Celui-là aussi, il s'appelait Arthur ! Il venait souvent à la maison, c'était un ami de mon père. Enfin, un ami ! Ils se connaissaient, quoi. Mon père lui vendait des armes et ce Rimbaud les transportait pour les vendre dans le Harrar, d'où il ramenait des esclaves, surtout des femmes. Pas beaucoup de femmes à chaque fois mais alors, pardon ! Des beautés ! Il faisait quoi l'Arthur Rimbaud que tu as connu ?

— Poète, dit H.H. Mais je ne l'ai pas connu, j'ai seulement lu ses poèmes.

— Ça ne doit pas être le même.

H.H. Rourke était persuadé du contraire. Il se souvenait d'avoir lu quelque part que Rimbaud avait vécu à Aden et en Éthiopie, et qu'il était mort dans un hôpital de Marseille, peu de temps après son retour d'Afrique.

— Et Rimbaud aurait connu ce Spataguzzi ?

— Forcément, il lui vendait des armes !

Gordon Tibbets buvait en moyenne deux bouteilles de whisky écossais par jour. Rarement davantage. Il savait se tenir. Il avait expliqué à Rourke que depuis un an ou deux, il lui arrivait d'éprouver quelques malaises, le matin notamment. Un temps, il avait pensé que c'était peut-être dû au climat, mais l'explication lui avait paru peu vraisemblable, lui qui vivait dans ces contrées depuis sa naissance. L'idée lui était alors venue, lumineuse : c'était la faute du soda, de cette maudite eau de Seltz qu'il mettait dans son scotch. Il y avait donc renoncé et entrepris de boire son alcool avec de l'eau plate. Toutefois, trente-cinq années d'habitude ne s'effacent pas en un jour, même pour des raisons médicales : le pétillement lui avait manqué. Alors, grâce à Dieu, une autre illumination s'était produite : il avait remplacé l'eau par du champagne de France, dont les paquebots faisant escale à Aden le fournissaient. Il se sentait nettement mieux depuis lors.

— Je me sens même très bien, affirma-t-il.

Sur ces mots, il se figea soudain et pendant une dizaine de minutes demeura absolument immobile, yeux grands ouverts, complètement hermétique à tout événement extérieur, y compris aux questions de H.H. Même le verre à demi plein entre ses doigts ne vacillait pas.

H.H. demanda au barman de l'*Empire Hotel* si ce genre de paralysie arrivait souvent à Gordon Tibbets. Le barman répondit non, pas très souvent. Seulement deux ou trois fois par jour. En certains cas monsieur Tibbets pouvait demeurer ainsi près d'une heure — le record était de cinquante-quatre minutes et onze secondes.

Gordon Tibbets ne battit pas son record ce soir-là et H.H. put enfin obtenir une réponse à la question qu'il avait posée à trois reprises : en 1888, 1889 et même durant les premiers mois de 1890, Arthur Rimbaud avait vendu des armes à Caetano Spataguzzi, le Calabrais Susceptible, parce que ce dernier voulait devenir le Roi des rois d'Abyssinie.

D'Aden, au lieu d'aller au sud vers Berbera et les Somalies, italienne ou britannique, H.H. Rourke traversa le Bab El Mandeb à bord d'un boutre aux voiles ocre. Il entra dans la mer Rouge et débarqua en Érythrée, dans le port d'Assab, où il s'attarda deux semaines. Les introductions et les renseignements fournis par Gordon Tibbets lui permirent d'y effectuer deux reportages. L'un sur le bagne qui, avec les salines, était parmi les curiosités de cette petite ville blanche agréablement verdie par les palmes. L'autre sur le trafic des esclaves, dont Assab était une gare de triage, préalable à l'appareillage des sambouks en partance pour l'Arabie.

Il remonta ensuite au nord, accompagné d'un Dankali qui lui servait d'interprète. C'était un vieil homme ascétique au corps desséché dont l'âge se situait entre soixante et cent ans. Il s'exprimait dans un pidgin anglo-franco-italien et jurait se souvenir parfaitement d'Arthur Rimbaud. Toutefois sa mémoire était par moments assez fantasque, pour ne pas dire poétique... C'est ainsi qu'au cours d'une halte où ils vidèrent de concert une outre de vin de palme, le vieillard soutint à Rourke, avec des accents d'une sincérité troublante, qu'il avait dans son jeune âge rencontré... la reine de Saba. Il se nommait Yassou.

Par Yassou, qu'il put interviewer à loisir tout au long de sa remontée de la côte érythréenne, et les récits antérieurs de Gordon Tibbets à Aden, H.H. put se faire une idée de plus en plus précise de ce qu'avait été Caetano Spataguzzi. Dont l'histoire commença de prendre forme...

Cela vint alors que Rourke s'enfonçait chaque jour davantage dans un bien étrange pays... Monstruosités géologiques, des montagnes d'un rouge sanglant strié d'affleurements violacés, absolument chauves, surplombaient en à-pics vertigineux des dépressions qui descendaient à plus de cent mètres au-dessous du niveau de la mer Rouge. Une chaleur d'épouvante, qui pouvait atteindre soixante degrés à l'ombre, régnait sur ces lacs de lave solidifiée... A l'instar de Yassou, Rourke avait entièrement emmailloté son visage et son crâne pour se protéger contre l'atroce réverbération des roches rouges. La gorge brûlée par les cristaux de sel gris qu'il suçait en marchant pour empêcher la déshydratation, Rourke avançait dans une ivresse pourpre, et tombait par moments dans de brefs accès de délire. Il avait alors l'impression de pénétrer dans un four ; des visions fantastiques défilaient dans son esprit, il entendait des voix lointaines naître du silence...

Un soir, alors qu'ils traversaient une de ces mers asséchées, H.H. vit distinctement une femme d'une beauté stupéfiante qui se dressait à l'horizon dans les flammes du couchant. Elle mesurait au bas mot trente mètres de haut, était nue sous une légère tunique mauve bordée de broderies d'or, et lui faisait signe d'approcher. Il voulut appeler Yassou pour lui montrer cette femme, mais, avant que le moindre son ait pu franchir ses lèvres brûlées par le sel, la vision s'effaça.

Consulté un peu plus tard, alors qu'ils dressaient leur campement pour la nuit dans une caverne fétide jonchée d'excréments de fennecs, Yassou lui affirma le plus solennellement du monde qu'il s'agissait de la reine de Saba. Lui-même l'avait rencontrée très souvent dans ces régions, quand il était plus jeune et qu'il servait de guide aux trafiquants de sel. Surtout le soir, après avoir bu du vin de palme... C'était son territoire, ici, elle y régnait toujours. Ne venait-on pas de dépasser Assab, l'ancienne Sebae, où Rourke avait déjà trouvé des témoins du passage de l'homme qu'il recherchait ?

— C'est un excellent signe qu'elle se soit montrée à toi. D'habitude, elle ne se montre jamais aux étrangers. Cela veut dire qu'elle te protège...

Et le fait est que dans l'oasis de Beiloul, qu'ils atteignirent le surlendemain, Rourke trouva d'autres traces de l'homme dont il traquait la légende. Et encore d'autres, trois jours plus tard, à la station de Zénofonte, dont le seul occupant européen, un officier italien chargé de vagues études hydrographiques, vivait depuis trois ans dans son camion, sans jamais s'en éloigner, de peur qu'on le lui volât.

Dans la bourgade côtière de Thio, Yassou dénicha deux vieilles femmes et un marabout dont la mémoire alimenta un peu la biographie en cours d'établissement.

De même à Mersa Fatina où, cette fois, H.H. n'eut pas besoin des services de Yassou : il y avait là un missionnaire lazariste qui non seulement avait rencontré Spataguzzi à plusieurs reprises mais encore savait assez bien le français — et avait bel et bien connu, aussi, Arthur Rimbaud, plus au sud en Somalie, un demi-siècle auparavant. Le religieux de l'ordre créé par Vincent de Paul doutait cependant que Caetano fût encore vivant. Il n'en avait plus entendu parler depuis au moins trente ans. Les dernières nouvelles qu'il avait eues de lui le situaient plus au nord-ouest, à la frontière de la colonie italienne et de l'Éthiopie, voire au-delà de l'oued Mareb.

L'étape suivante fut Massawa, port principal de l'Érythrée. H.H. y effectua un reportage sur les pêcheurs de perles et y recueillit les souvenirs d'un Sarde qui avait débarqué là en janvier de 1887, précisément en compagnie de Caetano Spataguzzi, et qui avait assisté aux premiers meurtres et pris part aux premières poursuites. Le Sarde détenait quantité d'informations, ce fut lui qui révéla à H.H. les affaires d'Adi Kaieh et de Senafé, évoqua les Tombes de la Vengeance, les Femmes de Miel, le Sanctuaire copte, le trésor du roi Salomon et les Derviches fous. Et tout cela fut confirmé par d'autres.

A Massawa même puis à Asmara, après que H.H. Rourke toujours flanqué de Yassou eut pris le train le plus haut du monde, *la piu alta ferrovia del mondo*, qui en trois cents kilomètres et quatre heures l'emmena de l'altitude zéro à deux mille quatre cents mètres, dans la capitale de l'Érythrée. H.H. n'y demeura que trois jours, le temps de convaincre un capitaine de carabiniers et un officier des Services secrets italiens de ce qu'il n'était ni un espion français, ni un agent de l'Intelligence Service. Le temps aussi de relever l'adresse du *kaçi*, le prêtre copte qui trente années durant avait été l'ami de Caetano.

Les deux semaines suivantes, il parcourut les pistes de terre rouge, certaines escarpées en diable, à bord d'un camion loué. Il se rendit à Adi Ougri, Adi Kouala et Adi Kaieh — le Pays du Plaisir, le Pays rouge, le Pays bleu — enfin, au prix d'une dernière escalade, il trouva dans un monastère de mille ans d'âge le *kaçi* qu'il recherchait. L'histoire dès lors fut complète, il n'y manquait que la fin :

— Je crois que Ras Kaïtan est mort, dit le *kaçi*. Mais s'il est encore vivant, vous ne le trouverez que de l'autre côté du Mareb, en Abyssinie. J'ignore où. Mais comment comprendriez-vous son histoire ? Connaissez-vous seulement Axoum, et l'ancien royaume de Gondar ?

— Oui, dit H.H. en souriant.

Le monastère se trouvait perché tout au sommet d'une vertigineuse aiguille rocheuse.

Pour y accéder, Rourke et Yassou durent gravir une à une près de trois mille marches taillées dans la pierre, au sein d'une forêt pétrifiée de genévriers géants et d'euphorbes candélabres. Le crissement incessant de milliers de cigales striait le silence dans une assourdissante rumeur de friture donnant l'impression que la montagne était en train de cuire. Alors qu'ils n'étaient encore qu'à mi-chemin de leur calvaire, des hurlements stridents s'élevèrent soudain et d'énormes silhouettes velues surgirent en se dandinant des buissons d'épineux. C'était une bande de babouins hirsutes, au pelage dévoré par la gale, dont le chef, un vieillard aux lèvres proéminentes qui se grattait jusqu'au sang, hurla des menaces furieuses à l'intention des deux intrus. Deux femelles hystériques se joignirent à ses vociférations et toute la bande reprit le refrain, comme dans un tumultueux débat politique. Puis, aussi brusquement qu'ils étaient apparus, les babouins, soudain muets, s'évanouirent parmi les genévriers. Les cigales qui s'étaient tues se remirent bientôt à crier alors que Yassou qui prenait très au sérieux son état d'interprète, traduisait à Rourke le discours du babouin. Comme il y était encore question de la reine de Saba, dont les babouins, à croire le vieillard, étaient les émissaires, H.H. n'accorda qu'une oreille distraite à cette traduction. Le soir même il commença à écrire son article.

« *Une chose bizarre se passe : le nom de Caetano Spataguzzi est à peu près inconnu. Ils ne sont apparemment pas plus de quinze ou vingt, dans tout l'Érythrée, à se le rappeler encore. Le surnom de ''Ras Kaïtan'' éveille à peine davantage de souvenirs. Les services officiels du gouvernement général à Asmara semblent même refu-*

ser de faire tout rapprochement entre Ras Kaïtan, selon eux un petit chef tribal abyssin, et un quelconque soldat italien.

» Ras signifie chef ou seigneur en arabe, et Kaïtan pourrait fort bien être la déformation de Caetano. Un Caetano Spataguzzi a existé. Il est né en Calabre dans la région de l'Aspromonte, en 1857. Dans des circonstances inconnues, il est enrôlé vers la fin de 1875 et aussitôt expédié en Érythrée. Il débarque à Massawa le 11 janvier 1876. Quelques semaines plus tard, il est affecté à ce que l'on nomme une bande de frontière, soit un petit détachement composé d'un officier, d'un sous-officier italiens et d'une douzaine d'ascaris, miliciens indigènes. Le 21 mars suivant, un rapport signale le massacre total de la bande de frontière que le caporal Spataguzzi vient de rejoindre. Caetano Spataguzzi meurt officiellement ce jour-là et, toujours officiellement, ne réapparaîtra plus. Pourtant, le 4 mai de l'année suivante, en 1877, un homme nommé Gavini, enrôlé le même jour que Spataguzzi, ayant effectué avec lui le voyage jusqu'en Érythrée et le connaissant fort bien, le reconnaît au premier rang d'un rezzou, expédition de pillage venue de l'autre côté de la frontière marquée par l'oued Mareb. En septembre, le même Gavini effectuant une patrouille avec une autre bande de la frontière dans le nord-ouest de l'agglomération de Metzba échappe à la mort, alors que tous ceux qui constituent son détachement sont massacrés. Les agresseurs le soignent de ses blessures et le ramènent en Érythrée où ils lui rendent la liberté sur ordre de leur chef. Et ce chef, c'est bien Caetano Spataguzzi, qu'ils appellent Ras Kaïtan. Gavini a pu parler à son ancien compagnon d'armes, lequel lui a déclaré qu'il avait renoncé à la nationalité italienne...

...

»... Ce prêtre copte s'appelle Micael Tessema. Dans les premiers jours d'avril de 1876, il dessert une église *à Adigrat, localité de la province du Tigré, près de la frontière érythréenne. Il découvre au matin un homme devant sa porte. L'inconnu est de grande taille, très puissant, blessé — un coup de lance au flanc gauche, une balle qui lui a traversé la poitrine. Il est vêtu des lambeaux d'un uniforme de caporal de l'armée italienne. Cinquante heures d'affilée, l'homme dort et ne sort de son inconscience que pour boire. Il se rétablit à une vitesse incroyable, ne s'exprime que dans le dialecte dankali qu'il maîtrise pourtant très mal.*

» Abba Micael se refuse d'abord à croire le récit que lui fait le réfugié, puis, tous recoupements faits, se rend à l'évidence : avec un poumon perforé et une plaie béante au flanc, l'inconnu a parcouru plus de cent cinquante kilomètres de désert et de montagne avant de s'écrouler devant l'église. Et onze jours seulement après son arrivée, il repart, rejoint la bande de pillards qui a probablement massacré son détachement et s'y incorpore. Il en devient bientôt le chef et rallie d'autres bandes. Au printemps 1877, il se trouve à la tête de plus de six cents hommes. C'est avec cette petite armée qu'il attaque et conquiert le sultanat de Sibula. Le pouvoir de ce sultanat ne s'étend guère qu'à une poignée de villages, mais il tire l'essentiel de ses ressources du contrôle exercé sur les accès à la Plaine de Sel, profonde dépression qui descend jusqu'à cent vingt mètres sous le niveau de la mer et qui est bordée de tous côtés par des montagnes de deux mille mètres et plus, certaines inaccessibles, dans un paysage de fin du monde.

» Il est devenu le Ras Kaïtan... »

H.H. Rourke franchit l'oued Mareb de nuit, sans se préoccuper des formalités administratives et des occupants du petit poste frontière italien qui d'ailleurs dormaient paisiblement, à deux kilomètres de là. Au lever du jour, ils étaient, Yassou et lui, devant la ville éthiopienne d'Adoua, là même où, près de quarante années plus tôt, une colonne italienne avait été anéantie. L'officier du Négus Haïlé Sélassié parlait français et lisait chaque jour *L'Intransigeant* qui lui parvenait avec environ une soixantaine de jours de retard.

— Mais l'important est de se tenir au courant de l'actualité. Est-ce que vos articles paraissent dans l'*Intransigeant* ?

H.H. n'en avait pas la moindre idée. Il répondit oui à tout hasard, estimant possible que son agent français, Paul Maurin, eût pu en effet vendre certains de ses reportages à ce journal. Le plus surprenant fut que l'officier étant allé fouiller dans sa collection retrouva bel et bien un article sur les sectes de Canton et le trafic d'opium que Rourke avait écrit quelques mois plus tôt.

Le colonel de l'armée éthiopienne lui fit dès lors toutes les amabilités du monde.

Ras Kaïtan ? Bien sûr qu'il le connaissait ! Il ne connaissait même que lui ! Toute son enfance avait été bercée par le récit de ses prouesses ! Son propre père avait combattu aux côtés de Ras Kaïtan à la bataille de Gondar, enfin l'une des batailles, en 1888, contre les Derviches fous. Puis ensuite lors des affrontements sur le Nil bleu. Et enfin à Metemma, quand le Négus Jean IV avait trouvé une mort glorieuse.

— Vous l'avez connu personnellement ?

Mais parfaitement ! Le colonel gardait le souvenir d'un géant barbu à la carrure impressionnante. Ses cheveux et sa barbe, d'un noir de jais, étaient très frisés et sa peau, brûlée par le soleil, presque aussi sombre que celle d'un Noir.

— Il était superbe. Un lion ! Je me souviens que mes sœurs étaient en extase. C'était en 1907, à Addis-Abeba, le jour où le prince Lidj-Iyassou fut proclamé héritier du trône. Un triste jour. Comment pouvait-on imaginer un musulman sur le trône ?

— Ras Kaïtan est allé à Addis-Abeba ?

L'information était neuve pour H.H. Le colonel secoua la tête : Ras Kaïtan n'était pas resté à Addis-Abeba, c'était un homme du désert et seulement cela. Et puis il avait été l'ami de Ras Makonnen, le cousin du Négus Ménélik II. Ras Makonnen trop tôt disparu, hélas.

H.H. hésita puis posa la question. Il demanda au colonel si, la seule fois où il avait vu Ras Kaïtan, celui-ci était accompagné de sa femme, la très belle Dessieh. (Pour une raison qu'il ne s'expliquait pas, Rourke était certain que c'était elle qui lui était apparue dans le ciel, sur le chemin de Beiloul.)

Le colonel répondit par la négative, assez surpris que la question lui fût posée. Il n'avait jamais vu Dessieh et le regrettait infiniment, on disait qu'elle avait été la plus belle des femmes ayant jamais vécu en Éthiopie. Aussi belle que la reine de Saba jadis, peut-être. Le colonel sourit :

— Mais c'est normal puisqu'elle descendait en droite ligne du roi Salomon et de la reine de Saba. Vous le saviez ?

— On me l'a dit, répondit H.H.

Il posa encore quelques questions mais les réponses ne lui apprirent rien qu'il ne sût déjà : Dessieh était morte, sans doute en 1914. Ras Kaïtan avait alors abandonné son château troglodytique en plein cœur du pays des Danakil*...

— Vous y êtes allé, monsieur Rourke ?

— Pas encore.

— Moi si. C'est très impressionnant. Je me souviens surtout de ce silence extraordinaire.

— J'irai sûrement, dit H.H.

---

* Danakil : pluriel de Dankali.

Qui, sans avoir l'air d'y toucher, demanda enfin au colonel s'il avait la moindre idée de l'endroit où pouvait se trouver Ras Kaïtan. Il reçut la réponse qu'il attendait.

— Mais il est mort ! Il aurait plus de cent ans, aujourd'hui !

— Seulement soixante-dix-huit, corrigea H.H. en souriant. Il est né en 1857 et nous sommes en 1935.

Le colonel ne cacha pas sa surprise : comment un reporter franco-irlandais pouvait-il connaître la date de naissance de Ras Kaïtan, qui était né dans les montagnes de Dankalie où nul n'avait jamais tenu le moindre registre ?

H.H. but le café allongé de whisky qui lui avait été offert et se garda bien d'évoquer un certain Caetano Spataguzzi. En ceci il était fidèle à son habitude de laisser sans réponse toute question qu'il ne posait pas lui-même. Et si un colonel éthiopien tenait absolument à croire qu'un Calabrais analphabète et néanmoins caporal dans l'armée italienne ne pouvait en aucun cas devenir un seigneur dankali et un chef de guerre défendant l'Éthiopie contre les Derviches fous, les Britanniques, les Français ou les Italiens, c'était, de l'avis de H.H. Rourke, un problème qui ne regardait que les Éthiopiens. Et Ras Kaïtan lui-même.

S'il était encore vivant quelque part...

De la ville d'Adoua, H.H. Rourke partit pour le château troglodytique. Celui-ci se trouvait sur une sorte d'île, d'une espèce inconnue, au sens où elle se trouvait non pas entourée d'eau, mais par les espaces désolés de la grande Plaine de Sel qui courait tout autour sur trois ou quatre cents kilomètres.

A quelques milles d'un lac salé auquel la carte donnait le nom d'Affrera, se dressait en effet, telle une brebis égarée du troupeau des grands sommets avoisinants, une montagne solitaire dont le sommet bizarrement tronqué s'ornait de gigantesques colonnes sculptées dans la roche qui lui donnaient un faux air de fronton de temple grec...

H.H. et le vieux Yassou avaient mis une dizaine de jours pour atteindre cet endroit perdu à dos de chameau. Au cours de ce voyage, ils avaient aperçu quelques caravanes chargeant du sel, mais quand ils arrivèrent au pied de cette étrange montagne, cela faisait près de trois jours qu'ils voyageaient dans la solitude la plus totale. Autour d'eux, le silence était bien aussi oppressant que le colonel d'Adoua l'avait dit. Le seul mouvement était celui de très gros vautours noirs dans le ciel d'un bleu turquin.

— Reste là, dit H.H. à Yassou.

Il préférait être seul. Il mit pied à terre et s'engagea dans l'escalier aux marches de six mètres de large, taillées dans la pierre. Un redan, qu'on eût dit tranché par une hache titanesque, lui cachait la paroi. Il lui fallut trois quarts d'heure pour le passer. Et le souffle lui manqua : d'étourdissants escaliers en spirales enchevêtraient sur cent mètres leurs fines volutes. On avait littéralement chantourné toute cette partie de la montagne. Mais ce n'étaient que travaux d'approche, préalables à l'œuvre maîtresse. Le « château » de Ras Kaïtan se situait en effet plus haut encore. Sa façade semblait plaquée à la paroi. En réalité elle avait été sculptée dans celle-ci. Elle était un très surprenant mélange de temple grec à colonnes ioniques doublement spiralées, de forteresse italienne de la Renaissance et peut-être aussi d'une de ces plus aimables maisons de maître, comme on trouve dans la campagne de l'Italie méridionale. Levant le nez, H.H. aperçut tout en haut un balcon de bois très incongru.

Il entra, poussant l'un des deux battants d'une lourde porte. La poussière rougeâtre accumulée sur le sol, où s'inscrivirent ses pas, l'indiquait assez : nul n'avait pénétré ici depuis des années. L'atmosphère d'ailleurs était celle des demeures abandonnées, et vides.

Les premières salles que Rourke visita au rez-de-chaussée étaient d'anciennes anfractuosités naturelles adroitement aménagées. Elles étaient éclairées par la lumière d'une blancheur acide qu'y déversaient les meurtrières. Mais au-delà, les autres pièces, qui avaient été entièrement creusées dans le roc, étaient plongées dans les ténèbres. Avant de s'y aventurer H.H. laissa à ses yeux le temps de s'habituer à l'obscurité ; et bien lui en prit : à peine eut-il franchi une porte étroite et basse qu'il capta une odeur d'humidité dans le même temps qu'il éprouvait la sensation d'un vide. Il gratta une allumette et découvrit à ses pieds de profondes citernes creusées, elles aussi, dans la pierre. Un clapotement régulier lui parvint, celui d'un lent goutte à goutte.

Il monta les trois étages successifs, auxquels on accédait par un escalier sans rampe. La lumière devint bien plus vive, les ouvertures étant plus larges. Il y avait trois salles à chacun des deux premiers étages, toutes basses, six pieds de haut à peine. H.H. ne fit qu'y jeter un coup d'œil. Elles ne contenaient rien. C'était surtout le troisième et dernier niveau, où se trouvait le balcon de bois, qui l'attirait. Il escalada la dernière volée de marches et buta contre une trappe horizontale, dont il crut même pendant quelques secondes qu'elle était bloquée de l'intérieur. Mais s'arc-boutant et poussant de toutes ses forces, il parvint à la soulever, dans un effort ultime qui manqua lui déchirer les muscles du dos. Si Ras Kaïtan avait été capable de manipuler sans difficulté ce battant pesant le poids de deux hommes, sa puissance devait être colossale.

H.H. avait maintenant sous les yeux une vaste salle de plus de vingt-cinq mètres de long sur dix ou douze de large, que prolongeait et agrandissait encore le balcon de bois en partie clos à la façon d'un moucharabieh à vantaux mobiles. La salle avait été à l'évidence entièrement creusée de main d'homme dans la montagne, et l'on avait pris soin d'y laisser des colonnes, exactement alignées. Mais ce qui rendait fantasmagorique l'effet de cette colonnade était qu'en creusant ces ogives et en façonnant ces piliers, les tailleurs de pierre avaient traversé des veines de roches aux couleurs différentes. Toutes les nuances de l'ocre et du pourpre s'alliaient au blanc le plus ivoirin. Le soleil qui pénétrait en oblique entre ces colonnes faisait chatoyer mille reflets bigarrés sur les parois et sur le sol couvert de tapis persans.

Des coffres cloutés s'alignaient dans le fond de chaque salle et tous les meubles étaient encore à leur place. Le lit de même, recouvert de soie damassée, disposé en sorte qu'il fût dans l'alignement de la Plaine de Sel et des lointaines montagnes bleues. Une vingtaine de cages à oiseaux, en osier du Nil, étaient accrochées un peu partout sur le balcon, mais toutes étaient ouvertes, leurs hôtes envolés.

Non sans quelque hésitation, H.H. ouvrit deux ou trois des coffres. Ils ne contenaient que des robes et autres vêtements de femme, mais à profusion. Pas de bijoux, ni aucune parure. Il était pourtant très douteux que des voleurs fussent passés par là — certains des coffres étaient cloutés d'or pur et d'autres, plus petits, décorés de perles : à eux seuls ils représentaient une fortune.

H.H. poursuivit sa visite. Derrière un alignement de colonnes jaspées, il découvrit un bassin que l'on avait dallé de porphyre poli, rouge sombre, en exacte harmonie avec le pourpre du grès voisin. La salle de toilette attenante contenait de grandes jarres de bois cerclées, à leur col, d'argent damasquiné. Sur des étagères de pierre s'alignaient, en un saisissant contraste avec ce décor médiéval, une profusion de flacons de cristal ornés des noms des plus grands parfumeurs parisiens.

De retour sur le balcon, H.H. s'assit dans l'un des deux

fauteuils placés près d'une table basse sur laquelle était disposé un service à thé — deux tasses, une théière, un pot à lait, un sucrier. L'un des bras du fauteuil qui se trouvait en face de Rourke supportait une légère écharpe de mousseline blanche et d'un coup la sensation fut extraordinairement forte, Ras Kaïtan et Dessieh étaient présents. Au point que H.H. allongea un bras et souleva le couvercle de la théière. Mais le thé demeuré au fond n'était plus qu'une poussière noirâtre au parfum de moisi.

Refermer la trappe lui prit vingt minutes. Il se servit d'une pierre, qu'il n'ôta qu'après s'être lui-même glissé dans l'entrebâillement. Le battant retomba avec un bruit sourd dont l'écho le poursuivit durant tout le reste de sa descente.

— Qu'est-ce que c'était, ce grondement que j'ai entendu ? lui demanda Yassou.

— Les tombes qu'on referme font toujours ce bruit, surtout quand elles sont vides, répondit H.H.

C'était cela, surtout, qui piquait sa curiosité : que le « château » fût tout à la fois vide et pourtant intact, comme si les occupants ne s'étaient absentés que pour une brève période. Alors que vingt ans au moins s'étaient écoulés depuis la dernière fois où quelqu'un avait vu Ras Kaïtan en vie.

Il fallut six jours à Rourke pour atteindre la ville de Macallé, qui abritait le quartier général des troupes éthiopiennes prêtes à répondre à une attaque italienne. A Macallé, il parvint à louer une voiture, en l'espèce une modeste Fiat Ballila Tipo 508 dont il douta qu'elle pût tenir longtemps sur les pistes caillouteuses ; mais il se trompait et elle le conduisit sans difficulté à ce qui avait été, jusqu'en 1889, la capitale de l'empire Gondar.

« Quand Caetano Spataguzzi débarque en Érythrée en janvier de 1876, l'Éthiopie est gouvernée par le Négus Jean IV. C'est l'un des successeurs du fameux Prêtre Jean tant recherché par les découvreurs espagnols ou portugais. Sa capitale est Gondar, qui a pris la suite d'Axoum dont la fondation remonte à la nuit des temps.

» Jean IV est un remarquable chef de guerre. Il a conduit plusieurs campagnes, toutes victorieuses, et durant l'une d'entre elles, précisément en 1876, il met en déroute une armée égyptienne qui présente cette particularité d'être encadrée par des Américains, d'anciens officiers sudistes, qui ont émigré après la victoire du Nord.

» Les premiers contacts entre Jean IV et Ras Kaïtan peuvent être situés avec vraisemblance au cours des premiers mois de 1880. Je n'en ai pas retrouvé les circonstances. Ils s'expliquent : l'empereur d'Éthiopie est originaire du Tigré, soit la province limitrophe de l'Érythrée où se trouvent les trois petits sultanats conquis par l'ancien caporal de l'armée italienne. Et cet empereur a besoin de soldats aussi bien que de chefs pour les commander. Il ne semble pas que l'origine étrangère de Kaïtan ait jamais soulevé le moindre problème. Les deux hommes dans tous les cas s'accordent. D'autant que le seigneur des Danakil n'a rien à demander à l'empereur de Gondar, ni fonction à la cour ni récompense d'aucune sorte. Les témoignages concordent : Ras Kaïtan ne se montre qu'au moment des campagnes militaires et repart sitôt celles-ci terminées. C'est dans ces conditions qu'il participe aux batailles contre les Derviches fous qui, venus du Soudan, tentent de détruire l'empire chrétien d'Éthiopie, sur la lancée du Mahdi Abdallah — le vainqueur du général anglais Gordon à Khartoum en 1885.

» Jean IV meurt en 1889. Ménélik II, roi du Choa (province du sud-ouest) lui succède, par la force. Son premier soin est de mater une rébellion de la province du Tigré. Le Ras Kaïtan est parmi ses adversaires. Mais deux

éléments vont jouer : l'intelligente action de Ras Makonnen, cousin germain du Négus, qui parvient à convaincre Kaïtan de ne pas s'engager (l'amitié entre les deux hommes date de cette époque) ; et surtout la tentative d'annexion du Tigré par les troupes italiennes de Baratieri : Ras Kaïtan et les quatre mille hommes de son armée personnelle sont parmi les cent mille Éthiopiens qui écrasent Baratieri à Adoua.

» C'est la dernière apparition publique de Kaïtan, si l'on récuse le témoignage d'un colonel qui affirme qu'il se trouvait, pour peu de temps il est vrai, à Addis-Abeba en 1907, pour les cérémonies au cours desquelles le prince Lidj Iyassou (Iyassou signifiant Jésus) fut proclamé héritier de la couronne impériale.

» Dessieh est là. Elle a dix-sept ans en 1895, est donc née en 1878, à Gondar selon certaines sources, à Lalibéla selon d'autres. Il est à peu près sûr que c'est Ras Makonnen qui l'a présentée à Kaïtan. Peut-être avec l'ambition, en ce cas réalisée, de rallier ainsi le seigneur de la Plaine de Sel à l'empereur Ménélik II. Le mariage a lieu le 2 juillet 1895 à Adigrat. Il est célébré par un prêtre copte nommé Micael Tessema, en présence de deux témoins dont un seul vit encore aujourd'hui : un négociant anglais d'Aden du nom de Gordon Tibbets.

» Le kaçi *Tessema revoit Ras Kaïtan environ dix fois, entre 1895 et 1914, le rencontre à deux reprises au cours de cette dernière année. D'abord en janvier, puis en juin. Une nuit de juin, des cavaliers frappent à la porte de son église et lui demandent de venir avec eux. Ils l'emmènent à plus de deux cents kilomètres de là, sur le mont Amarti qui se dresse à l'extrême sud de la Plaine de Sel. Il y a là une construction creusée dans la montagne et au troisième étage de celle-ci, Dessieh est mourante.* Kaçi *Tessema lui administre les derniers sacrements, elle meurt deux jours plus tard, de ce qui était probablement une leucémie.*

« Elle avait trente-six ans.

« L'une des traditions les plus fortes dans tout le pays éthiopien est celle d'une filiation directe entre les empereurs d'Éthiopie et les enfants conçus par le roi Salomon et la reine de Saba. Que ce soit là ou non une vérité importe peu : Dessieh Guebré était tenue pour l'une des ultimes représentantes de la lignée solomonide, sinon pour la seule. Et c'est tout ce qui compte, dans un pays où une femme peut régner tout aussi bien qu'un homme, et désigner elle-même un Négus, s'agirait-il de son mari…

« C'est ce qui fait dire à Gordon Tibbets que Caetano Spataguzzi eût parfaitement pu devenir Roi des rois.

« A l'heure où j'écris ces lignes, Kaçi *Tessema, le prêtre quasi centenaire qui a fermé les yeux de la belle Dessieh, et grâce à qui j'ai pu écrire ce reportage, est toujours vivant. Il a quitté le Tigré et l'Éthiopie en 1915, au plus fort des persécutions musulmanes contre les chrétiens, sous le règne de Lidj Iyassou. Ce dernier a été déchu en avril 1916.*

« Hailé Sélassié, le Négus actuel, à qui les Italiens de Mussolini s'apprêtent selon toute apparence à déclarer la guerre, est le fils de Ras Makonnen, l'ancien protecteur de Ras Kaïtan. Il a hérité son trône de la reine Zaouditou qui ne régna que fort peu de temps, en 1916, lorsque Lidj Iyassou fut déchu.

« Kaçi *Tessema, le vénérable prêtre, vit actuellement dans un monastère perdu dans la montagne. Il n'a pas revu Ras Kaïtan depuis vingt ans. Il le croit mort.* »

De Gondar, où il avait passé quatre jours dans une ville à peu près morte centrée sur les murailles crénelées de l'ancien palais du Négus Jean IV, H.H. Rourke se rendit à Addis-Abeda. En pure perte, il n'y avait trouvé qu'un seul homme, très âgé, à qui le nom de Ras Kaïtan était vaguement familier et qui avait, à la question habituelle, donné une réponse qui tournait à l'antienne : Ras Kaïtan devait être mort depuis longtemps, c'était un personnage d'un autre temps, d'une autre vie. Et d'un autre pays en plus, il voulait dire de Dankalie, ce pays de barbares. Quant à la princesse Dessieh, elle n'avait plus de famille. Ras Makonnen ne s'en était-il pas occupé autrefois, au siècle dernier ? Oui, c'était cela, il s'agissait bien de Ras Makonnen, qui était mort lui aussi. Il avait autrefois pris en charge, généreusement, la jeune princesse. Mais pourquoi toutes ces questions ? Pourquoi un journaliste occidental s'intéressait-il à des gens morts depuis des décennies ?

D'Addis, Rourke était reparti plein est. En chemin de fer cette fois et à destination de Djibouti, où Yassou était retourné entre-temps et l'attendait comme convenu. Le Dankali était repassé en Érythrée. Il avait parcouru cinq à six cents kilomètres de pistes, de Metzba à Daddato aux confins de la Somalie française. Sans rien trouver, aucune trace. Il avait pourtant posé ses questions à des centaines d'hommes et de femmes, dans peut-être soixante villages. Bien sûr que beaucoup de ceux auxquels il avait parlé connaissaient le nom de Ras Kaïtan ! Un grand nombre d'entre eux, ou leurs pères, avaient combattu aux côtés du Ras. Mais tous, absolument tous, avait confirmé que le Ras était mort depuis longtemps.

H.H. avait repris ses cartes, ou ce qui en tenait lieu. A Djibouti, il reçut un câble de Saperstein, l'agent américain chargé de vendre ses reportages. Ce dernier se plaignait de la rareté des envois mais avait tout de même expédié six cent cinquante dollars, « dont deux cent cinquante en à-valoir, Hatchi, c'est tout ce que je peux faire ».

Les cartes de la Dankalie étaient des taches blanches, çà et là parcourues de lignes en pointillé très hésitantes.

Cinq ans plus tôt, en 1930, un baron Franchetti avait réussi le passage transversal (le plus court) à la tête d'une expédition alors qu'un homme seul, un Anglais, Nesbitt, était parvenu un an auparavant à effectuer la traversée totale, sur 1 100 kilomètres. Ressortant de cet enfer en 1929, il avait écrit : « *La race dankalie est si féroce et si primitive que l'on devrait la conserver dans un zoo ou la détruire entièrement...* »

Il existait chez H.H. Rourke une propension naturelle, d'un rare entêtement, à aller où nul autre ne s'était rendu. Cette *terra incognita* l'avait beaucoup tenté. De la même façon qu'il avait, avant d'aller en Chine pour la première fois, remonté le cours inexploré de l'Orénoque, jusque dans les profondeurs de l'Amazonie. Mais lui manquaient l'argent et le temps. Et surtout, l'avait emporté sa détermination à conclure l'histoire de Ras Kaïtan.

Afin de retrouver celui-ci, mort ou vif, il n'avait vu d'autre solution qu'un nouveau retour dans le passé. Il s'était mis en quête des hommes qui jadis avaient été, pour la fourniture d'armes ou de femmes, en contact avec Ras Kaïtan. De Djibouti à Berbera, de la Somalie française à la britannique. Un aventurier français, Henri de Monfreid, l'avait aidé, qui lui-même n'avait jamais rencontré le seigneur des Danakil mais en avait entendu parler — et ignorait au demeurant qu'il était d'origine calabraise.

... La clé lui avait été finalement donnée par un vieil homme, noir et juif, un Falacha de la région de Gondar qui affirmait descendre en droite ligne des fonctionnaires et soldats mandatés trois mille ans plus tôt par le roi Salomon, pour raccompagner à ses foyers la reine de Saba. Ce Falacha octogénaire tenait encore commerce dans la ville de Damahâlé, sur la frontière de l'Éthiopie avec la Côte française des Somalies. La surprise de Rourke avait été totale. Car si le Falacha avait fait, pour Ras Kaïtan, la réponse ordinaire, à savoir que le seigneur susdit était mort depuis belle lurette, il avait en revanche réagi, avec un naturel ahurissant, à l'énoncé du nom de Spataguzzi.

Bien entendu, qu'il connaissait !

— Nous sommes entre nous, monsieur Rourke. On m'assure de votre discrétion. Je connais les Spataguzzi pour être leur fournisseur depuis à peu près trente ans. L'année dernière encore, je leur ai fait livrer des fusils. Des Springfield Mele 1903, presque neufs. Vous voulez les joindre ? Yaccoub vous conduira chez eux. Je ne vous garantis pas pour autant que vous en reviendrez en vie. Mais qu'ont-ils à faire avec Ras Kaïtan ?

H.H. considéra Maccabeo Spataguzzi qui lui braquait toujours le canon de son fusil entre les deux yeux. Maccabeo mesurait presque une tête de plus que lui. Ses frères Mauro et Glauco étaient à peine moins gigantesques. Tous trois étaient assurément les Calabrais les plus noirs de toute l'histoire de la Calabre. Leurs cheveux étaient longs et crépus, coiffés à la Ras Tafari, alias Hailé Sélassié. Leur beauté était surprenante, et le vide de leurs regards attestait un défaut d'intelligence proche du crétinisme.

— Je ne comprends pas, dit Maccabeo après une nouvelle et longue concertation avec ses frères, dans cette langue bizarre dont ils se servaient entre eux et qui semblait bien être un mélange de patois calabrais et de dankali. Je ne comprends pas pourquoi tu parles en même temps de la Calabre et de l'Italie.

Le regard de H.H. alla chercher celui de Yaccoub son guide, qui l'avait mené jusqu'à cette vallée perdue dans les montagnes danakil. Les sourcils de Yaccoub se haussèrent, en signe d'avertissement.

— C'est que je connais moins bien la Calabre que tes

frères et toi, dit H.H. C'est d'ailleurs en grande partie pour cela que je suis ici : pour que tu m'apprennes des choses sur la Calabre.

Nouvelle concertation.

— La Calabre est une île, dit Maccabeo.

— Très bien, dit H.H. Voilà un point que j'ignorais. J'ai vraiment bien fait de venir jusqu'ici.

— C'est une île très belle, pleine de fleurs et de rivières, avec de très grandes richesses, avec de l'eau partout, de l'eau très claire. C'est le plus beau pays du monde, et les Italiens veulent le prendre. Comme ils veulent prendre le pays des Danakil. Alors nous tuons les Italiens. Et un jour, avec notre armée, nous irons dans un bateau pour aller tuer les Italiens qui veulent prendre la Calabre.

— Je comprends, dit H.H.

— Qu'est-ce que c'est, un reportage? demanda Maccabeo.

— Une histoire vraie. L'histoire des choses qui sont arrivées, et pourquoi elles sont arrivées, où et comment. J'écris ces choses sur du papier, sans rien changer et des gens lisent ce que j'ai écrit et ainsi ils apprennent l'histoire. Si vous ne me tuez pas, tes frères et toi, je vais écrire votre histoire.

— Et à quoi ça nous servira?

Une nouvelle fois, le regard de Rourke se porta sur les femmes. Les examinant attentivement, il remarqua que la plus âgée d'entre elles pouvait avoir soixante ans. Puis il en compta sept ou huit qui avaient dépassé la cinquantaine. Toutes celles-ci étaient des noires. En revanche, celles de la deuxième génération, qui avaient entre trente et quarante ans, étaient des métisses. Certaines d'entre elles avaient même le teint très clair. Enfin venaient celles de la troisième génération et parmi elles, les adolescentes que Rourke trouvait si troublantes, qui étaient encore plus claires. En tout, ce « harem » se composait d'une cinquantaine de femmes. Le reste de la troupe était constitué par des hommes, ou plus justement, des enfants de sexe masculin, car à l'exception des trois frères, aucun n'avait dépassé douze ans. H.H. Rourke jugea très vraisemblable que les femmes âgées fussent celles de Caetano (celles-là mêmes fournies par Arthur Rimbaud ou par d'autres), la deuxième génération se trouvant être en conséquence soit les filles de Caetano ou les épouses de ses trois fils soit les deux ensemble, dans l'hypothèse très plausible d'inceste ; et les plus jeunes étant dès lors la descendance directe de Maccabeo, Mauro et Glauco.

— Ça vous servira, répondit H.H. Si les Italiens apprennent votre histoire, ils auront horriblement peur de vous, et quand vous irez délivrer la Calabre, tous les Calabrais vous accueilleront comme des rois. Pourquoi n'y a-t-il aucun homme de votre âge, dans votre village ?

— Parce que nous les tuons. Sauf s'ils s'en vont.

— Je vais partir, dit H.H.

— Alors peut-être qu'on ne te tuera pas.

— Je pose encore une question et je m'en vais, dit H.H. Est-ce que vous avez connu, toi et tes frères, un homme appelé Ras Kaïtan ?

— Il est mort.

— Mais vous l'avez connu ?

— Non. C'était un Dankali qui commandait d'autres Danakil. Nous, nous sommes des Calabrais. Nous n'avons rien à faire avec les Danakil.

— Maintenant je m'en vais vraiment, dit H.H. en ramassant son sac à soufflets. Et je vais vous donner une autre raison de ne pas me tuer, par exemple en me tirant dans le dos pendant que je m'éloignerai. Avant de venir dans ce pays, j'étais en Calabre. Qui est en effet une île au milieu de la mer et très belle et très riche. En Calabre, quand on a su que j'allais rencontrer les Spataguzzi, on m'a chargé d'un message secret pour votre père Caetano. Je vais aller voir votre père, à présent, et lui donner ce message.

— Notre père ne voudra pas te voir. Il ne veut voir personne. Même nous, nous ne l'avons pas vu depuis longtemps. Il te tuera.

— Ça fait encore une raison pour ne pas me tuer vous-mêmes, répliqua H.H. prenant le risque de tourner le dos au canon du Springfield.

Il entama la montée, dans une chaleur de four, suffocante.

— Tu parles très mal le dankali, dit la voix sortant de la caverne.

— C'est vrai, reconnut H.H.. Je n'ai pas eu le temps de l'apprendre. On peut parler en italien si tu veux, mais je le sais à peine mieux que le dankali. Je parle le français, l'anglais, l'espagnol, l'allemand, le chinois et un peu le roumain et le grec. Mais mon italien n'est pas bon.

— Je ne parle pas italien non plus, dit la voix en italien.

H.H. hocha la tête et alluma une cigarette : il était presque disposé à parier que la flamme de son allumette était moins brûlante que l'air ambiant. Yaccoub le Falacha n'avait pas voulu s'approcher de la caverne. Il s'était tapi à deux cents mètres en contrebas, à l'ombre peu consistante d'un euphorbe. Derrière sa silhouette accroupie, on pouvait voir beaucoup plus bas encore, à travers la vapeur gluante et rougeâtre que faisait trembler la chaleur, le village de Maccabeo avec ses *boudas*, ses huttes arrondies recouvertes de fibres de palmier doum tressées.

H.H. tira sur sa cigarette et en contempla la fumée qui montait dans l'air rigoureusement immobile.

— Ça a été une longue chasse, Caetano, reprit-il. C'est Gordon Tibbets qui le premier m'a parlé de toi, à Aden. Ensuite, je les ai tous rencontrés, tous ceux qui t'ont connu et sont encore vivants...

Il n'eut pas à consulter ses notes : de Gavini à Massawa au négociant falacha de Damahâlé, en passant par les gens d'Asmara, de Senafé et Adi Ougri, Kouala et Kaieh, ceux d'Adoua et de Gondar et d'Addis-Abeba, les caravaniers de la Plaine de Sel et bien sûr le *kaçi* d'Adigrat maintenant réfugié dans son monastère érythréen, il avait tous leurs noms en tête.

— Je les ai tous vus, Caetano, et je connais maintenant toute ton histoire. Il me manquait la fin mais ça y est, j'ai fini.

— Tu ne sais rien.

— C'est ce qui te trompe. Il n'y a plus qu'une chose que j'ignore : ce que Ras Kaïtan a fait de sa femme Dessieh quand elle est morte. Mais je n'ai pas envie de la connaître, je ne veux pas savoir où tu l'as mise, après sa mort. Ça ne regarde que toi.

Le silence se fit et se prolongea.

— Ras Kaïtan est mort, dit enfin la voix.

— Il est mort avec Dessieh, dit H.H. Et il est redevenu Caetano Spataguzzi de Calabre. Pendant quelque temps, je me suis demandé pourquoi tu n'avais jamais dit à tes fils que tu étais aussi Ras Kaïtan. Et puis je les ai rencontrés.

— Ils sont idiots.

— Pas seulement. Je veux dire que ce n'est pas la seule raison. Ils ont quel âge, Caetano ? Je leur aurais bien posé la question, mais en plus d'être des fous furieux qui ont failli me tuer, ils n'auraient sans doute pas pu me répondre. Je dirais qu'ils ont cinquante ans, environ. Ils sont nés avant que Ras Kaïtan ne devienne Ras Kaïtan, et surtout avant que Ras Kaïtan ne connaisse et aime Dessieh. Maccabeo a dû naître vers 1888 ou 90. C'est ça ?

La réponse tarda mais elle vint : oui.

— Tes fils et tes filles sont nés des femmes que tu avais avant de connaître Dessieh. Tu te souviens du Français Arthur Rimbaud ?

— Oui.

— C'était ton ami ?

— Oui.

— Il est né en 1854, Caetano. Trois ans avant toi. Il a écrit des poèmes, il est devenu un poète très célèbre, dans le monde entier.

— Ce n'est pas le même.

— C'est le même. Tout comme toi qui es en même temps Caetano Spataguzzi et Ras Kaïtan. A l'âge de trente ans, il a cessé d'écrire, pour toujours. Et pourtant il a vécu encore dix-sept années.

— Il est mort ?

— En 1891. Il a été deux hommes en même temps, lui aussi. J'aime beaucoup ce qu'il écrivait, Caetano. Beaucoup. Je ne l'ai pas connu, mais j'aurais bien voulu. J'aurais fait un reportage sur lui. Est-ce que tu l'as jamais vu écrire ?

— Non.

La main de H.H. fouillait sans bruit le sac à soufflets. Elle en retira la torche électrique.

— C'est dommage, Caetano. J'aurais bien aimé retrouver des choses écrites par lui, que personne ne connaîtrait. Pourquoi as-tu raconté à tes fils que la Calabre est une île ?

— J'avais envie que ce soit une île.

— Il y a une chose que Gavini ne savait pas, sur toi. Tu te souviens de Gavini ? Il est venu avec toi de Naples à Massawa, il y a très longtemps.

— J'ai oublié.

— Il n'a pas pu me dire ce que tu y faisais, en Calabre, avant d'être soldat.

H.H. braqua la torche vers l'ouverture de la caverne, et l'alluma...

— Je taillais des pierres, dit la voix. Je faisais des choses avec mes mains, dans la pierre.

— Et puis les carabinieri sont venus et ils t'ont forcé à partir.

— J'ai oublié.

Le faisceau de la torche éclaira un amas de fourrures et de cuirs mal tannés, puis la luisance d'un très mince filet d'eau glissant le long de la roche et emplissant une vasque elle-même creusée dans la pierre...

— Tu ne leur as jamais pardonné de t'avoir emmené loin de chez toi, Caetano.

— J'ai oublié.

Le faisceau lumineux que H.H. déplaçait lentement découpa soudain tout un alignement de statues de grès rouge sang, comme jaspé d'ivoire. Ces statues représentaient toutes une femme, toujours la même, au profil d'une bouleversante beauté, d'une grâce à serrer le cœur. Alors qu'il approchait de la caverne, vingt minutes plus tôt, H.H. avait perçu le son clair d'un métal frappant très délicatement la pierre. H.H. abaissa sa lampe et découvrit sur le sol les ciseaux et burins dont Yaccoub lui avait parlé, et que son grand-père le négociant de Damahâlé avait fait venir d'Allemagne puis expédié au fin fond de la Dankalie en même temps que les fusils Winchester qui avaient précédé les Springfield, quinze ans auparavant.

Le faisceau de lumière passa sur chacune des statues — H.H. en compta quarante-deux — puis entreprit de fouiller tout l'intérieur de la grotte.

— On m'a raconté, dit H.H., que Ras Kaïtan était si désespéré à la mort de Dessieh qu'il s'est lui-même crevé les yeux afin de ne plus jamais poser son regard sur une autre femme.

Le faisceau arrêta net son déplacement : la silhouette était colossale, elle était celle d'un homme entièrement nu, aux longs cheveux aussi blancs que la barbe. L'homme se tenait debout, le dos plaqué contre la paroi la plus éloignée de l'entrée, ses bras musculeux terminés par des mains énormes étaient dressés au-dessus de sa tête et semblait soutenir la voûte.

Les orbites étaient vides.

H.H. éteignit sa lampe et la remit dans son sac. Il se redressa, ruisselant de sueur sous le soleil de plomb.

— Adieu, Ras Kaïtan.

— Ras Kaïtan est mort.

Rentrer à Djibouti fut toute une affaire. Rourke n'y fût certainement pas parvenu sans l'aide de Yaccoub et de ses caravaniers. Il y eut deux ou trois jours pendant lesquels il perdit toute conscience, brûlant de fièvre. Ce fut en titubant que, malgré l'insistance du médecin français qui tenait à le garder encore un peu sous surveillance, il reprit le train pour Addis-Abeba. De la capitale éthiopienne où commençaient à s'entasser les correspondants de guerre dans l'attente des prochaines batailles (l'attaque italienne n'allait se produire que trois mois et demi plus tard, le 3 octobre 1935), il réussit à remonter au nord vers le Soudan et Khartoum, à bord d'un convoi de camions britanniques.

L'air des hauts plateaux acheva de le remettre sur pied. Il put mener dans Khartoum l'enquête qu'il avait projetée. Sans grand résultat : il ne retrouva que deux hommes ayant pris part aux combats contre les armées éthiopiennes de Jean IV, soixante ans plus tôt, et aucun de ces vétérans n'avait la moindre idée de ce qu'avaient pu devenir les officiers américains ayant alors servi de conseillers techniques. Le Soudan était administré conjointement par le Royaume-Uni de Grande-Bretagne et le roi Fouad d'Égypte. Pas plus les fonctionnaires britanniques que leurs homologues égyptiens ne purent l'aider, on regarda même H.H. avec stupeur : des *Américains* qui seraient venus venger leur défaite de Gettysburg ou Atlanta sur le dos d'Éthiopiens ?

H.H. prit la route du Caire, puis descendit le Nil. Ses

recherches cairotes ne furent pas plus fructueuses. On lui parla bien d'un MacGregor qui avait été soldat de fortune à peu près dans la même région et environ aux mêmes dates. Mais outre qu'il était mort depuis quinze ans au moins, il était écossais et n'avait sans doute jamais traversé l'Atlantique.

Une fois payé son billet de bateau pour se rendre de Port-Saïd à Marseille, il vendit sa montre et fit changer sa réservation. Il embarquerait sur l'*Athos II* des Messageries Maritimes en provenance de Yokohama. A condition de ne pas descendre à l'hôtel *Shepheard's*, nec plus ultra de l'époque, sous réserve de dormir sur une paillasse et de se nourrir comme un Égyptien du peuple, il pouvait tenir onze jours de plus.

Il les consacra exclusivement à son enquête, écumant les sinistres tripots *à musique* d'El Ismaïlia où il interviewa une pléthore de danseuses grecques tuberculeuses sur lesquelles veillaient, comme des cornacs, des *impresarii* levantins grassouillets aux doigts chargés de bagues... Parcourant inlassablement les hideuses bâtisses en style colonial des avenues de Fallagah que bordaient alors des palmiers poussiéreux où nichaient des hordes de rats albinos... Poussant même en désespoir de cause, à la suite d'un tuyau qui s'avéra crevé, une pointe jusqu'aux chantiers des nouveaux quartiers qui proliféraient à l'ouest de la ville. Où, par le plus grand des hasards, il rencontra une Irlandaise conservatrice au Musée d'Art copte venue là pour racheter à bas prix aux ouvriers, les tessons de poteries antiques qu'ils déterraient en creusant leurs terrassements...

Cette jeune femme ne lui fut d'aucun secours pour son enquête, mais l'invita avec un aplomb remarquable à partager sa table, son lit et son long corps délicat qui était une manière de curiosité naturelle, étant entièrement couvert, mais alors, entièrement, des chevilles au sommet du front, de myriades de taches de rousseur...

Cela changea beaucoup Rourke des Abyssines cuivrées dont il avait fait grand usage, dans la semaine qui suivit son retour de la Caverne de l'Aveugle, quand les frères Spataguzzi, tout effarés de le voir revenir vivant, lui avait offert l'hospitalité, à la pointe de leurs fusils. Pour une raison que Rourke ne s'expliqua jamais — et que même Yassoud s'avéra incapable de lui « traduire » — ils lui expédièrent chaque nuit un assortiment remarquable de jeunes beautés à peine nubiles... mais déjà fort expertes aux choses de l'amour.

Kate MacDonald — Rourke devait se demander par la suite si la similitude des prénoms était pour quelque chose dans cette brève idylle — avait, outre ses taches de rousseur, la particularité de garder ses lunettes à montures d'acier pendant l'amour. Mais comme elle préparait les muffins et les scones comme personne, H.H. lui pardonna ce léger défaut. De même qu'il ne s'agaça pas trop de son intarissable bavardage. Bien lui en prit, car ce fut elle qui, l'avant-dernier jour, lui suggéra que le défunt MacGregor avait très bien pu connaître au moins un des Américains rescapés de la guerre de Sécession auxquels s'intéressait Rourke. Rourke se frappa le front du plat de la main, sauta du lit (ils y prenaient leur breakfast) et, toujours mâchonnant un muffin imbibé de thé noir, il se rua en calèche à Héliopolis. C'était là, à peu de distance de l'aéroport, que Mme Vve MacGregor hantait, solitaire, une immense villa de marbre rose croulant sous les rosiers grimpants. La vieille dame, qui était sourde comme un pot, mais qui avait encore toute sa tête, hurla dans l'oreille de Rourke, au point de lui faire éclater les tympans, qu'en effet, son vaurien de feu mari — Dieu ait son âme — avait eu pour compagnons de beuveries trois ou quatre de ces piliers de tavernes. Et que l'un d'entre eux, qui, par un miracle inexplicable avait échappé à la cyrrhose du foie, était toujours vivant. Oui, en Égypte. A Alexandrie, pour tout vous dire...

A Alexandrie où un autocar bringuebalant conduisit H.H. en à peine neuf heures (il faisait halte à chaque palmier). L'homme avait quatre-vingt-onze ans. Il se nommait George Henry Paulson. Après la défaite des armées du Sud en 1865, il avait en effet quitté les États-Unis en compagnie de deux centaines de ses compatriotes de Virginie. Non pour l'Europe ou l'Afrique mais pour le Brésil, l'Amazonie. Il n'y était pas resté. Cette misérable tentative d'implantation dans un pays dont le seul avantage était que la possession d'esclaves s'y trouvait encore autorisée, s'était révélée un enfer. Sa jeune femme et son fils avaient succombé aux fièvres amazoniennes. Alors, avait commencé une longue errance : de Santarem à Belém do Para, puis le Mexique, où il avait retrouvé quelques autres anciens officiers de Lee, comme lui-même. Lequel d'entre eux avait proposé de louer leurs services au roi d'Égypte, il ne s'en souvenait pas...

— Mais vous vous rappelez leurs noms ?

Paulson les cita, onze hommes au total. Il indiqua même leurs origines, leurs grades, les unités de l'Armée Confédérée dans lesquelles ils avaient tous servi. Sa mémoire était étonnante — quoique Rourke le sût d'expérience : des gens comme l'ancien officier se souvenaient avec une exactitude fascinante de détails, de noms et d'anecdotes remontant à des décennies mais en revanche, ils n'eussent sans doute pas été capables de dire ce qu'ils avaient fait la semaine précédente.

... Bon, ils étaient arrivés en Égypte. On les avait reçus, enrôlés, bien payés, très bien même. Ils avaient eu des femmes plus qu'ils n'en pouvaient satisfaire. Ensuite, la guerre. Une guerre bizarre, avec ces guerriers d'Abyssinie emplumés comme des Cheyennes, d'un courage fou, qui se faisaient massacrer comme à plaisir.

Les souvenirs s'égrenèrent. Trois seulement des onze

mercenaires étaient rentrés en Amérique. Quatre avaient été tués. Paulson était parti pour le Yémen. Il s'était battu là-bas aussi. Y était resté neuf ans. Il parlait l'arabe.

Ils marchèrent dans Alexandrie, dans un dédale de petites rues aux senteurs de vase et de menthe, de pierres pourrissantes, d'ordures de toutes espèces, d'une saleté qui surpassait même celle des villes chinoises et H.H. s'étonna de ressentir du dégoût : ce n'était pas de lui d'ainsi porter un jugement subjectif, d'être personnellement affecté, lui qui n'était qu'un spectateur. Peut-être était-ce la conséquence des fatigues accumulées ces derniers mois. Ou la proximité de son retour en Europe. Il se surprit à ne plus prêter à Paulson qu'une oreille distraite. Oh ! certes, il écoutait, prenait des notes, enregistrait les noms et les dates ; rien à redire, il était bien trop entraîné à recueillir confidences et récits, savait se taire et laisser courir le silence pour que l'autre se sente obligé de le rompre et se remette à parler.

... Ce que faisait Paulson : après le Yémen, l'Égypte une nouvelle fois, et la guerre au sud, au Soudan. Puis l'Arabie, la Côte des Pirates, Oman et Mascate. Puis Bassorah et quelque temps du commerce. Oui, Gavey et Vrigny et Hayes et Charlie Oates étaient encore avec lui à cette époque. Vrigny ne s'était fait tuer qu'en Afghanistan, plus tard. Et Johnny Hayes avait crevé comme un chien dans le désert de Tripolitaine. Gavey était le seul à être rentré au pays, le seul des cinq. C'est ça : Gavey était du Kentucky, de Bardstown-Kentucky. Il s'était décidé à rentrer quand ils étaient revenus du Transvaal en 1903, après la guerre des Boers. Il avait écrit une fois, une seule, d'un hôpital de Louisville, pour dire qu'il était en train de mourir de quelque chose d'incurable dans son ventre, mais qu'il était heureux quand même, d'avoir revu l'Herbe bleue. En sorte qu'ils n'avaient plus été que deux, Charlie Oates et lui à survivre. Ils avaient repris leur affaire de bateaux à Bassorah. C'était surtout Charlie qui s'en occupait. Affaire vendue en 1909, à un Arménien. Nouveau retour en Égypte. A Port-Saïd. Ils avaient même failli prendre un bateau pour New York. Sans blague. Ils avaient acheté les billets. Revendus. La veille du départ. Sans blague. Charlie avait été de la bande à Quantrill. Qui ?

— Frank et Jesse James, répéta H.H.

— Connais pas, dit Paulson. Je devrais ? C'était qui ? Non. Inconnu au bataillon aussi ce Buffalo Bill. Et ce Roosevelt et ce Capone. Et c'était toujours le même Roosevelt qui était président depuis tant d'années ? Ah ! bon, il y en avait eu deux avec le même nom. Sans blague ? Non, il ne lisait jamais les journaux. La dernière fois qu'il en avait lu un, ç'avait été pour se délecter de la nouvelle de la mort de ce type du Nord, comment s'appelait-il déjà, ah ! oui, Lincoln Abraham. Bien fait pour sa gueule. Ce type qui voulait mettre les Nègres à la place des Blancs. Et puis quoi encore ? Non mais, sans blague. Jamais un seul journal. Quoi, la radio ? Il n'écoutait pas ces trucs. Il aurait peut-être dû rester au Transvaal, avec les Boers. Des types bien. Et qui savaient tenir les Nègres. Mais Alexandrie n'était pas mal, sans blague.

Paulson avait conduit H.H. jusqu'à la corniche, qu'ils avaient suivie jusqu'au fort de Quaïtbaï. On revenait maintenant vers ce café à la terrasse duquel Rourke avait trouvé l'ancien Confédéré. On gagna la rue Nebi Daniel, on tourna sur la gauche pour finalement parvenir à une ruelle étroite bordée de murs aveugles. Évitant les ordures diverses qui jonchaient le sol de terre battue, chassant les mouches qui bourdonnaient autour de leurs visages, ils entrèrent sous un porche étroit, où toutes les fétidités possibles semblaient s'être stratifiées.

— Voilà, on y est, chez moi. Suis propriétaire. Acheté ça quinze, vingt ans. Confortable. Sûr que vous pouvez monter. Nous autres du Sud, on connaît l'hospitalité.

Dirai à Bongo de vous préparer un mint-julep. Les fait très bien, cet enfant de salaud.

L'un derrière l'autre, ils gravirent un escalier sans rampe, mettant en fuite une armée de cafards. En tout et pour tout, l'appartement se composait de deux pièces exiguës. Dans la première, accroupies sur une natte de raphia, trois vieilles femmes décharnées fumaient en jouant aux cartes. Un peu à l'écart, un vieux Noir squelettique aux cheveux blancs, la tête renversée, un sourire puéril sur les lèvres, observait au plafond un gecko qui donnait la chasse aux blattes volantes.

— Ça, c'est Bongo. Acheté à Mascate. Mon esclave. En avais deux avec Charlie mais un a crevé.

Dans l'alignement de cette pièce, il y en avait une deuxième plus petite, qu'éclairait à peine une étroite fenêtre grillagée. Elle était meublée de deux grabats innommables, d'un pot de chambre et dans un coin d'une cantine de métal d'un bleu-vert passé sur le couvercle de laquelle apparaissait encore le drapeau de la Confédération des États du Sud. Un vieux sabre de cavalerie était suspendu au mur.

La Virginie, disait Paulson. Il s'en souvenait, forcément. C'était son pays. Il était de Danville, enfin d'à côté de Danville, Callands ça s'appelait. Père épicier. Six frères.

— On s'est enrôlé tous les sept. Quatre tués dans les premiers mois. M'ont nommé lieutenant. Étais le seul qui savait lire.

Non, on n'avait jamais eu d'esclave, dans sa famille. Pas les moyens. Pas comme maintenant. Maintenant, il vivait comme un seigneur, avec quatre domestiques. Si Rourke passait par la Virginie et si par hasard il y restait des Paulson, qu'il leur dise de venir jusqu'à Alexandrie, pour le voir. Il avait un lit disponible, celui de Charlie Oates.

— S'est pendu y a deux ans, cet enfant de salaud, me

demande bien pourquoi. Était pourtant plus jeune que moi. Né en 45, Charlie, un an de moins que moi.

Il lança des ordres en arabe, le très vieux Noir accourut, traînant une jambe raide, apportant dans des verres une décoction bizarre qui fleurait la menthe et le phénol. H.H. ne fit qu'y tremper ses lèvres, puis il alla jusqu'à la fenêtre, s'y pencha : elle donnait sur une petite cour intérieure où des tanneurs étaient à l'ouvrage — la puanteur ambiante s'expliquait en partie.

Paulson faisait claquer sa langue dans sa bouche totalement édentée. Il savourait son mint-julep version égyptienne. Il était vêtu d'un costume qui avait été blanc dans une période reculée et maintenant virait au jaune pisseux — et coiffé d'un chapeau à large bord, tenue de planteur virginien. Curieusement, il était propre, et rasé de près.

— Vous ne buvez pas, Rourke?

Il n'attendit pas la réponse et se remit à parler de Charlie Oates, dont décidément il n'arrivait pas à comprendre pourquoi il s'était suicidé, c'était inexplicable.

— Pas votre avis, Rourke?

— Inexplicable en effet, dit H.H.

Un autre autocar le mit à Port-Saïd cinq heures avant l'appareillage de l'*Athos II*. Il lui restait en poche l'équivalent de deux dollars. Plus son billet de deuxième classe pour Marseille. Il marcha dans les rues d'une ville qui n'avait rien pour accrocher l'attention et finit par se retrouver devant le petit immeuble où George Henry Paulson et Charlie Oates avaient vécu, avant d'aller s'installer à Alexandrie. Il posa quelques questions à la ronde, ne recueillit rien d'intéressant, sinon une confirmation des dires du survivant des onze mercenaires.

Il embarqua. L'un des stewards le reconnut. C'était

un Corse qui les avait servis, Kate et lui, entre Marseille et Shanghai.

— Elle n'est montée à bord qu'à Bombay, corrigea H.H. Si nous parlions d'autre chose ?

Le Corse n'insista pas. Dix minutes plus tard il revint avec deux bouteilles de scotch.

— Je n'ai pas de quoi les payer.

— Vous me rembourserez quand vous pourrez.

On lui avait donné pour compagnon de cabine un assistant de plantation qui rentrait en Europe pour trois mois de vacances, après cinq années passées en Malaisie. L'homme se nommait Mulligan et avec une familiarité qui agaça Rourke, il lut page après page l'histoire de Paulson et de ses dix compagnons mercenaires. Plus irritant encore, il fut passionné. Il le dit et le répéta un peu trop. H.H. finit par lui casser la gueule, avec une froide efficacité qui n'excluait pas une fureur réelle, tout à fait hors de proportion en fait, et qui le surprit lui-même : il ne se savait pas à ce point en rage — non pas contre cet homme en particulier, qui l'indifférait à l'extrême, mais contre l'humanité en général, la vie en général, autrement dit contre H.H. Rourke en personne.

12

Julie Bénédict

Mimi Rourke avait elle-même choisi les prénoms de son fils. On lui avait demandé la signification du double H de deux à trois mille fois. Les réponses avaient varié selon, non pas la qualité de son interlocuteur — ou de son interlocutrice (les femmes surtout s'étaient montrées curieuses) — mais en fonction de la considération qu'elle lui portait. Elles étaient allées, ces réponses, d'un « allez donc vous faire foutre ! » au plus charmant des sourires accompagnant une fin de non-recevoir fort gracieuse. L'idée générale demeurait néanmoins la même, en dernière analyse : cette affaire de prénoms ne regardait qu'elle-même et Rourke.

Elle appelait son fils Rourke et pas autrement.

La considération que Mimi Rourke portait aux gens répondait à des critères fort précis mais tout à fait personnels. Dans ses jeunes années, quand elle était encore vendeuse en chef dans une boutique de chaussures de Biarritz, elle avait gaiement claqué les fesses du roi d'Espagne Alphonse XIII, qui n'avait, il est vrai, que douze ans à l'époque. Cette première (qui n'était d'ailleurs pas la première) manifestation de sa grande indépendance d'esprit avait été suivie de beaucoup d'autres (qui n'étaient pas davantage les dernières). Ainsi avait-elle, entre autres, carrément flanqué à la porte, en le raccompagnant avec énergie sur le seuil, un certain prince d'outre-Manche qui n'était pas encore Edward VII et avait eu un geste d'impatience un peu trop accentué. Et elle avait renouvelé sa performance au détriment d'un certain nombre de personnages à peine moins illustres. Ne s'en faisant d'ailleurs pas une spécialité. Elle n'y mettait aucune malice et moins encore recherchait-elle une publicité quelconque : elle jetait tout aussi bien dehors l'employé du gaz ou un sergent de ville, une cliente à trois francs cinquante ou une à neuf cent vingt. Dès lors qu'on portait atteinte à sa dignité de femme, de Française, d'Européenne, d'être humain et de marchande de chaussures, elle sévissait. Ses quarante-neuf employés l'adoraient et, ainsi qu'il va souvent, sa clientèle aussi. Être flanqué à la porte par elle était devenu, au fil des années, un honneur aussi recherché que l'Académie française ou la Victoria Cross. Au lendemain de son éviction, d'ailleurs, le prince britannique lui avait fait porter des fleurs, trois flacons de parfums différents et l'offre d'un traité de paix, qu'elle avait signé. Sa boutique du Faubourg Saint-Honoré, dont elle n'avait d'abord été que la directrice-gérante avant d'en devenir la seule propriétaire, était des plus courues qui fussent. Au point qu'elle en avait ouvert une autre, à Monte-Carlo, depuis des années déjà, ce qui lui permettait de prendre ses vacances en juillet-août-septembre tout en continuant de travailler.

Elle se trouvait à Monte-Carlo en cette mi-septembre, s'apprêtant d'ailleurs à fermer pour regagner Paris. Déjà, elle avait renvoyé dans la capitale les six jeunes filles venues en renfort pour l'été. Un jour viendrait qui sait où elle garderait ouverte sa succursale monégasque. Dans quatre ou cinq ans peut-être, au train où allaient les choses, vers 1939 ou 1940.

La dernière cliente du jour s'en allait, n'ayant d'ailleurs rien acheté. Dix minutes passèrent sans aucune autre entrée. Mimi ordonna aux dernières vendeuses encore en service de rentrer chez elles.

Restée seule avec sa jeune directrice pour Monte-Carlo, Julie Bénédict, elle l'aida à tirer les rideaux métalliques des deux vitrines, à éteindre les lumières, à fermer les deux portes. Il était un peu plus de sept heures trente. Julie Bénédict avait vingt-quatre ans, elle était suisse, des environs de Saint-Gall. Trois ans plus tôt, elle était rentrée dans la boutique du Faubourg Saint-Honoré en compagnie d'une Américaine et des enfants de celle-ci, dont elle s'occupait ; le lendemain elle était revenue, pour rapporter les chaussures achetées la veille par sa patronne, qui n'en voulait plus. Deux jours plus tard, Julie avait abandonné son emploi de nurse pour devenir vendeuse. Elle était intelligente, d'une grande douceur, calme avec ce qu'il fallait de caractère pour tenir tête à Mimi quand elle s'emportait un peu. Et en plus elle se trouvait être, sinon d'une beauté étourdissante, du moins dotée d'un charme souriant qui enchantait tous les clients. Au printemps de cette année 1935, Mimi l'avait choisie pour diriger la boutique de la Côte d'Azur et en était très satisfaite.

Les deux femmes sortirent ensemble mais se quittèrent : Mimi avait un appartement à l'*Hôtel de Paris*, loué au mois, Julie s'était trouvé un petit appartement non loin du Jardin exotique. Il leur arrivait souvent de dîner ensemble mais ce soir-là, Mimi déclina l'invitation, elle préférait rentrer. Avec la fin de la saison d'été, elle avait pas mal de comptes à faire.

— Je dînerai dans ma chambre. Bonne nuit, Julie.

— Bonsoir, Madame.

Elle n'eut pas à passer par la réception, ayant sa clé sur elle. Son appartement à l'hôtel se composait d'un grand salon dont les fenêtres donnaient partie sur le casino et partie sur la mer, d'une chambre à coucher, d'un dressing et d'une salle de bains.

Un trench-coat avait été jeté à la diable sur l'un des

fauteuils du salon, le veston suivait la cravate, mais précédait le pantalon ; la chemise était deux mètres plus loin, le caleçon et les chaussettes jalonnaient le reste de la piste. Tout cela par terre.

Les chaussures et le sac à soufflets étaient posés sur le lit.

— Et tu crois que je serai toujours là pour ramasser tes affaires et les ranger, Rourke ?

— Oui, répondit-il.

Il était allongé dans la baignoire, enfoncé jusqu'au cou dans l'eau savonneuse. Il faisait des bulles à l'aide d'un chalumeau de couleur rouge. Il était coiffé de l'un des chapeaux de Mimi — celui avec des cerises. Elle s'assit sur le rebord.

Le fixa un très long moment dans le plus grand silence. Jusqu'à ce que la main maigre et trempée de H.H. sortît de l'eau et vînt lui caresser la joue. Elle embrassa la paume.

— Je t'emmène danser, dit-il. On va faire une bringue à tout casser. J'ai commandé une tenue de soirée et ce qui va avec, et j'ai fait envoyer un mandat télégraphique à un steward des Messageries maritimes à qui je devais des sous.

— Tout ça sur ma note.

— Vouei, dit H.H.

Elle eut juste le temps de bondir, une seconde plus tard il l'eût fait tomber tout habillée dans la baignoire.

— Et bon anniversaire, dit-il.

Mimi avait soixante ans ce jour-là.

— Raconte encore.

Ils étaient assis face à face à la table du restaurant. Ils avaient presque fini de dîner. Le sommelier venait de leur apporter une autre bouteille de champagne. H.H. sourit :

— Je n'ai fait que cela.

— Continue. Moi, je n'ai rien d'intéressant à dire.

Il lui avait déjà conté toute l'histoire de Flûte de Jade, il entama celle de Ras Kaïtan. On leur apporta les pâtisseries. Mimi avait ce soir-là une robe d'Elsa Schiaparelli qui rendait justice à l'étonnante jeunesse de sa ligne, on eût presque pu les croire amants, son fils et elle.

Ils allèrent danser.

— Tu danses toujours aussi mal, Rourke.

— Oui, M'man.

Ils valsaient très lentement. La valse lente, le boston, était à peu près la seule danse que H.H. pratiquât passablement.

— Tu me manques chaque fois un peu plus, tu sais, dit-elle.

Il l'embrassa sur la joue, la garda contre lui. La musique s'arrêta, ils revinrent à leur table, tandis que tous les maîtres d'hôtel et les garçons leur souriaient.

— Il n'y a plus que nous, tu as remarqué, Rourke ?

— J'ai une voiture dehors, une Hispano-Suiza.

— Toujours sur ma note.

— Toujours.

On rajouta de la glace dans leur seau à champagne et ils emportèrent la bouteille pas encore entamée. Il prit le volant et s'engagea sur la route de la Turbie, tout en finissant de raconter l'histoire de Ras Kaïtan.

Il stoppa et coupa le moteur, les longs doigts de ses mains demeurant posés sur le volant. Mimi se laissa glisser un peu plus sur le côté et se pelotonna contre l'épaule de son fils.

— Toutes tes histoires sont tristes.

— Je ne le fais pas exprès.

— Tu penses ! Tu les cherches.

Il baissa la vitre un peu plus et alluma une cigarette. Il savait ce qu'elle allait dire maintenant. Et elle le dit :

— J'ai fait un aller et retour en avril dernier. Je ne suis

restée que six jours à New York. Je voulais voir mon petit-fils. Il est très beau.

— Très bien, dit H.H.

— Et intelligent. Il parle chinois, c'est te dire. Il va avoir trois ans dans deux mois. Il apprendra le français aussi, tout est prévu.

— J'en suis sûr.

— Rourke, je n'ai pas plus envie de t'en parler que tu n'as envie de m'entendre en parler. Son journal est en train de réussir. J'ai dîné deux fois avec elle. La deuxième fois, il y avait son rédacteur en chef Nick Di Salvo. Tu le connais ?

— Je l'ai rencontré une fois. Il est très bien. Vraiment.

— Elle était très fatiguée, nerveuse, tendue. Encore plus que d'habitude. Elle travaille trop.

Silence.

— Rentrons, dit Mimi. Et conduis très doucement, s'il te plaît.

A l'*Hôtel de Paris*, on avait préparé pour H.H. une chambre contiguë à l'appartement de sa mère, et laissé ouverte la porte communicante. Ils se couchèrent chacun de leur côté, séparés par guère plus de dix mètres.

— Nous n'avons même pas bu le champagne que nous avions emporté.

Il y eut presque aussitôt un tintement de verre et H.H. entra, deux flûtes dans une main et la bouteille dans l'autre.

— N'allume pas.

Il la servit et se servit lui-même.

— C'était quand même un merveilleux anniversaire, dit-elle.

Il allongea sa main gauche et à nouveau toucha, dans l'ombre, le visage de Mimi.

Qui pleurait.

Ils rentrèrent ensemble à Paris et comme ils l'avaient déjà fait cinq ans plus tôt, ils tirèrent le signal d'alarme du Train bleu, histoire de rire. Fou rire qui redoubla quand ils découvrirent que c'était le même contrôleur que la fois précédente, qui vint leur faire payer l'amende.

Le Chat-Huant fut tiré de son lit à ce qu'il appelait le crépuscule, c'est-à-dire à huit heures du matin. Il les trouva tous les deux assis sur son paillasson aux armes des Whitney-Scott avec de mignons petits chats-huants aux yeux de sinople gambadant sur champ d'azur — fabrication spéciale et cadeau de Mimi pour la Noël de 1934. Ils étaient gais et avaient apporté champagne et foie gras. En fait, ils débarquaient du train. Ils envahirent son appartement tels des Huns et pique-niquèrent sur le tapis de son salon. Et une fois de plus le Chat-Huant s'étonna, s'émerveilla, s'émut de la puissante connivence qui unissait la mère et le fils. Dans le même temps, son infaillible intuition lui soufflait que si réels que pussent être l'amour qui unissait Mimi et H.H. Rourke, leur gaieté et cette propension à faire les clowns quand ils étaient ensemble, ils n'en cherchaient pas moins à s'étourdir un peu tous les deux.

Les quinze jours suivants furent de la même farine. Même si Mimi n'avait pas tardé à reprendre son travail, cette période de rentrée étant pour elle capitale. Ils dînèrent ensemble tous les soirs, tous les trois, voire tous les quatre, Rourke se faisant accompagner de fort jolies filles, qui changeaient chaque jour, et encore ne puisait-il même pas dans le vivier des vendeuses de sa mère, pourtant toutes aussi belles.

Le Chat-Huant s'attendait à ce que Rourke, tôt ou tard, cherchât à lui parler. Il ne fut pas déçu. Cela arriva une nuit vers onze heures trente. Le Chat-Huant venait d'arriver à la rédaction du *New York*, en d'autres termes l'édition européenne du *New York Herald Tribune* où, bien qu'il fût plus que jamais à la retraite, il continuait d'écrire sa chronique mondaine. Qu'on la publiât ou non, cela l'indifférait à l'extrême (en général, on le faisait). Il s'assit à son bureau et commença d'écrire. On vint lui dire que ce n'était pas la peine : l'actualité était telle qu'il manquerait de la place pour son compte rendu sarcastique des agitations du Tout-Paris. Il acquiesça et n'en poursuivit pas moins la rédaction de son billet. En quarante-quatre années, il n'y avait manqué que deux fois : le temps de ses deux seuls voyages, l'un en Irlande, l'autre outre-Atlantique. On vint s'asseoir près de lui.

— Bonsoir.

C'était la voix grave, calme et lente de H.H. Rourke.

— J'en ai pour quelques minutes encore.

— Prenez votre temps, rien ne presse.

Rourke avait entassé devant lui quelques dizaines de journaux arrivés des États-Unis par paquebot. Il se mit à les parcourir et du coin de l'œil, le Chat-Huant le vit s'attarder sur une édition du *Queens & Long Island DAY*. Le Chat-Huant se garda bien d'émettre le moindre commentaire et même fit exprès de s'attarder, dans son travail — qui de toute manière était inutile.

— Il y a d'autres éditions ?

Le Chat-Huant se demanda s'il allait ou non faire mine de ne pas comprendre à quel journal en particulier H.H. faisait allusion, mais décida que ce serait tout de même aller un peu loin.

— Demande à Mercadier.

H.H. acquiesça. Il revint quelques minutes plus tard avec une dizaine d'exemplaires du *DAY* et se plongea dedans. Le Chat-Huant avait depuis longtemps terminé son billet mais, pour avoir l'air d'être occupé, il entreprit de rédiger son courrier. La première édition du *New York* arriva de l'atelier. Seul l'intérêt que parut aussitôt y prendre H.H. Rourke amena le Chat-Huant à s'y intéresser lui-même : « THREE ETHIOPIAN TOWNS

BOMBED AS WAR STARTS... » annonçait le titre sur les sept colonnes de la Une. La date était celle du 3 octobre. La guerre venait d'éclater entre l'Éthiopie et l'Italie. Si l'on exceptait les informations météorologiques, comme toujours situées tout en bas, en rez-de-chaussée de la première colonne, toute la première page du *New York* était consacrée à l'événement. Les villes bombardées par l'aviation mussolinienne étaient Adua, Adigrat et Agame. Les troupes italiennes avaient franchi la frontière érythréenne à l'aube. On se battait aussi dans l'Ogaden — le Chat-Huant n'avait pas la moindre idée d'où cela pouvait être.

— Tu connais ces endroits, H.H. ?

— Quelques-uns. Adua et Adigrat.

— Tu y connais quelqu'un ?

— Pas vraiment.

H.H. lisait colonne après colonne et le Chat-Huant l'imita, pour se donner une contenance. Les deux pays, agresseur et agressé, adressaient d'identiques notes de protestation à la Société des Nations. Le Président Roosevelt, qui effectuait une croisière dans les Caraïbes, « se tenait informé des événements ». Un officier britannique en retraite, récemment rentré de l'Éthiopie de l'Ouest, éprouvait le besoin de déclarer que les vies des civils occidentaux pouvaient être mises en danger. Le Chat-Huant ricana, enchanté par une telle idiotie et pensa à la sage remarque mise par André Maurois dans la bouche de son colonel Bramble : « ... La vie du soldat est une vie rude, parfois mêlée de réels dangers. » Les deux fils du Duce pilotaient héroïquement deux avions qui avaient pulvérisé un hôpital abyssin. Des tam-tams de guerre battaient dans tout le pays...

— Ils n'ont pas le téléphone, supposa finement le Chat-Huant.

H.H. et lui sortirent et marchèrent un moment côte à côte en silence.

— Des projets particuliers ? s'enquit H.H.

— Écrire ma chronique pendant encore cinquante ou soixante ans.

— Je parlais de cette nuit, dit H.H. en souriant.

— Rien de spécial en vue. C'est une nuit très douce.

Ils descendirent les Champs-Élysées jusqu'à la place de la Concorde et, par préférence au pont du même nom, le Chat-Huant choisit de traverser la Seine par celui de Solferino, qu'il estimait plus intime. Ils gagnèrent ce qui, au fil des années, était devenu le quartier favori du chroniqueur du *New York* pour ses déambulations nocturnes : les sixième et septième arrondissements de Paris. Il y connaissait à peu près tout le monde et à toute heure savait où trouver quelqu'un avec qui boire, manger, discuter de littérature ou de football américain. Le Chat-Huant éprouva un véritable orgueil à piloter son compagnon et s'enorgueillit plus encore de la façon dont H.H. s'accordait d'un regard, d'un sourire, de quelques mots, avec n'importe qui, un marchand de vin et charbon auvergnat, un peintre, voire des dames de petite vertu ou le boulanger. Il n'alla pas jusqu'à s'interroger sur les raisons de cette fierté ; depuis des lunes, il tenait H.H. pour son fils adoptif. Il en avait même fait son héritier spoliant sans la moindre vergogne des neveux et petits-neveux qu'il n'avait au reste jamais vus et dont il se souciait comme d'une guigne. Mais bien sûr, il n'en avait rien dit à personne, surtout pas à Rourke lui-même, dont il connaissait depuis toujours la profonde indifférence à ce genre de choses.

Ils burent pas mal, mais pas trop. Sur le coup de quatre heures du matin, l'aube étant encore loin, le Chat-Huant, stupéfié et presque frappé d'horreur, constata qu'il avait raconté sa propre vie, dans les moindres détails ou peu s'en fallait. Il s'était livré avec une impudeur incompréhensible, avait évoqué les femmes qu'il avait aimées, plus ou moins, avec lesquelles il avait entretenu une liaison, depuis le temps encore assez ancien où il avait débarqué à Paris, en 1884, dans toute la gloire de ses vingt et un printemps. Il avait cité nommément Jeanne Haudenois, de qui il avait eu un fils, qui s'était fait tuer à Vitry-le-François en 1914 durant les premiers mois de la guerre, avant que le Chat-Huant se fût décidé à le reconnaître. Cette lâcheté le hantait encore ; certaines nuits tandis qu'il marchait dans Paris il n'en finissait pas de se reprocher de n'avoir pas donné son nom à ce seul enfant qu'il ait jamais eu.

Pire encore, il avait parlé de Mimi. Fallait-il qu'il eût bu ! Mimi à qui il avait demandé de l'épouser plus de vingt fois, qui toujours avait dit non, avec une gentillesse accablante, dont il était toujours amoureux comme un collégien à soixante-douze ans bien sonnés.

Le Chat-Huant se tut et cessa de marcher en même temps. H.H. Rourke et lui se trouvaient à l'entrée du pont des Arts, à peu de chose près au même endroit où un an plus tôt il s'était senti mourir. *Qu'est-ce qui m'a pris ?* Comment en était-il arrivé à se livrer de la sorte ? Et au fils de Mimi, en plus ? Il ôta puis remit son chapeau melon gris perle et balaya machinalement le trottoir de la pointe de sa canne à pommeau d'ivoire, en plein désarroi. H.H. se tenait à deux mètres de lui, dans son attitude familière, mains enfoncées dans les poches de son éternel trench-coat, perdu dans la contemplation des réverbères du Pont-Neuf et de la masse imposante du Palais du Louvre. *Peut-être ne m'a-t-il pas écouté, il a ses propres problèmes.* Le Chat-Huant n'y croyait pas, pas du tout. Bien sûr que H.H. avait écouté, et entendu et noté. *La honte et le désespoir me submergent, je suis un Anglais perverti par trop d'années passées sur le Continent, en somme j'ai vécu à Paris deux fois plus de temps que dans mon pays natal.*

Il chercha en vain un moyen d'interrompre ce silence qui se prolongeait.

— J'ai faim, dit H.H. Rourke.

— Les Halles, dit aussitôt, comme mécaniquement, le chroniqueur en retraite mais toujours actif du *New York Herald Tribune* édition européenne, et le prosaïsme même de cet échange le remit relativement d'aplomb et, dans tous les cas, en marche.

— Soupe à l'oignon, choucroute, cassoulet toulousain, potée auvergnate, gigot de pré-salé, entrecôte marchand de vin, escargots de Bourgogne, pieds de porc grillés ?

— Un cassoulet me dirait assez.

— Alors, chez Bergougnoux.

C'était un ancien trois-quarts aile du stade toulousain mais toutefois natif de Castelnaudary, et l'un des interlocuteurs préférés du Chat-Huant s'agissant de déplorer l'éviction de la France du Tournoi des Cinq Nations de rugby. Le Chat-Huant se découvrit un appétit d'ogre et parvint presque à rejeter dans les tréfonds de sa mémoire le souvenir de son incroyable défaillance. Du même coup, lui revint sa curiosité pour ce qui allait se passer entre H.H. et Kate, dans les semaines ou les mois à venir. Il ne posa pas la question — l'envie ne lui en manquait pourtant pas. Il n'eut d'ailleurs pas à le faire : H.H. parlait, de sa voix calme et lente, passant du français à l'anglais sans paraître s'en rendre compte, certaines tournures de phrases et un léger accent indiquaient que sa maîtrise de l'anglais avait été acquise sur les bords de l'Hudson et non sur les berges de la Tamise. Il évoquait les voyages qu'il voulait faire, les pays dans lesquels il comptait se rendre.

— Au Brésil ? Tu y es déjà allé, non ?

— Si, dans le Sud, à Rio.

Il expliqua qu'il était tenté par quelques reportages sur Manaos, la grande aventure du caoutchouc, l'Amazonie elle-même, et aussi sur ce qui était advenu de ces émigrants confédérés, qui avaient quitté la Virginie et les Carolines en 1866 pour tenter de se fixer sur les rives du rio Tapajos, un des affluents principaux de l'Amazone. Peut-être s'y trouvait-il encore des survivants, ou du moins leurs descendants :

— C'est George Henry Paulson, le mercenaire américain d'Alexandrie, qui m'a parlé d'eux.

... Et puis il s'intéressait également au Japon. Il entreprit de dire pourquoi, tout en dégustant le cassoulet de Bergougnoux, auquel il faisait plus que largement honneur. Il y avait dans ses prunelles vert sombre une lueur amusée mais très amicale et la gêne du Chat-Huant s'estompa. Ce qui était sans nul doute le but poursuivi par Rourke. A une table voisine, deux jeunes femmes fort jolies, et très élégantes, en compagnie de deux hommes aux allures de brasseurs d'affaires florissants, ne cessaient de lui couler des regards aguichants. *Il les attire comme des mouches, sans rien faire de particulier, c'est quelque chose dans sa silhouette, son regard, sa voix, on ne peut pourtant pas dire qu'il soit beau, et moins encore qu'il fasse le moindre effort pour les séduire...*

— Parlez-moi de Kate, Miaou-Miaou.

Prononcée sur le même ton égal que les phrases précédentes, la demande prit le Chat-Huant au dépourvu. Il lui fallut quelques secondes pour en peser tout le poids.

— C'est que je ne sais pas grand-chose, dit-il.

— Je n'en crois pas un mot.

— Ta mère a dû...

— Elle m'a parlé de mon fils.

Ce que le Chat-Huant savait de Kate Killinger était en fait assez précis. Sa position au *Herald* lui donnait la possibilité de se tenir au courant de la bataille entre Killinger père et fille. Le déroulement du combat amusait beaucoup, passionnait même, les éléments américains de la rédaction. De plus, justement parce qu'il était chroniqueur mondain de la colonie américaine de Paris, il avait accès aux « bruits » qui circulaient dans celle-ci. Et enfin, Kate lui écrivait. Pas très souvent certes, et toujours de façon laconique. Mais enfin elle écrivait. Elle ne lui avait toujours pas remboursé la totalité des cent mille livres sterlings qu'elle lui avait empruntées, et donc considérait de son devoir d'associée de le mettre régulièrement au fait du développement de son entreprise.

Il ne vit aucune raison de dissimuler à H.H. Rourke les informations qu'il détenait, fut même tenté d'en rajouter un peu, de dramatiser la situation de la propriétaire du *Day*, à seule fin de précipiter le retour de Rourke à New York, et le terme d'une séparation qu'il jugeait désolante. Son honnêteté naturelle (et aussi sa conviction que H.H. eût deviné ses mensonges) fit qu'il s'en tint strictement aux faits :

— On dit qu'elle a vu trop grand, qu'elle a voulu aller trop vite. Les investissements qu'elle a faits en Floride tardent à répondre à ses espoirs ; tandis que les banques auxquelles elle a emprunté s'impatientent, refusent tout nouveau prêt. On dit aussi qu'elle a reçu des offres du groupe Hearst, lui proposant de la racheter, ou au moins de prendre des intérêts dans la société ; mais elle a refusé.

— Le contraire m'aurait surpris.

Le Chat-Huant et H.H. étaient ressortis de chez Bergougnoux dans une aube grisâtre trouée çà et là par les taches jaunes des réverbères qui éclaboussaient de reflets furtifs une foule excitée de noceurs en goguette. Des jeunes gens en smoking visiblement éméchés accompagnés de gigolettes blafardes, aux cils tellement chargés de mascara qu'elles avaient l'air d'avoir les yeux au beurre noir, et dont les bouches en forme de cœur dessinées au crayon ressemblaient à des blessures fraîches, se mêlaient à des étudiants faméliques de tous les pays venus chercher là quelques maigres secours financiers. Ils titubaient visiblement peu armés pour ces tâches non intellectuelles, sous des cageots d'artichauts ou des régimes de bananes vertes, bousculés sans pitié par des forts des halles ensanglantés qui charriaient des carcasses de bœuf sur leurs épaules... Une gaieté factice, une nervosité à fleur de peau, une sorte d'électricité glaciale agitaient toutes ces silhouettes saccadées. Des cris aigus, des rires grossiers, des injures fusaient sans cesse dans la clarté malade des becs de gaz dont les silhouettes se reflétaient sur les trottoirs luisants jonchés de détritus. Cette agressivité morbide se communiquait aisément, comme un feu qui s'allume de brindille en brindille, et le Chat-Huant sidéré avait découvert là, à l'occasion d'une brève échauffourée qui faillit de peu dégénérer en rixe, un H.H. tout à fait inconnu. En un instant, le masque indifférent de Rourke s'était transformé en un visage de pierre aux yeux rétrécis, celui d'un homme tout à fait disposé à se battre, recherchant même avec volupté le coup de poing et révélant de la sorte une violence intérieure qu'on n'aurait jamais soupçonnée sous sa nonchalance...

Cela s'était produit devant le restaurant *Le Pied de Cochon*. Un homme au visage léonin, qui tenait une bouteille de champagne vide à la main, était en train de croquer sa coupe, après l'avoir vidée. Il mordait dans le cristal comme dans du caramel et le broyait en poudre sous ses molaires, avec un air de grande gourmandise, entouré par un essaim de jolies femmes fort décolletées dont certaines avaient visiblement l'air un peu trop excitées. Tout à coup, une dizaine de Camelots du Roi, qui écumaient la rue, faisant la chasse aux étudiants « métèques », s'étaient rués sur cette troupe de « décadents » en brandissant leurs cannes... L'homme au visage léonin — en qui le Chat-Huant avait reconnu un noctambule de ses amis, l'écrivain Joseph Kessel — se mit dare-dare à faire tournoyer comme une massue sa bouteille de champagne, rendant coup pour coup, tandis que ses admiratrices s'engouffraient en piaillant dans le restaurant... L'un des jeunes partisans de l'Action Française avait bousculé Rourke qui observait la scène sans intervenir, fidèle à son éthique. Et c'est à ce moment qu'il s'était métamorphosé, envoyant l'athlétique gandin bouler les quatre fers en l'air à dix pas de lui. L'autre s'était relevé, furieux, prêt à revenir à la charge, mais quelque chose dans les yeux verts de cet homme maigre, vêtu d'un trench-coat fatigué, l'en dissuada aussitôt. D'ailleurs les flics arrivaient en courant lourdement sur leurs godillots cloutés, faisant tournoyer leurs lourdes pèlerines dont les bords lestés de plomb s'avéraient si meurtriers... Et toute la foule s'était évanouie en un instant. Il n'était resté qu'un peu de brouillard flottant dans la lueur rousse des becs de gaz et, sur les trottoirs, parmi les déchets végétaux, une très belle écharpe de soie qu'une des élégantes avait perdue dans sa fuite. Rourke la ramassa, respirant avec un sourire rêveur le parfum raffiné qui l'imbibait, et la noua à son cou. Puis, prenant le Chat-Huant encore tout éberlué sous le bras, il l'entraîna vers la rue des Petits-Champs et reprit paisiblement, alors que le jour se levait, le fil de leur dialogue interrompu.

Ils revenaient à présent vers le Palais-Royal. Le jour était levé.

— Et d'autres ennuis lui viennent de son père, dit-il.

— Voilà ! dit le Chat-Huant.

Qui raconta l'affaire des cinq cent mille exemplaires raflés, celle de l'offensive visant à couper Kate de ses approvisionnement en papier, et la campagne menée sur le terrain même de Queens et de Long Island par le *Morning News* pour concurrencer, par des éditions spéciales, la vente du *DAY*.

— Je ne m'y connais guère mais on m'a assuré que Killinger avait employé tous les moyens connus pour tuer le journal de sa fille : depuis six mois, le *Morning News* sort une édition spéciale de trente-deux pages uniquement consacrée au Queens et à Long Island. Il a ouvert une agence sur place et détaché une vingtaine de reporters et photographes ; aucune ville n'a jamais été « couverte » comme l'est toute cette partie de New York. Et les insertions publicitaires dans le supplément du *Morning* sont gratuites ou presque. Kate ne peut pas suivre, elle n'en a pas les moyens. On affirme que Killinger y a déjà perdu quatre millions de dollars. Tu savais qu'il avait été malade ?

— Non.

— Il a fait un infarctus mais semble s'en être remis. Tu le connais bien ?

— Oui et non.

— Comment un père peut-il ainsi s'acharner contre sa propre fille ?

— Ou le contraire, dit H.H. en souriant.

Mais le sourire était mince. Voire amer, estima le Chat-Huant. Ils venaient de pénétrer tous deux dans le jardin du Palais-Royal, par la rue de Valois. Comme le Chat-Huant habitait dans l'aile opposée du Palais, du côté, donc, de la rue de Montpensier, à deux pas du passage couvert du même nom, ils traversèrent la cour où l'on venait de planter des arbrisseaux encore enveloppés de paille. Autour d'eux, les galeries étaient pour ainsi dire désertes. Il n'y avait qu'une vieille femme, assise sur une chaise roulante au milieu des arbustes, qui nourrissait des moineaux avec un sac de graines. Quand il rentrait de ses équipées nocturnes, le Chat-Huant s'arrêtait toujours un instant pour la regarder. Elle était entièrement couverte d'oiseaux, au point de paraître elle-même emplumée... Ils couvraient ses bras, ses épaules, couraient sur sa poitrine, venaient lui picorer les lèvres... Souvent, à la fenêtre de son appartement, Colette, de l'autre côté de la cour, observait également la scène. Elle y était, justement, ce matin, occupée à parler à deux hommes qui se tenaient sous sa fenêtre. L'un des deux, très jeune et superbe, s'amusait à souffler des bulles de savon dans un chalumeau. Les bulles montaient lentement dans le matin encore gris, jusqu'à la fenêtre de l'écrivain qui les cueillait au vol dans sa main. Juché sur son épaule, un gros chat roux tentait, lui aussi, d'attraper les bulles à coups de pattes, ce qui faisait s'esclaffer d'une voix assez rude où roulaient les r d'un accent bourguignon à couper au couteau, l'auteur de ces romans scandaleux, mais si bien écrits, qui venait alors d'avoir soixante ans. Mais ne les paraissait pas. Encore très piquante, ma foi, avec son inquiétant visage triangulaire aux yeux bordés de khôl...

A côté du beau jeune homme qui faisait des bulles, se tenait un personnage frêle, au front dégarni, au regard dévoré par une étrange curiosité, qui avait jeté son manteau sur ses épaules à la façon d'une cape de berger... A voix basse, le chroniqueur mondain, qui ne dormait jamais que d'un œil dans le Chat-Huant, expliqua à Rourke, que cela n'intéressa que médiocrement, qu'il s'agissait du poète Jean Cocteau. Lui aussi habitait au Palais-Royal. Un homme très brillant. *Je l'ai rencontré chez la comtesse Anna de Noailles. La pauvre. Elle vient de mourir.*

Devisant ainsi, ils arrivèrent sous les arcades de la galerie couverte, pas loin du restaurant *Le Grand Véfour*, s'abritant à temps des gouttes qui commençaient à tomber, présageant une pluie plus forte, et l'irrémédiable fin d'un automne qui avait été très doux cette année-là. Une grande mélancolie vint au Chat-Huant. Dix-huit mois plus tôt, quand H.H. Rourke était reparti pour la Chine, Kate s'embarquant pour l'Amérique, il avait eu le sentiment que la séparation du couple était définitive. Les mois passant, l'espoir lui était revenu, bel et bien avivé par la réapparition de H.H. Mais comment y croire, désormais? *Il n'a même pas eu l'air de m'écouter vraiment, tandis que je lui parlais d'elle, et cette dernière réflexion le prouve, s'il en était encore besoin : il tient Kate pour seule responsable de ce qui se passe à New York. Et n'a peut-être pas tout à fait tort. C'est elle qui l'a quitté, après tout, et non le contraire...*

— Tu vas intervenir?

Ils marchaient sous la galerie. *Je lui dis « tu » en français, mais je ne sais même pas comment l'appeler. « Rourke » me gêne, « H.H. » est imprononçable et quant à ce surnom de « Hatchi »* que certains lui donnent, il me semble du dernier ridicule.

— Intervenir en quoi ?

— Aller à New York et aider Kate.

— Je ne connais rien à la vente des journaux.

— Tu es journaliste.

— Vous aussi, et vous n'en savez pas plus que moi.

Après avoir dépassé plusieurs boutiques de numismates, de philatélistes et d'antiquaires spécialisés dans l'art chinois de la période Ming, ils arrivèrent devant la porte du Chat-Huant, qui habitait à l'entresol, au-dessus d'une boutique dont la vitrine poussiéreuse exposait des soldats de plomb, pour la plupart représentant la Grande Armée napoléonienne. Le Chat-Huant rassembla tout son courage :

— Y a-t-il une chance pour qu'un jour...

Il ne parvint pas à achever sa phrase. Qui lui parut néanmoins lumineuse. H.H. alluma sa cinquième cigarette depuis qu'ils avaient quitté le restaurant des Halles. Son étrange regard rêveur se détourna et se posa sur le jardin du Palais-Royal.

— Si vous voulez parler de Kate Killinger et de moi, la réponse est non. Il n'y a aucune chance. Bonne nuit.

Il releva le col de son trench-coat, baissa son chapeau sur ses yeux et s'en alla, avec la plus grande indifférence pour la pluie qui tombait maintenant à verse.

Le surlendemain, en dînant avec Mimi, le Chat-Huant apprit que Rourke avait quitté Paris. Sa surprise, et plus encore, l'espoir que la nouvelle fit naître en lui devaient se lire sur son visage, car par-dessus la table de la *Tour d'Argent*, Mimi allongea sa main et la posa sur la sienne :

— Vous avez un cœur de midinette, Miaou-Miaou. Il n'a pas pris le train pour Le Havre et moins encore un paquebot pour New York. Il est tout simplement dans notre maison de Pau. Avant-hier soir, il a eu une crise de paludisme. Mon médecin lui a recommandé de se reposer. L'air des Pyrénées lui fera du bien. J'irai le rejoindre dès que je pourrai me rendre libre.

— Et il va rester seul ?

Une curieuse expression passa dans les yeux de Mimi — une sorte de malice, mêlée à de la satisfaction. Elle baissa la tête puis se mit carrément à rire :

— J'ignore comment il va prendre la chose, j'ai pourtant fait de mon mieux. Non, rassurez-vous : il ne sera pas seul.

La propriété s'appelait *Les Allées de Morlaas*. C'était à peu de distance de Pau. On y trouvait des platanes superbes et de grandes haies de lauriers d'Espagne, s'entrouvrant sur des jardins à l'anglaise et une campagne douce comme la France. Mimi Rourke y avait acheté une gentilhommière une dizaine d'années plus tôt, l'avait fait rénover et aménager : la bâtisse comportait un corps principal de trois étages, vieux d'environ deux siècles, sous un très vaste grenier, un parc d'à peu près deux hectares clos par un haut mur de pierre, une fermette où habitait le couple de gardiens et une grange transformée en écurie qui abritait trois ou quatre chevaux.

H.H. y arriva en fin d'après-midi. Le train de Paris l'avait déposé en gare de Pau au début de la matinée mais il avait flâné. Ici étaient les meilleurs de ses souvenirs d'enfance, du parc Beaumont à la Basse-Plante et au boulevard des Pyrénées d'où l'on découvrait la plus grande partie de la chaîne montagneuse. Il avait ses clés, calma d'une caresse les deux chiens qui déjà se jetaient à sa rencontre, après qu'il eut franchi le haut portail de fer forgé, et salua de la main, sans s'arrêter, le gardien qui se nommait Darrieusec.

Un perron de cinq marches, ombragé par le feuillage d'un énorme marronnier, le hissa jusqu'à une double porte vitrée dont les lourds battants de chêne étaient renforcés par des ferrures en feuilles d'acanthe. A cause de l'obscurité produite par le feuillage de l'arbre, le hall baignait déjà dans la nuit la plus noire. Avant d'allumer la lumière, Rourke posa son sac à soufflets à ses pieds et respira longuement la familière odeur d'encaustique et de vieilles boiseries mangées par les tarets. La salle à manger et la cuisine se trouvaient à la gauche du hall ; elles étaient plongées dans l'obscurité, elles aussi, mais en face et à droite, sous la porte de la bibliothèque-salon, filtrait un mince rai de lumière. Cela n'étonna pas H.H. outre mesure. Les Darrieusec avaient été prévenus de son arrivée et avaient allumé du feu dans la cheminée, sans doute bassiné son lit. Il laissa le sac à soufflets au pied de l'escalier et entra.

Il s'immobilisa aussitôt, cloué par la surprise : près du foyer, assise dans l'un des grands fauteuils à oreilles, une jeune femme en robe de chambre de satin blanc était en train de lire très paisiblement.

Elle releva la tête d'un geste gracieux et placide à la fois, guère émue par l'arrivée de Rourke, et lissant des deux mains ses cheveux sur ses tempes, elle le dévisagea en souriant d'un air courtois. Rourke retira son trench-coat et le jeta, d'un geste un peu agacé, sur le dos d'un des gros fauteuils de cuir. Une ombre d'inquiétude voila le regard de la jeune femme. Elle se releva, serrant sur son corps sa robe de chambre, et, d'une voix agréable, teintée d'un léger accent, elle se présenta.

— Je suis Julie Bénédict ; c'est moi qui dirige la succursale de Monaco pour votre mère, monsieur Rourke.

Comme j'avais des vacances à prendre, elle m'a proposé de venir les passer ici.

— Mon arrivée ne semble pas vous surprendre.

Une légère rougeur colora les joues de Julie Bénédict.

— Je savais que vous pouviez venir, admit-elle.

Il y eut un court silence. Rourke retira son chapeau et l'envoya d'un geste adroit, en le faisant tourner sur lui-même, coiffer l'un des deux candélabres qui flanquaient la grande glace oblique accrochée au-dessus de la cheminée. La jeune femme ne put s'empêcher de rire. Elle planta très franchement son regard dans celui de Rourke. Sa gêne initiale avait disparu. Elle posa son livre sur un guéridon à jambes torsadées et s'excusa.

— Évidemment, si j'avais su quc vous viendriez ce soir, je me serais habillée.

Rourke alla s'asseoir dans le second fauteuil à oreilles et jeta une jambe par-dessus l'accoudoir.

— Je peux avoir un whisky ?

Il avait parlé avec une nonchalance étudiée, frisant l'insolence. Julie Bénédict ne parut guère décontenancée.

— Je ne suis pas ici pour vous servir, répondit-elle, le regard pétillant, mais je ferai une exception.

Alors qu'elle allait prendre une bouteille et un verre dans le petit bar d'angle, Rourke la suivit complaisamment du regard. Grande et mince, et très bien faite — ce que la robe de chambre ne laissait pas ignorer — Julie Bénédict, en dépit de sa réserve, dégageait une réelle sensualité.

— De la glace ? demanda-t-elle.

— Merci, non.

Après avoir déposé près de lui, sur un guéridon, le verre et la bouteille, elle s'excusa et monta à l'étage d'où elle revint quelques minutes plus tard, ayant troqué sa robe de chambre pour une jupe, un chemisier, et un cardigan à torsades d'un joli vert amande.

— Je peux quitter cette maison si vous souhaitez y rester seul, monsieur Rourke.

Il acheva d'attiser le feu de la cheminée, auquel il venait de rajouter une bûche, et reprit sa place.

— Parlez-moi de vous, dit-il.

Elle était née à Saint-Gall, au nord-est de la Suisse. Sa famille (ses parents, ses cinq frères et sœurs) y vivait du produit d'une petite entreprise de tissage et broderie et d'une auberge de douze chambres en bordure des étangs de Dreilinden. Cinq ans auparavant, à dix-neuf ans, elle avait épousé un ingénieur en filatures adepte des escalades dans l'Appenzell. Il s'était tué quatre mois après leur mariage, en dévissant de l'une des parois qu'il aimait tant gravir. Elle avait alors séjourné quelque temps à Edimbourg, dans sa belle-famille. On lui avait offert un travail de gouvernante, qu'elle avait accepté. Jusqu'au jour où elle était entrée dans la boutique de Mimi Rourke rue du Faubourg Saint-Honoré...

— Voilà. Vous savez tout de moi. Pour le dîner, les Darrieusec ont bien voulu me préparer de la grabure. Je ne sais pas ce que c'est...

— Garbure, corrigea H.H. Une soupe épaisse. Ils y mettent du confit d'oie, du lard, du chou et des haricots.

Elle acquiesça :

— Il y en a largement pour deux. Et bien sûr, il y a tous ces pots de confit, de rillettes, et de je ne sais trop quoi.

— Et des jambons et de l'andouille, dit H.H. impassible mais dont les yeux commençaient à s'éclairer de gaieté narquoise.

— Sans parler des confitures.

— Et des stocks de foie gras, de pâtés aux truffes et des innombrables conserves de légumes. Quand elle vient ici, ma mère ne supporte pas de rester à ne rien faire. Je pense qu'avec un rationnement raisonnable, nous avons dans cette maison de quoi soutenir un siège de dix ans. Si quelqu'un est de trop, c'est moi.

Pendant qu'il parlait, Rourke observait en souriant la jeune femme, cherchant à percer le secret de son charme. Ce n'était pas une beauté, mais plus on la regardait, plus on s'attachait à son visage. Rourke aimait beaucoup les cheveux châtain clair aux légers reflets roux et le teint très lumineux de la peau. Ses yeux noisette, très grands, légèrement bombés, s'ornaient de cils longs et fournis. Les lèvres, très charnues, étaient retroussées aux commissures en un perpétuel demi-sourire, très serein. Il y avait en elle quelque chose de doux et d'apaisant. Son visage, désormais immobile, et son corps tout entier dégageaient un calme reposant qui n'excluait pas la sensualité.

— Depuis combien de temps êtes-vous ici ?

Presque une semaine. Elle avait procédé à l'inventaire de la boutique de Monaco, après la fermeture pour l'hiver, s'était rendue en Italie et à Londres pour passer les commandes de la saison suivante, puis elle avait été quatre jours à Biarritz :

— Votre mère envisage d'y ouvrir une troisième boutique et m'a chargée d'en étudier les possibilités.

— Elle semble avoir une grande confiance en vous.

— C'est vrai.

— A tous égards, poursuivit H.H. Vous a-t-elle chargée d'une mission particulière, en ce qui me concerne ?

Elle soutenait son regard, encore, avec toujours le même calme.

— Rien de très précis, répondit-elle. Ainsi que cela a toujours été le cas depuis que nous travaillons ensemble, il m'appartient de prendre les décisions, dès que je juge le moment opportun. Et je les prends seule.

A leur tour, les yeux noisette de Julie Bénédict étaient gagnés par une lueur amusée.

— Surtout dans un cas aussi particulier, et qui touche à ce point votre vie privée, dit H.H. imperturbable.

— Vous m'ôtez les mots de la bouche.

Visiblement, elle le jaugeait au moins autant qu'il le faisait lui-même. Que Mimi eût — sans aucun doute avec un soin extrême — choisi cette jeune femme pour la poster dans la maison de Pau, précisément à l'époque où lui-même y viendrait, ne l'étonnait pas le moins du monde. Ne l'offusquait pas davantage. Ce n'était pas la première fois que Mimi agissait de la sorte. Elle lui avait quinze ans plus tôt fourni sa première maîtresse, puisant dans le vivier des vendeuses, avant qu'il ne volât de ses propres ailes. Cette fois cependant, le cas était très différent. Julie Bénédict était d'une tout autre espèce, comme l'avaient été les intentions de Mimi qui visait sûrement à lui proposer un substitut à Kate. Rien de moins. H.H. l'avait compris à la seconde même où il avait franchi le seuil de la bibliothèque, et avait été sur le point de tourner les talons. Il demanda, entrant plus avant dans le jeu :

— Avez-vous pris une décision ?

— J'y réfléchis.

... Mais bien entendu, ajouta-t-elle aussitôt, il était, au moins autant qu'elle, libre de son choix.

— Je vous l'ai proposé, monsieur Rourke : je peux partir. Il me suffirait de quelques minutes pour boucler mes valises et prendre le volant de ma voiture.

— Très bien, dit H.H.

— Je peux partir à l'instant.

— Est-ce que vous êtes censée faire la cuisine ?

— Pour moi, oui.

— Je suggère une association.

— A parts strictement égales.

— Je ne l'entendais pas autrement. Je sais mettre le couvert et allumer le feu.

— Entendu, je m'occupe de la grabure.

— Garbure, corrigea H.H. Et appelez-moi Hatchi.

Le troisième jour, une nouvelle attaque de malaria frappa H.H. Rourke. Une heure plus tôt, ils étaient allés voir *Sérénade à trois* de Lubitsch au Palais des Pyrénées. Ils étaient rentrés aux *Allées de Morlaas*, dans le cabriolet Citroën B 14 plus tout jeune de Julie Bénédict. Les premiers frissons avaient pris H.H. durant le retour. Très vite, le tremblement se généralisa. Il titubait et claquait des dents. Julie l'aida à monter dans sa chambre. Elle le dévêtit, le coucha, alluma et entretint un feu intense dans la cheminée, amoncela les couvertures ; la fièvre vint ensuite, plus de quarante et un degrés. Il perdit conscience pendant près de deux heures, après avoir été bourré de quinine accompagnée de vin chaud. Il s'endormit enfin, d'un sommeil plus normal, et toute la journée du lendemain demeura au lit, en dépit des deux tentatives qu'il fit pour se lever.

— Désolé.

Elle ne l'avait guère quitté au cours des trente dernières heures et avait changé de chambre, abandonnant la pièce d'angle où elle s'était installée pour une autre, contiguë à la chambre de Rourke.

— Vous n'avez pas à l'être. D'ailleurs, votre mère m'avait prévenue.

Ils prenaient leur petit déjeuner, assis face à face à la table de la cuisine. H.H. dévorait, engloutissant d'énormes tartines de pain frais craquant, de beurre et de gelée de coing, qu'il trempait sans vergogne dans le grand bol de faïence bleue empli de café noir. Quand elle avait fait procéder aux travaux d'aménagement de la maison, Mimi avait conservé à la cuisine ses vastes proportions d'origine et sa décoration : boiseries de chêne sombre, faïence à motifs bleu de Prusse sur fond blanc, caquelons, casseroles, marmites et braisières suspendus en ordre de bataille et rutilant de tout leur cuivre.

— Je me sens bien, à présent. Les accès vont en diminuant.

Julie Bénédict acquiesça de la tête. Intrigué par son silence, Rourke leva les yeux et remarqua aussitôt que quelque chose était changé en elle. Cela tenait à son attitude. Après l'intimité forcée dans laquelle les avait fait vivre la maladie de Rourke, elle aurait dû se montrer maintenant plus familière avec lui, davantage de plain-pied. Il n'en était rien. Bien au contraire, elle qui le dévisageait souvent, avant son accès de palu, les yeux pétillants d'un très léger défi ironique, baissait les paupières, maintenant, à chaque fois qu'elle rencontrait son regard. Ses cils interminables s'abaissaient alors, à les toucher, sur ses pommettes un peu hautes.

L'après-midi de ce jour-là, ils allèrent se promener le long du Gave. Il leur fut impossible, à l'un comme à l'autre, de trouver un sujet de conversation. Rourke en était le premier surpris, et n'arrêtait pas de se gratter la gorge ou de siffloter entre ses dents. Alors qu'ils marchaient, il arrivait que leurs mains se frôlassent ; ils s'écartaient aussitôt l'un de l'autre. De longs silences s'installaient entre eux. A la fin, ils ne cherchèrent même plus à les briser. Dans la soirée, ils dînèrent puis dansèrent au casino, qui s'apprêtait à fermer pour le 15 octobre. Après quoi, il y eut à nouveau cette gêne bizarre qu'elle manifesta, quand ils eurent regagné *Les Allées de Morlaas*, alors qu'ils se séparaient pour la nuit, chacun se dirigeant vers sa propre chambre.

Il proposa, et elle accepta aussitôt, une grande sortie pour le lendemain.

Ils partirent à l'aube, dans un brouillard léger auquel se mêlait la fumée des herbes que les paysans faisaient brûler sur les bords de leurs champs. Des troupeaux de moutons en transhumance coupaient par moments la route, et la Citroën devait se traîner comme une tortue parmi les échines laineuses qui rosissaient dans le soleil levant. L'air était très frais pour la saison. On sentait que l'hiver serait rude. L'haleine des moutons montait toute droite, et Julie — ils avaient abaissé la vitre — avait les joues roses et les yeux brillants. Rourke tenait le volant, ainsi qu'elle le lui avait proposé. Elle s'était pelotonnée frileusement sous un plaid, et rencoignée à l'autre extrémité du siège, comme si elle avait craint son contact. Cette fois encore, leur conversation fut inexistante. H.H. avait pris la direction des montagnes. Ils s'arrêtèrent à Bétharram pour visiter les grottes, mais s'interrompirent avant d'avoir tout vu, ne supportant visiblement ni l'un ni l'autre, le silence qui s'installait entre eux. Au moins, en conduisant, Rourke avait les mains occupées et Julie pouvait feindre de s'intéresser au paysage. Après avoir traversé Arudy, ils déjeunèrent aux Eaux-Bonnes. Vers trois heures de l'après-midi, ils atteignirent le petit village de Gabas. Quelques plaques de neige précoce blanchissaient çà et là les pacages.

— Est-ce qu'une Suissesse de Saint-Gall est capable de marcher en montagne ?

Elle contempla les sommets et sourit :

— A votre avis ?

Il savait à qui s'adresser pour trouver les équipements nécessaires. Vingt ans plus tôt, il avait passé des vacances scolaires au même endroit et y était souvent revenu ; il n'y manquait pas d'amis. Il avança la Citroën sur quatre à cinq kilomètres encore puis stoppa. Ils poursuivirent à pied par Bious-Artigues puis au travers d'une forêt qui, par endroits, s'ouvrait sur la cime crochue du pic du Midi d'Ossau, dont les parois commençaient à se parer des couleurs du couchant. Ils marchaient depuis un peu plus d'une heure quand H.H. s'arrêta et déposa sur le sol le sac de montagne qu'on lui avait prêté.

— Il y a deux solutions. Nous pouvons redescendre tout de suite, tant qu'il fait encore jour…

— Ou bien ?

— A une heure de marche d'ici, il y a une sorte de refuge. J'y ai souvent dormi. C'est très petit.

Elle s'était assise un peu plus loin, sur un rocher. Rourke la voyait de profil.

— J'ai pris la décision dont nous avions parlé l'autre soir, dit-elle.

A Gabas, Julie s'était équipée d'un épais pantalon de ski. Il était beaucoup trop grand pour elle ainsi que le gros chandail jacquard qu'elle avait emprunté à Rourke. Néanmoins, elle demeurait gracieuse. L'effort de la montée accomplie jusque-là, et le froid qui commençait à piquer, lui rosissaient les joues. Elle hocha la tête :

— Je sais ce que vous avez envie de me dire : qu'une liaison entre nous n'a aucun avenir, que vous repartirez de toute façon, et probablement pour longtemps. Ça m'est égal.

H.H. fumait en silence.

— Et je sais tout ce qu'il y a à savoir, pour Catherine Killinger, reprit-elle toujours aussi calmement. Ça ne m'est pas égal mais je ne peux rien y faire, alors autant ne pas y penser.

— Nous devrions redescendre, dit H.H. Ce n'était pas une bonne idée.

Mais ils ne bougèrent ni l'un ni l'autre, demeurant à contempler le pic déjà neigeux qui se dressait à trois mille mètres de là. Au bout d'un moment, Julie Bénédict se leva, ramassa la grosse veste canadienne fourrée et se mit en marche, reprenant l'ascension. Rourke, la cigarette aux lèvres, la suivait du regard. Elle marchait du pas régulier et souple d'une montagnarde aguerrie. Son haleine flottait devant elle, formant un léger panache de fumée très blanche. Rourke jeta sa cigarette et grimpa derrière elle.

Le refuge, une construction assez primitive, était entièrement fait de lauzes superposées. Ils l'atteignirent comme la nuit tombait, quelques minutes avant l'obscurité totale.

Sous leurs yeux, le pic d'Ossau était passé, dans l'intervalle, du rose vif au violacé le plus sombre, déclinant toute la gamme des rouges, comme un énorme morceau de braise en train de s'éteindre. Le refuge consistait en une pièce unique, très basse de plafond — en fait, il n'y avait pas de plafond, rien que deux grosses poutres qui se coupaient en diagonales, et, plus haut, les lauzes, dont la face intérieure était noircie par la fumée. Cette pièce était très sombre et très froide, meublée d'une table faite de rondins à peine équarris et de deux bancs aussi rustiques, sinon davantage. Il y avait également un coffre et une espèce d'estrade bordée de planches et garnie de paille qui servait de lit. Sous cette estrade, enroulées sur elles-mêmes, étaient fourrées de grosses couvertures militaires. Pendant que Julie les déroulait et allait les frapper un peu, à l'aide d'une branche, sur le seuil de la cabane, Rourke se mit en devoir d'allumer un feu dans la cheminée.

Il y avait de nombreuses bûches empilées à l'extérieur, contre un mur, rangées là avec le plus grand soin. Mais le petit bois avait été détrempé par les pluies qui n'avaient pas cessé ces derniers jours. Le feu eut le plus grand mal à prendre. Rourke dut sacrifier un peu de paille de leurs literies pour allumer les brindilles. Enfin, les flammes s'élevèrent, hautes et claires, et toute la pièce fut métamorphosée : la table, les bancs, les murs baignèrent dans une douce clarté orange. Ainsi que les épaules nues de Julie, qui s'était recroquevillée dans la paille, enroulée dans une couverture, et attendait, le menton posé sur les genoux, ses yeux clairs où dansaient les reflets des flammes posés gravement sur Rourke.

— C'est très simple, lui dit-elle. J'ai très envie de faire l'amour avec vous. Il n'y a pas de quoi en faire un drame.

Rourke déposa deux énormes bûches dans le feu qui flambait maintenant en crépitant et s'approcha du lit. Il s'assit sur le rebord de bois et caressa du bout des doigts le morceau d'épaule nue de Julie. Elle ferma les yeux et posa sa joue contre sa main. Ils restèrent un moment sans bouger, puis Rourke, lui ouvrant les doigts, l'obligea à lâcher la couverture qu'elle serrait contre son corps, et, très lentement, en la regardant dans les yeux — elle les avait ouverts — il souleva la couverture. Elle était entièrement nue. Il contempla un long moment son corps que la réverbération du foyer rosissait, puis se pencha et, posant ses lèvres sur l'épaule de la jeune femme, il cueillit dans sa main un sein tiède et ferme. Avec un soupir rauque, Julie se laissa aller en arrière, le tirant sur elle. Ils roulèrent dans la paille.

— D'après la description que l'on m'avait faite de toi, je m'attendais à être violée dans les cinq minutes suivant ton arrivée.

— Qui ça, on ?

— Les vendeuses de Paris et celles de Monaco.

— Peut-être ma réputation est-elle surfaite ? D'ailleurs, pourquoi cinq minutes ? Je ne suis pas si long.

— Ça dépend.

— Quand as-tu décidé que tu étais d'accord pour être violée ?

— A la minute où je t'ai vu entrer. Mais j'ai décidé aussi que j'attendrai quelques jours. Je voulais être sûre. Tu m'as surprise.

— En quoi ?

— A la façon dont toutes te décrivaient, je m'attendais à une espèce de cosaque hautain.

— Et je ne suis pas un *cosaque hautain* ?

— Ni l'un ni l'autre.

— Dommage.

— Tu es très doux, tu as l'air sensible. Peut-être même trop.

Elle était à demi couchée sur Rourke, son menton sur le dos de sa main gauche.

— Trop ?

— C'est en cela que tu m'as surprise.

— Tu aurais accepté un *cosaque hautain* ?

— Non. Je ne suis venue à Pau que pour faire plaisir à ta mère. Elle ne m'avait rien demandé d'autre que d'être là pendant que tu t'y trouvais, de te soigner, si tu en avais besoin. Pour le reste, cela me regardait, nous en étions convenues. J'étais entièrement libre... d'improviser.

La pièce était maintenant très chaude et l'air était empli d'une odeur sensuelle, mélange de bois brûlé, de poussière de paille, de transpiration légère, et d'eau de Cologne dont Julie s'était inondée, et avait inondé Rourke, le frictionnant, l'étrillant sauvagement après l'amour. Ensuite, elle s'était recouchée sur lui, l'épousant de toute sa peau, douce et tiède, ses lèvres à quelques centimètres à peine des siennes. Très voluptueusement, elle se frottait à lui, le caressant de ses seins et de son ventre, lui mordillant le coin des lèvres, les oreilles, le menton. Elle était très chatte, dans l'amour, la placide Julie Bénédict, et se révélait d'une impudeur totale. Elle se coucha de tout son long sur le corps osseux de Rourke et lui prit le visage à pleines mains, l'obligeant à tourner la tête pour l'étudier, comme s'il s'était agi d'un objet mystérieux.

— Tu as bien deux profils très différents, comme on me l'a dit. Je préfère le droit.

— Je marcherai désormais de côté, comme les Égyptiens.

— Mais j'aime aussi le gauche. Je ne sais même pas comment t'appeler. Elle t'appelle comment, elle ?

— Rourke.

— Elle connaît tes prénoms ?

— Oui.

Rourke se redressa assez brusquement, la faisant glisser de côté dans la paille. Il la prit par la poitrine, un sein dans chaque main et l'immobilisa, l'obligeant à se mettre sur le dos. Les narines de Julie palpitèrent et elle posa ses mains sur celles de Rourke.

— Nous n'allons pas parler d'elle plus longtemps, Julie.

— Ça ne me gêne pas.

— Moi si.

Julie voulut lui caresser le visage, mais il lui prit les poignets et les lui maintint, la forçant à ouvrir les bras. Il s'était un peu redressé pour regarder son corps. Elle se mit à rire doucement, d'un rire bas et voilé, très sensuel, et feignit de vouloir résister, se cambrant légèrement comme pour le désarçonner. Sur ses poignets, l'étreinte de Rourke se resserra. Il se laissa retomber sur elle, sa bouche dure se posa sur celle de Julie, et il la prit furieusement. Loin de résister, elle s'offrit, vint au-devant de lui. Entre eux, l'accord physique était total. C'était la troisième fois qu'ils s'étreignaient. Le plaisir les foudroya ensemble, très vite, dans un paroxysme brutal qui leur coupa le souffle.

Si bien qu'il finit par la lâcher et s'étendre. Des heures plus tôt, avant de faire pour la deuxième fois l'amour à Julie, il avait poussé le grand bat-flanc devant le feu, dans lequel il avait accumulé les bûches et qui tournait au brasier. Il pleuvait dehors, ou plus justement il avait longtemps plu, il y avait maintenant une odeur de neige dans les filets d'air froid se glissant par les interstices de la porte basse.

— Excuse-moi. Je ne suis pas exaltée, d'ordinaire. Je ne sais plus trop où j'en suis, ça ne m'est jamais arrivé.

— N'en parlons plus.

— Il ne m'est jamais arrivé de me conduire avec un homme comme je l'ai fait avec toi. J'avais mes raisons. Ça t'intéresse de les connaître?

— Je n'en sais trop rien.

— Je vais te les donner, il vaut mieux que les choses

soient claires. Il y a longtemps que je t'aime... Je vais essayer de te garder, Hatchi. Par tous les moyens, même si je dois me conduire comme une pute lorsque je suis dans un lit avec toi. Dans un lit ou ailleurs. Ce qui ne veut pas dire que je tenterai de t'empêcher d'aller où tu veux, quand tu le voudras. Je n'irai pas avec toi. Mais je serai à t'attendre. Autant que cela sera nécessaire.

— Ça n'a pas de sens.

— Si. J'aime beaucoup ta mère, je ne serais pas venue à Pau autrement. Et je crois qu'elle m'aime bien, elle aussi. C'est une chance que je travaille avec elle, tu viendras forcément la voir à chacun de tes retours et je serai là. Sauf si tu ne veux pas me voir. Il te suffira de me le dire. Tu dois me comprendre, Hatchi, je n'ai pas l'intention de m'imposer, ni de te poursuivre ou quoi que ce soit d'aussi ridicule. Je ferai exactement ce que fait ta mère : je t'attendrai, sans jamais te reprocher tes absences, ou tes silences pendant que tu seras loin. J'espère simplement que tu auras envie de me faire l'amour, quand tu reviendras.

Le feu brûlait très haut, avec de grandes flammes jaunes, crachant des bouquets d'étincelles et sifflant comme un chat en colère.

— Nom de Dieu !

Julie rit doucement :

— Je ne vois pas ce que tu pourrais dire d'autre, en effet. Moi-même, je suis assez éberluée rien qu'à m'entendre. Je ne suis pourtant pas folle. Je suis même certaine d'avoir raison. C'est la seule façon de vivre avec un homme comme toi, on le prend tel qu'il est ou on le laisse. Je ne me sacrifie pas : j'ai un métier qui me plaît, qui me permet de très bien gagner ma vie et je n'ai, pour l'instant, aucune envie de vivre avec un autre homme. Je suis veuve depuis cinq ans, je n'ai eu qu'un seul amant, après mon mari...

— Ça ne m'intéresse pas énormément.

— Tant pis. Il n'est pas juste que je sache tant de choses sur toi — je connais les noms de quinze femmes au moins avec lesquelles tu as couché. Ta mère est très fière de, comment dire ? ton palmarès ?

Le mot fit tiquer Rourke.

— Je préférerai : tableau de chasse.

— Si tu veux. Quoi qu'il en soit, il n'est pas juste que je connaisse tant de choses de ton passé alors que tu ignores tout du mien. J'ai eu un amant à Edimbourg, il y a un peu plus de trois ans, avant que je ne commence à travailler dans la boutique du Faubourg Saint-Honoré. Il s'appelait Edward Watts, il voulait m'épouser. J'ai failli dire oui. Il était riche et assez bel homme. C'était lui ou trouver un emploi. Ou rentrer à Saint-Gall à faire les chambres et servir des chopes de bière. Il avait quarante ans, j'ai fait deux fois l'amour avec lui, c'était d'un ennui mortel. Ce qu'on peut s'ennuyer, dans ces cas-là.

Elle se tut enfin. Et cela vint dans la semi-pénombre : H.H. se mit à rire.

— C'est moi qui te fais rire, Hatchi ?

— Pas seulement toi. Un certain H.H. Rourke est du plus haut comique en ce moment.

— Je suis amoureuse de toi, il n'y a rien à faire. Je l'étais avant de te rencontrer vraiment.

— Et ça ne s'est pas arrangé.

— On ne peut pas dire.

Le rire de H.H. redoubla et, accoudée pour le regarder, elle fut à son tour prise par le même fou rire. Elle s'allongea tout contre lui, sa joue sur la poitrine de H.H.

— Tu veux de moi, Hatchi ? Dans les conditions que je t'ai dites ?

— Julie...

— Dans ces conditions-là !

— Tu n'es pas sérieuse. On ne vit pas ainsi.

— Tu as un peu de tendresse pour moi, Hatchi ?

— Oui.

— Tu en es sûr ?

Il l'enveloppa de son bras, la serra davantage contre lui ; de son autre main il lui releva doucement le visage, l'embrassa. Elle répéta : tu en es sûr ?

— Certain, dit-il, Parole d'homme.

... Et autre chose, dit-il encore : pour la première fois depuis des années, il éprouvait un sentiment de... tranquillité. Le mot était faible, pour décrire ce qu'il ressentait, mais c'était cela ; il se sentait en repos, paisible, calme. Peut-être était-ce l'effet de son retour à Pau, et dans les Pyrénées, ce qui ne laissait pas d'être surprenant de toute manière, car en somme il avait passé l'essentiel de sa jeunesse et de son adolescence à Paris, et la région paloise n'avait jamais été pour lui qu'un séjour de vacances. Mais ce retour lui-même ne suffisait pas, comme explication : la présence de Julie aussi comptait, pour beaucoup, lui avoua-t-il.

Il se tut. Elle dit enfin, après un long silence, d'une voix parfaitement calme :

— Je pense que je vais pleurer un peu, Hatchi. Juste un peu. N'y fais pas attention, ça ne va pas durer.

Il ôta le bras passé autour d'elle pour la libérer, se leva, alla rajouter deux bûches dans le feu, se rhabilla, sortit pour remplir d'eau, à un petit lac proche, le gros chaudron suspendu au-dessus de l'âtre. Il commençait bel et bien à neiger mais les flocons n'étaient pas suffisamment gros et fondaient dès leur contact avec l'herbe. H.H. prit le temps de fumer deux ou trois cigarettes. Le jour se levait. On commençait à distinguer le creux du gave de Bious, le cirque et le pic d'Anéou sur la droite, le Soques tout au fond, et le Midi d'Ossau exactement en face, si proche que sa masse en était quelque peu écrasante. Si la neige ne se faisait pas trop épaisse, si seulement elle se fixait, il serait sans doute possible de monter jusqu'aux deux lacs d'Ayous, situés un peu plus haut, le deuxième surtout qui était le plus grand. S'y rendre et en faire le tour était l'affaire d'une heure.

Il réintégra le refuge avec son chaudron qui pesait largement ses quinze kilos, quand il était empli, et mit l'eau à chauffer.

— Tu es glacé, dit-elle en lui prenant la main.

Elle avait disposé sur la table le restant de la grosse miche de pain, du jambon entamé la veille, du fromage, et des pommes, petites et laides, mais d'une délicieuse acidité.

Quant à elle, elle avait étalé devant la cheminée une des couvertures kaki du bat-flanc et s'y tenait à genoux, assise sur les talons, éclairée de profil par le feu qui empourprait les courbes de son corps. Très droite, infiniment gracieuse, elle avait allongé mollement les mains sur ses cuisses longues. Les cheveux retombants devant le visage, elle observait Rourke entre ses mèches, avec une coquetterie à la fois naïve et lascive. Leurs regards se croisèrent et, très lentement, le sourire de la jeune femme s'effaça. Rourke s'approcha d'elle.

— On fait tout pour m'exciter, Bénédict ?

— Mmmmmm-Mmmmm.

Il enveloppa les seins tièdes de ses mains et se pencha pour les embrasser à tour de rôle. Puis, descendant entre leur sillon moite, sa bouche se mit à explorer, minutieusement, centimètre par centimètre, tout le corps tiède qui s'abandonnait. La peau, par endroits, était brûlante, et parcourue de frissons incessants, comme si Julie avait été prise de fièvre. A deux reprises elle l'appela d'une voix rauque, très fort, comme s'il avait été très loin. Puis elle le prit par le cou, le tira vers le haut, l'obligeant à se coucher sur elle. Ils étaient si près du feu que les flammes leur léchaient presque le visage.

— Je n'en attendais pas tant, Hatchi, murmura Julie.

— Tais-toi, dit très doucement H.H. Tais-toi.

Ils montèrent aux lacs d'Ayous, mais le lendemain seulement, ayant pas mal hésité à quitter le bien-être du refuge où, la porte une fois masquée par une couverture déployée, le feu entretenait une température fort agréable. Le matin du deuxième jour, le jeune berger envoyé de Gabas avait frappé à leur porte, leur apportant les approvisionnements convenus au cas où ils s'attarderaient. En fait, ils demeurèrent quatre jours en tout dans leur abri. Ils firent même une excursion de toute une journée, ne rentrant qu'à la nuit, jusqu'au cirque d'Anéou où les moutons se trouvaient encore, puis vers le col du Pourtalet qui marquait la frontière avec l'Espagne.

Le temps se détériora grandement dans l'après-midi du quatrième jour, précipitant une décision qu'en tout état de cause ils étaient sur le point de prendre. Ils rentrèrent aux *Allées de Morlaas*. D'ailleurs, les vacances de Julie s'achevaient, elle devait être à Paris le lundi suivant, au matin, ayant rendez-vous avec Mimi, à qui elle devait livrer son rapport sur Biarritz.

— Je ne lui dirai rien, Hatchi.

— Tu n'en auras pas besoin. Elle comprendra immédiatement.

— Ça m'est égal. Moi, je ne dirai rien.

Elle se mit à rire, comme pour faire oublier la très légère pointe de véhémence qui perçait dans sa déclaration. Ces quarante et quelques heures qu'ils venaient de passer à Pau, au retour de leur séjour en montagne, n'avaient en rien changé son attitude, celle qu'elle avait promis d'observer : à aucun moment, elle ne posa la moindre question à Rourke, quant à ce qu'il allait faire, où il irait et pour combien de temps, s'ils se reverraient jamais. Elle ne revint pas une fois sur ce qu'elle lui avait dit dans le refuge, ne jugea pas utile de se répéter, mais tint scrupuleusement ses promesses, avec une équanimité qui donnait la mesure de sa force de caractère.

Elle regagna Paris seule au volant de sa voiture. H.H. demeura quelques jours de plus, effectuant de longues randonnées solitaires. Mimi lui avait fait suivre son courrier. Il reçut notamment une longue lettre de Larry Saperstein, son agent new-yorkais. Saperstein avait assez bien vendu l'histoire de Flûte de Jade, bien mieux celle de Ras Kaïtan. Il avait obtenu un immense succès avec le reportage sur Paulson-le-Mercenaire, survivant de la guerre civile américaine : près de deux cents journaux s'étaient portés acquéreurs et il y aurait sans doute d'autres ventes, « tu m'avais annoncé que tu n'aimais guère ce genre de sujets, Hatchi : si tu as d'autres histoires que tu n'aimes pas non plus, envoie-les-moi ! »

L'agent mentionnait un virement qu'il avait fait à la Barclays Bank, H.H. pouvant retirer l'argent — près de deux mille dollars — soit à Paris, soit à New York. Ou ailleurs pour peu qu'il indiquât ses souhaits aux banquiers.

Un curieux post-scriptum concluait la lettre : « ... Simplement pour te signaler que parmi les journaux et périodiques ayant acheté ton reportage sur Paulson, il y a le *Queens & Long Island DAY*. Ton texte y a été publié intégralement, sans aucune retouche, et contrairement aux indications que j'avais données suite à ta demande, il était signé H.H. Rourke. C'est le seul cas où ton vrai nom est apparu, toutes les autres publications ont respecté les pseudonymes que tu souhaitais. J'ai téléphoné au *Day* pour protester. On m'a envoyé sur les roses en disant que nous pouvions faire un procès. Le rédacteur en chef s'appelle Nick Di Salvo. Il m'a prévenu que désormais il serait preneur de tout reportage effectué par toi, mais qu'il les publierait toujours sous ton nom. Qu'est-ce que je fais ? »

A la porte de Pau, à l'angle des rues Daran et Maréchal-

Foch, la demoiselle du télégraphe n'avait jamais de sa vie de postière expédié un télégramme à destination de New York, et aussi laconique :

— Qu'est-ce que ça veut dire : *I don't give a fuck*?

— C'est une expression en cours dans la très haute bourgeoisie new-yorkaise, expliqua H.H. En gros cela peut se traduire en français par : *J'ai bien reçu votre question mais pour l'instant je n'en ai pas la réponse et je vous la ferai connaître dès que je l'aurai trouvée.*

— L'anglais est tout de même plus concis que le français, s'étonna la postière.

H.H. lui sourit et s'en alla. Obtenir de recevoir à Pau l'argent que lui avait adressé Saperstein lui prit deux jours et ce fut alors qu'il dut écrire la lettre qu'allait lire le Chat-Huant la semaine suivante, et qui fut postée à Bordeaux. Il y annonçait son départ pour l'Espagne. « *Je n'ai aucune envie de me rendre pour l'instant au Brésil, afin d'y compléter mon reportage sur Paulson et sur les autres Sudistes qui auraient émigré en Amazonie. Pas dans l'immédiat en tous cas. En revanche l'Espagne me tente assez...* »

... Et d'évoquer la révolte des Asturies, en octobre de l'année précédente, qui avait fait dans les 2000 morts et envoyé en prison entre 20 et 30000 personnes, ainsi que les mouvements anarchistes, surtout catalans.

H.H. passa effectivement en Espagne. Il se rendit à Oviedo et Gijon, où le souvenir des atrocités commises par la Légion étrangère du colonel Yagüe et la police dirigée par Lisardo Doval était encore très frais dans les mémoires. Il n'écrivit pourtant rien sur ce sujet-là, jugeant qu'il arrivait trop tard. En fait, il ne consacra que cinq ou six jours aux Asturies et les semaines suivantes, selon sa stratégic habituelle, il sillonna le pays, au hasard, à la recherche d'histoires individuelles. Il en glana une quinzaine, dont le lynchage d'un propriétaire terrien, l'attaque d'un couvent par une bande n'appartenant à aucun parti, deux assassinats politiques... etc. Tous ces sujets seraient plus tard regroupés par Larry Saperstein, pour la presse de langue anglaise, et par Maurin pour les journaux français et italiens — et ils prendraient alors l'aspect d'une photographie de l'Espagne dans les mois précédant la guerre civile.

Vers le 20 décembre de cette même année 1935, H.H. atteignit Malaga, ayant couvert en neuf semaines plus de quatre mille kilomètres, en train et en autocar.

Il y boucla son seizième et dernier reportage, qu'il avait commencé un mois plus tôt à Barcelone ; une véritable chasse à l'homme, menée par un individu qui traquait son propre frère, coupable d'une trahison, qui avait conduit trois anarchistes à la prison de Montjuich, où ils avaient été exécutés au garrot. L'affaire se termina par la mort du traître, comme dans les bons films, et H.H. parvint à être sur les lieux au bon moment.

Il fut le témoin direct de coups de couteau, dans la rue San Telmo, au cœur de la vieille ville. Les tueurs étaient deux et parvinrent à fuir. Pas H.H., qui ne vit pas l'intérêt de se fatiguer à courir. On l'arrêta, en raison précisément de la nonchalance de ses réponses et sur la foi du témoignage d'une femme qui affirma, non sans raison, l'avoir vu arriver en compagnie des meurtriers.

— En compagnie n'est pas le mot juste, expliqua H.H. Je les suivais, tout simplement.

— Pourquoi ?

— Ils avaient l'air de quelqu'un cherchant à tuer quelqu'un.

Explication qui n'arrangea rien, pas plus que le fait qu'il savait l'espagnol de façon presque parfaite. La Guardia civile, puis la police militaire l'interrogèrent longuement, voulant à tout prix qu'il fût un agent du communisme international. Ne détenait-il pas deux passeports, l'un français, l'autre irlandais ?

Les vérifications prirent deux bonnes semaines, en raison des fêtes de fin d'année. Il ressortit de la prison de Carabanchel à Madrid où on l'avait emmené avec, en prime, un reportage de première main sur ladite prison et quelques-uns de ceux qui s'y trouvaient. On lui annonça qu'il allait être expulsé.

Il choisit Gibraltar. Où il embarqua sur le premier paquebot venu, un bâtiment italien.

A destination de New York.

Livre 5

TIGRE D'AVRIL

13

Le trésor de Barbe à Carreaux

Celle des a-ma chinoises qui se prénommait Li et savait à peu près l'anglais hésita longuement, secouant la tête.

— Miss Kate dit vous viendrez seulement demain.

— Je sais. Mais ça ne change rien.

Il y eut un conciliabule, en chinois, entre les trois femmes, puis la décision fut prise :

— Nous faisons valise.

Karl Killinger demeura debout au centre du salon. La porte du bureau de Kate était restée ouverte. On apercevait son fauteuil et la table encombrée de chemises en carton gonflées de coupures de presse. Des étagères d'acajou supportaient une collection du *Day*, et quelques ouvrages de référence. On ne s'était pas donné la peine de décorer les murs, demeurés blancs.

Les Chinoises avaient disparu à l'intérieur de la maison et à leurs voix, une autre se mêla, plus jeune, mais non moins volubile, qui s'exprimait aussi en chinois. L'enfant finit par apparaître, très élégamment vêtu d'un petit manteau à col de velours, coupé sur mesure, coiffé d'une amusante casquette à rabat de trappeur canadien, ganté. Il avait trois ans et demi et très exactement les yeux verts et le regard sombre de H.H. Rourke.

— Bonjour, Daniel.

— Bonjour, grand-père. J'espère que vous allez bien.

Killinger s'accroupit, attira à lui le petit garçon et l'embrassa.

— Tu ne m'embrasses pas, Daniel ?

— Excusez-moi, grand-père.

Le baiser en retour fut appliqué sur les deux joues. L'enfant s'écarta aussitôt après, se tenant très droit et la ressemblance avec Rourke devint hallucinante. Les Chinoises apportèrent deux valises de cuir fauve sur le sol de la véranda, où le chauffeur vint les prendre.

— Je le ramènerai dans trois semaines, jour pour jour.

Les Asiatiques s'inclinèrent.

— Traduis-leur, Daniel, s'il te plaît.

En réalité, Killinger ne doutait pas d'avoir été compris mais entendre son petit-fils s'exprimer aussi aisément en chinois lui donnait toujours un choc et un grand plaisir. Il prit la main de l'enfant dès que celui-ci eut fini de parler et l'emmena.

La longue Packard noire fila tout droit à l'aérodrome de Queens, qui ne portait pas encore le nom d'un maire de New York, pénétra sur la piste et vint stopper au bas de l'échelle. L'avion était un bimoteur Sikorsky S 43. Killinger l'avait acheté cinq mois plus tôt, en même temps que la Pan American Airways System. Il était conçu pour transporter vingt-cinq passagers mais les aménagements ordonnés par le propriétaire du *Morning News* l'avaient transformé en un véritable appartement avec un salon-bureau à l'avant, deux chambres et une salle de bains à l'arrière. L'équipage constitué de deux pilotes et d'un mécanicien-radio avait été renforcé par deux stewards. L'avion pouvait atteindre six mille mètres mais son altitude de croisière était de deux mille mètres, à une vitesse de deux cent soixante-dix kilomètres à l'heure. Son autonomie de vol était de treize cents kilomètres.

... On prévint Karl Killinger à la seconde où il allait poser le pied sur l'échelle d'accès. Il s'immobilisa un instant puis sourit :

— Vous avez bien fait. Je ne l'attendais pas vraiment. Quoique...

Il laissa sa phrase en suspens, et poussant doucement l'enfant devant lui, monta à bord.

— Monte le premier, Daniel. Quelqu'un t'attend.

Lui-même s'attarda dans l'étroite coursive qui séparait la cabine de pilotage du salon. Le temps de compter lentement jusqu'à vingt. Ensuite seulement il pénétra dans le salon où Rourke père et fils étaient face à face.

— Vous saviez que je l'emmenais avec moi ?

H.H. secoua la tête. Le Sikorsky volait depuis déjà plus d'une heure, cap au sud, et le petit garçon se trouvait avec les pilotes, qui faisaient semblant de lui apprendre à piloter.

— Depuis quand êtes-vous à New York ? Aux dernières nouvelles que j'ai eues de vous, je vous croyais toujours en Espagne.

— J'y étais il y a une quarantaine de jours. On m'y a mis en prison, comme d'habitude.

— Vous seriez un reporter dûment accrédité par un journal, ce genre de choses vous arriverait moins souvent.

— Et où serait le plaisir ?

Un sourire vint sur les lèvres de Killinger mais s'esquissa à peine, à la façon dont on sourit d'une plaisanterie qu'au fond de soi on ne trouve pas drôle, à laquelle on ne réagit que par politesse. Il avait maigri, et vieilli, même si sa stature demeurait toujours aussi impressionnante. Il approchait de la soixantaine. Le profil était toujours aussi impérial. Il correspondait plus que jamais à l'image qu'on peut avoir du self-made man, parvenu au faîte du pouvoir, capable de s'y maintenir, impitoyable et dominateur.

— Il ne vous a pas fallu quarante jours pour venir

d'Espagne, Rourke. Sauf si vous avez fait un détour par l'Atlantique sud.

— Je n'ai fait aucun détour. J'ai débarqué à New York il y a plus d'un mois.

Ils étaient assis face à face dans les fauteuils en cuir noir, séparés par une table basse, constituée d'une épaisse dalle de verre opaque juchée sur un trépied de tubes de métal chromé. Malgré ses dimensions relativement restreintes, le salon volant était un véritable salon. Une moquette marron foncé, ornée de dessins géométriques beiges aux motifs vaguement aztèques, tapissait le sol et certaines parties des cloisons verticales, sertie entre des panneaux d'acajou et des glaces Lalique de toute beauté. Des petits meubles de verre et d'acier chromé, d'une laideur quasi chirurgicale agressivement moderne, étaient disposés çà et là, comme des objets d'art abstrait exposés dans une galerie. L'ensemble, en dépit des rideaux de tulle qui agrémentaient les hublots cerclés de cuivre, comme ceux d'un bateau, donnait une impression de richesse et de froideur. Ce qui était peut-être l'effet souhaité. Trois grandes toiles très froides, elles aussi, de Mondrian, et un Picasso misérabiliste de la période bleue (un acrobate assis sur un ballon) apportaient à ce salon volant la touche artistique de rigueur, sans parvenir pour autant à l'humaniser.

H.H. fumait, après avoir fait honneur au petit déjeuner servi par l'un des stewards. Par les hublots, ce ciel de la fin février 1936 étant très clair, on découvrait deux kilomètres en dessous, l'embouchure de la Chesapeake, la dentelle des îles la fermant à l'Atlantique, le goulet de Norfolk et Newport News.

— D'accord, dit Killinger de sa voix si agréablement douce, je vous pose la question. Vous êtes allé la voir ?

— Non.

— Vous êtes à New York depuis plus d'un mois et vous n'avez pas vu Kate ?

— Non.
— Vous m'étonnerez toujours.
— Moins que ne m'étonne Karl Killinger.
— Vous n'êtes en aucun cas homme à me mentir, dit Killinger après un silence. Vous me dites avoir ignoré que votre fils m'accompagnait et je vous crois. C'est donc moi que vous êtes venu voir.
— Oui.
— Vous venez me voir après avoir, durant tout un mois, inspecté le champ de bataille. La démarche est originale.
— Oui, dit H.H.
— Je vous aime bien, Rourke, et vous le savez. S'il n'avait tenu qu'à moi, nous travaillerions ensemble.
— Je sais...
— Je vous l'ai proposé plusieurs fois, autant qu'il m'en souvienne. J'ai toujours pensé que si j'avais dû partager avec quelqu'un certaines de mes responsabilités...
Killinger s'interrompit de lui-même. Bien trop intelligent pour ne pas voir qu'il approchait dangereusement de la grande zone d'ombre où se tapissait tout le mystère de son affrontement avec sa propre fille. Il avait eu trois enfants de son unique mariage. Deux garçons et une fille. Les garçons étaient morts en bas âge et à la naissance de Kate, leur mère se trouvait déjà internée depuis six mois dans un hôpital psychiatrique, où elle vivait toujours. A l'égard de sa fille, née dans de si douloureuses circonstances, Karl Killinger n'avait jamais fait preuve d'aucune affection, même feinte. Les premières années de la vie de Kate s'étaient déroulées alors qu'il entreprenait son grand œuvre — la création du *Morning News*. Elle avait vécu à Chicago chez ses grands-parents maternels puis en Allemagne, où il l'avait expédiée, pendant qu'il restait à New York. Elle avait grandi loin de lui, à peine l'avait-il vue en de très rares occasions et toujours avec la crainte grandissante qu'elle ne fût, sinon folle, du moins

en voie de le devenir un jour — comme sa mère. Elle avait été une enfant très difficile, prompte à entrer dans des fureurs inouïes et capable de violences qui renforçaient chaque fois davantage l'hypothèse d'une hérédité. Et ce déséquilibre avait soudain disparu quand elle avait eu quinze ans, lorsque, faute de savoir à qui la confier, il s'était résolu à la faire venir à New York. Qu'il y eût eu relation de cause à effet entre le fait qu'elle vécût désormais avec lui et cette maîtrise d'elle-même avait été soulignée par les médecins. Il n'avait pas attendu les psychologues pour s'en convaincre. Plus difficile avait été de se persuader qu'elle était normale. On ne se défait pas si aisément d'une obsession.

Un mécanisme infernal s'était alors mis en route : combien de fois avait-il fait amende honorable, demandé à être pardonné ? Il avait eu devant lui plus qu'une adolescente : une adulte en qui, c'était bien le pire, il s'était reconnu, pareillement intransigeante, d'une égale force de caractère, peu incline au pardon des offenses, extraordinairement vindicative pour tout dire, et non moins apte que lui-même à dissimuler cette férocité sous de la courtoisie. Entre ses quinze et dix-huit ans, époque à laquelle elle avait rencontré Rourke, ils ne s'étaient pas trop mal accommodés l'un de l'autre. Il était allé jusqu'à croire que, le temps aidant, ils finiraient par se rapprocher véritablement, au terme de ce qui n'était en somme qu'un affrontement classique entre père et fils — ce fils étant une fille. Sauf qu'elle n'avait pas tardé à poser ses conditions à une paix définitive : entrer en journalisme ainsi qu'il l'avait fait lui-même, y entrer par la grande porte, sans passer par quelque étape intermédiaire, en accédant immédiatement à un poste à hautes responsabilités. Tant d'impatience, de prétention avaient irrité Karl Killinger.

Ses vieux soupçons lui étaient revenus. Comment expliquer autrement que par un déséquilibre mental une hâte aussi fiévreuse et si peu raisonnable ? Nul doute que Kate avait deviné ses soupçons, ce qui avait contribué à la durcir davantage dans ses exigences exorbitantes. La trêve observée durant les trois années précédentes avait été rompue. Oh certes, sans cris, ce n'était leur genre ni à l'un ni à l'autre.

La guerre froide avait alors commencé.

Il l'avait poussée à se marier. Elle avait accepté et exigé en échange d'un mari qu'elle prendrait, qu'il lui offrît son propre journal. Ç'avait été la *Gazette du Queens*. Peut-être pas la meilleure affaire de presse d'Amérique mais en tout cas, une entreprise viable, qu'il était possible de développer. A condition d'y mettre le temps.

Il avait deviné que Kate ne le prendrait pas, ce temps, et de ce point de vue, la catastrophe finale ne l'avait pas surpris. Mais il était bien trop professionnel pour n'avoir pas noté, dans cette première tentative de sa fille, une impressionnante maîtrise, et des aptitudes certaines.

A nouveau pris de remords, il avait offert la paix. Elle n'avait répondu que par cette glaciale courtoisie qui l'avait d'autant plus exaspéré qu'elle la tenait de lui.

Elle avait divorcé, était partie. Il ne l'avait plus revue depuis lors. D'abord déçu de la voir renoncer — ce que lui n'eût jamais fait —, il avait fort mal pris sa rupture avec H.H. Rourke (seul homme que Karl Killinger jugeât capable de dompter cette furie), et surtout, sa prétention à créer un nouveau journal, et à le mettre en concurrence avec le *Morning News*. C'était tout le paradoxe de Karl Killinger que d'être, en même temps, conscient de la stupidité de ce combat entre sa fille et lui, et incapable de céder le moindre pouce de terrain.

Il émergeait de ses souvenirs. Face à lui, Rourke avait posé sa nuque sur le dossier du fauteuil et fermé les yeux. Peut-être dormait-il. Killinger puisa dans l'entassement des journaux et périodiques dont on avait fourni l'avion au départ de New York et procéda à sa revue de presse quotidienne — c'était un lecteur exceptionnellement rapide. Quelques minutes plus tard, l'enfant revint du poste de pilotage, enchanté. Il avait piloté l'avion, tout seul, pour de vrai. Un steward lui servit du chocolat, qu'il but à sa façon tranquille, ses yeux vert sombre au regard grave posés sur Rourke.

— Tu as reconnu ton père, Daniel ?

— Oui, grand-père.

— Tu l'avais déjà vu ?

Non. Mais Maman lui avait montré des photos. Souvent.

— Tu sais pourquoi il n'est jamais venu te voir ?

— Il voyage tout le temps, ce n'est pas de sa faute.

Le ton calme ne marquait aucune espèce de reproche. « Au moins n'a-t-elle jamais élevé son fils contre son père... »

Durant les trois dernières années, Karl Killinger avait vu son petit-fils à onze reprises, une seule journée à chaque fois. La procédure qu'il avait engagée pour obtenir la garde de Daniel Killinger Rourke pour trois semaines avait nécessité sept mois de patientes négociations, menées par ses avocats, à défaut d'une discussion directe dont Kate n'avait pas voulu. L'arrêt avait été rendu la veille, 24 février : il pouvait passer à la maison de Glenwood Landing pour y prendre son petit-fils, les Chinoises étaient prévenues et Kate serait absente. Tout risque d'une rencontre inopinée entre le grand-père et la mère serait donc écarté.

— Est-ce qu'on t'a dit ce que faisait ton père, Daniel ?

— On m'a dit qu'il était journaliste, en Chine.

Le regard grave du petit garçon ne quittait pas Rourke endormi. Il y avait trop de fatigue sur les traits du dormeur, sur le visage maigre presque ascétique aux dures arêtes, ombré d'une barbe de deux jours. Rourke tenait ses mains enfoncées dans les poches de son trench-coat. Il avait ôté son feutre gris à bande noire. Paupières closes et tête légèrement inclinée sur le côté, il semblait plus jeune qu'il ne l'était et le profil droit qu'il présentait à Killinger était d'une beauté très régulière. « Cet homme a deux visages et s'il y a quelqu'un au monde capable de ramener Kate à la raison, c'est lui. Si un de mes fils avait vécu, il aurait à peu près son âge... »

L'intensité avec laquelle l'enfant fixait son père était impressionnante, et Killinger se demanda combien de fois, et sur quel ton Kate avait parlé de H.H. Rourke à son fils. Ce grief-là était parmi les principaux. Que Kate tînt si farouchement à conserver son fils avec elle, en dépit du travail forcené qu'elle abattait — avec elle et ces trois Chinoises dont aucune ne parlait correctement l'anglais ; quelle éducation cet enfant recevait-il ?

... Sauf qu'il était vraiment mal placé pour donner des leçons d'éducation ; il en convenait volontiers. Il n'avait en vérité aucune idée de la façon dont il devait se conduire avec son petit-fils.

— Tu sais lire ?

— Les lettres.

— Tu veux me montrer.

Sur un signe, l'un des stewards apporta des magazines.

— Vas-y, Daniel. Je t'écoute.

Le regard vert quitta enfin Rourke et se braqua sur Karl Killinger.

— Je n'ai pas très envie, grand-père.

Qu'est-ce qu'un enfant de trois ans et demi était censé savoir faire ? Était-il en retard ou en avance ?

— Tu veux que je te lise une histoire ?

— Pas maintenant, mons... grand-père. Excusez-moi.

Le gamin avait buté sur le « monsieur » que Killinger avait eu tant de mal à lui faire abandonner. Il y avait quelque chose d'un peu mécanique, et de troublant, dans le phrasé de l'enfant, l'infime temps de retard qui précédait chaque réponse — peut-être parce qu'il devait à chaque fois traduire, du chinois à l'anglais.

— *Tu parles allemand ?*

Killinger avait posé sa question en allemand. Et ne reçut pas de réponse.

— *Et le français ?*

Il venait de se souvenir que les a-ma chinoises venaient de Shanghai et avaient été élevées par des religieuses de la concession française.

— *Tu comprends ce que je te dis, Daniel ?* demanda Killinger en français.

— *Oui, grand-père.*

— *Parle-moi de ton père en français, dis-moi ce qu'il fait.*

Finissant sa phrase, Killinger releva la tête et rencontra une paire d'yeux, en tous points identique à celle de son petit-fils ; Rourke venait de s'éveiller et souriait, amusé.

— *Mon père est journaliste en Chine*, dit Daniel en français.

— *Je suis ton père*, lui dit H.H. Rourke.

Les deux regards vert bronze s'accrochèrent.

— *Je sais*, dit l'enfant.

L'avion fit l'escale prévue à Atlanta. Killinger descendit et demeura une heure à terre — il avait des intérêts majoritaires dans l'*Atlanta Star* et d'autres, moins importants, dans la boisson gazeuse locale, *Coca-Cola*, dont les dividendes à eux seuls eussent suffi à faire de lui un homme riche.

— Et où allons-nous ? lui demanda Rourke quand il remonta à bord.

— Miami puis Santiago de Cuba. J'ai une propriété aux environs. Vous pouvez descendre à Miami ou venir avec nous.

— Je préférerais que vous preniez vous-même la décision.

L'enfant se trouvait maintenant assis sur le même fauteuil que son père et dessinait avec application, sans le moindre intérêt pour la conversation qui se déroulait au-dessus de sa tête.

— Je souhaite que vous veniez avec Daniel et moi, dit Killinger.

— J'accepte volontiers. *Mon allemand n'est pas vraiment extraordinaire mais je le comprends et me fais comprendre. Si nous reprenions notre conversation où nous l'avions laissée ?*

— *D'accord,* dit Killinger s'exprimant dès lors en allemand. *Vous vouliez me voir. Pourquoi ?*

— *J'ai inspecté le champ de bataille, pour reprendre votre propre expression. Ce que j'y ai vu ne m'a pas enchanté.*

— *Que savez-vous au juste ?*

H.H. sourit :

— *Vous répondre* tout *serait sans doute présomptueux. Je connais bien entendu l'histoire des cinq cent mille exemplaires, celle de l'opération par laquelle vous avez essayé de la priver de papier...*

— *C'est de l'histoire ancienne.*

— *C'est vrai.*

Le petit garçon s'était endormi sur les genoux de son père. H.H. le porta sur le lit de la cabine arrière. Maladroitement, il le couvrit d'un plaid de cachemire.

— J'ai autre chose, reprit-il, abandonnant l'allemand, la liste à peu près complète de toutes vos agressions dans les mois suivants. Je veux parler de la situation de concurrence, au demeurant normale, que vous avez créée entre votre journal et le sien.

— Au demeurant normale. Ce sont vos propres mots.

— Normale s'il s'agissait de quelqu'un d'autre que votre fille. Moins normale si l'on sait que vous avez déjà investi plus de cinq millions de dollars dans cette bataille parfaitement inutile. Le chiffre le plus précis auquel je sois parvenu est de cinq millions deux cent mille dollars.

— Et alors?

— Que vaut mon estimation?

— Du diable si je vais vous répondre.

— Je crois qu'elle est exacte à cinq pour cent près, Killinger.

— Peut-être.

— Disons qu'elle est exacte. Mais j'ai encore autre chose. Vos interventions auprès des banques, par l'intermédiaire notamment de la famille de son ancien mari, Douglas Caterham.

— Affirmation sans preuve.

H.H. Rourke se mit à rire :

— J'ai rencontré Doug Caterham et nous avons eu ensemble une conversation des plus instructives.

— C'est un imbécile, je l'ai toujours su. Vous savez que je m'amuse énormément, Rourke? Je ne vois pas encore où vous voulez en venir, mais je m'amuse.

Le ton avait imperceptiblement durci.

— Eh bien, tant mieux : rien de tel qu'une agréable conversation pour occuper l'esprit pendant un voyage en avion. Cela dit, je vais sans doute vous surprendre. C'est la première fois que je prends l'avion. Je ne peux pas dire que j'aime ça. Je crois que vous avez très bien compris où je voulais en venir.

— Vraiment? Voulez-vous boire quelque chose?

— Scotch, s'il vous plaît. Sans glace. Mais j'ai mieux encore que le dossier bancaire, pourtant bien complet.

— Je serais curieux de savoir quoi.

— Arthur Simpson. De son vrai nom Arthur Fleggenheimer. Profession : promoteur et agent immobilier à Miami Beach, Floride. Vous l'avez contacté et lui avez offert cinq cent mille dollars...

— Je ne l'ai jamais vu.

— Exact. Mais George Burns l'a rencontré pour la première fois le 11 juin dernier, à dix heures trente du matin ; puis Burns, cette fois accompagné d'Harold Q. Kramer, a eu le 23 juillet une deuxième entrevue avec lui, dans un hôtel de Fort-Lauderdale, de quinze heures à environ dix-huit heures quarante. Et Simpson-Fleggenheimer s'obstinant à refuser les propositions qui lui étaient faites, vous avez fait donner les grandes orgues. Lors d'une troisième rencontre, à laquelle assistait le même George Burns, cette fois flanqué de Sidney Wilenski et d'un troisième homme qui s'est inscrit à l'hôtel *Coral Reef* à West Palm Beach, sous l'identité de Peter Forbes, de Lansing, Michigan. Vérifications faites, il n'existe aucun Peter Forbes à Lansing, Michigan, en tout cas aucun pouvant villégiaturer en Floride le 30 septembre 1935. D'après le signalement et certaines informations en provenance de Chicago, Peter Forbes se nommerait en réalité Peter Rudish, jadis condamné pour escroquerie et faux en écritures. Son complice de l'époque, qui n'a pas été inquiété par la police, toutefois, se trouvait être précisément Arthur Fleggenheimer dit Arthur Simpson.

— Vous êtes allé en Floride, Rourke ?

— J'en suis revenu cette nuit à bord d'un camion de fruits.

— Et à Chicago ?

— J'y étais il y a une quinzaine de jours.

— Je ne connais aucun de ces hommes, bien entendu. Si l'un d'entre eux affirmait le contraire, je le traînerais devant le tribunal.

— Ils mentiraient en disant vous connaître personnellement. Aucun d'entre eux...

H.H. sourit au steward qui lui apportait son whisky :

— Merci infiniment. Mais apportez-moi aussi la bouteille, cela vous épargnera des allers et retours inutiles...

Il reprit :

— Aucun d'entre eux ne vous a jamais vu, ne vous a jamais parlé. Mais George Burns travaille pour une agence de détectives privés fort connue, dont les directeurs sont Paul Scranton et Robert Fitzwilliams, spécialisés dans les enquêtes financières. Vous avez rencontré Fitzwilliams à trois reprises, à ma connaissance. J'ai été le témoin de trois rencontres, du moins. Et je n'étais pas seul. J'avais avec moi un photographe roumain — il est en instance de naturalisation — du nom de Constantin Uricani. Il a réussi de superbes photos de vous. Ce n'était pourtant pas facile, assis comme vous l'étiez, Fitzwilliams et vous, au fond de cette voiture garée dans une rue sombre. Soit dit en passant, on pourrait se demander pourquoi le propriétaire du *Morning News* éprouve le besoin d'engager des détectives privés, et surtout de les rencontrer nuitamment. Quant à Harold Kramer, c'est l'un des meilleurs enquêteurs d'une compagnie d'assurances, spécialisé dans l'immobilier. Son patron se nomme David R. Wolff et on m'a assuré que le *Morning News* lui avait consacré toute une série d'articles élogieux.

— Vous avez visité le Queens et Long Island, durant vos pérégrinations ?

— J'y ai passé le plus clair de mon temps. Mes excursions à Chicago et en Floride n'ont été que des vacances, en quelque sorte. Je me suis surtout intéressé à ces trois procès qui ont été intentés au journal le *DAY*, au cours des derniers mois. Pour les affaires Craddock et Rinaldi, je manque encore un peu d'éléments. En revanche, s'agissant de la troisième, celle dans laquelle la famille Thornston réclame deux cent mille dollars de dommages et intérêts au *DAY*, je suis sur le point de prouver qu'il y a eu machination.

— On ne prouve jamais rien vraiment, dans ces affaires, croyez-en ma vieille expérience.

— Je me garderai bien de vous contredire.

Killinger souleva un des petits rideaux de tulle et, à travers le hublot, il contempla la Floride. Le Sikorsky suivait exactement la côte et survolait ce qui devait être Mosquito Lagoon.

— Votre reportage est prêt, Rourke?

— J'en ai écrit la plus grande partie.

— Qui le publierait?

— D'après mon agent à qui j'en ai un peu parlé, une bonne centaine de journaux. Cette bataille entre un père et une fille devrait passionner l'Amérique. Certains pays d'Europe aussi, d'ailleurs. J'ai essayé de donner à mon reportage un ton léger, un peu caustique. Si vous voyez ce que je veux dire.

— Très bien, dit Killinger. Dieu sait que je n'ai jamais douté de votre talent.

— Merci.

— Vous êtes un sacré enfant de salaud, Rourke.

— Dans votre bouche, c'est un compliment. Ne me posez pas la question, je vous prie.

— Quelle question?

Killinger, le regard vide, restait penché sur le hublot.

— Si j'ai fait tout cela pour obtenir de l'argent de vous.

— Je n'y ai pas pensé une seconde.

Killinger secoua la tête, de l'air un peu ahuri de quelqu'un à qui l'on vient d'assener la preuve qu'il était possible d'aller de New York en Angleterre à la nage.

— Vous voulez que j'arrête la bataille.

— C'est une idée qui m'est venue, en effet.

— Vous l'aimez toujours, Rourke?

— Je ne sais pas.

— Vous plaisantez.

— Non. Pas du tout. Je n'en sais vraiment rien.

— Une autre femme?

— Peut-être. Je n'en suis pas certain.

— Vous êtes un drôle de type.

— Vous n'êtes pas mal non plus dans votre genre.

Ils se sourirent. En face.

— Je voudrais vous poser une question très indiscrète.

Ne vous est-il jamais arrivé d'avoir envie de, disons, lui donner une fessée ?

H.H. se mit à rire :

— Si. Au moins aussi souvent qu'elle a eu envie de me casser la gueule.

— Je ne vais pas vous donner tout de suite ma réponse, dit enfin Killinger après un long silence. Tel que vous me voyez, je suis hors de moi, en cet instant même. Je n'ai jamais accepté aucune défaite. Tout essai qu'on a pu faire pour diriger ma conduite m'a chaque fois jeté dans une rage inimaginable. Je suis né en Louisiane, comme vous le savez peut-être. Je l'ai quittée parce que ma famille prétendait à un droit de regard sur moi. Les pires années de ma vie ont été celles que j'ai passées à travailler au *Chicago Tribune*, c'était pourtant un grand journal, le meilleur sur ce continent à cette époque. J'y ai appris énormément, j'avais de l'amitié pour beaucoup des hommes avec lesquels j'ai alors travaillé. Mais on me donnait des ordres : cela m'était insupportable. Et surtout, j'étais dévoré par la fièvre de réussir seul, de laisser ma trace. Je crois que j'aurais tué quiconque se fût mis en travers de ma route. A certains égards, j'ai tué plusieurs hommes, je les ai écrasés, brisés, ruinés. Je n'ai jamais pardonné à qui que ce fût, dans ma hâte. Je n'écarte pas du tout l'hypothèse que ma femme soit devenue folle par ma faute, des médecins me l'ont laissé entendre et peut-être avaient-ils raison. Je suis même allé plus loin qu'eux dans l'estimation de ma responsabilité. Suis-je en train de m'apitoyer sur moi-même, Rourke ?

— Ça m'en a tout l'air.

— Vous me croyez, quand je vous dis que je suis en rage contre vous, en cet instant même ?

La voix de Karl Killinger était toujours aussi douce.

— Oui, dit H.H. Je vous crois tout à fait. Si cela était votre style, vous seriez capable de faire ouvrir la porte de cet avion et de me faire sauter sur les Everglades floridiens, sans parachute.

Killinger acquiesça. L'un des stewards entra justement, lui apporta de l'eau sur un petit plateau d'argent avec deux comprimés, dont il avala le premier.

— Et bien entendu, vous avez compris que parlant de moi, je décrivais Kate ?

— J'avais compris.

— Qu'elle soit parvenue à maîtriser sa fièvre au point de vous avoir rejoint en Chine et d'y être demeurée avec vous quatre ans...

— Pas quatre ans, dit H.H. de sa voix lente et nonchalante. Sans compter le voyage en paquebot entre Bombay, où elle m'a rattrapé, et Shanghai, nous avons vécu ensemble pendant trois ans, trois mois et quatre jours. A quelques heures près.

— Qu'elle ait tenu aussi longtemps est un véritable prodige et donne la mesure de l'extraordinaire amour qu'elle avait pour vous et qu'elle éprouve *toujours*, Rourke. Il suffit de voir comment elle a élevé cet enfant, qui vous ressemble de façon stupéfiante. Je me demande comment vous allez vous en tirer avec lui, au cours des trois semaines à venir. Comment H.H. Rourke, spectateur professionnel et très imperturbable, qui possède tant de hauteur de vue qu'il peut intervenir entre deux Killinger, comment Rourke qui prétend me faire chanter et me menace, qui s'arroge le droit de me dire ce que je dois faire, comment un tel miracle d'homme va-t-il se comporter avec un fils qu'il n'a jamais revu depuis sa naissance ?

— Je l'ai revu. A Paris, il y a presque trois ans. Il avait huit mois et demi et dormait. Mais cela dit, votre envolée était superbe. Beau morceau d'art oratoire.

— N'en faites pas trop, Rourke. Ne sous-estimez pas l'extrême violence de mon caractère.

— Je me bats avec vous quand vous voulez, Killinger. Sur n'importe quel terrain et avec n'importe quelle arme.

A parler franc, certains jours, il m'arrive de trouver insupportable tous les Killinger de ma connaissance.

Il sourit et le plus étrange était qu'à la courtoisie de Karl Killinger, il répondait par une grande nonchalance, bien que leur affrontement fût à son paroxysme. N'importe quel observateur n'entendant pas ce qu'ils disaient — ainsi les stewards qui allaient et venaient — eût certainement pensé que c'étaient là deux amis devisant en toute tranquillité.

L'enfant s'était réveillé et était revenu dans le salon. Il dessinait, avec toujours la même application, et cette phénoménale aptitude à se concentrer qui était de son âge et dont aucun adulte n'eût été capable.

— C'est une très jolie maison, lui dit H.H. en chinois.

Aucune réaction. Karl Killinger contemplait le deuxième comprimé dans le creux de sa paume. Il finit par l'avaler aussi, l'accompagnant d'une gorgée d'eau.

— Ainsi donc, dit-il, vous n'aimez pas trop les voyages en avion ?

— Pas vraiment, dit H.H. Rourke. Ce ne sont pas vraiment des voyages. On est enfermé dans une boîte et quelque temps après, on arrive ailleurs.

— On gagne du temps.

— Je n'ai jamais été pressé.

— Vous pourrez toujours repartir par bateau de Santiago de Cuba, dans trois semaines.

— Pourquoi pas, en effet ? dit H.H.

De Santiago de Cuba, il fallait aller à l'ouest, soit en bateau soit en voiture, on dépassait un gros bourg qui se nommait El Cobre, on gravissait les contreforts de la sierra Maestra. On suivait ensuite une piste qui ramenait à la côte, on franchissait un porche immense d'adobe blanc ouvrant dans un mur qui semblait courir à perte de vue, et par-delà ce porche on approchait de la maison en suivant un chemin asphalté qui serpentait entre les cèdres tropicaux, les acajous, les *galanos*, les poiriers, et les fleurs plantées à profusion. Surgissait alors un premier bâtiment, puis un deuxième et les deux derniers, formant le cœur de l'ensemble qui avait été conçu par l'architecte Frank Lloyd Wright. Celui-ci avait composé une symphonie à dominante ocre, l'ocre même des monts qui fermaient l'horizon au nord. Symphonie soulignée de noir par l'emploi d'une pierre volcanique poreuse. Wright avait utilisé la végétation d'origine.

De multiples cascades captées par des chemins de tuiles moussues alimentaient un immense bassin entouré de rochers arrondis, aux silhouettes de lions de mer accroupis. Contournant ce petit lac, on trouvait des sentiers dallés fabuleusement fleuris et l'on arrivait ainsi devant une balustrade qui surplombait un petit port privé tout pimpant où était amarré un yacht à coque blanche et voiles terre de Sienne. De part et d'autre de la rade artificielle qu'encadraient deux jetées cimentées, on apercevait un parcours de golf, deux courts de tennis et les bâtiments blancs des écuries qui abritaient une dizaine de chevaux de selle.

Juché sur les rochers, H.H. Rourke pêchait avec son fils. La mer caraïbe était calme. Quelque part, dans le fond de l'horizon, devait théoriquement se trouver la Jamaïque. On ne la voyait pas. En revanche, Madame Müller était très visible, elle. C'était une forte femme d'une quarantaine d'années. Elle était bardée de diplômes et préposée à la garde du petit-fils de Karl Killinger durant son séjour de trois semaines à Cuba. Elle était assise dans le dog-cart qui les avait transportés, Daniel et elle — H.H. Rourke était venu à cheval. On était dans la partie nord de la propriété au pied de la sierra Maestra, à environ trois kilomètres des bâtiments, à l'extrême limite des zones aménagées. Plus au nord s'étendaient des criques rocheuses très découpées, bordées d'un sable très blanc et très fin où l'eau, d'un bleu presque artificiel, était aussi limpide que celle d'un lagon. Au-delà, on apercevait une mangrove de palétuviers, au-dessus de laquelle flottait une brume de chaleur huileuse. Puis venait la forêt, moutonnement sombre et inextricable...

— Tu crois que je vais pêcher un requin ? demanda Daniel Rourke à son père.

— Je ne crois pas.

— Pourquoi ?

— Parce que les requins ont peur des Rourke.

— Pourquoi ?

— Parce que nous les Rourke, toi et moi, on est capables de flanquer un coup de poing sur le nez du premier requin qui oserait sortir de l'eau, et le requin qui aurait reçu notre coup de poing sur le nez ficherait le camp à l'autre bout de la terre et il aurait tellement peur qu'il deviendrait tout blanc et les autres requins crèveraient de rire et se moqueraient de lui.

— Je ne sais pas donner des coups de poing.

— Bien sûr que tu sais. Ferme ta main. Comme ça. Et frappe ma main. De toutes tes forces... Non, il faut que ton bras et ton épaule soient durs en même temps que tu frappes. Voilà, c'est mieux.

— Je t'ai fait mal ?

— Très mal. Heureusement que je ne suis pas un requin. Je serais devenu tout blanc. Tu sais monter sur un cheval ?

— Non.

— On va jouer à un jeu. On serait des pirates, gentils, et la grosse dame derrière nous qui ne comprend pas le chinois, cette grosse dame serait un dragon. D'accord ?

— Ça me paraît un jeu intéressant.

— Il est très intéressant. On serait donc des pirates gentils et on se sauverait parce que le méchant dragon voudrait nous attraper. Tu as compris, Tigre d'Avril ?

— On ferait quoi ?

— On sauterait sur le cheval et on s'enfuierait dans la forêt et on irait faire un reportage. On compterait jusqu'à trois et quand je dirais trois tu te mettrais à courir vers mon cheval et je courrais aussi et on partirait comme la foudre.

— Et le méchant dragon « l'aurait dans l'os ».

H.H. Rourke arriva à son cheval une seconde avant son fils. Il sauta en selle, souleva l'enfant d'une main, l'installa à califourchon devant lui, fit partir sa monture. Il galopa sur deux ou trois cents mètres puis mit son cheval au pas.

— Où as-tu appris ça, Tigre d'Avril ?

— Quoi ?

— Tu as dit : « Le méchant dragon l'aura dans l'os. » Qui t'a appris à parler comme ça ?

— C'est monsieur Cabrini.

— Qui est monsieur Cabrini ?

— Il porte le lait tous les matins.

Ils avançaient à présent dans la forêt de cèdres. Il faisait beau et chaud. Ils virent deux iguanes, des myriades de papillons dont certains étaient grands comme la main et du même bleu que les yeux de Catherine Killinger, et durent faire un détour pour éviter de traverser une rivière où il y avait des caïmans. A moins que ce ne fussent des crocodiles. Rourke s'arrêta dans une clairière où des orchidées poussaient étrangement sur une souche moussue et dut véritablement prendre sur lui afin de ne pas aller plus loin, en proie à un sentiment très amer et très doux en même temps, sensation d'être une fois de plus au bout du monde, et bonheur sauvage de n'y être pas seul, libéré qu'il était pour un temps de sa solitude par la présence de ce petit garçon qui était le sien.

— Pouquoi tu m'appelles *Tigre d'Avril*?

— Parce que c'est ton nom. Est-ce que les a-ma ne t'appellent pas ainsi ?

— Elles, oui.

— Mais pas Maman ?

— Pas Maman. Personne ne m'appelle Tigre d'Avril sauf Li, Maï et Agathe.

— Et moi.

— Pourquoi ?

— Parce que tu es né en Chine, dans une ville appelée Shanghai. Parce que tu es né en avril, l'année du Tigre. C'est un nom secret. Personne ne le connaît sauf tes a-ma et toi, et moi.

— Pas Maman ?

— Maman aussi, bien sûr. Tu n'es pas content d'avoir un nom secret ?

— Si. Tu en as un, toi ?

— Oui et non.

— C'est quoi ?

Rourke le lui dévoila, lui expliquant ce que signifiaient les deux H.H. de ses prénoms — ou de son prénom, selon la manière dont on entendait la chose.

— C'est vraiment secret ?

— Encore assez.

— C'est intéressant de connaître des secrets. Quand c'est qu'on fait le reportage ?

— Nous sommes en train d'en faire un. Je fais un reportage sur toi.

— C'est quoi, un reportage ?

— Comprendre, dit H.H.

— Pourquoi tu pleures ?

— J'ai un peu mal aux yeux, c'est tout.

— Pourquoi ?

— A cause de la vitesse, de la poussière. Ou à cause de toi.

— De moi ?

— Oui. Surtout de toi. Mais ce n'est pas de ta faute. C'est surtout parce que tu me ressembles beaucoup.

— Maman me l'a dit.

— Et qu'est-ce qu'elle t'a dit d'autre, sur moi ?

— Je ne me rappelle pas. Enfin, pas beaucoup.

— Dis-moi ce que tu te rappelles.

— Elle a dit que tu es le plus grand journaliste du monde et que tu es très gentil et que je dois être très gentil avec toi.

— Tu es très gentil, pas de doute.

— Toi aussi.

— Nous les Rourke, nous sommes très gentils.

— Je me rappelle, maintenant : elle a dit aussi que tu as beaucoup de travail en Chine.

— Elle a raison. Maman a toujours raison. Elle aussi est gentille, hein ?

— Oui.

Au souvenir de sa mère, l'enfant sourit.

— Je peux conduire le cheval ?

Rourke lui remit les rênes.

— Il ne veut pas bouger, dit Tigre d'Avril.

— Tu dois appuyer un peu avec tes talons. Pas trop fort. Avec la force que tu as, tu pourrais le casser en deux et il nous faudrait rentrer à pied.

— Je vais faire attention.

H.H. synchronisa son propre mouvement de cuisses avec le mouvement des talons de son fils et le cheval se mit bel et bien en route, très tranquillement sur un sentier qui sinuait entre de hauts fourrés d'angélins et de lentisques.

— Et si on serait des policiers et si on chercherait des bandits pour les attraper ?

— D'accord, dit H.H. Combien de bandits ?

— Douze.

— Tu sais compter jusqu'à combien ?

— Douze.

— Qu'est-ce que c'est que douze bandits pour deux Rourke ? On va les pulvériser, toi et moi. Ah ! Je crois qu'en voilà trois ou quatre.

Ils venaient de déboucher sur la vasque naturelle formée par le débit des eaux d'une cascade.

— C'est des tortues, dit Tigre d'Avril.

— Pas du tout. Ce sont des bandits déguisés en tortues géantes. Il y en a un que je reconnais, il s'appelle Nez tordu. Les autres sont sûrement ses frères, ils lui ressemblent.

— On le tue ?

— Je n'aime pas tuer, Tigre d'Avril. Je n'ai jamais tué personne. Tu n'as pas une meilleure idée ?

— On crierait très fort.

Après un ou deux essais pour accorder leurs voix, ils poussèrent ensemble un premier hurlement, à s'en déchirer la gorge, et aussi enchantés l'un que l'autre, ils en poussèrent un second.

— On a crié fort, hein ?

— Pour un beau cri, c'était un beau cri. Quand les Rourke donnent de la voix, ça s'entend.

L'effet sur les tortues-bandits géantes fut remarquablement nul mais c'était secondaire. Rourke et Tigre d'Avril descendirent de cheval. H.H. prit son fils sur ses épaules, lui fit ainsi franchir une fondrière détrempée, puis une zone broussailleuse où eussent pu se trouver des serpents et ils convinrent que la première était l'Amazonie, la deuxième la jungle birmane. L'enfant hurlait de rire, secoué par les sauts farfelus que faisait H.H., et s'accrochait aux cheveux de celui-ci. Ils descendirent se baigner sur une plage minuscule. Rourke apprit à Tigre d'Avril à mettre et garder la tête sous l'eau sans pour autant fermer les yeux ni se pincer le nez. S'étant séchés au soleil, rhabillés et remis en selle, ils poursuivirent leur voyage, qui dans la réalité allait durer neuf heures, et dans *leur réalité* plusieurs semaines. Dans les fontes de la selle,

H.H. avait placé des sandwichs, du chocolat, et sa lunette d'approche. Plus la carte du trésor à laquelle il avait travaillé en secret les deux jours précédents. Il s'agissait du trésor de Barbe à Carreaux lui-même, le célèbre pirate. Qui était mort, il y avait bien deux cent cinquante ans, et dont le vrai nom était Rourke, mais ne le répète à personne... Sauf à Maman bien entendu. C'est un secret pour tous les autres. Et seuls les vrais Rourke ont le droit de rechercher son trésor. Tu comprends pourquoi il ne fallait pas emmener madame Müller avec nous, ni personne.

Ils recherchèrent le trésor mais heureusement la carte était vraiment claire, cinq pas dans le nord-ouest de la Tête de Chien, quatre plein sud et douze autres à l'est (H.H. ayant dans l'intervalle expliqué à son fils comment on trouvait le nord, grâce au mouvement du soleil et à l'emplacement de la mousse sur les arbres) et encore dix pas à l'ouest et après on devait faire trois tours sur soi-même en récitant la formule ultra-secrète des Rourke : TAGADA-TAGADA-TAGADA-TSOUIN-TSOUIN-ROURKE.

— Et maintenant, tu creuses, dit H.H. Juste sous tes pieds.

... Et merveille des merveilles ! Tigre d'Avril trouva le trésor de Barbe à Carreaux. Avec une excitation extraordinaire, il déterra le sabre en bois et le tricorne — orné d'une tête de mort et de deux tibias croisés — ayant appartenu personnellement au pirate. Et surtout, le coffre clouté, de trente centimètres sur vingt qui, une fois ouvert, se révéla contenir douze doublons presque en or, un pistolet assorti au sabre de bois et au tricorne, des boucles d'oreilles à pression, une petite taie de soie noire que l'on pouvait se poser sur l'œil grâce à un lacet et enfin une boussole.

H.H. expliqua à quoi servait la boussole, mais précisa que cette boussole-ci n'était pas ordinaire, elle avait été autrefois donnée en cadeau à Barbe à Carreaux par une dame qui l'aimait, aussi y tenait-il plus qu'à n'importe quoi d'autre...

— Et je crois que ce serait une bonne idée si tu la donnais à Maman, Tigre d'Avril.

— A Maman ?

— Tu ne vas quand même pas garder tout le trésor pour toi ?

— Je pourrais lui donner les boucles d'oreilles.

— Non. Ce sont des boucles d'oreilles de pirate. D'ailleurs tu peux les mettre à tes oreilles, et tu peux aussi mettre le chapeau et accrocher le sabre et le pistolet, j'ai l'impression que tout est à ta taille... Qu'est-ce que je te disais ! C'est Maman qui va être surprise quand elle te verra revenir habillé en Barbe à Carreaux ! Surtout si tu te mets encore cette chose sur l'œil et si tu te dessines une moustache avec du noir. Je te montrerai comment faire. Mais la boussole, c'est pour Maman.

— Je lui donnerai. C'est quoi, avec ?

— Une lettre. Que Barbe à Carreaux a certainement écrite pour Maman. Regarde : il y a le nom de Maman dessus.

— Il connaissait Maman ?

— La preuve. Si on déjeunait ?

Ils mangèrent les sandwichs et du chocolat, burent l'eau d'une gourde et dans la lunette d'approche, observèrent les évolutions de pirates déguisés en lamentins et en phoques marins qui cherchaient le trésor de Barbe à Carreaux, ignorant que seuls les Rourke pouvaient le trouver.

— Tu donneras la lettre à Maman, Tigre d'Avril ?

— Et la boussole.

— Tu le jures en crachant par terre ?

Tigre d'Avril le jura en crachant par terre et en récitant ensuite solennellement la formule magique et secrète du serment des Rourke.

Ils repartirent à cheval et H.H. raconta à son fils des histoires très drôles, et plus l'enfant riait, plus il riait lui-même et rajoutait des péripéties que Tigre d'Avril agrémentait à son tour de ses propres inventions, en sorte qu'ils finirent par rire tellement qu'ils durent descendre de selle et s'asseoir, avant de tomber par terre. Et une fois sur le sol, ils luttèrent l'un contre l'autre. Tigre d'Avril en raison de sa force colossale l'emporta à chaque fois. Il finit le chocolat qui restait, but un peu d'eau, fut à nouveau hissé sur le cheval.

— Quand c'est que tu viens pour rester avec Maman ?

— Dès que j'aurai fini mon travail.

— C'est quand ?

— Un de ces jours.

— C'est quand, un de ces jours ? C'est loin ?

— Pas très loin. Je suis très content de savoir que tu es avec elle dans la maison de Long Island, Tigre d'Avril. Je compte sur toi pour t'occuper d'elle, et pour la protéger. D'accord ?

— D'accord, Papa.

— On est bien, non ? Tu n'es pas bien ?

— C'est vrai.

— Tu as sommeil, on dirait.

L'enfant s'endormit presque aussitôt, bercé par le balancement, dans le creux du bras de H.H. qui du coup s'abstint de fumer et retarda le plus possible la progression de son cheval. Il prit même le temps de contempler, immobile, le soleil qui s'engloutissait dans la mer.

— Je le reconnais : je suis impressionné, dit Karl Killinger. L'enfant ne jure désormais plus que par vous.

— Je n'ai pas cherché à vous impressionner.

— Non, je m'en doute. Vous avez simplement tout fait pour que Daniel ne puisse plus oublier son père. Et c'est moi qui vous en ai fourni l'occasion. Ses avocats vont protester auprès des miens. En somme, votre présence n'était pas du tout prévue, durant ces trois semaines. Kate ne m'aurait pas confié mon petit-fils si elle vous avait su ici.

— Très bien.

Les deux hommes étaient assis à peu près au centre de l'immense terrasse du bâtiment d'habitation principal à cet endroit exact d'où la vue était la plus belle, ainsi que l'architecte l'avait souhaité : l'eau miroitante du grand bassin-piscine s'y confondait dans le lointain avec la mer scintillant sous la lune, au point qu'il n'était pas aisé de discerner où se faisait le partage. Ils avaient dîné, en tête à tête. Les invités reçus par Killinger étaient partis trois jours plus tôt.

— Vous rentrez avec Daniel et moi, Rourke?

— Je ne crois pas.

Rourke dit qu'il voulait s'attarder quelque temps à Cuba, dont il ne connaissait rien, hormis cette petite partie de la côte, de Guantánamo au cap Cruz, en passant par Santiago où il s'était rendu à deux reprises, une fois par la route, une autre à bord du yacht, en compagnie de Killinger et de ses invités.

— Mais vous allez revenir à New York?

— Je ne sais pas encore, dit H.H.

La nuit venait de tomber, une nuit très douce, lourde du parfum sucré des catleyas. De leur table, ils surplombaient le petit port privé où se balançait doucement le yacht aux voiles ocre. La cabine était éclairée, et de la musique en montait jusqu'à eux, portée par la brise du soir. Un piano jouait un air de jazz assez syncopé et une belle voix de femme, rauque, émouvante, fredonnait les paroles d'un air de l'opéra noir que venait de composer George Gershwin. Bien qu'il ne l'eût jamais rencontrée — Killinger, par puritanisme, ne s'affichant jamais avec ses maîtresses — Rourke savait que la femme du yacht était Mona Cartwright, fort jolie femme d'une quarantaine d'années, « favorite » du magnat de la presse depuis une quinzaine d'années. Ancienne jeune actrice de Broadway au talent prometteur, elle commençait à faire parler d'elle quand Killinger en était tombé amoureux. Il l'avait arrachée aux feux de la rampe, et depuis, elle vivait pour ainsi dire en recluse chez le milliardaire, ne chantant et ne dansant plus que pour lui. Depuis que Rourke était là, elle n'avait pas quitté le yacht. Killinger la séquestrait-il par jalousie ? Peut-être, tout simplement, ne souhaitait-il pas qu'elle rencontrât son petit-fils.

Alors que le maître d'hôtel philippin, sanglé dans un smoking irréprochable, leur servait le café, ils écoutèrent un moment la belle voix cuivrée qui vocalisait. Killinger attendit la fin du morceau pour parler.

— Je vais céder à votre chantage, Rourke, déclara-t-il d'un ton rogue.

H.H. ne broncha pas.

— J'entends par là, reprit Killinger, que je suis disposé à mettre bas les armes. Je ne ferai plus la guerre à ma fille.

H.H. se contenta de considérer l'extrémité de son cigare, rougeoyante dans la pénombre — il venait de l'allumer. Sur le yacht, Mona Cartwright jouait maintenant un ragtime endiablé.

— Sous condition évidemment que ma fille fasse de même.

— Cela va de soi, dit H.H.

— En tant qu'observateur neutre, quelle était votre opinion sur notre bataille, il y a trois semaines ?

— Kate courait à la débâcle.

— Combien de temps pouvait-elle encore tenir ?

— Quelques mois. Peut-être moins. En persuadant Arthur Simpson de la trahir, vous l'avez coupée de ses rentrées financières en provenance de Floride.

— De combien est-elle endettée ?

— Huit cent mille dollars.

— Vous devez pouvoir être plus précis. Un reporter de votre calibre ne se contente pas d'approximations.

— Disons sept cent quatre-vingt mille dollars.

— En supposant qu'elle accepte, elle aussi, un cessez-le-feu, combien de temps lui faudra-t-il pour éteindre sa dette ?

— Quatre ans. Si elle peut vendre ses terrains de Floride, bien entendu.

Killinger se mit à rire :

— Nous avons les mêmes chiffres, vous et moi. Je voulais seulement m'en assurer, et je me demande bien pourquoi : je n'ai pas douté une seconde de vos capacités d'enquêteur. Vous avez vraiment écrit ce reportage sur moi ?

— Oui.

— Vous bluffez, à mon avis.

La main de H.H. jusque-là nonchalamment glissée dans la poche de son veston en ressortit, tenant une demi-douzaine de feuillets dactylographiés.

— Pages, 1, 9, 23, 24 et 45. J'ai choisi ce que je crois être les meilleurs passages.

— Combien de feuillets en tout ?

— Soixante à ce jour.

Killinger lut à sa vitesse ordinaire.

— Intéressant. Comme vous me le disiez, c'est « légèrement » caustique. Vous n'auriez pas dû me montrer ça. Vous savez pourquoi ?

— Vous regrettez maintenant d'avoir accepté la paix, entre Kate et vous. Vous êtes très tenté de vous battre. Contre moi.

— Et je vous écraserai.

— Essayez.

Le silence se prolongea. H.H. reposa son verre de cognac, se leva et alla faire quelques pas entre les allées fleuries. Perdu dans ses pensées, il arriva bientôt sur les grandes dalles de roche volcanique qui ceinturaient la piscine, et couvraient près d'un hectare. L'effet de perspective imaginé par Wright parvenait à créer l'illusion que la mer caraïbe était exactement au même niveau que cette surface argentée où se reflétait le clair de lune, mais tant d'immensité donnait le vertige. H.H. prit le temps d'achever son cigare — une vingtaine de minutes — puis retourna sur la terrasse.

— D'accord, dit Killinger. Imaginons que je vous prie d'accepter mes excuses.

— Imaginons-le.

— Et venons-en maintenant à autre chose. J'ai vu que plusieurs de vos reportages ont été publiés par le *DAY*. Vous aviez donné votre accord ?

— Oui.

— Avec l'idée de me provoquer ?

— Ne soyez pas nombriliste !

— Je mets deux conditions à l'arrêt de la guerre. Dont vous reconnaissez vous-même que je l'ai gagnée. La première est que Kate elle-même s'arrête aussi.

— Et la deuxième me concerne.

— Il doit y avoir dix ans, je vous ai offert de travailler pour moi... Attention à ce que vous allez répondre, Rourke : si vous rejetez une fois encore ma proposition, je vous jure que je vous laisserai publier votre putain de reportage. Quel que soit le prix que j'aurai à payer. Mais elle le paiera aussi.

— Quelle est votre offre ?

— Vous ne publiez plus rien chez elle et vous travaillez officiellement pour moi. Je vous donne deux cents dollars par semaine...

— Cinq cents, dit H.H. en souriant.

— Non.

— Je voulais juste savoir jusqu'où vous étiez capable d'aller.

— Deux cents dollars par semaine. Vous ne dépendrez de personne, vous choisirez vous-même vos reportages, où vous voudrez, en leur consacrant le temps que vous jugerez nécessaire. Vous ne serez soumis à aucune obligation d'aucune sorte, sinon celle de fournir douze reportages au moins par an. Personne ne changera un mot de ce que vous écrirez, tout sera publié intégralement. Si vous ne voulez pas signer, nous mettrons le pseudonyme que vous voudrez. De toute façon, elle vous reconnaîtra à votre style et au choix des sujets.

— Et c'est tout ce qui compte : flanquer la pile à Kate.

— Pas seulement : j'ai enfin le seul reporter que je voulais vraiment, depuis vingt-trois ans que je dirige ce journal. J'ai attendu dix ans, mais je vous ai eu.

Le bruit d'un plongeon retentit à ce moment. Tournant la tête, Rourke aperçut quelqu'un qui s'éloignait en nageant devant l'étrave du yacht. Malgré la distance, il était impossible de ne pas constater qu'il s'agissait d'une femme et qu'elle était nue. Le clair de lune éclairait comme en plein jour. Les longs cheveux noirs de la nageuse traînaient derrière elle et son corps laissait un sillage phosphorescent dans l'eau immobile. Rourke jeta un rapide coup d'œil à Killinger. Celui-ci demeura impassible.

— Je n'ai pas dit oui, dit H.H.

Killinger sourit :

— Vous allez le faire. Vos reportages ne seront publiés dans aucun autre journal diffusé dans la région newyorkaise. Dans le reste des États-Unis, et le reste du monde, vous serez libre de les vendre à qui vous voulez. Si vous faites équipe avec un photographe, je le paierai.

— Plus trente pour cent.

— D'accord. Qui est-ce ? Ce Roumain ?

— Constantin Uricani.

— J'ai vu, dans le *National Geographic*, les photos qu'il a faites sur la Route de la Soie et bien sûr celles qui accompagnaient vos articles sur Shanghai, et dans le centre de la Chine. Il est très bon. Un dernier mot sur le sujet,

Rourke : on a dû vous apprendre que j'ai déjà eu un infarctus. Ma mort interromprait ce contrat dont nous venons de parler. Soit dit en passant, j'ai fait de votre fils mon héritier unique.

— Elle n'aurait pas voulu de votre argent, de toute façon.

— Je sais. Occupez-vous de Daniel. Vous l'avez conquis en trois semaines d'une façon stupéfiante. L'avez-vous fait à seule fin de la contrer, elle ?

— Non.

— Ne l'abandonnez pas.

H.H. secoua la tête, se mit à rire, secoua à nouveau la tête. Il allait raconter la scène au Chat-Huant, lui dirait son irritation, sa gêne, son incrédulité devant les réactions d'un Killinger — des Killinger père et fille s'entre-déchirant pour des raisons absurdes, puériles, irrationnelles. En le prenant en otage, lui, Rourke.

— J'ai déjà annoncé à Daniel que je partais demain, dit-il. En fait, je pars cette nuit, tout à l'heure. L'un de vos domestiques veut bien m'emmener dans la camionnette avec laquelle il va chercher le pain et les journaux à Santiago.

— Vos deux cents dollars vous seront versés à compter de lundi prochain. Par lettre ou par téléphone contactez Leo Sachs et dites-lui où et comment vous souhaitez recevoir l'argent. J'ai déjà fait établir votre carte de presse et vos accréditations. Uricani m'a fourni des photos de vous — sans s'en douter, inutile de lui casser la gueule quand vous le reverrez.

— Vous avez fait faire une enquête sur moi, n'est-ce pas ?

— Oui. En pensant trouver un point faible quelque part, que j'aurais pu utiliser contre elle. Nous n'avons rien trouvé. Je peux vous le dire à présent : je n'aurais pas aimé avoir à me battre contre vous. Pour toutes sortes de raisons sur lesquelles je ne m'étendrai pas et qui tiennent à la sympathie que vous m'inspirez. Mais il y a aussi ce fait qu'il est difficile de combattre quelqu'un qui se fout à ce point de l'argent, de la puissance et de la notoriété. Vous êtes un cas.

A ce moment, le piano se remit à jouer et la voix attaqua *Summertime*. Après s'être rafraîchie, Mona Cartwright avait regagné sa prison.

— Franchise pour franchise, dit H.H., vous commencez à me fatiguer.

De Santiago où il arriva avant l'aube, H.H. Rourke partit pour Guantánamo, où il avait l'intention de rechercher la trace du « Représentant de commerce en éléphants », dont le cuisinier de Karl Killinger lui avait conté l'histoire. Archibald Moffett ne s'y trouvait plus. On dit à Rourke qu'il était parti pour La Havane un mois plus tôt, avec ses quatre bestioles.

H.H. prit la piste. Sans hâte. Il retraversa toute l'île de Cuba sans lésiner sur les détours.

Il lui fallut huit jours pour retrouver Uricani qui l'attendait dans un lit avec deux magnifiques Cubaines couleur café.

14

Le représentant de commerce en éléphants

La secousse se produisit au moment même où H.H. et Constantin Uricani se hissaient sur une petite crête rocheuse afin d'y photographier, non pas encore les éléphants eux-mêmes (qu'ils n'avaient toujours pas réussi à voir), mais leurs traces.

Ils venaient à peine d'y accéder quand, comme le dos d'un gros chat qui s'étire, le sol s'arrondit brusquement sous leurs pieds. Un arbre aux larges feuilles palmées qui avait poussé là, de travers, dans une fissure du roc se redressa en s'ébrouant sauvagement. Quelque chose se mit à ronfler très fort, sous eux, et une dizaine de très larges fissures s'éloignèrent en zigzaguant à toute vitesse entre les herbes sèches. H.H. était tombé à quatre pattes, ce qui lui avait permis de se stabiliser. Mais Uri n'avait pas eu sa présence d'esprit, ne comprenant rien à ce qui arrivait. Encombré de ses appareils qu'il n'aurait pas lâchés dans un naufrage — et c'en était un, d'une certaine façon, un naufrage en pleine terre — il se retrouva à glisser sur les fesses le long de la pente. Il parcourut ainsi une dizaine de mètres et acheva sa course contre un palmier qu'il considéra avec indignation.

— Nom d'un chien, qu'est-ce que c'était ?

— Un tremblement de terre. Un petit.

— Et ce truc arrive souvent ?

— Le dernier date de 1932, il y a quatre ans, et a détruit une fois de plus la ville de Santiago. Tu comptes passer la journée avec un palmier entre les jambes ?

Uricani fit ses clichés. Sans aucune difficulté : la montagne ne fut plus agitée d'aucun soubresaut, elle se tint tranquille. Quant aux traces de pas laissées par les pachydermes, on ne voyait qu'elles — elles montaient, presque rectilignes, n'ayant pas d'autre destination apparente que les sommets de la sierra Maestra et plus précisément le pic Turquino, qui en était le point culminant.

— Surtout pour des éléphants. Et pas n'importe quels éléphants. Des éléphants venus des Indes ! On croit rêver. Où m'as-tu dis que nous étions ?

— Oriente. C'est une province.

— Mais nous sommes toujours à Cuba ?

— Tu le sais très bien.

— Je n'en sais rien du tout. Il y a seulement deux jours, j'étais à La Havane en train d'apprendre l'espagnol. Tu m'as tiré de mon lit en me disant de venir photographier des éléphants. Depuis tu as à peine desserré les dents et nous avons voyagé. On aurait très bien pu passer au Brésil sans s'en apercevoir.

— Nous n'avons pas franchi la mer et Cuba est une île.

— Tu es sûr ?

— Tu as vraiment besoin de parler autant ?

— J'en ai vraiment besoin. Nous autres New-Yorkais avons un grand sens de la communication. Tu as remarqué comment je parle admirablement l'américain, maintenant ?

Pas de réponse. Rourke allait deux mètres en avant, prenant soin de ne pas mettre ses pas sur la piste des éléphants, afin qu'Uricani pût la photographier. Ce qu'Uricani faisait, et n'avait cessé de faire depuis qu'ils avaient quitté La Havane. *J'ai maintenant la plus belle collection de traces de pas d'éléphants jamais réunie. Évidemment que je sais que Cuba est une île. J'essaie de dérider*

Hatchi, c'est tout. Il est sinistre, et le mot est faible, jamais je ne l'ai vu ainsi...

Uricani s'arrêta. Depuis maintenant deux bonnes heures que l'on marchait, après avoir abandonné la voiture, H.H. avait mené un train d'enfer.

— Si on soufflait un peu ? Moffett ne peut plus nous échapper.

H.H. Rourke fit encore cinq pas puis s'assit sur le premier rocher venu. Il allongea les jambes et alluma une cigarette, le regard dans le vague. Uricani découvrait son profil gauche, qui, au contraire du droit, était dur et cruel.

— Je suppose, dit le photographe roumain, que je ne dois toujours pas te parler de ma rencontre avec le Kaiser Karl Killinger, la semaine dernière à New York ?

— Non.

— Et comme il ne m'a rien expliqué, et toi non plus, je n'ai toujours pas le droit de savoir pourquoi je me retrouve à travailler pour lui et surtout, pourquoi H.H. Rourke, le *grand chasseur solitaire*, a soudain accepté de bosser pour ce type.

— Non plus.

— Parfait, dit Uricani. Et je dois bien sûr éviter toute allusion à ma rencontre avec quelqu'un dans le Queens, quelqu'un qui est grande, belle, qui a des yeux bleus extraordinaires et avec qui j'étais très copain quand nous étions en Chine ensemble.

— Si tu fermais un peu ta gueule, Uri ?

— J'ai vraiment un formidable sens de la communication, tu sais. Deux années à New York et me voilà tout transformé ! J'ai acquis une intuition du feu de Dieu. Par exemple en ce moment, je crois comprendre que je devrais changer de sujet. De quoi pourrais-je bien parler qui m'évite de me faire casser la figure par un type qui est peut-être mon ami, mais qui a un caractère de cochon ?

Il leva le nez et considéra la piste des éléphants.

— Tu me prêtes ta lunette, Hatchi ?

Uricani attrapa l'instrument d'optique au vol, le pointa, mit au point, observa un bon moment les lignes de crête. Le paysage réunissait toutes les nuances de vert ; vert vif et cru par endroits, et plus sombre là où des forêts s'étendaient. Au-delà d'une certaine altitude toutefois, aux environs de quinze cents mètres, les arbres s'interrompaient, cédant à la broussaille. La lunette passa sur ces hauteurs sans déceler aucun mouvement. Ce fut en suivant par jeu le vol lent d'un grand rapace planant sur un fond de ciel boursouflé de nuages gris qu'Uricani repéra soudain le petit groupe en train de longer un escarpement pour y chercher un passage.

Sept points. Quatre silhouettes massives, on ne pouvait plus reconnaissables, et trois autres bien plus petites.

— Je les vois, Hatchi. Archibald Moffett, ses deux filles et ses quatre éléphants. Venus tout exprès du fin fond des Indes pour d'abord arpenter Cuba de long en large et ensuite grimper au sommet de l'île, tout en haut d'une montagne, où il n'y a strictement rien. Je dois admettre, il y a en effet de quoi être intrigué. *Je suis intrigué.* Et je le dis. Est-ce que je peux au moins aborder ce sujet de conversation-là ?

— Celui-là, oui, dit H.H.

Constantin Uricani et H.H. Rourke s'étaient connus à Bucarest. Leur premier vrai reportage en commun avait été l'affaire de l'Ogre des Carpathes. Ils avaient poursuivi leur collaboration au Moyen-Orient, puis en Chine, en Indochine et en Birmanie. Une séparation s'était alors produite, quand Uri avait épousé une de ses compatriotes établie à New York. Expérience qui s'était vite avérée décevante. En épousant une aguichante brunette, il s'était retrouvé marié à une horde de sœurs et de tantes, tout ce monde attendant de lui qu'il consacrât le reste de ses jours à photographier des mariages et des bambins en train de batifoler dans leur bain, à rentrer chaque soir à six heures trente, à prendre du ventre et à barrer le ventre en question d'une chaîne de montre en or. « Hatchi, c'était te rejoindre ou m'enrôler dans la Légion étrangère. Je n'ai que vingt-six ans et j'ai déjà fait deux enfants à ma femme. Elle a de quoi s'occuper... Je ne la laisse pas seule... »

En Chine, Uricani avait erré avec H.H. et Kate plus de deux années durant. Il éprouvait pour l'un et l'autre la plus grande affection. Lui qui ne croyait pas en grand-chose ressemblait de ce point de vue à Rourke : il était définitivement convaincu que les événements du monde se divisaient en deux catégories, ceux qui valaient la peine d'être photographiés, et les autres. A cela s'ajoutait la certitude qu'en interposant l'objectif de l'un de ses appareils entre lui-même et quelque sanglante imbécillité, il ne risquait plus rien. Lui donc qui ne croyait presque à rien, sinon à l'amitié, avait été bouleversé quand le couple s'était défait.

Il n'en était pas à penser qu'il s'était lui-même marié à seule fin de rétablir une sorte d'équilibre, mais presque.

Après que Kate fut partie de Shanghai, lui et H.H. avaient pas mal roulé leur bosse. Il avait retrouvé le Rourke ordinaire — qui lui convenait tout à fait —, collectionneur de personnages et d'histoires hors du commun. Mais à un degré encore plus poussé. Pendant quelque temps, ç'avait été à croire qu'il cherchait inconsciemment à se faire tuer. Mais non. Comment s'appelait déjà ce petit Anglais au chapeau melon, à Paris ? Ah oui, le Chat-Huant. Eh bien, il se trompait en s'inquiétant autant pour Hatchi et surtout en disant de lui qu'il était difficile à comprendre. Difficile à comprendre, Rourke ? Quelle blague ! On avait tout compris de lui quand on savait qu'il était capable des plus grandes tendresses quand il aimait quelqu'un d'amour ou d'amitié. Et qu'il faisait tout pour le cacher, *y compris menacer de me casser la gueule, ce qu'il ne fera jamais, je suis bien tranquille...*

Durant tout le temps qu'il avait vécu à New York — à photographier des mariages, donc — Constantin Uricani n'avait rencontré Kate qu'à deux reprises. La première fois, il s'était rendu dans le Queens, à Buckingham Street, en apprenant qu'elle recherchait des photographes pour son futur journal. Beau prétexte. Il n'avait aucune intention de travailler dans la presse quotidienne. On le lui avait déjà offert et il avait à chaque fois refusé. Il préférait encore les mariages, tant qu'à faire. Kate ne s'y était pas laissé prendre. « Je sais et tu sais que ce n'est pas un travail pour toi, Uri. » Ils avaient bavardé et ça n'avait pas été facile de maintenir dix minutes de conversation sans prononcer une seule fois le nom de Rourke. Pas facile et très désagréable.

Cela c'était passé en octobre 34. Il n'était jamais retourné la voir, avait cependant eu régulièrement de ses nouvelles — Ben Fein, chef photographe du *DAY*, se trouvait être un cousin éloigné de sa belle-famille.

La deuxième rencontre, provoquée cette fois par Kate, datait à peine de sept jours. Uricani venait d'arriver (en retard à son habitude) au magasin de photo qu'il tenait avec son beau-père, sur Sheridan Avenue dans le Bronx. Jake Lerner, ledit beau-père, lui fit une fois de plus remarquer qu'il était huit heures quarante du matin, et non huit heures, puis lui apprit qu'on l'avait demandé. Une femme. Uricani traversa la chaussée et s'installa à côté de Kate dans un restaurant. Ce jour-là, elle lui dit avoir appris la présence de H.H. Rourke à New York. « Je ne sais où le joindre, Uri. Je suppose que vous vous êtes vus, tous les deux... Tu vas retravailler avec lui ? J'aimerais bien. Il est trop seul. Transmets-lui seulement un message : dis-lui que je veux le voir et lui parler. Quand il voudra. »

Brève rencontre. Elle avait évoqué un rendez-vous et ne s'était pas attardée. La longue voiture noire conduite par son chauffeur à moustache l'avait emmenée, laissant Uricani des plus perplexes, et mal à l'aise aussi. Il n'avait pas la moindre idée de l'endroit où Rourke pouvait se trouver. Il était sans nouvelles de lui depuis presque un mois. Le reste de cette journée, décidément fertile en rebondissements, avait été marqué par trois autres événements : d'abord le télégramme de Hatchi lui demandant de rallier La Havane sous trois jours *tous frais payés par Leo*. Puis le Leo en question, répondant en fait au nom de Sachs, s'était manifesté, lui avait appris que le *Morning News* venait de l'engager, à un salaire princier, pour travailler exclusivement avec monsieur H.H. Rourke...

... Sur quoi le dernier événement s'était produit : Leo Sachs avait conduit Uricani jusque dans le bureau de Karl Killinger en personne. « Monsieur Killinger tient à connaître personnellement tous ceux qui travaillent pour lui. » L'entrevue avec le père avait été encore plus courte que celle qu'il avait eue avec la fille. Killinger lui avait posé quelques questions, s'était engagé à faire accélérer les formalités de sa naturalisation, lui avait demandé de lui parler des relations ayant existé entre Rourke et Kate, n'avait pas du tout paru surpris de la réponse d'Uricani l'envoyant (diplomatiquement) au diable. Avait dit d'accord-vous-êtes-engagé-monsieur-Sachs-s'est-déjà-occupé-de-vos-accréditations-et-de-vos-billets-pour-La-Havane-je-vous-souhaite-bonne-chance...

Et Uricani s'était retrouvé à La Havane, à la fois ahuri et enchanté, conscient d'être emporté par les péripéties d'une bataille qui ne le concernait pas, croyant même avoir été la victime d'une plaisanterie. Jusqu'au moment où Hatchi Rourke entrant dans la chambre d'hôtel, où il patientait dans des bras affectueux de deux joueuses de maracas, lui avait confirmé d'un simple signe de tête que tout était vrai, qu'ils travaillaient bel et bien désormais pour Karl Killinger et que oui, il avait entendu le message, Kate voulait le voir d'accord, il avait compris, inutile de le répéter trente-six fois...

Et, alors que les deux musiciennes renfilaient à la hâte leur costume de scène — pailleté — fort succinct, Hatchi s'était mis à parler d'éléphants. Ce qui, sur le moment, n'avait pas peu contribué à accentuer le trouble de Constantin Uricani.

L'homme aux éléphants se nommait Archibald Moffett. Pour autant qu'on le sût à Santiago de Cuba, Guantánamo, Camagüey, Santa Clara, La Havane et dans tous les endroits où il était passé avec ses quatre monstres et ses deux filles, il venait des Indes. Et directement : aucun doute, il avait effectivement débarqué du *Sheetah Star*, un cargo *tramp* venant de Calcutta et qui, avant de se traîner jusque dans le port de La Havane, avait fait précédemment escale à La Nouvelle-Orléans.

Moffett avait présenté des passeports britanniques à la police d'immigration cubaine. Plus exactement, l'une de ses filles l'avait fait, lui n'avait pas ouvert la bouche. La même jeune fille, pour justifier l'importation des éléphants, avait affirmé qu'il s'agissait d'échantillons comme en transporte avec lui tout représentant de commerce. Les douaniers avaient fini par se laisser convaincre, vaincus par la patiente obstination de la porte-parole et surtout par le fait qu'ils n'auraient pas su où entreposer les « échantillons ».

L'incroyable équipée avait alors commencé. Portant sur leur dos leurs propriétaires, les éléphants avaient pris la route, sans s'attarder à La Havane. Si le but de Moffett était réellement de trouver des acheteurs, ce n'était visiblement pas dans la capitale cubaine qu'il comptait les contacter.

De leur pas lent et chaloupé, les pachydermes étaient arrivés à la ville de Matanzas, dans la province du même nom. Les Moffett n'y étaient pas non plus restés. Tout le long du parcours depuis La Havane, le trio avait chaque nuit dormi à la belle étoile, s'écartant des routes et s'efforçant seulement de fournir de l'eau aux bêtes. Tous les témoins interrogés par H.H. étaient formels : aucun n'avait pu échanger un mot avec Moffett lui-même, seules les jeunes filles — qui pouvaient avoir vingt ans — répondaient très laconiquement aux questions et servaient toujours la même histoire, celle du voyageur de commerce représentant en éléphants. Que cette histoire fût absurde et qu'elle le devînt chaque jour davantage, les demoiselles Moffett ne semblaient guère s'en inquiéter. A Rourke, on les avait décrites comme jolies mais sans plus, très déterminées, s'exprimant entre elles dans une langue inconnue et peut-être aussi, selon certains, faisant en sorte de ne laisser nulle chance à quiconque d'approcher leur père qui, perdu dans un rêve, ne se préoccupait guère que de ses éléphants...

A Matanzas, deux péripéties s'étaient produites. La première carrément incroyable, et restée inexpliquée : les Moffett avaient conduit leurs éléphants sur le sommet des collines fermant au nord la petite ville, puis en étaient redescendus sans s'être même arrêtés. La raison pour laquelle ils avaient fait monter quarante tonnes d'éléphants à cinq cent mètres d'altitude était demeurée un mystère opaque.

La deuxième péripétie avait eu la gare de Matanzas pour théâtre : les demoiselles Moffett s'y étaient enquises du prix à payer pour l'embarquement de quatre éléphants sur un train. Pour quelle destination ? Après une longue concertation dans leur jargon incompréhensible, elles avaient répondu que la destination leur importait peu, pourvu qu'il y eût des montagnes à l'arrivée. Le chef de gare leur avait révélé qu'à Cuba, ce n'étaient pas les sierras qui manquaient ; et de citer la cordillère de Las Villas, les sierras de San Juan, Trinidad et Sancti Spiritus ; ou mieux encore la sierra Maestra dans la province d'Oriente, qui n'était pas la porte à côté. Nouvelle concertation. Au terme de laquelle les jeunes filles avaient bel et bien retenu deux wagons plats et payé le transport aller et retour Matanzas-Santiago de Cuba-La Havane, pour quatre éléphants et trois personnes. Elles avaient annoncé leur intention d'interrompre leur voyage, si elles trouvaient en cours de route ce qu'elles cherchaient, sans préciser, et avaient aussi demandé si elles pourraient se faire rembourser de la différence, au cas où elles n'iraient pas jusqu'au terminus à l'ouest, à Santiago de Cuba. La réponse affirmative les avait satisfaites — l'embarquement avait eu lieu le lendemain.

Les Moffett avaient voyagé en plein air, dormant entre les pattes de leurs bêtes qu'ils nourrissaient de cannes à sucre, eux-mêmes s'alimentant avec parcimonie. D'évidence, ils n'avaient pas beaucoup d'argent. Ils avaient interrompu leur voyage durant dix jours, à Santa Clara, le temps de se rendre dans les sierras du sud de la province. Mais ils avaient repris le train, n'ayant apparemment pas trouvé la montagne à leur goût et ignorant, sans la moindre esquisse d'un sourire, la curiosité suscitée par leurs pérégrinations. Le père, de plus en plus perdu dans son rêve, restait silencieux. Il n'était pas muet, pourtant : plusieurs témoins l'avaient entendu parler, à ses éléphants surtout, dans cette fameuse langue inconnue.

Ainsi étaient-ils tous arrivés à Santiago. H.H. Rourke devait par la suite découvrir que cette arrivée avait précédé la sienne, à bord de l'avion de Karl Killinger, de deux semaines exactement.

... Et la piste alors s'était interrompue. A leur habitude, les Moffett n'étaient pas demeurés en ville. On les avait vus — comment ne pas les voir ? — prendre la direction de la Gran Piedra, la Grande Pierre, montagne culminant à plus de douze cents mètres, entre Santiago et Guantánamo. Ils s'étaient enfoncés dans une zone à peu près déserte et, aussi étonnant que cela pût paraître, nul depuis lors n'avait plus revu les éléphants.

H.H. Rourke et Uricani mirent six jours à retrouver leur piste, après avoir reconstitué tout leur itinéraire depuis La Havane. Revenu à Santiago, il avait parié sur la sierra Maestra et les deux mille mètres du mont Turquino, pour cette seule raison que c'était là le sommet le plus élevé de l'île, au cœur d'un massif montagneux désertique de deux cents kilomètres environ de long sur trente de large.

C'était là l'autre pari qu'il avait fait, la deuxième intuition qu'il avait eue : que les demoiselles Moffett et leur père recherchaient la plus haute montagne possible, et la solitude.

Sans avoir évidemment la moindre idée des raisons de cette quête.

— C'est peut-être une sorte de pèlerinage qu'ils font, suggéra Uricani.

— Sur le Turquino ?

— C'est peut-être une montagne très connue, aux Indes.

— Ha-ha, dit H.H.

— Ou alors ils veulent entraîner leurs éléphants à l'alpinisme. Tu me diras que dans ce cas, il valait mieux aller directement dans les Alpes. Quand on vient de Calcutta, c'est plus près.

— Voilà.

Uricani escaladait péniblement une forte pente boueuse, que les éléphants avaient contournée tant elle était raide. Plus besoin de lunette d'approche, à présent : on apercevait à l'œil nu les pachydermes, et, sur leur dos, les silhouettes des trois Moffett.

— Ils nous ont vus, Hatchi.

— Très bien.

Le sommet du Turquino se dressait à environ cinq kilomètres sur la droite. Vu la raideur de la pente, il semblait douteux que des éléphants pussent y parvenir.

— Sauf si les demoiselles les transportent sur leurs épaules.

La plaisanterie du Roumain tomba à plat.

— Tu es vraiment sinistre, Hatchi, tu sais.

Uricani franchit les trois derniers mètres à quatre pattes et se redressa, hors d'haleine. En coupant comme Rourke et lui venaient de le faire, en prenant les dévers de front, ils avaient gagné beaucoup de terrain sur les Moffett.

— Nous les aurons rejoints dans une demi-heure. Je n'en peux plus. J'ai perdu l'habitude de marcher, à New York.

Uricani s'assit dans l'herbe rase, posant près de lui sa grosse sacoche qu'alourdissait une douzaine de kilos de matériel.

— Nous allons les rejoindre, tu arriveras sûrement à leur faire dire ce qu'ils peuvent bien fabriquer là, avec des éléphants. Et je ferai mes photos. Mais après ?

H.H. fumait, yeux plissés pour se protéger de la fumée.

— Je veux dire : après ce reportage, Hatchi ? Ne me dis pas que nous allons repartir en Chine, ou au Brésil...

H.H. ramassa la sacoche de matériel photo de la main droite, la gauche tenant le sac à soufflets, et attaqua la pente suivante.

— Remarque bien que je n'ai rien contre le Brésil, poursuivit Uricani. C'est certainement joli, le Brésil. On m'a dit le plus grand bien des Brésiliennes. Mais on devrait repasser par New York, avant. Je ne parle pas du rendez-vous que quelqu'un a sollicité de toi, par mon entremise — qu'est-ce que je cause bien ! Non, ça, c'est un sujet tabou, que je ne dois même pas effleurer. Je n'y fais donc pas la moindre allusion. Pas un mot de ce quelqu'un que j'aime bien, malgré ce caractère qui me rappelle quelqu'un d'autre. Il fallait vraiment qu'elle soit au trente-sixième dessous pour venir me voir et me demander d'intervenir, toute honte mangée...

— Bue, dit Rourke.

— C'est vrai qu'elle avait l'air crevé. Elle a maigri. Elle a des cernes sous les yeux, ça ne la rend pas moins belle, mais elle n'en peut plus. Son père lui en a sacrément fait baver. Mais chut, pas un mot, je n'ai rien dit, silence total. Motus ! Qui oserait se permettre de faire des réflexions à Hatchi Rourke ? Sûrement pas moi.

H.H. était déjà à trente mètres. Uricani avait élevé le ton à mesure qu'il s'éloignait. H.H. peinait avec une rage froide très visible, ne portant pas la sacoche en bandoulière, ainsi que le faisait le Roumain, mais seulement par la poignée. Si bien que ses deux mains étaient prises et qu'il ne disposait que de ses jambes, pour grimper.

Uricani se redressa et se remit en marche, sans hâte. Il montait bien plus aisément sans le matériel, pas de doute.

— Non, si je parle de New York, c'est à cause de ma femme et de mes petits enfants. Je suis parti si vite que je n'ai même pas eu le temps de les embrasser, rends-toi compte. Tout est arrivé le même jour : ton télégramme et Kate, dont la seule vue me rend malade, tant elle est triste et abattue tout en faisant tout pour le cacher. Mais je ne dois surtout pas en parler. Ensuite, dans les heures qui ont suivi, ce Leo Sachs qui prend contact avec moi et me donne de l'argent et des billets, et enfin le Kaiser Karl Killinger qui m'informe qu'Hatchi Rourke et moi travaillons désormais pour lui. Ce qui, soit dit entre nous, m'a tout l'air d'une belle saloperie faite à Kate dont je me garderais bien de prononcer le nom ; mais peut-être que ce sera le coup de grâce, pour elle...

Tout au long des deux cents mètres suivants, Uricani

fut bien obligé de se taire. Il fallait escalader une paroi quasi verticale. Suivre le train de Rourke nécessita toute son énergie et tout son souffle. *Comment s'est-il débrouillé pour passer là sans ses mains ? Faut-il que je l'énerve, quand même !*

La pente s'adoucit tout de même un peu.

— Parce que ça va lui faire chaud au cœur, d'apprendre que H.H. Rourke est maintenant aux ordres de son père...

Lâchés par H.H., les douze kilos de la sacoche glissèrent au long de la déclivité. Uricani saisit son matériel au vol.

— C'est lourd à porter, hein, Hatchi ?

A cinquante mètres en dessous des Moffett et de leurs éléphants, H.H. s'arrêta, imité par Uricani dix pas derrière. Le Roumain avait commis une erreur d'appréciation : il leur avait fallu près de deux heures, et non trente minutes, pour les rejoindre.

— Ça n'a l'air de rien, mais ça avance, ces bestioles, avec leurs gros pieds.

— Tais-toi, dit H.H.

L'une des jeunes filles se détacha, sortit de l'abri constitué par un long et étroit auvent rocheux. L'air était vif, presque froid, la nuit était imminente. Contrairement à ce que l'on aurait pu prévoir, les nuages n'avaient pas crevé et il n'avait pas plu, pas encore.

La jeune fille marchait lentement vers H.H. Elle était chaussée de grosses bottes surmontées de leggins à rubans de cuir flottant un peu, et dont la partie supérieure disparaissait sous les plis de sa jupe large. Un gros chandail à col roulé, une veste d'homme un peu trop grande et pas de première fraîcheur, un chapeau de toile à l'australienne complétaient sa tenue. Ses deux mains étaient plongées dans les poches du veston.

— A mon avis, elle est armée, souffla Uricani.

H.H. acquiesça. Il avait remarqué, lui aussi. Son regard dépassa la jeune fille et se porta sur le groupe en retrait. L'autre sœur Moffett — étaient-elles sœurs ? — était debout et immobile. D'Archibald Moffett — était-ce son nom ? — on ne distinguait que les jambes. Il était allongé sur le sol et le reste de son corps était caché par la masse grise du seul des éléphants qui se trouvait couché. Les trois autres attendaient, comme figés, trompe basse et inerte, et leur présence dans ce décor de montagne cubaine était réellement surréaliste.

— Qui êtes-vous ? Que voulez-vous ?

L'accent était britannique, peut-être légèrement écossais.

— Des journalistes, répondit H.H. Je me nomme Rourke et voici Constantin Uricani.

— Allez-vous-en.

— Il n'en est pas question et j'en suis désolé. Tout comme je suis certain que vous n'allez pas nous tirer dessus.

Elle avait en effet une vingtaine d'années et n'était pas sans charme. Le teint clair rosissait à hauteur des pommettes sous l'effet de l'altitude et de la fraîcheur de l'air. Les joues étaient rondes, le nez court et retroussé ; la bouche assez charnue avait une expression boudeuse et enfantine qui contrastait avec la sévérité du regard. Encadré par d'épais cheveux blonds et très bouclés, qui n'avaient visiblement pas été démêlés depuis plusieurs jours, ce visage un peu poupin correspondait tout à fait à la description qu'on en avait fait à H.H. : assez joli et exprimant la plus grande détermination.

— N'en soyez pas si sûr, dit-elle.

Elle sortit le pistolet de sa poche droite et le braqua.

— Je crois que je vais aller parler à votre père, dit alors H.H. Et selon ce qu'il me dira, nous nous en irons, en effet.

« *Je mise sur ce que l'on m'a dit d'elle et de sa sœur : que durant toute la traversée de Cuba, sur neuf cents kilo-*

mètres de La Havane à Santiago, elles ont toujours fait en sorte qu'on ne puisse pas s'adresser à Archibald Moffett, mais seulement à elles... »

H.H. fit deux pas en avant. Elle leva la main qui ne tenait pas l'arme :

— Attendez.

Il s'immobilisa.

— Je vais répondre à vos questions, monsieur.

— Merci, dit H.H. Pouvons-nous prendre des photos ?

— Il entendra le déclic des appareils et devinera qui vous êtes.

Il fallut à H.H. plusieurs secondes pour comprendre. Il demanda :

— Il est aveugle, c'est ça ?

— Oui.

— Je peux travailler au télé, dit Uricani. Je peux presque faire des gros plans d'ici. (Voyant que la jeune fille ne comprenait pas, il précisa :) Il s'agit d'un téléobjectif. Il n'entendra rien.

— Je répondrai à vos questions et vous prendrez vos photos, dit la jeune fille. Si vous me promettez de... de ne pas lui révéler que nous avons menti.

Et bien entendu, H.H. Rourke demanda en quoi consistait ce mensonge qui ne devait pas être dévoilé.

— Il croit que nous sommes au Pérou, répondit la jeune fille.

Elles n'étaient pas les filles, mais les petites-filles d'Archibald Moffett. (Donc, c'était son vrai nom). Qui avait soixante-quatorze ans. Ils venaient tous les trois d'Assam, l'État le plus au nord-est des deux Indes, sous le Bhoutan et l'Himalaya oriental, à la frontière de la Birmanie. Elles se nommaient Esther et Felicia.

Elle avait vingt et un ans, sa sœur dix-neuf. Leur grand-père était le seul membre encore vivant de leur famille. Elles étaient nées à Imphal, leurs parents étaient morts au cours d'un voyage qu'ils faisaient en Europe, elles les avaient peu connus. Jamais elles n'avaient quitté l'Assam avant ce voyage...

Archibald Moffett était le fils d'un sous-officier de l'armée du Bengale ayant combattu contre les Cipayes en révolte. Il avait vu le jour à Dacca, fait ses études à Calcutta, était devenu ingénieur. Il construisait des ponts, et avait perdu la vue à la suite d'une chute d'un échafaudage, quelque part sur le haut Brahmapoutre, dans la région de Dibrugarh.

— Il nous a recueillies, Felicia et moi. Nous l'aimons beaucoup. Je vous aurais vraiment tué, monsieur, si vous lui aviez révélé notre mensonge. Nous savons nous servir d'une arme, croyez-le.

Toute sa vie, Archibald Moffett avait rêvé du Pérou. L'un de ses grands-oncles qui se nommait Petrie s'y était rendu, avec des éléphants justement. Il avait écrit d'endroits comme Callao, Lima, Cuzco ou du lac Titicaca, disant qu'il avait fait fortune grâce à ses éléphants, dans un pays où on ne connaissait que des bêtes bien plus petites appelées des lamas.

— Nous avons encore ces lettres, monsieur. Vous pourrez les lire si cela vous intéresse. Non, bien sûr, nous ne croyons pas beaucoup, Felicia et moi, à ce qu'elles disent. Mais ce n'est pas ce que nous croyons qui compte. Grand-père voulait faire fortune pour nous...

... Car il était impossible de comprendre l'histoire de Moffett et de ses petites-filles sans connaître toutes les données. Esther et Felicia avaient passé toute leur vie en Assam dont jamais elles n'étaient sorties, et qu'elles voulaient quitter pour l'Europe ou l'Amérique, pour n'importe quel endroit où il fût possible de vivre d'une autre manière qu'à Imphal, où elles étaient des enterrées vivantes. Etait-ce si difficile à comprendre ? Et pouvait-on leur reprocher d'avoir fait semblant de croire à un rêve ? Surtout quand ce rêve s'accordait avec leurs propres désirs ? Au début, cela avait duré des années, elles avaient tout fait pour dissuader leur grand-père de s'en aller à l'autre bout du monde. Mais il n'en avait jamais démordu. Il avait économisé sou à sou sur sa retraite, avait gardé l'argent que la compagnie lui avait versé pour le dédommager de son accident, et de sa cécité. Et elles-mêmes avaient commencé à travailler aussi, Esther comme institutrice, Felicia comme aide-infirmière. Que pouvait-on faire d'autre à Imphal ? Elles s'étaient mises à épargner, également. Au début d'octobre de l'année précédente, Archibald Moffett s'était mis à souffrir, ou du moins avait révélé qu'il souffrait, et depuis longtemps ; il ne pouvait plus le cacher désormais. Et le médecin ne leur avait laissé aucun espoir, c'était grave avait-il dit, il ne croyait pas que Grand-Père pût survivre très longtemps au-delà de six mois. Elles avaient cru alors que c'en était fini du projet de grand voyage. Mais non. Au contraire. Moffett les avait pressées, disant qu'il fallait partir au plus vite, qu'il s'en irait seul si elles ne voulaient pas l'accompagner…

On avait déjà les éléphants. Cinq éléphants — un allait mourir en route, plus tard — que l'on avait achetés dix-huit mois plus tôt, très jeunes pour les payer moins cher. Grand-Père avait obtenu une aide de son ancienne compagnie où il avait encore des amis. Aller d'Imphal à Calcutta avait été plus facile que prévu. Les difficultés avaient commencé dans l'ancienne capitale de l'empire, sur les quais au long de l'Houghly, dans les bureaux des compagnies de navigation. Il n'y avait aucun navire qui allât à Callao au Pérou, ou alors pas avant des mois. A moins de prendre plusieurs bateaux à la suite, mais comment faire ? Tous n'étaient pas d'accord, ou équipés, pour embarquer des éléphants comme fret. Et puis il y avait les prix. Leurs économies à tous trois, le montant de la vente de la maison d'Imphal et des quelques bijoux que l'on avait encore, tout cela ne faisait pas tant d'argent. Cela en faisait même si peu qu'il était apparu impossible de se rendre dans la cordillère des Andes. Impossible. Et l'on était à Calcutta, où l'on ne connaissait personne, où l'on vivait dans deux petites chambres, à dépenser de plus en plus d'argent, Grand-Père demeurant insensible à toute espèce de raisonnement et elles-mêmes voyant bien que la seule solution raisonnable eût été de revenir à Imphal. Mais on rejeta avec détermination cette solution qui aurait été un constat d'échec et la renonciation définitive, sans doute, à tous leurs espoirs de quitter l'Assam.

— L'idée de mentir est de moi, monsieur. Je n'avais pas le choix. Il s'affaiblissait chaque jour davantage et plus nous attendions, moins grandes étaient nos chances. Je n'ai pas honte. Je le referais.

... Elles n'avaient trouvé qu'un cargo, très sale et très rouillé, un *tramp*, c'est-à-dire qu'il ne suivait pas de ligne régulière mais allait dans tout port où il avait une chance de trouver du fret. Le capitaine Joshua Watts était écossais. Elles avaient durement marchandé avec lui. Pas seulement quant au prix du voyage, mais aussi sur ce qu'il devrait dire, ce que les neuf hommes de son équipage devraient dire lorsque Grand-Père serait à bord : que le bateau allait au Pérou, à Callao et Lima, et nulle part ailleurs, que chaque escale l'en rapprochait, quelle que fût la destination réelle... (Il allait à La Nouvelle-Orléans !)

Et tout s'était passé ainsi. C'était devenu comme un jeu à bord du *Sheetah Star* : les Malabars et les Sino-Malais de l'équipage n'avaient pas manqué une occasion d'évoquer les Andes péruviennes (dont ils ignoraient tout) quand ils parlaient au vieil aveugle. Madras était devenu Rangoun, Colombo avait été transformé en Singapour ; touchant Mombasa, on avait prétendu être aux Philippines ; l'escale de Capetown, après avoir doublé le cap de Bonne-Espérance, avait été présentée comme un arrêt dans les îles Marshall. On avait évidemment substitué le

Pacifique à l'Atlantique et que l'on parlât anglais lors de l'escale suivante n'avait rien pour surprendre, puisque l'on était au Liberia sur la côte orientale d'Afrique — l'aveugle se croyant à Honolulu dans les îles Hawaï.

Ayant embarqué l'un des premiers chargements de la nouvelle production libérienne de caoutchouc, le *Sheetah Star* s'était alors engagé dans la traversée de l'Atlantique, à destination de La Nouvelle-Orléans. Qui avait été l'étape la plus périlleuse du voyage : comment expliquer l'accent des débardeurs noirs de Louisiane à quelqu'un convaincu de se trouver dans quelque port d'Amérique du Sud ? On s'en était tiré par des prodiges d'invention, grâce à une véritable conjuration de l'équipage tout entier...

— Ils ont tous été tellement gentils, monsieur. Nous avons pleuré en les quittant, ma sœur et moi...

Le capitaine Joshua Watts, à La Nouvelle-Orléans, avait trouvé une cargaison pour Recife-Pernambouc au Brésil, où il devrait charger du café et du sucre destinés à Londres. Il avait déconseillé aux demoiselles Moffett de débarquer en terre brésilienne. D'abord on y parlait le portugais et non l'espagnol, et peut-être le vieux serait-il capable de faire la différence. Non, le mieux, c'était de débarquer à Cuba. On y parlait l'espagnol et il s'y trouvait des montagnes, selon les cartes, assez hautes pour donner le change. Et le capitaine avait des comptes à rendre à ses armateurs. Déjà il avait transporté la famille Moffett et les quatre éléphants survivants bien au-delà des limites accordées par le prix payé pour les passages...

— En écrivant votre reportage, monsieur, dites bien que le capitaine Watts a fait tout ce qui était humainement possible pour aider Grand-Père à réaliser son rêve...

On avait donc débarqué à La Havane, on avait suivi l'itinéraire qu'avait retracé H.H. Rourke, essayant çà et là des montagnes, faisant semblant d'escalader les Andes.

Quelques jours plus tôt, c'était après Santiago, le vieil

aveugle avait semblé mourir. De trois jours il n'avait pas ouvert la bouche. Elles avaient pensé que le voyage allait s'achever là, dans une cabane de paysans cubains avec lesquels elles ne pouvaient échanger un mot. Mais non, il s'était relevé, elles étaient parvenues à le hisser à nouveau sur l'éléphant, et ils avaient pris la direction des sommets.

— Comment nous avez-vous trouvés, monsieur Rourke ?

— Les traces. Comment va votre grand-père ?

— Il a perdu connaissance trois fois ce matin, et deux fois cet après-midi. Nous avons dû l'attacher pour qu'il ne tombe pas de la bardelle, pendant la montée.

— Et maintenant ?

Esther Moffett fixa H.H. :

— Ne vous y trompez pas, dit-elle. Il souffre beaucoup et il va mourir. Mais son esprit est très clair.

— Je voudrais lui parler, dit H.H.

La bardelle était une sorte de gros matelas fait de bourre et d'un prélart très vraisemblablement pris sur le *Sheetah Star*. Grelottant, les yeux clos, Archibald Moffett gisait dessus, couvert d'un épais caban de marin. Apparemment, il était capable d'endurer sans se plaindre la douleur sans doute atroce du mal qui le rongeait, mais il ne parvenait pas à se préserver du froid, pourtant très relatif.

A H.H. on l'avait décrit comme un homme d'assez haute taille, maigre, avec une forte chevelure blanche... Moffett était plus que maigre, il était squelettique.

— Monsieur Moffett ?

— Je vous ai entendu approcher...

L'accent écossais était bien plus net que chez les jeunes filles. Le phrasé de la voix avait quelque chose de forcé, chaque syllabe détachée, et comme poussée hors de la poitrine.

— Puis-je faire quelque chose pour vous, monsieur Moffett ?

— Me dire où nous sommes.

Le regard de H.H. alla chercher successivement celui d'Esther et de Felicia.

— A peu près à mi-chemin entre Arequipa et Cuzco, répondit H.H. qui, quelques années plus tôt, avait séjourné au Pérou, à Lima surtout, et était bel et bien monté jusqu'à Cuzco, puis jusqu'à l'ancienne ville fortifiée inca, Machupicchu, découverte une quinzaine d'années avant sa venue par un Américain.

— A quelle altitude sommes-nous ?

— Peut-être dix-huit cents mètres.

H.H. avait hésité, ne voulant pas contredire les affirmations des jeunes filles. Il nota l'acquiescement d'Esther.

— Puis-je vous demander ce que vous faites dans les montagnes du Pérou, monsieur Rourke ?

— Je vais visiter une ville appelée Machupicchu. Et je ne m'attendais pas à trouver des éléphants sur ma route.

Sa dernière phrase n'avait d'autre but que d'amener Moffett à parler. Elle n'eut aucun résultat. Le corps décharné se tendit sous l'effet d'un spasme de douleur, un halètement monta, les mains puissantes de l'ancien ingénieur-bâtisseur de ponts sur le Brahmapoutre se crispèrent durement sur la toile du prélart.

— Laissez-le, maintenant, dit Esther.

La nuit était tombée. A la lueur du feu qu'ils allumèrent eux-mêmes, Rourke et Uricani partagèrent leurs provisions avec les jeunes filles — Moffett ne voulut rien manger. Le vieil homme ne remuait plus, ne grelottait même plus. Il était évident qu'il était en train de mourir. Ses deux petites-filles se relayèrent pour le veiller, lui parlant quelquefois dans cette langue inconnue dont elles avaient appris à H.H. qu'il s'agissait d'un dialecte dravidien de l'Assam. Il ne répondait pas.

Au lever du jour, il tenta de se dresser, parvint à se mettre à genoux. Il but un peu d'eau. Les jeunes filles firent s'agenouiller l'un des éléphants, installèrent leur aïeul sur le dos de l'énorme bête.

— On va les laisser faire, Hatchi ?

H.H. haussa les épaules. En supposant qu'il en eût eu le désir, ce qui n'était pas le cas, il estimait ne pas être en droit d'intervenir. Il restait un témoin, un spectateur, et seulement cela.

Les jeunes filles se hissèrent à leur tour sur le dos de deux autres éléphants. Mais le quatrième de ceux-ci, qui déjà était couché à l'arrivée de Rourke et Uricani la veille, refusa de se mettre debout.

Il fut abandonné. L'étonnant convoi se mit en marche.

Archibald Moffett mourut une heure plus tard. Sa tête retomba lentement, s'immobilisa sur son épaule et l'éléphant qui le portait s'arrêta presque aussitôt, tout comme s'il eût compris que la fin était venue.

Durant les soixante dernières minutes, les pachydermes n'avaient pas réussi à gagner plus de trente mètres en altitude. On s'était contenté de contourner les derniers hectomètres du Turquino, qu'on ne pouvait gravir.

Les jeunes filles ne voulurent pas être aidées. Elles descendirent le corps et creusèrent la tombe seules. Elles l'enveloppèrent dans le prélart, nouèrent autour de lui quelques-unes des cordes qui avaient servi de harnais, le déposèrent dans la tombe très pierreuse qu'elles s'étaient acharnées à creuser à partir d'une anfractuosité. Tour à tour, elles se relayèrent pour graver maladroitement une pierre tombale :

ARCHIBALD MOFFETT
— 1862-1936 — R.I.P.

Cela leur prit près de sept heures. Alors seulement elles pleurèrent.

15

Un vagabond bizarre et imperturbable

La mère de Nick Di Salvo mourut en avril 36. Elle était assurément l'être humain pour lequel il avait le plus d'amour. Cette disparition le frappa d'autant plus durement qu'elle intervint à un moment de sa vie où il doutait de lui-même et, aux questions qu'il se posait, de plus en plus nombreuses, donnait des réponses rien moins que satisfaisantes. Il avait vingt-sept ans, était le rédacteur en chef du *Queens & Long Island DAY* depuis près de vingt mois et avait tout au long de ces six cents jours travaillé quotidiennement quatorze ou quinze heures, sans un dimanche. Ce monumental travail qu'il avait fourni n'était pas en cause, aussi bien avait-il pris du plaisir, souvent, à ce dépassement de lui-même. On ne crée pas un journal, on ne crée rien sans un labeur acharné, il n'en avait jamais douté, n'en doutait toujours pas. Les premiers mois de vie du *Day* avaient exigé, de lui et de tous, d'énormes efforts librement consentis. Auxquels il s'était résolu, en acceptant de diriger la rédaction à la fin de l'été 34. Mais en somme, et le plus normalement du monde, avec la conviction que la période de gestation terminée, il pourrait souffler un peu, adopter comme l'on dit un rythme de croisière, qui lui aurait laissé enfin quelque embryon de vie privée. Il n'en avait rien été. Cette offensive de Karl Killinger, à laquelle il s'était longtemps refusé à croire, était survenue, dans un climat de haine et de fureur qui l'eût peut-être stimulé si tant de violence dans les sentiments avait été dans sa nature, et elle s'était poursuivie, avec une obstination qui avait profondément heurté le calme bon sens de Nick.

A cela s'étaient ajoutés les départs et les défections, au sein de la rédaction. Lorsqu'elle avait constitué son équipe rédactionnelle, Kate avait de nouveau recruté Ernie Pohl et Alvin Taggart, qui avaient été avec elle, et Nick, lors de la tentative manquée de la *Gazette*. Ernie et Al s'étaient engagés pour six mois. Ils avaient tenu parole, s'acquittant en quelque sorte de leur dette supposée envers celle qui leur avait mis le pied à l'étrier. Très scrupuleusement, Ernie avait attendu le cent quatre-vingtième jour pour remettre sa démission. Ce petit jeune homme atteint de calvitie précoce, taciturne, au regard de myope derrière les petites lunettes ovales cerclées de fer, était aussi concis en paroles qu'il pouvait l'être dans la rédaction de ses reportages et de ses interviews : il ne s'en allait pas parce qu'on lui avait fait de meilleures propositions ailleurs, il partait parce que le genre de journalisme que le *DAY* attendait de lui n'avait pas sa préférence. Son but avoué était de devenir grand reporter et correspondant à l'étranger, correspondant de guerre si cela était possible, si on voulait bien lui confier une telle mission et s'il y avait une guerre à couvrir :

— Je suis désolé, Nick. C'était pourtant entendu dès le début. J'ai voulu l'expliquer à Kate. Elle m'a tourné le dos et m'a dit de foutre le camp.

Pour la première, et probablement la dernière fois de sa vie, Ernie Pohl avait semblé très décontenancé. Non sans raison : durant ces six mois passés dans le Queens, il s'était chargé de toutes les besognes les plus ingrates, lui qui en 1934, avant de répondre à l'appel de Kate, commençait à se tailler une solide réputation de reporter au *World*. Nul doute qu'en acceptant de travailler pour le

DAY, journal de banlieue où tout était à créer, il avait pris le risque de donner un coup d'arrêt à sa carrière. Or il ne s'était jamais plaint, était parti en reportage sur les jardins d'enfants comme il l'eût fait pour un nouvel *Enlèvement Lindbergh*, avec le même professionnalisme, et un dévouement total. La réaction de Kate était injuste.

— Tu n'as pas à être désolé, Ernie. Elle est un peu nerveuse, tu la connais, elle s'emporte vite. Si quelqu'un est désolé, c'est moi. Tu vas beaucoup nous manquer. Où vas-tu ?

Au *New York Herald Tribune*. Dans ce même journal pour lequel Nick lui-même travaillait avant de venir, lui aussi, s'enterrer dans le Queens. Le *Trib* avait déjà offert plusieurs fois à Ernie un poste de reporter détaché en Europe — il parlait l'allemand et un peu le français, outre le yiddish ; par trois fois, il avait refusé, les six mois promis à Kate n'étant pas bouclés ; mais maintenant...

— Bonne chance, Ernie.

Le départ de Pohl avait creusé un vide considérable dans la rédaction. Il avait été remplacé par un gamin de vingt ans à qui il avait fallu tout apprendre. Ernie avait été le seul dont Nick n'eut jamais eu besoin de relire la copie, sinon pour le plaisir.

... Et après Ernie, était venu le tour de Taggart. Lui avait tenu plus longtemps. Neuf mois, trois de plus que les six auxquels il s'était également engagé. Sa timidité naturelle (souvent feinte ou accentuée pour décrocher une interview, mais bien réelle) ne lui avait pas permis d'affronter Kate pour lui annoncer la nouvelle. En sorte que c'était finalement Nick en personne qui s'était chargé de mettre un terme à une situation qui devenait pénible pour tout le monde. Il n'avait pas réussi à ignorer plus longtemps le véritable désespoir d'Al, partagé entre son ardent désir de réintégrer la rédaction du *New Yorker* et sa fidélité à Kate. Nick l'avait presque mis dehors.

Et l'hémorragie ne s'était pas arrêtée là. Il n'était pas

un seul membre de la rédaction du *DAY* qui n'eût reçu des propositions du *Morning News*. Plusieurs avaient accepté. Ç'avait été le cas de Fred MacGann, ce qui n'était pas une perte, mais les « désertions », selon l'expression de Kate, avaient été bien plus graves s'agissant de Paul Fowler, de Ben Fein, le chef photographe qui dans les années suivantes allait décrocher un prix Pulitzer et, par-dessus tout, de Louis Herzberg et Jack Dobey.

Nick n'avait jamais éprouvé une très grande sympathie pour Dobey. Dont le monumental cynisme n'avait d'égal que sa quasi totale inaptitude à rédiger. Mais qui en revanche était un formidable chasseur d'informations — et comme le diable était en outre doté d'une mémoire à géométrie variable, s'il pouvait oublier un rendez-vous, ou plus simplement de venir au journal, il se rappelait qui payait qui et pourquoi et comment, qui couchait avec qui et combien de fois et de quelle couleur était la courtepointe...

Son ralliement à Karl Killinger, s'il avait enragé Nick, l'avait toutefois moins affecté que la démission de Louis Herzberg. De tous les éléments de sa rédaction d'origine, Louis était le plus proche de Nick. Une amitié réelle les unissait, née au cours de l'affaire Harry Gunn. Bien qu'il n'en eût pas le titre — Nick songeait d'ailleurs à le lui faire donner par Kate — Louis faisait en quelque sorte fonction de rédacteur en chef adjoint. C'était bien le seul à qui Kate et Nick eussent confié la responsabilité de la Une. Lui aussi avait effectivement reçu des propositions du *Morning News*, et des plus alléchantes. Il les avait déclinées, sans même prendre la peine d'en parler. « Pourquoi l'aurais-je fait, Nick ? Pour te démontrer ma grandeur d'âme ? Mais cette fois, c'est différent... »

Cette fois en effet l'offre provenait du *New York Times*, fleuron de la presse quotidienne américaine. Quatre mois plus tôt, en juin 35, Louis avait épousé une journaliste du *Times*, juive comme lui, qui venait d'être nommée au bureau de Washington. (A ce propos, on disait du *New York Times* que ses propriétaire étaient juifs, sa rédaction catholique et ses lecteurs protestants.) « Nick, ils m'ont offert un poste là-bas, à moi aussi. Ce n'est pas une question d'argent tu le sais. Je n'ai ni l'envie ni le droit de dire à ma femme où elle doit travailler. Je suis au courant depuis déjà un mois. Je ne t'en ai pas parlé pour deux raisons : je voulais m'assurer que Karl Killinger n'était pour rien dans tout ceci et je ne savais pas quelle réponse j'allais donner. J'ai carrément posé la question à la direction du *Times*, sur Killinger. On m'a répondu non et je crois ce que l'on m'a dit. Et je sais pourquoi je vais quitter le *DAY*. Parce que le bateau va couler, Nick. Ou au mieux, le *DAY* sera racheté par Hearst. Dans les deux cas, je ne veux pas être là. Toi-même, tu seras obligé de t'en aller, un jour. Nick, ça a été excitant et fou de travailler pour le *DAY*, mais quatorze mois me suffisent. Ce n'est pas une vie. Tu m'en veux ? »

Nick avait répondu oui, et s'était immédiatement repris. Il avait terminé la nuit avec Louis Herzberg après la clôture, en d'autres termes quand l'édition avait été bouclée et les rotatives définitivement mises en route. Il s'était saoulé, pour la première fois depuis six mois.

La dernière défection en date avait été celle de Peggy Hutchins et seule Kate avait tenu à y voir une nouvelle manœuvre de son père cherchant à vider complètement la rédaction de ses meilleurs éléments. Kate demeurait d'ailleurs convaincue que Karl Killinger s'était aussi arrangé pour pousser Louis Herzberg à « déserter ». Nick n'avait pas insisté, il était las de toutes ces discussions. Dans le cas de Peggy, pourtant, il était certain que le *Morning News* était étranger au départ de la jeune femme. Pour cette raison qu'il avait personnellement été contacté par Henry R. Luce, le bouillant fondateur du magazine *Time*. Luce lui avait téléphoné, avait suggéré une rencontre. Nick était allé au rendez-vous, non sans en avoir averti Kate, et s'était retrouvé en face d'un couple, en l'occurrence Henry Luce lui-même et sa femme, Clara Boothe ex-Brokaw — ils étaient mariés depuis quelques semaines. Ainsi qu'il s'y attendait, on lui avait offert un poste, non dans la rédaction de *Time* mais à la tête du magazine que les deux époux se préparaient à lancer. A relancer plus exactement, le titre existait déjà mais sous une autre forme. Nick avait courtoisement dit non. Clara Boothe Luce avait alors lancé le nom de Peggy Hutchins, qu'elle songeait à embaucher : « Mon mari et moi n'avons nullement l'intention de prendre part à l'hallali actuellement lancé contre le *DAY*. Nos relations avec monsieur Karl Killinger ne sont pas au beau fixe. Mais il nous faut bien prendre les bons journalistes où ils sont. Et ceci dit sans vouloir vous offenser, le journal que vous dirigez actuellement bat de l'aile, nous connaissons sa situation financière. Que vous refusiez notre offre nous désole, mais c'est votre affaire. D'après ce que l'on nous a dit de vous, l'une de vos qualités est votre grande honnêteté professionnelle. Que pensez-vous de Peggy Hutchins ? »

La mort dans l'âme et sans même la ressource de se mettre en colère, Nick avait dit tout le bien qu'il pensait de Peggy. L'analyse faite par les Luce de la situation du *DAY* rejoignait les sombres prévisions de Louis Herzberg.

Dix jours plus tard, Peggy était venue le remercier, l'avait embrassé en pleurant un peu, était partie.

Et le bilan s'était révélé dramatiquement lourd. Ernie Pohl, Al Taggart, Peggy Hutchins, Paul Fowler, MacGann, Louis Herzberg, Jack Dobey, Bill Keating et Ben Fein. Tous certes avaient été remplacés, Kate avait même augmenté les effectifs, porté de quatorze à dix-huit le nombre des journalistes. De l'équipe formée moins de deux ans plus tôt, dans la salle de rédaction, Nick était le dernier et de loin le plus âgé. Les plus anciens après lui étaient Walt Woodward qui tenait la rubrique sportive, et Irena Van Gaver. Il se sentait dans la peau de Napoléon contraint de livrer ses ultimes batailles de 1815 avec des recrues si jeunes qu'on les avait surnommées les « Marie-Louise ». Même Hennessey n'était plus ce qu'il était : il approchait des soixante-dix ans et avait des problèmes de santé, souffrait des yeux et avait dû subir une petite intervention chirurgicale. Nick le forçait à rentrer chez lui, pour se ménager.

Enfin il y avait eu l'affaire Abadie. Le chef rotativiste avait subi des pressions lui aussi. Un journal d'Atlanta, qui selon Kate appartenait à Karl Killinger, lui avait fait des offres mirifiques pour qu'il allât travailler dans le Sud. Nick ne s'en était pas mêlé. Il avait été seulement le témoin des ardentes discussions entre Abadie et Kate, qui avaient empoisonné l'atmosphère pendant près de deux semaines. Non que le rotativiste ait eu l'intention, à aucun moment, d'émigrer en Géorgie — apparemment il avait rejeté les offres dès le début — mais toujours aussi éruptif, il s'était très vite enragé de l'insistance fiévreuse de Kate le pressant de renoncer à ce départ éventuel. Ç'avait été aussi bête que cela. Et pendant quinze jours, Abadie qui adorait les ambiances de crise avait tout fait pour maintenir la fureur de sa patronne :

— Ça me fait rire, Nick.

— Tu es bien le seul.

Le plus étonnant était qu'Abadie restait persuadé que le *DAY* non seulement allait réussir mais encore avait déjà réussi. Sa conviction était définitive :

— Son père finira par se fatiguer de nous chercher des crosses. Ou alors, il mourra. Il a déjà eu une crise cardiaque, il en aura d'autres. Crac ! On n'en entendra plus parler. Cet enfant de salaud m'a piqué la moitié de mes gars, remarque bien. Et pas les plus mauvais. Comme pour ta rédaction, pareil. Et alors ? Tu as déjà joué au rugby, Nick ?

— Non.

Nick n'avait pas la moindre idée de ce que c'était.

— Moi si, dit Abadie. J'aurais voulu jouer troisième ligne aile. Pour rentrer dans le chou des types en face. Mais j'étais trop petit. Alors, j'ai beaucoup mangé, j'ai soulevé assez de pierres pour construire la cathédrale Saint-Patrick et je suis devenu talonneur. On m'a suspendu à vie. Je continuais à me battre jusque sous la douche.

— C'est ce que nous sommes en train de faire : la partie est terminée et nous continuons à nous battre sous la douche.

— Mais nous n'avons pas encore perdu le match. Dis donc, le Rital, tu te dégonfles ou quoi ?

Nick avait fini par rire, et l'humour agressif d'Abadie l'avait rasséréné quelque temps.

... Ed Solomons exerçait sur lui un effet exactement contraire. Plus que tout autre, le chef de publicité avait été la cible de manœuvres de débauchage — trop bien conduites pour qu'il fût possible de les attribuer avec certitude à Karl Killinger. Les offres qu'il avait repoussées avaient encore accru son arrogance naturelle. Son service était le seul à n'avoir enregistré aucune défection. Il était impossible de l'ignorer dans la mesure où il ne cessait de s'en enorgueillir. Tout comme il ne se faisait pas faute de souligner le rôle primordial — pour ne pas dire *vital* — qu'il jouait au *DAY*.

Nick ne s'était jamais occupé d'administration, Kate seule dirigeait les finances du journal. Il avait donc longtemps ignoré comment Solomons était rétribué. Il l'ignora jusqu'au jour où le chef de publicité vint presque lui intimer l'ordre de retarder l'impression pour qu'on pût insérer en dernière minute un placard publicitaire. En temps normal, Nick eût sans doute cédé avec son calme ordinaire. Mais cette nuit-là, il était un peu plus fatigué, un peu plus nerveux. Et surtout le ton péremptoire de Solomons, s'ajoutant à la rivalité traditionnelle entre la rédaction et la publicité, l'irrita. Il l'envoya au diable, bien qu'il sût pertinemment que la moindre recette publicitaire était la bienvenue. Il donna ordre de rouler, les rotatives d'Abadie étant déjà calées. Kate alertée par Solomons, l'appela alors de chez elle et l'obligea à faire stopper.

Sa rencontre avec elle, le lendemain matin, fut une fois de plus orageuse.

— Ne me fais pas plus d'ennuis, Nick. Ed et son équipe ont travaillé comme des fous pour arracher ce contrat.

— Et moi je n'ai rien fait. La moitié de ma rédaction ne serait pas capable de rédiger correctement un bulletin paroissial.

Elle le fixa quelques secondes de son extraordinaire regard bleu saphir puis secoua la tête, impassible.

— Pars te reposer quelques jours, dit-elle. Je te remplacerai.

Agacé, Nick haussa les épaules. Il contempla un long moment cette élégante jeune femme blonde qui vérifiait avec soin son maquillage dans le miroir de son poudrier. En lui, comme à chaque fois qu'ils s'affrontaient, l'admiration finissait toujours par l'emporter sur le ressentiment. Par une sorte de bizarre point d'honneur, qui ne manquait pas de panache, jamais Kate Killinger n'avait témoigné d'un tel souci de sa toilette que depuis que les difficultés avaient commencé à s'abattre sur le journal. A la voir ainsi, impeccablement sanglée dans son tailleur de tweed à gros chevrons, un feutre époustouflant incliné sur l'œil, chaussée d'escarpins italiens, les jambes gainées de bas de soie fumée, Kate avait tout d'une de ces gracieuses et frivoles créatures qui hantent les salons de thé huppés de Park Avenue et les boîtes à la mode de Broadway. Sous ce chic éblouissant, seule sa froideur et le ton posé de sa voix trahissaient la femme de tête. Rien, d'ailleurs, quand il était lui-même sur le point de se laisser emporter par son bouillonnant tempérament latin, n'exaspérait autant Nick Di Salvo que les inflexions presque sereines que prenait alors la voix froide et indifférente de Kate. Pourquoi se croyait-elle donc obligée de lui jouer cette comédie, à lui, alors qu'il ne pouvait ignorer que le volcan grondait, au fond d'elle-même. Il la connaissait presque aussi bien qu'il se connaissait lui-même. Le fond du caractère de Nick Di Salvo était une lucide placidité, ses agacements duraient peu, mais il les exprimait ; et il était incapable de haine ; son amour pour Kate étant sans nul doute le sentiment le plus violent qu'il eût jamais ressenti. Kate était tout l'opposé : ses colères étaient féroces, et glaciales.

— Merci, dit-il. Mais je vais rester encore un peu ici.

Il se remit à corriger le compte rendu d'ouverture d'une salle de sports qu'un de ses jeunes rédacteurs venait de lui remettre. Après quelques minutes de silence, toutefois, il remarqua :

— Ed m'a dit qu'il recevait la moitié de toutes les recettes publicitaires du journal. C'est vrai ?

— J'ignorais que ce genre de détails te préoccupait.

— Tu ne m'en parles jamais.

Elle releva la tête et lui sourit — mais le regard bleu ne fut pas touché par ce sourire :

— Tu as suffisamment à faire avec ta rédaction, Nick. Cela dit, Ed ne perçoit pas cinquante mais seulement quarante pour cent. Je l'ai augmenté. C'était la seule façon de le conserver. Il gagne bien plus que tu ne gagneras jamais, si c'est là ta question.

— Ce n'était pas ma question.

— N'en parlons plus alors.

Elle rédigeait son éditorial — dans lequel pas une fois depuis de début de sa bataille avec Karl Killinger, elle n'avait fait allusion aux problèmes du *DAY*. Nick lui avait à plusieurs reprises conseillé de mettre toute l'affaire sur la place publique, pour lancer un mouvement de sympathie parmi les lecteurs et freiner l'offensive du *Morning News*. Elle s'y était toujours refusée.

Il resta à la considérer comme s'il cherchait à déchiffrer une énigme sur ce fin visage aux pommettes un peu hautes, sur cette bouche un peu grande, et, surtout, dans le bleu, si dur par moments, de ces yeux impénétrables. Comme toujours, il était sidéré par le flot des sentiments qu'il avait pour elle, et qui expliquaient qu'il fût encore là, alors que presque tous les autres étaient partis.

Ils avaient été amants. C'était terminé, sans qu'aucune décision eût été clairement prise. Il avait simplement cessé de se rendre à la maison de Glenwood Landing. Elle n'en avait rien dit. Peut-être même avait-elle interprété cette rupture tacite, comme une sorte de défection.

... Elle avait sans aucun doute remarqué la liaison de Nick et d'Irena Van Gaver. N'y avait jamais fait la moindre allusion. Il avait presque failli s'exhiber, à seule fin d'obtenir une réaction. C'eût été puéril et il s'en était aperçu à temps.

Tous ces sentiments agitaient Nick Di Salvo, en avril de 1936, lorsque mourut sa mère...

... Et quand la situation évolua brusquement.

— Je suis désolée, Nick. Je suis très triste. J'ai peu connu ta mère mais je sais combien tu l'aimais.

— Merci.

Elle l'embrassa. Les ongles appuyèrent imperceptiblement sur la nuque de Nick qui en éprouva une grande émotion. Il la serra contre lui, dans un élan brutal et éclata en sanglots. Au chagrin qu'il éprouvait se mêlait tout à coup la nostalgie de leur amour raté. Ce fut une très brève étreinte, comme un hommage au couple qu'ils auraient pu former. Kate, la première, se dégagea. Et partit sans se retourner.

La cérémonie de l'enterrement touchait à sa fin. Il y avait là presque un millier de personnes, bien plus que

Nick ne s'était attendu à en voir aux obsèques de la veuve d'un simple contremaître des quais d'East River, mère de onze enfants. Nick serra des centaines de mains, remercia à l'infini, vit Kate qui s'en allait, à bord de la limousine conduite par Kranefuss, aperçut Irena elle aussi venue, comme toute la rédaction du *DAY*. Sauf Ed Solomons et la plupart de ses chasseurs de scalps. Étaient également là bon nombre de ses anciens confrères du *Morning News* et du *Herald Tribune*, des amis comme Tom Chambers de *United Press*. Ernie Pohl avait adressé ses condoléances depuis Paris, par télégramme. Louis Herzberg, qui était venu souvent dîner chez la mère de Nick, avait fait le voyage de Washington à New York. Et qu'ils fussent si nombreux frappa Nick, et l'émut ; il n'eût jamais pensé avoir suscité tant d'amitiés. Le flot se tarit enfin. Ne resta plus que la famille directe, ce qui n'était pas rien.

Des onze enfants de la défunte, Nick était l'antépénultième ; deux de ses sœurs seulement étaient plus jeunes que lui. Il était le seul à n'être pas encore marié, alors qu'il comptait déjà plus de trente-cinq neveux et nièces ; l'aînée de ses sœurs était même grand-mère. La génération suivante se trouvait donc en marche.

On lui confirma qu'un repas allait avoir lieu, tout le clan se réunissait selon l'usage. Mais oui, bien sûr, il irait, dit-il.

— Non, j'ai ma voiture. Je vous rejoindrai.

Il avait un cafard noir et Andy (Andrea), le plus âgé de ses frères, qui avait créé une florissante entreprise de construction, lui entoura les épaules de son bras, lui tapota la nuque en signe de son affection et de son soutien, ainsi qu'il le faisait depuis toujours — ils avaient plus de vingt ans de différence.

— A tout à l'heure.

Nick sortit du cimetière et marcha jusqu'à sa voiture, assez éloignée. Adossé à un arbre, solitaire, une silhouette en trench-coat coiffée d'un feutre gris semblait l'attendre. Ce n'est que lorsque l'homme jeta sa cigarette et se détacha de l'arbre pour venir à sa rencontre que Nick reconnut H.H. Rourke.

— Merci, dit Nick.

Rourke venait, en peu de mots, de sa voix lente et grave, de lui exprimer à son tour ses condoléances, en évoquant sa propre mère, qu'il appelait Mimi et qui vivait en France, à laquelle il était très profondément attaché.

Nick avait mis sa voiture en route.

— Je ne pensais pas survenir en un moment aussi douloureux, dit H.H. Rourke. Nous pourrons nous revoir une autre fois, si vous le voulez bien.

Nick secoua la tête. Rourke était le dernier homme qu'il se fût attendu à retrouver ce jour-là. La seule et unique fois qu'ils s'étaient vus, auparavant, avait été leur rencontre chez *Bleek's*, le bar-annexe du *Herald Tribune*. Ils avaient alors assez peu parlé, et seulement de Kate. Par une impulsion qu'il s'était longuement reprochée ensuite, Nick avait éprouvé le besoin de préciser qu'entre Kate et lui, rien ne s'était passé. Ce qui alors était vrai. Mais ne l'était plus. Nick constata avec surprise et irritation qu'il éprouvait comme un sentiment de culpabilité. C'était à n'y pas croire : il se conduisait comme un ami fidèle bourré de remords après avoir honteusement séduit une femme mariée. De la démence pure. Kate était bien la dernière femme au monde à pouvoir être violée, elle n'était pas mariée, *et je n'ai jamais vu ce Rourke que dix ou quinze minutes en tout, voici des années. Je n'ai pas à me justifier !*

Presque sans en avoir conscience, Nick avait dirigé sa voiture vers les abords du parcours de golf de Forest Park. Il stoppa, coupa le moteur.

— Je ne vous savais pas à New York.
— Je ne fais qu'y passer.
— Nous avons publié deux de vos reportages. Celui sur Paulson, notamment. Un hasard a voulu que nous ayons dans le Queens des descendants directs de ce Charlie Oates dont vous avez décrit le suicide, en Égypte. Le dernier compagnon de Paulson. De qui nous avons retrouvé deux petits-neveux, dont un qui fait une assez jolie carrière dans la politique. En réalité, nous avons pu écrire six articles en complément du vôtre.
— Très bien.
H.H. Rourke sourit.
— Excusez mon peu d'enthousiasme, je ne m'intéresse guère à ce que l'on fait de mes écrits. Je ne voudrais pas vous retenir.
Le sourire métamorphosait spectaculairement son visage maigre et hâlé.
— Rien ne me presse, dit Nick, s'abandonnant d'un coup au sentiment d'amitié que lui inspirait cet homme qu'il connaissait à peine.
— D'accord, dit Rourke. Vous êtes gentil. Je voudrais que vous me parliez d'elle, Nick. Vous vous en doutiez. Non, attendez, ne répondez pas tout de suite. Qu'une chose soit claire : vous pourrez interrompre notre conversation à tout moment si vous le souhaitez.
— Toutes les questions que vous voudrez.
— Pouvons-nous marcher un peu ?
Ils descendirent de la voiture, à côté d'un petit bois, et se mirent à marcher le long d'une allée cavalière bordée d'arbres dépouillés, sur les branches desquels explosaient les premiers bourgeons. Un vent assez piquant soufflait par rafales, éparpillant, dans les flaques d'eau qu'avaient laissées les pluies de la nuit, de brèves giboulées qui annonçaient le printemps.
— Il y a un certain nombre de choses que je connais déjà, continua Rourke. Deux principalement. D'abord,

cette bataille avec son père, dont je sais à peu près tout. Kate ne vous tient pas au courant de sa situation financière, n'est-ce pas ?

— C'est vrai.

— De sorte que je possède sans doute plus d'informations que vous. Je suis également au courant de la liaison que vous avez eue avec elle... Je crois savoir qu'elle est terminée ? Je me trompe ?

— Non.

— Question suivante, et de plus en plus indiscrète : pensez-vous reprendre un jour cette liaison, Nick ?

— Je ne crois pas.

— Vous êtes toujours amoureux d'elle ?

— D'une certaine façon, oui. C'est vraiment une conversation étrange que nous avons là, Rourke.

— Nous pouvons y mettre un terme.

— Non, non ! continuons !

— Vous l'épouseriez ?

Nick prit le temps de réfléchir. Il se souvenait avec un certain malaise de la furtive et presque sauvage étreinte qui l'avait noué à Kate, devant la tombe de sa mère. Et à l'amertume alors éprouvée. Mais en même temps, une partie de lui-même restait très détachée. Et même ressentait un très léger amusement. Cette partie de lui-même regardait la scène de très loin : lui et Rourke, les anciens combattants de la guerre contre Kate Killinger. Et pensait : à quoi jouons-nous tous les deux ? A nous psychanalyser l'un l'autre ?

— Je ne crois pas que le problème puisse jamais se poser.

Rourke se mit à rire :

— Je suis bien de votre avis, Nick : cette conversation est insolite. Combien de temps encore pensez-vous rester au *DAY* ?

— Aucune idée. Jusqu'au désastre final, sans doute.

Nick n'attendit pas les questions suivantes : il décrivit

la situation du *DAY* telle qu'il la connaissait, avec les terribles hémorragies subies.

— Désastre final ? reprit Rourke.

Nick haussa les épaules :

— Il est inéluctable, je doute que nous puissions tenir encore très longtemps.

— Je pense que vous vous trompez, Nick.

Le ton était si paisible que Nick crut à une boutade. Mais les prunelles vert bronze avaient une expression sérieuse. Rourke s'était arrêté et regardait, entre les branches nues, le ciel gris et bas qu'un pâle soleil encore hivernal tentait de percer.

— C'est vrai que depuis quelques semaines une espèce de calme est tombé sur le front.

— Ce n'est pas à un arrêt des hostilités de la part de Karl Killinger que je fais allusion, dit H.H. Rourke. Vous vous trompez en pensant que Kate puisse être vaincue par quiconque. Ou qu'elle est capable d'abandonner.

— Peut-être la connaissez-vous mieux que moi, remarqua Nick non sans une pointe d'acidité.

— Je crois, dit Rourke. Je le crois en effet.

Ils marchèrent côte à côte sur une cinquantaine de mètres. Ils longeaient maintenant un terrain de golf où s'entraînaient frileusement une demi-douzaine de personnages emmitouflés dans de gros pull-overs à col roulé.

— Pourquoi êtes-vous venu me voir ? Je ne pense pas vous avoir appris quoi que ce soit. Rien en tout cas que vous ne sachiez déjà.

— Vous avez déjà voyagé ?

La question prit Nick au dépourvu. Il répondit par la négative, mais précisa :

— Je suis allé une fois en Floride.

— Avec Kate ?

— Oui.

Nouveau silence. Un demi-sourire aux lèvres, H.H. observait un grand quadragénaire au teint rubicond qui enlaçait par-derrière une jeune personne en tweed et gros souliers carrés pour lui montrer de quelle façon elle devait tenir son club. « Que me veut-il ? » pensa Nick Di Salvo, « voir de près l'homme qui a été l'amant d'une femme qui est la sienne ? » Et il allait par la suite se poser maintes fois cette question. Sans trouver de réponse satisfaisante — d'emblée il écarta la jalousie — jusqu'au jour où il rencontrerait le Chat-Huant à Paris. La raison de l'apparition de H.H. Rourke ce jour-là leur semblerait alors à tous deux des plus claires : *il était sur le point de revoir Kate*. Leur dernière rencontre remontait à cette fin d'après-midi de juin, gare de Lyon à Paris, quand elle l'avait accompagné au train de Marseille alors qu'il partait pour la Chine. Et Rourke avait sans nul doute en tête de lui proposer une deuxième expérience de vie commune. Probablement était-il disposé à cesser de courir le monde, pour rester avec elle et leur fils. Il hésitait parce qu'il ne savait pas comment elle allait recevoir son offre.

« ... Et il est venu vous voir et vous parler, Nick, afin de s'assurer notamment qu'entre Kate et vous rien de définitif ne s'était produit. C'est la seule explication que je puisse vous donner. Je connais Rourke depuis son enfance, depuis ce jour où devant moi, il a interpellé James Gordon Bennett dans les anciens bureaux du *New York*. Croyez-moi : derrière l'apparent cynisme de Rourke, son assurance parfois irritante, son impassibilité et même sa façon de courir constamment le monde en y cherchant l'horreur, la bêtise et la cruauté, il y a toujours eu une très grande, presque trop grande, sensibilité. J'ai mis longtemps à le comprendre. Il vous a impressionné ? Moi aussi. Il vous a donné le sentiment d'être plus âgé, plus mûr, plus expérimenté que vous, de ne pouvoir être dupé par quiconque, de lire à travers vous ? Rassurez-vous : j'ai éprouvé la même chose, et pourtant j'ai presque un demi-siècle de plus que lui et je me suis toujours stupidement vanté de ne prendre au sérieux rien ni personne. Tenez : sa manière même de considérer le reportage, de ne choisir que des sujets hors du commun, de les traiter sans jamais s'impliquer en demeurant toujours un spectateur neutre. A mes yeux, c'est de l'autodéfense...

« Mais je philosophe, c'est ridicule. En avril 1936, quand il vient vous voir, il ne vous pose que des questions dont il connaît déjà les réponses. Et naturellement, vous vous demandez pourquoi il est devant vous, ce qu'il attend. Réfléchissez : il n'a pas vu Kate depuis près de trois ans. Pourtant, si l'on excepte son séjour à Cuba avec Karl Killinger et avec son fils, il est à New York depuis des semaines. Il a passé plus d'un mois aux États-Unis. Il a réussi à neutraliser Karl Killinger, l'a convaincu — Dieu seul sait comment — de mettre un terme à la bataille qui l'oppose à sa fille. Mais a-t-il vu Kate pendant ce temps ? Non. Il vous dit lui-même qu'il sait à peu près tous les détails du combat entre le *Morning News* et le *DAY*. C'est donc qu'il a mené son enquête sur les lieux. Il a sans doute parcouru New York et surtout le Queens de long en large. Il est plus que probable qu'à plusieurs reprises il s'est trouvé tout près de Kate. Peut-être même l'a-t-il épiée à distance. Elle, en tout cas, n'en a rien su sur le moment. La preuve en est qu'elle effectue une démarche auprès d'Uricani, le photographe, mais notez la date : lorsqu'elle va voir le Roumain, Rourke est déjà reparti de New York, il est à Cuba depuis près d'un mois. Et d'ailleurs, le jour même où Uricani reçoit cette visite dans sa boutique du Bronx, le télégramme de Rourke arrive et l'invite à venir au plus vite à La Havane. Comment Kate a-t-elle appris le passage de Rourke à New York ? Je n'en ai aucune idée. Peut-être par Larry Saperstein, son agent, par qui elle a auparavant acheté les reportages sur Flûte de Jade, sur Ras Kaïtan et sur Paulson. Mais peu importe. Ce qui compte est que Rourke a côtoyé

Kate pendant plusieurs semaines sans jamais établir le contact. Curieux, non ?

« ... Avec le recul, on comprend mieux. Au printemps 36, Rourke connaît déjà Julie Bénédict, la douce et calme Julie qui est l'exact contraire de Kate. Julie ne joue pourtant aucun rôle dans l'étrange valse-hésitation de Rourke. A mon avis. La chronologie est bien plus importante, et plus claire : Rourke est en Espagne à la fin de l'année 35, au début de 36. Il parcourt le pays comme si son instinct de chasseur d'exceptionnel l'avait déjà averti de ce qui allait s'y passer. Et brusquement, il embarque pour les États-Unis. Je l'ai moi-même informé des difficultés énormes auxquelles Kate est confrontée ; sa mère aussi lui en a parlé. Je ne crois pas qu'il ait décidé de se rendre à New York pour voler au secours de la jeune femme. Nick, il vous le dit et il est sûrement sincère : il est absolument convaincu que Kate ne peut être abattue. Et d'ailleurs, s'il n'avait fait le voyage transatlantique que dans le seul but d'obliger Karl Killinger à mettre bas les armes, pourquoi se serait-il ensuite attardé à New York, pourquoi y serait-il revenu après son reportage à Cuba sur Moffett, l'*Homme aux éléphants* ? Non, c'est l'évidence même : il s'apprête à une entrevue capitale avec Kate. D'avoir fait vraiment connaissance avec leur fils Daniel l'y a certainement incité un peu plus. Et il se prépare à cette rencontre de la dernière chance. Aussi vient-il vous voir, vous qui avez été très proche d'elle durant les vingt derniers mois, qui — pardonnez-moi — avez été son amant. Sans doute ne sait-il pas lui-même ce qu'il attend de vous. Une aide ? N'importe qui d'autre effectuant une telle démarche serait apparu mal à l'aise, voire désemparé. Pas lui. N'oubliez pas que, bien que je le connaisse et l'aime comme un fils depuis vingt ans, je n'arrive toujours pas à lire sur son visage. Il n'est donc pas étonnant que vous n'y soyez pas parvenu.

« Il devait pourtant être bien mal dans sa peau. Et tendu... »

— Cigarette ?

— Je ne fume pas, merci, répondit Nick Di Salvo.

Rourke venait de s'asseoir sur un banc de Forest Park. Il avait allongé ses jambes et plongé ses mains dans les poches de son trench-coat. Nick essuya avec son mouchoir le banc que la pluie avait mouillé. Puis il souleva les pans de son pardessus de cérémonie noir et s'assit à côté de H.H. Devant eux, des pelouses d'un vert très délicat descendaient en pente douce jusqu'à une pièce d'eau où deux cygnes noirs se morfondaient. De rares promeneurs arpentaient les allées désolées, leurs chiens en laisse. Le froid était maintenant très piquant. Nick, un peu gêné par le silence de Rourke, se creusait vainement la tête pour trouver un sujet de conversation anodin quand un bruit de moteur lui fit lever les yeux. Un petit avion, d'un jaune très vif, qui ressemblait à une guêpe, passa au-dessus d'eux, volant si bas qu'il semblait effleurer les cimes des arbres. Nick le reconnut aussitôt, pour en avoir été le passager lors de son baptême de l'air. L'appareil était régulièrement piloté par Fiorello La Guardia, dit *Petite Fleur*, maire de New York depuis deux ans et grand amateur d'aviation — le *DAY* avait réalisé plusieurs reportages sur le sujet.

— Je m'en voudrais de vous retenir davantage, Nick, dit brusquement H.H. que le vacarme du moteur parut tirer de ses pensées. Je vous renouvelle mes condoléances, très sincèrement.

— Merci.

— Vous irez tôt ou tard en Europe. A Paris, je vous recommande de vous rendre dans les bureaux de l'édition européenne du *New York Herald Tribune*, et d'y demander quelqu'un surnommé *le Chat-Huant*.

— Le Chat-Huant ?

— Ce n'est qu'un surnom. Quoi que vous puissiez désirer en France et en Europe, il vous le trouvera. Et l'homme vaut d'être connu. Pour une raison qui m'échappe, il m'aime bien.

Le sourire était revenu, le regard des yeux vert sombre était amical.

— Puis-je vous déposer quelque part ? demanda Nick.

Pour toute réponse H.H. eut un bref mouvement de tête. Au moment où il rejoignait sa voiture, Nick se retourna. H.H. Rourke se trouvait de profil, à deux cents mètres de distance. Le nez levé, il regardait dans le ciel les flocons de condensation blanchâtres qu'avait laissés le petit avion du maire de New York. Et l'image s'imposa à Nick : celle d'un vagabond bizarre et imperturbable, un instant arrêté mais sur le point de repartir encore, à grand pas de faucheux. Pas une seconde il ne pensa que cet homme-là pouvait être troublé.

16

Voilà une belle scène d'adieux...

Elle rentra à six heures à la maison de Glenwood Landing, comté de Nassau, Long Island, ainsi qu'elle en avait pris l'habitude, chaque samedi, depuis près d'un an.

Les a-ma étaient déjà prêtes ; c'était leur jour de sortie. Certaines fois, la plus jeune d'entre elles, Li, revenait coucher à Long Island. Pas ce soir-là : une fête réunissait une bonne partie de la colonie chinoise de Manhattan, dans Bayard Street. Li, Maï et Agathe allaient s'y rendre et coucheraient sur place.

Kranefuss les fit monter dans sa Ford personnelle et les emmena. Il était propriétaire, dans la 90e rue Est, d'un petit appartement qu'il habitait seul — toujours célibataire à quarante-huit ans.

Le ronronnement du moteur de la voiture décrut puis s'éteignit.

— Et alors ? dit Kate dans le silence.

— Alors, on serait sur une île déserte, récita Tigre d'Avril.

— Qui serait sur l'île déserte ?

— Tigre d'Avril et Maman Hibou.

— Ça ne te ferait rien de citer les dames en premier ?

— Maman Hibou et Tigre d'Avril.

— C'est mieux. Et qu'est-ce qu'ils feraient ?

L'enfant, les yeux au plafond, fit semblant de chercher — le jeu lui était familier :

— Ils grimperaient sur la montagne ?

— Non.

— Ils iraient dans la forêt et il y aurait des Indiens très méchants ?

— Non plus, dit Maman Hibou.

Qui se leva du gros canapé de cuir noir sur lequel elle était assise en face de son fils et retira sa veste de renard bleu. Tout en marchant vers la fenêtre entrouverte, où la brise qui venait de la plage soulevait mollement les voilages blancs, elle se débarrassa de ses chaussures, puis de sa jupe noire bordée d'isatis.

— Ils monteraient sur le cheval et ils iraient chasser les ours.

Kate ferma la fenêtre et tira les rideaux de reps.

— N'importe quoi ! (Elle déposa sa jupe et ses souliers sur le couvercle du piano à queue.) Et d'abord, le cheval est au garage et nous avons tué tous les ours la semaine dernière.

— Il y en a encore deux.

— Pas question. Ne triche pas.

Adossée à la rampe en fer forgé de l'escalier tournant qui menait à la loggia, elle roula ses bas sombres le long de ses jambes.

— C'est tout ce que tu trouves. Tigre d'Avril ?

— A la place du cheval, ils monteraient sur un tatou têtu.

Revenant vers le canapé, elle défit son chemisier de crêpe de Chine. Elle ne portait plus maintenant qu'une courte combinaison de satin bleu ciel bordée de dentelles noires et une culotte assortie

— C'est trop petit, un tatou têtu.

— Un gros.

— Refusé, le tatou têtu. Il te reste une minute.

— Il y aurait un grand condor et le condor viendrait

et il emporterait Tigre d'Avril dans les airs, très loin.

— Sauf que Maman Hibou prendrait un avion et elle attraperait le condor au lasso et ramènerait Tigre d'Avril sur la terre. Qu'est- ce que tu penses de ça, hein ?

— C'est trop injuste, dit Tigre d'Avril.

Kate écarta les bras, disposant ses doigts à la façon de serres roses :

— Ha ha, j'arrive !

Il se jeta à bas du canapé où il était assis et se faufila rapidement dessous.

— Et Tigre d'Avril se cacherait dans une caverne très profonde et personne ne saurait où il est.

— Mais l'un de ses pieds dépasserait et Maman Hibou le verrait et alors elle tirerait... comme ça.

Elle tira, tenant la cheville, le traîna et avec lui le tapis auquel il s'agrippait, sur toute la longueur du salon et des deux pièces suivantes, pendant qu'il sanglotait de rire.

— Qu'est-ce qu'il ne faut pas faire pour te faire prendre ton bain !

Elle tâta l'eau dont la baignoire rectangulaire de marbre rose était déjà largement emplie par les soins des Chinoises et rajouta un peu d'eau chaude.

— Comment fait Maï ?

— Elle me met dans l'eau, c'est tout, dit Tigre d'Avril.

— Ne parle pas chinois, Daniel. Anglais ou français.

— Oui, Maman.

Ses yeux vert sombre riaient. Il contemplait Kate avec adoration, tête renversée en arrière.

— A l'eau, dit-elle. Et que ça saute, matelot !

Il la fixait, immobile. Elle sourit, s'agenouilla, se laissa passer les bras autour du cou. Il l'embrassa. Elle demanda :

— Tu m'aimes ?

— Oui, Maman.

Elle le déshabillait, le mit nu, acheva de se dévêtir, le souleva, entra dans la baignoire en le portant dans ses bras, s'assit, le gardant tout contre elle, contre son ventre et ses seins. Ils jouèrent, il fit semblant de la noyer, elle fit semblant d'être noyée, puis fit le crocodile qui ressortait sans cesse. Ils mirent de l'eau partout.

— Tu as failli m'avoir, avec ton condor. C'était vraiment malin.

— On peut attraper un condor avec un lasso ?

— Je fais ça tous les matins. Et le tatou têtu, d'où l'as-tu sorti, celui-là ?

— Papa, dit l'enfant.

Elle cilla, aspira à fond, se reprit :

— Si on allait dîner maintenant ?

Elle le sortit de l'eau ; ils enfilèrent de grands peignoirs identiques, bleu saphir. Elle noua autour de ses cheveux humides une serviette-éponge à la façon d'un turban et pour rire, enturbanna également son fils. Un an plus tôt, elle ignorait à peu près tout en matière de cuisine. Elle s'y était mise, au fil des semaines. Elle exigeait des Chinoises de la laisser cuisiner, les samedis en soirée et les dimanches pour le breakfast et le déjeuner, qu'elle préparait toujours elle-même.

Le téléphone sonna à deux reprises, longuement. Neuf sonneries la première fois, et quatorze la deuxième. Elle ne décrocha pas, ne décrochait jamais, avait convenu d'un code avec Nick pour les cas d'urgence extrême : Nick devait laisser sonner trois fois, raccrocher, puis rappeler.

Elle prépara de petits cocktails de crevettes, deux escalopes de dinde et pour finir une bonne douzaine de crêpes presque aussi fines que celles de Mimi Rourke qui lui avait appris la recette. Tout cela en racontant l'histoire de Cristobal le Gentil Dragon qui n'arrivait jamais à cracher le feu tout seul parce qu'il n'avait pas de briquet pour allumer sa flamme et cherchait partout des allumettes ; mais il était tout de même malin et se servait de cuisinières à gaz, de feux de camp de trappeurs, de bougies sur des gâteaux d'anniversaire, de la pipe du capitaine Barbe à Carreaux et naturellement de volcans. Et alors, ça marchait très bien, au moment où il fallait, juste à temps. Il pouvait envoyer un grand coup de flamme sur les fesses et la moustache de Sebastian le Maudit qui était tellement méchant qu'il brûlait tous les journaux à mesure qu'ils sortaient de la rotative, mais qui, sans ses moustaches, n'avait plus aucun pouvoir, sauf que ses moustaches repoussaient à chaque fois et Cristobal le Dragon n'arrêtait pas de recommencer à lui envoyer des jets de flamme.

Ils dînèrent, ils débarrassèrent la table puis revinrent dans le salon et s'installèrent sous la loggia, dans ce renfoncement encombré de poufs et de plantes vertes où les a-ma avaient l'habitude de prendre le thé. Accroupis l'un en face de l'autre, ils jouèrent d'abord aux cartes (à la bataille) puis, aux dames. A chaque fois, la partie dégénéra en furieuses bagarres qui les firent rouler sur le tapis. Et dont malgré une résistance désespérée de Maman Hibou, Tigre d'Avril sortit vainqueur à chaque fois. A un moment même, sa victoire fut si complète que Kate sur la poitrine de qui il venait de s'asseoir, resta immobile et les yeux clos, comme si elle était morte. Aussitôt il s'affola, poussa un petit cri étranglé, fut presque au bord des larmes. Elle le prit alors dans ses bras, l'embrassant à n'en plus finir, elle-même saisie d'une sorte de peur dont elle connaissait la présence tout au fond d'elle-même, et depuis des années.

— Oh ! mon amour, mon amour !

Il finit par s'endormir dans ses bras et plus d'une demi-heure s'écoula avant qu'elle ne se décidât à le transporter très délicatement jusqu'à sa chambre d'enfant, où elle le coucha sans l'éveiller parmi l'armée de jouets en peluche qui campait à demeure sur le petit lit bateau. Revenue dans le salon, elle enclencha le phonographe après y avoir placé le *Peer Gynt* de Grieg, régla le son pour que l'enfant ne pût l'entendre, puis s'installa dans la petite pièce qui lui servait de bureau et entreprit de faire sa comptabilité. Le téléphone sonna à nouveau mais finit par s'interrompre à la huitième sonnerie.

Il était plus de dix heures du soir. Elle entendit presque aussitôt le bruit de pas au-dehors, sa main glissa vers le petit pistolet nickelé dans un tiroir, enveloppa la crosse d'ivoire mais dans la seconde suivante, la lâcha.

Les pas s'étaient arrêtés, juste de l'autre côté de la porte sur la grande véranda.

Elle écarquilla les yeux et resserra l'entrebâillement de son peignoir, qui jusque-là découvrait la naissance de ses seins.

— C'est ouvert, dit-elle. Entre.

Ils se fixèrent un long moment, H.H. et elle. Puis elle dit :

— Il dort. La deuxième porte à droite en haut de l'escalier.

Il resta immobile devant elle, ne parvenant apparemment pas à la quitter des yeux. Puis il se décida. Ce fut à peine si elle l'entendit monter et durant les cinq à six minutes suivantes, le silence fut total dans la maison. Il redescendit enfin.

— Du café ?

— S'il te plaît.

— Tu as dîné ?

— Et si je te répondais non ?

— J'ai l'habitude de nourrir tous les chats errants.

— Quand tu es là.

— Si c'est à Daniel que tu fais allusion, je suis là quand il le faut.

— Je n'ai pas dîné. Ni déjeuné, d'ailleurs.

Il la suivit dans la cuisine qui était immense, carrelée en damier jaune et gris où se réfléchissaient les reflets des casseroles de cuivre rouge accrochées par ordre de taille décroissant — et dans un souci strictement décoratif — au-dessus de l'évier. Accoté au chambranle de la porte, il l'observa pendant qu'elle explorait l'un après l'autre les placards vitrés qui s'alignaient le long des murs jaunes et blancs. Bien que Kate affectât la plus parfaite sérénité, l'acuité, l'intensité de ce regard qui s'emparait du moindre de ses mouvements, ne pouvait pas lui échapper. Il était entré dans la maison en tenant à la main son imperméable et son chapeau, les avait déposés sur un canapé avant de monter à l'étage voir son fils endormi. Pour quiconque le connaissait bien, ce qui nécessairement était le cas de Kate, il était vêtu avec un soin inhabituel. La veste de son costume beige à rayures marron n'était pas élimée aux coudes, sa chemise à col souple n'était pas trop froissée, il avait noué d'une façon très correcte sa cravate noire et violette et son pantalon ne godait pas aux genoux. Il s'était même rasé de près.

— Je peux te faire un steak. Avec une salade. Et il reste des crêpes.

— Merveilleux, dit Rourke.

Elle se retourna, soutint quelques secondes son regard vert sombre, se remit à la préparation de sa salade : huile, vinaigre de vin français parfumé à l'estragon, sel, poivre, moutarde de Meaux aux gros grains apparents.

— C'est pour Daniel que tu as appris à cuisiner, Kate ?

— Qui d'autre ?

La sonnerie du téléphone retentit encore, à sept reprises, puis se tut.

— Parle-moi de la Chine, dit Kate, peut-être pour rompre le silence qui s'installait entre H.H. et elle.

Il s'exécuta, raconta rapidement l'histoire de Flûte de Jade, du capitaine Song et des deux autres concubines. Il évoqua également Canton, où Kate n'était pas allée, et parla enfin de Shangaï, en donnant des nouvelles de tous ceux qu'ils avaient connus, au temps où ils y vivaient ensemble. Il mangea la dernière crêpe et but à nouveau du café.

A présent, il était assis dans le salon, elle était face à lui et là encore ce fut un cap difficile à franchir, pour l'un et l'autre, avec la menace du retour au silence qu'ils appréhendaient. Aucun d'eux n'osant en venir à l'essentiel.

— Depuis combien de temps attendais-tu dans le jardin ?

— Une heure peut-être.

— Pourquoi n'es-tu pas entré plus tôt ?

— Tu le sais très bien, Kate : j'attendais qu'il soit endormi.

Et ainsi s'était-il refusé à se servir de Daniel et de l'amour qu'il était parvenu à inspirer à l'enfant durant leur séjour à Cuba. Daniel présent entre eux, la scène de leurs retrouvailles eût été différente, forcément Kate eût pu se sentir contrainte ; tandis que dans la situation actuelle, elle pouvait simplement dire à H.H. de s'en aller. Et il s'en irait. L'enfant ignorerait qu'il était venu.

— Merci, dit-elle.

... Et outre cela, il y avait le souvenir très clair, dans leurs mémoires à tous deux, de la dernière fois où ils s'étaient vus. A Paris. Sur un quai de gare, au départ d'un train. Auquel, contre toute logique, elle était venue l'accompagner. Ç'avait été une scène d'adieux bizarre.

— Personne ne t'obligeait à venir ce jour-là, gare de Lyon, lui rappela Rourke.

Elle acquiesça, nullement étonnée de ce rappel de leur passé.

— Je me souviens de chaque mot, dit H.H.

Nouvel acquiescement. Elle se tenait dans l'angle du siège, ses jambes repliées sous elle, sa main serrant le col de son peignoir, à ras de cou. Entre ses mèches blondes qui retombaient devant son visage encore humides du bain qu'elle avait pris avec Daniel, ses yeux saphir ne quittaient pas les lèvres de Rourke.

— Ce qui fait notre charme, dit H.H. de sa voix lente, c'est que nous pouvons être d'une idiotie profonde.

— Les mots exacts, dit Kate. En effet.

— Pourquoi voulais-tu me voir ? Uri n'a pas cessé de me répéter ton message.

Elle ne répondit pas tout de suite, puis dit enfin, comme à regret :

— Je venais d'apprendre que tu te trouvais à Santiago de Cuba, avec Daniel, et que tu avais passé trois semaines avec lui.

— Et tu étais furieuse.

— Sur le moment, oui.

— Kate, je ne peux pas parler à quelqu'un qui se contente d'acquiescer. Je ne suis pas plus à l'aise que toi. Tu le sais très bien. D'accord, je me répète. On parle vraiment, Kate ?

— J'étais folle de rage, avoua-t-elle. Il n'avait plus que toi à la bouche quand on me l'a ramené.

— Voilà qui est mieux. Nous commençons à entrer dans le sujet.

— Tu as fait exprès de le... de le séduire.

— C'est mon fils.

— Tu ne t'en es pas occupé pendant ces trois ans.

— N'inversons pas les rôles : c'est toi qui es partie de Shanghai avec lui. Ma parole, nous sommes bel et bien en train de nous disputer. Et que me reproches-tu d'autre ?

— J'ai voulu acheter d'autres reportages de toi, mais Larry Saperstein m'a appris qu'un autre journal de New York s'en était assuré l'exclusivité.

— Le *Morning News*.

— Oui.

— Et tu en as conclu que je m'étais associé à ton père, contre toi.

— Ne me fais pas plus idiote que je suis. Tu savais que Daniel allait passer trois semaines à Cuba ?

— Non. Je ne l'ai découvert qu'en montant dans l'avion de ton père. Tu n'es pas obligée de me croire.

— Je te crois.

— Merci.

— Il est évident que tu es allé voir mon père pour intercéder en ma faveur et lui demander de cesser de me harceler.

— C'est surtout cela qui t'a enragée.

— C'est vrai.

— Si bien que tu as cherché à me joindre pour me dire de m'occuper de mes affaires.

— Oui. Trop tard, apparemment. Rourke, tu n'as pas contraint mon père à m'accorder une trêve simplement en lui offrant tes services de reporter.

— Je ne lui ai rien offert.

— Tu as dû le menacer, d'une façon ou d'une autre. D'après Larry tu étais déjà aux États-Unis depuis janvier au moins. C'est vrai ?

— Oui... Si nous parlions d'autre chose ?

— Je n'ai pas envie de parler d'autre chose. J'ai envie de hurler.

— Vas-y, dit H.H. très calmement.

— J'ai envie de hurler parce que tu t'es cru obligé de te sacrifier et parce que lui et toi vous vous imaginiez que j'étais battue.

— Et tu ne l'étais pas.

— Tu connais ma situation, Rourke ? Celle du *DAY*, je veux dire ?... Non, ne réponds pas... C'est à cela que tu as dû passer tout ton temps depuis janvier. J'aurais dû y penser plus tôt. Tu as dû mener ton enquête. Sur lui et sur moi. C'est ça, hein ?... Je vois. Et quel était le jugement de l'arbitre ?

— Tu étais menée deux sets à rien et cinq zéro dans le troisième... Mais pas battue. Je te connais.

— Je vais m'en sortir.
— J'en suis sûr...
— Mais tu as quand même jugé nécessaire de venir à mon secours.
— Je me demande bien pourquoi, dit très doucement H.H.
Lors du silence qui suivit, ce fut elle qui, la première, rompit l'échange si intense de leurs regards. Elle ferma les yeux.
— Oh ! mon Dieu, Rourke, ça n'en finira donc jamais ! J'ai essayé avec Nick Di Salvo. Ça n'a rien donné. Je l'ai rendu malheureux, c'est tout. Il m'a fallu deux mois pour me rendre compte que je ne l'aimais pas. Je ne m'en étais même pas aperçue. Pauvre Nick.
Ce fut alors que H.H. dit :
— Il y avait une autre raison pour laquelle tu souhaitais me voir, n'est-ce pas ?
Elle hésita.
— Tu ne m'as jamais menti, Kate, dit-il.
— J'avais besoin que tu sois là, c'est vrai.
— Un coup de cafard ou plus grave ?
— C'est moi qui ai envie de parler d'autre chose, maintenant.
— Il y a donc eu un moment où tu as eu besoin de moi.
— Mais tu n'es pas venu. C'était il y a six, non sept semaines. Tu n'étais pas si loin, à Cuba.
— Et je ne me suis pas précipité, excuse-moi, dit-il sarcastique.
Il se releva.
— Il doit y avoir une bouteille de whisky quelque part.
— Va au diable, dit H.H.
— H.H. Rourke s'énervant, c'est nouveau. Je vais peut-être en faire la une, demain matin.
Il allait et venait comme un fauve dans une cage trop étroite, arpentant le salon à longues enjambées furieuses. Kate renonça à le suivre du regard, il lui donnait le

tournis. L'épaisse moquette de laine beige étouffait le bruit de ses pas si bien qu'elle ne s'aperçut pas tout de suite qu'il s'était arrêté. Elle sursauta nerveusement quand elle sentit sa présence immobile dans son dos, mais ne se retourna pas. Sa respiration s'accéléra soudain.

— Je te demande pardon, Rourke.

— Di Salvo va te quitter. Peut-être pas demain, mais il finira par partir lui aussi.

— Je sais. C'est ce qui pourrait lui arriver de mieux. Il va épouser Irena Van Gaver. Elle est folle de lui.

— Et toi ?

— Je trouverai un autre rédacteur en chef. Moins bon que Nick mais suffisant.

— Pas de place pour moi, c'est ça ?

— Nous en avons déjà parlé, plusieurs fois. C'est plus fort que moi, Rourke : je ne partagerai mon journal avec personne. Les Killinger sont ainsi. Qu'as-tu décidé avec mon père ? Une simple trêve ou une paix définitive ?

— Si tu ne l'attaques pas, il ne bougera plus.

— Tu t'es engagé en mon nom, autrement dit ?

— Oui.

— J'y mettrai le temps qu'il faudra mais je lui ferai payer ce qu'il m'a fait.

— Très bien, dit H.H.

Il s'écoula là-dessus une longue, une interminable minute de silence, les mains maigres et bronzées de H.H. posées sur le dossier du canapé de cuir noir, à quelques centimètres de la nuque et du cou de Kate. Elle céda la première :

— Assez ! dis quelque chose !

Elle laissa échapper deux brefs halètements quand la main l'effleura à la base de la nuque. Elle ferma les yeux. La main poursuivit son avance, s'infiltra dans l'entrebâillement du peignoir, força doucement les doigts de Kate à se desserrer, descendit entre les seins, en ressortit.

La paume s'ouvrit sur le saphir étincelant que soutenait une fine chaîne d'or.

— Tu ne m'as jamais dit d'où il venait.

— De Birmanie. De cet homme que j'ai appelé le *Seigneur-Juge des Shan*, dans mon reportage.

— Tu me l'as donné juste avant de monter dans le train.

— Tu te souviens ?

— Et après m'avoir dit que tu ne renoncerais jamais à moi.

— Exact.

— Je t'ai répondu : le pire, c'est que tu es bien capable de me revenir.

— Mais je n'ai pas été là au bon moment. J'ai sept semaines de retard.

— Ça n'aurait rien changé.

Kate renversa la tête en arrière et ferma les yeux. Quand elle sentit que Rourke se penchait sur elle, à l'envers, elle leva les bras et lui entoura le cou de ses mains. Graduellement, elle l'obligea à s'incliner davantage, et leurs lèvres se frôlèrent. Le souffle de Rourke glissait le long du cou de la jeune femme, soulevant légèrement ses cheveux. Un frisson la parcourut. Ils restèrent ainsi un long moment, leurs bouches s'effleurant à peine, comme deux adversaires qui s'épient. Puis Kate se cambra sauvagement, l'attirant de toutes ses forces, et leurs lèvres s'écrasèrent. Il l'embrassa si brutalement que leurs dents s'entrechoquèrent. Tout en l'embrassant, Rourke avait ouvert son peignoir et ses mains caressaient sa peau nue. Quand leurs lèvres se séparèrent, ils tremblaient aussi fort l'un que l'autre.

— Tais-toi, Rourke, je t'en prie. Je t'en prie.

Dans la chambre voisine de celle où dormait l'enfant, ils firent une première fois l'amour. Sans un mot, en effet.

Par terre. Rourke ne lui avait pas laissé le temps d'aller jusqu'au lit. Il lui avait retiré son peignoir sur le seuil et l'avait enlacée. Ils étaient tombés à genoux ensemble, puis s'étaient affaissés de côté, sans cesser de s'embrasser furieusement. Il l'avait possédée férocement, la tenant des deux mains par la nuque. Elle s'offrit à lui avec la même rage désespérée. Le combat achevé, ils reprirent leurs souffles, bouche à bouche, secoués du même rire nerveux, incoercible.

— Tais-toi, lui répéta-t-elle. Tais-toi, Rourke, ne dis rien. Surtout ne dis rien...

... La deuxième fois, sur le lit, la tendresse succéda à l'emportement. Ils s'aimèrent longuement, attentivement, les yeux dans les yeux, puis s'endormirent ensemble, Kate blottie dans les bras de Rourke. Ils se réveillèrent en même temps, tard, dans la nuit. Nus, la main dans la main, ils allèrent dans la chambre de l'enfant pour le regarder dormir. Daniel dormait sur le dos, serrant dans ses bras un des « dragons » en peluche que sa mère lui avait fait confectionner tout spécialement (en fait, ces dragons ressemblaient davantage à des iguanes). Il avait exactement la même pose que, l'instant d'avant, Rourke, tenant dans ses bras, sa tête au creux de son épaule, Kate endormie.

Ils descendirent à la cuisine, toujours nus, se faire une omelette, qu'ils dévorèrent debout, en regardant par la fenêtre le clair de lune sur les acacias du jardin. Puis ils remontèrent se coucher, et c'est seulement après qu'ils eurent fait l'amour une troisième fois, qu'il lui demanda :

— Pourquoi, Kate ?

— Pourquoi, quoi ?

— Tu as dit : ça n'aurait rien changé.

— N'en parlons pas. Je voudrais que tu restes, demain. Les a-ma ne rentreront pas avant la fin de l'après-midi.

— Et nous pourrions aller pique-niquer à la plage tous les trois, dit H.H. avec un peu trop de détachement dans la voix. Papa, Maman et Rourke Junior assis autour d'une nappe à carreaux rouges. Et Papa ferait des châteaux de sable avec son fils, sous l'œil attendri de Maman.

— Rourke...

— Je m'en veux, dit H.H. Plus encore que je ne t'en veux, ce qui n'est pas peu dire. Je me déteste plus encore que je hais ta saloperie de journal. Je n'aurais jamais dû revenir.

Elle allongea le bras et éteignit la lampe de chevet. Mais, à travers les voilages blancs de la fenêtre, la clarté de la lune tombait en biais sur le lit, baignant d'une phosphorescence très douce le long corps gracieux de Kate. Elle avait appuyé son menton sur la paume de sa main, et s'accoudait de profil, ce qui accentuait la cambrure naturelle de son dos et le mouvement gracieux des épaules. Ses seins bougeaient paisiblement au gré de son haleine et ses yeux, que Rourke voyait à contre-jour, brillaient beaucoup plus qu'ils ne l'auraient dû. Du bout du doigt, il lui caressa le front, puis le nez, dessinant son profil. Kate détourna la tête et enfouit son visage dans l'oreiller. Il avait eu le temps de sentir que sa joue était mouillée.

— Tu gâches tout, Rourke.

Il eut un rire bref, très sec, très amer.

— Bernard Adler, dit-il. C'est au cours de ma première enquête, et tout à fait par hasard, en somme, que je suis tombé sur son nom. En janvier. Il avait cautionné ton emprunt de cent vingt mille dollars auprès de la Hunt Manhattan. Un homme qui pèse quarante millions. Sur le moment, je n'y ai pas trop prêté attention. Je me suis dit : elle aura obtenu son appui d'une façon ou d'une autre. J'avais plus urgent en tête.

Kate se retourna sur le dos. Ses yeux étaient à nouveau secs.

— Mais Rourke n'abandonne jamais une piste, comme chacun sait.

— J'étais à Cuba, quand ça m'a effleuré pour la première fois. Je m'en souviens. La terre venait de trembler, figure-toi, et Uricani était en train de rouler cul par-dessus tête le long de la pente. Moi, j'étais assis, un peu sonné. Et va savoir pourquoi, ça m'a traversé l'esprit, tout à coup. Aussi brutalement que ce tremblement de terre. Mais ce Bernard Adler, ai-je pensé, pourquoi lui a-t-il prêté cette somme ? Par pure générosité ? Allons donc ! Et je me suis souvenu qu'il était veuf. Un beau parti, s'il en est. Cinquante-quatre ans, deux enfants mariés, allié au Rockfeller, une propriété dans le Connecticut, un ranch en Arizona, une collection de tableaux dont il envisage de faire don à un musée qu'il fera lui-même construire... Et pas mal du tout de sa personne, ce qui ne gâche rien... Tu as couché avec lui, Kate ?

— Non.

— Pas encore ?

— Rourke, tu te fais du mal et tu me fais mal aussi.

— Bah ! Nous avons la peau dure tous les deux. Et je ne vois pas comment je pourrais dire autre chose. Tu l'as dit toi-même : même si j'étais venu à toi sept semaines plus tôt, ça n'aurait rien changé. Au moins es-tu sincère. Tu ne mens jamais, c'est vrai. Sauf par omission. Il y a de quoi se tordre : j'ai retraversé l'Atlantique uniquement pour toi, en me donnant comme prétexte de venir t'aider, en obligeant ton père à te foutre la paix. Car ce n'était qu'un prétexte. C'est toi que je voulais retrouver. Je me disais qu'il n'était pas possible de ne pas trouver un moyen de vivre ensemble. Quitte à travailler ensemble. Mais pas nécessairement. Tu pouvais continuer à diriger ton journal et j'aurais continué mes reportages. En partant moins souvent, et moins longtemps. Nous aurions pu nous ménager des... rendez-vous, tous les deux. Et avec le temps, peut-être...

Assis dans le lit, adossé au chevet, il parlait d'une voix contenue. En apparence, il était très calme, presque nonchalant. Le léger tremblement de ses doigts trahissant seul la formidable tension qui l'habitait.

— Mais il est hors de question que je devienne ton rédacteur en chef. Tu ne voudrais pas de moi, même si j'étais disposé à l'être. Je ne vaux pas un Di Salvo. Et même pas celui que tu choisiras quand Di Salvo s'en ira. Tu as probablement raison et de toutes manières nous ne le saurons jamais puisque c'est une éventualité que tu écartes d'office. Combien dois-tu à Adler ?

Pas de réponse.

— Plus de deux cent mille dollars, dit H.H. Bien plus. Je ne connais pas la somme exacte. Quel homme, même milliardaire, avancerait autant d'argent sans contrepartie ? Tu ne lui as rien cédé de ton journal, c'est évident. Tout comme tu avais refusé les offres de Hearst. Que pouvais-tu donc donner en échange, à part toi-même ? Quand vas-tu l'épouser, Kate ?

Il attendit une réponse qui ne vint pas. Il allongea sa main et força Kate à se retourner. Elle ne pleurait plus mais la semi-pénombre dans la chambre n'empêchait pas de distinguer ses yeux clairs écarquillés. Il secoua la tête, envahi par la rage :

— Et elle me dit : j'aimerais que tu restes, demain, les a-ma ne rentreront pas avant la fin de l'après-midi. Sous-entendu : il te faudra partir avant leur retour, et n'être vu de personne. Et la prochaine fois, que me faudra-t-il faire ? Me glisser furtivement dans ta chambre après avoir attendu que Bernard Adler soit parti pour son club, ses bureaux de Wall Street ou pour quelque voyage d'affaires ?

Il eut le temps d'esquiver, mais le poing de Kate le toucha néanmoins à la pommette. Elle n'avait pas fait semblant de cogner. La tête de Rourke partit en arrière. Animée d'une rage sourde, elle tenta de le frapper encore, mais il parvint à lui agripper les poignets et se coucha sur elle, de tout son long, pour la plaquer sur le matelas. Ils luttèrent un instant, en silence. Il réussit enfin à lui mettre les bras en croix et se redressa un peu pour la regarder. Les yeux de Kate luisaient d'une sombre fureur. Il se laissa retomber sur elle et l'embrassa. Tout d'abord, elle se contenta de subir passivement son baiser, puis, brusquement, sa bouche devint brûlante et s'ouvrit pour lui rendre son baiser avec avidité.

Quand il s'écarta enfin, elle ne bougea pas, resta absolument inerte, les yeux fermés. Des larmes brillaient entre ses cils.

— Ça, dit Rourke, c'est une scène d'adieux réussie, ou je ne m'y connais pas. Nous nous améliorons.

Quand il ressortit de la salle de bains après s'être rhabillé, elle n'était plus dans le lit. Il la retrouva au rez-de-chaussée, assise au piano. Elle avait remis son peignoir et avait entouré ses cheveux d'un bandeau bleu pour les maintenir. Il remarqua aussi qu'elle s'était repassé du rouge sur les lèvres. En effleurant les touches du bout des doigts, elle lui dit, sans se retourner :

— Si tu veux, je t'enverrai Daniel trois mois par an. En plusieurs fois, si tu préfères. Tu décideras...

— Très bien.

— Tu pourras le voir quand tu voudras. Il a besoin de toi. J'ai dit trois mois comme j'aurais dit...

Elle n'acheva pas sa phrase. Il acquiesça, mains dans les poches de son veston.

— Tu renonces, cette fois, Rourke ?

— A ton avis ?

— A mon avis, non, dit-elle.

Elle venait d'avoir vingt-neuf ans. Il en aurait trente-deux en septembre.

Il ramassa le chapeau et le trench-coat et s'en alla, prenant soin de refermer doucement la porte sur la véranda, pour ne pas éveiller l'enfant.

— Merci pour les éléphants, dit Karl Killinger. Cela dit, je vous serais reconnaissant de ne pas trop promettre de mon argent aux gens que vous interviewez. Entre le transport de ces bêtes depuis Santiago de Cuba, leur hébergement à New York et ce que m'ont coûté les demoiselles Moffett pour leur installation aux États-Unis, j'ai dépensé l'équivalent du salaire mensuel de toute ma rédaction.

— Vous pouvez toujours revendre les éléphants.

— Après la publicité qu'ils ont faite à mon journal ? De qui était l'idée de les faire livrer en port dû devant l'entrée du *Morning News* ?

— De moi, dit H.H.

— C'était de l'humour ou la manifestation de l'antipathie que je vous inspire ?

— Un peu des deux.

— Nous avons trouvé un travail à ces demoiselles, ainsi qu'un appartement dont nous avons réglé d'avance le loyer des douze premières semaines. C'est bien ce que vous leur aviez promis en mon nom ?

— Oui.

L'entrée de H.H. dans la salle de rédaction — soixante mètres de long — du *Morning News* avait provoqué un silence et beaucoup de curiosité. Peu le connaissaient vraiment, ils n'étaient peut-être pas cinq ou six à se souvenir du reporter de nuit au *New York Times*, une dizaine d'années plus tôt. Mais trop de rumeurs avaient circulé sur son compte et qu'il eût été engagé comme grand reporter à des conditions que l'on disait exceptionnelles avait encore augmenté le mystère. Il avait d'ailleurs été reçu dès son arrivée par Karl Killinger. Et si cela n'eût pas suffi, il y avait eu ces trois éléphants cornaqués par deux jeunes filles qui, la veille, avaient surgi en plein New York, devant l'entrée principale du journal, pour compléter le reportage du jour.

— Votre bureau vous plaît, Rourke ?

— Je ne pense pas m'y installer.

— J'ai demandé qu'on vous prépare un bureau et un fauteuil, avec une plaque portant votre nom sur la porte. Vous êtes passé devant avant d'entrer ici.

— Je n'y serai jamais.

— A votre aise. L'essentiel est que l'on sache que vous travaillez pour moi. Vous l'avez vue ?

Il parlait évidemment de Kate. H.H. hocha la tête.

— Comment va-t-elle ? demanda Killinger après avoir attendu en vain le moindre commentaire.

— Bien.

— Comment a-t-elle réagi à... la levée de mon blocus ?

H.H. se leva et se dirigea vers la porte capitonnée.

— J'ai une dernière question, Rourke.

H.H. s'immobilisa, les doigts déjà posés sur la poignée de la porte.

— Dans l'avion qui nous amenait à Cuba, je vous ai demandé si vous l'aimiez toujours. Vous m'avez répondu que vous n'en saviez rien.

H.H. ne broncha pas.

— Vous le savez à présent ?

— Oui, dit H.H.

Qui sortit.

L'administrateur du *Morning News*, Leo Sachs, était un homme d'une cinquantaine d'années, au visage glabre et glacial.

— Trois semaines déjà dues, plus cinq d'avance. Ce sont les ordres que j'ai reçus. Huit semaines donc. Seize cents dollars. Plus mille autres dollars d'avance sur les frais. Deux mille six cents. Signez ici, je vous prie.

H.H. s'exécuta, remercia d'un signe de tête. Sachs lui demanda si, dans huit semaines, il serait à nouveau de passage à New York. C'était extrêmement peu probable, répondit H.H.

— Dans ce cas, vous voudrez bien me faire savoir où je dois vous faire parvenir les versements suivants.

H.H. dit qu'il ne manquerait pas de se manifester. Dehors, dans le couloir, il retrouva Uricani, qui lui aussi avait perçu huit semaines de salaire et n'avait jamais eu autant d'argent. Ils sortirent ensemble de l'immeuble du *Morning News* — où le fait est qu'ils n'allaient pas revenir pendant un nombre impressionnant d'années.

— Il me faudrait une poste pour expédier des sous à ma chère femme et à mes pauvres petits enfants, Hatchi.

Le Roumain, qui n'était d'ailleurs plus roumain depuis quatre jours, ayant obtenu la nationalité américaine, établit un mandat télégraphique de six cents dollars à l'adresse de Madame Constantin Uricani, dans le Bronx.

Le surlendemain, Rourke et Uricani s'embarquèrent pour l'Amazonie.

Livre 6

LES ALLÉES DE MORLAAS

17

Sa Majesté de la Ville de Pierres

Le 4 juin 1936 au soir, le Chat-Huant devait normalement dîner avec Mimi, mais elle s'était décommandée : parmi les deux millions de grévistes et les milliers d'entreprises touchées par la grève générale, se trouvaient la plupart des fournisseurs de son magasin de chaussures. Elle avait fait porter un message disant qu'elle serait retenue fort tard, par ce quelque chose appelé *Front populaire*. Le Chat-Huant n'avait qu'une idée fort vague de ce que cela pouvait être et, puisant dans ses souvenirs de la Grande Guerre où on l'avait envoyé comme correspondant de presse, il imaginait quelque alignement de tranchées emplies de barbus casqués, armés de fusils à baïonnettes. Il ne vit rien de la sorte dans Paris, où des cortèges allaient en poussant des cris incompréhensibles et en brandissant des drapeaux généralement rouges.

Plus que jamais trotte-menu, il se rendit dans quelques salons du boulevard Saint-Germain et notamment chez Louis Blériot. L'aviateur n'allait pas trop bien, lui aussi avait eu un malaise cardiaque, peu après avoir célébré le vingt-cinquième anniversaire de son vol au-dessus du Channel et à quelques jours près, presque en même temps que le Chat-Huant. On bavarda et de fil en aiguille, le Chat-Huant demeura à dîner. Blériot lui parla de son obsession : une liaison aérienne régulière entre l'Europe et l'Amérique, grâce à des aérodromes flottants disposés sur l'océan, de façon que les aéroplanes pussent s'y poser pour s'y ravitailler.

Le Chat-Huant en fit le sujet de sa chronique dans le *New York*. On ne la lui publiait plus que par intermittence, mais il n'y prêtait guère attention. Son intention était de rédiger son billet jusqu'à son dernier jour, que celui-ci fût inséré ou non. La salle de rédaction de l'édition européenne du *Herald Tribune* était emplie de journalistes. Les conversations allaient bon train. On parlait de l'Allemagne, de Hitler, de l'Espagne où quantité de choses se passaient, des Jeux olympiques qui bientôt allaient s'ouvrir à Berlin, de tous les bruits qui couraient concernant le roi Edouard VIII et Bessie Wallis Warfield Simpsons, de la fortune comparée des grandes vedettes du cinéma américain : Charlie Chaplin venait en tête devant Harold Lloyd et Mary Pickford...

... Et quelqu'un prononça le nom de Killinger. Le Chat-Huant dressa l'oreille et manœuvra pour se ménager un aparté avec un petit jeune homme à la calvitie précoce et au regard fort intelligent derrière des lunettes cerclées d'acier.

— Pohl, Ernie Pohl, se présenta le jeune homme.

Qui reconnut qu'en effet il connaissait très bien Kate Killinger, ayant par deux fois travaillé pour elle.

— Et je vous connais aussi, monsieur, dit-il au Chat-Huant. Du moins de nom. Elle m'a souvent parlé de vous.

... Oui, l'information était exacte : Kate avait épousé le milliardaire et philanthrope bien connu, Bernard B. Adler.

— Vous ne vous sentez pas bien, monsieur ? s'enquit Ernie Pohl.

Le Chat-Huant secoua la tête et parvint à sourire. Il interrogea Pohl qui partait le lendemain pour l'Allemagne et l'Autriche, en sa qualité de correspondant du *Herald Tribune*, mais à part cela se montra très discret, se refusant au moindre commentaire, prétendant n'avoir aucune information particulière, sur Kate, sur son journal, sur les relations entre les deux Killinger.

— J'ai quitté le *DAY* voici un peu plus d'un an, excusez-moi.

Un grand sentiment de tristesse accompagna le Chat-Huant, durant le reste de la nuit, alors qu'il déambulait à son habitude, sans but précis, dans les ruelles populeuses qui avoisinaient le quartier des Halles. Il avait toujours aimé se perdre, dans ces heures louches du petit matin, alors que retombe enfin l'agitation forcenée de la nuit, sur ces trottoirs mouillés de pluie où se réfléchissait la lueur blafarde des becs de gaz... Tous les habitués de l'endroit le connaissaient, les clochards, les prostituées, silhouettes furtives, visages blêmes, surgissaient d'un porche obscur, venaient échanger quelques mots avec lui. De lourds camions faisaient trembler les vitres. Des bouchers en tabliers blancs, ensanglantés, passaient par bandes de quatre ou cinq, accompagnés de filles court vêtues, aux visages peints, allant oublier dans les estaminets de la rue Grenéta leur fatigue de la nuit. En temps ordinaire, le chroniqueur se laissait volontiers entraîner à partager ces agapes, mais cette nuit, il n'avait guère le cœur à ça ; sa mélancolie résista même aux médications ordinaires, en l'occurrence la tournée des bars à vins de la rue Tiquetonne, où il avait coutume, en dégustant un demi-verre de jurançon, d'épiloguer sur les derniers matchs de rugby avec quelques transfuges gascons. Et d'abord, que valait un Tournoi des Cinq Nations dont les maudits Anglais avaient proscrit la France ? Un peu plus tard, dans la rue Rambuteau, en prenant son énième café de la nuit (oublieux des recommandations médicales) avec des ouvriers imprimeurs, il tenta bien, faute de mieux, de se passionner pour le prochain Tour de France à bicyclette et sur les chances comparées de Lucien Leducq, Georges Speicher, Antonin Magne et René Vietto. La tentative ne fut guère concluante. Il préférait décidément le rugby (outre le fait que lorsqu'on évoquait devant lui l'Aubisque ou le Tourmalet, il avait un peu de mal à suivre — de toute sa vie, il n'avait jamais vu de montagne).

— Certaines nuits, il m'arrive de penser que j'ai vécu à côté de ma vie. Avec elle, j'ai en quelque sorte toujours fait chambre à part. Rendez-vous compte : j'ai bientôt soixante-quinze ans...

— Soixante-treize. Ne vous vieillissez pas, Miaou-Miaou.

— Et je n'ai jamais vu la montagne. Vous le saviez ?

Ce mariage de Kate lui restait décidément en travers de la gorge. Ses déambulations nocturnes l'avaient finalement conduit rue Coquillière, devant chez Mimi Rourke. Il n'avait pas eu longtemps à attendre : elle était sortie vers six heures quinze, matinale à son habitude. Ils descendaient maintenant ensemble la rue de Valois. Le jour était levé, Mimi se rendait à son magasin et le Chat-Huant rentrait enfin chez lui.

— Je le savais, dit Mimi, paisible.

Rourke avait écrit, avant de repartir des États-Unis. Dans quelle mesure H.H. s'était-il étendu sur sa rencontre avec Kate, elle n'en dit rien. Une fois de plus, le Chat-Huant se heurtait à l'émouvante connivence entre Mimi et son fils. Il se reprocha d'en être affecté. De quel droit ? Il n'était quand même pas membre de la famille !

— Je suis très triste, dit-il à haute voix.

Mimi glissa sa main dans la sienne. Ils avancèrent en silence et allèrent de la sorte jusqu'à la place du Palais-Royal.

— Nous dînerons ce soir ensemble, Miaou-Miaou.

Elle tenait toujours sa main. Il la fixa, déconcerté et presque gêné par une telle démonstration d'affection. Elle avait les larmes aux yeux. Mimi pleurant ou presque, c'était vraiment la fin du monde. La gêne du Chat-Huant se transforma en affolement et un tout petit peu en colère.

— Mimi...

Elle l'embrassa, contrainte de se pencher un peu, étant plus grande que lui.

En ce début de juin 36, le Chat-Huant n'avait plus eu de nouvelles de Rourke depuis deux mois. L'Amazonie... Il avait consulté un atlas et avait été épouvanté par l'immensité des zones « inexplorées », *il chercherait à se perdre qu'il ne procéderait pas autrement.*

Mimi s'en était allée. A peine s'était-il aperçu de son départ. Il la vit déjà loin, marchant très droite de son pas vif, dans la rue du Faubourg Saint-Honoré. Il rentra se coucher, sachant d'avance qu'il ne dormirait pas avant des heures. Du tiroir d'une commode fermé à clé, il sortit cartes et atlas. Depuis déjà onze ans, soit à peu près l'époque où H.H. avait entamé ses grands périples, le Chat-Huant reportait scrupuleusement au crayon les itinéraires parcourus par Rourke.

Il traça sur l'océan une ligne qui reliait New York à Belém, dans l'estuaire de l'Amazone. Puis, toujours à main levée, il remonta le cours du fleuve jusqu'à Santarem. A gauche ensuite, en allant plein sud, au long du rio Tapajos. Mais après ? Si l'on en croyait la carte, plein sud il n'y avait strictement rien qu'une région de forêts désertes, appelée le Mato Grosso. Et la ville la plus proche, à douze cents kilomètres de là, était Cuiabá. *Jamais entendu parler. Que diantre est-il allé chercher dans ces coins perdus ?*

Le Chat-Huant finit par s'endormir, la tête pleine de tous ces voyages qu'il avait presque faits, en douze ans, sur les traces de Rourke.

Le 5 juin, à des milliers de kilomètres, H.H. et Constantin Uricani arrivèrent enfin à la Ville de Pierres.

Cela faisait maintenant dix-neuf jours qu'ils avaient quitté Santarem. Pendant tout ce temps, ils avaient remonté le Tapajos. Depuis cinquante heures environ, Euclides Preto — *preto* signifie *noir* en portugais — les conduisait sur un affluent, dont le courant à peine perceptible se perdait constamment dans des bras morts.

— Tu sais où tu vas, Euclides ?

Il savait. Euclides était un métis de Noir et d'Indien. H.H. lui avait promis cent dollars pour qu'il les guidât jusqu'à la Ville de Pierres. Euclides avait accepté après avoir consulté divers oracles. (Ils lui garantissaient l'aller... mais pas le retour.)

On finit par stopper la pirogue, dont le fond raclait le sable. On poursuivit à pied pendant le reste du jour, puis partie du lendemain. On passa cinq heures dans des arbres, en attendant qu'une troupe de pécaris sauvages voulût bien renoncer à embrocher les trois hommes. On repartit. Une ligne irrégulière de sommets se dessinait droit devant, à l'est. Ce devait être la *serra* de Cachimbo. Les pierres alors commencèrent à apparaître, espacées de vingt en vingt pas, établies en petites pyramides très régulières, et à l'évidence destinées au jalonnement d'une piste sans cela à peine visible. Euclides Preto s'arrêta et annonça qu'il n'irait pas plus loin. De fait, il rebroussa aussitôt chemin, repartant pour la pirogue, où il attendrait sept jours. H.H. et Uricani poursuivirent seuls, sans armes, se partageant le poids du matériel photo, pourvus de ponchos en toile caoutchoutée, de leur unique machette, de vivres pour une semaine. Ils marchèrent d'abord en remontant ce qui n'était plus qu'un simple ruisseau, parfois coupé de petites cascades. La pente s'accentua. Se fiant aux bizarres bornes de pierres, ils escaladèrent le dévers d'un ravin très abrupt. Se hisser sur la crête leur prit trois heures et la nuit tomba, s'abattit sur eux avant qu'ils eussent franchi les derniers mètres. A peine eurent-ils le temps de découvrir, en contre-haut, ce qui semblait être une énorme muraille. Ils dormirent peu, cette nuit-là, à cause de la pluie qui ne cessait pas, une pluie torrentielle qui lacérait le feuillage, martelait sourdement le sol, et menaçait à tout instant de déterrer les piquets de leurs tentes tant le sol était spongieux et gorgé d'eau... Outre cette pluie, des crapauds buffles avaient entonné un concert, peut-être était-ce la saison de leurs amours, et le vacarme était tel qu'ils eurent l'impression qu'un millier de saxophonistes fous avait décidé de tester leurs instruments. Enfin, la chaleur, les moustiques, et les minuscules sangsues que la pluie charriait jusque sous leur tente, se concertèrent pour leur fournir des sujets de distraction nocturne. Ce n'est qu'un peu avant l'aube, les crapauds s'étant tus, probablement victimes d'une extinction de voix, et la pluie s'étant arrêtée, qu'ils trouvèrent quelques instants de repos. Mais le son qui se fit alors entendre pendant le repos des crapauds buffles ne les laissa guère profiter de ce bref répit. Ce fut au tout début un crépitement nerveux, tel celui d'une caisse claire de tambour, marquant quelque introduction. Il s'interrompit, et dans le silence revenu, un battement plus sourd et plus puissant résonna, menaçant dans sa gravité solennelle, faisant vibrer l'air. Longtemps, il fut seul, avant que d'autres tambours se missent à l'unisson.

— Nom d'un chien ! s'exclama Uri.

Rien n'était amazonien dans tout cela. Ces sonorités n'étaient pas moins singulières que l'eût été la musique de quelque orchestre philharmonique interprétant du Mozart. A ceci près qu'il s'agissait d'indubitables tam-tams africains. H.H. et Constantin gagnèrent le pied de la muraille. Elle se dressait à près de dix pieds de haut, faite de blocs rectangulaires à l'assemblage si précis qu'on n'aurait pu y introduire la lame d'un couteau. Ils la longèrent jusqu'à une première petite esplanade et une porte. Passer celle-ci fut facile. Ils s'immobilisèrent immédiatement après. Le panorama à lui seul eût suffi à étonner : sur un premier plan de champs de manioc et autres cultures, des cases apparaissaient qui ne ressemblaient en rien aux *malocas* des Indiens du Brésil. On aurait pu croire qu'elles avaient été directement importées du Mozambique ou de l'Angola. Ainsi que les quelques centaines de femmes, d'hommes et d'enfants pour l'instant tous figés à contempler H.H. Rourke et Constantin Uricani. Tous étaient d'un noir d'ébène et de très haute taille, certains dépassant deux mètres.

— On est en Afrique, mon bon, dit Uri. Appelle-moi Stanley et toi tu seras Livingstone !

— Attends un peu avant de faire tes photos.

... Autre chose empêchait Rourke et Uricani d'entrer plus avant : la présence de six ou huit colosses vêtus de pagnes, empanachés ainsi que des guerriers zoulous, portant autour du cou des colliers de dents ou de griffes de jaguar, armés de longues sagaies, bardés de boucliers ovales. Le plus petit dépassait H.H. d'une bonne tête.

— Je voudrais parler à Sa Majesté Nganga, dit H.H. J'ai un message pour lui.

Il avait parlé anglais, s'adressant au plus âgé des hommes. Après quelques secondes, la tête de cet homme s'inclina. La ligne des guerriers s'ouvrit et forma une double haie, au milieu de laquelle Rourke et Uricani avancèrent. Les cases que l'on dépassa étaient cylindriques, bâties avec un mélange de boue séchée, coiffées de toits coniques en chaume. Elles étaient alignées au long de véritables rues partant à la perpendiculaire de l'avenue centrale, chacune d'elles entourée d'un muret de pierres et plus curieusement encore affectée d'un numéro — les rues aussi étaient numérotées, nombres pairs à gauche, impairs à droite.

— Il ne manque plus que des boîtes aux lettres, dit Uri plaisantant, gêné d'être aussi impressionné.

Il pouvait y avoir deux cents cases en tout. Plus d'autres bâtiments, à usage visiblement communautaire, voire artisanal. L'un d'eux était à n'en pas douter une sorte de filature, un autre un moulin à canne à sucre, un troisième un grand atelier où des hommes s'activaient, taillant pierres et bois, ou travaillant le métal sur des forges. Au passage des deux Blancs, toutefois, le travail s'interrompait, on les suivait des yeux. Le détachement parvint à une véritable forteresse, surélevée sur un premier talus de terre et constituée d'une enceinte de pierre enfermant trois grandes cases de vingt bons mètres de diamètre. On accédait par un escalier au terre-plein sur lequel elles étaient édifiées. H.H. et Uri furent introduits dans la construction centrale. Ils se trouvaient maintenant dans une immense salle circulaire, une sorte de rotonde soutenue par des piliers ornés de peaux de bêtes, au sol également tapissé de peaux, où toutes les allées latérales convergeaient vers une estrade centrale surmontée d'une arche dont le fond était occupé par un trône taillé dans la pierre, et recouvert de fourrure de jaguar... Au pilier étaient accrochées des torches qui se consumaient, bien qu'il fît jour, en dégageant une fumée violacée aux parfums âcres... Çà et là, portant des torches, des filles entièrement nues, à la plastique superbe, les chevilles bruissantes de bracelets de cuivre et de coquillages, venaient offrir du feu à certains fumeurs au visage impassible qui arboraient de longues pipes indiennes. L'assistance était importante. Plusieurs dizaines de dignitaires, revêtus de robes de coton teint de ce rouge dont se servaient les Indiens, entouraient une vieille femme corpulente au visage arrogant, qu'assistaient deux autres filles nues. Celles-ci, beaucoup plus jeunes que les porteuses de torches, étaient parées de colliers de plumes d'aras dont les couleurs crues tranchaient sur leur peau mate, et des anneaux de cuivre étaient enfilés, comme des boucles sur des lobes d'oreilles, dans les pointes de leurs seins. Sur l'ensemble veillaient des gardes, quasiment nus eux aussi, à la formidable stature, dont les poignets arboraient des bracelets de fourrure et qui avaient pour armement, outre de longs coutelas, une massue monstrueuse, en bois de jacaranda, hérissée de pointes de pierre.

On avait fait asseoir H.H. et Uri sur une natte. Ils attendirent un peu plus de deux heures. Un mouvement enfin se dessina derrière les tentures de coton rouge masquant l'arrière du trône. Ces tentures s'écartèrent. Une double rangée de gardes à massue se déploya ; entrèrent aussi divers personnages, dont un porteur de chasse-mouches en plumes d'ibis, deux hommes nus au visage recouvert d'un masque de bois jaune bigarré de petits losanges bleus et rouges, quatre jeunes filles non moins nues aux longs corps élancés, aux bustes graciles supportant de lourds seins en poires dont les pointes percées étaient ornées d'anneaux de cuivre et de plumes rouges et enfin, sous un dais que soutenaient quatre hommes, Sa Majesté Nganga.

C'était un Noir de superbe prestance, colossal au moins autant que les plus grands de ses gardes, aux cheveux et à la courte barbiche d'un blanc de neige et qui pouvait avoir entre quatre-vingts et cent ans.

Il s'assit et son regard vif et autoritaire, une fois qu'il eût parcouru lentement toute l'assistance, se posa pour n'en plus bouger sur H.H. Rourke et Uricani.

— Je n'avais pas vu de Blancs depuis soixante ou soixante-dix ans et ça ne m'a vraiment pas manqué, dit-il.

Son anglais était marqué par un très fort accent de l'Alabama.

A Santarem, H.H. avait effectué deux reportages.

L'un sur les survivants ou les descendants des deux cent douze habitants blancs de Mobile en Alabama qui, au lendemain de la victoire des Nordistes dans la guerre civile américaine, avaient choisi de s'exiler pour ne plus vivre dans un pays interdisant l'esclavage. Ils étaient partis pour le Brésil (seul pays où ce même esclavage n'était pas encore proscrit) en emmenant avec eux une vingtaine d'esclaves noirs.

H.H. avait retrouvé quatre femmes et deux hommes qui avaient été parmi les deux cent douze émigrants. Il les avait interviewés ainsi que leurs descendants sur les rives du rio Tapajos. L'implantation au cœur de la forêt amazonienne de ces Sudistes enragés s'était soldée par un échec. L'anglais d'origine avait été perdu, la deuxième et plus encore la troisième génération ne savait plus guère que le portugais.

Le deuxième reportage de H.H. Rourke dans la même région avait concerné la tentative du constructeur d'automobiles Henry Ford. Tout avait commencé en 1926. A la fois sur une initiative du gouvernement brésilien et pour répondre au besoin de Ford de disposer de son propre approvisionnement en caoutchouc, pour les pneumatiques de ses voitures. Un million d'hectares avait été alloué à l'Américain. En 1930, près d'un million et demi d'hévéas avaient été mis en terre. On avait édifié une ville de trois mille habitants, équipée d'un port, d'un hôpital, d'une centrale électrique, de cinquante kilomètres de routes, d'un chemin de fer, d'une station de radio, d'une fabrique de glace et divers autres équipements. Tout cela fut baptisé Fordlandia. Sur quoi l'on s'était aperçu que le terrain dans lequel on avait planté quinze cent mille arbres à latex était impropre à l'installation des machines, parce que trop bosselé. Alors, on avait tout abandonné et tout recommencé, à une vingtaine de kilomètres au sud de Santarem. H.H. s'était rendu à Fordlandia Deux, en avait visité toutes les installations en construction, avait soigneusement pris note de tous les projets en cours, jusques et y compris la salle de cinéma, les courts de tennis, le golf et les piscines, en passant par les crèches, l'hôpital, le théâtre, l'aérodrome, et cetera. Et il avait rédigé un article des plus férocement caustiques qui allait valoir un procès à Karl Killinger. — Ce qui était peut-être, d'ailleurs, le but recherché. La deuxième tentative d'Henry Ford échoua comme la première. C'est dix ans plus tard, le 1er janvier 1946, que l'Américain abandonna ses droits et tout ce qu'il avait construit au gouvernement brésilien. Pour un quart de million de dollars. On estime à 15 ou 20 millions de dollars la perte subie.

Normalement, Uricani et lui eussent dû regagner Belém, sinon Rio. H.H. s'était néanmoins attardé sur les rives du Tapajos. On lui avait en effet parlé de la Ville de Pierres. Et de Jubal et de ses frères. La plupart de ceux qui lui en parlaient avaient tout l'air de croire qu'il s'agissait d'une légende. Pas Euclides Preto, toutefois, qui avait sur tous l'avantage de s'être heurté quatre ans plus tôt aux étranges guerriers emplumés de la *serra* de Cachimbo, et n'en avait pas gardé le meilleur souvenir. Ses trois compagnons avaient été tués à coups de sagaie et lui-même n'avait dû son salut qu'à la vitesse de sa course dans une nuit noire.

— Je ne voudrais pas avoir l'air de manquer de respect à Votre Majesté, dit H.H., mais je voudrais savoir qui Elle est, de Silas, Néron ou Jubal.

— Il y a soixante-dix ans, j'étais le roi Jubal. Mais si vous m'appelez ainsi, je dirai à mes gardes de vous casser la tête.

— Je vous appelle comme vous voulez, Majesté. Pour ce qui est de me casser la tête, rien ne presse.

H.H. et le roi se sourirent. La deuxième surprise, en ce qui concernait Sa Majesté Nganga, outre le fait que son accent sudiste avait survécu à près de trois quarts de siècle loin de l'Alabama, était qu'Elle eût un saisissant sens de l'humour. Sa Majesté avait accordé à H.H. Rourke une audience privée. Les deux hommes étaient allongés sur des hamacs voisins, chacun flanqué de deux jeunes filles nues pour les balancer doucement et les éventer.

— Vous pouvez m'appeler Nganga. Mais seulement lorsque nous sommes entre nous.

— Très bien, dit H.H. Vous pourriez me raconter votre histoire, à présent ?

— A quoi bon ? Je veux bien attendre un peu pour ordonner à mes gardes de vous casser la tête, mais ce sera au plus l'affaire de deux ou trois jours. Vous croyez que je plaisante ?

— Non.

— Vous pensez avoir une chance de sortir vivants de la Ville de Pierres, votre ami et vous ?

— En courant, sûrement pas, dit H.H. Mais j'ai quand même envie d'entendre votre histoire.

— En quelle année sommes-nous ?

— 1936.

— Vous connaissez l'Alabama ?

— Je suis allé en Louisiane et au Mississippi, qui sont des États voisins.

— On y a vraiment supprimé l'esclavage ?

— En théorie, oui. Mais il vaut toujours mieux y être blanc que noir...

H.H. prolongea sa réponse, en parlant de l'université de Tuskegee, réservée aux Noirs. Il dut expliquer ce qu'était une université. Il évoqua des musiciens comme W.C. Handy, l'un des pères du jazz, et surtout du blues. Et pour faire bonne mesure avança le nom de Jesse Owens, quadruple recordman du monde d'athlétisme et qui, dans peu de temps, quelques semaines, allait représenter les États-Unis d'Amérique dans une grande compétition internationale, dans la ville allemande de Berlin, de l'autre côté de l'Atlantique. Il ignorait totalement où était né Jesse Owens, doutait que ce fût en Alabama, mais jugea que le détail était sans importance... Et, oui, il le confirma : les Américains blancs allaient certainement applaudir Owens. Surtout s'il gagnait. Ils seraient fiers de lui. Pendant quelque temps au moins.

Nganga l'observait.

— Vous ne mentez peut-être pas, dit-il.

Yeux clos, H.H. fumait une cigarette. Il attendait. Et cela vint, l'histoire complète de Jubal Carter. Carter n'étant pas son vrai nom. Il n'avait pas de vrai nom. Carter était le nom de la famille de Mobile dont il avait été la propriété : Jonathan et Emmy Carter, et leurs enfants, Amelia, Liza et Jonathan Junior. Il avait dans les quatorze ans quand on les avait emmenés au Brésil, Silas, Néron et lui. Il se souvenait des bateaux, en mer puis au long de ce fleuve plus grand encore que le Mississippi, se rappelait Santarem, puis la « plantation » comme disait le maître, Jonathan Carter. Quelle plantation ? Ce n'était qu'une cabane et la maîtresse, Madame Emmy, était morte très vite, tuée par la maladie. Il avait essayé une première fois de s'échapper, seul, mais *o capitao do mato*, le capitaine de la brousse, celui qui était chargé de pourchasser les esclaves en fuite, l'avait poursuivi, avec ses cavaliers vêtus de cuir, l'avait repris, il lui avait arraché tous les ongles des mains, lui avait brûlé l'anus avec un fer rouge, l'avait mis à la *canga*, au carcan, sans parler des quatre-vingt-dix coups de fouet. Et alors Silas et Néron ses frères, qui étaient encore plus grands que lui, avaient une nuit attendu *o capitao do mato* qui sortait de chez une fille à la fin de la nuit. Ils l'avaient accroché par les pieds à une branche, juste au-dessus d'une fourmilière et lui avaient délicatement incisé l'abdomen, de façon à ce que les intestins s'en échappant et se déroulant comme une guirlande vinssent effleurer le sommet du monticule habité par les fourmis rouges. Ils avaient attendu tout le temps nécessaire et, quand les fourmis eurent achevé leur festin, ne laissant du *capitao do mato* que quelques os scintillants de blancheur, ils s'étaient échappés...

— J'avais seize ans mais j'étais très fort. Et Silas l'était encore plus que moi.

... Ils étaient repartis à nouveau, pour l'est, cette fois, sur des radeaux de balsa que les Indiens shavantes leur avaient appris à construire et à manœuvrer. Et des mois plus tard, ils étaient arrivés ici, là même où il vivait encore aujourd'hui...

— Pourquoi ce nom de Nganga ? Et pourquoi la Ville de Pierres ?

La question de H.H. était venue au terme d'un silence. Quelque chose s'était passé chez Nganga-Jubal : son ton avait changé à mesure que se développait son récit, le regard s'était comme tourné vers l'intérieur, la passion avait surgi, balayant l'humour des premiers échanges...

Un homme appelé Nganga Zimba avait existé. Au Brésil. C'était un esclave importé d'Afrique orientale au début du XVIIe siècle. Il s'était évadé en 1630, avait rallié à lui des milliers de ses semblables et pendant un temps avait tenté de recréer un royaume uniquement peuplé de Nègres...

— Il a échoué, dit Nganga-Jubal. Mais on m'a raconté son histoire. Il avait construit un palais de pierres, auquel on a donné le nom de Zimbabwe Bawe.

— Et vous avez voulu refaire l'histoire, dit H.H.

— J'ai seulement voulu être libre.

Des quatre femmes que Jubal et ses frères avaient emmenées avec eux dans leur fuite de Santarem, une seule avait survécu, et trois enfants. Silas alors avait très audacieusement lancé un raid sur une petite plantation, en avait ramené deux femmes et deux hommes, des *escravos* (esclaves). Il avait récidivé et lui, Jubal, qui n'était pas encore devenu Nganga, avait à son tour opéré de même. C'étaient surtout des enfants esclaves et presque toujours des filles qu'ils prenaient, dans leurs razzias. Et ainsi la communauté s'était-elle agrandie. Et ils avaient commencé à construire la Ville de Pierres. Comme

Nganga Zimba trois siècles avant. Des hommes et des femmes amenés de l'Alabama étaient venus les rejoindre, secrètement, à mesure que la situation des maîtres blancs émigrés de Mobile devenait plus mauvaise. Silas avait décidé de devenir Nganga Zimba. Il était devenu le roi et déjà en ce temps-là la première enceinte de la Ville de Pierres était achevée, et ils étaient alors presque cent à l'habiter...

— Quand était-ce ?

Plus de cinquante ans en arrière. Peut-être soixante :

— J'avais vingt-cinq ans environ.

— Vers 1875, donc. Et vous parlez toujours anglais.

— Je suis né en Alabama.

— Combien de ceux qui sont ici dans la Ville de Pierres sont-ils vos enfants et petits-enfants et arrière-petits-enfants ?

Et arrière-arrière-arrière-petits-enfants, corrigea en souriant le roi Nganga. Que croyait donc Rourke ? Il était encore capable de faire des enfants, malgré son âge. Il avait encore eu trois fils durant les mois précédents :

— La moitié des habitants de la Ville de Pierre descendent de moi. Et vous, Rourke, avez-vous des descendants ?

— Je n'ai qu'un fils. Et je n'ai construit aucune ville. Quand votre frère est-il mort ?

Cinquante et quelques années plus tôt à peu près. Il y avait eu une petite discussion entre Jubal et son aîné. Celui-ci avait appris que l'esclavage avait été aboli au Brésil, il avait voulu aller jusqu'à Santarem, et révéler l'existence de l'emplacement de la Ville de Pierres, se faire reconnaître comme roi, signer un traité avec le roi du Brésil.

— Et vous n'étiez pas d'accord, dit H.H.

Pas trop, non. Jubal qui n'était pas encore Nganga Zimba estimait au contraire que plus longtemps la Ville de Pierres demeurerait inconnue, et mieux cela vaudrait pour tout le monde.

— Nous nous sommes un peu battus et il est un peu mort, dit Nganga.

— Ce qui a fait de vous le Nganga Zimba n° 2.

— Voilà, dit Nganga II en riant. Et c'est pour la même raison que je vous ferai casser la tête, à votre ami et vous. Vous avez une conversation intéressante, mais je ne peux pas vous laisser repartir et aller révéler partout que nous existons.

— Sauf si je trouve un moyen de vous convaincre.

— Vous aurez beaucoup de mal, j'en ai peur, remarqua paisiblement le roi de la Ville de Pierres.

— A mon avis, ça vaut la peine d'essayer.

— C'est tout à fait ce que je penserais à votre place. Je me creuserais la cervelle, si j'étais vous, pour trouver un moyen de me convaincre.

— J'ai un moyen.

— Vous m'étonnez beaucoup. Je peux savoir lequel ?

— Vous savez lire, dit H.H. Rourke.

La bible était reliée en cuir, mais trois quarts de siècle dans l'humidité de la jungle amazonienne en avaient entamé la couverture. La page de garde, pourtant, bien que jaunie, portait encore les noms de trois générations de Carter, ainsi qu'il était d'usage chez les pionniers américains, pour tenir une sorte d'état civil.

— Vous savez lire, mais pas écrire. Pas vraiment écrire.

— A qui aurais-je écrit ? Vous faire casser la tête m'emplira de chagrin, vous êtes un homme pour qui j'aurais pu avoir de l'amitié. Vous êtes sûr que vous ne voulez pas rester avec moi ? Si vous vous engagez à rester dans la Ville de Pierres, je n'aurai plus besoin de vous faire casser la tête.

— Je ne fais jamais que passer, je ne m'arrête nulle part, c'est ma façon de vivre. Mais merci de votre invitation. Vous pouvez lire mon écriture ?

H.H. tendit au roi Nganga le premier des onze feuillets qu'il avait déjà emplis de son écriture petite et très régulière. Et après un moment, le roi de la Ville de Pierres dit qu'il pouvait lire, en effet. Lentement, parce que les lettres n'étaient pas formées de la même façon que dans la Bible, mais il pouvait. Il lut une première fois, sans émettre un son, ses lèvres bougeant et, s'étant ainsi familiarisé avec l'écriture manuscrite, il effectua une deuxième lecture à voix haute...

... S'interrompit :

— Vous écrivez que je vis dans une très grande solitude.

— Je n'écris que ce que je crois être vrai, dit H.H. Je ne change jamais rien. Je n'invente rien. Je crois que vous êtes très seul, malgré vos trois cents descendants. Dont aucun ne sait lire.

— Peut-être aurais-je dû leur apprendre. Mais c'est difficile, quand on ne sait pas écrire. Vous croyez que c'est parce qu'aucun d'eux ne sait lire que je suis très seul ?

— Ce n'est pas la raison principale. La raison principale, c'est que vous êtes d'une intelligence tout à fait hors du commun.

— Et ça suffit pour être seul ?

— Vous connaissez la réponse mieux que moi. Ce que je vous propose de faire, c'est de me laisser vivre assez longtemps pour que je puisse finir d'écrire mon reportage. Vous le lirez au fur et à mesure.

— C'est une façon assez habile de repousser le moment où l'on vous cassera la tête.

— Je n'ai rien trouvé d'autre pour l'instant, dit H.H. en souriant.

Il lui fallut trois jours pour terminer la rédaction de son reportage. Bien entendu, il eût pu rédiger bien plus vite. Mais outre qu'il devait s'appliquer à bien former toutes ses lettres, il choisit de suivre exactement le rythme de la lecture de Nganga. Devinant plus ou moins, sur le visage de ce dernier, les effets produits.

— Il m'est arrivé une chose étonnante, Rourke : je me suis mis à pleurer en lisant ma propre histoire. Je ne me souviens pas d'avoir jamais pleuré, avant.

— Est-ce que j'ai écrit votre histoire exactement telle qu'elle s'est passée ?

— Oui. Très exactement. Et vous avez très bien expliqué pourquoi j'avais été obligé de tuer mon frère.

— C'est ce passage-là qui vous a fait pleurer ?

— Celui-là et l'autre, où vous avez parlé de la liberté.

— Je n'ai fait que recopier des choses que vous m'avez dites. Ou que vous pensez.

— Moi, je crois que vous avez mis aussi beaucoup de vous-même.

— C'est peut-être parce que nous avons quelques idées en commun.

— C'est possible, dit le roi. Vous vous considérez comme un homme libre ?

— Oui et non.

— Vous aimez quelqu'un ?

— Plusieurs personnes. Beaucoup, en fait.

— Alors vous n'êtes pas complètement libre. Moi, je ne le suis pas non plus. A cause de tous ces gens qui dépendent de moi. Vous croyez vraiment qu'ils vont s'entretuer ou quitter la Ville de Pierres, après ma mort ?

— A votre avis ?

Le roi Nganga ne répondit pas tout de suite... Il ne répondit pas du tout. Pas à cette question dont Rourke aussi bien que lui connaissait la réponse. Ils étaient en train de marcher, côte à côte, s'en revenant de ce sommet sur lequel ils étaient montés — le roi se faisant hisser sur les cent derniers mètres par six de ses gardes — et d'où l'on découvrait à perte de vue l'océan vert de la forêt, tapi sous un épais matelas de pluie.

— Rourke, je pourrais penser que vous avez écrit mon histoire de cette façon, dans le seul but de sauver votre vie.

— Vous le pensez ?

— Non.

— Sinon, je serais déjà mort, c'est ça ?

— Depuis deux ou trois jours au moins. Que proposez-vous de faire de ce que vous avez écrit ?

— Il n'y a qu'une solution : je vous laisse tout et quand vous le voudrez, ou quand vous vous sentirez sur le point de mourir, vous enverrez quelqu'un à Santarem pour que mon reportage soit confié à la poste.

— Je pense que vous êtes très capable d'écrire un autre reportage sur moi, si je vous laisse partir.

— Capable, je le suis, dit H.H. Mais c'est à vous de juger si je vais le faire ou non. Vous êtes le roi, après tout.

Le fait est que H.H. Rourke et Constantin Uricani ressortirent vivants de la Ville de Pierres.

— Tu remarqueras que je ne te fais aucun reproche, dit Uri.

— Eh bien, tant mieux, dit H.H.

— Mais je me demande quand même pourquoi j'ai été obligé de laisser tous mes films à ce type. Merde, qu'est-ce qui nous prouve que je les reverrai un jour ? Non ! mais tu imagines ces espèces de géants tout nus aller jusqu'à Santarem pour y poster un paquet en recommandé ?

— Oui.

— Tu as confiance en ce *roi* ?

— Autant qu'il a eu confiance en moi.

Ils avaient retrouvé Euclides Preto et sa chaloupe. Et pour cause : le métis n'avait pas pu repartir et, maugréant et terrorisé, attendait leur retour depuis près de douze jours, sous la surveillance de quatre gardes aux allures de Zoulous, sur le pied de guerre.

Ils redescendirent le Tapajos, ce qui leur prit moins de temps qu'à l'aller. De Santarem, H.H. tint à pousser jusqu'à Manos et y trouva une assez bonne histoire, celle d'un ancien roi du caoutchouc qui n'avait rien trouvé de mieux, pour conserver à portée de main son épouse défunte, que de l'avoir enrobée de latex très peu de temps après sa mort dûment enregistrée par les autorités légales, et de dîner ainsi tous les soirs avec elle.

Un hydravion ramena Rourke et Uricani à Belém.

Ils y apprirent que la guerre civile avait commencé en Espagne, depuis déjà cinq semaines.

18

Mrs. Adler... mais cela ne change rien

Nick Di Salvo avait épousé Irena Van Gaver. Cela s'était passé trois semaines plus tôt, non pas à New York même mais à Newport, Rhode Island, où la famille de la jeune femme avait, depuis deux générations, en bord de mer, une somptueuse maison de vacances avec port privé. Nick s'était marié sans le savoir à une héritière bien plus riche qu'il ne l'eût pensé. La surprise était de taille. Certes, il avait toujours su que l'on était à l'aise chez les Van Gaver (Irena sortait du très distingué collège de Vassar, tout comme Kate), mais pas à ce point :

— Tu aurais dû me prévenir !

— Tu plaisantes. M'aurais-tu épousée si tu m'avais sue si riche ? Tu vois bien.

Irena n'était pas extraordinairement jolie, son charme tenait surtout à une grande gaieté naturelle, accompagnée d'une totale absence d'affectation. La meilleure preuve en était qu'en deux années de présence au *DAY*, elle n'avait jamais estimé nécessaire d'informer quiconque qu'elle eût très certainement pu entrer dans tout autre quotidien ou périodique plus prestigieux, grâce à ses relations familiales, et plus sûrement encore se passer de salaire. Son goût pour le métier de journaliste ne faisait aucun doute. Du jour où Kate l'avait engagée, elle s'était montrée constamment disponible, toujours prête à accumuler les heures de présence, à remplacer n'importe qui au pied levé. Au plus âpre du combat entre le *DAY* et le *Morning News*, elle s'était révélée comme l'élément le plus sûr de la rédaction, sans jamais récriminer (Nick prenait maintenant la mesure de ce dévouement sans faille, de la part d'une jeune fille qui n'avait nullement besoin de travailler pour vivre). Non qu'elle fût une journaliste de premier ordre ; seul son humour relevait une écriture fade et encore — ainsi qu'il arrive souvent — ne retrouvait-on pas, dans ses articles et reportages, son enjouement ni rien de ce qui rendait sa personnalité si attachante.

Kate vint au mariage. Accompagnée de Bernard Adler, son mari depuis deux mois. Nick avait rencontré ce dernier à plusieurs reprises, et s'était rendu à l'évidence : Adler inspirait la sympathie, quelque prévention qu'on pût avoir à son encontre. C'était un homme de haute taille, aux cheveux argentés autrefois blonds, au visage lisse, non dépourvu d'une certaine beauté et d'une grande intelligence. L'amour qu'il avait pour sa jeune femme était touchant. Kate avait confié à Nick : « Je ne lui ai rien caché. Ni ma liaison avec toi ni l'autre... » *L'autre* étant bien sûr Rourke.

La fortune de Bernard Adler était de la troisième génération. Elle avait notamment les chemins de fer et des mines de cuivre et d'étain pour origine. Très vite, Adler s'était intéressé au *DAY*. C'était incontestablement un homme d'affaires, un meneur d'entreprise, du plus haut niveau. Il en avait rapidement administré la preuve, et prouvé bien autre chose : l'influence apaisante qu'il exerçait sur Kate. Nick dut revenir sur ses préventions. Il n'avait d'abord vu dans le deuxième mariage de Kate qu'une répétition du premier, celui avec Douglas Caterham : rien de plus qu'une manœuvre stratégique, dans la bataille l'opposant à son père. En épousant un Bernard Adler, Kate n'avait en somme fait qu'avancer une nouvelle pièce, elle avait dressé devant son père un homme d'âge égal et de fortune identique, s'était procuré un allié d'importance.

Tous raisonnements qui n'étaient pas pour inciter Nick Di Salvo à regarder Bernard Adler d'un œil favorable :

— Dans le meilleur des cas, c'est un con, dit-il à Irena.

Elle ne fut pas de son avis. Elle éprouvait de l'amitié pour Kate et connaissait Adler :

— Ce qui n'est pas ton cas pour l'instant. J'ai plusieurs fois rencontré Caterham. Lui, d'accord : c'était un crétin et il l'est toujours. Gentil et niais. Pas Bernard Adler. S'il a pris le risque d'épouser la Grande, c'est en connaissance de cause. La vérité, c'est que tu es jaloux, Nick Di Salvo. Qu'est-ce que tu crois ? Que je n'étais pas au courant, pour Kate et toi ? Laisse-moi rire. J'ai patiemment attendu que tout soit bien terminé entre toi et elle pour te mettre le grappin dessus. Ce que j'entends par là ? Que tu vas m'épouser, bien sûr. Tu l'ignorais ? Dadais !...

(Soit dit en passant, c'était de cette façon-là que s'était déroulée sa propre demande en mariage.)

Kate et Bernard Adler avaient effectué un voyage de noces de cinq jours à peine — dans le ranch qu'il possédait en Arizona. La vérité était apparue dès leur retour : Adler avait l'intention la plus ferme de s'occuper du *DAY* et Kate était d'accord.

Le résultat de cette entente n'avait pas tardé à se manifester : tout le travail d'administration et de gestion dont elle s'était chargée depuis le début était peu à peu passé sous le contrôle de son mari ; elle-même effectuant un glissement au fil des semaines, qui l'avait conduite à revenir chasser sur les terres du rédacteur en chef, Nick.

... Si bien que tout s'était tenu : les deux mariages successifs, Kate et Bernard Adler, Nick et Irena, entraînant une redistribution des cartes, dont les conséquences ne pouvaient évidemment pas échapper à Nick.

Il aborda le problème au surlendemain de ses propres épousailles. Il était rentré à cet effet de Rhode Island, à New York.

Il trouva Kate installée à la table en fer à cheval dans la salle de rédaction bourdonnante : au cours des dernières semaines, le *DAY* avait embauché beaucoup de monde. Quelques jeunes éléments de plus, certes, mais aussi des journalistes plus confirmés, certains ayant dix ou quinze ans de métier. On tirait désormais à quatre-vingt mille, sur trente-six pages en semaine et soixante le dimanche.

Le regard bleu de Kate se posa sur Nick dès son entrée, elle lui sourit, acheva l'explication qu'elle donnait, termina la lecture d'un article, se leva, le rejoignit :

— Emmène-moi déjeuner !

C'était une façon de leur ménager un tête-à-tête. On était en septembre. A quelques jours près cela faisait trois ans qu'elle avait resurgi dans sa vie. Il l'emmena dans un restaurant italien.

— Où est Irena ?

Restée à Rhode Island. Où il allait d'ailleurs la retrouver, le plus tôt possible, expliqua-t-il.

— Drôle d'idée que d'interrompre une lune de miel pour venir t'assurer que ton journal chéri n'a pas brûlé, remarqua Kate. Un simple coup de téléphone aurait suffi. Tu as peur que quelqu'un te prenne ta place de rédacteur en chef ?

— Oui, dit Nick.

— Moi ?

— Oui.

Elle croquait des olives noires qu'on leur avait servies avec un vin rouge au léger goût de violette. Elle secoua la tête :

— Je ne te mettrai jamais dehors, Nick, et tu le sais.
— Non, c'est moi qui partirai.
Il n'avait nullement prémédité sa phrase — Irena s'était refusée à toute espèce de discussion sur le point de savoir s'il fallait ou non qu'il demeure au *DAY*. Mais il découvrait soudain qu'il éprouvait du soulagement. Il n'eût sans doute jamais abandonné une Kate livrée à elle-même, harcelée par son père. Mais tout avait changé. L'entrée en jeu de Bernard Adler et la façon dont il avait su décharger sa femme de bien des responsabilités, le fait aussi qu'il investissait beaucoup d'argent (le *DAY* n'avait plus aucun problème financier), tout cela en somme libérait Nick.
— Je vais même partir, Kate. Pas dans trois ou six mois, mais dès maintenant.
Elle le fixait, interdite.
— Je ne m'y attendais pas, dit-elle.
— Je suis sûr que si.
Elle secoua la tête : non, c'était vrai.
— Je n'en reviens pas. Je ne te reproche rien. Ce qui est ahurissant est que tu ne m'aies pas laissée tomber plus tôt.
— Je ne te laisse pas tomber.
— C'est vrai. Excuse-moi. (Elle lui prit la main pardessus la table.) Nick, le *DAY* t'appartient presque autant qu'à moi.
— Ne dis pas de sottises.
— Tu t'en vas au moment même où nous commençons à réussir.
— Tu as déjà réussi.
Elle ne parut pas l'entendre et entreprit de détailler tous les grands projets qu'elle avait formés. Elle voulait quintupler la vente au numéro, développer la publicité de façon considérable. C'était maintenant que l'on allait pouvoir enfin donner au *DAY* son visage véritable, dont elle rêvait depuis tant d'années. On commencerait à établir une situation de monopole dans le Queens et tout

Long Island. Mais on n'allait pas s'en tenir là. Elle avait des idées sur la façon dont il fallait ensuite s'implanter dans le Bronx et Yonkers, et répéter ce type d'opérations dans d'autres grandes villes américaines. Elle était sûre que la formule du *DAY*, telle qu'elle avait été mise au point au cours des trois dernières années, pouvait être reprise ailleurs.

— Et c'est maintenant que tu t'en vas. Nick ! Au moment où nous allions enfin cueillir les fruits ! A propos de fruits, qu'est-ce que c'est que ça ?

— Ton dessert, dit Nick. C'est à base de fromage blanc et de crème de marrons. Tu vas adorer.

Elle le considéra :

— Et où est passé le reste du repas ?

— Nous l'avons mangé.

C'était la pure vérité : elle avait englouti un hors-d'œuvre et un énorme osso bucco sans s'en rendre compte, trop occupée qu'elle était à discourir, emportée par sa fièvre. Ils rirent ensemble. Nick la ramena à Buckingham Street. Elle ne descendit pas tout de suite de voiture :

— Ta décision est bien arrêtée, Nick ?

— Oui.

— Je vais me sentir seule.

— Prends Danny Clifton comme adjoint.

— Je vais le nommer rédacteur en chef de jour. Tommy Ribson fera la nuit. Avec Shirley pour appuyer Danny. Tu es d'accord ?

— Si tu doubles Ribson par Joe Angeli.

Elle approuva, se tut, mais sans pour autant faire mine d'ouvrir la portière. Et il ne bougea pas davantage. Deux ou trois journalistes du *DAY* passèrent et en souriant leur firent signe de la main. Par l'entrée de service, un camion était en train de manœuvrer pour livrer son contingent de bobines de papier.

— Parlons argent, dit-elle enfin. Les cinquante mille

dollars que j'avais déposés sur un compte bloqué à ton nom sont toujours à ta disposition... Non, ne me dis pas que tu n'en veux pas. Tu les as gagnés, Nick. Cent fois. S'il te plaît.

— D'accord.

— C'est d'un banal, comme scène d'adieux. Il est vrai que je deviens une experte pour me séparer des gens. Bernard est à Washington et mon fils est parti il y a dix jours pour l'Europe, chez sa grand-mère. Je ne suis pas en train de m'apitoyer sur moi-même, remarque bien.

— Ce n'est pas ton genre.

— Ce n'est pas mon genre. J'ai voulu ma foutue saloperie de journal, comme m'a dit quelqu'un. Et je l'ai eue. Pas de conseil à me donner, Nick ? Ni de phrase particulière, sonnant bien, pour marquer la solennité du moment ?

Il aspira à fond, un grand coup, la gorge soudain serrée par l'émotion. Il ouvrit sa portière, contourna la voiture, alla ouvrir à Kate.

— Embrasse Irena pour moi.

— Promis, dit Nick.

Irena lui fit une scène. Selon elle, que les Van Gaver eussent soixante fois plus d'argent que les Di Salvo et que ces derniers fussent un peu trop latins ne devaient pas les empêcher, Nick et elle, de se rendre en Europe, et dans tous les endroits amusants de Paris, Venise et autres agglomérations du vieux continent, Nick rigola et retira de sa poche les billets de première classe du *Normandie* qui avait fait son voyage inaugural seize mois plus tôt. Deux jours auparavant, il s'était rendu aux bureaux du *New York Times*, s'y était entendu confirmer qu'on était tout à fait disposé à le réembaucher, comme rédacteur en chef adjoint de nuit, aux informations locales. Surpris par une telle promotion, il avait carrément demandé si l'influence de la famille Van Gaver avait joué en sa faveur. On l'avait regardé de travers. Poser la question revenait d'évidence à mettre en doute l'honorabilité d'Arthur Hays Sulzberger, propriétaire du journal, de ses ancêtres et de ses descendants, ainsi que de chacun de ses collaborateurs. Nick n'avait pas insisté. Il devait prendre ses nouvelles fonctions le 15 décembre suivant.

Irena et lui s'embarquèrent pour l'Europe par une belle matinée froide. C'était le premier voyage qu'il effectuait hors des États-Unis. Et le dernier, en fait : il allait désormais faire toute sa carrière à New York, et passer ses vacances à Newport.

Ce ne fut que le troisième jour qu'ils découvrirent la présence à bord de Karl Killinger.

— Vous l'avez quittée, Nick.

— Vous me le reprochez ?

Karl Killinger avait vieilli. Les joues et les tempes s'étaient creusées. Il ne se déplaçait que lentement, mesurant chaque effort. Il expliqua que pour se conformer aux prescriptions des médecins, il devait renoncer à toute espèce d'exercice physique. Il était demeuré dans sa cabine durant les deux premiers jours de la traversée. Il sourit, la flamme dans ses yeux était tout à fait intacte et toujours aussi ardente.

— Je ne vous le reproche pas. Je vous en aurais sûrement tenu rigueur si votre défection s'était produite au moment où nous nous battions, elle et moi. Mais ça n'a plus guère d'importance, maintenant. Adler vous a très avantageusement remplacé.

La stupéfaction envahit Nick Di Salvo, qui se souvint soudain de l'absence de Karl Killinger au deuxième mariage de sa fille. Il faillit demander au propriétaire du *N. Y. Morning News* s'il avait jamais rencontré son gendre. Les deux hommes, pareillement fortunés, étaient de la même génération. Mais ce qui l'étonna le plus, et presque l'irrita, fut que Killinger mît le mariage de Kate avec Bernard Adler au même rang que l'embauche d'un nouveau rédacteur en chef. Ce fut en tout cas son premier sentiment, tandis qu'ils devisaient dans le superbe fumoir des premières classes du paquebot français, avec ses laques de Coromandel.

— On croit rêver : il m'a vraiment dit qu'il m'en aurait voulu si j'avais démissionné du *DAY* alors que lui-même faisait ce qu'il pouvait pour couler le journal de sa fille ! Ces Killinger sont aussi fous l'un que l'autre !

Nick avait rapporté à Irena sa conversation dans le fumoir. Elle éclata de rire. Ce voyage de noces l'enchantait. Elle adorait le *Normandie*, en aimait les ascenseurs en fer forgé, les toiles de Jouve, les appliques de Lalique, l'escalier monumental pour descendre à la salle à manger de près de quatre-vingt-dix mètres de long et au plafond haut de neuf mètres. Elle trouvait Nick absolument irrésistible dans sa tenue de soirée et se sentait elle-même follement séduisante dans sa robe de Robert Piguet qui lui dénudait le dos et les épaules, en fait les épaules et le dos à un tel point qu'il s'en fallait d'un rien pour qu'elle n'expose aux regards bien davantage que le creux des reins, allumant ainsi d'étranges lueurs dans les yeux des hommes qu'elle dépassait. Soit dit en passant, elle espérait bien être violée avant la fin de la nuit par un certain Di Salvo.

— Bonté divine ! Nick, si nous parlions enfin d'autre chose que des Killinger ?

Pour Mimi Rourke, il en avait d'abord été de cet été 1936 comme de tous ceux des années précédentes : elle avait quitté Paris dès la fin juin pour gagner Monte-Carlo, s'était installée dans son appartement habituel de l'*Hôtel de Paris*, avait sans surprise constaté que sa présence sur la Côte d'Azur était professionnellement inutile. Julie Bénédict n'avait nullement besoin d'elle pour diriger la boutique, tout comme rue du Faubourg Saint-Honoré à Paris, d'ailleurs, où son autre directrice se tirait fort bien d'affaire — *En somme, je ne sers à rien nulle part. Voilà ce que c'est que d'être trop bien organisée. Je partirais en Australie avec Rourke pendant un an ou deux que personne ne s'en apercevrait...*

Elle s'ennuyait donc énormément, à Monte-Carlo, quand était arrivée la lettre de Kate : « ... *Je vais me remarier, dans quelques jours, avec un homme du nom de Bernard Adler. Rourke est au courant, il est passé me voir. Comme vous pouvez vous en douter, notre rencontre n'a pas été très heureuse. J'ai une immense affection pour vous, Mimi, vous le savez et vous êtes la seule personne au monde auprès de qui j'aurais envie de pleurer, avec l'espoir d'être consolée. La vie est bête, et je le suis plus encore qu'elle. Je n'épouse pas seulement Bernard parce qu'il est riche et disposé à m'aider à réussir mon journal ; sa gentillesse est considérable et je ferai tout pour ne pas lui être trop insupportable. J'ai un cafard noir, pour ne rien vous cacher. Mais je le surmonterai, comme d'habitude. Je vous écris également au sujet de Daniel : Rourke et moi sommes d'accord pour que lui, ou vous, le preniez en charge aussi souvent et aussi longtemps que vous le souhaiterez. Ai-je besoin de vous l'expliquer ? C'était une chose d'avoir mon fils avec moi quand je vivais seule, c'en serait une autre que de le faire habiter chez un homme qui n'est pas son père. Et je tiens à ce que Daniel sache que Rourke est son père, et l'aime en tant que tel...* »

L'enfant avait débarqué trois semaines plus tard au Havre, escorté de deux Chinoises et de ce qui s'était révélé être un détective privé chargé de sa protection. Mimi avait congédié le policier mais gardé les Chinoises. Avec lesquelles elle avait finalement décidé de quitter Monte-Carlo et de partir pour Pau et les *Allées de Morlaas*. Elle s'y installa vers le 10 août et retrouva, avec son petit-fils, les joies et les jeux vécus un quart de siècle plus tôt avec H.H. De celui-ci, elle reçut trois lettres postées sur les rives de l'Amazone. Dans la première seulement H.H. évoquait sa rencontre avec Kate : « *C'est incroyable, Maman, c'est complètement imbécile, mais je n'arrive pas à renoncer à elle, à croire un seul instant que je ne finirai pas par la retrouver...* »

Les derniers jours de septembre arrivèrent, en même temps qu'un nouveau paquet de lettres de H.H. Dans la dernière, il annonçait qu'il en avait fini pour cette année-là avec le Brésil et qu'il était sur le point de regagner la France.

Via l'Espagne.

S'aidant d'un atlas, elle expliqua à son petit-fils, qui s'était mis au français tout comme si c'eût été sa langue maternelle, d'où Papa venait. Par où devait être déjà passé le bateau qui le ramenait du Brésil, et comment il traverserait l'Espagne.

— Pourquoi il vient pas tout de suite ?

— Parce qu'il y a la guerre en Espagne.

Ce n'était précisément pas la réponse à faire : elle dut expliquer pourquoi l'Espagne était l'Espagne, pourquoi on y parlait l'espagnol et non le français, l'anglais ou le chinois, pourquoi elle-même ne savait pas un traître mot de chinois, pourquoi Papa et Maman savaient le chinois, eux, pourquoi l'Espagne était en guerre (pour simplifier les choses, elle mit la guerre civile au compte d'une discussion à propos d'une paella — mais dut expliquer *ce qu'était* une paella), pourquoi Papa était tellement intéressé par les guerres, enfin, et qu'il l'avait toujours été depuis qu'il était aussi petit que Daniel... Et tout à coup, elle se mit à s'abandonner, à évoquer H.H. enfant, près de trente ans plus tôt, dont cet autre enfant lui renvoyait une si troublante image. Tant et si bien que Julie Bénédict, arrivée dans l'après-midi, ayant comme chaque année fermé la boutique de Monte-Carlo, demeura près d'une heure totalement silencieuse, écoutant jusqu'à faire oublier sa présence.

Mimi porta finalement son petit-fils au lit, le borda, attendit qu'il s'endormît, redescendit. Elle et Julie achevèrent de dîner, s'assirent près du feu — cette fin d'octobre était ensoleillée mais froide — et burent chacune un demi-verre de Bénédictine. Bien entendu, elles savaient que Rourke allait finir par frapper à la porte, l'un de ces soirs. Normalement, il avait débarqué à Lisbonne depuis déjà neuf semaines. Il n'avait guère que le Portugal, une sierra ou deux, la Castille, la Navarre et les Pyrénées à traverser. Il eût déjà dû être là. Dans leur for intérieur, elles avaient sans nul doute l'une et l'autre pensé qu'il avait pu être victime d'un *accident*, dans ce pays d'au-delà les montagnes où l'on s'étripait avec tant de rage. Mais elles n'en avaient pas soufflé mot. La ressemblance entre elles s'accentuait d'année en année. S'agissant surtout de Rourke et de l'amour qu'elles éprouvaient pour lui, dont jamais elles n'avaient parlé. Julie n'avait pas fait la moindre allusion à ce séjour effectué un an plus tôt dans cette même maison des *Allées de Morlaas*, en compagnie de H.H. Aucun mot sur l'aventure amoureuse, sur les espoirs qu'elle entretenait, les projets qu'elle avait formés.

Durant les douze derniers mois la situation de Julie s'était modifiée. Elle avait pris rang de directrice pour l'ensemble de l'entreprise de Mimi Rourke qui comptait maintenant près de quatre-vingts personnes.

Rien n'était dit officiellement, moins encore avait-on, par-devant notaire, consacré sa volonté. Mais personne ne s'y trompait, la jeune Suissesse serait l'héritière.

Ce soir-là et puis d'autres, elles attendirent. Elles partageaient leur temps entre de très longues promenades en voiture ou à pied, dans le seul but de satisfaire le petit garçon, ou bien elles faisaient de la cuisine.

On entra dans le mois de novembre et Mimi dut se résoudre à regagner Paris. Elle insista pour que Julie demeurât à Pau. Avec l'enfant et les Chinoises. Que cette manœuvre eût pour but de ménager un tête-à-tête entre Julie et H.H. était l'évidence et l'entente des deux femmes était bien trop grande pour qu'il fût besoin de le dire. Elles étaient convenues de ce que Julie ne s'attarderait pas au-delà d'une semaine.

Sauf si H.H. réapparaissait dans l'intervalle.

Le Chat-Huant vint chercher Mimi à sa descente du train, gare d'Austerlitz. Il dit qu'il avait presque failli se décider à envisager de quitter Paris, durant quelques jours, afin de répondre à l'invitation que Mimi lui faisait depuis vingt ans, de séjourner quelque temps à Pau.

— L'année prochaine, dit-il. Peut-être.

Il demanda si Karl Killinger s'était présenté aux *Allées de Morlaas* :

— Non ? C'est curieux. Il est pourtant venu me demander où il devait se rendre pour voir son petit-fils. Je lui ai donné votre adresse à Pau, ainsi que vous m'y aviez autorisé.

Le Chat-Huant avait en outre fait la connaissance de Nick Di Salvo et de sa jeune femme.

— Mon snobisme naturel m'a fait m'intéresser à elle, dans la mesure où elle est apparentée à l'une des plus grosses fortunes des États-Unis. Et devinez ce que j'ai découvert : non seulement son Di Salvo de mari était bien le Di Salvo rédacteur en chef de Kate — il a démissionné au cas où vous l'ignoriez — mais encore la charmante Irena elle aussi travaillait pour le *DAY*. Le monde est petit, non ?

— Passionnant, dit Mimi, qui ne parvenait pas à feindre le moindre intérêt.

Elle ne réussit pas davantage à dissimuler à quel point son humeur était chagrine. C'était si peu dans sa nature que le Chat-Huant craignit quelque catastrophe :

— Il lui est arrivé quelque chose ?

Elle haussa les épaules : rien ne pouvait arriver à Rourke, rien, pas plus en Espagne qu'ailleurs. Il s'agissait d'autre chose...

... Et il se produisit bel et bien ceci que pour la seule et unique fois de son existence, Mimi se confia. Avec cette voix tranquille que H.H. Rourke tenait d'elle, la même façon paisible de dire des choses essentielles. Elle dit que normalement l'histoire de H.H. et Kate était achevée. Normalement. Mais que justement leur histoire n'était *pas* normale. A preuve ces lettres qu'ils lui avaient l'un et l'autre écrites, dans lesquelles ils disaient exactement le contraire de, comment dire ? de ce qu'ils faisaient. Ainsi Kate avait-elle épousé ce milliardaire, quel était son nom déjà ?

— Bernard Adler, précisa le Chat-Huant.

... Elle l'avait épousé mais il demeurait clair qu'elle n'avait que Rourke en tête.

— Et pareil pour Rourke, Miaou-Miaou. Il va rentrer d'Espagne, passera par Pau, forcément. Je ne prétends pas que j'ai fait exprès de mettre Julie Bénédict sur sa route. Quand même pas. Je l'ai engagée parce qu'elle était bonne, ça se voyait comme le nez au milieu de la figure. Elle travaillait pour moi depuis à peine six semaines que je savais déjà qu'un jour elle prendrait ma place. Avec son plein accord, évidemment. Je ne suis pas allée la chercher dans ses montagnes, elle est venue d'elle-même.

— Et vous avez pensé qu'elle conviendrait à Rourke, remarqua le Chat-Huant avec la douceur la plus grande.

— Je le pense plus que jamais.

— Et elle ? C'est que je la connais fort peu.

— Elle est folle amoureuse de Rourke. Comment pourrait-on ne pas être amoureuse de mon fils ?

Mimi souriait. Elle hocha la tête :

— Et déterminée, en plus ! Autant que je l'étais moi-même.

Elle dînait avec le Chat-Huant, qui ne l'avait pas vue depuis plus de trois mois, au restaurant *Le Grand Véfour*, au coin du Palais-Royal, où il venait souvent en voisin. Elle avait minci, le soleil de la Côte d'Azur lui avait un peu hâlé le visage. Si elle arborait à son habitude peu de bijoux, en revanche sa robe lui allait à merveille — elle avait été dessinée par un jeune styliste espagnol qu'en août de l'année suivante elle aiderait à ouvrir son salon, Cristobal Balenciaga.

— C'est vrai, dit-elle, comme répondant à une question que ni le Chat-Huant ni elle n'avait posée, mais qui en quelque sorte était dans l'air. C'est vrai qu'il ne me déplairait pas du tout d'être une grand-mère normale, nantie d'une vraie belle-fille qui n'éprouve pas nécessairement le besoin de vivre à l'autre bout du monde, à faire des choses auxquelles je n'entends rien.

— J'aime beaucoup Kate, dit le Chat-Huant.

— Vous n'avez pas à la défendre, dit Mimi. Je l'aime infiniment, moi aussi. Et tout le problème est justement là, Miaou-Miaou : que nous aimions Kate Killinger, que Rourke surtout continue de l'aimer...

Elle leva la flûte de champagne qui contenait du Brihant-Sault 1893, réserve spéciale du Chat-Huant ; un vin à l'arôme de pain grillé et de pommes cuites au four.

— Il va rentrer d'Espagne, Miaou-Miaou, et passera par Pau, ne sachant si j'y suis ou non. Puisque c'est sur sa route. Il y trouvera son fils... Et Julie. Il devra choisir.

Elle but un peu du champagne qui malgré ses quarante-trois années de bouteille n'avait rien perdu de son pétillement.

— Et que choisira-t-il ? demanda bien sûr le Chat-Huant.

Elle tarda à répondre mais le fit enfin, dit ce qu'allait faire, selon elle, H.H. Rourke.

Ils convinrent tous deux que c'était en effet l'éventualité la moins improbable.

Aux *Allées de Morlaas*, on s'en revenait de promenade. Il devait être dans les quatre heures de l'après-midi. L'une des jeunes a-ma chinoises courait avec Tigre d'Avril. La deuxième suivait à vingt pas en arrière et précédait elle-même Julie Bénédict. Il avait plu dans la matinée, le ciel était encore bas, l'air était froid et y montaient les senteurs pourrissantes des larges feuilles des lauriers d'Espagne.

Tigre d'Avril, alias Daniel K. Rourke, stoppa net sa course, fut dépassé par la Chinoise, s'immobilisa, fixa l'homme et le reconnut. Il poussa un cri de joie et se lança vers son père, se jetant dans les bras tendus.

On marcha vers la maison — l'enfant juché sur les épaules de H.H., vêtu de son éternel trench-coat, qui semblait cette fois-là particulièrement fatigué, et d'un costume de flanelle marron dont le pantalon godait aux genoux. Les deux Chinoises marchaient à présent en retrait, Julie s'étant rapprochée. L'un des Darrieusec, gardiens de la maison, avait ouvert la grille de fer forgé brun capucin. On y entra et Julie gagna immédiatement sa chambre, ne voulant pas s'immiscer dans les retrouvailles entre le père et le fils. Elle fit tant et si bien que vers sept heures, H.H. Rourke dut monter frapper à sa porte :

— Viens dîner avec nous. S'il te plaît.

Elle lisait, étendue sur son lit. Elle ne bougea pas, se contenta de fixer H.H.

Qui hocha la tête et dit :

— D'accord, on peut en parler tout de suite.

— J'aimerais bien, dit-elle. Ne serait-ce que pour être fixée.

Il s'accota au chambranle, dans une attitude familière, les pouces passés dans la ceinture de son trench, le chapeau incliné sur le front, et tira sur sa cigarette.

— C'est bien ce que je craignais, dit-il de sa voix tranquille. Je ne suis pas guéri d'elle. Pas du tout. Elle s'est mariée mais cela ne change rien. Je suis désolé, Julie.

Elle plaça un signet entre les pages de son livre et déposa celui-ci sur la table de chevet. Elle s'assit sur le bord du lit, remettant machinalement de l'ordre dans ses cheveux.

— Tu veux que je m'en aille, Rourke ? Il y a un train pour Paris dans une heure. Je peux le prendre, si Darrieusec veut bien me conduire à Pau.

Il demanda pour combien de temps encore il avait droit à la garde de son fils. Julie expliqua que selon Mimi, l'enfant devait être de retour à New York chez sa mère avant Noël, l'idéal serait qu'il partît vers le 10 décembre du Havre.

Le silence s'installa. H.H. rechercha un cendrier pour sa cigarette presque complètement consumée, elle lui indiqua le pied rond d'un bougeoir, sur la cheminée.

— Je n'ai pas envie que tu t'en ailles, dit-il. Mais, j'ai si peu à t'offrir…

Il précisa qu'il allait demeurer aux *Allées de Morlaas* les deux semaines suivantes, jusqu'au 5 décembre environ ; après quoi, il regagnerait Paris avec Daniel. Il verrait Mimi évidemment, et il mettrait son fils au Havre sur le paquebot pour New York…

… Ensuite il repartirait pour l'Espagne, recueillir d'autres histoires.

— Embrasse-moi, dit Julie.

Elle ferma les yeux dès qu'il la prit dans ses bras et, le souffle court, noua sauvagement ses bras derrière la nuque de Rourke. Quelque part dans la maison, une ama se mit à chantonner. On entendit l'enfant courir dans le couloir.

Brusquement, Julie rompit leur enlacement.

— Allons dîner, Rourke. Ton fils se couche de bonne heure, d'habitude.

ce que Kate et Rourke,
ont vécu, ont aimé,
j'ai été heureux
de le voir et de le vivre,
de le rêver et de la
partager avec eux,
vous aurez je l'espère
le même plaisir à
l'aimer et à le découvrir.

Avec toute mon Amitié

FICHE D'IDENTITÉ

L'histoire à succès de Paul-Loup Sulitzer commence par un revers de fortune. A dix ans, la mort de son père — un industriel d'origine roumaine qui avait bâti sa fortune dans les semi-remorques — le laisse presque complètement démuni : à la suite de problèmes familiaux, sa mère, sa sœur et lui-même perdent en effet tout droit à la plus grosse partie de leur héritage. D'un train de vie plus que confortable, il passe à une vie plus modeste. Il abandonne les études à seize ans pour se mettre au travail.

Les premières expériences du jeune Paul-Loup n'ont rien de grisant, mais s'avèrent riches en enseignements divers. Surveillant d'une équipe de nettoyage dans une entreprise du bâtiment, il se lève à 5 heures du matin et apprend la dureté de la vie. Assistant d'un metteur en scène — il sert les boissons et court après des accessoires introuvables — il découvre le travail en équipe, ce qui, reconnaît-il, lui sert aujourd'hui continuellement pour l'élaboration de ses livres. Conducteur de camion dans un kibboutz en Israël, il se rend compte que son pays c'est la France, et qu'il est temps d'y revenir... pour faire fortune.

Au départ de ce qui allait faire de lui, à dix-huit ans, le plus jeune P.-D.G. de France, une idée très simple. Paul-Loup Sulitzer constate que les Français ont la manie des collections. Il décide de lancer la mode des porte-clés en créant le premier club de copocléphilie, autrement dit le premier club de collectionneurs de porte-clés. Une mise de fond de 5 000 F — prêtés par l'ancien chauffeur de son père — et le voilà rapidement à la tête d'une entreprise, car Europe Service ne se contente pas d'être un club mais importe les précieux porte-clés que les Français s'arrachent et dont Paul-Loup Sulitzer fixe lui-même la cote en fonction des arrivages.

Après les porte-clés, les gadgets. En quête d'un cadeau pour une amie, le jeune P.-D.G. déniche à Londres un gratte-dos électrique. L'amie est ravie et tout le monde réclame son gratte-dos. Qu'à cela ne tienne, Europe Service importera des gadgets, qui, faisant leur introduction en France grâce à Paul-Loup Sulitzer, deviendront les cadeaux de toute une génération.

Paul-Loup a désormais sa place au soleil et un peu d'argent devant lui. Mais les années 70 et la crise aidant, l'inflation l'obsède. Raison suffisante pour qu'il décide de s'intéresser au monde de l'argent. Il entre par la petite porte chez les grands financiers et, au bout de dix ans, devient lui-même un bon expert, plaçant judicieusement son argent et celui des autres.

Deux gagnants : Bernard Tapie et le romancier de ***Kate****.*

La vie pourrait continuer ainsi s'il ne recevait un beau jour un coup de fil des Éditions Denoël : — Nous avons lu le chapitre vous concernant dans une série de portraits de battants, lui dit-on. Nous aimerions que vous écriviez vos mémoires. — J'ai trente-trois ans. Ne suis-je pas encore un peu jeune? demande l'intéressé. — Aucune importance, lui répond-on, vous n'avez qu'à romancer.

Parce qu'il aime les défis, parce que son entourage lui répète : tu n'y arriveras pas, parce qu'il a le goût d'écrire depuis toujours (il faisait depuis l'âge de treize ans des poèmes et des nouvelles) et que l'éditeur lui envoie une avance de 20000 F, Paul-Loup Sulitzer finit par accepter. Il écrit *Money* — le titre s'impose immédiatement à lui — qui sort en 1980. Le livre connaît un succès d'estime. Les critiques sont intrigués par ce roman d'un genre nouveau, le « western financier ». Quelques mois plus tard, 400000 F tombent sans prévenir dans l'escarcelle du romancier fraîchement émoulu. Ce sont les droits de *Money* qui connaît un succès à retardement et dont les ventes explosent. Constatant qu'il peut gagner avec un seul livre l'équivalent de son salaire annuel d'expert financier, Paul-Loup Sulitzer n'hésite pas. C'est décidé. L'homme d'affaires se doublera désormais d'un romancier, le second travaillant au service du premier, et réciproquement.

Cash (1981), *Fortune* (1982) et *Le Roi vert* (1983) sortent dans la foulée, exploitant un filon qui, les années 70 s'éloignant à grands pas, correspond aux nouvelles attentes d'un public qui ne méprise plus les histoires d'argent et la réussite individuelle. Les pays anglo-saxons font eux aussi un accueil favorable à Franz Cimballi, le héros sulitzérien, Anglais et Américains allant jusqu'à éditer *Le Roi vert* en livre de poche. Lors de la parution du livre aux États-Unis, Paul-Loup Sulitzer imagine une promotion originale : il fait distribuer les 15 premières pages du livre dans le métro de New York. Le « système Sulitzer » se met progressivement en place, un système fondé sur le travail en équipe et un sens inné de la promotion.

En 1984, paraît *Popov*, une histoire d'espionnage industriel entre l'Est et l'Ouest. La même année, Paul-Loup Sulitzer redonne vie à Cimballi, dans une nouvelle série dont le premier ouvrage est intitulé *Duel à Dallas*.

Mais au printemps 1985, paraît *Hannah* où, pour la première fois, le personnage principal est une femme, très largement inspirée de la vie professionnelle d'Héléna Rubinstein. Paul-Loup Sulitzer avait découvert dans un article la vie extraordinaire et méconnue de cette petite Juive polonaise qui, à 7 ans, fuyait les pogroms et à 20 ans fondait ce qui allait devenir le premier empire cosmétique du monde. *Hannah* figure dès sa sortie dans les listes des meilleures ventes et les droits cinématographiques sont vendus 3,7 millions de francs, chiffre jamais atteint depuis l'achat des droits de *Papillon*. En mai 1986, sort *L'Impératrice*, la suite de *Hannah*. Fin 1987, avec *La Femme pressée*, qui sera suivi de *Kate* en 1988, Paul-Loup Sulitzer crée un nouveau personnage féminin, qui est, lui, totalement imaginaire.

Sa femme s'appelle Alejandra, il est père de deux petites filles, Olivia née d'un premier mariage et Joy. Paul-Loup Sulitzer partage son temps entre Saint-Tropez, les États-Unis et Paris où siège sa société PLS International, montée peu après le succès du *Roi vert*, et chargée de gérer la promotion de son image et la publicité de ses romans. Une structure légère mais au crédit de laquelle Paul-Loup Sulitzer, actuellement l'un des romanciers les plus cher payés et les plus vendus, peut afficher fièrement, avec ses dix romans, 16 millions d'exemplaires et 40 éditions étrangères.

RENCONTRE AVEC PAUL-LOUP SULITZER

A deux pas de l'Arc de triomphe, les locaux parisiens de sa société, PLS International. Aux murs de son bureau, à côté des portraits de son père et de sa femme, les photocopies encadrées de ses plus gros chèques d'éditeurs, dont certains flirtent avec le million de francs. Sur sa table, une foule de petits gadgets qui se mettent en marche au moindre mouvement. Il ne fume pas son gros cigare — égard pour le visiteur ou ornement réservé aux circonstances officielles ? — mais il a l'air d'un homme pressé dont les journées commencent à l'aube et se terminent tard le soir, souvent à l'aéroport, destination New York ou Los Angeles.

• *Vos livres parlent d'argent et de réussite professionnelle... et ils marchent ! Comment avez-vous su faire aimer de tels sujets aux lecteurs français ?*

— Je parle de l'argent oui. Mais pas n'importe lequel : l'argent du talent. Et puis c'est simple, je corresponds à mon temps. Je n'aurais eu aucun succès dans les années 60. Mais depuis le début des années 80, les mentalités ont changé. Les gens veulent découvrir le monde économique. Avec mes livres, je leur montre qu'on peut pénétrer, sans s'ennuyer, un milieu réputé hermétique et rébarbatif, le monde de l'argent. Et qu'on peut le comprendre. Selon Sartre, l'argent n'a pas d'idées. Je dis que pour faire de l'argent, il faut des idées. Ces principes simples, je les répète depuis des années, et c'est seulement maintenant qu'ils sont communément admis. Prenez le succès d'un film comme *Wall Street* aux États-Unis. Il ne raconte pas autre chose. Seulement moi, je le disais déjà il y a vingt ans. Mais, à l'époque, on ne m'écoutait pas car j'étais un précurseur. Dans mes livres, on retrouve les rêves d'aujourd'hui. A quoi rêvent les gens ? Ils rêvent de faire fortune et de s'élever socialement. Quels sont les héros d'aujourd'hui ? Ce sont ces boat-people ou ces mexicanos venus refaire leur vie en Amérique et qui, partis de rien, ont déjà à leur actif des réussites fabuleuses et sont en train de prendre les meilleures places. L'argent du talent ce n'est que justice.

• *Kate, votre dernière héroïne, n'est pas vraiment partie de rien. Son père est un magnat de la presse...*

— C'est vrai. Kate est une héritière. Mais une héritière qui m'intéresse car elle s'est fixé un objectif, celui de vivre ses passions. Elle ne veut pas ressembler à son père, un homme des années 30 qui ne souhaite pas que sa fille fasse des affaires. Il préfère la marier au parti avantageux de son choix. Mais Kate, en avance sur son temps comme quelques femmes de l'époque, veut réussir par ses propres moyens, créer

un journal qui soit vraiment proche des gens. Et puis, elle a une autre passion, elle aime librement celui qu'elle a choisi, H. H. Rourke. Lui est un chasseur de scoop, un de ces journalistes de l'époque, comme Albert Londres, qui regarde le monde d'un œil froid et cynique. Dans ces années 30, années de bruit et de fureur, années charnières qui me fascinent, les journalistes ont encore un rôle à jouer. Ils sont la conscience du monde.

• *Pourquoi, depuis* Hannah, *choisissez-vous des femmes pour héros de vos livres ?*

— J'avais jusqu'alors été très injuste avec les femmes. L'idée d'écrire *Hannah* m'est venue en lisant une enquête sur Héléna Rubinstein. Je me suis rendu compte que j'avais été stupide de ne pas comprendre plus tôt que la réussite des femmes est beaucoup plus passionnante que celle des hommes. Car elle comporte un facteur d'impossibilité supplémentaire, les femmes étant obligées de se battre dans un monde accaparé par les hommes. En cela, elles devenaient des héros sulitzériens par excellence.

• *On a raconté beaucoup de choses sur votre méthode de travail. Parlez-nous du « système Sulitzer ».*

— Ma méthode est assez courante. J'utilise des documentalistes. Il me paraît inutile de faire moi-même un travail pour lequel d'autres sont mieux qualifiés. J'engage donc des spécialistes d'une époque, d'un sujet, ou d'une région et je leur demande de mettre en scène telle année dans tel pays, par exemple la Chine en 1929. Ensuite, j'installe et je fais vivre mes héros dans ce décor. Il en sort la matière brute du livre, et je corrige alors. Puis je fais relire mon livre, tout spécialement à mon ami Loup Durand*. Lui et moi travaillons en équipe depuis des années. Je collabore aussi parfois à ses ouvrages. Dumas, Shakespeare, Michel-Ange, Breughel, et bien d'autres, ont eux aussi travaillé en équipe. Avec eux, je ne me sens pas en mauvaise compagnie...

* Loup Durand est notamment l'auteur de *Daddy*, paru en 1987 aux Éditions Orban/Éditions n° 1 et à France Loisirs en 1988.

LA GALAXIE
SULITZER

TABLE DES MATIÈRES

LIVRE 3

KILLINGER CONTRE KILLINGER
K. V.O. K.

LIVRE 4

LES RETOURS DE H.H. ROURKE

LIVRE 5

TIGRE D'AVRIL

LIVRE 6

LES ALLÉES DE MORLAAS

Aubin Imprimeur
LIGUGÉ, POITIERS

Achevé d'imprimer en octobre 1988
pour le compte de France Loisirs
123, bd de Grenelle, 75015 Paris
N° d'édition 14370 / N° d'impression L 28859
Dépôt légal, octobre 1988
Imprimé en France